Tiempo de secretos en Deverill

SANTA MONTEFIORE

TIEMPO DE SECRETOS EN DEVERILL

TITANIA

Argentina • Chile • Colombia • España
Estados Unidos • México • Perú • Uruguay

Título original: *The Secret Hours*
Editor original: Simon & Schuster
Traducción: Nieves Calvino Gutiérrez

Esta es una obra de ficción. Todos los acontecimientos y diálogos, y todos los personajes, son fruto de la imaginación de la autora. Por lo demás, todo parecido con cualquier persona, viva o muerta, es puramente fortuito.

1.ª edición Noviembre 2021

ISBN: 978-84-17421-39-7
E-ISBN: 978-84-18480-79-9
Depósito legal: B-13.697-2021

Fotocomposición: Ediciones Urano, S.A.U.
Impreso por Romanyà-Valls, S.A. – Verdaguer, 1 – 08786 Capellades (Barcelona)

Impreso en España – *Printed in Spain*

Para mi querida amiga Emer Melody,
que encarna todo lo que amo de Irlanda.

1

Nantucket, 1960

Anoche soñé que estaba de nuevo en el castillo. En la vida real jamás he estado en un lugar semejante, pero en mis sueños, esos muros de piedra grisácea me son tan familiares como mi propia piel. Me envuelven en un caluroso abrazo, como si tuvieran brazos con los que estrecharme, como si quisieran atraerme, como si llevara mucho tiempo ausente y regresara por fin a casa. Y anhelo que me abracen, ardo en deseos de deleitarme con esta sensación de pertenecer, con esta sensación de hogar, como si todo cuanto hubiera vivido antes no fuera más que un sueño y solo esto fuera real, el lugar en el que deseo esto, donde anida mi corazón. Y al adentrarme en el salón veo una varonil chimenea en la que crepitan las llamas, que proyectan danzarinas sombras en las paredes. Todo es majestuoso, como si se tratara de un palacio real. Hay cuadros en marcos dorados, alfombras persas sobre el suelo de piedra, una magnífica escalera que me lleva a oscuros pasillos, que me tientan a aventurarme en las profundidades del castillo, y echo a correr porque sé que estoy cerca.

La luz de las velas ilumina la oscuridad. Llego a un hueco en la pared y enfilo la angosta escalera que hay allí. Se trata de las entrañas del castillo, el ala más antigua, la única sección para sobrevivir al fuego. Lo sé como si formara parte de mi propia historia. Subo los irregulares peldaños de madera, que el desgaste de siglos de pisadas ha formado leve un rebaje. Poso mis pies ahora en ellos y asciendo muy despacio. El corazón se me acelera y siento temor de repente. En lo alto se encuentra la puerta del un estudio. Está ennegrecida por el tiempo y el humo y las bisagras y los clavos de hierro son de otra época, en que los hombres llevaban sombreros de plumas y botas y portaban espada a la cadera. Pongo los dedos en el pestillo y lo levanto con suavidad. La puerta se abre sin chirriar: está acostumbrada a mi visita.

Dentro hay una mujer de espaldas a mí. Es delgada, con un espeso cabello rojo que desciende en ondas hasta su cintura. Contempla la lumbre mientras una pálida mano reposa sobre la repisa y la otra descansa a lo largo del lateral de su largo vestido verde. Me ha estado esperando. Se gira y me mira. Yo ahogo un grito, horrorizada. Esos ojos grises, esa sonrisa dulce, las pecas que juguetean sobre su blanca piel, las sonrosadas mejillas, el reluciente cabello rojo, son míos, todos míos.

Ella soy yo, me estoy viendo a mí misma.

Desde el columpio del porche contemplo el mar, el cielo translúcido del amanecer, la última estrella que se desvanece y los vaporosos jirones de nubes rosadas y sé que el castillo de mi sueño está muy lejos de esta costa. Esta gran casa de Nantucket, con sus paredes de listones de madera de color gris paloma, sus altas ventanas y su mirador, en el que las solitarias esposas velaban por sus esposos marineros, ha pertenecido a la familia de mi padre desde que el primer Clayton llegó a Estados Unidos desde Irlanda a principios del siglo XIX, y sin embargo me resulta menos familiar que el castillo que solo he visitado en sueños. Es una sensación extraña de la que no consigo librarme. Ni siquiera sé dónde se encuentra ese castillo. Supongo que debe de estar en Irlanda, aunque nunca he estado allí. Le preguntaría a mi madre, pues ella nació en el condado de Cork, pero no puede hablar debido al derrame cerebral que sufrió hace cinco meses y no quiero preocuparla con lo que, a fin de cuentas, no es más que un sueño. Así que se lo cuento a Temperance, igual que le he contado todos mis pensamientos y sentimientos desde que era niña. Es oriunda de Carolina del Sur y lleva trabajando para mi madre cincuenta y seis años, desde que tenía catorce. Ahora tiene setenta, doce más que yo, pero no me parece vieja. Tiene el mismo aspecto de siempre: piel negra, suave y jugosa; un cuerpo voluptuoso, todo curvas y suavidad, y unos ojos marrones, redondos y brillantes como castañas. Es una mujer grande. Siempre he pensado que tiene que ser grande para albergar un corazón tan enorme. Temperance es todo amor incondicional y compasión y la persona más noble que jamás he conocido. Es como un ángel enviado a la tierra para sanarla. Con esa naturaleza tan afectuosa y maternal me pregunto si le hubiera gustado casarse y tener hijos propios, pero supongo que a mi madre no le habría agradado eso. Arethusa Clayton es una mujer muy dependiente y siempre ha querido a Temperance para sí sola. No es que sea poco amable. De hecho yo diría que es más amable cuando Temperance está presente; tiene algo que saca lo mejor de mi madre. Sin embargo, su afecto por Temperance la hace egoísta y Temperance la ha consentido mucho.

Temperance me trae una jarra de café con leche, espolvoreada con chocolate y otras especias secretas que no quiere revelarme aunque se lo pido. Se limita a sonreír, agita sus largos dedos y me dice:

—Es un secreto, señorita Faye, y un secreto deja de serlo si se comparte.

Me fijo en sus manos mientras acepto la jarra; son la única parte de su cuerpo que delata su edad. La piel está áspera y seca a causa de las tareas domésticas; profundas líneas que, según ella, denotan un alma vieja, surcan sus palmas.

—Siéntate un rato conmigo —le pido.

Se sienta de forma pesada en la silla de enfrente, exhalando un audible suspiro. Su suave cuerpo se funde en el armazón de mimbre y hallo consuelo en esta tranquila rutina, pues cada mañana nos reunimos así, las dos solas, esperando con paciencia y con temor a que fallezca la anciana que yace en el dormitorio de la planta baja.

Me doy impulso con las punteras de los pies y me mezo con suavidad. Temperance parece cansada. Tiene los ojos llorosos y la pena que muestran hacen que me sienta culpable. Creo que Temperance quiere a mi madre más que yo. O puede que la necesite más. Al fin y al cabo, yo tengo un marido e hijos que, a pesar de que ya son adultos, requieren mi atención; Temperance solo tiene a mi madre. Le ha dedicado su vida, hasta la última gota, y conociendo a mi madre como la conozco, la habrá aceptado con avidez. Me pregunto si mi madre le ha dado las gracias alguna vez. Lo dudo. Dudo que mi madre haya pensado siquiera en Temperance o en los servicios que le ha prestado. Temperance no esperaría que le diera las gracias; ella la quiere de todos modos de forma incondicional. El amor es un misterio, cavilo. El amor de Temperance por mi madre es un misterio aún mayor. Una cosa sí sé: el amor de Temperance está más cerca de Dios que el mío. No debería sentir pena de ella; debería sentirme asombrada.

—Anoche tuve un sueño —le digo—. Debo de haberlo tenido una docena de veces desde el derrame de mi madre. ¿A qué crees que se debe?

Temperance siempre tiene respuesta para todo. Ella asiente, sonríe y posa las manos en su regazo.

—Señorita Faye, se dice que los sueños recurrentes son recuerdos que se liberan del subconsciente. Simplemente está recordando su pasado.

Me echo a reír con afecto. Temperance cree en los espíritus, en los hechizos mágicos y en los encantamientos. La quiero por eso, pero me he criado en la fe católica y me siento más segura manteniéndome fiel a las enseñanzas de la Biblia, en la que no se menciona la reencarnación ni ninguna de sus otras creencias paganas.

—Yo creo que solo es ansiedad, Tempie —respondo, tomando un sorbo de café.

Nadie prepara el café como Temperance y exhalo un suspiro de placer, sorprendida de pronto por el regusto a chocolate en mi boca y por la nostalgia que lo acompaña en una repentina acometida de imágenes, sonidos y olores. Vuelvo a ser una niña pequeña en la cocina, compartiendo mis pensamientos con Temperance y ella me escucha con paciencia, con su redondo rostro rebosante de sabiduría y sus grandes ojos desbordados de amor. Me aferro a la sensación y gracias a ella alcanzo a oler la dulzura de lo que está horneando y a oír resonar nuestra risa. Incluso puedo ver el vestido que llevo puesto y sentir la tela de sirsaca contra mi piel. Me embarga a melancolía, que es la compañera de la nostalgia, mientras pienso en el paso del tiempo, en la brevedad de la vida y en los momentos de ternura perdidos para siempre como consecuencia del cambio constante.

El fallecimiento de mi madre será ley de vida para mi hermano Logan y para mí, pero para Temperance supondrá el final. Cuidaremos de ella, por supuesto; es como de la familia. Pero esta casa en la que hemos pasado cada verano de nuestras vidas y a la que mi madre se retiró tras la muerte de mi padre pasará a la siguiente generación y nada volverá a ser igual. Ted Clayton, mi padre, fue el mayor de siete hermanos y hermanas y gobernador de Massachusets en su juventud. Un hombre corpulento con mal genio, mente ágil y un carácter formidable, no era persona que aguantara tontos y le gustaba tener total autonomía sobre su mundo; el humo de sus puros continúa impregnado en los tapizados y muebles incluso transcurridos once años de su muerte, por lo que sigo oliéndole, como si aún estuviera sentado en su butaca, dando órdenes. Él era el soberano y todos los demás sus leales y obedientes súbditos, salvo mi madre, que era su reina. Su única debilidad era la adoración que sentía por ella y esa era la fuente de su poder. Mientras mi madre siga viviendo aquí, las reglas de Ted continuarán vigentes. Cuando se vaya, su reinado finalizará y nuevas reglas se impondrán a las viejas. Ya no será mi hogar. Tampoco lo será ya de Temperance. Será el de Logan y él no es un sentimental como lo soy yo. Su mujer lo vaciará, lo transformará y dejará de oler a puro.

Sujeto la jarra de café con ambas manos y miro a Temperance, preocupada por traslucir la compasión que ella siempre me ha demostrado.

—Has sido una santa al cuidar de mi madre todos estos años, Tempie. Nunca ha sido una mujer fácil, ¿verdad?

—Es una buena mujer —responde Tempie con tono reverencial, los ojos brillantes y la admiración reflejada en su rostro, como si hablara de un ángel y no de mi egocéntrica madre.

—Desde que sufrió el derrame ha estado extrañamente tranquila —aduzco, reflexionando sobre el notable cambio en la forma de ser de mi madre. Pasó de ser una persona malhumorada a dócil de la noche a la mañana, como si se diera cuenta de que se acercaba el final y aceptara su destino sin rechistar.

—Morirá con la conciencia tranquila —replica Temperance—. Ha desterrado sus fantasmas y ascenderá a la luz de Dios rebosante de júbilo.

No estoy segura de a qué fantasmas se refiere Temperance. Sé muy poco del pasado de mi madre. Vino desde Irlanda, de una familia de granjeros, para escapar de la pobreza y empezar una nueva vida en América, como tantos otros hicieran en aquellos tiempos de penurias y hambruna. Es cuanto nos contó. Nunca dio más detalles y nosotros no sentimos curiosidad por saber más. Solo ahora que está a punto de morir me pregunto por sus orígenes. Sé que tenía dos hermanos. ¿Qué fue de ellos? ¿También dejaron Irlanda? Siendo mis tías y tíos por parte de padre y con más primos de los que puedo contar, resulta extraño no conocer a ningún pariente de mi madre. Vino sola a América y sola se irá, y no sabremos nada.

Dos enfermeras cuidan de mi madre las veinticuatro horas del día, pero insiste en que Temperance esté también a su lado. Está claro que la necesita más aún a ella que a mí, que soy su hija. Estoy un poco celosa, pero es natural. Temperance ha estado siempre con ella, pero yo me casé y me mudé con veintidós años. No guardo rencor ni me arrepiento. Mi madre y yo hemos tenido una relación fácil solo porque yo me he plegado siempre a sus deseos. Me han dominado toda la vida, primero mi padre y después mi marido, así que estoy acostumbrada a amoldarme a personas de carácter fuerte. Soy tan flexible como un junco en un estanque. No opongo resistencia. Hago lo que me dicen y no me quejo. Sé lo que se espera de mí. Mi padre era un hombre directo que no dejaba lugar a dudas. Para él, ser una buena madre y esposa era la mayor aspiración de cualquier muchacha bien educada y yo solo deseaba complacerle y hacer que se sintiera orgulloso. Pero algo en mí se está moviendo ahora, como si, al igual que la tierra, tuviera placas tectónicas propias; siento movimiento en lo más profundo de mi ser.

Soy una mujer de cincuenta y ocho años y, mientras me siento por la mañana en este porche a contemplar el mar, me doy cuenta de que todos estos años he complacido a todo el mundo menos a mí. Reflexiono sobre mi vida y la poca huella que he dejado con la mía. Mis pasos en la arena son poco profundos y desaparecen con rapidez cuando las olas los lamen, pues apenas he hecho nada aparte de criar a mis tres hijos, cuidar de mi marido y ser una anfitriona atenta y encantadora. Mi madre se está muriendo y eso hace que piense en la vida y en la muerte y en nuestro propósito en este mundo. En un destello de claridad me percato de que he estado viviendo para todos los demás y no para mí. Pienso de nuevo en mi sueño. Me inquieta porque presiento que trata de decirme algo. Quizá mi inconsciente me urge a que me examine con más atención. A diferencia de otros sueños, este no se desvanece, sino que persiste con la obstinación de un perro decidido a permanecer al lado de su difunto amo.

Estoy junto a la cama de mi madre cuando fallece. Mi hermano Logan ha conseguido llegar a tiempo desde Boston y le asimos la mano mientras Temperance continúa mirándola, con el rostro húmedo por las lágrimas y el labio inferior mojado y tembloroso mientras balbucea plegarias inaudibles. Arethusa Clayton fue una mujer muy atractiva en su época; nunca se la consideró una belleza porque sus rasgos eran demasiado contundentes para eso, pero su aspecto era impresionante y los hombres la encontraban irresistible, aun cuando ya no era una mujer joven. Ahora, en la muerte, se muestra serena, benévola, pasiva, lo que a mi hermano y a mí nos resulta raro porque en vida nunca fue así. Tiene un aspecto dulce, amable incluso, como si hubiera renunciado a luchar. Mientras la contemplo, la palabra «lucha» aflora en mi mente igual que un corcho en el agua. Es persistente. Me pregunto por qué tuvo que luchar, para qué tuvo que luchar. Desde luego, la lucha ha terminado ya, ella está en paz. Pero no puedo evitar preguntarme por qué eso estaba ahí.

Su fallecimiento me afecta de formas inesperadas. Es complicado, como un ovillo de lana enmarañado que había esperado que no estuviera enredado. Siento tristeza, una tristeza vacía y dolorosa, pero también alivio, porque ha dejado de sufrir y por haberme librado de su dominio. Es algo espinoso sentir pena y alivio a la vez. Me recuerda el sentirme aliviada y me arrepiento de todas las cosas que nunca le dije. Todo el amor que no sabía que sentía. Y me siento muy sola y un poco perdida, como si ella hubiera sido una titiritera y yo la marioneta ignorante, ajena a los hilos que hasta ahora me retenían. Temperance solo está triste y sé que su pena es una herida más limpia que la mía. Para ella no hay alivio, arrepentimiento ni culpa. Para ella solo hay pena.

Ahora, como albacea de su testamento, le toca a Logan encargarse de que se cumplan los deseos de nuestra madre. A Temperance y a mí nos toca ponernos con la laboriosa tarea de clasificar todas sus pertenencias. Sus armarios de ropa, zapatos y bolsos, sus joyeros, su maquillaje, sus artículos de tocador y su escritorio con documentos y la biblioteca. En realidad es una ardua tarea, que preferiría dejarla en manos de otra persona, pero no hay nadie más. Estamos solo las dos y, a medida que transcurren los días, tengo la sensación de que no vamos a ninguna parte. Está claro que a mi madre no le gustaba tirar nada. ¿Qué vamos a hacer con tantas cosas?

Entre sus pertenencias hay algo que me resulta fuera de lugar. Se trata de un instrumento que parece un violín pequeño, pero la panza es redonda y el diapasón muy largo. Temperance ahoga un grito al verlo y sonríe con un placer infantil, como si acabara de reencontrarse con un viejo y querido amigo.

—Eso es un banjo, señorita Faye —dice, con voz maravillada.

Presiento que desea tenerlo, así que se lo doy a ella. Temperance lo sostiene con sumo cuidado. A continuación empieza a tocar. Sus dedos se mueven con agilidad sobre las cuerdas. Estoy asombrada. No sabía que supiera tocar el banjo. La escucho mientras canta. Tiene una voz grave y dulce, como el *whisky* y la crema, y me mira mientras canta, con la emoción descarnada en los ojos. Estoy hechizada. Pero dudo que mi madre supiera tocar semejante instrumento. Debió de ser un regalo no deseado que no llegó a tirar.

—Tempie —jadeo cuando termina—, tocas muy bien.

Temperance tiene el corazón destrozado por la pérdida, y llora con facilidad y frecuencia. Ahora derrama unas lágrimas mientras acaricia el banjo con nostalgia.

—Mi padre me enseñó a tocar cuando era pequeña —me cuenta—. Él tocaba estas cuerdas como si hubiera nacido para ello. Y sabía bailar, señorita Faye, seguía el ritmo con los pies. ¡Qué elegante y ágil era! Como el espíritu del fuego. Y sabía cantar. Solía tocar y cantar para que me durmiera, pero yo me quedaba tumbada con los ojos bien abiertos, como una rana, pues no quería perderme nada. —Me devuelve el instrumento—. Después de su muerte, no volví a tocar. Ahora me arrepiento.

—Nunca es tarde para empezar —aduzco—. ¿Por qué no te lo quedas? Te recordará a tu padre. —Entonces imagino a Temperance de niña, con su padre, que supongo que era guapo como ella, con su sonrisa y la misma ternura en sus ojos, y me pregunto por las diferencias en nuestras infancias. Yo, con mi educación blanca y privilegiada, y ella con prejuicios e intolerancia por culpa de su color de piel. Semejante injusticia hace que la compasión me desborde el corazón. Estados Unidos ha avanzado mucho desde que ella era una niña, pero es difícil cambiar las viejas mentalidades de todas formas—. Quiero que lo tengas tú, Tempie —insisto.

—¿Lo dice en serio, señorita Faye?

—Por supuesto que lo digo en serio, Tempie. Mamá querría que lo tuvieras tú.

—Lo cuidaré como si fuera un tesoro, señorita Faye. Y también lo tocaré. Lo tocaré y recordaré el pasado.

Tiene los ojos húmedos. Me gustaría preguntarle por su pasado. Me gustaría saber más sobre su padre, al que sin duda adoraba. De repente me percato de lo poco que sé de ella, aparte de las historias sobre cocina de su abuela, y me avergüenzo de mi falta de curiosidad. De mi falta de interés. Pero no es el momento de preguntar. No quiero alterarla. Su pena está muy a flor de piel en estos momentos y lo más mínimo hará que se eche a llorar. No puedo enfrentarme a sus lágrimas ahora mismo. A duras penas soy capaz de contenerme yo.

Mis hijos son un apoyo maravilloso. Rose, que tiene treinta y dos años, y trabaja en el mundo de la moda en Nueva York, se ofrece a venir para ayudar, pero rechazo su ofrecimiento. Tiene que ocuparse de su propia familia. Ella insiste en que puede escaparse y sé que lo dice de verdad. Lo cancelaría todo para venir a ayudarme, pero le aseguro que Temperance y yo nos las arreglamos bien solas. Aun así, me llama todos los días. Dulce, considerada y paciente, me escucha mientras le hablo de todas las cosas raras que he encontrado en los armarios de mi madre. Sé que le aburro, pero no tiene prisa por colgar. Sabe que necesito superar mi pena y me da todo el tiempo que necesito. En cuanto a Edwina, tiene dos años menos y acaba de empezar en un nuevo trabajo en California, haciendo películas, de modo que no puede escaparse, pero agradezco la llamada telefónica y su compasión. Es muy típico de Edwina ofrecerse a ayudar con la esperanza de no tener que hacerlo. Adoro su ambición y su dinamismo, pero es la más egoísta de mis hijos y no se desvive por nadie.

Walter, nuestro hijo, tiene veintidós y está estudiando para los exámenes finales de la universidad. Quiere venir, pero no es trabajo para un joven. No me llama muy a menudo. Trabaja duro y tiene novia. Sé que su corazón está en el lugar correcto, pero Rose es la única que empatiza conmigo de verdad.

No obstante, todos vendrán al funeral, junto con su padre, mi marido, que me llamó anoche para preguntarme cuándo vuelvo a casa. Por lo general, lo dejaría todo y correría a su lado, como espera que haga, incluso en este caso. No alcanza a entender por qué no puedo dejárselo todo a Temperance. Pero quiero estar aquí. Por fin estoy pensando en mí. Deseo estar aquí, así que me quedo.

Justo cuando creo que estamos haciendo progresos, nos llevamos un buen varapalo. Logan y yo nos reunimos con el abogado de mi madre, Frank Wilks, que viene a la casa para leer su testamento. Es un hombre bajo, enjuto, con un bigote blanco, calvo y rubicundo, que me recuerda a las langostas que solíamos pescar y hervir cuando éramos críos. Tomamos asiento en el comedor, en un extremo de la pulida mesa de madera de cerezo, y charlamos un poco mientras el señor Wilks abre su maletín y saca un expediente, que coloca ante sí con aire solemne y presuntuoso. Se ha ocupado de los asuntos de mis padres durante treinta y cinco años y le apena de verdad el fallecimiento de nuestra madre.

Temperance trae una bandeja con café y después sale de la estancia y cierra la puerta. El señor Wilks sonríe mientras le sirvo una taza, pero es una sonrisa incómoda. Supongo que mi madre realizó algunas peticiones delicadas. A fin de cuentas fue una mujer complicada en vida, ¿por qué iba a dejar de serlo muerta?

El señor Wilks abre el documento, inspira por las fosas nasales y nos informa de que nuestra madre estipula en su testamento que quiere que la incineren. Esto supone una sorpresa, por decirlo suavemente. Nuestro padre está enterrado en la iglesia católica de la Santa Cruz y siempre se ha dado por hecho que mi madre, que también era católica, sería enterrada a su lado. Ted Clayton no era partidario de la cremación. Lo dejó muy claro, igual que hacía con todo (sus sermones en la mesa eran tristemente célebres y los soportábamos con la misma paciencia que se soportan los sermones desde el púlpito). Cuando llegue el día del Juicio Final, Ted Clayton conservará su cuerpo y estará listo para levantarse de nuevo. Nadie duda que lo hará. Si alguien puede desafiar a la muerte y salir de la tierra es Ted Clayton. Pero no creía que fuera posible forjar un cuerpo de las cenizas, por potente que sea el poder de la resurrección. Por tanto, es inimaginable que mi madre haya decidido que la incineren en vez de que la entierren. Ni siquiera podemos argumentar que estuviera loca, porque estaba muy cuerda cuando redactó su testamento, meses antes de sufrir el derrame. De hecho, organizó una recaudación de fondos el día anterior al derrame, y todo el mundo comentó su vitalidad y su encanto. Por lo tanto, por mucho que cueste aceptarlo, la incineración fue una decisión que tomó en su sano juicio, aunque seguimos sin entender el porqué.

—¡Esto es un ultraje! —exclama Logan. Su rostro, que todavía posee un atractivo juvenil, enrojece de indignación—. No pienso aceptarlo. Mi padre se revolvería en su tumba si lo supiera. —Me mira con seriedad—. ¿Tú lo sabías?

—Claro que no —respondo.

Logan cruza los brazos y se recuesta en su silla.

—Es absurdo —se burla, esperando que, al rechazar así su petición, no se tome en serio el deseo de nuestra madre—. No me extraña que no nos lo contara en vida. Ella sabía lo que nos parecería. —Niega con la cabeza, cubierta aún por un espeso y ondulado cabello castaño, con algunas canas en las sienes—. ¿Por qué querría que la incineraran? Era una mujer devota. Va contra su fe. No tiene ningún sentido.

—Está a punto de tenerlo —interviene el señor Wilks, subiéndose las gafas. Dirigimos de nuevo la atención hacia el hombrecillo, que carraspea y da golpecitos en la página con el dedo corazón, como un pájaro golpeteando la madera con el pico—. No es lo único que ha pedido —añade.

—Continúe —le urge Logan, bajando la mirada al documento que tiene delante el señor Wilks—. ¿Qué más dice?

—Ha pedido que esparzan sus cenizas en Irlanda. —El señor Wilks hace caso omiso de otro grito ahogado colectivo y prosigue—: Para ser precisos, y su testamento es sin duda muy preciso, quiere que las esparzan... —Se acerca a la página y lee lo que hay escrito en ella—: «En las colinas sobre el castillo Deverill, con vistas tanto al castillo como al océano. Que el viento me lleve y la suave lluvia me asiente en la tierra irlandesa de la que provengo. Y que mis pecados sean perdonados».

En este momento siento que me he quedado sin respiración. La mención del castillo es una extraordinaria coincidencia. Me llevo la mano al pecho y tomo aire. No puedo contarle mi sueño a mi hermano, pues es un hombre sensato y pragmático y pensaría que he perdido la cabeza. ¡Santo Dios! Ni siquiera estoy segura de poder contárselo a Temperance, solo porque le buscará tres pies al gato y temo lo que pueda decir. Tengo miedo de mi sueño. Ahora me da miedo dormirme por si se repite. Me asusta enfrentarme a mí misma allí, junto a la chimenea, y despertar bañada en sudor frío, con el corazón retumbando contra las costillas y sin saber por qué estoy tan asustada.

Logan le pide al señor Wilks que le pase el testamento y el abogado lo desliza por la mesa. Mi hermano lo lee detenidamente con los labios fruncidos y las mejillas inyectadas en sangre.

—¡Esto es demencial! —vocifera—. ¿Por qué demonios iba a querer que sus cenizas se esparcieran en Irlanda? Es decir, sabemos que su apellido de soltera era Deverill, pero nunca habló de ningún castillo Deverill. ¿Alguna vez te lo mencionó a ti? —Logan me mira de nuevo y una vez más niego con la cabeza—. Bueno, sabemos que creció en una granja en el condado de Cork y que cruzó el Atlántico para labrarse una mejor vida en Estados Unidos, pero nunca hemos oído hablar de ningún castillo. Una cosa es incinerarla y otra muy distinta esparcir sus cenizas en un país lejano que abandonó hace más de sesenta años y que apenas mencionaba.

Le devuelve el testamento al señor Wilks con desprecio. Sé que Logan querrá ignorar sus deseos y darle sepultura aquí, junto a nuestro padre. Por regla general acataría sus deseos. Siempre lo he hecho; a fin de cuentas es siete años mayor que yo y nunca he expresado una opinión firme sobre nada. Pero por alguna razón desconocida tengo una firme opinión respecto a esto.

—Si quería que esparcieran sus cenizas en Irlanda, tenemos el deber de ocuparnos de que así sea —declaro, y Logan frunce el ceño con irritación, sorprendido de que no esté de acuerdo con él.

Pienso en el castillo de mi sueño y me siento más segura que nunca de que los dos están conectados, quizá sean el mismo, y que debería ser yo la persona que la lleve allí. No le cuento a Logan lo que estoy pensando. Es demasiado impropio y ya ha tenido suficientes sorpresas por un día.

No he tenido en cuenta a mi marido. Es un obstáculo demasiado real para considerarlos ahora mismo.

Hay un último requerimiento. El señor Wilks se aclara la garganta y parece armarse de valor. Encoge los hombros casi hasta las orejas, como si quisiera encoger la cabeza como una tortuga.

—La señora Clayton ha pedido que Temperance disponga de la casa del servicio en usufructo, junto con un donativo de doscientos mil dólares.

—Logan parece horrorizado. Es una enorme cantidad de dinero para una doncella. El señor Wilks prosigue—: Un tercio de su riqueza se la deja a usted, señora Langton, y otro tercio a usted, señor Clayton.

—¿Y el otro tercio? —se apresura a preguntar Logan, ignorando la casa y el dinero para Temperance. A mí también me produce curiosidad. Me acerco, colocando los codos en la mesa—. ¿Quién más hay? —agrega Logan, sacudiendo la cabeza con impaciencia.

El señor Wilks parece incómodo. No cabe duda de que nuestra madre ha hecho otra sorprendente petición.

—La señora Clayton fue muy clara al respecto —responde—. Estipuló que la identidad de la tercera parte debe permanecer en el anonimato hasta que hayan estado en Irlanda.

Logan parece a punto de estallar. Hasta las orejas se le ponen rojas y le palpitan con furia.

—¿En el anonimato? —Me mira con sus ojos castaños, desorbitados y furibundos, pero antes de que pueda preguntarme si sé algo de esto, le aseguro que no.

—No imagino quién podría ser —digo con voz queda y siento que mi rostro enrojece por la sorpresa. Me avergüenza reconocer que yo también estoy un poco molesta.

—¿Un tercio? Aparte de sus hijos, ¿quién tiene derecho a un tercio? ¿Estaba loca? ¿En qué demonios pensaba? —Logan se levanta de golpe y se pasea por la habitación.

El señor Wilks carraspea de nuevo.

—Estos son los deseos de su madre y es su deber cumplirlos, señor Clayton.

—¿Y si deseo impugnarlo? —cuestiona Logan, que se sienta y se arrima al señor Wilks, empequeñeciéndole con sus anchos hombros y tratando de coaccionarle con sus agudos ojos de depredador.

—¿Qué parte? —replica el señor Wilks con serenidad, sosteniéndole la mirada sin pestañear.

—Todo —dice Logan.

—Logan —protesto—, no puedes hacer eso. Es la ley. Son los deseos de nuestra madre. No puedes ignorarlos.

Logan me mira con sorpresa. He expresado mi opinión en voz alta y no es la que él quiere oír.

—Haré todo lo que pueda para ignorarlos, Faye.

—¿Basándose en qué va a impugnar el testamento? —pregunta el señor Wilks con sensatez.

No creo que Logan sea capaz de construir un caso convincente. Creo que él también lo sabe. Junta las yemas de los dedos de ambas manos mientras reflexiona sobre qué hacer. El señor Wilks me mira a los ojos, pero ninguno sonríe. Ambos estamos deseando hacer lo correcto. Logan solo piensa en sí mismo. Siempre piensa en sí mismo.

—Muy bien —dice al final—. No me opondré a su deseo de ser incinerada, aunque vaya en contra de los deseos de nuestro padre y de los deseos de su familia. En cuanto a que se esparzan sus cenizas en Irlanda, la idea me resulta ridícula. Se queda aquí, donde debe estar. En cuanto a lo último, el infierno se congelará antes de que permita que un tercio de la riqueza de nuestra madre vaya a…

—Un fantasma, Logan —le interrumpo—. Porque hasta que no sepamos quién es, bien podría ser un fantasma.

El señor Wilks tose contra su mano.

—Antes de dar la reunión por finalizada, hay una cosa más.

Logan y yo le miramos. ¿Qué más puede haber? El señor Wilks se inclina y agarra su maletín del suelo y lo coloca sobre la mesa. Contengo el aliento mientras abre los cierres y la tapa. Dentro hay un sobre marrón. No parece gran cosa, pero me da pavor saber qué hay dentro. Lo deposita en la mesa con aire de gran importancia, como si contuviera algo muy valioso. Logan y yo lo contemplamos, esperando que sea inofensivo, que no nos haga discutir.

—La señora Clayton dejó instrucciones muy concretas de que esto se le legue a usted, señora Langton. —Desliza el sobre por la pulida mesa.

Logan se acerca. Quiere quitármelo y abrirlo él, y es posible que lo hiciera si el señor Wilks no estuviera observando para cerciorarse de que todo se hace según las normas. Me gustaría llevármelo a un lugar privado y abrirlo yo sola, pero tanto Logan como el señor Wilks me observan con atención, por lo que no tengo más remedio que abrirlo delante de ellos.

Dentro hay un libro negro encuadernado en cuero. Logan me lo arrebata sin preguntar y hojea las páginas.

—Está escrito en algún tipo de código —dice enseguida, descartándolo—. ¿De qué sirve eso? —Me lo devuelve. Lo abro y echo un vistazo a lo que hay escrito. Ni siquiera sé si es de mi madre. No parece su letra ni tampoco es legible.

—No puedo leerlo —comento con un suspiro. Pero una parte de mí se siente aliviada. Si se parece en algo a su lista de deseos, me alegro de no saber.

—Bueno, al menos no tiene dientes —bromea Logan sin el menor atisbo de humor—. Gracias por venir, señor Wilks. Estaré en contacto. Entretanto, el regalo de mamá a esta persona anónima tiene que quedar entre nosotros, Faye. ¿Entiendes? —Yo asiento—. Bien.

No creo que sea el momento indicado para decirle que tengo intención de ir a Irlanda.

2

La incineración tiene lugar en un pequeño e impersonal crematorio, que carece de encanto y de intimidad. La naturaleza industrial del edificio me resulta desagradable. Es demasiado aséptico, demasiado frío. Al final empiezo a desear haber cedido a las demandas de Logan y enterrado a mi madre junto a mi padre. Sin embargo, adopto una expresión valiente por el bien de mis hijos y por Temperance, que llora en silencio, secándose los ojos con un pañuelo blanco y sonándose la nariz con suavidad. Mi marido, Wyatt, no se siente cómodo con las emociones, así que aprieto los dientes y procuro contener las lágrimas. Es Temperance quien toma mi mano y me la aprieta. Intento no mirarla. Sé que me pondré a llorar si lo hago. El término del suplicio supone un alivio y puedo recordar a mi madre en un servicio más agradable, que se celebra más tarde, el mismo día, en la iglesia local.

No he tenido tiempo de llorarla y aquí, en esta iglesia, delante de los amigos de mis padres que todavía viven y de la familia de mi padre, no es lugar para empezar a hacerlo. Los Clayton son un grupo fuerte y yo soy una de ellos y debo ser fuerte también. Pero recoger las cosas de mi madre, poner en orden sus asuntos, organizar este funeral y ser fuerte por Temperance me ha pasado factura y me siento exhausta. No es ninguna sorpresa que no haya un solo familiar de mi madre presente, pero sí parece extraño. Quizá murieran todos en la hambruna. O se marcharan en busca de una vida mejor, como hizo ella, o se quedaran para pudrirse en sus frías casitas o granjas donde no crecía nada. Ahora que lo pienso, es muy posible que el pasado de mi madre fuera tan traumático, que le causara un gran dolor hablar de él. ¿Por qué no se me había ocurrido? Según sus propias palabras, era una mujer que quería vivir en el presente. Pero ahora que ha pedido que se esparzan sus cenizas en Irlanda, no puedo evitar pensar en ese pasado que ella quería olvidar. Si su corazón estaba aquí, con nosotros, ¿por qué no iba a querer quedarse? Si en vida no significó nada para ella, ¿por qué regresar a Irlanda tras su muerte?

Siento mucha curiosidad. Me avergüenza darme cuenta de que no sé nada sobre mi madre, nada en absoluto. No es que sospeche que guardara secretos; no se trata de eso. Es simple arrepentimiento y pena por mi falta de comprensión. Siento que una oleada de tristeza anida en mi pecho. Es algo repentino y me coge por sorpresa. Reprimo un sollozo y bajo la mirada al suelo, concentrándome en los desperfectos de la piedra. Sin embargo, siguen surgiendo las preguntas. No sé nada de la infancia de mi madre, nada de cómo se crio, nada de las penurias que soportó. No sé nada de sus padres, de sus hermanos ni de su casa. Arethusa ya no está. No queda nadie para contar su historia. Tengo la sensación de que toda su familia ha muerto con ella, relegada al olvido. Ahora, en el lugar que una vez ocupó mi madre, hay un vacío, un agujero negro, la nada. Y me arrepiento enormemente de no haber sentido nunca curiosidad, ni haber tenido el coraje, para preguntarle.

Tras la misa, regresamos a casa para la recepción. Los feligreses recorren el corto espacio desde la iglesia. Vestidos de negro, parecen una bandada de cuervos que se abren paso despacio por las hojas caídas. Entran en casa, donde he contratado camareros, para que les ofrezcan una copa de vino, y chicas vestidas de oscuro, para que les recojan los abrigos. Temperance observa desde las sombras, con el labio inferior proyectado hacia afuera y con los brazos en jarra, apoyados en sus anchas caderas, vigilando la casa de su señora con gran celo.

Me sitúo junto a la puerta para recibirles. Deseo que todo termine pronto, que todos se vayan. Estoy cansada de hablar, de estrechar manos y de agradecer la compasión de la gente. El salón está abarrotado, casi no puedo ver el otro extremo por el humo del tabaco, y el fuerte ruido de la cháchara resulta invasivo. Anhelo el silencio. De repente deseo con todo mi ser que me dejen sola para asimilar mi pérdida, para recordar a mi madre a mi manera y en la intimidad. Quiero huir de las miradas y de las preguntas compasivas e inquisitivas que, aunque con buenas intenciones, suponen una intromisión.

Busco un momento tranquilo, junto a la ventana del salón, y contemplo el jardín, donde los árboles esparcen al viento sus hojas en tonos escarlatas y dorados. Adoro el otoño. Es mi estación preferida. Me encantan los vívidos y llamativos colores, la suave luz, esa aura de melancolía a medida que el verano se va marchitando poco a poco y el invierno se acerca con sus largas noches y su crudo frío. Hoy su belleza me sosiega.

—Me alegra que haya acabado —dice Logan, que ahora está de pie a mi lado, bebiendo un trago de su copa de vino.

—A mí también —coincido con un suspiro. Sé que se refiere a la incineración, pero yo deseo que también «esto» termine.

—Buen trabajo con el servicio. Ha sido lo bastante glamuroso sin resultar ostentoso. A ella le habría gustado. —Esboza una sonrisa y me alegro al ver que ya no está enfadado conmigo, sino que se burla un poco, como hace siempre. Le estudio con atención. A sus sesenta y cinco años, su atractivo solo ha mejorado, al profundizarse las arrugas de expresión alrededor de su boca y en sus sienes. Sin embargo, los años no han dotado a su rostro de sabiduría ni de carácter, en todo caso han dejado al descubierto su naturaleza superficial y su vanidad. Tiene algo de estrella de cine en decadencia, que se esfuerza demasiado en conservar su belleza, lo cual resulta extrañamente patético. A pesar de su mal genio y de su carácter intimidador, ahora me doy cuenta de que en realidad es bastante inofensivo. Dirijo de nuevo la mirada hacia el cielo, cada vez más oscuro, y me pregunto por qué de repente veo el mundo y a quienes lo habitan con otros ojos.

—A pesar de que la hayan incinerado, creo que su alma está con la de papá —digo—. Supongo que también con su familia. —Levanto la mirada hacia mi hermano, que es muy alto, en busca de alguna emoción. Me pregunto si su muerte le ha conmovido. No lo parece. Aparte de la ira, la indignación y el placer, parece que Logan es un hombre que no siente las cosas demasiado en profundidad. Nunca muestra un lado vulnerable, al menos no que yo sepa. Quizá se permita bajar la guardia con Lucy, su esposa. Pero, no sé por qué, lo dudo mucho. Ella también es una persona fría. No son nada sentimentales el uno con el otro—. ¿Alguna vez piensas en su familia? —le pregunto.

Él niega con la cabeza.

—No. ¿Por qué? ¿Es que tú sí?

—No lo había hecho hasta ahora. ¿No te has fijado en que no hay nadie aquí por parte de su familia? Nadie en absoluto.

—No es ninguna sorpresa.

—Pero, ¿no te resulta un poco triste? No hay ni un solo pariente suyo para despedirla.

—Bueno, no estuvieron aquí en vida de mamá, así que sería un poco raro que se presentara alguno en su funeral.

—¿Queda alguno con vida? —pregunto, mirando de nuevo las hojas que caen y la luz menguante, y sintiendo un vacío insoportable—. No pueden haber muerto todos. Tiene que quedar alguien por ahí que conozca su historia.

—Ella no quería recordarla, de lo contrario nos la habría contado.

—Sin embargo, quiso que sus cenizas fueran esparcidas en Irlanda.

—Un capricho —replica con desdén—. Ridículo.

—Un capricho muy rotundo, Logan. Fue muy concreta respecto a dónde quiere que las esparzamos. Si su pasado no le importaba lo más mínimo se hubiera conformado con que la enterraran junto a papá.

Logan no quiere pensar en eso. Aprieta los dientes, y sus labios se convierten en una fina línea.

—En serio, no puede esperar que vayamos a Irlanda —dice, y durante un momento le creo.

Es, en efecto, una petición considerable. Estoy tan acostumbrada a respetar a los hombres de mi vida —mi apabullante padre, mi hermano mayor, y más guapo, y mi inteligente y autoritario marido— que durante un instante no se me ocurre cuestionarlo. Pero siento que algo tira de mí, como una mano invisible que tira del bajo de mi vestido, exigiendo atención.

—Ella quiere que vayamos, Logan —aduzco, y en ese segundo todo se aclara, como el agua cuando el barro se asienta—. ¡Por supuesto! —digo entre dientes, elevando la voz por la emoción—. Ella quiere que vayamos.

Quiere que conozcamos su historia. Por eso nos envía allí. —Una expresión irritada ensombrece su rostro—. Sé que parece una locura, pero tengo la extraña sensación de que...

—Se puso nostálgica, eso es todo —me interrumpe Logan, mirándome con aire de suficiencia—. La gente mayor siempre se pone nostálgica.

—No, es algo más que eso —insisto, llorosa porque él no lo entiende y yo quiero ir a Irlanda, mucho—. Lo siento en lo más profundo de mi ser —añado en voz queda, llevándome la mano al estómago.

Él me da una palmada en el hombro.

—Creo que lo más profundo de tu ser necesita un poco de vino. Vamos, no podemos quedarnos toda la tarde junto a la ventana e ignorar a nuestros invitados. ¿Has hablado con la tía Bernard? Me ha arrinconado durante diez largos minutos y sé que también quiere hablar contigo.

Exhalo un suspiro ante la perspectiva de vérmelas con la tía Bernard, la hermana de mi padre. Todas las mujeres Clayton tienen nombres de varón porque su padre, Clinton Clayton, solo quería hijos. No tengo ganas de ver a la tía Bernard. No tengo fuerzas para su estridente personalidad. De hecho, no deseo ver a nadie. Me siento deprimida porque preveo que no van a dejar que vaya a Irlanda. Tengo el dinero, mi padre me dejó una gran suma, pero carezco de independencia y me da miedo imponerme, porque no lo he hecho nunca. Cuento con que mi marido me dirá que no puedo ir. Con que Logan me dirá que no puedo ir. Me imagino doblegándome a la voluntad de ambos, como hago siempre. Es un patrón familiar y deprimente al mismo tiempo. Me horroriza mi propia debilidad. Eso es lo que hace que me sienta más deprimida; mi incapacidad de defenderme.

Quiero sentarme en el columpio de fuera y aferrarme a esa sensación de que algo tira de mí, porque me resulta extrañamente reconfortante. No sé por qué. En la habitación está llena de gente y hay demasiado ruido para que pueda pensar. Necesito un lugar tranquilo. Me vuelvo hacia la multitud, esperando abrirme paso entre la gente para escapar al porche. Para mi consternación, la tía Bernard se abre camino a empujones entre los invitados, sacando los codos con expresión resuelta. Nada la va a detener. Y debido a su tamaño, nadie puede hacerlo.

Antes de que pueda escapar, la tía Bernard cruza su mirada con la mía, con su cara redonda, como la luna llena, y sus ojos, también redondos, del azul de la porcelana. Todo en la tía Bernard es redondo.

—¡Bueno, bueno! Te he estado buscando, Faye. Bien, ¿qué es eso de que Tussy quiere que se esparzan sus cenizas en Irlanda? Es decir, ¿en qué demonios pensaba? ¡Y que la incineraran! Ted debe de estar revolviéndose en su tumba. ¡Es intolerable!

Me siento enfurecer.

—Es lo que ella quería y estamos obligados a cumplir sus deseos —replico, tratando de ser paciente y no dejar que asome mi irritación. Estoy acostumbrada a los Clayton. Son insensibles y tienen la piel gruesa como búfalos, y las mujeres son tan duras como los hombres.

—No mencionó nada cuando estaba viva. ¿A ti te dijo algo?

—No.

La tía Bernard se ríe entre dientes y su gran busto se agita.

—Desde luego que no, porque sabía cómo lo recibiríais. Bueno, ya nadie puede llegar a ella donde está ahora. —La tía Bernard abre más los ojos, y eso hace que parezca demente—. No vas a ir a Irlanda, ¿verdad? ¿No te lo estarás planteando?

—Bueno… —vacilo.

—Desde luego que no. Sabes que es una idea ridícula. Entierra sus cenizas junto a Ted. Están destinados a estar juntos.

—Pero ha dejado muy claro que…

La tía Bernard agita su rechoncha mano. Tiene las uñas mordidas y sus dedos son largos y romos, como su cuerpo.

—Solo os está tomando el pelo. No quiere ir a Irlanda más de lo que Logan y tú deseáis llevarla. Le dio la espalda a ese país hace décadas, y punto. Me parece muy raro que quiera regresar ahora, cuando no es más que cenizas. —Se me llenan los ojos de lágrimas al oír mencionar que mi madre ha quedado reducida a cenizas. La idea me resulta espantosa. ¿Puede ser eso lo único que quede? La tía Bernard continúa de todas formas, ignorando mi dolor o ajena a él—. Fui una vez allí, al condado de Wexford. Bonito aunque húmedo. Llovió todo el tiempo. En toda mi vida he estado tan empapada. En Irlanda no hay nada que ver salvo colinas, el mar y la lluvia. —Agita los dedos de nuevo—. Entiérrala junto a Ted. Lo harás, ¿verdad, Faye? Es lo correcto. La familia ha de permanecer unida y hay generaciones de Clayton enterrados en ese cementerio. Sería un error llevarla al otro lado del mundo. Lo sabes tan bien como yo. Y créeme... —Se ríe y noto esos ojillos de platos clavados en los míos—, en realidad no quieres ir a Irlanda.

Alzo la barbilla y me oigo decir:

—En realidad, sí quiero.

La tía Bernard parpadea, atónita.

—Perdona, ¿qué has dicho?

—He dicho que sí quiero ir.

Dos rojas manchas de indignación cubren las mejillas de tía Bernard.

—¿De veras?

—Sí, quiero ver de dónde viene mi madre.

—Sospecho que de campos enfangados y fríos salones —replica la tía Bernard con desdén.

—Pues eso veré —aduzco—. Y descubriré quién era mi madre. —Al decirlo me doy cuenta, con un estremecimiento de placer que me pilla por sorpresa, de que lo he decidido. Está hecho. Voy a mantenerme firme y a hacer lo que quiero. No tengo por qué llevar las cenizas, puedo ir sola, así Logan no puede impedírmelo, y si Wyatt pone objeciones, me limitaré a decirle que quiero descubrir si algún pariente de mi madre sigue con vida. ¿Cómo puede negarme eso? Solo espero que no decida acompañarme.

Consigo librarme de la tía Bernard y me marcho del salón. Huyo al viejo estudio de mi padre, transformado por los niños en una sala de juegos tras su muerte, con una mesa de billar, una diana de dardos y una mesa para cartas en el ventanal donde solía estar su escritorio. Ahí encuentro a los primos escondidos como traviesos escolares. Rose y Edwina están sentadas en el sillón con su prima mayor, Maggie, la hija de Logan. Se han descalzado y están fumando y quejándose del exagerado número de parientes presentes. Los hijos de Logan, Henry, Christopher y Alexander, están jugando al billar con mi hijo Walter, que es más joven que ellos y se deja llevar con facilidad. Al verme en la entrada dejan lo que están haciendo y me miran con expresión culpable.

Pero no les culpo. Ojalá yo también pudiera refugiarme aquí. Pero no puedo. Soy la anfitriona y tengo que cumplir con mi deber.

—¿Habéis visto a vuestro padre? —les pregunto a las chicas. Ellas niegan con la cabeza—. Si le veis decidle que le estoy buscando.

—¿Estás bien, mamá? —pregunta Rose. ¡Qué típico de Rose preocuparse!

—¡Oh! Estoy bien —respondo, con una sonrisa forzada—. Acabará pronto.

—¡Gracias a Dios! —exclama Edwina, exhalando una bocanada de humo—. Si alguien más me dice lo maravillosa que era mi abuela lo abofeteo. —Esboza una sonrisa traviesa, que pretende ganarse el apoyo de sus primos—. ¡Era una prima donna de primera!

Se echan a reír y luego me miran con inquietud para ver si me he ofendido. No lo he hecho.

Cuando me voy de la estancia, asegurándome de cerrar la puerta al salir para que a los jóvenes no los encuentren los parientes decididos, veo por el rabillo del ojo a alguien que se escabulle por el pasillo a mi derecha. Me percato de que se trata de Temperance. Ataviada con su vestido negro con el cuello blanco, su corto cabello canoso y su voluminoso cuerpo, resulta inconfundible. Al llegar al final del pasillo gira a la izquierda y desaparece en la despensa.

La sigo. Sé lo duro que ha sido para Temperance la muerte de mi madre, pero además agradezco la excusa para no tener que regresar al salón. La encuentro con la espalda apoyada en el fregadero, con el pañuelo apretado contra los labios y los ojos enrojecidos. Es una imagen lamentable y se me rompe el corazón por ella.

—Temperance… —digo.

Temperance sacude la cabeza.

—Lo siento, señorita Faye —gimotea—. Pero no puedo estar ahí, mirando a toda esa gente, sin hacer el ridículo.

Me acerco para abrazarla.

—No pasa nada, Tempie —le digo en voz queda—. Yo también deseo que se vayan todos. —La rodeo con los brazos y la estrecho con fuerza. Huele a tarta, que ha preparado para la ocasión. Se adhiere a su pelo y al aceite de su piel. Inspiro el familiar aroma del hogar y siento la misma tranquilidad que sentía cuando de pequeña me sentaba en su regazo y me dejaba rodear por sus grandes brazos y su esponjoso pecho. Pero ahora soy yo quien la consuela. Deja escapar un sollozo y acto seguido se estremece.

—No sé que voy a hacer sin ella. —Sorbe por la nariz—. La conozco desde que tenía catorce años. Ha sido buena conmigo.

Pienso en el mal genio de mi madre, en sus interminables exigencias, en su impaciencia, su adicción al dramatismo y su terquedad.

—Pero tú también fuiste buena con ella, Tempie —digo con sinceridad—. Has aguantado mucho.

Temperance aparta el rostro de mi hombro, dejando una húmeda mancha ahí donde las lágrimas han empapado la tela.

—Nunca pretendía perder los nervios, señorita Faye. Lo que pasa es que era un carácter singular. Tan pronto estaba animada como deprimida. A veces se dispersaba. Pero tenía un corazón de oro. Jamás ha habido un alma más generosa sobre la faz de la tierra que la señorita Tussy. Siempre fue amable conmigo. —Pienso en la casa del servicio y en la pequeña fortuna que mi madre le ha dejado y coincido en que desde luego era generosa, al menos fallecida. No recuerdo que fuera especialmente generosa cuando estaba viva. Entonces, como si leyera mis pensamientos, añade—: No merezco tantas riquezas terrenales, pero ella me las ha dado de todas formas. —Se pone a llorar.

—¿Alguna vez te habló de su pasado? —pregunto, cambiando de tema.

—¿En Irlanda, quiere decir? Apenas lo mencionaba.

—Quiere que sus cenizas sean esparcidas allí.

Esto no sorprende a Temperance.

—Pues claro —dice, como si fuera la cosa más natural del mundo—. Es su hogar, ¿no? Todo el mundo quiere ir a casa al final.

Los ojos se me llenan de lágrimas y se me cierra la garganta.

—Eso es precioso, Tempie —susurro. No había pensado en eso.

—¿Va a llevarla usted, señorita Faye?

—Logan quiere que descanse junto a papá.

—Eso no está bien —aduce Temperance, frunciendo el ceño—. Ella no quiere que la entierren allí. Debe llevarla a Irlanda o no dejará de dar pisotones en las nubes y no habrá paz para los mortales.

—Creo que quiere que vaya a Irlanda —declaro mientras una cálida sensación de entusiasmo prende en la boca de mi estómago, disipando mi tristeza—. Creo que quiere que vaya y descubra sus raíces.

Temperance parece recelosa.

—¿Va a averiguar su pasado?

—Eso quiero.

Me da un golpecito con el dedo en la nariz como hacía cuando era pequeña y me mira fijamente con sus oscuros ojos ambarinos.

—Tenga cuidado, señorita Faye. No sabe qué se va a encontrar.

—Espero que algunos viejos parientes.

—Y más, sospecho —dice Temperance con aire sombrío—. Todo el mundo tiene un pasado y supongo que la señorita Tussy tenía más pasado que la mayoría, señorita Faye.

Pero ya estoy decidida a ir. Estoy convencida de que si voy al lugar donde creció mi madre podré regresar con un argumento de peso a favor de cumplir su deseo de esparcir allí sus cenizas. Sé que es lo correcto, tanto para mamá como para mí.

La sensación de tirón es persistente. Ahora está en mi corazón, como si tuviera hilos y alguien tirara de ellos. Me llevo la mano al pecho mientras avanzo por el pasillo hacia el ruido que viene del salón y esbozo una sonrisa. No importa quién esté tirando, o si es la pena la que hace que mi imaginación sienta cosas que en realidad no existen, porque quiero ir. Tengo muchas ganas de ir porque presiento que de algún modo me conectará con mi madre. Sin ella ya no sé quién soy. Era el viento que impulsaba mis velas y ahora estoy perdida en el mar. Quizá si voy a Irlanda y paso tiempo sola, lejos de casa, encuentre mi propio viento y aprenda a manejar mi propio timón.

Wyatt está charlando con un grupo de hombres junto a la chimenea del salón. Fuman, beben y ríen como si fuera una fiesta y no un velatorio. Mi entusiasmo se desinfla y decido esperar a que se hayan ido los invitados y estemos a solas para contarle mi plan. Me sumerjo de nuevo en el gentío y acepto los pésames con elegancia.

Por fin se han ido todos. Temperance nos ha servido una cena ligera, pues ninguno de nosotros tiene hambre. Nos quedamos todos en la casa: Logan, Lucy y sus cuatro hijos; Wyatt, nuestros tres hijos y yo. Walter, el mejor y el payaso de la familia, imita a los parientes más excéntricos y todos reímos. Sienta bien reír, aunque sea un poco inapropiado. Cuando por fin nos quedamos a solas en el dormitorio de arriba que fue mío de niña y más tarde de casada, empapelado con motivos florales en azul y cortinas a juego, le hablo a Wyatt de Irlanda.

Él me mira con una mezcla de irritación y compasión. Veo que piensa que la pena me ha vuelto irracional.

—Logan dice que las cenizas se quedarán aquí —me dice, aflojándose la corbata. Noto una presión bajo mi caja torácica mientras los dos hombres surgen en mi imaginación como obstáculos para mi independencia.

—No voy a llevarme a mamá —explico—. Solo quiero ir y ver dónde se crio. Siento que en realidad no la conocía.

Wyatt suspira y planta los brazos en jarra. Llevo casi dos meses en Nantucket, esperando a que mamá falleciera y después limpiando la casa con Temperance, así que es natural que quiera que regrese a Boston. Es socio de una importante agencia de publicidad y le gusta que le acompañe a las cenas de trabajo y a los actos sociales a los que insiste en que asistamos. Wyatt cobra vida cuando está rodeado de gente ante la que puede alardear.

—Te necesito en casa, Faye —dice—. Todo va mal cuando tú no estás allí. Estoy aburrido de salir solo y volver a una casa vacía y hace meses que no nos divertimos. Además, no parece apropiado. La gente empezará a hablar.

—Estoy segura de que lo entenderán.

—¿El qué? ¿Que te marches a Irlanda tú sola? Quiero decir que no esperas que te acompañe, ¿verdad?

—Por supuesto que no. Sé lo ocupado que estás en el trabajo. —Wyatt nunca se molestaría por mí ni por nadie, ya que estamos. Se perdió la graduación de Rose porque no quiso posponer un partido de golf. (Rose fue un cielo y dijo que no le importaba. ¡Si hubiera sido Edwina se habría armado una buena!)

—Queda fuera de toda discusión que vayas a Irlanda tú sola —prosigue—. ¿Qué pensará la gente?

No puedo evitar reírme de su actitud arcaica.

—Dudo que una mujer madura que viaja sola llame la atención —arguyo—. La gente pensará lo que le digamos que piense —añado.

Él sacude la cabeza y se quita los pantalones.

—No es seguro —agrega, recogiéndolos y doblándolos con cuidado. Wyatt es un exigente con el orden.

—Me las arreglaré —replico.

—No es apropiado.

—No soy una mujer de vida alegre.

Wyatt se anima.

—Te diré qué vamos a hacer. Yo te llevaré a Irlanda. Puede que el año que viene. Podemos ir juntos.

Esto no me conviene. No quiero que Wyatt me acompañe. Si viene, todo girará a su alrededor.

—Es muy considerado. De verdad que lo es —digo—. Y te lo agradezco de veras. Pero no quiero esperar. Quiero ir ya. Necesito ir ya. Nunca he ido sola a ninguna parte. —Le miro con expresión suplicante—. Nunca te he pedido nada, Wyatt. Nunca en todos los años que llevamos casados. Así que te lo pido ahora. Quiero ir. Quiero ir sola y quiero ir ya.

Wyatt no sabe qué decir. Me mira con perplejidad. Yo me mantengo firme. Estoy muy decidida. Ignoro de dónde sale esta determinación. El corazón me retumba contra las costillas, me sudan las manos y me siento estremecer, y sin embargo no cedo.

—Me lo pensaré —dice al fin.

—Wyatt, no te estoy pidiendo que lo pienses. Te estoy diciendo que me voy.

A Wyatt nunca le han hablado así en toda su vida. Siempre ha sido el macho alfa de la familia, el que manda, el hombre que impone las reglas y toma todas las decisiones. Se rasca la cabeza y la irritación deforma su rostro, sin rastro ya de compasión. Se enfrenta a una rebelión y quiere sofocarla antes de que se descontrole. Me mira con aire inquisitivo, como si se preguntara con quién he estado hablando. ¿Quién ha sembrado el germen de la subversión?

—Faye, acepto que es un momento difícil para ti, ya que ha muerto tu madre, pero no olvides cuál es tu lugar. Eres mi mujer y te necesito en casa.

—Y yo he perdido a mi madre y necesito ir a Irlanda —respondo, manteniéndome en mis trece y bastante atónita por mi propia obstinación.

—¡Bien! —Levanta la voz y yo me estremezco. No me gusta cuando se enfada. Pero de todas formas no doy mi brazo a torcer—. Si todavía sientes la necesidad de ir a Irlanda, vete en primavera. Pero sospecho que para entonces habrás entrado en razón. —Entra en el cuarto de baño con paso airado y cierra la puerta de golpe.

Casi doy un brinco al oír el portazo, pero me siento victoriosa. No es lo que quería, pero es suficiente. Esperaré a la primavera y no cambiaré de opinión.

3

La primavera llega y sorprendo a Wyatt al anunciar que voy a reservar mi vuelo al aeropuerto de Shannon. He organizado mi estancia en un pequeño hotel de Ballinakelly, el pueblo cercano al castillo, llamado Vickery's Inn, y han dispuesto que un coche me recoja en el aeropuerto. La duración de mi estancia será de dos semanas. Wyatt está horrorizado. No entiende por qué quiero estar tanto tiempo lejos. Yo misma no estoy del todo segura de por qué he reservado dos semanas y no una. Soy consciente de que hay razones más oscuras aparte de la pérdida que me impulsan a ir. Acechan como sombras alrededor de mi corazón, tornándose más densas cuanto más me empeño en ignorarlas. Pero me da miedo mirarla demasiado de cerca. Me asusta lo que pueda encontrar en su origen. Me digo que necesito un tiempo para descansar, recargar pilas y reevaluar mi vida, y que al hacerlo esas sombras se desvanecerán.

Logan no lo aprueba y sé que ha hablado con Wyatt de mi viaje, sin duda en el campo de golf. Wyatt no lo sabe, porque he cumplido con mi palabra y no se lo he dicho a nadie, que mi madre le ha dejado un tercio de su riqueza a una misteriosa tercera persona. Logan intenta cambiar el testamento, pero no tiene nada que hacer. No existe ningún argumento. Hasta que descubramos la identidad de esta persona anónima, ¿cómo podemos reclamar? ¿Y si es uno de nuestros hijos, por ejemplo? Poco probable, desde luego, pero no imposible. En ese caso no querríamos reclamar. Mamá ha ideado este elaborado testamento por una razón y estoy bastante segura de que ir a Irlanda revelará cuál es esa razón. Pero Logan está tratando de alterarlo de todas formas. Antes se corta un brazo que compartir con nadie lo que cree que es nuestra herencia.

Me alegra marcharme. No me gusta la actitud de Logan y me avergüenza porque, por mucho que deteste admitirlo, siento algo de su indignación.

A diferencia de Wyatt, los niños no se sorprenden de que vaya a buscar las raíces de mi madre. Apoyan mi decisión y sienten curiosidad por saber de dónde era su abuela. Rose fue la primera en decirme que dos semanas es el tiempo adecuado, teniendo en cuenta la distancia que voy a recorrer. Se rio y dijo que no valía la pena ir si solo pretendía quedarme una semana. Solo Wyatt piensa que es demasiado tiempo y que es inapropiado que una mujer casada viaje sola sin su marido. Está chapado a la antigua y odia no tener el control. Pero estoy harta de acatar sus reglas; es hora de que haga las mías.

En un momento dado me preocupó la posibilidad de que Wyatt decidiera acompañarme, pero no debería haber malgastado mis energías. A Wyatt le preocupa demasiado su trabajo y él mismo. Trabaja duro, no me cabe duda, pero parece pasarse la mayor parte de su tiempo jugando al golf. Bromeo con mis amigas con que está casado con el Club de Golf Noble Price, pero en realidad no tiene demasiada gracia porque es cierto. Se va al campo a la menor ocasión y, dado que apenas sé nada del juego, su conversación y las de sus compañeros golfistas me resulta muy tediosa. Llevo más de treinta años haciendo el papel de la buena esposa y anfitriona, así pues ¿por qué me estoy cansando ahora?

Una parte de mí quisiera volver a como era antes de que mamá muriera. Al menos entonces sabía quién era. Ahora ya no estoy segura de quién soy, solo de que no me gusto demasiado. Quiero ser otra persona, pero ni siquiera sé quién es. Si Wyatt tuviera la más mínima idea de lo que me ronda la cabeza me mandaría a ver a un psicólogo. Pero sé que no necesito terapia, solo necesito marcharme y encontrar un poco de paz por mí misma. Necesito averiguar qué es exactamente lo que ha desatado la muerte de mi madre.

Me despido de Wyatt, que ahora está enfadado. Es como un niño que no se ha salido con la suya. Me acompaña a la calle, donde me espera un taxi para llevarme al aeropuerto y me ayuda con la maleta, pero está callado. Acostumbra a hablar de sí mismo, confiando en que voy a escuchar y a estar de acuerdo con todo cuanto dice; ahora ni siquiera habla. Responde a mis preguntas con monosílabos y no me devuelve la sonrisa cuando le beso en la mejilla. Se estremece y me siento incómoda. Tocarle no parece algo natural. Somos igual que extraños. Ni siquiera puedo recordar la última vez que intimamos. Supongo que esa parte del matrimonio acaba muriendo con el tiempo, carcomida por la familiaridad y la domesticidad. Somos como hermanos; sí, Wyatt es muy parecido a Logan. Ellos también podrían ser hermanos.

Me siento triste cuando me subo al taxi. Wyatt no espera ni se despide con la mano, como harían la mayoría de maridos. Regresa adentro y yo exhalo un suspiro y dirijo la atención al asfalto mojado porque ha llovido por la noche. Las relucientes hojas nuevas están empezando a brotar en los árboles que recorren la calle. Son delicadas y de un bonito tono verde lima, casi fosforescente. Los tulipanes morados y amarillos abren sus pétalos al sol y las flores casi parecen nieve. La primavera es una explosión de colores y aromas y, sin embargo, anhelo marcharme lo antes posible. Me siento confusa al darme cuenta de que estoy llorando. Me enjugo las lágrimas y me escondo tras el respaldo del asiento del conductor para que no pueda verme por el espejo retrovisor. Me voy a Irlanda y tengo miedo. Ahora me pregunto si estoy haciendo lo correcto. Quizá necesite ver a un psicólogo después de todo.

Me pone nerviosa viajar sola. No había pensado en ello hasta ahora porque siempre he viajado con Wyatt. Él lo organiza todo: los vuelos, los hoteles, el coche, los restaurantes, las visitas, se ocupa incluso de mi billete. Hemos estado en todo el mundo, desde Italia hasta España, pasando por Francia, Inglaterra y África, pero heme aquí, en el aeropuerto de Boston, nerviosa en la cola con mi billete y mi pasaporte, inquieta por si no encuentro el camino a la sala de embarque. Me digo a mí misma que debo tranquilizarme, que hasta el más tonto sabe moverse por un aeropuerto, pero aun así aumenta mi ansiedad.

Empiezo a relajarme una vez estoy en el avión, en el asiento de ventanilla. Me tomo una copa de vino y me siento mejor, incluso un poco excitada. Leo, duermo y pienso, y tengo la sensación de que he dejado todas mis preocupaciones en ese paisaje que ahora queda muy atrás. Debajo solo hay mar, el inmenso y azul océano Atlántico; al otro lado está Irlanda. En cierto modo voy a casa. Siempre me he considerado estadounidense, pero soy de sangre irlandesa. Mi madre era irlandesa y se crio allí, y la familia de mi padre tiene sus raíces allí, aunque lleve generaciones en Estados Unidos. Me gusta considerarme irlandesa, a pesar incluso de que no sepa qué significa. Sienta bien, como si estuviera adoptando una personalidad diferente o descubriera una nueva parte de mí cuya presencia jamás percibí.

Tomamos tierra a primera hora de la mañana en el aeropuerto de Shannon y enseguida veo al taxista en la zona de llegadas, sujetando una cartulina grande con mi nombre. Es un hombre alto, de hombros anchos y un poco encorvado. Lleva una gorra gris a juego con el canoso cabello rizado que cubre y con la cerrada barba de varios días de su rostro. Una expresión de sorpresa brilla en sus ojos azules cuando me reconoce. Clava la mirada en mí como si me hubiera visto antes. De inmediato me fijo en el color de sus ojos. No son azul claro como los de Wyatt, sino añil. De un azul intenso y profundo, como el lapislázuli, dominan su rostro y centellean bajo unas pobladas cejas negras situadas en la parte baja de una amplia frente. Sonrío y mientras me acerco él me devuelve la sonrisa torcida llena de encanto y un cierto deje pícaro. Entonces, como si recordara sus buenos modales, se quita la gorra y asiente.

—*Céad míle fáite*. Cormac O'Farrell para servirle. Bienvenida a la isla esmeralda. —Su acento irlandés es como el *whisky*. Con cuerpo y con calidez, y me reanima al instante tras mi largo viaje.

—Es un placer estar aquí —respondo, y de verdad lo es. Es un placer estar lejos de casa, lejos del sombrío rastro de la muerte de mi madre y lejos de Wyatt.

—¿Es su primera vez en Irlanda? —pregunta.

—Lo es —contesto.

Su sonrisa destila complicidad, como si retuviera un secreto, y en esos brillantes ojos reina el júbilo. Me evalúa. Está a punto de decir algo. Yo frunzo el ceño. Se hace un silencio incómodo. Entonces se lo piensa mejor, así que se pone de nuevo la gorra y agarra mi maleta. Supongo que mi cabello pelirrojo ha despertado su curiosidad. En realidad, una mujer de mi edad no debería llevar el pelo largo como yo. Pero mi madre solía decir que era mi joya de la corona y que, al igual que Sansón, mi poder yacía en él y que sin él perdería mi atractivo. No estoy segura de poseer ningún atractivo, pero en realidad tengo un cabello brillante y abundante, y si bien suelo llevarlo recogido, estoy acostumbrada a que la gente haga comentarios al respecto. Ahora lo llevo suelto. ¿Acaso es una metáfora de mi repentina sensación de libertad?

—El coche está justo afuera —dice—. Hay tres horas hasta Ballinakelly, pero podrá ver la campiña durante el trayecto, así que el tiempo pasará volando.

El vehículo no es un taxi. Es un todoterreno verde y tampoco es cómodo. Huele a perro mojado y hay pelos negros de perro en los asientos y en el hueco debajo del salpicadero. Los limpio, me siento delante y nos ponemos en marcha. Nos quedamos en silencio después de una breve charla. El intenso verdor de la campiña extendiéndose hacia suaves colinas, húmedos pueblos y el mosaico de campos de ovejas y vacas pastando me cautiva en el acto. Oscuros nubarrones grises surcaban un acuoso cielo azul, pero no llueve. El sol asoma de vez en cuando y persigue las sombras por las colinas. Es un juego constante que me hipnotiza, una batalla entre la luz y la oscuridad representada en un lienzo de un vívido verde. Irlanda parece pequeña, íntima, asilada. Ignoro por qué me viene esto a la cabeza. Quizá sea porque las carreteras son angostas y los campos pequeños, rodeados de muros de piedra gris y de setos lanosos salpicados de fucsias cuajadas de brotes que le confieren un aire pintoresco y de otra época. Hay algo en ella que me atrae de inmediato. Quiero pensar que es porque por mis venas corre sangre irlandesa, pero sospecho que simplemente me alegro de estar aquí al fin.

Veo granjas y otras viviendas pequeñas y me pregunto si mi madre vivió en un lugar así. Pienso en lo diferente que debió ser su vida al crecer aquí comparada con la vida que se forjó en Estados Unidos. Me pregunto cómo debió sentirse al marcharse y si alguna vez se arrepintió de no regresar. Nunca sabré las respuestas, pero no importa. Quizá pueda preguntar por ahí a ver si alguien se acuerda de ella o sabe dónde vivió. Sería interesante encontrar la casa en que se crio. Hasta podría encontrar a algún viejo pariente, ¿quién sabe? Pero no quiero preguntarle a mi chófer. Quiero estar un tiempo a solas antes de hablar con la gente. Voy a estar dos semanas en Ballinakelly; me da miedo abrirme demasiado rápido a la gente y después ser incapaz de librarme de ellos. He venido aquí en busca de un poco de paz, así que me mantendré alejada durante al menos la primera mitad de mi estancia.

Paramos a repostar. Cormac compra unas chocolatinas Club Milk y me ofrece una. En realidad no me gustan las chocolatinas, pero la acepto porque tengo hambre. Cuando nos montamos de nuevo en el Jeep ha decidido que es hora de charlar. Procede a darme una clase de historia mientras nos adentramos en lo que él llama «el condado de Michael Collins». Mientras el todoterreno avanza despacio por las estrechas carreteras que serpentean a través de los suaves pliegues de tierra, me habla de la Guerra de la Independencia y de la Guerra Civil que le siguió, cuando los rebeldes que luchaban por una Irlanda libre del dominio británico planearon sus ataques y tendieron sus emboscadas en estas mismas colinas. Me habla del Alzamiento de Pascua, de la emboscada de Kilmichael y del asesinato de Michael Collins a manos de sus compatriotas irlandeses en Béal na Bláth, que traduce como 'la boca de las flores'. Al principio me siento molesta. Estoy cansada y no quiero que me hablen, pero luego descubro que mi interés aumenta y su forma de contarlo, con su sonora voz y su dulce acento irlandés, resulta fascinante. Contemplo las salvajes y escarpadas laderas e imagino a los rebeldes escondidos entre las rocas. Hago preguntas y Cormac conoce las respuestas, y está claro que disfruta demostrando sus conocimientos.

—¿Dónde estaba usted cuando todo esto ocurría? —le pregunto.

Él sonríe.

—Ahí arriba —responde, señalando las colinas con la cabeza.

—¿En serio? —contesto, sintiendo repentina curiosidad.

—Tan cierto como que estoy aquí sentado —aduce.

—¿Cuántos años tenía, si no le molesta que le pregunte?

—En 1921 era un mozalbete de veinticinco años.

—¿En serio me está diciendo que fue un rebelde? —Él levanta la mano izquierda y en ese momento me dijo en que le falta el dedo meñique—. ¡Santo Dios! —exclamo con horror—. ¿Cómo ocurrió?

—Los Black and Tans me lo quitaron cuado intentaban sonsacarme información.

Me asombra que le hable de algo tan terrible a alguien a quien solo conoce de pasada.

—Es horrible —digo, avergonzada porque no tengo las palabras adecuadas. Nunca he conocido a nadie que haya perdido un dedo.

—¡Oh! No pasa nada. A muchos les fue peor que a mí. Yo al menos estoy vivo.

—Bueno, sí, no cabe duda de que eso es una ventaja —aduzco un humor cargado de ironía.

Continuamos en silencio durante un rato mientras intento asimilar lo que me acaba de contar. Cuando miro por la ventana no me imagino a los temibles rebeldes entre las rocas, sino a Cormac O'Farrell. No puedo evitar imaginarlo como un apuesto joven; es apuesto incluso ahora, con sesenta y cinco años, si no me fallan las cuentas. Nunca se me han dado bien las matemáticas. Tiene la misma edad que Logan y es dos años más joven que Wyatt, pero aparenta bastante más edad que ambos. Está claro que no es un hombre que se acicale como mi marido y mi hermano.

Por fin alcanzamos a ver el mar, resplandeciente bajo el gran cielo azul, y él rompe el silencio al anunciar que estamos llegando a Ballinakelly.

Ahí es donde se crio mi madre. Esta población de casas de aspecto destartalado, en su mayoría pintadas de blanco o sin pintar, en un gris austero, con tejado inclinado de pizarra e hileras de chimeneas donde los grajos se reúnen y vigilan con sus desconfiados ojillos negros. Me pregunto cuánto ha cambiado desde que ella estuvo aquí. Aparte del enrejado de los cables del teléfono que surcan la calle, imagino que no mucho. Todo parece antiguo, de otra época, y humilde. Las casas son pequeñas, a muchas no les vendría mal una buena mano de pintura.

Curioseo el escaparate de una tienda y me sorprende lo pequeño que es todo comparado con Estados Unidos. Pasamos por un *pub* con el nombre O'Donovan escrito en grandes letras doradas encima de la puerta. Un grupo de hombres de aspecto rudo merodean fuera, fumando, ataviados con gorra, chaqueta y recias botas, e imagino que deben de ser granjeros. Interrumpen su conversación para mirar con recelo el Jeep al pasar. Cormac levanta una mano y ellos le saludan inclinando la cabeza y desvían la mirada hacia donde voy sentada. Sienten curiosidad. Es evidente que nadie les ha dicho que es de mala educación quedarse mirando. Pasamos de largo la iglesia católica y sin la más mínima duda sé que mi madre pasó gran parte de su tiempo allí. Era una católica devota. Me la imagino de niña, subiendo por el camino y atravesando las grandes puertas. Decido ir a misa tan pronto como pueda. Sé que allí la sentiré. También me invadirá una sensación de paz.

Una docena de vacas blancas y marrones pastoreadas por un granjero de cabello enmarañado con un cayado nos obstaculiza el paso. Cormac ni se inmuta. Baja la ventanilla, apoya el codo en el marco y comparte una broma, como si tuviera todo el tiempo del mundo. Ambos ríen, algo sobre la noche anterior en Ma Murphy's, pero en realidad no estoy prestando atención. Estoy viendo a las vacas subir con toda tranquilidad por la calle. Hay algunos coches aparcados junto al bordillo, vecinos curioseando en las tiendas, la vida sigue su curso habitual y a nadie parece sorprenderle lo más mínimo ver vacas allí, en medio de la carretera. Ni siquiera los perros se molestan en perseguirlas, sino que trotan junto a sus dueños, con el hocico pegado al suelo, ocupados con asuntos más importantes.

Cormac estaciona por fin frente al hotel. Se trata de un edificio blanco con grandes ventanas de guillotina y un espacioso pórtico, que le confiere un aire majestuoso. Imagino que en su día debió ser una casa particular, tal vez la del alcalde o de alguna otra persona importante de la localidad. Cormac saca mi bolsa del maletero y me acompaña dentro. La recepcionista levanta la vista de sus uñas. Parece sorprendida mientras registra a un nuevo huésped. Se le abre la boca. Pero enseguida parece recuperar la compostura y sonríe como lo hacen las mujeres entrenadas para ello, con falso encanto. Estoy perpleja y Cormac me lanza la misma mirada que en el aeropuerto. Es imposible que no hayan visto más mujeres pelirrojas con anterioridad.

—Buenos días —dice, mirándome con sorpresa a través de las gafas, que hacen que sus ojos se vean más grandes. Es una mujer de mediana edad, con pelo castaño y rizado, rostro pecoso y dientes torcidos. Prendida al pecho lleva una identificación con el nombre de Nora Maloney.

Cormac deja la maleta sobre el reluciente suelo de madera y responde por mí:

—Esta es la señora Langton, de Estados Unidos —dice.

—Por supuesto. Bienvenida al Vickery's Inn —responde Nora Maloney.

—Ha sido un placer conocerla —me dice Cormac, tocándose la gorra—. La dejo en las capaces manos de Nora. Espero que tenga un buen día.

—Gracias por recogerme y por contarme un poco de historia durante el camino. —Abro el bolso, con intención de pagarle.

—Está bien así, señora Langton —aduce—. Puede pagarme cuando se vaya. Imagino que en algún momento necesitará que la vuelva a llevar.

—Sí, así es —respondo, sin querer pensar en marcharme cuando solo acabo de llegar—. ¿Es usted el único taxista de Ballinakelly?

Él rompe a reír y en la piel de sus sienes y alrededor de su boca aparecen las arrugas.

—No soy taxista, señora Langton —declara.

—¡Oh! Lo siento, he dado por hecho...

Sus ojos color añil brillan al mirarme.

—Disfrute de Ballinakelly, es una gran ciudad —dice y se marcha, silbando con las manos en los bolsillos de la chaqueta.

Me giro hacia Nora Maloney.

—¡Ay, por Dios! Espero no haberle ofendido.

—¿Por qué piensa eso? No creo que sea fácil ofender a Cormac O'Farrell.

—Si no es taxista, ¿a qué se dedica?

Nora sonríe y en el acto reparo en el afecto. Me percato de que Cormac debe de ser uno de esos personajes locales a los que todo el mundo aprecia.

—Hace un poco de todo —contesta, arrugando su naricilla—. Bien, permita que la acompañe a su habitación. Deje aquí la maleta; Séamus la llevará. ¡Séamus! —vocifera.

La sigo a las escaleras y subimos a la segunda planta. Mi habitación está al final del pasillo. Introduce la llave en la cerradura y me fijo en sus uñas de un rojo vivo. Gira la llave y la puerta se abre, dando paso a una habitación de tamaño modesto, empapelada con motivos florales, con una cama doble cubierta con una colcha verde claro, una ventana de guillotina con vistas a la calle y un cuarto de baño anexo, lo bastante grande para alojar una bañera pequeña y un lavabo.

—¡Ah, Séamus! Aquí estás. —Me aparto mientras Séamus, un joven corpulento de enmarañado cabello negro hasta los hombros y malhumorados ojos verdes, deja la maleta sobre la cama—. Debe de estar cansada del viaje —dice Nora Maloney—. Si quiere comer algo, servimos el almuerzo abajo hasta las tres y después el té de cinco a siete. Si necesita cualquier cosa, pegue una voz. —Séamus me lanza una mirada extraña, clavando en mí sus ojos llorosos más de lo que se considera educado.

—Gracias, pero creo que tengo todo lo que necesito.

Nora Maloney asiente. También se queda en la puerta, como si quisiera decir algo más, y me mira con curiosidad. Pero les doy las gracias y cierro, dejándoles fuera. Me sorprende su curiosidad mal disimulada, como si nunca hubiera tenido un huésped antes o, al menos, uno que se pareciera a mí. En Estados Unidos mi cabello es mi mejor recurso, envidiado por las mujeres y admirado por los hombres, pero parece que aquí lo consideran exótico.

Saco de la maleta lo poco que he traído, contenta de haber incluido jerséis y un abrigo, pues aunque es primavera, hace frío y la sensación térmica es de más frío debido a la humedad. Supongo que aquí llueve mucho, por eso es tan verde.

En el comedor como sola en una mesa pequeña. Hay más huéspedes, imagino que turistas como yo, pero no me fijo en ellos. Estoy conforme sentada sola. Me sorprende lo contenta que estoy no teniendo a nadie con quien hablar. Me alegra estar aquí, me alegra tener dos semanas por delante; dos semanas sin otra cosa que hacer que estar a mi aire.

Después de comer llamo a Estados Unidos a larga distancia porque es lo que se espera de mí. Wyatt está en una reunión. Le dejo un mensaje a su secretaria para que le avise de que he llegado al hotel. No le dejo mi número. No quiero que me devuelva la llamada.

Salgo a la calle. El sol calienta, pero hace frío a la sombra. Voy por el lado de la calle en el que no da la sombra y camino por la acera. Me paro delante de los escaparates de las tiendas a curiosear. Hay una zapatería que se llama Downey's, una tienda de ropa de mujer llamada Garbo's, una farmacia, una panadería, un banco, una oficina de correos y un quiosco de prensa. Entro en Garbo's no con idea de comprar, sino por curiosidad, y la joven dependienta me mira con sorpresa, igual que Cormac, Nora Maloney y Séamus al verme por primera vez. Le brindo una sonrisa y frunzo el ceño, esperando una explicación, pero me sonríe a su vez sin darme ninguna. Así que decido ir al grano.

—¿Es mi pelo rojo? —pregunto, tocándomelo. Ella parece perpleja. Pero prosigo, decidida a descubrir cuál es la razón de que todos me miren con extrañeza—. Me ha mirado raro al entrar y creía que podía deberse a mi cabello pelirrojo.

—¡Oh, no! Lo siento —dice, sonrojándose—. Pensé que era otra persona.

—¡Ah! Así que se trata de eso. Hoy todo el mundo me mira raro.

—Eso es porque se parece usted mucho a la señora Trench. Supongo que es el pelo; ella también lo tiene rojo, espeso y rizado como usted, y lo lleva suelto. Su rostro también se parece al de ella, o en parte.

—¡Qué divertido! La buscaré —digo, aliviada de que solo sea eso.

—¡Oh! No le costará. De hecho, será como mirarse en un espejo —aduce, riendo.

Echo un vistazo. Hay algunos suéteres y faldas de lana muy bonitos, pero no tengo ganas de probarme nada. Solo quiero ver la ciudad. Le doy las gracias y salgo a la calle. Decido dirigirme a la iglesia. Siento que me atrae porque es el único lugar del que puedo estar segura que no ha cambiado desde que mi madre era una niña. Ahora que sé por qué me mira la gente, ya no me siento incómoda. Me alegro de estar en Irlanda, en esta pintoresca y pequeña ciudad en la que creció mi madre. No pienso en

Wyatt, salvo para dar gracias por la enorme distancia que nos separa. Es la primera vez en mi vida que estoy sola en un país extranjero y es una sensación embriagadora. Camino con una cadencia alegre. Tengo ganas de reír, pero me miran con esa expresión de curiosidad y sorpresa que acompaña a todas las miradas, así que me aguanto la risa y les respondo con una sonrisa.

Llego a la iglesia de Todos los Santos. Es un edificio de piedra gris construido en forma de cruz, sin duda con cientos de años de antigüedad, con una torre que apunta al cielo. La gran puerta está abierta, así que entro. Hay hileras de bancos de madera, un altar cubierto con un paño de seda verde, una gran estatua de Cristo colgada detrás y altas vidrieras. Huele como todas las iglesias católicas: a incienso, a cera derretida y a años de culto. A la derecha del altar hay una mesa con velas votivas, cuyas llamas danzan alegremente en la sombría atmósfera de esta antigua casa, y pienso en las oraciones que acompañan y me pregunto si alguien las escucha. Hay algunas ancianas con mantilla negra inclinadas en oración, pero aparte de ellas, la iglesia está vacía. Me siento atrás y pienso en mi madre. Mientras imagino su rostro siento un dolor en lo más profundo de mi corazón. Es un dolor solitario y frío, lleno de vacío. Me pregunto dónde estará ahora y qué estará viendo. Espero que sepa que estoy aquí, en su ciudad natal, porque creo que quería que viniera.

Decido encender una vela y rezar una oración por su alma. No soy demasiado religiosa. Hace mucho que no voy a misa, pero creo en Dios y me avergüenza reconocer que solo apelo a él en momentos de necesidad. Enciendo la pequeña vela y cierro los ojos. En este momento le necesito. Necesito que tenga a mi madre en su luz y también a mí.

Cuando salgo me encuentro con una reunión de gente en la puerta. Me pregunto qué estarán esperando. ¿Era una de esas ancianas alguien importante? Pero mientras recorro el camino me percato de que me miran a mí. La mayoría son ancianos. Los hombres sujetan la gorra en la mano y apartan la mirada cuando les miro, pero las mujeres no se inmutan y se limitan a quedárseme mirando. Me pregunto quién es la susodicha señora Trench y por qué les intriga tanto mi parecido con ella. Saludo y camino entre la gente con cierto apuro. Oigo que una mujer le dice a otra: «¡Por Dios bendito! Tienes razón, Mary. Tiene un doble. Dicen que si te encuentras con tu doble, habrás muerto a medianoche, ¡que Dios nos asista! No estoy preparada para esto».

No sé si voy a poder aguantar dos semanas de esto. Decido preguntar a Nora Maloney por la señora Trench cuando regrese al hotel. Ya no me siento tan segura y la cadencia alegre de mi paso desaparece. Recorro la calle con celeridad, sin levantar la vista del suelo. El sol se ha escondido tras una nube y tengo frío. La ciudad ya no parece tan cautivadora.

Entro deprisa en el vestíbulo y busco a Nora Maloney. Está en el mostrador de recepción hablando con una mujer de largo cabello pelirrojo. Recobro el aliento. Nora Maloney dirige la vista más allá de la mujer y me señala con la cabeza.

—Ahí está, señora Trench —dice.

La mujer se da la vuelta, igual que en mi sueño, y por un momento creo que me estoy viendo a mí misma de verdad. Una yo más hermosa, he de admitir, pues esta mujer tiene unos rasgos más delicados, los labios más carnosos y un aire de seguridad del que yo carezco. Clava sus ojos grises en mi rostro y veo que está tan sorprendida como yo. Entreabre los labios al tiempo que se lleva la mano al corazón.

—Me han dicho que mi doble estaba en la ciudad, pero no lo creía —manifiesta con acento británico. Se acerca a mí, ataviada de forma elegante con unos pantalones de montar, chaqueta de *tweed* entallada y botas. Parece que acabe de apearse de un caballo. Me ofrece una mano enguantada—. Me llamo Kitty Trench. ¿Y usted es? —Le divierte nuestro parecido y su penetrante mirada sondea la mía, más reticente.

—Faye Langton —respondo y le estrecho la mano.

—¿Es estadounidense?

—Sí, pero mi madre era irlandesa. Nació aquí, en Ballinakelly.

—Entonces seguro que la conocemos. ¿Cómo se llama?

—Arethusa Deverill —digo.

Kitty Trench palidece en cuanto esas palabras abandonan mis labios. Ya no parece tan divertida, sino más bien atónita. Se lleva los dedos a la boca.

—¡Santo Dios! —exclama antes de asirme del brazo y apartarme de Nora Maloney, que escucha cada palabra con gran interés—. ¿Eres la hija de Arethusa Deverill? —pregunta en voz queda.

—Sí, lo soy —respondo, preguntándome a qué viene el repentino se-
cretismo.

—Entonces somos primas —me dice—. Arethusa es hermana de mi
padre. Creo que será mejor que vengas conmigo —añade con un tono de
voz apremiante. Acto seguido se vuelve hacia Nora Maloney—. Ten la
bondad de disponer que alguien lleve a la señora Langton a la Casa Blanca. —Me mira y sonríe—. Supongo que no has traído caballo, ¿no?

4

Mi prima Kitty Trench, Kitty Deverill, se aleja trotando por la calle a lomos de su caballo, pasando de largo el pub O'Donovan's, donde los hombres se quitan la gorra, y enfila hacia las colinas. La veo más allá de los tejados, galopando por la ladera. Es una amazona consumada. Parece que haya pasado toda su vida montada en un caballo. Se sienta en su montura con confianza, con su flamígero cabello ondeando al viento. Mi admiración por ella aumenta junto con mi excitación. He encontrado a un pariente, a una prima carnal, y solo acabo de llegar. Es hermosa, segura de sí misma y glamurosa. Emana una energía que hace que anhele su compañía. Quiero que esta amable mujer me ilumine. Quiero ser como ella. Me parezco a ella, aunque en una versión menos llamativa, pero no soy como ella. Me resulta curioso que no tenga acento irlandés y que no parezca pobre. Es evidente que se trata de una Deverill a la que le ha ido bien, como a mi madre.

Mientras Nora Maloney busca a alguien que me lleve a la casa de Kitty, subo a por el diario de mi madre. No creo que Kitty sepa descifrar la clave, pero siento la necesidad de llevarlo conmigo de todas formas. Cuando bajo de nuevo al vestíbulo, Cormac está conversando con Nora Maloney y sé que están hablando de Kitty de mí porque guardan silencio en cuanto me ven y tienen expresión de culpabilidad.

—Entiendo que necesita que la lleven a casa de la señora Trench —dice Cormac.

—Sí, por favor —respondo—. Gracias por venir tan rápido.

Él esboza una sonrisa.

—Veo que ha conocido a su doble. —Ahora entiendo por qué me lanzó una mirada tan extraña en el aeropuerto. Me habría evitado mucha confusión si en ese momento me hubiera dicho que tenía una gemela en su ciudad.

Nora Maloney espera mi respuesta con impaciencia. Imagino que lo que diga se difundirá por la ciudad antes de que haya llegado a casa de la señora Trench.

—Nos parecemos mucho, ¿verdad? —replico.

—Son como dos gotas de agua —conviene Nora Maloney y me siento un poco avergonzada porque estoy segura de que ambos piensan lo mismo que yo: que Kitty Deverill es una versión muy superior.

Me subo al asiento del acompañante del Jeep. Quiero hablar de Kitty Deverill y de su familia; mi familia. Cormac está más que encantado de ilustrarme.

—Kitty Deverill vive en la Casa Blanca, que se encuentra en la finca del castillo Deverill.

Le interrumpo al mencionar el castillo Deverill. Mi madre quería que sus cenizas fueran esparcidas a la vista del castillo.

—¿El castillo Deverill? —pregunto—. ¿Quién vive allí?

—¡Vaya! Es la residencia familiar. La residencia de la familia Deverill —declara, como si fuera una auténtica ignorante por no saberlo. Como si todo el mundo supiera lo del castillo Deverill excepto yo. Estoy confusa. Creía que mi madre era pobre y ahora me entero de que su familia posee un castillo. Me viene a la memoria mi sueño. Veo el gran vestíbulo, la escalera, el oscuro pasillo y, por último, la pequeña habitación en lo alto de la torre donde me encuentro a mí misma. Me estremezco. ¿Acaso mi madre creció en un castillo? ¿Estoy accediendo de alguna forma a sus recuerdos? ¿Es eso posible? Desde luego, Temperance creería que sí—. El castillo Deverill pertenece a la familia Deverill desde la época de Carlos II de Inglaterra, cuando a Barton Deverill, el primer lord Deverill de Ballinakelly, se le otorgó el título y las tierras como recompensa por su lealtad al rey —prosigue Cormac.

—Entonces ¿son ingleses? —pregunto.

—Son anglo-irlandeses. Kitty pondría mayor énfasis en la parte irlandesa que en la inglesa, claro está, pero históricamente los Deverill se han considerado ingleses.

Me sorprende mucho que mi madre nunca me hablara del castillo.

—Me encantaría verlo —aduzco, esperando que Cormac me lleve más allá.

—No se ve desde la carretera. Está escondido detrás de un muro de árboles. Desde donde mejor se ve es desde las colinas, ya que está enclavado en el valle, con vistas al mar. Seguro que la señora Trench la llevará si se lo pide.

—Soy su prima carnal —le digo con orgullo porque estoy tan entusiasmada de estar emparentada con ella que tengo que contárselo a alguien—. Mi madre, que ha fallecido hace poco, era su tía.

Cormac no aparta la vista de la carretera.

—¿Su madre era Arethusa Deverill? —pregunta con sorpresa, como si acabara de decirle que estoy emparentada con Papá Noel.

—Sí, se marchó de Irlanda a Estados Unidos y nunca volvió.

—Como hicieron muchos —replica. Acto seguido sacude la cabeza—. En realidad, fue todo muy misterioso.

—¿El qué?

—Arethusa Deverill. La Deverill olvidada. —Me mira y frunce el ceño—. ¿Sabe por qué se fue a Estados Unidos?

Me encojo de hombros, como si fuera evidente por qué se fue. Pero me contengo de responder. Está claro que no era pobre y, si vivía en un castillo, tampoco buscaba una vida mejor. Así pues, ¿por qué se marchó?

—No lo sé —reconozco—. ¿Y usted?

—Corrieron rumores. A la gente le gusta hablar, y cuando no saben algo, se lo inventan.

—¿Qué rumores? —pregunto.

Él sacude la cabeza.

—Estoy seguro de que la señora Trench los sabrá todos. O al menos lord Deverill, su padre.

No solo tengo una prima, sino también un tío, ¡y es un lord! Me cuesta asimilar estas repentinas revelaciones. No alcanzo a imaginar por qué mi madre nunca nos lo contó.

—¿Son muchos los Deverill?

Cormac ríe entre dientes.

—Son muchos y hay mucho que contar sobre ellos.

—Cuénteme —le pido, pero Cormac cruza la verja abierta y sube hacia una bonita casa blanca que se alza serena en lo alto de la pendiente.

—En otra ocasión —dice, aparcando frente a la puerta principal.

Kitty aparece en cuanto me bajo. Le doy las gracias a Cormac y él da media vuelta en el todoterreno y emprende la bajada por el camino. Kitty se ha cambiado de ropa (debe de haber cabalgado como el viento) y ahora lleva una falda de *tweed* y conjunto de jersey y chaqueta a juego en verde claro, con el denso cabello medio recogido, pero suelto en torno a la cara y el cuello. Tiene un aspecto elegante sin ningún esfuerzo. Envidio su estilo. Me brinda una amplia sonrisa de bienvenida. Me siento como si ya nos conociéramos, pero, claro, supongo que he visto un rostro parecido al suyo miles de veces en el espejo.

—Entra, Faye. Te llamaré Faye porque eres mi prima. Espero que no te importe.

—Pues claro —respondo, siguiéndola al vestíbulo. La casa está desprovista de artificios, lo que es maravilloso. Nada hace juego. Parece que Kitty haya juntado las cosas porque aportan comodidad y color, no porque hagan juego, y todo es extravagante, como ella. A las paredes les vendría bien una mano de pintura y un nuevo tapizado a las silla; la alfombra del suelo está descolorida y desgastada. Los muebles son antiguos y están pulidos, pero puedo ver algún que otro golpe y arañazo aquí y allá. No creo que a Kitty le preocupen demasiado las cosas materiales. Sin embargo, le gustan las flores. Hay un gran jarrón de lirios blancos en una mesa redonda y su embriagadora fragancia impregna el ambiente. Y le gusta la luz. Los rayos de sol que se cuelan por las grandes ventanas de guillotina inundan la casa de un suave resplandor dorado. Kitty me lleva a una sala de estar cuadrada, cuyas altas ventanas dan al floreciente jardín de narcisos, tulipanes y flores y al océano que se extiende más allá. Hay grandes sofás y sillones dispuestos en torno a una chimenea que debe de haber estado encendida la mayor parte del día, pues los troncos están cubiertos de ceniza gris y humean un poco, y la habitación huele a humo de leña y de turba.

Kitty se sienta en el sofá y yo ocupo el lugar a su lado. Todavía me mira con incredulidad, como si no diera crédito a lo que ven sus ojos. Sin embargo, existe cierta familiaridad entre nosotras. Ya somos parientes, compartimos la misma sangre, la misma historia, los mismos antepasados; ahora lo único que tenemos que hacer es rellenar las lagunas.

Charlamos sobre Estados Unidos, mi vuelo y mis primeras impresiones sobre Ballinakelly, pero sé que solo estamos haciendo tiempo mientras la criada deja la bandeja con té y tarta y llena dos tazas de porcelana.

—Tienes que probar la tarta de cerveza irlandesa —dice Kitty—. Es muy irlandés y está delicioso de verdad. —Veo a la criada cortar una porción y me la entrega en un plato. Parece una tarta de frutas, pero puedo oler el alcohol. Me llevo un trozo a la boca con el tenedor. En efecto, es delicioso.

Por fin nos quedamos a solas. Kitty se inclina hacia delante y clava en mí su penetrante mirada. Es la clase de mirada que tiene la capacidad de sonsacar secretos. Imagino que va a sonsacarme todos los míos. Incluso los que no deberías contar.

—Me muero por saberlo —manifiesta —. ¿Qué ha sido de tu madre?

—Murió el pasado otoño —respondo, y me siento triste al decir la palabra «murió», que es tan definitiva, tan irrevocable.

La compasión se apodera de su rostro.

—Lo siento mucho —dice, y sé que lo siente.

Sé que también ella ha perdido a personas, porque su empatía es profunda y sincera. Me toca el brazo. Tiene unos dedos largos y pálidos, las uñas cortas y un poco desiguales. Supongo que son las manos de una mujer que pasa mucho tiempo al aire libre, en el jardín y en los establos. Es entonces cuando me fijo en que no lleva maquillaje y que su cabello, aunque recogido, está despeinado y enredado, ligeramente encanecido en el nacimiento del pelo. Da la sensación de ir arreglada y sin embargo no es así. La admiro más por su falta de vanidad. Las mujeres estadounidenses son tan pulcras que resulta refrescante encontrar a una mujer cuya belleza no dependa de eso.

—Mi madre nunca nos hablaba de su país natal —le cuento—. O hablaba muy poco de él. Cuando falleció, en su testamento pidió que sus cenizas se esparcieran a la vista del castillo Deverill.

Kitty se lleva un dedo a los labios y sacude la cabeza.

—¡Qué conmovedor! —murmura, y sus ojos grises empiezan a brillar. Me sorprende la profundidad de sus emociones, pues no cabe duda de que era demasiado joven para conocer a su tía, que debió marcharse de Irlanda antes de que ella naciera.

—Nunca habíamos oído hablar del castillo Deverill antes de que viniera el abogado a leer su testamento. Mi madre nos dijo que se fue de Irlanda porque su familia era pobre. —Kitty asiente, pero no dice nada, así que continúo contándole a esta mujer que acabo de conocer cosas que no he compartido con nadie—. Que quisiera que la incineraran ya fue bastante malo. Mi padre era un devoto católico y siempre se dio por hecho que a mi madre la enterrarían a su lado, junto con el resto de los antepasados de él. Pero cuando estipuló que quería volver a su hogar, nos quedamos atónitos. Pensábamos que no le gustaba demasiado su hogar. Si no, ¿por qué no regresó nunca? Ni en todos sus años de casada quiso volver. Y después de la muerte de mi padre ni siquiera mencionaba Irlanda.

—Entonces ¿has venido a esparcir sus cenizas? —pregunta Kitty.

—No. No las he traído. He venido sola. Verás, mi hermano Logan no quiere que la traigamos aquí. Quiere enterrarla junto a nuestro padre. De hecho, está en desacuerdo con la mayor parte del testamento e intenta cambiarlo.

—Entiendo —dice con aire pensativo—. Es un asunto espinoso.

—Sí, es complicado —coincido. Dejo escapar un suspiro porque en realidad no sé cómo va a terminar—. Pero decidí venir para descubrir dónde nació mi madre y qué clase de vida tuvo aquí, en Irlanda. No esperaba que se hubiera criado en un castillo.

Una encantadora sonrisa se dibuja en el rostro de Kitty.

—Y el castillo Deverill no es un castillo cualquiera —alega, sin duda muy orgullosa de ello—. Es uno de los castillos más magníficos de Irlanda. Te llevaré a verlo mañana. Por desgracia, ya está oscureciendo. Es mucho mejor verlo con luz, en todo su esplendor.

—¿Quién vive allí?

—Mi hermano, JP Deverill, y su esposa, Alana.

—Supongo que los Deverill sois una gran familia —digo, pero Kitty me sonríe y me doy cuenta de que no solo son una gran familia, sino también una familia importante. Me siento tonta al saber tan poco de mi madre y del lugar de donde era.

—Somos muchos —asevera Kitty—. Y ahora somos más contigo. ¿Tienes hijos, Faye?

—Tengo tres. Ya son todos adultos, claro. Rose, Edwina y Walter. Se van a quedar atónitos cuando les cuente lo que he descubierto aquí. Que su abuela era una aristócrata que vivía en un castillo. No se lo van a creer.

Me río e imagino la reacción de cada uno. Rose sentirá curiosidad; Edwina se mostrará indiferente, pero en el fondo estará fascinada, y Walter, el actor, pondrá acento inglés y se meterá en el papel, entreteniéndonos con su comedia.

—¿Por qué no vienes a cenar con nosotros esta noche? —pregunta Kitty—. Les pediré a mis padres que se unan a nosotros. Sé que mi padre querrá conocer a su sobrina. No se lo va a creer cuando le diga que estás aquí.

Me entusiasma la idea de conocer a mi tío. El hermano de mi madre.

—Me encantaría —respondo con avidez—. Sé que mi madre tenía dos hermanos. ¿El otro vive también?

Kitty niega con la cabeza.

—Por desgracia, el tío Rupert murió en la Primera Guerra Mundial.

—¡Oh! Entiendo. Lo siento.

—Era todo un personaje. Mi hermano Harry murió en la última guerra, así que no estamos completos, pero los que quedamos estamos muy unidos. Tengo dos hermanas, una que vive aquí y otra que vive en Inglaterra y tienen hijos y nietos. Como he dicho, somos muchos. Sé que mi padre te dará la bienvenida a la familia. —Se echa a reír y luego añade al tiempo que sacude la cabeza—: A fin de cuentas está acostumbrado a que de improviso aparezca algún pariente perdido.

Frunzo el ceño, pero ella no se explaya más. Presiento que esta familia tiene más secretos que la mayoría.

—Será estupendo saber más sobre su infancia —digo—. Tu padre debe de saber montones de historias sobre mi madre. Nunca imaginé que conocería a alguno de sus parientes. Creía que estaban todos muertos.

—Creo que eso es lo que ella quería pensar —responde Kitty. Tiene razón, claro, pero no imagino por qué. Tantos años pensando que era una huérfana de la hambruna irlandesa y resulta que tenía una familia aristo-crática que vivía en un castillo. Ahora, sentada frente a su sobrina, parece absurdo.

—He ido a la iglesia de aquí, de Ballinakelly, y he encendido una vela por ella. Ojalá estuviera viva para poder preguntarle por qué se marchó y nunca volvió.

—¿A qué iglesia has ido? —pregunta Kitty, tomando un sorbo de té.

—A la iglesia católica.

—Eso pensaba. Supongo que Arethusa no te dijo que no era católica, Faye —aduce con voz dulce—. Era protestante, comos todos los Deverill.

—¡Protestante! —Me sorprende que mi madre decidiera mentir acerca de su religión. Estoy tan consternada por esta noticia que empiezo a excu-sarla—. Bueno, mi padre era católico, así que supongo que se convirtió. Era muy devota, ya sabes. Una católica devota y entregada.

Kitty parece dudar y oigo lo endebles que le deben de parecer mis justificaciones. No dice que sus abuelos se revolverían en sus tumbas si supieran que su hija se había convertido al catolicismo, que es la clase de comentario que haría Logan; no tiene que hacerlo. Sé lo suficiente sobre la historia de Irlanda como para valorar lo que significaría para un Deverill convertirse al catolicismo. Como mínimo, se le consideraría un traidor. Me obsesionan tanto los secretos de mi madre, que ahora salen a la luz, que he olvidado el diario que llevo en el bolso. Me acuerdo de él de repente. Meto la mano y lo saco. Lo miro y paso la mano por la gastada tapa de piel.

—Este era su diario —le digo a Kitty—. Me lo dejó a mí en su testa-mento. El problema es que está escrito en código, por lo que no puedo leerlo. Ni siquiera sé por qué lo he traído para enseñártelo. Es una bobada, en realidad. Puede que tu padre sepa el código en que lo escribió.

—Deja que le eche un vistazo —pide Kitty, estirando la mano. Me brinda una sonrisa compasiva, consciente tal vez de que he recibido dema-siadas sorpresas por un día—. No creo que las cosas pasen sin ningún motivo, Faye. Me lo has traído a mí porque te has sentido impulsada a hacerlo.

La miro, sin saber muy bien si bromea o no. Habla como Temperance y tiene la misma expresión de hada en la cara, que siempre me indica que cambie de tema. Kitty abre el cuaderno y ojea la primera página.

—Has hecho bien en traérmelo, Faye —dice, con cierto deje triunfal en la voz—. Se trata de escritura especular.

—¿Escritura especular?

—Por supuesto. ¿Sabías que Leonardo da Vinci escribía en escritura especular? Es escribir al revés, de modo que tienes que colocarlo frente a un espejo.

—¿En serio? ¿Y lo sabes solo con verlo? —Ahora estoy sorprendida y un tanto inquieta porque voy a poder leerlo…, y quizá responda a mis preguntas sin necesidad de ayuda. No estoy segura de querer saber las respuestas.

—Estoy totalmente segura. —Se levanta y sujeta el diario abierto delante del espejo colgado sobre la chimenea. La sigo y miro el espejo con una mezcla de temor y fascinación. Es como si mi madre me hablara desde la tumba.

—Tienes razón. Está muy claro.

Leo un breve párrafo:

Hoy el pobre abuelo está enfermo. ¡Qué paciente tan espantoso! Mamá y yo nos turnamos para leerle, pero él gruñe y se queja y no hay nada que esté bien. Su té está demasiado caliente, luego está demasiado frío y se enfurece porque se va a perder la reunión de mañana. No hay nada que le guste más que salir a cabalgar con los perros y es más valiente y, según mamá, más temerario que todos los hombres del condado. Por el jaleo que está montando se diría que nunca vaya a montar de nuevo. Pero se pondrá bien en uno o dos días; lo dice el doctor Johnson. Es solo un resfriado, pero por el alboroto que está armando el abuelo, bien se podría estar muriendo…

—Es extraordinario —susurro.

—Bueno, no quería que nadie más lo leyera —aduce Kitty—. Pero ahora tú sí puedes.

—¿Cómo es que conoces la escritura especular?

—Porque yo también solía escribir así mis diarios.

—Debe de ser cosa de los Deverill —digo con sorpresa.

Ella se echa a reír.

—No sé yo si lo es. No creo que nadie más escribiera así. —Me devuelve el diario—. Ahora puedes leer la historia tú misma.

Presiento que a ella también le gustaría leerlo. Pero no me ofrezco a compartirlo, al menos no hasta que lo haya leído.

—Lo haré —respondo—. Lo leeré despacio. A fin de cuentas tengo dos semanas para hacerlo.

—Es estupendo. Dos semanas para conocernos y para que nosotros te conozcamos. Permite que te lleve de vuelta al hotel para que puedas descansar y cambiarte para la cena.

—Es muy amable por tu parte.

—En absoluto. Eres de la familia. Es lo menos que puedo hacer. Enviaré a alguien para que te recoja a las siete.

Kitty me lleva de vuelta al Vickery's Inn. El sol se ha puesto ya y está anocheciendo. El cielo es de un pálido y luminoso azul; las colinas se recortan contra él, oscuras y misteriosas. Hace frío y se nota la humedad en el aire. Huele a hierba nueva, a tierra fértil y al humo de las chimeneas a medida que las familias encienden la lumbre y se disponen a pasar la noche. Kitty y yo tenemos mucho de qué hablar y, sin embargo, nos sumimos en un cómodo silencio. Miro por la ventanilla mientras conduce y ninguna de las dos dice nada. Pero lo cierto es que no me resulta incómodo. No me resulta nada incómodo.

De repente me siento cansada. No puedo creer que prácticamente acabe de llegar. Que anoche estuviera en un avión y esta mañana abandonara en coche el aeropuerto con Cormac O'Farrell, que al parecer no es taxista. Eso me saca una sonrisa. Ya adoro Irlanda. Al menos adoro Ballinakelly. A pesar de entender a mi madre aún menos de lo que la entendía en vida, adoro este lugar. Lo llevo en la sangre igual que lo llevaba ella.

Me echo en la cama al llegar a mi cuarto y cierro los ojos. No tengo valor para leer el diario de mi madre. Contó tantas falsedades... No era católica, pero en todos sus años de vida fue más católica incluso que mi padre. Tampoco provenía de una familia campesina, pobre y muerta de hambre, sino de una tradicional familia de la aristocracia, y no era irlandesa. Era anglo-irlandesa, y sé la gran diferencia que eso supone. Si mintió en esas tres cosas, ¿en qué más lo hizo? ¿Qué pensaría Logan si se lo dijera? ¿Se lo voy a contar? No lo sé. En realidad, la única persona a la que quiero contárselo es a Rose. Esbozo una sonrisa al pensar en ella ahora y de pronto me siento muy sola.

Apenas tengo energía para salir a cenar. Una parte de mí quiere acurrucarse en la cama y dormir, pero la curiosidad me puede, así que me levanto y me aseo en el estrecho cuarto de baño. Me copio de Kitty y me recojo el pelo, dejando algunos mechones sueltos en la parte delantera. Al mirarme en el espejo veo algo de Kitty en mi reflejo, pero no lo suficiente para sentirme hermosa como ella. Me pregunto qué pensaría Wyatt de ella. Creo que le asustaría. Le gustan las mujeres a las que puede dominar. Dudo que nadie pueda dominar a Kitty Deverill.

A las siete me recoge uno de los empleados de Deverill. Es un hombre de mediana edad, con el cabello negro azabache y los ojos castaños oscuros. Parece sorprendido al verme, pero sonríe y me subo a la parte trasera del coche. Me pregunto si mi tío también va a mirarme así. Me relajo contra el asiento y me tranquilizo pensando que la gente del pueblo no tardará mucho en saber quién soy y entonces dejarán de mirarme como si fuera la hermana gemela perdida de Kitty Deverill.

Cuando llego a la Casa Blanca, lord y lady Deverill también están llegando. Su coche se ha detenido y lord Deverill se está bajando. Está oscuro, pero la luz que sale de las ventanas de la casa me permite ver que sigue siendo un hombre atractivo, de rostro ancho y cabello gris retirado de una amplia frente. Rodea con paso firme el coche hasta la puerta del otro lado, que el chófer mantiene abierta. Lord Deverill se inclina y estira la mano. Una mano enguantada la toma. A continuación, un zapato de raso se posa en la gravilla primero y luego el otro, seguido de una anciana con un vestido azul claro y resplandecientes diamantes, que doy por he-

cho que es lady Deverill. Observo fascinada mientras los dos se dirigen a
la puerta principal, cogidos del brazo, con la mano de él sobre la de ella.
Van charlando. No me ven en el coche y espero hasta que desaparecen
para apearme.

Ahora estoy nerviosa. Mi tío es un lord y nunca he conocido a un lord
hasta ahora. Los dos van muy elegantes. Él de chaqueta y corbata; ella con
vestido largo. Me siento muy desaliñada con el mío. Ojalá me hubiera
traído mis diamantes y mis mejores vestidos, pero no esperaba cenar con
nadie de la aristocracia. Me pregunto si habrá algún lugar en Ballinakelly
donde pueda comprarme un vestido. Lo dudo.

Un mayordomo me recibe en la puerta. Me coge el abrigo y me acompaña al salón en el que estuve sentada antes con Kitty. El fuego está encendido y hay más gente en la estancia de lo que esperaba. Se vuelven para
mirarme cuando cruzo el umbral, pero Kitty me da la bienvenida con entusiasmo:

—Tienes que conocer a mi marido, Robert —dice, presentándome a
un hombre de aspecto estirado, espeso cabello canoso, que en otro tiempo
debió ser castaño oscuro, y cara seria. Es guapo, pero sus rasgos son un
tanto anodinos. Palidece en comparación con la efervescencia de Kitty. No
es el marido que habría imaginado para ella. Antes de que pueda exten-
derme, me presentan a los padres de Kitty.

—Te presento a mi padre, Bertie, el tío Bertie para ti, Faye. Y a mi
madre, Maud.

La mirada del tío Bertie se clava en mi cara y parece devorarla. Sé que
busca a su hermana, pero no me parezco en nada a ella. Me parezco a su hija.

—¡Por Dios! Eres la viva imagen de mi madre —dice, con un aristocrático acento inglés muy pronunciado.

—Sí, te pareces inconfundiblemente a Adeline —conviene la tía Maud,
estrechándome la mano con la suya, delgada y fría.

Sus ojos son de un azul glacial; hermosos, pálidos, invernales, rodeado
de unas negras pestañas muy maquilladas. Tiene unos pómulos muy marcados, mandíbula definida y obstinada, cabello canoso corto en una melena
recta al estilo *garçon* y labios finos y, sin embargo, es impresionante. Imagino que tuvo una belleza deslumbrante en su época.

Me vuelvo hacia Kitty para pedirle una explicación. Todo el mundo me mira. Esto es lo que debe de sentir un animal exótico en un zoológico. Kitty rompe a reír.

—No hemos llegado a hablar de nuestra abuela, Adeline. Yo también me parezco a ella, pero tú, Faye, te pareces todavía más. ¡Oh! Me encantaría que os conocierais. —Kitty exhala un dramático suspiro.

Un hombre lleno de vitalidad se acerca y sonríe. Debe de ser el hermano de Kitty, ya que también es pelirrojo, tiene pecas, los labios carnosos y una sonrisa descarada y encantadora, aunque parece lo bastante joven como para ser su hijo. Le brillan los ojos, que son grises como los míos y los de Kitty.

—Yo soy JP Deverill —dice, y me estrecha la mano. Es fuerte y atlético, y mis huesos crujen bajo su fuerza. Tiene la misma energía que su hermana, solo que en una versión intensamente masculina—. Y esta es mi mujer, Alana —me presenta, apartándose para hacerle sitio.

Su mujer parece una persona dulce, con el cabello rubio y los ojos del color del cielo irlandés. Tiene una sonrisa fácil, que me brinda, llena de calidez. Me siento aceptada. Acabo de conocer a estas personas y, sin embargo, me siento como si fuera una de ellas. Como si me hubieran esperado toda la vida para conocerme e incluirme.

Nos dan una copa de vino y nos invitan a sentarnos. Yo lo hago al lado de Alana en el sillón. Se hace un breve silencio. Nadie sabe por dónde empezar. Todos tenemos preguntas, imagino que el tío Bertie más que nadie. Este es un momento importante para mí, pero hasta ahora mismo no había tenido en cuenta sus sentimientos. Mi madre era la hermana del tío Bertie. Se fue de su hogar y no regresó jamás. Ahora está muerta. Miro su rostro jovial y rubicundo y me pregunto cómo se sentirá ante la inesperada llegada de su sobrina y la noticia de que su hermana ya no está viva.

—Les he explicado por qué has venido a Ballinakelly —empieza por fin Kitty. Mira a su padre y le brinda una sonrisa afectuosa—. Para papá supone un gran consuelo saber que Arethusa quería regresar a casa al final.

Me siento conmovida. Kitty no recuerda a su tía porque Arethusa se marchó antes de que ella naciera, pero agradece lo que esto significa para su padre. Imagino que la familia debe de haber hablado mucho de mi madre a lo largo de los años. Deben de haberse preguntado qué fue de ella. Dónde se encontraría y qué estaría haciendo. Y aquí estoy yo, dispuesta a contarles lo que quieran saber. Solo que no estoy segura de qué es lo que sé. Enseguida queda claro que ellos conocen el comienzo de la historia y yo el final, y sin embargo hay una gran laguna en medio que ninguno sabemos. Presiento que saldrá a la luz cuando lea su diario. También presiento que me lo dio por eso, para que lo leyera aquí, en Irlanda, con su familia.

—Tussy era desafiantemente particular —dice el tío Bertie.

—Era franca y adelantada a su tiempo —apostilla la tía Maud.

El tío Bertie asiente de acuerdo con ella.

—Estaba obsesionada con los pobres y les llevaba cestas de comida. Luchaba por los desfavorecidos y se rebelaba contra el modo de vida de nuestros padres —añade—. La enviaron a Londres, a vivir con los primos Stoke y Augusta, en Mayfair. Pensaron que sería bueno para ella alejarse de Irlanda, disfrutar de una temporada en Londres, conocer gente nueva y encontrar otros intereses aparte de visitar a los pobres y a los enfermos. Por lo que recuerdo, se hizo un nombre en los pocos meses que estuvo allí. Creo que recibió numerosas proposiciones de matrimonio mientras el pobre Ronald Rowan-Hampton, su prometido, languidecía aquí, olvidado. En cualquier caso, hubo un drama, gritos y lágrimas. Lo siguiente que supimos fue que al final no iba a casarse con Ronald y que había huido a Estados Unidos, enfadada. Mis padres no volvieron a hablar de ella después de eso. Su nombre apenas se mencionaba. —Frunce el ceño—. Sospecho que mi hermano Rupert sabía lo que había pasado. Estaba muy unido a Tussy y fue a Londres con ella. Pero nunca divulgó nada y después murió en la Primera Guerra Mundial, llevándose consigo sus secretos.

—Háblanos de su vida en Estados Unidos —me pide la tía Maud, posando una mano sobre la de su marido. Se le ve alterado cuando el recuerdo de la marcha de su hermana emerge de la niebla del pasado, como un fantasma que se levanta de entre los muertos.

Les hablo de mi padre, que había sido gobernador de Massachusetts. Les cuento que Arethusa se convirtió al catolicismo y que todos creíamos que provenía de una familia irlandesa pobre y que por eso se fue a Estados

Unidos para empezar una nueva vida. Todos me escuchan con atención. Reina tal silencio en la habitación, que solo se oye el crepitar del fuego en el hogar. Tengo su plena atención, pero mientras les hablo de la Arethusa que conocía, empiezo a darme cuenta de que estoy perpetuando lo que sin duda es un mito. Solo estoy sumando más capas a sus mentiras. Así que dejo de hacerlo.

—No sé quién era mi madre —reconozco, y noto que me arde la cara de la vergüenza—. No nos dijo la verdad sobre muchas cosas, así que ahora dudo de las cosas que sí me dijo y de la persona que afirmaba ser. Era una mujer de la alta sociedad. Celebraba extravagantes cenas. Era la mejor anfitriona de Boston. Era hermosa y glamurosa, pero también egoísta y obsesiva. Su principal interés no éramos nosotros, sus hijos, sino ella misma. Todo el mundo la adoraba, pero nadie sabía lo difícil que era vivir con ella. Tenía altibajos, era malhumorada, temperamental y exigente. Discutía con sus amigos y hacía otros nuevos. Podía cambiar de parecer en un instante. Pero era extravagante y le encantaba el drama. Mi hermano y yo estuvimos a su lado cuando murió. Creíamos conocerla, pero después de la lectura del testamento nos dimos cuenta de que no la conocíamos en absoluto. He venido aquí para averiguar quién era en realidad. Pero conoceros ha suscitado más preguntas de las que ha respondido. Me legó su diario, que voy a leer durante las próximas semanas.

—Te dejó su diario porque quería que supieras quién era en realidad, Faye —dice Kitty—. Y quiere que sus cenizas se esparzan en el castillo Deverill porque quiere descansar en su hogar.

Los claros ojos del tío Bertie brillan y ha adquirido un tono bastante rosado.

—Permitiréis que descanse aquí, ¿verdad, Faye?

Exhalo un suspiro. Pienso en Logan y en su empeño de enterrarla con papá.

—Haré todo lo que pueda —respondo.

—El castillo de un Deverill es su reino —declara, y se le quiebra la voz.

La tía Maud posa de nuevo la mano sobre la de su marido y le da un apretón. Veo el profundo afecto que se profesan y los ojos azul glacial de tía Maud destilan calidez. Wyatt se cuela en mi mente sin ser invitado. Wyatt, que no ha posado su mano en la mía de esa forma en treinta años. Lo expulso al instante.

—Vamos a cenar —dice Kitty, poniéndose en pie—. ¡Me pregunto si gozas del apetito de los Deverill, Faye!

5

Castillo Deverill, Ballinakelly, Condado de Cork
El pasado

Arethusa Deverill se despertó con una gran conmoción. Bajó de la gran cama con dosel y se apresuró a acercarse a la ventana. Tras descorrer las largas cortinas de terciopelo, acercó su nariz al cristal. Allí, en la grava de la parte delantera del castillo, había una multitud de hombres alborotados, ataviados con chaquetas y pantalones negros raídos, gorra bien calada sobre su ceñuda frente y botas embarradas cubriendo sus inquietos pies. Se empujaban y se daban codazos mientras discutían entre ellos. Reconoció a algunos de sus viajes a la ciudad. Eran los maridos de las mujeres a las que visitaba para intentar aliviar su sufrimiento, con cestas de comida y palabras de ánimo. Otros eran los arrendatarios de su padre, con el rostro demacrado y rubicundo por trabajar la tierra en medio de fuertes vientos y obtener poca recompensa. A algunos no los conocía en absoluto, pero todos compartían la misma mirada hambrienta y desesperada, y la misma ira hirviente. Era temprano y algunos de ellos ya estaban borrachos.

Presa de la curiosidad por ver de qué se trataba, llamó a su criada y comenzó a vestirse de forma apresurada. Cuando la muchacha llegó, Arethusa se había puesto las medias y la ropa interior y estaba lista para que le ciñeran el corsé.

—¿Qué está pasando ahí fuera, Eily? — preguntó.

Eily, de apenas catorce años, con el pelo negro peinado con desgana en un descuidado moño, unos ojos azules tan alerta como resentidos y malhumorados, una boca enfurruñada y petulante que dejaba escapar suspiros y chasqueaba la lengua a pesar de que su madre le repetía una y otra vez lo afortunada que era por estar empleada en el castillo, apretó los cordones del corsé de Arethusa.

—Han venido a limpiar el hollín de las chimeneas, señorita —respondió.

—¿Qué? ¿Todos ellos?

Eily dejó que los cordones se aflojaran.

—No, señorita. Por eso se están peleando. Lord Deverill ha dicho que pagará cinco chelines por chimenea porque el viejo McNally ha muerto, que en paz descanse, y no hay nadie que haga su trabajo. Ahora la mitad del pueblo ha venido a ofrecer sus servicios.

—¡Date prisa, Eily! —exclamó Arethusa con impaciencia—. ¿Es que tus manos y tu boca no pueden trabajar al mismo tiempo?

—Lo siento, señorita —respondió Eily, y luego mantuvo la boca cerrada mientras se concentraba en terminar el trabajo.

Por fin el corsé estaba en su sitio. Eily ayudó a Arethusa a ponerse la falda que, dado que tenía intención de salir a pasear, era más corta que sus otras faldas y le llegaba al tobillo. Arethusa se abrochó ella misma los pequeños botones de perla de la blusa mientras Eily le abotonaba la falda por detrás con dedos torpes.

—¿Su pelo, señorita? —preguntó Eily, tratando de alcanzar el cepillo de marfil y el peine de carey que había en el tocador, entre bonitos tarros de cristal con la tapa de plata y cajas de baratijas llenas de joyas. El espeso y largo cabello castaño de Arethusa estaba enmarañado, pero no tenía paciencia para cepillarlo y, con diecisiete años, ya era demasiado mayor para que su institutriz le dijera que lo hiciera.

—Más tarde —dijo, saliendo a toda prisa al pasillo y bajando las escaleras hasta el vestíbulo.

Cuando Arethusa entró en el comedor su abuelo Greville, lord Deverill, estaba sentado en la cabecera de la larga mesa de roble, hablando con O'Flynn, el mayordomo. El bigote blanco de Greville se sacudía mientras escuchaba a O'Flynn explicar la situación en el exterior.

—Verá, milord, no sabemos quién llegó primero y todos reclaman el derecho al trabajo.

Elizabeth, lady Deverill, escuchaba desde su silla en el extremo opuesto de la mesa. A sus setenta y cuatro años no solo era dura de oído, sino que además estaba un poco pasada de peso, lo que afectaba a sus articulaciones y hacía que le fuera necesario un bastón. Envuelta en una brillante seda negra, con volantes y adornos que le subían por el cuello como si fueran plumas, se parecía a una de las exóticas gallinas negras que tenía en los terrenos del castillo (y a las que en verano permitía pasear con libertad por el vestíbulo, pese a la desaprobación de O'Flynn). Sus dedos regordetes y enjoyados asieron su taza de té, a la que había añadido tres cucharadas de azúcar y vertido una generosa cantidad de nata.

—Querido, hay cuarenta chimeneas que limpiar, ¿por qué cada hombre no se ocupa de una?

Greville miró a su mujer y su bigote se sacudió ahora con irritación.

—Nadie querrá ocuparse de limpiar una sola chimenea por cinco chelines, Elizabeth —dijo, levantando la voz para que ella pudiera oírlo.

Rupert, el menor de los dos hermanos de Arethusa, que estaba sentado junto a Charlotte, la institutriz de Arethusa, sonrió a su hermana. Como de costumbre, el dilema le resultaba muy divertido. Rupert, de veintitrés años, era guapo, con rasgos cincelados y aristocráticos, pelo brillante de color chocolate, ojos castaños de mirada profunda y labios carnosos y sensuales, que siempre se curvaban con diversión, normalmente en los momentos más inoportunos. Ese era uno de esos momentos, ya que a su abuelo la situación no le resultaba ni por asomo divertida. No quería que lo molestaran con fastidiosos asuntos domésticos. Su interés consistía en la caza, el tiro, la pesca y charlar con sus vecinos, como siempre. Aquel era en realidad un asunto que le correspondía a Lady Deverill, pero en opinión de Greville, no era capaz de ocuparse de él, tal y como acababa de demostrar con su ridícula sugerencia.

—Siempre puedes poner los nombres en un sombrero, abuelo —sugirió Rupert encogiéndose de hombros a modo de disculpa porque sabía que a su abuelo no le gustaría su aportación a lo que ya se estaba convirtiendo en una «situación molesta». Era bien sabido que lord Deverill tenía poca paciencia para tales cuestiones.

Greville gruñó e ignoró la inútil sugerencia de su nieto.

Arethusa se sentó frente a Rupert, a la izquierda de su abuelo, y se colocó una servilleta sobre el regazo.

—Están muy enfadados —dijo, llamando la atención de Rupert y mirándolo con el ceño fruncido. Eso hizo que sonriera todavía más. Fingió frotarse la barbilla para disimularlo—. Tienen hambre, sus familias tienen hambre y necesitan trabajar. Puede que esto te parezca hilarante, Rupert, pero para esos hombres una semana de trabajo limpiando chimeneas podría salvar a sus familias de la inanición.

Elizabeth pareció ignorar las apasionadas palabras de Arethusa, como hacía con las cosas incómodas o desagradables, o quizá simplemente no las escuchó, y dio un sorbo a su té.

—Debemos pagarles a todos, Greville. Problema resuelto. —Agitó una mano para despachar el tema como lo haría con un mayordomo o una criada.

—Cinco chelines no les dará para mucho, abuela —protestó Arethusa.

—¡¿Qué?! —gritó Elizabeth, pero Arethusa no se molestó en repetirlo ni en discutir con una mujer que simplemente no entendía.

Llamó la atención de Charlotte, pero la institutriz, que era tan callada y tímida como un lirón, guardó silencio. Charlotte bien podría no haber estado allí, porque nadie se fijó en ella y no hizo intento alguno de llamar la atención, comiendo en silencio el desayuno con movimientos pausados y cuidadosos, como si temiera que cualquier acción brusca pudiera recordarles su presencia.

—Al parecer hemos comprado un juego de escobas de barrer que se ensamblan como las cañas de pescar —dijo Rupert—. Seguro que uno de los lacayos puede hacerlo.

—¡¿Y despedir a esos pobres hombres?! —exclamó Arethusa—. ¿Cómo puedes sugerir algo así, Rupert?

—¿Echar? ¿A quién? —preguntó Elizabeth, confundida—. ¿A quién vas a echar? Espero que no a los deshollinadores. Es necesario limpiar esas chimeneas o se prenderán fuego. No queremos que el castillo de Deverill se incendie. Sería una verdadera pena.

Greville estaba ya cansado del tema y de los insustanciales comentarios de su esposa. Se colocó las gafas en el puente de la nariz, abrió el *Irish Times* y reanudó su lectura.

—O'Flynn, elige a un par de hombres y acompáñalos a las chimeneas. —Levantó la vista hacia su nieta y añadió—: No podemos pagarles a todos. —Luego desapareció detrás del periódico.

Rupert y Arethusa cambiaron de tema de manera obediente y empezaron a discutir alegremente sobre cuál de las gallinas de su abuela ponía los huevos más deliciosos. Charlotte escuchaba sin decir nada. Hacía diez años que era la institutriz de Arethusa y conocía a su pupila tan bien como una madre conoce a su hijo, pero en los últimos años Arethusa se había distanciado y todo lo que hacía Charlotte parecía irritarla. En consecuencia, intentaba hacer muy poco. Nunca se le había dado bien hacer valer su autoridad.

La puerta se abrió y una fragante brisa primaveral entró en el comedor, trayendo consigo a Adeline, la madre de Arethusa y de Rupert, con el rostro rosado y los ojos brillantes tras su paseo matutino por las colinas. Su cabello pelirrojo, como en los cuadros de Tiziano, descendía por su espalda en grandes mechones desordenados, acentuando su pequeña cintura. Con su traje de amazona negro con el cuello blanco y los hombros bien entallados, presentaba una figura elegante. Si alguien podía hacer que Greville dejara el periódico era su nuera, a la que admiraba y temía a la vez, por su belleza y por los sentimientos impropios que despertaba en él.

—¡Qué mañana tan bonita! —dijo, sonriendo—. Me han acompañado en mi paseo el tordo cantor y el mirlo capiblanco, el mirlo negro y el zorzal de la niebla. ¡Cómo me gusta la primavera y todos los pajaritos que retozan entre las aliagas y los helechos! Es un placer estar al aire libre. Sin embargo, me ha provocado un hambre voraz. O'Flynn, quisiera tomar unos huevos revueltos, por favor, y tocino crujiente, casi quemado. Ya sabes cómo me gusta.

O'Flynn hizo una reverencia y salió del comedor.

Greville dobló el periódico y lo dejó en la mesa a su lado. Miró a Adeline y su viejo y duro rostro se suavizó y sus ojos se tornaron melancólicos.

—¿Oíste al cuco esta mañana, querida?

Adeline asió la silla entre su suegro y Rupert y se sentó.

—Así es, Greville —respondió—. Lo oí al amanecer. Todavía estaba oscuro y, sin embargo, cuando me acerqué a mi ventana, el sol empezaba a abrirse un hueco en el cielo del Este.

—Bellamente expresado, querida —murmuró Greville, sacudiendo la cabeza ante una mujer tan maravillosa, que apreciaba la naturaleza tanto como él.

Lo único que Elizabeth amaba era a sus tontas gallinas y la tarta. No había nadie a quien le gustara más la tarta ni la comiera con más fruición que lady Deverill. Levantó sus tupidas cejas blancas y miró con desgana hacia la mesa, pero su esposa estaba demasiado ocupada untando con mantequilla una tercera rebanada de pan tostado como para darse cuenta de que estaba coqueteando con su nuera.

—¿Viste alguna hada en tu paseo, mamá? —preguntó Rupert, burlándose con afecto de su madre, que creía en duendes, ángeles y hadas, y afirmaba que veía los espíritus de los difuntos con la misma frecuencia con la que veía a personas reales.

Adeline se rio.

—Querido Rupert, si te dijera que no oigo más que el canto de los pájaros te sentirías amargamente decepcionado.

—¡O a la *banshee*! —Puso una cara de auténtico terror—. ¡Ahhhhh!

—¡Dios mío, vaya par de tontos! —exclamó Arethusa, poniendo los ojos en blanco. Con todo respeto, mamá, es muy fácil tomarte el pelo. Sabéis que no existían los fantasmas ni las casas encantadas hasta después de la Reforma. Los inventaron los nuevos protestantes para compensar los santos perdidos. Solo la gente primitiva necesita creer en toda esa basura.

—No estoy de acuerdo, querida Tussy —interrumpió Elizabeth con la boca llena de tostada—. A menudo he visto espíritus vagando por los pasillos del castillo. Este lugar está lleno.

Rupert se rio.

—Eso es solo el sonambulismo del abuelo, abuela —dijo.

Elizabeth, que no podía oír mientras masticaba, se perdió su comentario, pero Greville lo oyó y también se rio.

—Bien dicho, Rupert. —Greville solo toleraba la afición de Adeline por lo sobrenatural porque era agradable a la vista—. ¿Te apetece salir con los perros esta mañana? —le preguntó a su nieto—. Podríamos disparar a algunas agachadizas o a algún conejo o liebre, o quizás a algún cazador furtivo. —Se rio de nuevo—. ¿Qué dices, Rupert?

—Me encantaría, abuelo —contestó Rupert con poco entusiasmo, dejando la servilleta sobre la mesa con un suspiro. No le gustaban las actividades al aire libre y era un incompetente redomado con la pistola. Matar seres vivos no era su idea de entretenimiento, y en cuanto a los cazadores furtivos, no le parecía justo negar a la gente hambrienta una comida gratis de vez en cuando—. Después de escribir un poco —añadió.

—¿Poesía? —replicó Greville con una mueca, como si escribir poesía fuera algo absurdo para un hombre.

—Sí, estoy preparando un libro de poemas.

—Muy bien, si es necesario. —Greville se volvió hacia Adeline—. ¿Cuándo vuelve Bertie?

Bertie era el hermano mayor de Rupert, de veinticinco años, hecho a imagen y semejanza de su padre, Hubert, y de su abuelo. Mientras Rupert disfrutaba sentado en la cálida biblioteca (una de las únicas habitaciones calientes del castillo), jugando a las cartas, componiendo poesía y leyendo, Bertie prefería estar al aire libre, preferiblemente a caballo, en busca de un zorro o una liebre. Bertie era el tipo de hombre que Greville entendía, el tipo de hombre con el que podía compartir cosas. En cambio, Rupert, aunque innegablemente encantador e ingenioso, era un rompecabezas para él.

—Bertie y Hubert vuelven de Londres pasado mañana —dijo Adeline.

—Bien. A tiempo para el próximo encuentro.

—No se lo querrían perder —adujo Adeline con una sonrisa.

—Y tú tampoco, querida —repuso Greville, con la voz cargada de admiración, porque no había una sola mujer en el condado que pudiera rivalizar con Adeline a caballo. Cabalgaba de lado con tanta elegancia como coraje, saltando setos que muchos hombres ni siquiera se atreverían.

—Me sorprende que hayan aguantado tanto —dijo Arethusa de su padre y su hermano, que llevaban ya casi un mes con sus primos Stoke y Augusta, conocidos como los Deverill de Londres—. Yo no pude pasar más de un día con la prima Augusta. Tiene el aguante social de un sillón.

Rupert se rio.

—Y la piel de uno también —añadió con picardía.

Al oír esto, Arethusa soltó una carcajada un poco grosera para una joven de su clase.

—¡La piel de un sillón de cuero! —exclamó.

—Ahora os estáis portando como un par de tontos —medió Adeline, tratando de contener una sonrisa.

—El primo Stoke es un hombre muy paciente —replicó Greville, y luego, mirando a su esposa, que observaba con envidia el plato de huevos revueltos y tocino que O'Flynn traía para Adeline, añadió en voz baja—: Como yo.

Después de desayunar, Elizabeth salió a dar de comer a sus gallinas; Greville a pasear a los perros por la cañada; Rupert se retiró a la biblioteca a escribir junto al frío hogar (hasta que los deshollinadores aficionados terminaran de limpiar y volvieran a encender el fuego), y Adeline subió a cambiarse el traje de montar. Dado que su suegra había envejecido y se había vuelto majareta, las responsabilidades de la señora de la casa habían recaído sobre sus hombros. Esto entrañaba responder a las cartas, llevar las cuentas, atender a la división de Ballinakelly del gremio de costura y otras organizaciones benéficas, y recibir a los pobres que acudían a diario a la puerta del castillo con sus penas y sus peticiones, a los que ella dedicaba una palabra amable y un soberano.

Charlotte sugirió que Arethusa y ella dieran un paseo, pero Arethusa se encogió de hombros impaciente con un: «Ahora no, Charlotte, voy a visitar a mis tías» y se puso el abrigo y el sombrero y se apresuró a ir a los establos para pedirle al señor McCarthy, el mozo de cuadra, que preparara el caballo y la carreta. Pensaba ir a Ballinakelly con comida para la familia Coakley, cuyos tres hijos tenían tal nivel de desnutrición que la preocupación la mantenía en vela por las noches. Charlotte, que sabía que debía acompañar a Arethusa cada vez que salía de los terrenos del castillo, no tenía motivos para no creerla y la vio partir, sabiendo que no estaba en su mano detenerla aunque lo quisiera. Arethusa era fuerte, voluntariosa y últimamente se había vuelto bastante intimidante. La institutriz se acomodó en su pequeña sala de estar, que estaba junto a su dormitorio en el último piso del castillo, y retomó su labor de bordado. Esperaba que la señora Deverill, la madre de Arethusa, no la considerara negligente, ya que las hermanas de Adeline vivían muy cerca, en Ballinakelly, y Charlotte no creyó necesario acompañarla hasta allí. Por su parte, Arethusa se sintió mal; era tan fácil esquivar a Charlotte que no era deportivo. Cuando Arethusa se acercó con una cesta con comida y leche, el señor Duggan, el jardinero jefe, dejó su horquilla y se acercó al patio del establo para hablar con ella. Una expresión preocupada teñía su curtido y moreno rostro.

—Señorita Arethusa, ¿podría hablar con usted? —preguntó, quitándose la gorra y dejando al descubierto una gran cantidad de rizos negros.

—¿Qué pasa, Duggan?

—Es la joven señora Foley, señorita. Su bebé...

—¿Está enfermo?

—No, no está enfermo, señorita, pero tiene problemas y mañana estará peor que hoy —añadió con aire sombrío—. Si es que vive.

Arethusa se alarmó.

—Entonces debo ir a verla de inmediato.

—Gracias, señorita Arethusa.

—¿Tal vez debería llamar al médico?

El señor Duggan negó con la cabeza.

—No creo que sea un médico lo que necesite, señorita Arethusa. De hecho, creo que usted será mejor que cualquier médico.

Desconcertada, Arethusa le observó mientras se ponía de nuevo la gorra. Fue en busca del señor McCarthy. Lo encontró en la cuadra, sentado en un taburete puliendo una silla de montar.

—Buenos días, señorita Arethusa —dijo él, poniéndose de pie—. ¿Quiere la berlina?

—Me basta con el caballo y la carreta. Rápido. Tengo que ir a ver a los jóvenes Foley.

El señor McCarthy asintió con la cabeza y colocó sin prisas la silla de montar en el portasillas. Arethusa se paseó con impaciencia por los adoquines mientras el señor McCarthy se alejaba con tranquilidad para enganchar la carreta al caballo. Arethusa, cuyos movimientos eran dinámicos, no podía entender a un hombre que iba por la vida como si estuviera vadeando melaza. Se mordió las uñas con aprensión y se preguntó cuál podría ser el problema. Tal vez fuera lento de mente, pensó, como un pobre niño al que Adeline había tenido que llevar al Hospital Infantil de Dublín. A menudo Arethusa pensaba en pedirle a su madre que la acompañara en sus misiones, pero aunque Adeline simpatizaba con los pobres, no le gustaba acercarse demasiado, temerosa como era de las enfermedades. Si supiera la frecuencia con la que Arethusa los visitaba y lo cerca que estaba de los enfermos, se horrorizaría.

El caballo y la carreta aparecieron por fin en el patio del establo y Arethusa se montó en el asiento y tomó las riendas. Tras arrearle con brío, el caballo se puso en marcha por el camino.

«¡Qué magnífico es!», pensó Arethusa mientras se dirigía a la parte delantera del castillo. Con sus muros de piedra gris y sus imponentes torres y torreones, tenía el aspecto de un castillo mágico de un cuento de hadas. Barton Deverill, el primer lord Deverill de Ballinakelly, no solo debía de ser imaginativo, sino también ambicioso, reflexionó mientras sus ojos se posaban por un momento en el lema de la familia esculpido en la piedra sobre la gran puerta principal: *Castellum Deverilli est suum regnum* 'El castillo de un Deverill es su reino'). La carreta pasó de largo el castillo y se dirigió hacia el final del largo y curvo camino de entrada, donde las grandes puertas de hierro estaban abiertas a la espera de su partida.

Arethusa bajó por el sendero hacia Ballinakelly y miró el oscuro y musgoso bosque que bordeaba su camino. Pensó en las supersticiones que hacían que la gente tuviera miedo de ir allí. Decían que estaba lleno de fantasmas y muertos errantes. Algunos afirmaban haber visto a una mujer vestida de blanco flotando por él; otros, los espíritus de los hombres asesinados por los soldados de Cromwell. El señor McCarthy juraba que había visto el fantasma de un capitán que intentaba en vano encontrar el mar. Lo único que Arethusa podía ver eran viejas ramas repletas de nuevas hojas verdes; arbustos de rododendro a punto de florecer en una explosión de rosas, rojos y púrpuras, y pájaros y mariposas tomando el sol. No vio nada que incitara al miedo, solo la belleza en la espesura de los árboles cubiertos de líquenes y curtidos por la intemperie que disipaban todo rastro de ella.

Ballinakelly era un antiguo pueblo costero de no más de mil habitantes. Contaba con tres iglesias: la iglesia católica de Todos los Santos, la iglesia de Irlanda de San Patricio y la iglesia metodista. En su centro había una calle principal con tiendas y bares (que siempre estaban llenos) y un pequeño puerto en el que los pescadores guardaban sus barcos y arreglaban sus redes. En la carretera, a las afueras de Ballinakelly, había una estatua de la Virgen María, colocada en 1828 para conmemorar la visión de una joven. Los lugareños afirmaban haber visto mecerse sola a la estatua, pero Arethusa no lo creía. Los peregrinos venían de lugares lejanos para verla y muchos afirmaban que se habían curado con solo mirarla, pero, por lo que Arethusa sabía, ninguno de los lugareños había sido tan agraciado y a muchos de ellos les habría venido bien una cura milagrosa.

Una vez en Ballinakelly, detuvo el caballo al final de una calle tranquila y se encaminó a toda prisa hacia una pequeña casita blanca que se alzaba de forma precaria en lo alto de una empinada cuesta. Llamó a la puerta de madera. Al hacerlo, la puerta cedió y se abrió sola con un chirrido.

—¿Señora Foley? —llamó a través de la rendija—. Soy la señorita Arethusa Deverill. ¿Puedo entrar? —Arethusa entró en la oscura habitación. El fuego ardía débilmente en el hogar y una vieja tetera se balanceaba de forma lamentable encima de él. Sobre la mesa había una taza y una tetera rota. Volvió a llamar—: Señora Foley, soy yo, la señorita Arethusa Deverill. He venido a ayudarla. —Se frotó las manos para calentárselas, pues la casa estaba fría y húmeda.

Arethusa dio un salto. Allí, en la puerta entre la cocina y el resto de la casa estaba la señora Foley. Delgada y demacrada, con unas profundas ojeras bajo los ojos hundidos, aquella mujer apenas era poco más que harapos y huesos. En sus brazos sostenía un bebé envuelto en una sucia manta. Arethusa no estaba segura de si el bebé estaba vivo o muerto. No se movía.

—Señora Foley, ¿el bebé está enfermo? —Miró la cara blanca del niño y sintió que una garra helada le apretaba el corazón.

—No está enfermo, señorita. Solo tiene hambre —dijo, mirándola con tristeza.

—¿No puede alimentarlo?

La señora Foley miró a Arethusa, con sus ojos negros atormentados y asustados.

—La noche que nació hubo una gran tormenta. Paddy, siendo como es un hombrecito vago, no quiso salir a desatar el burro. El bebé venía y no me solté el pelo, ¡que Dios me ayude! Yo no me solté el pelo y Paddy no desató el burro. —Le temblaban los labios al hablar de las costumbres del parto que no había seguido.

De repente, Arethusa comprendió. Había oído a su madre hablar de esas supersticiones. Esa gente creía que si no desataban a los animales, abrían las ventanas y las puertas y se aflojaban las trenzas del cabello, el nuevo espíritu no podría entrar en el cuerpo, dejándolo abierto para que las hadas deslizaran a un niño cambiado en su lugar. La única forma de librar al bebé del niño cambiado era que este sonriera o estornudara o, como último recurso, sujetarlo por los pies sobre el fuego hasta que gritara tanto que el niño cambiado saliera.

La garra en el corazón de Arethusa apretó con fuerza.

La señora Foley continuó con voz temblorosa:

—Este no es mi bebé. Llora todo el tiempo. El alma de mi bebé estaba ahí fuera esa noche, intentando entrar, y yo no se lo permití. Estaba ahí fuera en la tormenta y no la dejé entrar. Ahora tengo esta… esta… cosa en su lugar y hay que hacer que se vaya.

—No, Biddy, no. Te equivocas. Este es tu bebé. La historia de los niños cambiados es una invención. No es real. Dios nunca dejaría que otra alma entrara en el cuerpo de tu hijo. Simplemente no es verdad.

—Los vecinos vienen a preguntar si ha sonreído o estornudado y yo les digo que no, que solo llora y grita y se retuerce, y ahora ni eso. Solo silencio. Vendrán esta noche para sujetarlo sobre el fuego para hacer salir al niño cambiado.

—¡No, Biddy! —exclamó Arethusa con horror—. No debes dejar que lo hagan. ¿Cómo puede sonreír este pobre bebé si se está muriendo de hambre? Debes alimentarlo, Biddy. Es tu bebé y va a morir si no lo alimentas. —La señora Foley, que no podía tener más de dieciséis años, miró a Arethusa parpadeando y las lágrimas brotaron de sus grandes y hundidos ojos—. ¿Cuándo fue la última vez que le diste de comer?

—Ayer —respondió ella.

—¡Santo Dios! Hay que darle de comer de inmediato o seguramente morirá. —De repente, el bebé se retorció y dejó escapar un débil gemido. La señora Foley miró a Arethusa y se mordió el labio inferior—. Si dejas que este niño muera, te colgarán por asesinato —añadió Arethusa con firmeza—. Y tendrás que responder ante Dios.

En ese momento, la señora Foley se sentó y se desabrochó el vestido. Puso al bebé al pecho. Los lamentos cesaron en cuanto la boquita empezó a mamar.

Arethusa puso la cesta sobre la mesa.

—Te he traído un poco de comida. Huevos, leche, queso, pan y patatas. —Se dispuso a colocarlos. Tendría que volver esa tarde con otra cesta para la familia Coakley—. Debes comer y ponerte fuerte o no tendrás suficiente leche para tu hijo. —Después de desempaquetar la comida, echó otro leño a la lumbre y esperó a que el agua hirviera para verterla en la tetera y preparar el té.

Una vez que el bebé terminó de comer y se durmió en el pecho de su madre, Arethusa se lo llevó para lavarlo y acostarlo. Mientras se afanaba en la casa, la madre fue a decir a los vecinos que esta noche no habría ceremonia porque había reconocido al bebé como suyo. Cuando regresó, Arethusa la vio beber el té y comer un poco de pan y queso. Mientras cogía fuerzas, le contó sus problemas a Arethusa y ella la escuchó y el peso de la pena en su corazón se hizo más grande. ¿Cómo podía ayudar a esa gente que no tenía nada? ¿Por qué no tenían nada cuando ella lo tenía todo?

Se marchó de la cabaña sintiéndose desanimada. La luz del sol disipaba las sombras y calentaba la ciudad que temblaba. Subió por la calle principal, sumida en sus pensamientos. Había demasiados casos como el de los Foley y los Coakley para que ella pudiera cambiar las cosas de forma satisfactoria. Pensar en todos esos niños enfermos y hambrientos le producía una abrumadora sensación de impotencia. Claro que las damas del condado ayudaban, como su madre, y su abuelo empleaba a cientos de lugareños en el castillo, en los jardines y en las tierras, pero había que hacer más.

De repente, se detuvo en seco. Reconoció esas botas. Levantó los ojos y su estado de ánimo se elevó con ellos.

—Vaya, hola, señor McLoughlin —dijo, dedicándole una tímida sonrisa.

—Hola, señorita Deverill —respondió, mirándola con unos ojos castaños que brillaban bajo un espeso flequillo negro—. ¿Qué está haciendo en mi parte del mundo?

—¿Su parte del mundo? —respondió ella, levantando la barbilla y poniendo las manos en las caderas—. Ballinakelly es mi parte del mundo también, si no le importa, ¿o ha olvidado que soy una Deverill?

Él inspiró por las fosas nasales como si estuviera saboreando su olor.

—¿Cómo podría olvidar que es una Deverill con esa expresión arrogante en la cara? —Sonrió, mostrando dos pronunciados colmillos que le daban el aspecto de un lobo. Arethusa rio y el calor invadió sus extremidades bajo su mirada lasciva. Bajó la voz—. ¿Tendrías tiempo en tu ajetreado día para reunirte conmigo en la parte de atrás?

—Tal vez —contestó ella, sacudiendo la cabeza y pasando de largo la forja donde él era el aprendiz de su padre, el herrero local.

No alzó la voz para responderle, sino que esperó a que girara a la izquierda en el callejón y desapareciera. Arethusa caminó lentamente sobre los adoquines, moviendo las caderas, sabiendo que él estaría allí, en el patio detrás de la fundición de su padre, como siempre. Su respiración se entrecortaba por la emoción y olvidaba sus temores por los pobres y su sensación de impotencia.

Una mano la agarró por la cintura y tiró de ella hacia un oscuro establo, haciendo que su sombrero cayera al suelo.

—¡Dermot! —susurró mientras él la apretaba contra la pared de ladrillos.

—Mi querida Tussy —respondió él. Entonces su boca se apoderó de la suya y era húmeda, cálida y voraz. Ella cerró los ojos y entreabrió los labios para que él pudiera besarla más en profundidad. Disfrutó del vigoroso tacto masculino de su cuerpo y con las manos le recorrió la espalda y los hombros, sintiendo los músculos bajo la chaqueta y la camisa, músculos desarrollados y mejorados por largas horas de duro trabajo. Se arrimó a él, pues quería sentir el peso de su cuerpo contra el suyo, sin importarle que fuera impropio; ya no le importaba. Su barba le arañaba el cuello mientras la besaba allí y recorría su piel con la lengua—. Te deseo —susurró mientras buscaba su pecho con la mano. Tussy no respondió. Ella también lo deseaba. Le dolía todo el cuerpo—. Cásate conmigo —dijo. Apartó la cara de su cuello y clavó en ella su mirada cargada de lujuria—. Cásate conmigo, Tussy.

Arethusa abrió los ojos y le tomó la cara con las manos.

—Sabes que no puedo casarme contigo —dijo, riendo.

—Pero ¿tú me quieres?

Arethusa suspiró. ¿Por qué los hombres a los que besaba siempre lo estropeaban queriendo casarse con ella?

—No, Dermot. No te quiero.

Él sonrió, sin inmutarse, mostrando sus dientes de lobo.

—Pero te encanta lo que te hago.

Ella le devolvió la sonrisa.

—¡Oh, sí! ¡Me encanta!

—Si te casas conmigo te haré cosas que te harán gritar de placer.

—No me tientes, Dermot.

Retiró la mano de su pecho y la bajó a su cadera.

—Déjame mostrarte cómo un hombre complace realmente a una mujer…

Arethusa se lamió el labio inferior. Tenía curiosidad por saber qué podía hacer Dermot. A fin de cuentas besaba muy bien. Comenzó a levantarle la falda. Arethusa no se movió. Sabía que estaba entrando en territorio peligroso. Había besado a muchos hombres, pero nunca había permitido que ninguno le levantara la falda. Sabía que eso estaba muy mal. Sabía que debía detenerlo, pero el peligro le producía una emoción perversa. Era algo prohibido y, sin embargo, delicioso. Ahora tenía su mano debajo de la falda, en el muslo, justo por encima de las medias. Sintió sus dedos en la piel desnuda y se quedó sin aliento. Su boca se cernía sobre la de ella, sus labios casi se rozaban, y en la de él había palabras de aliento, susurradas en voz queda, seductora, ordenándole que se quedara quieta, que no se moviera, que le permitiera tocarla allí, en su lugar más sensible; el lugar que le daría un placer exquisito.

Las pestañas de Arethusa se agitaron. Sus labios se entreabrieron y en sus mejillas florecieron dos amapolas carmesíes. La suave caricia de Dermot iba subiendo poco a poco. Arethusa estuvo muy tentada de permitirlo, solo para ver qué se sentía.

—¡No, Dermot! —dijo de repente, tirando de su mano—. Ya basta.

—No me digas que no te gusta.

—No te mentiría, Dermot. Pero será mejor que me vaya.

—¡Eres una provocadora! —exclamó.

—Te gusto tal y como soy —respondió ella de forma concisa—. Me lo has dicho. —Le acarició la cara—. Y nunca te he prometido nada más que un beso. Me casaré pronto y no será con el hijo de un herrero. Ya lo sabes, así que no seas ridículo. —Agarró su sombrero del suelo y pasó por delante de él hacia el patio, alisándose la falda.

—Vuelves loco a un hombre —dijo.

Arethusa se puso el sombrero en la cabeza y se rio.

—Lo sé —respondió alegremente—. Es una lástima.

6

En el castillo Deverill era habitual que las noches estuvieran llenas de entretenimiento con cenas copiosas, numerosos invitados y juegos después de la cena. Greville y Elizabeth Deverill ansiaban la compañía de amigos y parientes porque estaban enormemente aburridos el uno del otro. Por eso, su hijo Hubert no se había mudado después de casarse con Adeline, sino que ocupaba un ala entera del castillo con sus hijos Bertie, Rupert y Arethusa, y su amplio séquito de sirvientes. Los Deverill nunca estaban tan felices como cuando el castillo se llenaba de velas y risas. Greville disponía de una envidiable bodega con las mejores cosechas y siempre estaba dispuesto a compartirlas. En su juventud, Elizabeth había sido un demonio en la mesa de juego, pero desde que su mente había empezado a divagar era más adecuado para ella acomodarse en un gran sillón junto al fuego con su labor de punto. Sus calcetines y jerséis marineros tejidos con torpeza los soportaban los pobres que no estaban en condiciones de quejarse.

Aquella noche en particular, Arethusa se alegró de ver a sus tres tías: Poppy, Hazel y Laurel Swanton, que eran las hermanas menores de Adeline, conocidas de manera afectuosa y colectiva como «las Arbolillo». Eran habituales en el castillo Deverill para jugar al *bridge*, al *whist* y al *backgammon* y animaban cualquier reunión con su entusiasmo y su encanto. Las dos más jóvenes, Hazel y Laurel, podrían haber sido gemelas, ya que compartían la misma cara redonda y sonrosada, plana como un plato, sonrisa dulce y grandes ojos azules como la porcelana, que parpadeaban maravillados ante el mundo, igual que un par de gatitos. Tenían el pelo castaño como el de un ratón y lo llevaban retirado de la frente, dejando ver unos perfectos picos de viuda. Tenían la piel pálida y pecosa, y sus movimientos eran nerviosos, como los de un par de tordos. Temerosas de los hombres y alarmadas por lo que se esperaba de las mujeres en el lecho conyugal, ninguna de las dos se había casado, prefiriendo vivir juntas en una acogedora casita en Ballinakelly, a un corto paseo en carruaje del castillo. Tenían una relación tan estrecha que terminaban las frases de la otra y se anticipaban a sus necesidades. Mientras estuvieran juntas y tuvieran a Poppy y a Adeline cerca, no deseaban nada más.

En cambio, Poppy se había casado joven y había enviudado pocos años después, sin tener hijos que la consolaran en su dolor. Guapa, con un espeso cabello castaño oscuro, ojos inteligentes del color del musgo y un cuerpo suave y voluptuoso, era, al igual que Adeline, la antítesis total de Laurel y Hazel. Más sabia que lo que cabía esperar por su edad, Poppy era segura de sí misma, sensual y fuerte, y al haber nacido solo unos años después de Adeline (y una década antes que las otras dos), era su aliada natural. Compartían secretos, el amor por la naturaleza y el sentido del humor, pero sobre todo su creencia en Dios y en lo sobrenatural. Por muy dura que fuera la vida, y para Poppy ya había sido dura en exceso, la soportarían gracias a su inquebrantable fe en su propósito divino.

Además de las Arbolillo, Greville y Elizabeth habían invitado al reverendo Mungo Millet y a su anodina esposa Cynthia, que eran una pareja de aspecto extraño, ya que él medía más de un metro ochenta y ella apenas un metro cincuenta. Eran de mediana edad, afables y expertos en relacionarse con la gente, pues apenas había una tarde del mes en que no eran huéspedes de las casas más importantes del condado. Sin embargo, como suele ocurrir con las parejas, a uno se le apreciaba y al otro solo se le toleraba. El reverendo Millet tenía un sentido del humor irónico y un brillo en los ojos que le hacía simpatizar con la gente, así como una fe en Dios que resultaba tranquilizadora. En cambio, su esposa carecía de cualquier atractivo. Si alguna vez existió una persona cuyo aspecto y personalidad concordaban a la perfección, esa era Cynthia Millet, que parecía un arreglo floral seco, abandonado a su suerte en un rincón de una fría habitación, y tenía el mismo carácter. La gente la sufría porque lo apreciaban a él, aunque ella era totalmente ajena a ese hecho y se creía una persona popular y querida.

Greville y Elizabeth, a petición de su nuera Adeline, también habían invitado a un joven lleno de vitalidad que no era un extraño en el castillo Deverill ni en los cotos de caza que lo rodeaban. Ronald Rowan-Hampton era coetáneo de Bertie, el hermano de Arethusa, y uno de los favoritos de los padres por su pedigrí y porque era un buen jinete y un dechado de ideales anglo-irlandeses. Era un joven fornido de veinticinco años, mejillas sonrosadas, pelo rubio y unos agudos ojos avellana a los que no les pasaba desapercibido nada que pudiera resultarle de utilidad. Y una de esas cosas que podían serle útiles era Arethusa Deverill. Arethusa, que poseía una agudeza similar, no era en absoluto ciega a su ambición ni a las de sus padres, que consideraban a Ronald, el hijo de un baronet, un buen partido para ella. Arethusa era muy consciente de que, sin duda, tarde o temprano, llegaría un momento en el que tendría que aceptar una proposición de matrimonio y asentarse en una vida convencional. Aceptó que ese era su destino y no tenía intención de rebelarse contra él. Sin embargo, no tenía ninguna prisa por abandonar sus encuentros secretos con Dermot McLoughlin en favor de los deberes del lecho conyugal. Sucumbiría cuando estuviera bien preparada, ni un momento antes. A juzgar por su encuentro de esa tarde en el patio del herrero, no estaría preparada durante algún tiempo.

Se armó cierto revuelo en la puerta cuando Rupert se presentó en el salón media hora después de la llegada de los invitados. Se disculpó profusamente, con su habitual encanto autocrítico, y recorrió el salón saludando a las damas y besando sus manos con tal cordialidad que era imposible enfadarse con él.

—Tía Hazel, estás resplandeciente esta noche —declaró, mirándola de forma tan penetrante, con sus ojos castaños, que ella creyó que era la única persona de la sala con la que quería hablar—. ¿Es un peinado nuevo?

Las mejillas de Hazel se sonrojaron ante el cumplido.

—Mi querido Rupert, eres demasiado amable. —Se atusó el pelo—. Pero hace años que lo llevo así.

—Hace años —reiteró Laurel, pues deseaba parte del Rupert también para ella—. Las dos llevamos el pelo así desde que teníamos veinte.

Rupert posó su seductora mirada en Laurel y ella pareció hincharse.

—Entonces no puede ser el pelo, ¿verdad? —dijo, observando que ella también se sonrojaba—. Las dos estáis radiantes. Si no es el pelo, debe de ser otra cosa. —Esbozó una sonrisa sugerente y las dos mujeres soltaron una risita—. ¿Hay algo que no me están contando, señoras?

—¡Oh, Rupert! Eres un descarado —repuso Hazel, golpeándole de manera coqueta con su abanico.

—¡Descarado! —repitió Laurel, llevándose los dedos a los labios.

—Sois deliciosamente misteriosas las dos. —Se volvió para permitir que Arethusa entrara en la conversación.

—¿Estás coqueteando con nuestras tías, Rupert? —preguntó, lanzándole una mirada de reproche.

—Solo les he dicho que están radiantes esta noche —explicó encogiéndose de hombros—. ¿Qué puedo hacer? Solo soy un hombre.

Arethusa hizo una mueca. A diferencia de sus tontas tías, no se dejaba engañar por los halagos de su hermano. Se preguntaba por qué las mujeres se dejaban engañar con tanta facilidad.

—Y en efecto, están radiantes —convino, solo por cortesía, aunque «con la cara roja y sudorosa» habría sido más acertado.

—Al igual que tú, mi querida Tussy —dijo Rupert, con una expresión un tanto burlona—. Pero, claro, te están cortejando, ¿no es así? —añadió, bajando la voz y dirigiendo la mirada hacia el otro extremo de la habitación.

Las Arbolillo miraron a Ronald Rowan-Hampton, que estaba de pie frente a la chimenea, con una copa de jerez en una mano y moviendo la otra de manera expresiva en el aire, mientras entretenía a su anfitrión y al reverendo con una de sus anécdotas. Ronald siempre tenía un sinfín de anécdotas y era especialmente aficionado a contarlas.

Arethusa suspiró.

—Supongo que podría ser mucho peor —dijo.

—Es muy guapo —apostilló Hazel.

—Muy guapo —repitió Laurel.

—Un poco rubicundo —dijo Rupert—. Pero mejorará con la edad. La mayoría de los hombres lo hacen.

—¿Qué sabrás tú de mejorar con la edad? —preguntó Arethusa.

Rupert dio un respingo.

—Tengo ojo estético —respondió—. Aprecio el aspecto de las cosas.

—¿Aprecias el aspecto de Ronald? —preguntó Arethusa, con un brillo travieso en la mirada.

—En realidad no —respondió con voz altiva—. Es demasiado rosado, demasiado rechoncho y demasiado seboso.

Arethusa echó la cabeza hacia atrás y rio a carcajadas. Su risa fue tan estentórea que todos en la sala se volvieron para mirarla, incluido Ronald, al que le irritó bastante la interrupción de su relato. Arethusa se tapó la boca con la mano y trató de reprimirse, pero sus hombros siguieron estremeciéndose con rebeldía. Daba la impresión de que las Arbolillo se hubieran escandalizado, pero Rupert sonrió a su hermana, satisfecho de haber suscitado una reacción tan gratificante.

—Querida, no es muy propio de una dama reírse así —dijo Poppy, relevando a sus hermanas, que huyeron al sofá, donde poco después se les unió Cynthia Millet, la esposa del rector, que se reía discretamente, como deben hacer las damas.

—Es culpa de Rupert, tía Poppy —dijo Arethusa, llamando la atención de su hermano y riéndose de nuevo.

—Quizá deberías ir a hablar con Ronald, Tussy. Rupert, querido, quiero hablar contigo. ¿Has terminado ese libro de poesía que has estado escribiendo?

Arethusa los dejó hablando sobre poesía y se acercó a Ronald, que estaba terminando de contar su anécdota.

—Y ese fue el final de un asunto muy lamentable —dijo.

El rector sacudió la cabeza.

—¡Qué historia tan extraordinaria! —exclamó—. Extraordinaria de verdad.

—¡Le estuvo bien empleado al muchacho! ¡Menudo tonto! —exclamó Greville, bebiendo su *whisky* de un trago—. No lo volverá a hacer.

—¿No volver a hacer qué? —interrumpió Arethusa.

Ronald posó sus brillantes ojos en ella y lo único que pudo pensar fue «rosado, rechoncho y seboso», por lo que tuvo que morderse la lengua para no volver a reírse. «¡Dios mío!», pensó, «si tengo que despertarme con eso todas las mañanas, me moriré de risa antes de que llegue mi hora».

—¿Qué ha sido lo que te ha hecho tanta gracia, Tussy? Me gustaría saberlo.

—No fue nada. Solo una broma tonta entre hermanos —respondió ella.

—Mejor eso a que os pongáis a discutir, que es lo que tenemos que sufrir la mayor parte del tiempo —repuso su abuelo—. Reverendo, deje que le enseñe esa carta. Está en la biblioteca.

Los dos hombres dejaron solos a Ronald y a Arethusa de forma deliberada y Arethusa lo sabía.

Ronald se inclinó hacia ella y le dijo en voz baja:

—Estás muy guapa esta noche, Tussy, si se me permite decirlo.

—Gracias, Ronald —respondió ella—. He salido a tomar el aire de la primavera —añadió, pensando en la mano de Dermot en su muslo—. Hace maravillas con el cutis.

—¿Saldrás conmigo mañana? He comprado una yegua nueva y me gustaría enseñártela.

A Arethusa no se le ocurría una buena razón para negarse, aunque no le gustaba mucho montar a caballo, pues prefería caminar, ni el hecho de que sus padres se empeñaran en que llevara a Charlotte de carabina. Sin embargo, Ronald la consideraba una amazona entusiasta, como su madre y todos los demás miembros de la familia Deverill, tanto hombres como mujeres, así que no quería decepcionarlo.

—Será un placer, gracias —respondió ella—. Me encantaría ver tu nueva yegua.

—Es una buena potra. Sí que lo es. Salta un seto sin vacilar.

Arethusa se rio.

—Hablas como mi padre.

—Lo tomaré como un cumplido —dijo con seriedad—. Tu padre es uno de los mejores jinetes del condado. Estar a la altura de un Deverill es mi máxima ambición. —«Casarte con uno, la cúspide», pensó Arethusa con picardía. Se acercó un poco más y bajó la voz, dirigiéndole una mirada casi paternal—. Me he enterado de que has estado ocupada ayudando a los pobres —repuso, cambiando de tema.

Arethusa leyó su rostro y enseguida comprendió que no estaba admirando su lado caritativo.

—¿Y qué pasa, Ronald? —preguntó, clavando la mirada en él.

Ronald se enderezó. No estaba acostumbrado a que las mujeres fueran tan atrevidas, pero, claro, Arethusa no era recatada como las demás mujeres. Tenía pasión, que era una de las razones por las que le gustaba tanto, aunque esperaba que, una vez casado, consiguiera atemperarla un poco, o al menos encauzarla hacia donde fuera más útil. Una esposa con demasiada pasión era algo peligroso.

—Debes tener cuidado —le advirtió—. Están plagados de enfermedades.

—¿Te refieres a los pobres?

—Sí, Tussy. No están limpios. Estoy pensando en tu salud.

—¡Oh! Soy lo bastante fuerte —espetó con frialdad.

—Pero no inmune.

Arethusa ladeó la cabeza y frunció el ceño.

—¿Alguna vez has ido a visitar a los pobres, Ronald? —Él negó con la cabeza, considerando absurda la idea—. ¿Has visto la miseria en la que viven? Muchos se mueren literalmente de hambre. No tienen nada. Y nosotros… —Tomó aire e irguió los hombros. No quería emocionarse delante de Ronald—. Nosotros tenemos tanto…

—Y estamos agradecidos por lo que tenemos —adujo en un tono que revelaba que nunca lo había considerado—. Hay muchas cosas que se pueden hacer para ayudar, a través de organizaciones de caridad. No hay por qué ensuciarse las manos.

—No hay por qué —replicó, perdiendo la paciencia—. Pero a veces quieres hacerlo, Ronald.

Él le puso una mano en la muñeca.

—Solo velo por tu bienestar. Nunca se es demasiado cuidadoso y tú eres muy valiosa.

—¿Valiosa? —repitió ella, temiendo de inmediato que quisiera meterla en una caja con otras cosas valiosas y encerrarla.

Una expresión de ternura asomó a sus ojos.

—Valiosa para mí.

Él la miraba con la cara brillante como una baya roja y a Arethusa solo le venía a la cabeza que era «rosado, rechoncho y seboso», por lo que comenzó a reírse de nuevo. Ronald se sintió ofendido.

—Lo siento —soltó, tapándose la boca con la mano de nuevo—. Lo que ocurre es que... ¿Me disculpas? —Salió de la habitación en un ataque de risa.

Arethusa no podía dejar de reír. Estaba furiosa con Ronald por enfrentarse a ella en lo referente a ayudar a los pobres y, al mismo tiempo, le hacía gracia la hilarante descripción que Rupert había hecho de él. Se sentó en el sofá del vestíbulo, frente a la señorial chimenea y el retrato pintado al óleo de Barton Deverill, el primer lord Deverill de Ballinakelly, y trató de serenarse. Barton era muy guapo, pensó, admirando su largo y rizado pelo negro, sus pantalones de terciopelo verde y su camisa con volantes. Deseó que Ronald se pareciera más a él.

—Los hombres eran unos auténticos dandis en aquella época, ¿no es así? —Era Poppy, que tomó asiento a su lado.

—Unos pavos reales, no cabe duda —coincidió Arethusa—. Creo que se preocupaban más por sus atuendos que las mujeres. —Miró fijamente a su tía—. ¿Has venido a echarme la bronca por reírme de Ronald?

Poppy puso una mano sobre la de Arethusa.

—Querida, a ningún hombre le gusta que se rían de él, por mucho sentido del humor que tenga. Ronald es orgulloso y quiere que lo admires, no que te burles de él.

Arethusa comenzó a reírse de nuevo.

—Pero Rupert ha dicho que era rosado, rechoncho y seboso y... —Resopló—. No puedo dejar de pensar en ello y reírme.

—Eso no es muy amable por parte de Rupert, pero es típico de él. —Poppy entrecerró los ojos—. No es típico de ti ser poco amable.

Arethusa dejó de reírse. No quería que la consideraran antipática.

—No sé cómo, pero Ronald sabe que visito a los pobres. Ha dicho que no debería visitarlos porque son impuros y me contagiarán alguna enfermedad.

—¡Oh! No le hagas caso. No sabe nada. Pero tal vez no deberías visitarlos por tu cuenta. Sabes que a tu madre no le gusta que vayas a hurtadillas a la ciudad sin compañía. —Arethusa intentó hablar en su defensa, pero Poppy alzó una mano para silenciarla—. No creas que no lo sabe, querida. Sabe cada vez que ese caballo y esa carreta salen por las puertas del castillo y no es justo para la pobre Charlotte. Después de todo, su trabajo es acompañarte.

—Charlotte es una aburrida. Tiene más miedo a las enfermedades que Ronald, así que no es de ninguna ayuda. Apuesto a que si me caso con él me impedirá visitarlos o me obligará a unirme a los comités, como mamá, y a ayudar desde la distancia. Eso no está bien. Si no hubiera ido a visitar a la señora Foley, habría matado a su bebé friéndolo en el fuego para ahuyentar al niño cambiado.

—¡Santo Dios! —Poppy estaba horrorizada.

—Verás, tenemos que visitar a esa gente, aunque sea para hacerles entrar en razón.

—¿Dónde estaba el padre O'Callaghan?

—Sospecho que está muy solicitado. Es una comunidad grande y hay mucha gente necesitada. Imagino que debe de estar agotado.

—Pobre señora Foley. —Poppy exhaló un suspiro—. Te diré qué vamos a hacer. ¿Por qué no la visitamos tú y yo juntas? Estoy segura de que Ronald estaría menos preocupado si estuvieras acompañada. Y no me gusta pensar que tengas que lidiar tú sola con situaciones como la de la señora Foley.

—Es una buena idea. Mamá tampoco puede quejarse si voy contigo.

—Adeline solo piensa en tu salud, Tussy. Ella está de nuestro lado, te lo aseguro.

—¡Oh, lo sé! Pero se preocupa. Tengo que escabullirme sin decírselo o me prohibirá ir. Si supiera lo que hago mientras ella mira para otro lado, se horrorizaría.

—Déjame hablar con ella.

Arethusa tomó las manos de su tía entre las suyas.

—¿Lo harías? Es muy importante para mí.

—Y para mí, querida. Tú y yo estamos cortadas por el mismo patrón. Sé que no lo crees, pero tu madre también. No olvides que Adeline tiene un marido en el que pensar y me atrevo a decir que Hubert está cortado por el mismo patrón que Ronald. A esa clase de hombres no les gusta pensar en los pobres, no vaya a ser que les arruine la diversión. Y Adeline tiene que obedecer, pues es lo que juró ante Dios. Pero te aseguro que el corazón de Adeline está exactamente en el mismo lugar que el nuestro.

O'Flynn anunció la cena. Arethusa, arrepentida después de que Poppy la reprendiera y sin querer parecer antipática, permitió que Ronald la acompañara al comedor. Hazel y Laurel entraron a cada lado de Rupert, el rector entró con lady Deverill y lord Deverill acompañó a la esposa del rector, Cynthia. Poppy y Adeline entraron juntas; debido a la escasez de hombres, sus cabezas casi se tocaban porque, aunque se veían casi todos los días, siempre tenían mucho de qué hablar. Arethusa trató de compensar a Ronald durante la cena prestándole toda su atención e interesándose por él. Parecía que funcionaba, porque él volvía a hincharse como un gallo y cacareaba anécdotas, riéndose a carcajadas de sus propios chistes. No dejó que su mirada se desviara hacia Rupert, que se sentaba enfrente, porque sabía que volvería a desternillarse de risa si él le guiñaba un ojo.

Después del postre, las damas salieron del comedor para reunirse en el salón mientras los hombres seguían sentados, fumando puros, bebiendo oporto y discutiendo de política, sobre todo de las reformas agrarias de Gladstone, que consideraban un ataque directo a su antiguo modo de vida, y de la recesión que hizo que el grano y la carne se importaran más baratos de Estados Unidos, Nueva Zelanda y Argentina. Como consecuencia, a los arrendatarios cada vez les costaba más pagar el alquiler. A Greville no le gustaba pensar en los arrendatarios. Temía el cambio más que a nada. Se dedicaba a cazar, pescar y socializar con tesón para mantener su *statu quo*. Tampoco le gustaba pensar en los pobres, y por suerte para él, Elizabeth no era una de esas mujeres, como Adeline, que tenían un corazón blando y una conciencia social; Elizabeth solo pensaba en sí misma y en su propia comodidad, y le disgustaban los cambios tanto como a él. En cuanto a los fenianos que tramaban la revolución en pos de la independencia irlandesa de Gran Bretaña, tampoco le gustaba pensar en ellos. Creía que si cabalgaba a todo galope, jugaba fuerte y seguía viviendo como su familia lo había hecho durante generaciones, se podría ignorar con facilidad el mundo más allá de las puertas del castillo Deverill, y que si lo ignoraba, podría someterse a su voluntad, comprender lo erróneo de sus ideales y claudicar. No veía ninguna razón por la que el orden de las cosas debiera alterarse y solo ocupaba su asiento en la Cámara de los Lores en Westminster para asegurarse de que no fuera así. Dio una calada a su puro, se bebió una de las mejores botellas de oporto que pudo encontrar en su bodega y desvió la conversación hacia uno de sus temas favoritos: el astuto zorro, que justo la semana anterior había estado a punto de burlarse de él, el pequeño diablo.

En el salón, Laurel, Hazel y Poppy ocuparon sus respectivos lugares en la mesa de juego y esperaron de manera paciente a Rupert, que siempre formaba parte del cuarteto. Adeline, obediente y bondadosa, se sentó al lado de Cynthia Millet y escuchó su aburrido e interminable relato sobre su gato perdido que, como era de esperar, lo encontraron escondido bajo el mantel del altar. Arethusa se sentó en la mampara de la chimenea junto a su abuela, que había reanudado su labor de punto, y sostuvo el ovillo de lana mientras sus pensamientos volvían al patio del herrero y a la audaz mano de Dermot en su muslo. La sangre se le aceleraba con solo pensar en él. Nada se aceleraba cuando pensaba en Ronald. ¿Importaba eso? ¿Era importante sentirse atraído por el cónyuge? ¿No era más importante compartir la cultura, los intereses y el pedigrí? Arethusa no quería casarse con Dermot ni con ninguno de los otros hombres del lugar a los que había besado, pero no podía evitar desear que Ronald se pareciera un poco más a él. No podían ser más diferentes el uno del otro. Ronald era delicado; Dermot, tosco. Ronald era elocuente; Dermot, no. Ronald era educado, rico y privilegiado. Dermot era herrero y siempre lo sería, y apenas tenía dos cuartos de penique. Sin embargo, le gustaba que Dermot la besara. Se imaginaba que los besos de Ronald serían resbaladizos y fríos, como una serpiente.

—¿En qué estás pensando? —preguntó Elizabeth, levantando la vista de su labor.

—En el matrimonio —contestó Arethusa con desgana—. No encuentro nada atractiva la perspectiva, abuela.

—No se espera que lo sea. Es un deber, y el deber a menudo es difícil de cumplir. —Se rio como una gallina rolliza—. Puede que Ronald no sea un caballero de brillante armadura, pero los buenos nunca lo son.

—¿Los buenos?

—Los buenos son los hombres que serán buenos esposos. Leales y respetuosos, y te cuidarán, y eso, a la larga, es más importante que el atractivo físico. Los caballeros guapos solo te harán sentir miserable porque son todo pasión y nada de sustancia.

—Supongo que el abuelo es bueno.

Elizabeth volvió a reírse.

—¡Oh, sí! Es un buen tipo. Es una lástima. —Bajó la voz y miró a su nieta con picardía—. El secreto es disfrutar de unos cuantos guapos caballeros antes de entregarte al deber, Tussy.

Arethusa se rio sorprendida. No podía imaginar a su abuela siendo algo más que decorosa.

—¡Abuela! ¡Qué maliciosa! Mamá lo desaprobaría firmemente.

—En una vida regida por el deber es justo tener algunos pequeños placeres, querida. —Las mejillas de su abuela ardían y Arethusa no estaba segura de si era por el fuego del hogar o por el fuego del cuerpo, que Arethusa conocía muy bien. Dermot también hacía que sus mejillas ardieran así—. El secreto es mantener las apariencias, Tussy. Ojos que no ven, corazón que no siente. Solo hay que ser inteligente. El destino de una mujer es duro, no te equivoques, así que debemos aferrarnos a las alegrías cuando podamos, con ambas manos.

—Me gusta cómo suena eso.

—Si no te casas con Ronald, te casarás con alguien muy parecido a él. Te casarás con un Greville o con un Hubert, con un Bertie o con un Rupert... No, con un Rupert no. No te casarás con un Rupert.

Arethusa estaba desconcertada.

—¿Por qué no con un Rupert? —preguntó.

—Él no se casará con nadie.

—Por supuesto que lo hará.

—No, no lo hará. Los hombres como Rupert no deberían hacerlo. Muchos lo hacen, pero no deberían. ¡Ah! Y hablando del diablo...

Arethusa levantó la mirada para ver a su hermano entrar en la habitación y tomar asiento en la mesa de sus tías.

—¿Qué va a ser esta noche, señoras? —preguntó—. Poppy, reparte las cartas. Hazel y Laurel, preparaos. Esta noche me siento con suerte. —Se rio a su manera habitual, encorvando los hombros y sonriendo de manera traviesa, como un niño.

—¿Lo ves? No es como los demás hombres. Beberán oporto al menos otra media hora, pero Rupert prefiere jugar a las cartas con sus tías.

—¿Qué significa eso? —Arethusa no entendía.

—Estará jugando a las cartas con sus tías, así, dentro de veinte años. Recuerda mis palabras. Aunque, por supuesto, yo no estaré para verlo.

—No sé si estoy de acuerdo, abuela. Rupert es muy guapo; todas las chicas lo adoran. Será un marido maravilloso, ¿o estás sugiriendo que no es uno bueno?

Las agujas de Elizabeth comenzaron a chasquear con más fuerza. Arethusa giró el ovillo de lana para acomodar el aumento de velocidad.

—Es muy guapo, cierto —continuó Elizabeth—. Es guapo, encantador, creativo y sensible, pero si se casa será desgraciado. —Miró a la mesa de juego, haciendo una mueca de dolor por el ruido que producía—. Si se casa, sus tías serán desgraciadas. Si no lo hace, su madre lo será. —Suspiró—. En cuanto a ti, no hay elección. Es el destino de una mujer.

Arethusa consideró su suerte. ¿Y si pudiera tener al mismo tiempo un caballero apuesto y uno bueno? A fin de cuentas, ¡en una vida regida por el deber tenía que haber pequeños placeres!

7

Ballinakelly, 1961

Me despierto con niebla. Es densa como la lana y húmeda. La calle principal brilla y los tejados de pizarra también, y todo es húmedo, frío y deprimente. Hoy Kitty me va a llevar al castillo Deverill, pero ¿cómo voy a verlo con este tiempo? Estoy muy decepcionada.

Anoche volví de la cena con mucho ánimo. Tengo otra familia. Una familia que siempre ha estado aquí, solo que oculta de Logan y de mí. Mamá no estaba sola, después de todo. Nunca había estado sola. Simplemente eligió estarlo y no sé por qué. Tal vez lo descubra cuando lea su diario. Lo leeré, solo que aún no he tenido el valor de hacerlo. Me desperté con el entusiasmo de un niño que se despierta la mañana de Navidad con el satisfactorio peso de un calcetín a los pies de la cama. Pero entonces abrí las cortinas y vi esto. Una nube gris cubriéndolo todo. Ahora me siento como un niño que descubre que Papá Noel no ha venido.

Desayuno en el comedor de la planta baja. Nora Maloney ha oído la historia y me imagino que todo Ballinakelly lo sabe también, porque retira una silla y se une a mi mesa sin ser invitada. Soy demasiado educada para decirle que preferiría que me dejaran en paz, y no tengo un periódico tras el que esconderme. No sería tan atrevida si Wyatt estuviera aquí. Pero prefiero tener la compañía de Nora Maloney que la de Wyatt. Es extraño, pero cuando pienso en mi marido es una figura pequeña y borrosa en una tierra lejana. No forma parte de Irlanda. No pertenece aquí, ni físicamente ni en mi imaginación. Solo pienso en él de vez en cuando, e incluso entonces, es un borrón.

En cuanto a Rose, una parte de mí desearía que estuviera aquí para compartir esto conmigo. Todos mis hijos tienen sangre Deverill, pero Rose es la única que estaría realmente interesada en sus raíces Deverill y la única que entendería por qué yo estoy tan interesada. Le encantaría hablar de todos los personajes de la cena de anoche. Puedo ver su cara ahora, con las mejillas sonrosadas y llenas de luz, saboreando la revelación de los misterios al igual que hago yo. Pero no está aquí. Probablemente sea lo mejor; después de todo está ocupada con su joven familia. Sin embargo, me gusta pensar en ella. De alguna manera, sé que ella también piensa en mí.

—Podría haber adivinado que era una Deverill —dice Nora, interrumpiendo mis pensamientos. Pone los codos sobre la mesa y apoya la barbilla en las manos. Sonríe y me doy cuenta de que tiene lápiz de labios en los dientes—. Con ese pelo rojo y esos ojos grises —añade—. Ayer causó un gran revuelo. Los ancianos pensaron que era Adeline, es decir, lady Deverill, que había cobrado vida. —Se ríe—. De hecho, pensaron que era un fantasma. Yo pensé que era un fantasma, cuando la vi por primera vez. Los jóvenes pensaron que era la señora Trench. Luego las dos juntas, como hermanas. No me sorprendió en absoluto cuando me enteré de que su madre era Arethusa Deverill. —Al pronunciar el nombre de mi madre abre los ojos como platos y se le ilumina el rostro, como si estuviera diciendo algo deliciosamente prohibido—. Arethusa Deverill —repite—. Después de tantos años… No creo que los Deverill pensaran que volverían a saber de ella.

Apenas respira y yo escucho con la esperanza de que pueda arrojar luz sobre por qué se fue mi madre. Debió de haber rumores, y como dice el refrán: «No hay humo sin fuego».

—¿Qué sabe de Arethusa Deverill? —Sonrío para animarla. Siento que tengo cierto poder en este lugar, ya que soy una Deverill. La forma en que Nora me mira, con una mezcla de asombro, fascinación y deferencia, me da confianza.

—Solo sé lo que me contó mi abuela. Su madre era la comidilla del pueblo hace tiempo. Mi abuela me dijo que su madre era una santa. No bromeo. Me dijo que era una santa. Se preocupaba por la gente.

—¿Su abuela conocía a mi madre?

—Trabajaba en el castillo cuando su madre era joven. Su madre le llevaba comida y medicinas a su familia y a otras familias. Eran tan pobres como los caldereros en aquellos tiempos y su madre cuidaba de ellos. Mi abuela pensaba que era un ángel.

—Nora, ¿podría conocer a su abuela? ¿Sería posible?

Los ojos de Nora se abren aún más. Está literalmente temblando de la emoción.

—Será un honor para ella conocer a la hija de Arethusa Deverill. Espere a que le diga quién viene a verla. Se va a emocionar mucho. ¿Puede venir esta tarde? Salgo a las cinco. Si viene al vestíbulo, yo misma la llevaré a casa de mi madre.

—Si no es molestia, me encantaría.

Yo también estoy emocionada. No sé por qué creo que la abuela de Nora Maloney tendría que saber más que la propia familia de Arethusa, pero quiero conocer a todos los que la conocieron. Quiero volver sobre sus pasos. Quiero pisar donde ella pisó. Quiero hablar con la gente con la que hablaba. Suena absurdo y me alegro mucho de que Wyatt no esté conmigo, ni nadie más, para el caso, porque no creo que lo entienda. Mi madre es una figura distante, siempre lo ha sido (inescrutable, inalcanzable, como una nube), pero aquí, en el lugar donde creció, tengo asidero. Siento que alargo mi mano y encuentro algo sólido a lo que agarrarme. O la promesa de algo sólido.

Todavía estoy en la mesa cuando Cormac aparece en el comedor. Lleva una chaqueta gris oscura con un jersey de lana con cuello de pico debajo, del mismo tono de gris. Sonríe al verme y sus ojos de lapislázuli brillan de alegría. Me pregunto si alguna vez está triste. Parece que irradia una felicidad que no depende del mundo exterior, sino de cómo es él por dentro.

—Muy buenos días —dice y se quita la gorra. Su pelo es gris, como la barba, y los espesos mechones están alborotados. Se pasa una áspera mano para alisarlo—. ¿Ha dormido bien?

Le devuelvo la sonrisa. Su felicidad resulta contagiosa. Seguro que esta mañana no ha mirado por la ventana y se ha sentido decepcionado por la niebla.

—Sí, gracias. Es un hotel muy bonito.

—¡Oh! Es magnífico. El Vickery's Inn es el mejor de Ballinakelly.

—Está orgulloso de su ciudad y de esta modesta posada. Estoy acostumbrado a los mejores hoteles del mundo, pero no se lo digo. Me siento avergonzada de tener que comparar, de ser el tipo de mujer que compara. Wyatt rechazaría el Vickery's Inn. No quiero ser como Wyatt—. He venido para llevarla al castillo —dice.

—¡Qué bien! —Estoy gratamente sorprendida. Esperaba que Kitty enviara de nuevo a su chófer, pero prefiero que me lleve Cormac. Me gustó hablar con él en el coche. Su dulce encanto y su entusiasmo tienen algo que me resulta muy atrayente. Me atrae la fuerza de su serena calma—. No estoy segura de que vaya a ver mucho con este tiempo —refunfuño.

—Será estupendo, ya lo verá —dice. Es evidente que está acostumbrado a la niebla y no le molesta—. Lo verá todo bien.

Vuelvo a mi habitación para coger el chubasquero y el sombrero. Llevo pantalones de pana y jersey para no pasar frío. Me pongo unos zapatos con cordones porque mis zapatillas son demasiado delicadas para este tiempo. Me recojo el pelo en una coleta. Me coloco delante del espejo y me contemplo en él. No soy una Clayton. Mis rasgos son demasiado femeninos y todas las mujeres Clayton parecen hombres. Ahora sé que soy una Deverill hasta la médula. La idea de pertenecer a este gran clan Deverill me hace feliz. Me alegro de haber venido. Me alegro de haberme mantenido firme y de no haberme echado atrás. Entonces pienso en Logan, que es un Clayton hasta la médula, y me pregunto si debería contarle lo que he descubierto. ¿Le interesará? No estoy segura de que le interese. No creo que sienta curiosidad por el pasado de nuestra madre. Decido no contarle nada hasta que regrese a Boston. Una parte de mí quiere mantener a Kitty, a Bertie y a Arethusa Deverill para mí.

Me siento en el asiento delantero. Me doy cuenta de que hay un perro en la parte de atrás. Es un border collie y me mira con indignación, como si me estuviera metiendo en su territorio sin permiso.

—Esta es Kite —dice Cormac—. Es mi compañera fiel. La habría traído ayer, pero no estaba seguro de que le gustaran los perros.

—¿Cómo sabe ahora que me gustan los perros? —le pregunto con una sonrisa.

—Simplemente lo sé —responde.

No puedo evitar reírme de su seguridad.

—Tiene razón, por supuesto. Sí que me gustan. Pero mi marido no los quiere en casa.

—¿Por qué?

—Supongo que por el desorden. —Cormac sacude la cabeza, como si prohibir la entrada de un perro a la casa por ese motivo fuera algo detestable—. Y es alérgico —me apresuro a añadir, lo cual no es cierto, pero no quiero que piense mal de Wyatt.

Cormac arranca el Jeep, Kite se acomoda en el asiento de atrás y salimos despacio de Ballinakelly. La niebla sigue siendo espesa y una ligera llovizna cae sobre el parabrisas. Cormac enciende los limpiaparabrisas para despejarla.

—La Irlanda de hoy debe de ser muy diferente a la Irlanda en la que creció —digo mientras dejamos la ciudad y nos adentramos en el empapado campo.

—Luchamos mucho por nuestra independencia —responde.

—Es difícil de imaginar. Quiero decir que esto es muy tranquilo.

—Doy gracias a Dios todos los días por la paz. Que nuestros hijos puedan crecer sin el miedo y la violencia con los que nosotros crecimos. Los años veinte fueron una época brutal. Después de la independencia hubo una guerra civil. Hermano contra hermano. —Sacude la cabeza y, por primera vez, veo auténtico dolor en su semblante, lo que me sorprende. No esperaba ver sombras en su resplandor.

—¿Cómo les fue a los Deverill durante la Guerra de la Independencia? —le pregunto—. ¿Se consideraban británicos o irlandeses? Y ¿qué pensaban de ellos los irlandeses, la gente como usted?

—Eran leales a Gran Bretaña y para nosotros eran británicos. Los queríamos fuera a todos ellos. No era una cuestión de personalidad, sino de lo que representaban. Queríamos recuperar Irlanda. Pero los Deverill —piensa en ellos durante un momento— eran diferentes.

—¿Qué quiere decir?

—Kitty era de los nuestros. Luchó junto a nosotros en esa guerra.

—¿Kitty?

Asiente con la cabeza y sonríe con admiración.

—Siempre se ha considerado irlandesa.

—¿Qué hizo?

—Nos pasaba armas de contrabando. Nadie iba a registrar a un Deverill. Podía pasar por delante de los *Black and Tans* con una bolsa llena de munición sin que nadie se inmutase. Fue de un valor incalculable para la causa. Era una chica valiente.

Kitty Deverill surge en mis pensamientos como un ángel vengador. No solo es hermosa, sino también valiente y ferozmente patriótica. No es de extrañar que la gente me mirara fijamente en Ballinakelly. Kitty no es solo una mujer más de la zona, es una heroína local.

—Muchos anglo-irlandeses abandonaron sus propiedades y se trasladaron a Inglaterra. Muchos vieron sus castillos arrasados. El castillo Deverill no se salvó. Fue quemado como tantos otros.

Recuerdo mi sueño en una súbita oleada de recuerdos. Sé que el castillo se quemó. Lo sé. ¿Cómo podría saberlo, a menos que sea una simple coincidencia, ya que, como dice Cormac, fueron muchos los castillos irlandeses incendiados y destruidos?

—No estoy orgulloso de ello —continúa—. Los Deverill no merecían perder su casa —dice en voz baja. Me sorprende verle con cara de arrepentimiento. Tiene la frente fruncida y las cejas negras bajas sobre los ojos. Siento su pesar.

—¿Pero lo reconstruyeron? —digo esperanzada.

—De hecho lo hicieron a finales de los años veinte, en piedra vieja y con un gran coste, señora Langdon. —Me mira—. Pero no es un cuento de hadas. Ha sido perseguido por la tragedia. Su familia ha tenido su cuota de sufrimiento.

—¿Me lo va a contar?

—Sí, se lo contaré. Pero es una larga historia. La invitaré a una copa en Ma Murphy's y le contaré la historia de su familia.

—¿Tiene usted esposa, señor O'Farrell? —Pregunto, porque soy consciente de que a una esposa podría no gustarle que su marido invite a una desconocida a tomar algo en un bar. Sé lo que Wyatt pensaría, pero Wyatt no está aquí para preocuparse.

—Estuve casado —dice—. Pero ella murió.

—Lo siento.

—Fue hace mucho tiempo.

—¿Tiene hijos?

No quiero entrometerme, pero siento curiosidad. Si su mujer falleció, me gustaría pensar que tiene el consuelo de los hijos. Pero presiento que Cormac O'Farrell tiene algo de lobo solitario.

Él niega con la cabeza.

—No tengo hijos, solo a Kite.

Nos quedamos en silencio. Me siento incómoda porque no sé qué decir. Abandona la carretera para desviarse por lo que parece un camino rural que se adentra en las colinas. El coche da botes al rodar sobre los charcos y las piedras. Me imaginaba un gran camino de entrada, no un camino rural tan accidentado como este, con dos carriles embarrados para neumáticos y con hierba larga creciendo en medio. Todavía hay bastante niebla y no puedo ver adónde nos dirigimos. El camino está franqueado a ambos lados por muros de piedra gris. Las piedras están apiladas unas sobre otras y no parece haber nada que las una. Cambio de tema y le pregunto a Cormac por las piedras y me dice que esos muros existen desde hace cientos de años, construidos por los montañeses que despejaban los campos y construían fronteras al mismo tiempo. Sabían instintivamente qué piedras encajaban en cada lugar y, aunque se puede ver a través de ellas, ya que no hay cemento que las sujete, no se caen. Durarán para siempre, dice Cormac.

Al final, detiene el jeep.

—¿Hemos llegado? —pregunto, decepcionada, porque si ese es el camino de entrada principal, el castillo Deverill no es el de mi sueño ni tampoco el de mi expectativa.

Esboza una sonrisa; la sonrisa traviesa de alguien que está a punto de compartir un secreto emocionante.

—Venga, quiero enseñarle una cosa —dice.

Salgo y le sigo por el camino. Kite se adelanta como si conociera el secreto y también estuviera entusiasmada. Cormac camina a paso ligero y yo me veo sin aliento y luchando por seguir su ritmo. Está muy en forma. Imagino que sube mucho estas colinas. Cuando nos acercamos a la cima, veo, para mi alegría, brillar los dorados rayos de sol.

—¡Ah, está saliendo el sol! —exclamo con alegría.

—Justo a tiempo —dice.

Llegamos a la cima y, mientras recupero el aliento, la niebla empieza a disiparse. Pongo los brazos en jarra y contemplo el mar, una resplandeciente extensión azul que emerge de la blancura. Inspiro el dulce e intenso olor del océano y mi ánimo se dispara de placer. Y entonces, para mi asombro, veo torres, torres almenadas, que asoman entre la niebla. Van y vienen en un juego tentador de «ahora me ves, ahora no» mientras el salobre viento arrastra la nube tierra adentro. Y entonces se despeja, como por obra de un milagro, como si el sol hubiera hecho un agujero en ella especialmente para mí. Contemplo con asombro las torres convertirse en torreones y robustos muros grises. Me deja sin aliento. Su belleza radica en su magnificencia y en su posición, ya que tiene vistas al océano y al mismo tiempo está enclavado en las ondulantes colinas, custodiado por árboles centenarios, frondosos bosques y jardines. Inspiro hondo. Así que este era el hogar de Arethusa. No una fría y destartalada cabaña en un lodazal, sino un espectacular castillo, el hogar ancestral de su ilustre familia, y ella decidió darle la espalda. ¿Cómo es posible?

En cuanto a mi sueño, este es de hecho el mismo castillo o uno similar. Mi emoción aumenta.

—Quería que lo viera desde aquí antes de verlo de cerca —dice Cormac—. Te deja sin aliento, ¿verdad?

—Desde luego —respondo, sonriéndole con gratitud—. La noche que ardió, todo el valle se tiñó de rojo. Fue como si las colinas también estuvieran en llamas. Como si el fuego consumiera toda la propiedad.

—Tuvo que ser devastador.

—Estuvo ardiendo durante días y luego se dejó que se derrumbara. Fue muy triste ver sucumbir esa bella edificación. Puede que representara a la Corona Británica, pero representaba el corazón de esta ciudad, y cuando se perdió, nos sentimos perdidos sin él. —Sacude la cabeza—. ¡Ahora pensará que soy poeta además de taxista! —Se ríe y se mete las manos en los bolsillos del pantalón. Yo también me río. Es imposible no dejarse llevar por su alegría de vivir.

Contemplo el castillo, bañado en un charco de luz, y anhelo entrar en él.

Kite le da a su amo con el hocico. Cormac se inclina para acariciarla. Ella se deleita con su atención, moviendo la cola y el trasero. Volvemos a bajar la colina hasta el jeep. La niebla se ha disipado y retazos de cielo azul aparecen entre los desgarros de las nubes. Con el sol cálido en mi espalda, el viento en mi pelo y el olor del mar en mi nariz, me siento libre de preocupaciones. Solo tengo que pensar en mí. Mi tiempo es mío. Durante dos semanas enteras puedo hacer lo que quiera. No tengo que pensar en nadie más. Si la perspectiva de estar sola durante tanto tiempo me ponía nerviosa, ya no lo hace. Me siento eufórica.

Kite salta a la parte trasera y Cormac nos lleva al castillo. El jeep se detiene ante unas grandes puertas de hierro negro. En lo alto de los dos pilares de piedra que sostienen las puertas hay un par de leones de aspecto feroz, con la boca abierta en un rugido silencioso. El hombre de la verja saluda a Cormac y seguimos adelante. Supongo que todo el mundo se conoce en un pueblo tan pequeño como Ballinakelly. El camino de grava describe una suave curva en medio de una avenida de altos árboles y arbustos de rododendro repletos de flores rojas y rosas. Es una imagen preciosa. Cuando salimos de entre los árboles, el castillo se alza ante nosotros con su esplendor regio, dejándome sin aliento una vez más.

Veo el coche de Kitty aparcado frente a la gran puerta y mi corazón se llena de ilusión. No puedo creer que esté aquí, en el mismo castillo con el que he soñado, con una familia que no sabía que existía. Es como entrar en otra vida; una vida que está detrás de un velo, que solo ahora se me ha revelado. Es mi hallazgo, mi secreto y estoy encantada de que Logan no sepa nada de él.

Cormac me deja en la puerta y yo tiro de la cuerda que cuelga junto a ella. Mientras retrocedo y espero, me fijo en una inscripción en latín tallada encima: *Castellum Deverilli est suum regnum*. Me digo que no se me olvide preguntar qué significa, pues no aprendí latín en la escuela.

No tengo que esperar mucho. La puerta se abre y me recibe un joven mayordomo con un frac negro.

—Buenos días, señora Langton —dice, haciéndose a un lado para dejarme pasar—. La señora Deverill la espera en el salón con la señora Trench. ¿Me permite su abrigo?

Me quito el chubasquero y se lo doy. Intento atusarme el pelo con la mano, consciente de que el viento de la colina lo ha despeinado. Luego recorro con la mirada el suntuoso vestíbulo. Me quedo atónita. He estado aquí antes. Es exactamente igual a como lo veo en mis sueños. Mis ojos se dirigen hacia las escaleras y me pregunto si, de recorrer esos pasillos, me encontraría con esa estrecha escalera que lleva a la pequeña habitación de arriba. Y en el caso de que diera con ella, ¿qué encontraría dentro?

Vuelvo a centrar mi atención en el vestíbulo, en el que hay alfombras persas descoloridas en el ajedrezado suelo, una gran chimenea de mármol con el hogar vacío y cuadros de antiguos maestros con marcos dorados colgados de cadenas en las paredes. Los techos son altos y la lámpara de araña suspendida por encima de mí resplandece con la luz que ahora entra por las altas ventanas a ambos lados de la puerta. Es opulento. Tengo en cuenta que fue reconstruido tras el incendio de los años veinte, así que poco queda del edificio original. Pese a todo, es espléndido y estoy impresionada. No me ha decepcionado. En absoluto. El mayordomo me conduce por el vestíbulo y el pasillo hasta el salón. Kitty se levanta del sillón al verme y nos abrazamos como si fuéramos viejas amigas. Alana me toma la mano y me besa la mejilla.

—Me alegro mucho de que hayas venido a ver dónde creció tu madre —dice.

Desvío la mirada hacia un retrato que cuelga sobre la chimenea. Kitty y Alana también lo miran.

—Es nuestra abuela, Adeline —dice Kitty.

Me quedo asombrada. Es como si me estuviera mirando a mí misma. Tiene el mismo pelo, los mismos ojos grises, la misma piel pálida. Si pensaba que me parecía a Kitty, estaba equivocada. Me parezco a Kitty, pero soy igual que Adeline. No me extraña que mi tío y mi tía lo comentaran anoche. El parecido es extraordinario. Me pregunto por qué mi madre nunca lo mencionó. Sin duda tuvo que darse cuenta de ello. Tenía que ver a su madre cada vez que me miraba.

—Mi abuela —digo cuando recupero por fin la capacidad de hablar—. ¡Cómo me gustaría haberla conocido!

—A mí también —conviene Kitty—. La habrías adorado. Era como una madre para mí. De hecho, estaba mucho más unida a ella que a mi propia madre. Maud era una mujer muy difícil, pero la abuela era cariñosa, dulce y sabia. La echo de menos todos los días. La echo mucho de menos.

Nos sirven té y tarta, esa deliciosa tarta de cerveza irlandesa que Kitty me dio ayer.

—¿Qué significan las palabras en latín talladas encima de la puerta principal?

—El castillo de un Deverill es su reino —dice Kitty con orgullo.

Ahora recuerdo que mi tío lo recitó en la cena de anoche.

—No puedes imaginar lo que este castillo significa para tu familia —me dice Alana—. Es más que ladrillos y cemento. Es el alma misma de tu familia y han sufrido cosas terribles para conservarlo.

—Pero aquí estamos —dice Kitty con alegría, asiendo la mano de Alana—. Y el querido JP está donde debe estar. Después de todo lo que ha pasado, al final todo ha sido para bien.

—Cormac me ha dicho que se incendió durante los disturbios —digo. Miro a Kitty y deseo no haberlo mencionado. Es como si hubiera metido el dedo en una vieja herida.

—Nuestro abuelo murió en ese incendio, Faye —dice en voz queda—. Y nuestra abuela, Adeline, nunca se recuperó del todo. —Aparta la mano de la de Alana y se la lleva al corazón, y en ese momento parece vieja y derrotada. Un poco de su brillo se apaga entonces, pero no la desmerece; solo la hace más fascinante—. Todo cambió después de aquello. —Suspira y yo anhelo que continúe—. No sé si tu madre se enteró del incendio o de que su padre murió en él. Después de que ella se fuera a Estados Unidos, Adeline no volvió a saber nada de ella. No puedo imaginar lo que debió ser perder a una hija de esa manera. Tussy no murió, simplemente decidió cortar todos los lazos, y eso es peor que morir. Ahora me pregunto si mi vínculo con Adeline se forjó de alguna manera a causa de la pérdida de Tussy. Yo fui la hija que perdió. Fui su consuelo.

—La pelea tuvo que ser terrible —digo—. Tuvieron que decirse cosas imperdonables.

Kitty se encoge de hombros.

—Sí, así tuvo que ser. Pero no sé por qué.

—Puede que su diario me lo diga.

—Lo descubrirás —dice con seguridad, como si supiera algo que yo no sé—. Tussy te dejó el diario para que conocieras su historia. ¿Por qué si no te lo iba a dar? ¿Y por qué a ti y no a tu hermano? Creo que estás a punto de descubrirlo.

Creo que tiene razón, pero tengo miedo.

8

Kitty, Alana y yo paseamos por los jardines con los tres enormes perros lobo de JP, que se arremolinan en el jardín y desaparecen entre los arbustos, en busca de conejos, según me dicen. El cielo es de un intenso azul aciano. Kitty señala una garza que sobrevuela el castillo rumbo al mar. Sus magníficas alas proyectan una sombra que parece tener vida propia mientras cruza a toda velocidad el césped y se interna en los arbustos. Hay tordos cantores, chorlitos y vencejos, y el ordinario mirlo con su extraordinario canto. Kitty está fascinada con ellos, lo mismo que yo, ya que, al igual que el de Cormac, su entusiasmo es contagioso…, o tal vez sea simplemente que mi necesitado espíritu está pidiendo a gritos la alegría.

Caminamos hasta los establos, que forman parte del castillo original, puesto que se salvaron del incendio. Los ladrillos son viejos y de un color gris pálido, fruto de la erosión, moteados de líquenes y suavizados por el musgo. Hay una torre del reloj, pero me han dicho que el reloj no funciona desde hace años, y adoquines en el suelo, pulidos en algunas partes por el trasiego de siglos. Kitty me dice que el patio del establo no ha cambiado en absoluto desde que su padre era niño, así que me imagino a mi madre aquí, entre los soportes de sillas de montar y bridas, y demás parafernalia que no significa nada para mí porque no soy una amazona. Huele a estiércol y a cuero, a piedra antigua y a polvo, y me imagino que eso tampoco ha cambiado demasiado.

Hay un jardín amurallado con un huerto de árboles frutales en flor. De vez en cuando el viento lanza los pétalos al aire como si fueran confeti. Es muy bonito, como si estuviera en un sueño muy agradable. Hay surcos de verduras libres de malas hierbas y dos grandes invernaderos, del tamaño de pequeños palacios, con el techo de color verde pálido de forma acanalada. Son espectaculares, pero Alana me dice que no tienen la mano de obra que tenían los Deverill en los viejos tiempos para llenarlos de plantas y flores. Ahora solo uno está en uso y el otro se utiliza como almacén y está lleno de maleza. Kitty recuerda que cuando era niña había al menos veinte trabajadores para cuidar los jardines. Ahora solo tienen cuatro y apenas dan abasto, por lo que contratan a hombres de la ciudad para que les ayuden en las épocas de más trabajo. Debe de costar una fortuna mantener este lugar, pienso. No puedo imaginar lo que debe costar. Sé que es vulgar pensar en el dinero, pero es difícil no hacerlo ante tanto esplendor.

Mientras volvemos al castillo, contemplo las ventanas de las torres y me pregunto si una de ellas pertenecerá a la pequeña habitación de mi sueño. Esa en la que me encuentro, o tal vez sea Adeline la que está de pie con la mano sobre la repisa de la chimenea, contemplando el fuego, como si me estuviera esperando desde hace mucho, mucho tiempo. Quiero compartir mi sueño con Kitty, pero no deseo que piense que su recién hallada prima está loca. Anhelo encontrar esa habitación, sin embargo, no puedo deambular por los pasillos yo sola o pensarán que soy astuta o que me tomo demasiadas libertades. Debo esperar hasta que surja un momento oportuno.

—Faye, ¿te gustaría venir a quedarte con nosotros en la Casa Blanca? —pregunta Kitty cuando llegamos a las puertas francesas que dan acceso al castillo desde la terraza—. No me gusta la idea de que te quedes en un hotel. A fin de cuentas, eres de la familia y no me parece bien. Es una casa lo bastante grande como para que te sientas independiente, y ni Robert ni yo nos andamos con ceremonias. Tú decides, pero sé que estarías muchísimo más cómoda que en el Vickery's Inn.

—A JP y a mí también nos gustaría invitarte a que te quedes con nosotros —añade Alana—. Pero lo discutimos anoche después de que te fueras y decidimos que la casa de Kitty será más tranquila. Tenemos hijos pequeños, ya sabes.

—Mi hija Florence se casó con un inglés y viven en Londres —dice Kitty—. Robert es escritor y ahora apenas sale de su estudio. Me vendría bien tener tu compañía.

Su sonrisa es tan cálida y sincera que no puedo negarme. Me da miedo perder mi independencia, las dos semanas de soledad que ansiaba, pero también quiero pertenecer a esta familia mía que acabo de descubrir. Creo que ahora anhelo eso más que la soledad.

—Muchas gracias, Kitty. Será un placer —respondo y siento que mi pecho se ensancha mientras mi corazón rebosa gratitud.

—Entonces enviaré a Shane a buscarte. ¿Cuándo te viene bien?

Me acuerdo de que he quedado para tomar el té con la abuela de Nora Maloney, que es a las cinco.

—¿Qué tal mañana por la mañana? —digo.

—Por supuesto —conviene Kitty—. Debes de estar cansada después de tu viaje y necesitas acostarte temprano. Olvidaba que llegaste ayer y te arrastramos a cenar. Es curioso, pero tengo la impresión de que llevas más tiempo aquí.

Kitty me lleva de vuelta a Ballinakelly. Mientras el castillo se aleja por el retrovisor, no puedo evitar preguntarme de nuevo cómo pudo irse mi madre sin mirar atrás.

Nora Maloney me lleva a visitar a su madre. Caminamos por el pueblo mientras el sol se está poniendo. Las casas encaladas se tiñen de tonos anaranjados y la humedad impregna el aire. Me pongo el abrigo y meto las manos en los bolsillos. Por encima de los edificios, las escarpadas colinas se sumen en la sombras. Solo las cimas captan la luz y desprenden un deslumbrante fulgor áureo, elevándose como llamas hacia un cielo translúcido. La casa de los padres de Nora, pues su abuela vive con ellos, está a diez minutos a pie por una estrecha carretera. La propia Nora vive a unas calles de distancia con su marido, que es mecánico. Parlotea sin cesar. Cuando llegamos a la puerta creo que ya me ha contado los pormenores de su matrimonio, así como todos los escándalos de Ballinakelly, que son muchos.

Nos están esperando. La madre de Nora toma mi mano entre las suyas, cálidas y pastosas, y me dice lo encantada que está de conocerme.

—Que Dios me perdone por comparar a los vivos con los muertos, pero es usted la viva estampa de Adeline, lady Deverill. Que el Señor se apiade de su alma y de todas las almas santas. —Sus redondas mejillas se tiñen de escarlata—. La pobre mamá está muy nerviosa porque la hija de Arethusa Deverill viene de visita. No puede creerlo. Después de tantos años. Venga al salón y quítese ese pesado abrigo, muchacha. Tengo el té preparado y he hecho una tarta para la ocasión. Es yanqui, ¡así que tiene que probar la tarta irlandesa de cerveza!

El padre de Nora, ataviado con chaqueta y corbata, se levanta cuando entro en el pequeño salón y me da la mano. Es un hombre robusto y fuerte, de barba y ojos negros, y no sonríe. Creo que es tímido. Se hace a un lado y veo a una anciana con un vestido negro y un chal sentada junto al hogar, donde arde el fuego. Levanta la vista y me mira fijamente.

—¡Que Dios nos asista! ¿Ha llegado el día del Juicio Final? —exclama—. Lady Deverill ha salido de su tumba y ha vuelto de entre los muertos. —No tiene dientes y su acento irlandés es tan cerrado que me cuesta entenderla.

—No, mamá, es la nieta de lady Deverill. La hija de la señorita Arethusa —explica la madre de Nora, tomando asiento a su lado.

—Encantada de conocerla —digo.

Nadie me ha dicho sus nombres y sé que Maloney es el apellido de casada de Nora, así que simplemente tomo la mano de su abuela, delgada y fría como la pata de un pollo, y le sonrío. Me mira con los ojos muy abiertos, como si hubiera visto un fantasma, y me agarra la mano.

—¡No se lo he dicho a nadie! —asevera en un susurro—. Ni a una sola alma, ¡que Dios me ayude! Si no me vuelvo majareta, me lo llevaré a la tumba. Como prometí.

No sé muy bien de qué está hablando. Resulta un poco desconcertante y me pregunto si no estará un poco loca.

Nos sentamos todos y Nora sirve el té y reparte la tarta mientras su madre me pregunta por mi visita y cuánto tiempo voy a quedarme. Respondo, tomo la taza de porcelana que me ofrece y pruebo la tarta, que es como la que comí en casa de Kitty y está sorprendentemente buena. Sé que tengo que ser educada y charlar un poco de trivialidades, pero estoy deseando preguntar por mi madre. Mientras charlamos, soy consciente de los ojos brillantes de la anciana fijos en mí, devorándome con fascinación y temor a la vez. Me mira fijamente a la cara, como si tratara de encontrarle sentido a esta mujer que ha aparecido de la nada y que se parece a lady Deverill.

Entonces se despierta de repente de su estupor.

—Trabajé en el castillo como sirvienta, ¿sabe? —dice, interrumpiendo a su hija en mitad de una frase.

—Mamá trabajó para lady Deverill, Adeline Deverill, que el Señor se apiade de ella —dice la madre de Nora—. Era criada cuando su madre era joven y, como puede ver, está muy orgullosa de ello.

—¿Conocía a lady Deverill? —pregunta la abuela de Nora. Creo que está confundida.

La madre de Nora pone una mano sobre la de la anciana.

—No, mamá. Esta es la hija de la señorita Arethusa. Ha venido desde Estados Unidos. Nunca conoció a lady Deverill.

Los ojos de la anciana se abren de par en par.

—Es usted su viva imagen —dice, sacudiendo la cabeza y jugueteando con las cuentas de su rosario.

Nora decide avanzar en la conversación. Sabe lo que quiero.

—Yaya, ¿te acuerdas de la señorita Arethusa? —pregunta, articulando sus palabras con claridad para que su abuela la entienda.

La anciana parece masticar a pesar de no tener dientes. Casi puedo oír cómo empiezan a girar los engranajes de su mente. Asiente con la cabeza.

—Tenía catorce años cuando entré a trabajar en el castillo —comienza. La escucho con atención. No quiero perderme ni una palabra, pero es muy difícil de entender—. Era una joven criada. Cuidaba a la señorita Arethusa. La vestía por la mañana y llevaba su ropa a la lavandería. Nunca abrí sus notas. A Dios pongo por testigo que nunca lo hice. Ella no tenía ninguna queja sobre mí. Ninguna.

Me emociono con esta información y sonrío a Nora con gratitud.

Nora se alegra.

—Ya ve que recuerda el pasado, ¿verdad, yaya?

—¿Cómo era ella, la señorita Arethusa? —quiero saber.

La abuela sonríe y sus encías son rosadas y brillantes.

—Una santa —dice, con la voz cargada de admiración—. Si no hubiera sido protestante, la habrían declarado santa o, como mínimo, beata.

Nora se ríe.

—Se lo dije, ¿no? —interviene, volviéndose hacia mí—. Tiene a su madre en un pedestal.

—¡Oh, así es! —conviene la madre de Nora—. Mamá, cuéntale a la señora Langton que la señorita Arethusa solía ayudar a los pobres.

Los pequeños ojos de la anciana se iluminan y noto que el tema la está entusiasmando.

—Solía entrar en la cocina y llenaba una cesta de comida para llevársela a los pobres. Había mucha hambre en aquellos días. La gente enfermaba y moría de hambre y de enfermedades. No teníamos nada. De hecho, tuve mis primeros zapatos cuando entré a trabajar en el castillo. ¡Estaba feliz como una perdiz con esos relucientes zapatos en los pies! —Se inclina hacia delante y entorna los ojos—. Oía las discusiones. La señora Deverill tratando de impedir que hiciera visitas. No quería que la señorita Arethusa enfermara también… ¿Acaso no se estaba muriendo todo el país de tisis y viruela? Y la señorita Arethusa la acusaba de no entender y de dominarla. La señorita Arethusa pensaba que todos morirían si no les llevaba comida. La gente corriente tenía un nombre para ella, *Naomheen*. Eso es 'pequeña santa' en irlandés. A pesar de ser protestante y no temer al viejo cura, la señorita Arethusa recogía al viejo ciego Richie Ryan en su carreta todos los domingos para llevarlo a misa y se quedaba con él hasta que terminaba y lo llevaba a casa, que Dios la bendiga.

—¿La enviaron lejos porque la señora Deverill temía que enfermara? —pregunto.

La anciana sacude la cabeza.

—Dios nos ampare, no. —Está muy segura de ello.

—Entonces, ¿por qué se fue?

—¿No se lo dijo?

—¿El qué?

La anciana baja la voz, como si temiera que las paredes tuvieran oídos.

—¡Tenía un bollo en el horno, Dios nos libre de todo mal!

Se oye un grito ahogado colectivo en la sala. Los padres de Nora se persignan. Nora se da cuenta de que no lo entiendo.

—Estaba encinta —dice, mirándome con ojos desorbitados y ansiosos, temiendo que me ofenda.

No estoy ofendida. Estoy incrédula. Ahora me pregunto si la anciana ha perdido la cabeza. Me doy cuenta de repente de que soy una tonta por haber venido.

—Es imposible —asevero—. Estoy segura de que se equivoca.

—¡Oh, mamá! Tienes que estar equivocada —dice su hija, riendo nerviosamente y llamando la atención de su marido, que tose con la cabeza gacha.

—Yaya, debes de estar pensando en otra persona —aduce Nora. Se vuelve hacia mí—. Lo siento. Últimamente se confunde. No quiere faltarle al respeto.

Pero la anciana es inflexible.

—¡Oh, lo estaba! ¡Como Dios es mi juez! —exclama—. Por eso la enviaron a Estados Unidos.

—Si estaba embarazada, ¿quién era el padre? —pregunto.

—Dermot McLoughlin.

Todos los presentes se relajan. Su sugerencia es claramente increíble.

—Mamá, eso es una tontería. La señorita Deverill nunca se mezclaría con gente como los McLoughlin.

—Rumores malintencionados —interviene de repente el padre de Nora. Es lo primero que dice y las mujeres le escuchan. Agradezco que haya entrado en la conversación. La abuela de Nora vuelve a hacer como que mastica y fija la mirada en el fuego—. Que Dios te perdone, Eily Barry —añade en voz baja.

La madre de Nora vuelve a poner su mano sobre la de la anciana.

—No pasa nada, mamá. Solo estás confundida. ¿Cómo puedes recordar cosas de hace tantos años?

Se hace un largo e incómodo silencio. Nora me sonríe a modo de disculpa, su madre parece avergonzada y su padre mira al suelo como si deseara que se abriera un agujero para tragárselo entero.

Entonces se rompe el incómodo silencio.

—Era noviembre y acabábamos de tener las primeras heladas —dice la anciana con voz lenta y pausada, sin apartar los ojos del fuego—. Lo recuerdo como si fuera ayer. No soy tan vieja como para que se me haya ido la memoria. La enviaron a Estados Unidos para que tuviera al niño. Nunca regresó.

Por supuesto, eso es ridículo. No hubo ningún bebé. Pero ha sembrado una semilla en mi mente, una semilla venenosa, y sé que no podré desenterrarla y tirarla. Está ahí, plantada en lo más profundo de mi ser, y se va a enconar.

Los ojos de la anciana arden de rabia y con algo de locura. Las cuentas del rosario pasan por sus dedos índice y pulgar a gran velocidad.

—La pobre señorita Arethusa fue desterrada por tener un hijo fuera del matrimonio —declara con un tono de voz indignado—. Bueno, no fue la única. ¿Acaso el viejo lord Deverill no levantó la pata por Bridie Doyle y le dio no un hijo, sino un par, Dios nos ampare?

—¡Chis, mamá, cállate! —dice su hija con firmeza, dándole una palmadita en el brazo.

La abuela da un respingo y se calla. La conversación se reanuda, pero es insustancial e incómoda y no tardo en excusarme y marcharme. Nora está mortificada, al igual que sus padres. Se disculpan profusamente. Les digo que no me importa. Que es mayor y está confundida, y que no me ofende en absoluto. Pero me marcho a pie hasta el hotel, agradecida a Kitty por invitarme a quedarme con ella. Creo que no quiero estar cerca de Nora Maloney nunca más y tampoco quiero volver a ver a su familia. Su abuela es una vieja loca. Me doy cuenta de que para averiguar la verdad debo enfrentarme al diario de mi madre. Nadie sabe lo que realmente sucedió, excepto la propia Arethusa.

Vuelvo al hotel, con las manos en los bolsillos, la cabeza gacha y la mirada fija en la acera. No puedo quitarme de la cabeza la imagen de mi madre embarazada. Por supuesto, la idea es absurda, pero sigo dándole vueltas a las posibilidades en mi cabeza. Si tuvo un bebé y lo dio en adopción, eso explicaría por qué nunca habló de ello. Explicaría por qué se fue a Estados Unidos. Por otro lado, ¿por qué no se casó con Dermot McLoughlin? Cuando la anciana mencionó su nombre ninguno de los

presentes la creyó, así que ¿cómo era Dermot McLoughlin? ¿Por qué
era impensable que Arethusa se relacionara con él? Me digo a mí misma
que debo dejar de tratar de adivinar y esperar a haber leído el diario,
pero no puedo controlar mis pensamientos. Corren en todas direccio-
nes, como sabuesos que buscan en el suelo el rastro del zorro, exploran-
do todas las posibilidades, deseando con ansia encontrar una verdad que
sea tolerable.

Llego al hotel y me apresuro a ir a mi habitación. No quiero hablar
con nadie. Quiero que me dejen en paz. Me siento aliviada de no ir a casa
de Kitty esta noche. De tener toda la noche para mí sola para sostener ese
libro frente al espejo.

Me quito el abrigo y me descalzo. Hay un pequeño espejo colgado en
la pared. Lo descuelgo y lo llevo a la cama, donde me recuesto contra las
almohadas con los pies en alto y abro el diario. Estoy nerviosa. ¿Y si descubro que estaba embarazada? ¿Qué pasa entonces? ¿Busco al niño, a mi
hermano? ¿O me olvido del asunto? ¿Seré capaz de hacerlo? ¿Puede la
vida continuar como antes cuando se sabe algo así?

Me pongo las gafas de leer y abro por la primera página. Las palabras,
que parecen tan extrañas en el papel, cobran perfecto sentido en el espejo.
Es como magia. La escritura manuscrita de mamá es pulcra, aunque no se
parece a la suya, pero eso debe de ser porque escribía al revés. Es una ha-
bilidad impresionante. Una vez más, me siento transportada al pasado. Es
verano en el castillo Deverill y casi siento que estoy allí.

9

Castillo Deverill
El pasado

Era una húmeda y brumosa mañana de junio. El castillo Deverill se estremecía bajo la suave lluvia mientras los pájaros gorjeaban alegremente en agradecimiento por la abundancia de insectos y el césped lleno de gusanos. La chimenea del salón estaba vacía. La cesta llena de leña de sicomoro, haya y roble para alimentar la lumbre en invierno permanecía intacta ahora que era verano. Arethusa, envuelta en un grueso chal, estaba arrodillada en la alfombra con su madre, sus tías y Charlotte, revisando las cajas de calcetines que las mujeres de la Cofradía de Costureras de Ballinakelly habían tejido para los pobres. Adeline, que era la presidenta de la cofradía, había comprado la lana y había pagado a las mujeres un chelín por par, pero no parecía haber un par igual entre ellos.

—¿Es que ninguna de las mujeres puede tejer dos calcetines iguales? —se quejó Hazel, sosteniendo un par de calcetines azules, uno con la parte del pie larga y la pernera corta; el otro con la parte del pie corta y la pernera larga—. Estoy segura de que la tejedora quería que estos dos fueran juntos —dijo.

—No vale la pena hacerlo si no se puede hacer bien —se quejó Laurel, suspirando con desaprobación.

—No creo que a los pobres les importe —dijo Poppy, mirando a Adeline, que tenía la vista fija en el cielo—. Deja de mirar por la ventana, Adeline. Te aseguro que la lluvia desaparecerá a la hora de comer. Siempre es así.

—Y yo que adoro la lluvia… —dijo Adeline—. Es una tontería, pero la idea de tener a setecientos arrendatarios y a sus familias para tomar el té en un césped empapado bajo la lluvia torrencial es terrible. Solo quiero que todos lo pasen bien.

—Estarán tan contentos con los pasteles que no les importará —adujo Arethusa, encontrando el calcetín más pequeño, solo apto para un bebé, y sosteniéndolo con una sonrisa—. Este es para una de tus hadas, mamá —dijo.

—¡Oh! Eso no sirve para un hada —replicó Adeline, dejando de lado sus preocupaciones por el tiempo y riéndose del pícaro juego de su hija—. Es demasiado grande. ¡Agobiará a la pobrecita!

—Entonces un calcetín para dormir —añadió Arethusa—. Puedes meter a toda una familia de hadas aquí y estará cómoda todo el invierno.

—¡Qué bromista eres, Tussy! —exclamó Hazel.

—Una bromista —repitió Laurel—. Puede que un día veas a un hada y entonces ya no te rías tanto —añadió.

—Si veo un hada con mis propios ojos, seré la primera en admitir que me he equivocado y tejeré calcetines para todas ellas, tía Laurel. —Arethusa miró a Charlotte, que seguía trabajando tranquilamente—. ¿Tienes calcetines de hadas, Charlotte?

Su institutriz esbozó una pequeña y tímida sonrisa.

—Uno o dos —respondió con voz dulce—. Pero la mayoría de las veces he encontrado parejas.

—Entonces échame un puñado de tu caja y los revisaré. Esta caja está llena de calcetines hechos para enanos.

Llamaron a la puerta y O'Flynn apareció con rostro sombrío.

—Señora, la señora O'Hara dice que necesita hablar con usted urgentemente. —Inspiró por las fosas nasales dilatadas porque consideraba excesivas y tediosas las visitas diarias a los necesitados—. Parece que está angustiada.

Las Arbolillo se miraron alarmadas. No hacía falta mucho para asustar a Hazel y a Laurel, pero Poppy, que pasaba gran parte de su tiempo con los pobres, estaba familiarizada con sus penurias y solo temía por su bienestar. La palabra «angustiada» la ponía muy nerviosa.

Arethusa dejó el calcetín de hadas y Adeline se levantó del suelo.

—Hazla pasar de inmediato, O'Flynn —dijo, sentándose de manera más digna en el sofá y esperando con aprensión la aparición de la angustiada mujer.

Un momento después, Mary O'Hara entró en la habitación con un vestido negro empapado, con el dobladillo cubierto de barro por su paseo por las colinas, retorciendo sus ásperas manos en señal de agitación. Tenía el pelo negro enmarañado y el rostro afligido y sucio por las lágrimas. Estaba pálida y delgada y temblaba visiblemente.

—Perdone que la moleste, señora —dijo, componiéndose lo mejor que pudo frente a las damas.

Adeline se levantó al ver la imagen que presentaba.

—¿Qué pasa, Mary? —preguntó.

—Es mi hija, se la han llevado —repuso Mary O'Hara.

Adeline se sorprendió.

—¿Se la han llevado? ¿Quién? —preguntó.

—Las monjas de Estados Unidos. Ha dicho que Dios Todopoderoso la llamaba a ser monja. Han dicho que el lugar más caliente del Purgatorio está reservado para los que no atienden la llamada de Dios.

Las Arbolillo miraron a Mary O'Hara con la boca abierta. Charlotte no parecía demasiado sorprendida, solo triste. Arethusa se puso en pie y corrió al lado de la mujer. La rodeó con un brazo.

—La recuperaremos —prometió, tratando de reconfortarla con un apretón.

—Tussy —dijo Adeline. Arethusa hizo caso omiso del tono de advertencia en la voz de su madre. Sabía que no debía hacer promesas que no pudiera cumplir ni tocar a esa pobre criatura que podía no estar bien, pero no podía quedarse de brazos cruzados.

—Esto es terrible —dijo Poppy; su empatía era tal que sentía el dolor de la mujer como si fuera el suyo propio.

—Los lobos han atacado al redil —comentó Laurel en tono sombrío.

—Los piratas han llegado a nuestras costas —añadió Hazel con igual aprensión.

—Y no solo a mi Maeve, sino también a otras —prosiguió Mary O'Hara—. Se han llevado a ocho. Las flores de Ballinakelly. Se las han llevado. —Comenzó a gemir.

—¡Mamá, tenemos que *hacer* algo! —exigió Arethusa—. No pueden venir a robar niños así como así.

Adeline pidió a O'Flynn, que estaba de pie en la puerta y escuchaba la historia de la mujer con interés, que trajera una tetera y luego le dijo a Mary O'Hara que se sentara y les contara toda la historia desde el principio.

—¿El padre O'Callaghan sabe esto? —preguntó Adeline, sentándose de nuevo en el sofá.

—Todo el pueblo lo sabe, pero nadie puede hacer nada salvo usted, señora.

—Es un secuestro —exclamó Arethusa, indignada—. Puro y duro. Habría que llamar a la policía de inmediato.

—No, si las chicas fueron por voluntad propia —dijo Poppy, llamando la atención de Adeline.

—¿Se fueron de forma voluntaria, Mary? —preguntó Adeline.

Laurel y Hazel se apartaron de la alfombra y se acomodaron en los sofás como un par de pájaros tímidos. Aquello les provocaría pesadillas durante semanas. Poppy agarró el taburete junto a la chimenea. Charlotte permaneció en el suelo con los calcetines apretados contra su pecho. Mary O'Hara se acomodó en el borde de un sillón, temiendo ensuciar la pálida tela con su ropa sucia.

—Maeve quería irse —dijo, bajando la mirada a sus ásperas manos—. Ha dicho que quería ser una novia de Cristo. Las monjas les habían prometido la santidad y la vida eterna en el cielo, ¡que Dios nos asista! Ahora he perdido a mi única hija. ¿Qué voy a hacer sin ella? Siento un peso enorme en mi corazón hecho pedazos porque no volveré a ver a mi amada Maeve. —Comenzó a sollozar.

O'Flynn entró con la bandeja de té y tarta y se quedó todo el tiempo posible, pues sentía curiosidad por escuchar más detalles fascinantes. Mary O'Hara se bebió el té de golpe y se comió la tarta y Hazel le dio su propio pañuelo, bordado con la letra «H», para que se enjugase los ojos.

—Piensa en el bien que Maeve hará en el convento, Mary —dijo Poppy con dulzura—. Piensa en la gente a la que ayudará. Los niños, cuyas vidas serán mejores por sus buenas obras. Hará de su vida algo especial, Mary. Atenderá a los enfermos y aliviará a los que tienen el corazón roto. Infundirá esperanza en los desesperados. —Pero estas palabras de ánimo, aunque bien intencionadas, no tuvieron el efecto que Poppy esperaba.

Mary O'Hara abrió los brazos.

—Pero ¿qué será de mí?, pregunto. Yo, sola en el mundo, sin un hombre que venga a cuidarme y sin mi muchacha ni hijos que alegren mi corazón roto. ¡Que Dios me ayude a llevar mi cruz en mi propio calvario! —No había nada que nadie de los presentes pudiera responder a eso.

Cuando se fue, con un gran trozo de tarta envuelto en papel, un rayo de sol entró por las ventanas del salón, inundando la habitación de luz y de calor.

—Tenías razón, Poppy. La lluvia ha cesado —dijo Hazel alegremente, arrodillándose una vez más en la alfombra y rebuscando en la caja de calcetines para retomar la tarea donde los había dejado.

—Ahora la hierba se secará y todo el mundo se lo pasará muy bien en la fiesta del té —repuso Laurel.

—Pero ¿qué pasa con María y su hija, y con las otras niñas? —exclamó Arethusa, asombrada de que sus tías pudieran olvidarse tan rápido de una escena tan perturbadora—. ¿Qué será de ellas? ¿De verdad no volverán a ver a sus hijas nunca más?

Adeline se llevó una mano al corazón.

—No puedo imaginar el dolor que están padeciendo esas pobres madres. Es demasiado terrible para comprenderlo. Desearía que hubiera algo que pudiera hacer.

—Cuando trabajé para una familia en Estados Unidos, oí una historia sobre monjas que iban a Irlanda para inspirar a simples niñas irlandesas a ser novias de Dios. Es una barbaridad —dijo Charlotte. Todos se quedaron mirando porque se habían olvidado de que estaba allí.

—Es escandaloso —convino Poppy—. Esa es una buena palabra.

—Por desgracia, no hay nada que podamos hacer —adujo Adeline.

—Papá sabrá qué hacer —exclamó Arethusa—. Iré a buscarlo.

—Me temo que sus manos están tan atadas como las nuestras —dijo Adeline con tristeza—. Me imagino que esas chicas ya están en un barco rumbo a América. Y si se fueron por voluntad propia, no podemos impedírselo.

—El padre O'Callaghan debería advertir a las chicas sobre estas malvadas monjas. Deberían estar alerta —Arethusa levantó la barbilla—. Y si fuera mi hija, cruzaría el Atlántico a nado para encontrarla y traerla de vuelta.

Adeline sonrió con ternura ante la ingenuidad de Arethusa.

—Querida, a veces hay que dejar marchar a los hijos. Si los amas, tienes que respetar su libre albedrío. Lo más difícil de amar es dejar que se vayan, porque el amor rara vez es incondicional.

—Y esas pobres mujeres no tienen dinero para navegar hasta América —apostilló Poppy.

—Y nosotros tampoco —replicó Hazel.

—Por supuesto, no lo haríamos. Somos tan pobres como ratones de iglesia —dijo Laurel con un suspiro, cogiendo un calcetín y examinándolo con desdén.

—Ratones de iglesia que viven bastante bien —añadió Arethusa con sorna, dándose cuenta de que sus tontas tías Hazel y Laurel tenían poca idea de lo que significaba ser pobre.

Aquella tarde, mientras el sol brillaba en los jardines del castillo Deverill y secaba las últimas gotas de lluvia en los árboles y las flores de los alrededores, setecientos arrendatarios y sus familias, vestidos con sus mejores galas, se arremolinaron en la terraza para estrechar la mano de su arrendador. Lord y lady Deverill los saludaron amablemente como un rey y una reina saludan a sus súbditos. Lady Deverill, apoyándose en un bastón, llevaba un enorme sombrero con plumas recogidas de sus propias gallinas exóticas. Las plumas se movían arriba y abajo cada vez que asentía, dando la impresión de que algo vivo se había instalado allí. Los niños lo encontraban especialmente divertido y se quedaban cerca, aullando de risa cada vez que la anciana movía la cabeza. Lady Deverill, ajena a su joven audiencia, sonreía a cada arrendatario y repetía la misma frase una y otra vez: «Bonito día, me alegra que hayan venido». Llevaba un par de guantes blancos de piel de becerro para protegerse del contagio y del dolor, ya que al final de la fila debía de haber estrechado más de mil manos y algunas de ellas con bastante fuerza. Decidió dejar que Adeline las estrechara al final del día en su nombre.

Lord Deverill vio al último inquilino alejarse hacia las mesas repletas de sándwiches y pasteles y se volvió hacia su mujer.

—Veo que no le has preguntado al padre O'Callaghan —dijo.

—Adeline no me dejó —respondió Elizabeth—. Dijo que estropearía el día. Todo el mundo le tiene miedo. Tiene cara de trucha.

—Muy bien.

—Y es muy probable que esté tratando de encontrar a esas pobres muchachas desaparecidas.

—Es más probable que esté en O'Donovan's, bebiendo cerveza —replicó Greville.

Miró entre la multitud y vio a Adeline moviéndose como un cisne entre morenas. Esa sí que es una mujer con donaire, pensó con admiración al tiempo que introducía los pulgares en los bolsillos del chaleco y se mecía sobre los talones. Elizabeth no era capaz de manejarse entre la gente como Adeline, pensó. Su mujer siempre se las arreglaba para ofender diciendo lo que no debía. En cambio, Adeline tenía la palabra perfecta, la mirada adecuada y la salida oportuna, pasando de una persona a otra con tacto y elegancia. Divisó a su hijo Hubert hablando con los mozos de cuadra y a sus nietos Bertie y Rupert, que consideraban un calvario este tipo de ocasiones, aunque nadie lo diría por lo bien que disimulaban. Arethusa, guapa con un vestido azul pálido y un sombrero a juego, charlaba con un grupo de jóvenes que la rodeaban como lobos alrededor de Caperucita Roja. Echaba la cabeza hacia atrás y se reía de forma muy poco femenina. Al parecer esa Caperucita Roja no temía a los lobos. En opinión de Greville, su nieta estaba demasiado familiarizada con esa gente. «Hay que mantener una cierta distancia. —Pensó para sí—. No hay que acercarse demasiado o esperarán demasiado de uno.» Decidió hablar con Adeline sobre el comportamiento de Arethusa. Normalmente, hablar con su nuera era cometido de Elizabeth, pero una vez más, Greville no la creía capaz. En realidad no era apropiado coquetear con esos hombres, concluyó. Cuanto antes se casara, mejor.

Recorrió a los invitados con la mirada, reacio a meterse antes de lo necesario. Las Arbolillo habían venido a ayudar, como todos los años. Laurel y Hazel, con sus grandes sombreros con cintas rosa pastel ondeando al viento, el rostro ansioso sonrojado debajo de unas sombrillas con volantes, más tontas que nunca. Poppy, con su sincera preocupación, enfrascada en una conversación con un grupo de mujeres, escuchando sus quejas y sus penas. «¡Mujeres! —pensó con un bufido de desaprobación—. Son demasiado sentimentales.» Al menos en ese sentido, su esposa era un alivio. Elizabeth no tenía tiempo para las quejas y los problemas ajenos, y mantenía a la gente común a distancia. Cuando por fin salió al jardín, pensó que las mujeres de su familia harían bien en seguir su ejemplo. Pero solo en ese caso, eso sí.

Arethusa consiguió escabullirse de la fiesta del jardín sin que nadie se diera cuenta. De todos modos, la fiesta estaba a punto de terminar y ella había cumplido con su papel (y provocado una oleada de excitación en todos los jóvenes). Eily la ayudó a cambiarse el vestido de fiesta por otro de paseo y se dirigió a Ballinakelly con celeridad, sabiendo que Charlotte supondría que seguía en el jardín. Esa vez no iba a ayudar a los pobres, sino que se dirigía a los campos con un propósito muy distinto.

El trigo se volvía dorado al sol y en las laderas las vacas y las ovejas pastaban alegremente sobre las hierbas largas y el brezo. Un arroyo serpenteaba por una ladera, gorgoteando tranquilamente sobre las rocas, y en lo alto un par de gaviotas trisaban al viento. La lluvia se había disipado y el cielo era de un azul intenso, surcados por solo unas pocas nubes esponjosas. Arethusa caminaba con actitud animada, con la falda arremolinándose en torno a sus tobillos a cada paso y una alegre melodía en los labios. Se detuvo al llegar al bosque. Puso las manos en las caderas y miró entre los árboles. Entonces lo vio, saliendo de la espesura con chaqueta y gorra, un cigarrillo en los labios y una sonrisa en los ojos.

—Dermot McLoughlin —dijo, acercándose a él con coquetería—. Eres un regalo para la vista.

—Entonces, ¿has conseguido escaparte de la fiesta? —respondió, echando humo al aire.

Se puso delante de él, levantó la barbilla y le miró a los ojos.

—Pensé que podría haber algo más interesante que hacer en este bosque —dijo ella, sonriéndole de forma coqueta.

Le puso la mano en la parte baja de la espalda y la atrajo hacia él.

—Si la señora me permite mostrárselo, creo que le divertirá mucho.

—Hágalo, señor McLoughlin.

Dermot la guio hacia las sombras. Los rayos de luz atravesaban el frondoso dosel de hojas sobre ellos. Los pájaros cantaban en las ramas y las mariposas buscaban néctar entre las dedaleras y los saúcos.

—Es precioso —dijo ella, caminando con delicadeza por el lecho de helechos.

Dermot la tomó por la cintura y la empujó con suavidad contra el tronco de un roble.

—Su belleza palidece cuando se compara con la tuya —declaró, apretándola contra el suave liquen.

—Ahora eres poeta como mi hermano. —Se rio, pero su voz ya estaba ronca de deseo ante la perspectiva de lo que iba a hacerle.

Puso la boca sobre la suya para acallar sus burlas. Ella separó los labios y cerró los ojos y sintió que todo su cuerpo respondía. Su barba le arañó la barbilla y, a continuación, al besar su cuello hasta la garganta, también la arañó allí, provocándole deliciosas sensaciones en el vientre. No se imaginaba respondiendo de esa manera a Ronald. Entonces, al pensar en Ronald, en el matrimonio y en el temido lecho conyugal, su determinación de explorar su sexualidad con un hombre que la excitara se tornó feroz. Dermot le pasó la lengua por la clavícula y por la oquedad de la garganta. Luego comenzó a desabrocharle la blusa y Arethusa, en lugar de hacerle parar, permitió que la desnudara. Mientras jugueteaba con los pequeños botones de perla, su aliento se volvió cálido y ronco, y Arethusa oyó su propia respiración, cada vez más superficial y rápida a causa de la expectación. Cuando le desabrochó la blusa, lo apartó con suavidad para que pudiera alcanzar los corchetes metálicos de la parte delantera del corsé. No creía que él supiera liberarla de esa prenda de armadura. Los oscuros ojos de Dermot observaron mientras ella los desenganchaba uno a uno. Poco a poco, su carne fue quedando al descubierto, hasta que dejó caer el corsé al suelo del bosque con una sonrisa triunfal, liberando sus pechos para que él los admirara, y eso hizo. Unos pechos generosos y suaves, de una blancura cremosa e inmaculada. Por un momento, Dermot se quedó mirándolos como si no supiera qué hacer. Como si de repente se diera cuenta de quién estaba semidesnuda delante de él y se avergonzara, como era de esperar. Arethusa le cogió la mano y se la puso en el pecho izquierdo con un pequeño jadeo. Su mano era grande y tibia y estaba llena de callos. La mano de un obrero. Nadie la había tocado antes ahí y la sensación era exquisita. Él la movió, recorriendo con el pulgar el pezón, lo que provocó que dejara escapar un grave gemido. Arethusa levantó la barbilla y buscó sus labios mientras la otra mano se dirigía a su pecho derecho. Era una sensación tan celestial que Arethusa no podía pensar en nada más que en la tensión que crecía en su vientre. Cerró los ojos, le apartó la mano del pecho y la puso entre sus piernas, en el lugar donde más le deseaba. Dermot no necesitó más estímulos. Le levantó la falda y se metió debajo de ella. Introdujo la mano en los calzones y la deslizó entre sus muslos, que estaban calientes y húmedos y se separaban para él con avidez. Los gemidos de Arethusa cobraron intensidad cuando sintió de nuevo las yemas de sus dedos en la piel por encima de las medias. Esta vez no lo detuvo. Cerró los ojos y jadeó cuando sus dedos empezaron a acariciar su lugar más secreto, consiguiendo que viviera por completo el momento. De repente se vio en el suelo del bosque, con la espalda apoyada en la suave hierba y las rodillas cayendo hacia los lados sin ni siquiera sonrojarse. Dermot se arrodilló a sus pies y se desabrochó los pantalones y ella lo observó con descaro, sin apartar la mirada, hasta que se reveló con una sonrisa triunfal. Luego penetró en su interior y ella se deleitó con su desenfreno, como si al dejarse llevar de esta manera estuviera manifestando por fin su propia y verdadera naturaleza. Su placer aumentaba con cada embate, hasta que algo cedió en el punto más álgido, propagando el calor y el placer por todos los rincones de su cuerpo.

Ella gimió de alegría y luego se quedó sin fuerzas y sin aliento mientras él alcanzaba el clímax de su propio placer con un gemido.

—¡Oh, Dermot…! —susurró, rodeándolo con sus brazos—. Si hubiera sabido las delicias que había en este bosque, habría venido antes.

—¿No te arrepientes? —preguntó él, gratamente sorprendido.

—¿Arrepentirme? ¿Por qué iba a arrepentirme? —Se rio. Si voy a casarme con el viejo y aburrido Ronald, es justo que me divierta un poco antes.

—¿Te vas a casar con Ronald? —Se apartó de ella y se tumbó de espaldas, contemplando la espesura en lo alto con decepción.

—Por supuesto. No creerás que podría casarme contigo, ¿verdad?

—Esperaba… —Su voz se fue apagando.

—Eso es una tontería. Sabes que no puedo. Bueno, olvídate del matrimonio, Dermot. Vive el momento. —Se colocó de lado y le acarició la cara con un dedo—. ¿Cuándo podemos volver a hacerlo?

10

Arethusa estaba entusiasmada con su nuevo descubrimiento. Tanto que su entusiasmo por los encuentros en el bosque enseguida reemplazó su deseo de ayudar a los pobres y, en consecuencia, sus incursiones en este mundo prohibido se hicieron más frecuentes. Sus visitas a los pobres con la tía Poppy eran meros señuelos para ocultar sus verdaderos fines. Compartía la carreta y llevaba una cesta de comida como de costumbre, pero en lugar de pasar tiempo con las familias que visitaba, se limitaba a poner la comida en la mesa, decir unas cuantas palabras amables y después corría a cruzar los campos para reunirse con Dermot. Era algo ilícito y salvaje, y lo más emocionante que había hecho en su vida.

Arethusa no ignoraba los riesgos que corría; lo sabía todo sobre la procreación. Charlotte había sido muy ilustrativa al respecto y había oído los cotilleos locales sobre alguna que otra chica del pueblo que se había metido en problemas y había tenido que casarse de forma apresurada o huir a Dublín, y ¡sabía Dios qué les había pasado entonces! Eily, su doncella, era una auténtica chismosa y nada le gustaba más que llevarle a su señora las últimas noticias, sobre todo las malas. Pero Arethusa era atrevida, incluso temeraria; no esperaba que el Destino fuera desconsiderado. Por eso, cuando tuvo el período, como de costumbre, no se sorprendió en absoluto, ni siquiera se sintió aliviada. Todo era como debía ser. No esperaba otra cosa. Dermot estaba hecho para el placer; Ronald, para el deber; y estaba segura de que el destino sabía muy bien qué hombre sería el padre de sus hijos. Todo era tan perfecto como una rosa cubierta de rocío.

Entonces, a mediados de agosto, Poppy contrajo el tifus.

Debido al alto riesgo de contagio no se permitía la entrada a la casa a nadie más que a sus hermanas. Las tres se turnaban para cuidarla y a Arethusa, aunque estaba desesperada por estar a su lado, se le prohibía la entrada.

—Es absurdo. ¿Cuántas veces le he dicho que mantenga las distancias? —tronó Greville durante la cena en el comedor. Elizabeth lo ignoró y siguió comiendo su gran plato de ganso en el extremo opuesto de la larga mesa. El resto de la familia interrumpió de manera respetuosa la conversación y le prestó toda su atención—. Me atrevo a decir que ahora se está arrepintiendo —añadió, limpiándose la boca con una servilleta.

—Poppy no piensa en sí misma —dijo Adeline en defensa de su hermana—. Solo quiere ayudar a los pobres.

Greville dirigió su mirada vidriosa hacia su nieta, que bajó la vista a su plato por miedo a que él viera en sus ojos su secreto y supiera lo que había hecho en el bosque con Dermot McLoughlin.

—Y se acabó el ir a visitar a los pobres, querida —le dijo a Arethusa, señalándola con su copa de vino—. Este es un claro ejemplo de lo que ocurre cuando uno se acerca demasiado. Te lo prohíbo. —Dio un puñetazo en la mesa, haciendo saltar por los aires el salero de plata y el pimentero y consiguiendo que las velas titilaran y derramaran cera. Su mujer continuó dando cuenta de la oca, ajena a todo.

Arethusa no discutió con su abuelo. Había bebido demasiado vino y cuando se emborrachaba se volvía grandilocuente e intolerante. Encontraría la manera de ver a Dermot. Por supuesto, sería más difícil, pero la recompensa sería mayor por el desafío.

—¿No es hora ya de que Ronald haga de Tussy una mujer honrada? —dijo Rupert con una sonrisa, ignorando la mirada de advertencia de su hermana al otro lado de la mesa.

—¿Te refieres a Ronald Rowan-Hampton? —preguntó Augusta, que estaba casada con el diminuto primo de Greville, Stoke Deverill, y que había venido desde Londres para pasar todo el mes en el castillo Deverill. Acicalada con sus resplandecientes diamantes y perlas, con su pelo blanco rizado y enroscado en la cabeza en un extravagante peinado, Augusta

Deverill, de cincuenta y ocho años y formidable, era lo bastante grande como para tragarse a su marido sin que nadie lo notara. Estaba sentada con su esponjoso pequinés sobre las rodillas, acariciando su pelaje con sus regordetes y enjoyados dedos.

—Ronald es el hijo mayor de sir Anthony y lady Rowan-Hampton —dijo Hubert, mirando a su esposa, pues aunque era bien sabido que Ronald y Arethusa se casarían con toda probabilidad, Ronald no se había declarado formalmente y Arethusa era reacia a comprometerse.

—Todo a su tiempo —intervino Adeline con suavidad, mirando a su hija—. No hay que apresurarse a tomar decisiones que quedan grabadas en piedra para el resto de la vida.

A Arethusa se le cayó el alma a los pies ante la idea de que algo quedara grabado en piedra durante tanto tiempo o, de hecho, quedara grabado. Miró a Rupert, que le devolvió la sonrisa triunfal.

—Pero es joven —repuso Augusta, mirando a Arethusa con admiración, pues Augusta era una mujer vacía que valoraba la belleza por encima de todo y Arethusa era una belleza poco común.

—Estoy de acuerdo —adujo Maud, la prometida de Bertie, resplandeciente en seda azul pálido, como un encantador carámbano. De hecho, Augusta consideraba que la belleza de Maud también era admirable, aunque un poco severa. No había calidez en su rostro, que podría haber sido esculpido en mármol. Sus pómulos eran demasiado marcados, su mandíbula demasiado cuadrada y tenía los labios finos. Sin embargo, sus ojos eran bastante notables, de un tono de azul muy claro y enmarcados por unas pestañas muy oscuras. Bertie, tan guapo, con el pelo rubio y la sonrisa ancha y despreocupada de un hombre para el que la vida solo ha sido diversión y juego, estaba muy satisfecho consigo mismo por haberla cortejado. Augusta no creía que hubiera sido fácil—. Tengo veintiún años y tendré veintidós cuando Bertie y yo nos casemos —continuó Maud—. Creo que es una buena edad para que una mujer se case. —Bertie, que se había colocado a su lado, le apretó la mano con cariño.

—En mi época nos casábamos antes de cumplir los veinte —dijo Augusta—. Una mujer de veinte años sin marido ya se está marchitando, como la fruta que se deja demasiado tiempo en el cuenco.

—Los tiempos han cambiado, querida —intervino Stoke, que era un hombre de pocas palabras, debido principalmente a que su voz se perdía siempre en el huracán que era la de su mujer y hacía tiempo que había dejado de intentarlo.

Greville gruñó y su bigote se crispó como el de una morsa.

—Las muchachas se casan a su debido tiempo para que no se metan en líos. —Una vez más, posó su imperiosa mirada en su nieta—. Me atrevo a decir que Ronald te domará rápidamente, te dará hijos a los que cuidar y te mantendrá alejada de las casas plagadas de tifus.

Arethusa se alegró de saber que Dermot ya la había domado bien.

—Me preocupa Poppy —dijo Adeline—. No tiene ni una pizca de maldad. Es una buenísima persona. Le pido a Dios que se recupere.

—Todos rezaremos por ella, querida —dijo Augusta—. Podría pasarnos a cualquiera. La vida es difícil. Hay que considerarse afortunado con lo que se tiene. Hay que tener suerte y la pobre Poppy no la tiene.

—Estoy seguro de que el doctor Johnson la curará —declaró Hubert con esperanza—. Es un buen médico, de Londres, ya sabes.

—¡Un médico inglés, vaya! —exclamó Augusta con entusiasmo—. Se pondrá bien enseguida. No me gustaría que estuviera a merced de un médico irlandés.

Elizabeth dejó el cuchillo y el tenedor con un tintineo. La segunda ración de ganso la había derrotado.

—Lo más probable es que Poppy muera —dijo, agarrando el vaso y tomando un trago de vino.

Adeline no respondió, sino que dejó que el comentario de su suegra pasara como si de una fea nube se tratara. Estaba demasiado cansada a causa de la preocupación como para preocuparse por la falta de tacto de su suegra.

—¡Oh, abuela! —exclamó Rupert con una sonrisa—. Siempre podemos contar con tu maravilloso optimismo.

—La oración —interrumpió Augusta de forma estridente—. Cuando los médicos hayan hecho todo lo posible, debemos confiar en la oración.

«Y en un Dios que permitió que enfermara en primer lugar», pensó Arethusa de manera sombría.

Pronto quedó claro que Poppy se estaba muriendo. A pesar de las tinturas de hierbas que todos los días Adeline preparaba con cariño del jardín medicinal que cultivaba en uno de los invernaderos, parecía que Poppy se estaba desvaneciendo. Arethusa estaba desolada. No podía imaginar la vida sin su tía favorita. Desesperada por la injusticia del mundo, bajó a la playa para llorar a solas donde nadie la viera. Voluminosos nubarrones grises surcaban el cielo con un viento fuerte y cruzado. Las gaviotas graznaban y una pareja de cornudas se peleaba en la arena por un cangrejo muerto. Arethusa avanzó por la playa, con las faldas ondeando como velas mientras el vendaval la impulsaba sobre charcos poco profundos y húmedas dunas. El sol luchaba con valentía y conquistaba alguna parcela de cielo azul, pero esos momentos eran fugaces. Una tormenta se acercaba por el Este. Mientras intentaba negociar con Dios, las olas chocaban de forma estrepitosa contra las rocas al pie de los acantilados, donde los piratas habían escondido una vez su botín en cuevas y los frailecillos se refugiaban más arriba en recovecos. Arethusa lloró y sus lágrimas se secaron en su piel tan pronto como las derramó.

Allí fue donde su madre la encontró. Adeline caminaba sobre la arena, con su pelo rojo revoloteando alrededor de su cabeza, agitado por el viento. Arethusa no agradeció la compañía, pero Adeline la estrechó entre sus brazos con fuerza.

—Querida, tenemos que confiar en Dios —dijo de manera tajante.

Arethusa dejó que su madre la abrazara, pero no le devolvió el abrazo.

—Un Dios que puede llevarse un alma tan buena y dulce como la de Poppy no es un Dios en el que quiera creer, mamá.

—Hay una razón para todo, Tussy. —Adeline enlazó el brazo con el de su hija y comenzó a caminar lentamente por la arena—. Cariño, somos seres espirituales que tienen una experiencia terrenal. Todos hemos venido aquí para aprender y crecer en la luz. Ese es nuestro propósito.

—¿Qué significa eso? —Arethusa encontraba desconcertantes los discursos de su madre sobre la espiritualidad. Era como si hablara otro idioma.

Adeline se arrimó a ella para que el viento no le arrebatara la voz.

—Piensa en tu alma como en la luz, Tussy. Cuanto más aprendas a amar, a perdonar, a empatizar y a abrir tu corazón en señal de gratitud, más brillará tu espíritu. Por eso estamos aquí, porque nos acercamos a la mayor luz de todas, que es la de Dios.

—¿Qué tiene eso que ver con Poppy?

—Que Poppy también es un alma de luz. Está aquí para hacerse más luminosa y ligera, y cuando haya completado su vida, volverá a casa. Volverá al lugar de donde todos venimos. A ti y a mí nos parecerá que le han arrebatado un futuro, pero no así. A nosotros nos la habrán arrebatado, pero ella habrá hecho todo lo que tenía que hacer en esta vida y será libre. Tenemos que aceptar que si muere es porque le ha llegado su hora. Y nosotros también creceremos por medio de nuestro dolor. Las mayores lecciones se aprenden por medio del sufrimiento y crecemos más.

—No quiero crecer, mamá. —Arethusa empezó a llorar de nuevo—. Quiero que Poppy se quede aquí.

Adeline se detuvo para abrazarla de nuevo.

—Yo también, Tussy, pero si se va, lo aceptaré como la voluntad de Dios. La vida es a menudo dolorosa, cielo. No podemos evitar perder a las personas que amamos, es inevitable y es así para que despertemos a nuestra verdadera naturaleza espiritual. Resistirte solo hará que sea más difícil de soportar. Tenemos que aprender a aceptar las cosas que no podemos cambiar. La aceptación es una de las cosas que hemos venido a aprender aquí.

—Bueno, pues yo no puedo aceptar esto. No va a morir. No lo acepto. Dios tendrá que cambiar sus planes y darle algunos años más. —Arethusa se separó de su madre y gritó al cielo que se oscurecía—: ¡Dios, si te llevas a Poppy, solo me demostrarás que está mal cuidar a los pobres. Que está mal llevarles comida, ropa y medicinas. Que está mal tocarlos y consolarlos. Y nunca más ayudaré a otro pobre mientras viva. ¿Qué te parece, señor Dios?!

Adeline tomó la mano de su hija.

—Ven, querida Tussy. Vamos a casa. Hay mejores maneras de hablar con Dios.

—Él no escucha nuestras oraciones, así que ¿qué sentido tiene?

—Por supuesto que las escucha. Vamos a celebrar una misa especial mañana para rezar por su recuperación.

—No servirá de nada. Él no está escuchando. Y, de todos modos, ¿para qué molestarse en rezar, si Dios ya ha decidido?

—Porque estoy dispuesta a probarlo todo.

Arethusa sacudió la cabeza.

—Ya ves, mamá, ni siquiera estás segura de tus propios argumentos.

Al día siguiente, toda la comunidad protestante se reunió en la iglesia de San Patricio de Ballinakelly para rezar por Poppy. También asistieron todos los sirvientes de alto nivel del castillo que eran protestantes; los hombres con abrigo negro y sombrero de copa; las mujeres con gorro. Los granjeros y los guardabosques llevaban bombín y los guardacostas tenían un aspecto distinguido de uniforme. Adeline se había ocupado de los arreglos florales, aunque no le tocaba a ella. Nadie tenía la mano de Adeline cuando se trataba de arreglos florales, pero incluso ella había superado su propio talento con el deslumbrante despliegue de *Alchemilla mollis*, rosas y lirios, recogidos de los jardines del castillo Deverill y colocados con mimo en grandes jarrones de cristal.

Arethusa se sentó en primera fila con su familia, como era tradición, y detrás de ella se sentó Ronald con sus padres, sir Anthony y lady Rowan-Hampton, y sus dos rollizas hermanas de cara rosada, Julia y Melissa. Ethel Hardwood, una anciana viuda con un ojo de cristal a consecuencia de un extraño accidente con una horquilla, tocaba el órgano de forma espasmódica y vacilante, mientras Hazel y Laurel lloriqueaban contra un pañuelo. Arethusa podía sentir los ojos de Ronald en la nuca, ya que tenía el pelo recogido en un grueso moño bajo el ala del sombrero. Sabía que no pasaría mucho tiempo antes de que él le pidiera matrimonio y entonces, ¿qué iba a hacer? Hacía tiempo que no podía ver a Dermot. En esos momentos, mientras Poppy se moría poco a poco, no tenía ganas de la clase de entretenimiento que le ofrecía Dermot. Tal vez había llegado la hora de aceptar su deber y comenzar el resto de su vida. Al fin y al cabo, alguna vez tendría que empezar.

El reverendo Millet dio un interminable sermón sobre la aceptación, que a Arethusa le pareció que se parecía un poco al de su madre, aunque era mucho más largo y estaba lleno de clichés. Cuando llegó el momento de las oraciones, se arrodilló en su cojín de rezar y siguió las palabras del reverendo Millet por si acaso Dios la escuchaba esa vez. El único momento distendido llegó cuando lady Deverill se quedó dormida durante el sermón y empezó a roncar. A Arethusa le entró la risa floja y no pudo parar. Bertie le propinó un fuerte codazo en las costillas, lo que hizo que riera aún más. Maud se horrorizó, pero su fría mirada no surtió efecto en Arethusa, que ahora era incapaz de controlarse. Su risa era contagiosa y sorprendió a Rupert, cuyos hombros se estremecían de tal manera que, detrás de él, Julia y Melissa (que lo consideraban el hombre más atractivo del oeste de Cork) enrojecieron todavía más y comenzaron a dar respingos como un par de cerdos. Lady Rowan-Hampton era una mujer formidable y silenció a sus hijas golpeando a Melissa en los nudillos con su libro de oraciones, pero Rupert y Arethusa estaban perdidos. Solo cuando lord Deverill le dio un codazo a su esposa y ella volvió en sí con un grito ahogado, los dos malhechores por fin se controlaron. Hacía tiempo que era una norma familiar que Rupert y Arethusa no se sentasen juntos en la iglesia, pero la distancia parecía no suponer la más mínima diferencia. El simple hecho de saber que el otro estaba en la misma habitación bastaba para que se pusieran manos a la obra.

—No creo que tu comportamiento en la iglesia vaya a hacerte ganar puntos con mi madre —dijo Ronald cuando salieron al patio.

—Lo sé, pero no pude evitarlo. La abuela se ha quedado dormida y ha empezado a roncar —explicó, sonriendo de nuevo.

—Lo comprendo —adujo Ronald—. A mí también me gustaría haberme dormido durante el sermón del reverendo Millet.

—¿Es que no hay nadie que pueda resultar ameno en el púlpito?

—Creo que ser capaz de dar un sermón aburrido es uno de los requisitos más importantes que se exige a un aspirante a rector. Los hombres amenos encuentran algo más interesante que hacer.

—Estoy segura de que tienes razón —dijo Arethusa.

A Ronald pareció gustarle que ella estuviera de acuerdo con él, pues le puso una mano en el brazo y le dedicó una sonrisa comprensiva.

—Siento mucho lo de tu tía. ¡Qué mala suerte!

Los ojos de Arethusa revelaban su dolor.

—Todo el mundo dice que va a morir.

—El tifus es difícil de curar. —La miró fijamente—. Espero que no vayas a hacer visitas, Tussy.

—El abuelo me lo ha prohibido —respondió ella con tristeza.

—Muy bien.

—No tengo valor para hacer nada en este momento, salvo esperar noticias. Por supuesto, no se me permite acudir a su lado. Tengo que quedarme en casa y rezar. Es muy frustrante.

—Yo también rezo por ella, pero me pregunto si Dios nos escucha.

Eso despertó el interés de Arethusa.

—No estoy segura de que lo haga —convino, deseosa de hablar de su decepción con Dios con alguien que la entendiera—. Si le importara, seguro que la gente buena como la tía Poppy no enfermaría en primer lugar.

—Hay demasiada miseria en el mundo para que Dios exista.

—¡Tienes razón! Si de verdad existiera un Dios de amor como mi madre insiste en decir, haría que la tía Poppy mejorara de inmediato.

—Tampoco creo que las hierbas de tu madre estén haciendo mucho bien.

Compartieron una sonrisa de complicidad.

—Pues claro que son inútiles —dijo Arethusa, poniendo los ojos en blanco—. Pero las elabora de todos modos. Su invernadero está lleno de todo tipo de plantas con largos nombres en latín. Cree que hay algo ahí para cada dolencia. Pero yo sé que no es así.

—Eres una chica sensata —declaró Ronald con admiración—. Eres más práctica, como tu padre.

Arethusa bajó la voz.

—Mamá es una pagana en secreto, pero no se lo digas a mi padre. En los viejos tiempos la habrían quemado en la hoguera por bruja. Si pudieras oír las tonterías que suelta, los fantasmas del castillo y los espíritus que se ponen en contacto con ella de entre los muertos, pasarías un auténtico calvario. —Se rieron como un par de conspiradores—. ¡Mi madre vive en el mundo de las hadas!

—Ella no es de mi incumbencia. —Ronald dirigió a Arethusa una mirada significativa y afectuosa—. Tú y yo estamos de acuerdo en muchas cosas, Tussy. Nos parecemos más de lo que crees. Me gusta tu pragmatismo. Un hombre puede hablar contigo. La mayoría de las mujeres tienen la cabeza llena de tonterías.

Arethusa se sintió debidamente halagada. Le gustaba considerarse pragmática y más inteligente que otras mujeres.

—Gracias, Ronald. Me alegra que aprecies mis mejores cualidades.

—No iba a explicarle las menos bonitas. Si su visita a los pobres era su única crítica, tal vez pudiera encontrar otra forma de ayudar a los necesitados.

Esa tarde Adeline recibió una visita inesperada. Era la vieja señora O'Leary, cuyo hijo Niall era el veterinario local. Adeline no tenía fuerzas para escuchar quejas ese día, pero O'Flynn le dijo que la mujer había alegado que el tema era de naturaleza urgente y personal. Adeline exhaló un suspiro desesperado, pero, consciente de su deber como señora de la casa y demasiado blanda de corazón para su propio bien, sintió que no podía rechazarla. Accedió a recibirla en la terraza en la que se encontraba con Hazel, Augusta, Maud y Arethusa, mientras los hombres salían a cazar liebres. Al menos, si la vieja señora O'Leary se ponía pesada, Adeline contaría con el apoyo de su familia.

Las damas esperaron, sentadas en un semicírculo de cara al jardín, mientras O'Flynn conducía a la visita por el césped con paso lento y majestuoso. Por fin llegaron a la terraza y O'Flynn la presentó con su formalidad habitual, haciéndose a un lado a continuación. La vieja señora O'Leary dio un paso al frente. Levantó la barbilla y brindó una dulce sonrisa a las damas. Arethusa se fijó de inmediato en los ojos de la mujer. Tenían el color más extraordinario que jamás había visto. Una mezcla de verde y turquesa, como el ágata. Las damas, que se habían mostrado tan poco entusiastas como Adeline, irguieron la espalda movidas por el interés.

La anciana señora O'Leary era una mujer mayor con un vestido negro y un grueso chal sobre los hombros, como era costumbre en las viudas, y sin embargo, lo que distinguía a esa viuda era su llamativo rostro. Resultaba evidente que había sido una belleza. Llevaba el pelo gris recogido en un moño, que resaltaba sus marcados pómulos, sus ojos grandes, su nariz recta y su boca sorprendentemente carnosa. Había algo extraño en su aspecto, como si viniera de muy lejos, y su rostro desprendía una sabiduría que hizo que las cinco damas sintieran curiosidad por escuchar lo que tenía que decir. Cuando levantó una mano para colocarse bien el chal, Arethusa se fijó en sus dedos, que eran largos, delgados e inesperadamente elegantes.

—Señora, perdóneme por venir en este momento tan difícil —dijo con voz dulce y melodiosa, posando su extraña mirada en Adeline, que estaba visiblemente conmovida por ella y desconcertada por no haberla conocido antes. Adeline conocía a su hijo Niall, que venía a cuidar sus caballos, pero nunca había conocido a su madre.

—Por favor, señora O'Leary, ¿en qué puedo ayudarla? —preguntó Adeline.

—Soy yo quien ha venido a ayudarla a usted —dijo la vieja señora O'Leary, y su sonrisa rebosaba tanto conocimiento que era difícil no creer que tuviera el poder de hacerlo. Metió una pálida mano en el bolsillo de su falda y sacó una botella de cristal—. Esto es agua extraída del Pozo de la Dama —explicó. Arethusa captó la atención de Maud y compartieron una mirada escéptica. El pozo de la Señora estaba en las colinas a las afueras de Ballinakelly, donde una estatua de María se alzaba en el centro de un camino circular muy transitado, por el que los católicos locales y los peregrinos caminaban con sus rosarios y rezaban pidiendo un milagro. Los deseos se colocaban en notas bajo un arbusto de espino y, según la leyenda, si una anguila asomaba la cabeza en el agua, el deseo se cumplía. Arethusa, por supuesto, pensó que todo el asunto era absurdo (igual que pensaba que la estatua de María que se balanceaba en la carretera a las afueras de Ballinakelly era absurda) y ya no tenía ninguna duda de que la anciana era una bruja—. Dele esto a su hermana, la señorita Poppy, y se curará. La anguila ha aparecido y me ha dicho que así será.

La vieja señora O'Leary le dio la botella a Adeline, que esbozó una sonrisa triste, aunque agradecida, por la bondad y consideración de la anciana.

—Gracias por su amabilidad —dijo—. Lo haré, y rezaré para que funcione.

—¡Oh! Por mi vida que funcionará —aseveró la vieja señora O'Leary, asintiendo con seguridad—. Una dama como usted debe saber que el poder del agua no solo está en el agua misma, sino en la mente de la persona que la toma. Dígale a su querida hermana que se trata de un agua milagrosa y que se pondrá bien.

Adeline frunció el ceño.

—Le estoy muy agradecida, señora O'Leary. Gracias. Me sorprende que no nos hayamos conocido antes. Su hijo Niall cuida de nuestros animales y a menudo trae a su nieto Liam con él. Son maravillosos con los caballos, los dos. Parecen tener manos sanadoras, así como un instinto para saber en el acto lo que no va bien. Y ahora aquí está usted, tendiendo sus manos sanadoras y le estoy muy agradecida por su amabilidad.

—Puede que no nos hayamos conocido formalmente, pero sé quién es usted, señora Deverill. Ya soy mayor y prefiero no aventurarme lejos. Al igual que usted, soy una herborista. Todo lo que necesitamos para curar el cuerpo y el alma se encuentra en estos bosques y colinas. No necesitamos buscar más allá de este lugar. La bendigo a usted y a su familia. Que vivan mucho tiempo y que vuestra querida hermana viva el resto de sus días en paz.

—Correré al lado de Poppy de inmediato y le daré esta agua —aseguró Adeline alegremente, poniéndose de pie—. O'Flynn, ten la bondad de decirle al señor McCarthy que lleve a la señora O'Leary a casa en la carreta.

—Gracias, señora. Eso me ahorrará la caminata —dijo la vieja señora O'Leary, que antes de marcharse pareció bendecir a las damas con una beatífica sonrisa.

—Es un ángel —dijo Adeline cuando se fue.

—Más bien una bruja —adujo Arethusa con cinismo.

—¿Te has fijado en sus ojos? —añadió Maud—. No imaginaba que un ser humano pudiera tener los ojos de un verde tan asombroso.

—Te lo he dicho; es una bruja —sentenció Arethusa.

—Sin duda es una bruja —coincidió Maud.

—Si es una bruja, es más probable que cure a Poppy —alegó Hazel—. Vendería mi alma al mismísimo diablo por una cura para Poppy.

—¡Santo cielo! —exclamó Augusta con voz melosa, dándole a su pequinés, que estaba colocado sobre sus rodillas como de costumbre, una galleta del plato que había en mesa—. No hay que bromear con estas cosas, Hazel, o el diablo puede muy bien oír y aprovechar la oportunidad. Estoy segura de que el diablo está esperando para robar almas desesperadas como la tuya.

Adeline se volvió hacia su hermana.

—Hazel, voy ahora mismo. ¿Vienes?

—No me lo perdería por nada del mundo —exclamó Hazel, levantándose del banco y corriendo tras su hermana.

«Si ese agua funciona, me voy directamente al bosque a celebrarlo con Dermot», pensó Arethusa.

—Si ese agua funciona —dijo en voz alta—, me voy directa al Pozo de la Dama a llenar un bidón entero.

Augusta se rio.

—¡Mi querida Tussy, si ese agua funciona me comeré mi sombrero!

11

Fue una gran sorpresa para todos, excepto para la vieja señora O'Leary, que Poppy se recuperara de forma milagrosa. El doctor Johnson estaba desconcertado. En su experiencia, un paciente con un cuadro tan severo de tifus jamás se recuperaba. Adeline lo atribuyó al agua bendita de la vieja señora O'Leary; Augusta se empecinó en que era el poder de la oración (y no se comió el sombrero); Maud y Bertie afirmaron que era la voluntad de Dios; lord Deverill, Hubert y Stoke coincidieron en que era solo la forma natural del cuerpo de defenderse; Rupert dijo: «¡Santo Dios!», y lady Deverill no dijo nada. Arethusa lloró de felicidad y decidió celebrarlo con Dermot; una parte de ella se preguntó por la botellita de agua que la vieja señora O'Leary le había dado a su madre, pero su mente lógica le dijo que un milagro así era imposible. La cura tenía que deberse tan solo a la propia determinación de Poppy de mejorar.

La noche después de que Poppy comenzara a recuperarse, Hazel y Laurel fueron a hurtadillas al Pozo de la Dama a la luz de la luna. Las dos nerviosas criaturas se apresuraron a atravesar los helechos y las aliagas con botellas de cristal en la mano para llenarlas con el agua milagrosa que había salvado a su hermana Poppy de una muerte segura. Asustadas por la oscuridad y presas del pánico por los ruidos de los animales nocturnos, pero muy decididas, se tomaron de la mano mientras corrían como un par de ratones, rezando para que nadie las viera. Cuando por fin llegaron al pozo, se quedaron un momento paralizadas ante el blanco rostro de la Virgen María, que la luz de la luna iluminaba de un modo espeluznante. Sin embargo, al ver que la estatua no se movía ni hacía nada aterrador, volvieron a respirar, llenaron las botellas de agua y buscaron el arbusto de espino. Hazel y Laurel conocían el espino por los ancianos y lo localizaron enseguida.

—¿Tienes el deseo? —susurró Hazel.

—Lo he hecho —respondió Laurel.

—¿Dónde está?

—Toma. —Laurel sacó un pequeño trozo de cartón del bolsillo y se lo entregó a Hazel, que lo abrió. «Dios, envíanos un hombre, aunque sea uno para las dos.» Se apresuró a acercarse al arbusto y lo metió entre las ramas, donde quedó oculto a todos menos a los pájaros, junto con los restos de otros cientos de notas reunidos allí a lo largo de los años—. Nadie debe saberlo —dijo Hazel.

—Nadie —coincidió Laurel.

—¡Que Dios me libre! —dijo Hazel.

—¡Que Dios nos libre a las dos! —repuso Laurel.

De repente, resonó un fuerte estruendo en medio de la quietud. Ambas se volvieron alarmadas hacia el pozo. Allí, asomando fuera del agua por un breve momento, había una anguila.

—¿Has visto eso, Laurel? —susurró Hazel.

—Lo he visto —respondió Laurel.

—Una anguila —jadeó Hazel—. ¡Sabes lo que significa, Laurel!

—¡Oh, lo sé, Hazel!

—Estoy lista —dijo Hazel.

—Al igual que yo —repuso Laurel, y emprendieron el camino a paso ligero, con sus botellas de vidrio llenas de agua milagrosa.

Cuando volvieron al calor de su casa, se sirvieron un vaso del tamaño de un dedal e hicieron un juramento, sellado con un solemne apretón de manos, de no decir nunca a nadie lo que habían hecho.

Arethusa estaba tan contenta de que Poppy no hubiera muerto después de todo que cogió la carreta para ir a Ballinakelly a buscar a Dermot. El sol brillaba, el cielo era de un deslumbrante azul aciano y el mar relucía bajo él como una colcha de zafiro. Las aves de rapiña volaban en círculo en lo alto con la cálida brisa y las regordetas abejas zumbaban en el brezo púrpura. Era un día glorioso, más hermoso aún al pensar en la recuperación de Poppy. Arethusa llevaba las riendas con una mano, sujetándose de vez en cuando su sombrero con la otra cada vez que una ráfaga de viento amenazaba con arrebatárselo de la cabeza. Pasó junto a la señora Hurley, la pescadera, que subía lentamente la colina detrás de cuatro langostas, que avanzaban a duras penas por el suelo delante de ella. Cuando una de ellas se desvió del camino, la hizo volver delicadamente con una retama de helecho. Arethusa saludó y la mujer le devolvió el saludo. En su cesta, Arethusa pudo ver una masa resbaladiza de peces plateados. Sin duda, la señora Hurley estaba cansada de llevar una carga tan pesada y había decidido que las langostas podían recorrer parte del camino por sí mismas.

Una vez en la ciudad, Arethusa ató el caballo a un poste y se puso en marcha por la calle principal hacia la fundición del herrero. Allí encontró a Dermot, con su padre, trabajando duro fundiendo hierro en la fragua. La mirada de Dermot se cruzó con la suya al pasar. Su rostro se sonrojó al verla. Ella le guiñó un ojo, le brindó una sonrisa coqueta y se alejó contoneando las caderas. Un momento después se reunieron en el establo detrás de la fundición, ocultos en las sombras. Dermot la apretó contra la pared y la besó con brusquedad, arañándole la barbilla y el cuello con la áspera barba como a ella le gustaba. Le levantó la falda y descubrió, para su deleite, que no llevaba ropa interior. Su mano solo encontró piel tibia y un muslo suave, y ella soltó una carcajada, levantando la pierna para facilitarle el acceso.

—Dermot, te he echado de menos —gimió mientras él empezaba a acariciarla.

—Nadie más puede hacerte esto, Tussy. Solo yo.

Arethusa cerró los ojos y disfrutó del calor que ahora se propagaba por su ingle haciendo aumentar el placer de forma exquisita.

—Te quiero dentro de mí, Dermot. Quiero sentirte dentro de mí.

Dermot se desabrochó los pantalones y se liberó. Arethusa se olvidó de Poppy, de Ronald y de todo lo que había más allá de las puertas del establo mientras avanzaban como un solo ser hacia el clímax. Cuando estuvieron satisfechos se rieron de su maldad.

—¡Qué bestias somos! —exclamó triunfante.

—No creí que fueras a volver —dijo Dermot.

—No podía mientras mi tía estaba enferma.

—¿Ya has vuelto? ¿O vas a dejarme otra vez?

—Estoy aquí de momento —dijo con una sonrisa—. Hasta que encuentre algo más entretenido que hacer con mi tiempo.

—¡Eres una provocadora, Arethusa Deverill! —La abofeteó de forma juguetona.

Ella soltó una risita y le acarició la barba.

—¡Pero tú me quieres! ¿No, Dermot?

—Es mi desgracia que así sea —contestó él, mirándola con ojos sentimentales.

—Será mejor que me vaya —dijo al cabo de un rato. Mamá se preguntará adónde he ido y ya no se me permite ir a visitar a los pobres. Tendremos que encontrarnos en el bosque como antes.

—Eso es magnífico mientras el tiempo aguante —respondió.

—Entonces debemos aprovechar las oportunidades.

Cuando salían del establo, el padre de Dermot entraba en el patio desde la fragua. Una mirada de sorpresa se dibujó en su rostro al ver a Arethusa. Paseó la mirada entre Arethusa y su hijo, y viceversa. Luego, al acordarse de sus modales, se quitó la gorra.

—Buenos días, señorita Deverill —saludó, pero el tono con el que lo hizo tenía un cierto deje de insolencia.

—Buenos días, señor McLoughlin —respondió con una confianza que no sentía. Levantó la barbilla, irguió los hombros y se volvió hacia Dermot—. Gracias por su consejo, señor McLoughlin. Me aseguraré de decírselo a mi padre. —Luego dobló la esquina hacia el callejón que daba a la calle principal. Cuando se dio la vuelta, tanto Dermot como su padre vieron el liquen polvoriento de la pared pegado a su vestido. El viejo señor McLoughlin miró a su hijo y enarcó una ceja.

Arethusa no estaba contenta de haber sido sorprendida por el señor McLoughlin. Esperaba que no lo contara. No necesitaba que los habitantes de Ballinakelly cotillearan sobre sus pecaminosas costumbres. Cuando llegó al castillo, le entregó el caballo al señor McCarthy y entró. Adeline estaba arreglando las flores de la mesa del salón.

—¿Dónde has estado, Tussy? —preguntó sin mirarla.

—En ninguna parte.

Adeline frunció el ceño y siguió ensartando tallos en el jarrón.

—¿Necesitas el caballo y la carreta para no ir a ninguna parte?

Arethusa suspiró.

—Solo necesitaba salir.

—¿Y dónde estaba Charlotte mientras necesitabas salir?

—No lo sé. Quería estar sola.

—Cariño, no deberías ir a Ballinakelly por tu cuenta y no es justo que le faltes al respeto a Charlotte de esta manera. Cómo puede hacer su trabajo si no dejas de escaparte. Debes ir acompañada cuando salgas del castillo. Tu padre es inflexible al respecto.

—¿Y estás de acuerdo con él en todo, sin ninguna excepción?

—Tu padre y yo estamos de acuerdo en la mayoría de las cosas.

—¿Y en esto? Seguro que tú no llevabas carabina cada vez que cabalgabas por las colinas. Adoras tu libertad. Bueno, pues yo también.

Adeline dejó las flores y la miró.

—Querida, ahora eres una jovencita. Tienes que comportarte como tal. No es decoroso que corretees por el campo tú sola ni tampoco seguro. Poppy ha estado a punto de morir, no lo olvides. Dudo que vaya a retomar su trabajo ayudando a los pobres de la misma manera. Y tú tampoco deberías hacerlo.

—No he ido de visita, lo prometo. —Al menos podía decir la verdad sobre eso.

—Entonces, ¿qué estabas haciendo?

Arethusa no podía decir la verdad sobre Dermot.

—Quería comprar una cinta para mi sombrero.

Adeline bajó la mirada a las manos vacías de su hija.

—Veo que no has encontrado nada.

—No, no había nada que me gustara.

—Es una pena, con tantos colores diferentes para elegir.

—Eso mismo pienso yo.

Mientras Arethusa subía las escaleras, Adeline se fijó en el liquen de la parte trasera de su vestido y se le paró el corazón. Que ella supiera, no había liquen en la pared de la tienda de cintas de la señora Maguire.

Aquella noche, antes de la cena, mientras Hubert, Bertie, Adeline y Maud terminaban su partido de croquet a media luz, y Greville, Elizabeth, Stoke y Augusta conversaban en la terraza, Arethusa y Rupert salieron a pasear por la playa, los dos solos. El sol poniente rebotaba en las olas como de lentejuelas plateadas y Júpiter podía distinguirse como una débil estrella en el cielo cada vez más oscuro. El viento soplaba con fuerza del mar, transportando el olor a algas y sal, y los pájaros se posaban con gran estruendo en los acantilados. Arethusa adoraba ese momento, justo antes del crepúsculo, cuando el color cambiaba tan rápidamente, del índigo y el turquesa al rosa y el oro. Le encantaba la sensación de melancolía que la invadía mientras el día moría lentamente y la noche se arrastraba con sus horas oscuras y secretas. Rupert, con las manos en los bolsillos, caminaba por la arena junto a ella, sintiendo esa misma melancolía y dejando que impregnara su ser y suscitara una sensación de asombro ante la belleza del mundo.

—Hay tanta miseria en esta tierra y, sin embargo, es magnífica —dijo.

—¡Qué contradicción! —coincidió Arethusa—. Cuesta imaginar la desdicha cuando brillan las estrellas. Pero Dios debería preocuparse un poco menos por la belleza y un poco más por los pobres, los enfermos y los necesitados. ¿De qué sirve una gloriosa puesta de sol si la gente se muere de hambre?

Rupert la miró de reojo.

—Estás metida en un buen lío otra vez. Lo sabes, ¿verdad?

—Lo sé. —Suspiró—. Y no he ido a visitar a los pobres hoy. De verdad, no he ido.

—No, a los pobres no.

Arethusa frunció el ceño.

—¿Rupert? ¿Qué insinúas?

Él se encogió de hombros y se rio.

—Tienes que ser más discreta, mi querida Tussy.

Arethusa se detuvo.

—¿Qué has oído?

—Digamos que Dermot McLoughlin tiene cinco hermanos y tres hermanas. Eso son ocho lenguas capaces de difundir chismes. Muchas lenguas,

Tussy. Muchos chismes. Tienes que tener más cuidado. —Arethusa lo miró con la boca abierta—. ¿Has oído alguna vez algún chisme sobre mí? —añadió.

—No.

—Por supuesto que no. ¿Crees que con veintitrés años voy a vivir mi vida como el padre O'Callaghan?

—No sé cómo es la vida del padre O'Callaghan, Rupert.

—Célibe. Eso es lo que es. Puede que no sea sobria, pero desde luego sí es célibe. —Comenzó a caminar—. No te estoy juzgando, Tussy. No estoy en situación de juzgar a nadie. Si te contara la mitad de lo que he hecho yo en Ballinakelly, considerarías tus transgresiones algo insignificante. La única diferencia es que yo soy discreto y tú no.

—¿Estás flirteando con una de las hermanas McLoughlin? —preguntó Arethusa, apresurándose a seguir sus largas zancadas.

Rupert negó con la cabeza y se rio, como si la idea de flirtear con las hermanas McLoughlin fuera ridícula.

—¡Qué poco sabes del mundo! —dijo.

—La abuela dice que nunca te casarás —exclamó, con la esperanza de vengarse de él por haber insinuado que era indecorosa con Dermot McLoughlin.

—Es probable que la abuela tenga razón —dijo Rupert—. No soy de los que se casan.

—Ella dice que casarte te haría muy infeliz.

—Más infeliz haría a mi mujer. —La miró de nuevo y sonrió con afecto—. Casarte con Ronald Rowan-Hampton te hará entrar en vereda. Te sugiero que te cases lo antes posible, antes de que te metas en más líos.

—¿Cómo te atreves, Rupert? ¡Me siento ofendida!

—Que soy yo, Rupert, con quien estás hablando. Por supuesto, juega la carta de la ofensa cuando te enfrentes a mamá y papá, pero no malgastes tus energías conmigo. Te he ganado la partida. Sé exactamente lo que has estado haciendo.

—Solo lo estaba besando en el establo detrás de la fragua. Su estúpido padre salió justo cuando me iba. Supongo que ha ido a contárselo a todo el mundo. ¡Por Dios! ¿Es que nadie puede mantener la boca cerrada en esta ciudad?

—Para empezar, ¿qué estabas haciendo en el establo, por el amor de Dios? ¿Te has vuelto loca? En cualquier caso, ya no importa porque el abuelo le ha dicho a papá que te case. Aquí comienza el resto de tu vida, Tussy. Como dicen en Ballinakelly, ¡que Dios te ayude!

—¡Oh, cállate! No me casaré con Ronald. No estoy preparada para casarme con nadie. La tía Hazel y la tía Laurel no están casadas. ¿Por qué debería casarme yo?

—La tía Hazel y la tía Laurel no han sido indiscretas con los tipos rudos de Ballinakelly, Tussy. Pronto no tendrás reputación que recomponer.

—¿Qué sugieres que haga? —preguntó ella.

—¿De verdad quieres saberlo?

—Sí —dijo, encorvando los hombros.

—Es horrible ser mujer —declaró—. Pero ya que eres una mujer, deberías sacarle el máximo provecho. Si yo fuera tú, apelaría a Augusta y le pediría que te invitara a hacer una temporada en Londres. Así saldrías de Irlanda antes de que los rumores te alcancen y puede que conozcas a alguien más excitante al otro lado del charco. —Puso una cara que hizo sonreír a Arethusa—. No creo que sea difícil encontrar a alguien más excitante que Ronald.

—No se me había ocurrido —dijo ella, animándose un poco.

Rupert le asió la mano.

—Supongo que será mejor que volvamos. Seguro que la abuela ya se habrá dormido y el abuelo estará deseando cenar. Es muy probable que estemos en un buen lío.

—Tú nunca te metes en líos, Rupert —dijo Tussy con envidia.

Rupert se echó a reír.

—Y tengo la capacidad de causarles a todos más problemas que toda esta familia junta. Pero no lo haré porque soy cuidadoso. Después de todo, ¿no dice el undécimo mandamiento: «No te dejarás atrapar»?

Después de la cena, Arethusa llevó a Augusta al estudio de su abuela, una fría habitación apenas utilizada, decorada en tonos verdes y situada en el extremo de la biblioteca, con vistas al jardín. Lady Deverill había escrito una vez su correspondencia allí y le gustaba porque decía que, al ser tan verde y estar llena de luz, la habitación era como una extensión del jardín. Ahora nunca entraba ahí. No le gustaba escribir cartas ni tampoco estar separada del resto de la familia. Prefería la biblioteca, que era cálida y había trasiego de gente.

—Necesito tu ayuda —dijo Arethusa, sabiendo que Augusta disfrutaría de la oportunidad de que la necesitaran.

Augusta no se sentó. No tenía intención de quedarse en una habitación tan fría y poco acogedora.

—¿Qué puedo hacer por ti, mi querida Tussy? —preguntó, acercándose el pequinés a su pecho como si fuera una bolsa de agua caliente.

—Por favor, ¿me invitas a Londres?

Augusta sonrió ampliamente.

—Pero, querida, no hace falta que me lo pidas. Por supuesto que te invitaré a Londres. Los hombres de tu familia vienen siempre. ¿Por qué no habrías de hacerlo tú?

—Porque mamá quiere casarme con Ronald —dijo Arethusa con desánimo.

—Y me imagino que no es una opción atractiva.

—Todavía no. ¡Estoy segura de que será más atractiva después de una temporada en Londres!

Augusta la miró extrañada.

—Es más probable que encuentres a alguien que sí te atraiga. Una chica vivaz como tú causaría sensación. —Entrecerró los ojos, compartiendo la gloria del éxito de Arethusa.

—¿Puedo ir, por favor?

—Hablaré con tu madre, pero no veo por qué no. Eres joven y bonita. Es justo que te muestres en Londres, que te presenten en la Corte, que disfrutes de un poco de atención y que aprendas algo sobre el mundo. Estás demasiado aislada aquí, en Ballinakelly. Desde luego no puedes casarte sin probar un poco de la gran ciudad. En mi primera temporada recibí seis proposiciones de matrimonio. ¡Seis! No era raro y no lo será para ti. Confía en mí, bajo mi supervisión tendrás lo mejor.

Arethusa aplaudió con entusiasmo.

—¡Oh, qué emocionante! ¿Se lo dirás a mamá?

—Por supuesto que lo haré. Ahora, volvamos rápido al salón porque ya no siento los dedos de los pies.

Arethusa no confiaba en que sus padres le permitieran ir a Londres, por lo que se sorprendió gratamente cuando unos días después le anunciaron durante el desayuno que, tras muchas deliberaciones, habían aceptado la generosa invitación de Augusta. Arethusa partiría hacia Londres el próximo mes de abril. Le habían pedido a Rupert que la acompañara y él había aceptado. Arethusa estaba eufórica. Con Rupert como acompañante, sería libre de hacer todo tipo de travesuras. Entonces, como si su madre pudiera leerle la mente, anunció que Charlotte la acompañaría también en calidad de carabina. Bueno, se las había arreglado para burlar a Charlotte en Ballinakelly, así que ¿por qué no en Londres? Con Rupert como aliado, la pobre y aburrida Charlotte no tenía nada que hacer.

Había mucho que aprender antes de abril y Arethusa se sumergió en su formación con entusiasmo. Tenía que aprender a subir y bajar de un carruaje con elegancia. A hacer una reverencia y a salir de una habitación mientras sostenía una larga cola exigida en la corte, que no sería inferior a dos metros y setenta centímetros; la longitud requerida para la presentación en una de las cuatro salas de la Reina. Augusta enviaba largas cartas con instrucciones desde Londres. Al no tener hijas propias, solo hijos, parecía tomarse el debut de Arethusa como algo personal y se empeñaba en que hiciera todo lo necesario para «aprovechar esta oportunidad excepcional».

Adeline no había preparado a Arethusa para aquello y leía las cartas de Augusta con preocupación. Había preparado a su hija para la vida que esperaba que llevara, que era la misma que la suya. La esposa de un anglo-irlandés debía saber cabalgar, cazar, bailar y entretener, y administrar un castillo frío y con corrientes de aire, por supuesto. Tocar el piano, pintar, hablar francés y ser capaz de enumerar las doscientas familias más importantes de Inglaterra no ocupaba un lugar destacado en la lista de obligaciones. Había educado a Arethusa sin ponerle demasiados límites y con un sentido de la independencia del que la mayoría de las niñas inglesas no gozaban. Arethusa era indisciplinada, testaruda y alocada. A Adeline le preocupaba que cayera en desgracia por no cumplir las estrictas reglas y sabía por Maud, que disfrutaba contando historias de su propio debut y de las chicas que no encontraban marido o se ponían en evidencia al intentarlo y las enviaban a la India, que la sociedad inglesa era de verdad implacable. Pero Arethusa se rio de las preocupaciones de su madre y le dijo que no se arrepentiría de haberla enviado cuando regresara a Ballinakelly prometida a un duque.

Cuando llegó el momento de que Arethusa dejara Ballinakelly, se despidió de Ronald. Fingió que se resistía a abandonar Irlanda y prometió que le escribiría con frecuencia.

—Todos los jóvenes de Londres querrán casarse contigo —dijo él con sorna.

Esa idea alegró a Arethusa, que estaba emocionada ante la perspectiva de pescar en un estanque nuevo, pero fingió desinterés. A fin de cuentas, no quería quemar sus puentes; podría necesitar a Ronald si no encontraba a nadie más atractivo en Londres.

—Yo podría ir a Londres —dijo él, mirándola con esperanza—. Si te apetece.

A Arethusa se le cayó el alma a los pies.

—Te escribiré todos los días —le aseguró, rogando que la promesa de mantener correspondencia de forma regular aplacara su deseo de seguirla.

—Y yo esperaré cada carta con gran ilusión —respondió.

Despedirse de Dermot fue infinitamente más divertido. Se reunieron en el bosque la tarde anterior a su partida y disfrutaron el uno del otro hasta el anochecer.

—Supongo que te casarás con un inglés y no volverás nunca a Ballinakelly —dijo Dermot mientras estaban tumbados uno al lado del otro en la hierba, mirando el dosel de oscilantes hojas que había sobre ellos.

—Podría casarme con un inglés —respondió Arethusa—, pero siempre volveré a casa. Ballinakelly es mi hogar. No quiero vivir en ningún otro sitio.

—¡Es solo palabrería, Tussy!

—Lo digo en serio —insistió ella, poniéndose de lado y mirándole con afecto—. Nos hemos divertido mucho, tú y yo.

Le asió la mano y se llevó un dedo a la boca. Él sonrió mientras ella deslizaba la lengua a su alrededor de forma sugerente.

—Eres una niña traviesa, Arethusa Deverill. Un día volverás la vista atrás y me acusarás de ser el mismísimo diablo.

—¿Por qué? ¿Por enseñarme a disfrutar? ¿Por enseñarme a darte placer? Por supuesto que no. —Se levantó la falda y se colocó a horcajadas sobre él—. Mira qué rápido vuelves a la vida. —Se rio y bajó la mano para guiarlo dentro de ella.

—Y algún pobre hombre descubrirá en su noche de bodas que ya te han arruinado —adujo, agarrándole las caderas con las manos y dejando escapar un gemido mientras empezaba a contonearse con suavidad.

—Fingiré. Se me da muy bien fingir. —Se inclinó y le besó en la boca—. Pero nunca he fingido contigo, mi querido Dermot. Cada gemido de placer ha sido auténtico. —Se rio mientras él la colocaba de espaldas con suma destreza.

—Entonces déjame escuchar más para asegurarme de no olvidarte nunca. —Y la penetró profundamente, sonriendo con nostalgia mientras la mujer que amaba, y estaba a punto de perder, cerraba los ojos y gemía de nuevo.

Arethusa no estaba triste por irse de casa, solo estaba triste por tener que llevar a su aburrida institutriz con ella. Estaba claro que su madre no confiaba en que se comportara bien en Londres. Si ella supiera lo que había hecho en Ballinakelly, la casaría con Ronald enseguida y haría de ella una mujer respetable mientras estuviera a tiempo. Pero Londres le llamaba la atención, con todo su glamur, sus excesos y sus posibilidades, y Arethusa estaba demasiado dispuesta a dar la espalda a esa ciudad provinciana y a buscarse un futuro nuevo y más brillante.

Abrazó a Bertie.

—Mantén a Ronald ocupado —susurró.

—Será una prioridad para mí —contestó él, y Arethusa sonrió agradecida, sabiendo que su hermano había malinterpretado su intención.

Besó la mejilla helada de su nueva cuñada.

—Pronto te seguiré a Londres —le dijo Maud a Arethusa—. Puede que necesites una amiga que conozca los alrededores. Londres puede ser bastante desconcertante para un recién llegado.

—Estoy segura de que aprenderé rápidamente —respondió Arethusa con altivez—. Después de todo, tan difícil no puede ser.

Maud sonrió, sus finos labios se curvaron con complicidad.

—Para una chica como tú, no será nada difícil, Tussy. Ese es el problema.

Arethusa abrazó a sus padres, a sus abuelos y a las Arbolillo, que habían ido especialmente a despedirla. Luego subió al carruaje para sentarse junto a Charlotte, que parecía pálida y nerviosa. Y con razón, pensó Arethusa desconsideradamente, ya que en Londres pensaba ignorarla por completo.

Greville sacó su reloj de bolsillo y abrió la tapa de oro. Rupert llegaba tarde, como de costumbre. Gruñó. Elizabeth suspiró, pues en realidad preferiría estar alimentando a sus gallinas. Adeline miró a Hubert, que se encogió de hombros. Rupert salió por fin del castillo, sin parar de disculparse ni de hacer comentarios autocríticos, por lo que era imposible enfadarse con él. Todo el mundo sonrió, conmovido como siempre por su irreprimible encanto. Cogió a su madre en brazos de forma que sus pies colgaban sobre la grava. Besó las sonrosadas mejillas de sus tías y abrazó con fuerza a su padre y a su abuelo. Bertie recibió una fuerte palmada en la espalda y besó la mano de Maud con una deferencia sutilmente burlona, pues Rupert encontraba a su cuñada pretenciosa y poco simpática. Luego subió al carruaje, donde Arethusa sonrió y Charlotte lo miró con recelo.

—¡Qué divertido! —exclamó, sonriendo a Charlotte, que bajó los ojos con timidez—. No te preocupes, querida Charlotte. Mantener a Tussy alejada de los problemas no es una tarea para una sola persona. Compartiremos la carga. —Le guiñó un ojo a su hermana y Arethusa reprimió una carcajada—. Y en ese sentido, yo diría que soy todo un experto.

12

Ballinakelly, 1961

Así que, al final, no enviaron a mamá a Londres porque estuviera embarazada.

Me quito las gafas y me froto el puente de la nariz. De repente me invade el cansancio. Dejo el espejo en la mesilla de noche y cierro el diario. Siento un enorme alivio. La abuela de Nora Maloney se equivoca. No tengo ningún medio hermano ni medio hermana por el que preocuparme. No hay ningún hermano perdido que encontrar y con el que hacer las paces. Mamá tenía secretos, muchos secretos, pero ese no es uno de ellos.

Me doy un baño rápido y me acuesto en la cama. Estoy demasiado cansada para pensar en cenar. No tengo hambre. Es un alivio cerrar los ojos y dejar que mi mente divague. Ballinakelly está tranquilo. Muy tranquilo. Me abandono al silencio, disfrutando de la sensación de sumirme en la inconsciencia. Es como sumergirse en un estanque de plumas, ligero, suave y reconfortante. No siento rencor alguno hacia la abuela de Nora. Estoy tan aliviada de haber descubierto la verdad, de la mano de mi propia madre, que no siento más que benevolencia hacia una anciana que solo recuerda cotilleos y rumores. En una pequeña ciudad de provincias como esta, imagino que la fábrica de cotilleos funcionaba a pleno rendimiento y que Eily era joven e ingenua y se lo creyó. Pero no importa. Ella está equivocada y eso es lo que cuenta. A mi madre la mandaron a Londres porque sus padres estaban preocupados de que se enfermara como su tía Poppy debido al contacto estrecho con los pobres. Entiendo su preocupación. Como madre, probablemente me sentiría igual. El hecho de que Arethusa tuviera un romance con el hijo del herrero local es irrelevante, pero me hace sonreír. Me alegro de que se divirtiera antes de casarse con mi padre, al que debió conocer más adelante en Londres. Ojalá hubiera tenido su arrojo antes de comprometerme con Wyatt. Ojalá hubiera tenido su capacidad de disfrutar del placer. Pero siempre me he preocupado demasiado de hacer felices a los demás y me he perdido mi propia diversión. Nunca me he puesto en primer lugar, pero no es demasiado tarde. Aquí estoy, sola en Irlanda, pensando solo en mí. Voy a ser egoísta por primera vez en mi vida. Voy a hacer lo que me plazca. Voy a ser más como mamá.

Con ese delicioso pensamiento, me sumerjo aún más en el silencio absoluto y un sueño plácido.

A la mañana siguiente me alegro de ver el sol. El cielo es de color azul nomeolvides, surcado por redondas y algodonosas nubes que la ventosa brisa arrastra. Desayuno en el comedor de la planta baja. Nora Maloney no tarda en unirse a mí en la mesa y se disculpa de nuevo por el arrebato de su abuela. Normalmente la tranquilizaría diciéndole que no me he ofendido. Antepondría su comodidad a la mía y haría todo lo posible por hacer que se sienta bien. Pero en cambio la miro a los ojos y le digo que he leído el diario de mi madre, que me ha proporcionado la verdadera versión de por qué se fue a Londres.

—No culpo a tu abuela por hacer caso a los chismes —digo—. Pero deberías decirle que las habladurías no eran ciertas, como suele pasar con las habladurías. Arethusa Deverill dejó Ballinakelly para disfrutar de una temporada en Londres; eso fue lo que pasó.

—Por supuesto, eran cotilleos. Cotilleos malintencionados —conviene Nora, sacudiendo enfáticamente sus rizos, deseosa de demostrarme que ella tampoco lo creyó nunca—. Nan es vieja y se confunde. Fue hace mucho tiempo. Probablemente esté recordando el drama de otra persona.

Asiento con la cabeza y Nora me deja en paz. Imagino que se siente aliviada de que yo también me vaya del hotel. La situación se ha vuelto incómoda. Probablemente desearía no haberme invitado a conocer a su abuela. Habría sido mejor para las dos si hubiera rehusado.

Kitty envía a Shane a recogerme a las diez y yo pago la cuenta y me voy a la Casa Blanca. Es mi tercer día en Ballinakelly, pero siento que he estado aquí mucho más tiempo. Han pasado muchas cosas. Y pensar que había previsto pasar un tiempo sola, siguiendo los pasos de mi madre. Nunca esperé verme arrastrada a su familia. Si las próximas dos semanas pasan tan rápido como los primeros días, estaré de vuelta en Boston antes de que me dé tiempo a recuperar el aliento. No quiero pensar en Boston. No quiero pensar en Wyatt. Ahora mismo es un borrón. No quiero que vuelva a ser nítido y sólido. Todavía no estoy preparada para eso.

Cuando llego a la casa, Kitty está ahí para recibirme, vestida con su ropa de montar. Tiene las mejillas sonrosadas y parte del pelo se le ha soltado de la coleta y le cae en la cara. Me doy cuenta de que ya ha salido con su caballo. También me doy cuenta de que montar a caballo es lo que más le gusta hacer. Sus ojos brillan y está eufórica. Tiene sesenta años y sin embargo irradia una energía mucho más juvenil. Con ella yo también me siento más joven, como si su espíritu fuera contagioso.

Robert sale de su despacho para darme la bienvenida a su casa. Es un hombre tranquilo y reflexivo, con rostro serio. Cuando le conocí la otra noche, me di cuenta de que tiene una pierna rígida. Supongo que tuvo poliomielitis, o algo parecido, y lo siento por él. Crecer con cualquier discapacidad es difícil. Estar casado con una mujer tan luchadora y capaz como Kitty debe de haberlo sido aún más. Es difícil no compararlos y llegar a la conclusión de que son tan diferentes como pueden serlo dos personas. Él es su polo opuesto. Como si ella se hubiera esforzado adrede en elegir a un hombre cuya naturaleza tranquila y apagada neutralizara su pasión y su fuego. Como si quisiera una mano firme al timón de su matrimonio, dejándola a ella como vela al viento. Por supuesto que es guapo, de una manera convencional y anodina, pero Wyatt también lo es, y al cabo de un tiempo te acostumbras y deja de impresionarte. Lo que cuenta es el carácter de la persona y es lo que al final moldea los contornos y los planos del rostro. Investigo el de Robert pero no consigo encontrar su carácter. Me pregunto cómo ha conseguido ganarse el corazón de Kitty.

—Faye, voy a llevarte a montar a caballo —dice Kitty con una sonrisa—. ¿Te gustaría?

—No he montado en años —respondo, pero la idea de partir hacia las colinas en un caballo me entusiasma.

—Robert no monta —añade Kitty, e imagino que es por su pierna rígida.

—Soy el único miembro de la familia que no lo hace —interviene Robert y esboza una sonrisa seca—. Pero como a mi mujer le gusta salir sola, quizá sea mejor así.

—Hoy voy a salir contigo —me dice y sube las escaleras.

Yo la sigo. Robert llama a Shane y le pide que suba mi maleta.

Mi dormitorio es bonito, con dos grandes ventanas de guillotina que dan al jardín. El empapelado a rayas verdes y blancas de las paredes está descolorido, igual que lo están los bordes de las cortinas a causa del sol. La cama de matrimonio es suntuosa. Es lujosa comparada con la pequeña habitación que he ocupado en el Vickery's Inn.

—Y esta noche voy a llevarte a probar la cultura irlandesa.

Kitty abre la ventana, dejando entrar una cacofonía de cantos de pájaros y una ráfaga de madreselva.

—¡Oh! Estoy intrigada.

—¡Es viernes por la noche! —exclama, volviéndose hacia mí. Sus ojos brillan de emoción—. Noche de folclore en Ma Murphy's. Como eres nueva en Irlanda, es esencial que te lleve.

Recuerdo que Cormac me dijo que me invitaría a una copa en Ma Murphy's y me pregunto si estará allí.

—¿Sois habituales de la noche del folk? —pregunto.

Ella niega con la cabeza y desvía la mirada.

—No, Robert no vendrá; le gusta quedarse en casa, pero pienso aprovecharme ahora que estás aquí. Verás, yo me he criado aquí. Conozco a los lugareños. Robert es inglés. Es muy reservado. No se mezcla. —Suspira con resignación y sonríe. Noto cierta tristeza en ella—. Pero esta noche pienso ir y tú te vienes conmigo. Será divertido. Conocerás la verdadera Irlanda. Tiene mucho cuerpo y es atrevida. Te va a encantar. —Por la expresión de su cara puedo decir que le gusta más que a nadie.

Kitty me presta unos pantalones y unas botas de montar y un grueso jersey *beige*. Me recojo el pelo en una coleta como la suya y me miro en el espejo. Disfruto de mi nuevo yo. Parezco una Deverill. Me siento como una Deverill; espero poder aprender a montar como una de ellos.

Salimos al pasillo y Robert vuelve a salir de su estudio, atraído por nuestras risas. Nuestro parecido con la otra nos resulta divertidísimo y no podemos parar de reír. Nos reímos como hermanas, con desenfreno. ¡Creo que no me he reído así en cuarenta años!

—Estoy deseando ver las caras de la gente cuando nos vean pasar —dice Kitty.

—La mayoría están borrachos y ya ven doble —aduce Robert, y me sorprende la amplia sonrisa que se le dibuja en la cara. Tal vez no sea tan serio, después de todo.

Me encantaría que Rose me viera así, alegre y feliz. Me pregunto qué le parecería que Kitty y yo vayamos a las colinas a caballo. Edwina agitaría su cigarrillo en el aire y diría que no tiene sentido montar a caballo; Walter lo intentaría sin dudar, ya que es atlético como su padre; Rose, mi querida y gentil Rose, solo temería por mi seguridad.

Dos caballos ensillados nos esperan ya en los establos, junto con un grupo de mozos de cuadra con gorra y chaqueta que nos observan con curiosidad. Kitty los saluda y ellos se quitan la gorra, paseando sus ojos oscuros entre las dos con asombro. Me doy cuenta de que Kitty se divierte, al igual que yo, pero va directa a los animales y me explica que la yegua gris que voy a montar se llama Fulgor. Le paso la mano enguantada por la cara y le acaricio el cuello y ella resopla y me olfatea con sus grandes fosas nasales. Es un buen caballo. En un susurro que solo ella puede oír, le digo que sea amable y que no se desvíe.

El de Kitty es un elegante caballo castaño llamado Júpiter. Es hermoso y despierto, con ojos negros brillantes y una nívea marca blanca en la cara. Mientras se monta en él con destreza, uno de los mozos de cuadra viene para ayudarme y yo apoyo un pie en sus manos y paso la otra pierna por encima de la silla de montar. Una vez sentada, me da las riendas.

—Fulgor es una gran yegua —dice, dándole una palmadita—. Se ocupará de usted. Relájese y deje que la guíe. Conoce estas colinas.

Levanta la vista y sus ojos se detienen en mi rostro. Sé que está desconcertado por mi parecido con su jefa, aunque debe de haber oído que la prima de Kitty ha llegado de Estados Unidos; todo el pueblo debe de saberlo ya.

—Gracias —respondo—. Resulta alentador.

—¿Estás bien? —pregunta Kitty. Asiento con la cabeza—. Entonces, vamos.

Nos ponemos en marcha. Me doy cuenta de que montar a caballo es muy parecido a montar en bicicleta. Uno no se olvida de hacerlo aunque no haya montado desde la infancia. Me relajo en la silla y dejo las riendas sueltas para que Fulgor pueda seguir a Júpiter sin tironear de su bocado de manera espasmódica.

Los setos están repletos de saúcos y espinos de flor blanca. Los pequeños pájaros entran y salen mientras juegan y yo disfruto de la oportunidad de observarlos. Su delicado canto tiene realmente el poder de alegrar el corazón. Bajamos a la playa, donde las largas hebras de carrizo se mecen con el salobre viento que sopla del mar. Los altos y escarpados acantilados están cubiertos de brezos y abetos. Sus recovecos albergan aves marinas que se afanan en construir sus nidos. Kitty me señala los chorlitos y pardelas y el omnipresente alcatraz que bucea en busca de peces en las agitadas olas. Luego señala al otro lado del océano y se ríe porque la siguiente parroquia está en Estados Unidos. Me habla de un galeón español hundido hace trescientos años y de algún que otro ducado de plata que todavía aparece de vez en cuando en la arena. Dejamos la playa y tomamos un serpenteante camino que se interna en las colinas. Pequeñas cabañas anidan entre las aliagas y los helechos, y estrechos arroyos discurren por los pastos hacia el mar como plateados lazos abandonados de cualquier manera en la tierra. Las vacas y las ovejas pacen en las flores silvestres y el brezo y levantan la cabeza de vez en cuando para observarnos al pasar.

Irlanda es tan hermosa que se te encoge el corazón. Es como si la naturaleza tuviera delicados dedos de hada que llegan y me tocan allí, donde soy más frágil, donde mi dolor está aún a flor de piel. Siento que se me humedecen los ojos. Mi pecho se expande y la pena que habita en él se libera. Kitty me mira. Creo que lo sabe, y si lo sabe es porque ella también ha experimentado esta sensación de liberación. Esta maravillosa forma que tiene la naturaleza de conectarnos con nuestro ser más profundo.

Llegamos a la cima de la colina. Desde allí podemos ver la amplia extensión del océano hasta donde alcanza la vista y se funde con el cielo, desdibujándose en un borrón azul nebuloso. Miramos a nuestro alrededor en silencio. El viento sopla con fuerza. Los caballos resoplan y sacuden la cabeza.

—Me encanta este lugar —dice Kitty, sin apartar la vista del horizonte—. Todo cambia, pero esto permanece siempre igual.

—Creo que nunca he visto tanta belleza —asevero—. Resulta abrumador.

—Es curativo —asegura Kitty con firmeza—. He cabalgado por estas colinas desde que era una niña. Este viento se ha llevado todas las penas, todos los remordimientos, y su esplendor ha reparado todos los corazones rotos. —Noto que aprieta los dientes. Se muerde el labio—. O al menos ha ayudado —añade en voz baja, casi para sí misma.

Me pregunto si le importará que saque a relucir la Guerra de la Independencia. Me decido a dar el paso. Ella responderá o cambiará de tema. Kitty no es tan complaciente como yo.

—Cormac O'Farrell me contó que luchaste con los rebeldes en la guerra —le digo.

Se vuelve hacia mí y sonríe con orgullo.

—Hice lo que me tocaba —responde—. Cormac hizo más que eso. —Luego se vuelve para mirar al mar—. Ahora parece que fuera en otra vida. —Suspira con fuerza—. En otra vida. A veces me siento como otra persona. Es difícil conciliar la mujer que soy ahora con la chica que era entonces. Parece todo tan lejano e irreal. Pero sucedió. Tengo las cicatrices que lo demuestran.

No sé qué decir. Quiero saber qué tipo de cicatrices. ¿Se refiere a las físicas o a las emocionales? Quiero saber más sobre lo que hizo y cómo lo hizo. Me gustaría conocer sus aventuras. Pero ella se limita a parpadear al viento y a guardar silencio. Observo su perfil, la fuerza de su mandíbula, la dignidad de sus pómulos, la emoción en sus ojos, y presiento que las experiencias son demasiadas como para compartirlas en unas pocas palabras. Y quizá las palabras se quedasen cortas de todos modos.

Al final, se quita la cinta del pelo, que desciende en largas ondas enmarañadas sobre los hombros.

—Suéltate el pelo —me dice, con una sonrisa traviesa. Hago lo que me pide y me sacudo el pelo—. Y ahora, galopemos.

Hace girar a su montura y se pone en marcha. No tengo más remedio que seguirla porque Fulgor ya ha decidido que va a emprender un rápido galope. Aprieto las rodillas contra la silla, agarro las riendas y corremos en pos de Júpiter. De inmediato me invade una sensación de euforia. Estalla dentro de mí, como si se hubiera roto alguna restricción interna. Me inunda la alegría. No el tipo de alegría tensa a la que estoy acostumbrada, sino una alegría salvaje y temeraria que es nueva para mí. El rítmico tamborileo de los cascos resuena en mis oídos, el movimiento del galope vibra por todos mis huesos. Mi pelo ondea al viento, su frío aliento azota mi cara y me oigo reír a carcajadas. Siento una inmensa felicidad. Se ha ido Faye Langton, el vendaval se la ha llevado, y en su lugar está Faye Deverill. ¿Acaso la sangre Deverill no corre por mis venas igual que por las de Kitty? La siento ahora. Es caliente, apasionada y bombea en mi corazón, que se ha abierto como un huevo de pato y está absorbiendo esta alegría y este placer como si hubiera estado ávido de ambos. Cuando por fin nos detenemos, Kitty vuelve su rostro resplandeciente hacia mí y se ríe. Nos reímos juntas. Acaricia el costado de Júpiter y yo hago lo mismo con Fulgor.

—¿Cómo te has sentido? —pregunta, pero ella ya lo sabe.

—No me extraña que te guste tanto montar —digo, jadeando—. Creo que nunca me he divertido tanto. De verdad. Nunca me he sentido tan llena de vida.

—Eso es porque estabas viviendo el momento —dice—. Y cuando vives el momento no tienes preocupaciones. No hay lugar para ellas.

—Bueno, es cierto. Estaba demasiado ocupada aguantando para pensar en otra cosa.

—La felicidad llega cuando dejas de pensar, Faye. Pensar demasiado es un pasatiempo muy peligroso. Galopar me libra de eso. Es la única vez que vivo realmente el momento y es mágico.

—¡Pues vamos a hacerlo otra vez! —digo y Kitty no necesita que la animen.

Robert se une a nosotros para comer. Comemos en la mesa del comedor. No hablamos de Arethusa. Tengo la sensación de que Kitty intenta proteger un poco a su marido de su abrumadora familia. Le pregunta por él, por cómo va su libro y hablan de Florence, su hija. Solo hablamos de mi madre cuando Robert nos deja para que tomemos el té en el salón. Le cuento a Kitty lo que me contó la abuela de Nora y lo que luego descubrí en el diario.

—Aunque tenía una aventura secreta con Dermot McLoughlin, el hijo del herrero, no estaba embarazada. Se fue a Londres en muy buenos términos con su familia.

—Así que la pelea tuvo lugar más tarde —dice Kitty.

—Podría hojear su diario para averiguarlo, pero no quiero perderme nada. Escribió con mucho detalle y con mucha regularidad y estoy disfrutando de su lectura.

—Sí, no te adelantes. Con cada página aprendes algo más sobre tu madre. Averiguarás por qué se fue a América.

—Tal vez sus padres se enteraron de su aventura con Dermot McLoughlin. Supongo que les habría espantado que un católico de clase trabajadora la cortejara, ¿no?

—Nuestro abuelo se habría horrorizado, pero nuestra abuela no tanto. ¿Sabes? Cuando era niña, jugaba con los niños católicos del lugar y Adeline hacía la vista gorda. Mi madre se habría horrorizado. Es una esnob de mucho cuidado. Pero Adeline siempre creyó que todas las personas somos iguales. Que todos somos seres espirituales viviendo vidas terrenales. Que la clase, la raza y la religión son cualidades terrenales, presentes para nuestro aprendizaje y crecimiento y que cuando morimos dejamos esas cosas atrás junto con nuestros cuerpos y somos todos uno. Jamás consideró a nadie menos valioso por su clase y no entendía por qué no podíamos llevarnos todos bien y tolerar nuestras diferencias. Estoy segura de que habría reprochado la falta de modestia de Arethusa, siendo como era una mujer de su tiempo, pero no le habría importado que se mezclara con el hijo del herrero.

—¿Sigue vivo Dermot McLoughlin? —pregunto.

—Sí. Se casó y tuvo hijos. Ahora tiene ochenta o noventa años y todavía vive en Ballinakelly.

—¿Qué pasó con Ronald Rowan-Hampton? —Tengo curiosidad por los personajes sobre los que escribió mi madre—. Es evidente que no se casó con él.

Kitty da un sorbo a su té.

—Ronald se casó con una mujer llamada Grace que era muy hermosa, encantadora y despiadadamente egoísta.

—¡Oh! Pobre hombre.

—Sí, ella también se unió a la guerra y ayudó a luchar por la independencia, pero sus motivos eran muy diferentes a los míos. No le importaba Irlanda. Le encantaba la emoción de la aventura y la excitación. Vivía el tipo de vida del que solo se lee en las novelas. Ronald heredó la baronía de su padre y se convirtió en sir Ronald. Lady Rowan-Hampton tuvo una aventura con un hombre de aquí y Ronald se divorció de ella. Más tarde vendió su casa y se trasladó a Londres. Grace sigue viviendo en Ballinakelly con Michael Doyle, su amante. Ahora son un par de borrachos. Michael siempre luchó con la botella y Grace se vio abocada a ello cuando lo perdió todo. Son muy reservados. No se han casado. Mamá dice que viven en pecado, pero eso es una tontería. Llevan una vida tranquila, porque así lo quieren, y no dan problemas a nadie, lo cual supone un cambio, ya que en su día causaron muchos problemas a mucha gente.

Me pregunto qué clase de problemas habrán causado. Kitty tiene el don de abrir la puerta una rendija, permitiendo que vislumbres el pasado, pero dejándote con ganas de más. Espero que se explaye, pero no lo hace. Cambia de tema.

Esa noche vamos a Ma Murphy's, un *pub* del centro de la ciudad. Kitty lleva una falda de color verde azulado con una blusa de seda de color crema y una chaqueta de punto morada sobre los hombros. Se ha recogido el pelo en un moño, que parece elegante y pulcro, y lleva unos pequeños pendientes de diamantes en los lóbulos de las orejas. Es todo elegancia y feminidad. Llevo el mismo vestido verde que me puse para la cena de la otra noche. No me he traído ropa de noche porque nunca imaginé que fuera a necesitarla.

Robert no aparece. Kitty conduce y charlamos durante todo el camino hasta la ciudad. Está emocionada por salir. No creo que salga mucho, ya que Robert es claramente antisocial. Me doy cuenta de que está disfrutando de la oportunidad de ver y ser vista ahora que estoy aquí para darle la excusa perfecta. Su expectativa es contagiosa y yo también me siento emocionada, aunque no sé muy bien qué esperar de la noche folclórica en Ma Murphy's.

El *pub* es tal y como me imagino que es un típico pub irlandés. Techos bajos, vigas de madera oscura, paredes rojas cubiertas de cuadros y fotografías en blanco y negro, y una larga y robusta barra detrás de la cual hay estantes repletos de brillantes botellas apiladas frente a gigantescos espejos finamente envejecidos. Está lleno de gente. Cuando entramos, todos los ojos se vuelven para mirarnos y las conversaciones van a menos, hasta que acaban cesando. Pero no me muero de la vergüenza. Estar con Kitty me envalentona, así que yergo la espalda y la sigo hasta la barra. Ella camina con la cabeza alta, como si fuera consciente de su posición en este lugar, como si supiera que se la admira y se la respeta. Sonríe a algunos lugareños, que le devuelven la sonrisa, y dice alguna que otra palabra aquí y allá. Se muestra amable y digna. Al mirar a la clientela me pregunto si es habitual que una mujer de su posición frecuente este bar. Todos parecen sorprendidos de verla, y aún más de verme a mí. Me doy cuenta de que la gente susurra entre sí. Sé que están comentando nuestro parecido. Estoy encantada de parecerme a Kitty, aunque sea una versión menos hermosa de ella. Parte de su polvo mágico ha caído sobre mí y me siento hermosa siendo un reflejo de ella.

Nos sentamos en dos taburetes en la barra y Kitty pide al camarero cócteles de coñac y Babycham, algo que suena repugnante, pero que ella me asegura que está delicioso. Empieza a hablar con el camarero, pero la música la interrumpe. Se gira en su taburete y me da un codazo.

—Esto te va a encantar —me dice con una sonrisa.

Entonces veo al grupo de músicos en el otro extremo de la sala. Están sentados en semicírculo, golpeando el suelo con los pies mientras tocan. Hay un guitarrista, un violinista, un batería y, para mi asombro, Cormac O'Farrell al acordeón. Mi interés se despierta de repente. Lleva una camisa azul remangada, la barba canosa bien recortada y el pelo retirado de la cara. Es guapo y no puedo dejar de mirarlo. Entonces me guiña un ojo y me ruborizo. Tengo la cara tan caliente y me imagino que roja, que todo el mundo debe de notarlo. Soy una mujer de cincuenta y ocho años y me sonrojo como una adolescente. Sin embargo, nadie me mira a mí, sino a él, que empieza a cantar. Sonrío de placer. Tiene una voz llena de matices, profunda y apasionante. Estoy fascinada y esa sensación salvaje y temeraria que tuve en el caballo esa mañana regresa y nunca me he sentido tan viva.

Sus ojos brillaban como los diamantes.
Se diría que era la reina de la tierra.
Y su pelo caía por su hombro,
sujeto con una cinta de terciopelo negro.

Cormac va por su tercera canción, habiendo disfrutado de un aplauso entusiasta del público tras las dos primeras, cuando se abre la puerta y entra una pareja. No me habría fijado en ellos si no fuera por Kitty, que se gira para mirar y ya no se vuelve. Noto un cambio en su energía. No hace nada. No tiene por qué hacerlo. Puedo sentir que se pone en tensión. Puedo sentir un cambio en su interior, aunque por fuera siga inalterable. Observo al hombre, que debe de tener unos sesenta años. Es alto, tiene barba y el pelo castaño oscuro le cae sobre la frente y se le enrosca en el cuello. Sus ojos son del color de la tela vaquera lavada y tiene un rostro cincelado y atractivo. Ve a Kitty y un parpadeo de sorpresa ilumina su rostro. La saluda con la cabeza, luego desvía la mirada y se concentra en buscar una mesa. Imagino que la mujer con la que está es su esposa. Es rubia y de aspecto dulce. Ella también se fija en Kitty, pero a diferencia de su marido, sonríe y saluda. Kitty le devuelve el saludo. No puedo ver su cara, pero creo que también debe de estar sonriendo. Cuando se vuelve hacia los músicos, le pregunto quiénes son.

—Jack y Emer O'Leary —responde ella—. Alana, su hija, está casada con JP.

Dirijo de nuevo mi atención a Cormac, que ahora está cantando una canción sobre la guerra.

En Boolavogue, mientras el sol se ponía
sobre los verdes prados de mayo de Shelmalier,
una mano rebelde hizo arder el brezo
y trajo a los vecinos de lejos y de cerca.

Debo de haber malinterpretado el lenguaje corporal de Kitty, porque los padres de Alana son de la familia. Sin embargo, estoy segura de que he visto que algo pasaba entre ella y Jack. Algo incómodo, pero íntimo. Tal vez sea el Babycham y el coñac, una mezcla extraña, pero Kitty tenía razón. Está delicioso.

13

Los músicos hacen una pausa y Cormac deja el acordeón y se acerca a la barra. Se pone a mi lado y sonríe como un niño.

—¿Qué te parece? —me pregunta, pero sabe que estoy impresionada. Puede verlo en mi cara.

—Creía que eras el taxista local —respondo de forma provocativa.

—Ya lo sé —replica. Le pide al camarero una cerveza de Murphy—. Bueno, parece que también soy el poeta local.

Me sorprendo sonriendo como una idiota.

—¿Hay algo más que hagas? —pregunto.

—Aprendiz de todo, maestro de nada. —Se encoge de hombros.

—Yo diría que eres un maestro en ambas cosas.

Se da cuenta de que Kitty está sentada a mi lado.

—Hola, Kitty —saluda.

—Has cantado muy bien, Cormac —responde ella—. Me encantan esas viejas canciones populares.

—Se escribieron con el corazón roto —dice.

—Sí, en efecto —afirma—. Y cuando algo se escribe con ese tipo de integridad emocional, sigue conmoviendo a la gente a lo largo de generaciones.

En ese momento, Jack y Emer O'Leary se acercan a la barra y me encuentro con que me alejan de Cormac y me presentan. Comentan mi parecido con Kitty y todos nos reímos. Emer nació en Estados Unidos, que es donde ella y Jack se conocieron y se casaron. Habla de ello con cariño, pero su corazón está aquí, dice. Ballinakelly es su hogar. No tiene ningún deseo de volver al país donde nació. Kitty bromea diciendo que yo también me quedaré en Ballinakelly.

—Hay una magia en esta tierra que algunas personas encuentran irresistible —dice. Luego me mira fijamente—. Creo que tú eres una de esas personas, Faye. —Considero a mi madre; obviamente no lo era.

—Por desgracia, mi marido no quiere venir a Irlanda —digo.

Emer frunce el ceño.

—¿Has venido sin tu marido? —inquiere, de forma amable.

—Sí, mi madre murió y necesitaba un tiempo a solas. Quería venir a buscar sus raíces —digo.

—Tienes muchas raíces —interviene Jack con una sonrisa.

—¿Esperabas encontrar tantas? —pregunta Emer.

—No esperaba encontrar ninguna —respondo.

—Pero has encontrado a tu gemela —dice Emer con una risita, mirando a Kitty.

—Es muy amable de tu parte —digo, mirando a Kitty, que está extrañamente callada—. Soy una versión menos bella de mi prima, pero acepto el cumplido.

Emer pone una cara de simpatía.

—¡Oh, vamos! Eres encantadora —dice y Kitty asiente.

—Al menos ahora sé de dónde me viene el pelo rojo. Mi madre tenía el pelo castaño y mi padre era rubio. Ninguno de nuestros hijos es pelirrojo. Solo yo.

—Bueno, tienes a todo el pueblo revolucionado —dice Emer—. No pasan muchas cosas en Ballinakelly hoy en día, así que cuando pasan, todo el mundo se emociona.

La forma en que dice «hoy en día» sugiere que una vez ocurrieron muchas cosas. Pienso en la puerta que solo está abierta una rendija y me pregunto qué pasó. Quiero abrirla de golpe y saberlo todo.

Mientras charlamos, me doy cuenta de que Kitty y Emer están cómodas juntas, pero no cabe duda de que hay cierta incomodidad entre Jack y Kitty. Me pregunto si alguien más lo percibe o si estoy leyendo demasiado entre líneas. Después de empezar el diario de mi madre, creo que estoy empezando a imaginar secretos e intrigas donde no los hay.

Cuando me vuelvo, Cormac se ha alejado. Lo busco entre la multitud. No está lejos, hablando con un grupo de personas en una de las mesas redondas del centro de la sala, pero me decepciona que se haya ido. Me pregunto si tendré otra oportunidad de hablar con él. Tengo muchas ganas de hablar con él.

Me uno de nuevo a la conversación de Kitty con los O'Leary y observo. Jack se enciende un cigarrillo, mientras las mujeres hablan de JP y Alana y de sus hijos pequeños. Emer domina, aunque es amable y habla con voz sosegada. Hay algo muy relajante en su presencia. Kitty es todo efervescencia y movimiento en tanto que Emer se mueve de forma pausada y sin prisa. Al poco tiempo, un grupo de mujeres sentadas en una mesa llama a Emer y la incomodidad entre Kitty y Jack se esfuma. Me doy cuenta entonces de que la incomodidad no es entre ellos, sino que se finge en presencia de la mujer de Jack. Ahora que ella se ha ido, se comportan de forma muy natural juntos.

Bebo de mi coñac con Babycham y empiezo a notar un agradable mareo. Noto ternura entre Jack y Kitty mientras hablan, una intimidad que no está en sus gestos, ya que no se tocan, sino en sus ojos, en sus sonrisas y en el aire que hay entre ellos. Sea cual sea su historia, no hay duda de que estas dos personas se tienen un gran aprecio mutuo. Me pregunto si Jack es la razón por la que Kitty estaba tan emocionada por venir aquí esta noche. De su conversación he deducido que Kitty nunca viene a Ma Murphy's ni, para el caso, a ningún otro *pub*. Jack se burla de ella y noto también que se refiere a ella como Kitty Deverill, no como Kitty Trench, y en un momento dado dice «vosotros, los protestantes», por lo que asumo que él y Emer son católicos. Supongo que la mayor parte de Ma Murphy's es católica. Sus burlas son afectuosas y familiares. Este hombre sería mucho más adecuado para Kitty que aquel con el que se casó.

Me encantaría que Kitty abriera un poco esa puerta para poder ver su pasado.

Cormac y su banda regresan a sus puestos y la música vuelve a sonar. Emer y Jack vuelven a su mesa. No sé si es por el coñac con Babycham, pero miro a Cormac y siento que dentro de mí se agita algo que no había sentido desde la universidad. Sé que debo haberlo sentido por Wyatt, pero no lo recuerdo. O no quiero recordarlo. Desde luego, no quiero pensar en Wyatt. Clavo la mirada en Cormac. Me balanceo al ritmo, muy conmovida por la pasión de su voz, y deseo que no se acabe nunca. Ojalá pudiera quedarme aquí sentada toda la eternidad contemplándole y escuchándole cantar.

No tarda en unirse todo el mundo, incluso los que no tienen oído para la música. Cantan con fuerza, con alegría y con tanto entusiasmo que yo también me uno. Es fácil captar la letra de los estribillos y las melodías son pegadizas. Kitty se sabe toda la letra de memoria y enlaza su brazo con el mío y me anima con su sonrisa. Cantamos juntas y creo que no me he sentido tan feliz en mucho tiempo.

No vuelvo a hablar con Cormac. Le observo moverse por la habitación. Es popular. Todo el mundo quiere un trozo de él y Cormac los complace con su sonrisa torcida y su ingenio, y me gustaría que viniera a complacerme a mí. Pero no lo hace. Quisiera ir a hablar con él, pero sé que no es apropiado. Incluso la Deverill que hay en mí, liberada en la silla de montar esta mañana, sabe que no es apropiado que una mujer se acerque a un hombre, sobre todo si es una mujer casada. Así que me quedo en mi taburete y hablo con la gente que Kitty me presenta y pronto me doy cuenta de que no son gente aristocrática como los Deverill, pero son su gente de todos modos. Aunque no comparta su marcado acento irlandés, es una de ellos y la admiro mucho más por eso.

El silencio se va apoderando de la sala a medida que la noche se acerca a su fin. Incluso las luces parecen apagarse. El ambiente pasa de ser alegre a ser melancólico. El camarero anuncia los últimos pedidos. Recogen sus últimos vasos de cerveza negra y de *whisky,* encienden su último cigarrillo y piden una canción más.

La banda deja sus instrumentos. Solo Cormac toca su acordeón. Desde el primer compás me doy cuenta de que es una canción triste. Una canción profundamente triste. Reina tal silencio en la sala que si cierras los ojos, puedes creer que no hay nadie más que Cormac. Canta *Danny boy.* Es una de las baladas irlandesas más famosas. La he escuchado antes, pero es como si la oyera por primera vez porque la voz de Cormac es muy tierna. Le brillan los ojos y su voz se quiebra de emoción. Le da una nueva expresión y yo me quedo paralizada. Miro alrededor de la sala y veo que muchos tienen lágrimas en los ojos, y entonces miro a Kitty y ella también está llorando. Puede que no comparta su forma de vida, pero comparte su historia, de eso no cabe duda. Y comparte su amor por Irlanda. Mis pensamientos vuelven de nuevo a mi madre y me pregunto cómo pudo dejar este país y no volver nunca.

¡Oh, Danny! Las gaitas, las gaitas están llamando
de cañada en cañada y por la ladera de la montaña.
El verano se ha ido y todas las flores se están marchitando.
Tú, tú debes irte y yo debo esperar.

Pero vuelve cuando el verano esté en la pradera
o cuando el valle esté callado y blanco por la nieve.
Yo estaré aquí en el sol o en la sombra.
¡Oh, Danny boy! ¡Oh, Danny boy! Te quiero tanto…

Pero cuando lleguéis y todas las rosas caigan,
y yo esté muerta como muerta bien puedo estar,
sal y encuentra el lugar donde estoy tendida,
y arrodíllate y reza allí una oración por mí.

Yo oiré tu suave pisada sobre mí,
y entonces mi tumba será más cálida y dulce,
porque te inclinarás y me dirás que me amas,
y dormiré en paz hasta que vengas a mí.

Cuando termina la canción, los lugareños cantan el Himno Nacional y luego se levantan sin prisas y se van. Algunos se acercan a estrecharle la mano a Cormac, otros se marchan en silencio. A uno o dos los tiene que ayudar a salir porque están demasiado borrachos para andar. Kitty se baja de su taburete.

—Es hora de irse —dice.

Asiento con la cabeza. Miro a Cormac con la esperanza de llamar su atención, pero está ocupado con sus amigos. Sigo a Kitty afuera de mala gana.

El aire es frío y húmedo. No creo que mañana disfrutemos de un día soleado. Puedo sentir las nubes sobre nosotras. Son densas y bajas. No hay estrellas ni luna que iluminen nuestro camino. Cuando salimos del pueblo y nos incorporamos a la carretera, impera la oscuridad. Los faros del coche dejan al descubierto algún gato o zorro que mira desde el seto con ojos brillantes.

—Ha sido una velada preciosa, Kitty —digo.

—Sabía que te lo ibas a pasar bien —responde ella.

—La gente de Ballinakelly es muy amable y abierta a los extraños.

—Tú no eres una extraña —dice Kitty—. En realidad no. Eres una Deverill.

Me río.

—Después de las miradas curiosas del principio, parecieron aceptarme, ¿verdad?

—Créeme, están fascinados. Eres una celebridad. ¿No te has dado cuenta de que todo el mundo quería darte la mano?

—Pensé que me estabas presentando a tus amigos.

—¡Oh! Claro que los conozco, pero se empeñaron descaradamente en conocerte. No creo que nadie haya hablado de otra cosa. Tu aparición los ha pillado a todos por sorpresa.

—Y la tuya —agrego.

Ella suspira.

—Sí, no suelo ir al *pub*. A Robert no le gustan.

Contemplo la carretera y decido probar suerte.

—Jack y Emer O'Leary son gente encantadora. Tienes suerte de que tu hermano haya emparentado con una familia tan agradable.

Kitty asiente.

—Tienes razón. Soy afortunada.

—Si se conocieron en Estados Unidos, ¿qué les trajo a Ballinakelly? —pregunto, aunque ya he descubierto la respuesta.

—Jack nació y se crio aquí —responde—. Su padre era veterinario y luego él siguió sus pasos y se hizo veterinario también.

—¿Qué hacía en Estados Unidos? —pregunto, esperando que la puerta se abra un poco más.

—Se fue para empezar una nueva vida. Muchos lo hicieron. Después de la Guerra Civil quería empezar de cero en algún lugar nuevo.

—¿También luchó?

—Sí, luchó.

—¿Por eso conoces a los lugareños como él y Cormac? ¿Luchasteis juntos?

—Así es.

—¿Sabía tu familia que luchabas en el otro bando?

—No. —Me mira y enarca las cejas. Me alegra que no se haya ofendido con mis indagaciones—. Llevaba una doble vida, Faye —dice.

—Es increíble, Kitty. Eres como la heroína de una novela.

Ella se echa a reír.

—Sería una buena historia, no lo dudo.

—¿Lo sabe Robert?

—Sí. Robert es muy comprensivo.

Siento que la puerta se abre y persevero.

—Cuando Emer dijo que en este pueblo ya no pasa nada me dio la sensación de que antaño pasaban muchas cosas. Es difícil imaginar un drama en un lugar tan tranquilo como Ballinakelly.

—Te daré algunos buenos libros sobre la historia de Irlanda, así entenderás por lo que ha pasado esta gente.

Pero no quiero un libro. Quiero que me cuente *su* historia.

Llegamos a la Casa Blanca y ahora la puerta de su pasado está cerrada. No habrá más miradas al pasado. Comemos sopa y pan en la cocina y Robert viene a unirse a nosotras. Le contamos lo sucedido y me doy cuenta de que Kitty no menciona a Jack y Emer O'Leary. Intuyo que tampoco quiere que yo los mencione. Así que hablo maravillas de Cormac y de su hermosa voz. Robert me escucha mientras hablo sin parar de la música y las letras y de lo conmovida que estoy, y entonces arquea una ceja y le dice a Kitty:

—Parece que a tu prima la está seduciendo el encanto irlandés.

Me sonrojo. Siento que sube por mi cuello y aflora en mis mejillas. No hay lugar donde esconderme, así que me río con desdén.

—Es difícil evitarlo —respondo—. Resulta muy seductor para un extranjero.

Kitty acude en mi ayuda.

—Cormac tiene el encanto del diablo —dice con una sonrisa—. Y cuando canta, es irresistible.

—Es una suerte que Wyatt no esté conmigo. No le agradaría mi admiración por Cormac O'Farrell, ni un poco. —Solo menciono a mi marido porque me siento culpable. He albergado sentimientos por otro hombre esta noche y en cierto modo creo que al mencionar a Wyatt esos sentimientos no contarán. Vuelvo a caer en la red de seguridad que es mi matrimonio, y quizá piense que el nombre de Wyatt me protegerá de mí misma, del diablo o de la Deverill, que es la imprudencia cada vez mayor que hay en mi interior, como una cruz protege de los vampiros.

Sin embargo, mientras me duermo, solo pienso en Cormac. Intento no hacerlo. Lo intento con todas mis fuerzas, pero es persistente. Al final me rindo. Al fin y al cabo, no son más que pensamientos, y ¿qué tiene de malo soñar?

Al día siguiente, Kitty y yo salimos a cabalgar de nuevo. Está nublado y llueve. De hecho, una fina lluvia cae sobre nuestros rostros mientras nos dirigimos a las colinas, cuya belleza no se ve en absoluto opacada por el tiempo. La mar está gris y picada, el viento es juguetón y racheado. Las aves marinas graznan con fuerza mientras se pelean por los cadáveres de los cangrejos y otras pobres criaturas que hay en la arena. Mi temeridad interior aumenta mientras galopamos. Mis pensamientos retornan a Cormac en cada pausa de nuestra conversación y me sorprendo pensando formas de propiciar un encuentro. No puedo ir al *pub* sola y no puedo deambular por la ciudad en busca de él. No necesito un taxi que me lleve a ningún sitio y no sé dónde vive, así que no puedo pasar de forma casual por delante de su casa. Sé que estoy haciendo el ridículo. Soy una mujer casada. ¡Tengo más de cincuenta años! Soy demasiado adulta para este tipo de enamoramiento. Sin embargo, no puedo evitarlo. Cuanto más galopo, cuanto más me río y cuanto más me relaciono con mi prima, más sangre Deverill corre por mis venas y más fuerte me siento.

Entonces me viene una idea a la cabeza. La misa. Seguramente lo veré en misa.

Esa noche vamos a cenar al castillo de la hermana de Kitty. Es frío y austero, nada que ver con el castillo Deverill, pero Elspeth es dulce y está dispuesta a que seamos amigas y me enternece su hospitalidad. También está ahí JP y Alana y mi tío Bertie y mi tía Maud. Han invitado a sus vecinos, otros anglo-irlandeses importantes con títulos y nombres que no recuerdo. Me doy cuenta de que Kitty es una rareza entre los de su clase. Nadie más parece cruzar las barreras de clase, ni las religiosas, como ella. Los anglo-irlandeses se mantienen unidos. Cazan juntos, cenan juntos, van a la iglesia protestante los domingos y se casan entre ellos. Me pregunto cómo consiguió JP casarse con la hija católica del veterinario local. Me pregunto si ese fue uno de los dramas del pasado a los que aludió Emer. Solo puedo deducir que, independientemente de lo que ocurriera entonces, los dos son muy felices ahora.

Después de la cena, mientras los hombres beben oporto, una ridícula tradición británica por la cual los hombres se quedan en el comedor para beber, fumar puros y hablar de política (al parecer, las mujeres no somos aptas para hablar de política. ¡Wyatt encajaría perfectamente!), me las arreglo para que Alana se quede sola. Nos sentamos en el banco de la chimenea, en el frío y humeante salón, con el débil calor del fuego en la espalda. Le digo que me gustaría ir a misa a la mañana siguiente, pero supongo que Kitty y el resto de su familia irán a la iglesia protestante.

—Debes venir con nosotros —sugiere—. JP es protestante de nacimiento, pero ha elegido educar a los niños en mi fe, así que vamos a misa juntos.

Eso es justo lo que quería oír.

—Me gustaría, gracias.

—La madre de JP era católica, ya sabes —añade.

Ante esto, me siento confusa. Miro a Maud, la hermosa y gélida Maud, que está sentada en el sofá hablando con una de las otras mujeres, y frunce el ceño, porque seguramente el tío Bertie es protestante.

—¿La tía Maud es católica? —pregunto.

Alana se pone la mano en la boca y se ríe.

—¡Dios mío, no! Maud es muy de la Iglesia de Inglaterra. —Luego imita el acento inglés—. ¡Dios no quiera que te oiga sugerir que es de izquierdas!

—Pero ¿no es la madre de JP? —pregunto.

Alana se acerca y baja la voz.

—No. La madre de JP era una criada del castillo, llamada Bridie Doyle, que dio a luz a los gemelos de Bertie. Uno de esos niños era JP. Bridie era joven y soltera, así que entregaron a JP a Kitty, que lo crio como si fuera suyo, mientras que Bridie se fue a vivir a Estados Unidos. Es una historia muy triste y fue un escándalo en su momento. No puedo imaginar su dolor, al tener que renunciar a sus hijos y a su vida.

—¿Qué fue de ella?

—Bueno, volvió como una mujer muy rica y compró el castillo. Nunca le dijo a JP que era su madre, para protegerlo. A esas alturas estaba muy integrado con Kitty y Robert, ya ves. Bridie era una persona desinteresada y piadosa. ¡Cuánto debió sufrir al vivir a pocos kilómetros de su hijo sabiendo que nunca podría decirle la verdad! De todos modos, falleció hace ocho años, pero dejó una carta para JP explicando las verdaderas circunstancias de su nacimiento.

—¡Oh, qué triste!

—Sí, él nunca la conoció. Sin embargo, ella le dejó el castillo Deverill y él construyó un jardín conmemorativo en honor a ella. Te lo enseñaré la próxima vez que vengas al castillo. Es un pequeño jardín muy tranquilo, con un banco, y siempre está lleno de pájaros, incluso en invierno.

—¿Qué pasó con el gemelo de JP?

—Bueno, crecieron sin saber que el otro existía. Martha, que es su gemela, fue adoptada por una familia estadounidense y se crio en Connecticut. Cuando tenía unos diecisiete años descubrió por casualidad que era adoptada y se puso a buscar a su madre biológica. Era toda una detective, te lo aseguro. No tuvo que ser fácil encontrar a Bridie. El convento en el que nacieron Martha y JP no tenía registros. Pero conoció a JP en Dublín por casualidad, lo que me hace creer en el destino, y acabó aquí, en Ballinakelly.

—¿Encontró a su madre?

—Se conocieron, pero ninguna de las dos sabía que eran parientes. Encontró a su hermano gemelo y eso fue milagroso. Pero solo descubrió quién era su madre en una carta, después de que Bridie hubiera muerto.

Estoy tan conmovida que no sé qué decir. También me asombra que Alana no tenga reparos en compartir esta historia tan personal. Entonces recuerdo que Kitty dice que su padre está acostumbrado a que aparezcan de repente parientes perdidos y me imagino que debe de estar pensando en Martha.

—¿Vive ahora en Irlanda?

—No, volvió a Estados Unidos y se casó con un estadounidense, pero sigue en contacto. Ahora es de la familia. Una cosa que aprenderás sobre los Deverill es que son muy tribales. Se mantienen unidos y se cuidan unos a otros. Martha y JP son gemelos. Siempre estarán unidos aunque estén separados por cientos de kilómetros.

—Entonces, ¿Kitty es como una madre para JP?

—Sí, pero en realidad son medio hermanos.

—Se parecen mucho.

—Se parecen en todo. —Sonríe con ternura y percibo el amor que siente por su marido y lo envidio. Me pregunto si alguna vez sonreí así por Wyatt. Si alguna vez lo hice, ya no.

Los hombres vuelven al salón y las mujeres se mueven para dejarles espacio.

—¿Hay algún otro secreto de familia que deba conocer? —le digo a Alana cuando nos levantamos del banco.

Me pone una mano en el brazo y baja la voz.

—Hay muchos más secretos —dice con énfasis—. Pero la mayoría son irrelevantes y están enterrados bien hondo. Los secretos que todos queremos conocer están en el diario de tu madre.

—¡Ah, sí! El diario —digo, prometiéndome que empezaré a leerlo de nuevo cuando vuelva a casa de Kitty.

—Todos estamos fascinados por la historia de Arethusa Deverill. Creo que vamos a descubrir que nuestras historias palidecen a la luz de la suya.

—No estoy tan segura. Me temo que te decepcionará.

Se ríe al oír eso.

—No, créeme, los Deverill nunca decepcionan —dice—. Si hay algo que aprenderás sobre la familia de tu madre, es eso.

Cuando vuelvo a casa de Kitty es demasiado tarde para empezar a leer el diario de mamá. Me meto en la cama y descanso la cabeza en la almohada. En el momento en que lo hago, Cormac O'Farrell secuestra mis pensamientos. Estoy emocionada porque voy a verle en misa por la mañana. No me imagino ni por un solo minuto que no vaya a estar allí. De donde yo vengo, todo el mundo va a la iglesia el domingo. No creo que aquí sea diferente. He oído que los irlandeses son muy religiosos.

A la mañana siguiente, JP y Alana me recogen y me llevan a Ballinakelly. Han traído a sus tres hijos: dos niños y una niña, todos menores de diez años, que me miran con curiosidad. Alana se embute en el asiento trasero y sienta a su hija en sus rodillas, y yo me siento delante. Me he arreglado. Al menos he traído un traje elegante para la misa.

Estoy nerviosa. Sé que voy a ver a Cormac. Tengo miedo de no poder hablar con él. Que lo vea solo de lejos. Que me vaya decepcionada. Mientras charlamos en el coche y los niños, francos e inquisitivos como son los niños, me hacen preguntas, trato de idear un encuentro. Si no se acerca a mí, ¿qué excusa puedo poner para acercarme yo a él? ¿Hay algo que pueda fingir para preguntarle? Entonces temo que no esté allí. ¿Y si no va a misa? ¿O tal vez va a una más tarde? Este es mi quinto día en Ballinakelly, ya casi he terminado la primera semana; ¿y si no consigo verle de nuevo? No creo que pueda esperar al próximo viernes por la noche.

JP aparca el coche y subimos la calle hasta la iglesia. Parece que todo el pueblo va a misa. Todos van vestidos con sus mejores galas; muchas de las mujeres con sombrero pequeño o pañuelo en la cabeza; los hombres con chaqueta y corbata. Algunos de los lugareños que conocí en Ma Murphy's me sonríen y yo les devuelvo la sonrisa, agradecida por su amabilidad. Me fijo en una anciana con un apolillado abrigo de piel, el grisáceo cabello retirado de su tosco rostro, que en su día pudo ser hermoso, pero que ahora lleva un exceso de maquillaje y mal aplicado. Camina con dificultad junto a un hombre de aspecto rudo, pelo negro y canoso y espesa barba negra. Él es alto y corpulento; ella es delgada y frágil y se ve empequeñecida por su envergadura. No miran a nadie y nadie les saluda. Están aislados y desprenden una energía oscura, como si los envolviera una nube. Estoy pendiente de Cormac O'Farrell, pero no lo veo. Jack y Emer O'Leary están ahí, así que elegimos un banco y nos sentamos con ellos. La iglesia es grande y resplandece bajo la luz de numerosas velas. El sacerdote comienza el servicio y me siento abatida porque no he visto a Cormac. Ni siquiera estoy segura de que esté aquí. Cada vez que miro a mi alrededor, capto la mirada de alguien y sonríe, o asiente con la cabeza, encantado de que se les reconozca su presencia. Supongo que, a fin de cuentas, soy una especie de celebridad. Intento concentrarme en la misa, pero no soy demasiado religiosa. Mi madre lo era, iba a misa todas las mañanas. Era lo primero que hacía, y a veces iba dos veces los domingos. Mi mente se traslada a su infancia, cuando era protestante y asistía a la iglesia de San Patricio. Me pregunto qué la hizo cambiar de religión. Tal vez fuera el conocer a mi padre, que era un católico acérrimo. No me sorprendería que fingiera ser católica solo por él. Desde luego, nunca se mencionó que hubiera sido protestante. Supongo que tuvo la oportunidad de reinventarse cuando llegó a Estados Unidos. Se me ocurre que lo hizo para fastidiar a su familia. No creo que Greville, su abuelo, ni Hubert, su padre, hubieran aprobado que cambiara de religión. Si se peleó con todos ellos, entonces bien pudo hacerlo para herirlos. Decido leer el diario esta noche. Me digo que Cormac no debe distraerme del propósito de este viaje. Pero entonces, al pensar en ello, sé que averiguar cosas sobre el pasado de mi madre no es la única razón por la que he venido al condado de Cork. Tal vez no sea la razón, sino solo la tapadera de la verdadera razón, que es encontrarme a mí misma. Y si esa es la verdad, la verdad pura y dura que hasta ahora no he sido capaz de admitir, entonces Cormac no es una distracción en absoluto.

Hago cola para comulgar. Jack y Emer van delante de mí; JP, Alana y sus hijos, detrás. Llamo la atención en el pasillo mientras que los que han tomado la comunión pasan junto a mí de vuelta a sus asientos. Siento muchas miradas fijas en mí. Sin Kitty a mi lado me siento menos segura. Entonces veo un par de ojos que reconozco. Son de un azul añil intenso y me sonríen. Se me encoge el estómago. Después de todo, él está aquí.

14

Mis pensamientos no están con Cristo mientras comparto su cuerpo, sino en un ámbito mucho menos espiritual. Vuelvo a mi asiento con la cabeza alta y los hombros erguidos, consciente de que Cormac está en la congregación y podría estar observándome. Estoy llena de entusiasmo y al mismo tiempo no puedo creer que, a mi edad y casada, haya perdido la cabeza por este hombre. Los enamoramientos son cosa de adolescentes, no de mujeres de cincuenta años. Sé que debería pensar en Wyatt, centrar mi mente en el recto camino del matrimonio y el deber y en el comportamiento adecuado que se espera de una persona de mi posición, pero no puedo concentrarme en nada que no sea Cormac O'Farrell. En cambio, pienso en lo que voy a decir cuando hablemos fuera de la iglesia. ¿Cómo puedo alargarlo para que sea algo más que una conversación fugaz? Mi corazón late desbocado, se me humedecen las palmas de las manos y la ansiedad se apodera de mí. Ya cuento con la decepción. Yo estoy colada por él; él no ha dado ninguna señal de estar colado por mí.

La misa termina y salimos al sol. Los pájaros trinan en los plátanos, pero no los oigo, solo oigo la sangre retumbar en mis sienes. Estrecho la mano del cura y me da la bienvenida a su parroquia. Comenta mi parecido con mi prima y por inercia finjo que me divierte y me siento alagada al mismo tiempo. Es demasiado educado para preguntar por qué soy católica si mi madre fue criada como protestante, pero sé que es lo que está pensando. Al mirar a mi alrededor, a los muchos pares de ojos fijos en mí, me doy cuenta de que todos deben de estar pensando lo mismo. Pero yo tampoco sé aún la respuesta. Es otro de los secretos de mi madre y espero encontrar una explicación en su diario.

Por suerte, JP y Alana tienen ganas de relacionarse. Es momento de que la comunidad se reúna y se respira un ambiente de júbilo. Su deber religioso de la semana ha terminado y ahora pueden disfrutar de un día libre de trabajo. Los niños de los Deverill se escabullen con los demás niños y yo me quedo con Alana mientras habla con las mujeres. Intento concentrarme en lo que dicen, pero espero que Cormac venga a buscarme, aunque sea para saludar. En este momento, no espero más que eso. Por fin oigo su familiar voz.

—Hola, señora Langton —dice.

Me giro e intento mantener la calma, pero tengo el estómago lleno de mariposas.

—¡Oh, por favor! Llámame Faye —respondo, y mientras lo contemplo me sorprende hasta qué punto se ha vuelto más guapo desde que lo conozco. Su carácter se revela en cada arruga y contorno de su rostro y es muy atractivo—. Señora Langton me hace sentir vieja —añado.

Sus ojos de lapislázuli centellean con su calidez habitual y su sonrisa le hace arrugas en las mejillas como su acordeón.

—Faye. —Vacila y luego dice lo que todos están pensando—: No creía que fueras católica.

—No creía que mi madre fuera protestante —respondo.

Se ríe.

—Los Deverill son todos protestantes, a excepción de JP, que es católico honorario por su esposa.

—Mi padre pertenecía a una devota familia católica, así que supongo que mi madre se convirtió al casarse con él.

—E hizo que todos los Deverill se revolvieran en su tumba. —Enarca una negra ceja y me río.

—Dudo que llegaran a enterarse —digo—. Kitty me dijo que Arethusa se fue de Irlanda y nunca miró atrás. No tienen ni idea de lo que le pasó.

—Estoy seguro de que los has puesto al corriente.

Suspiro, revelando mi frustración.

—Ojalá pudiera hacerlo. Ellos conocen el principio y yo el final, pero ninguno de nosotros sabemos qué pasó entre medias. —Luego le hablo del diario—. Está escrito en escritura especular, así que no es fácil de leer, pero espero que responda a nuestras preguntas.

—Así que es un viejo misterio —comenta, metiendo las manos en los bolsillos del pantalón—. Puedes estar segura de que hubo mucho drama. Los Deverill son una familia que atrae los dramas.

—Y los crean, me imagino —añado.

—Y los crean —responde con una risita.

Veo a la mujer del abrigo de piel apolillado saliendo de la iglesia.

—¿Quién es, Cormac? —pregunto.

Cormac desvía la mirada hacia la puerta de la iglesia.

—Es lady Rowan-Hampton —contesta, bajando la voz—. Y el de detrás es Michael Doyle.

—¡Oh! Kitty me habló de ellos.

—Ahora, son una pareja que arman jaleo entre ellos —comenta—. Pero se han vuelto inofensivos. No salen de la granja Doyle.

—Parecen tristes —digo, y quiero añadir que «sin amigos», pero son conjeturas y no quiero ser antipática.

—Bueno, Grace no sirve para nada y la gente sigue teniendo miedo de Michael Doyle. Una pareja rara donde las haya. —Me mira y vuelve a enarcar la ceja—. Estás aprendiendo poco a poco lo que hay debajo de la superficie de esta ciudad —observa—. No todo es bonito.

—Sin tu ayuda —me burlo—. Me prometiste que me hablarías de los Deverill, pero hasta ahora solo me has proporcionado alguna que otra información tentadora sobre mi prima. ¿Cuándo me vas a contar la historia completa?

—Es una larga historia —dice.

—¿Cuánto tiempo necesitas? Voy a estar aquí nueve días más.

Se encoge de hombros y pone una cara que me hace reír.

—Entonces puedo empezar con buen pie.

Alana está ahora a mi lado y me doy cuenta de que es hora de irse. Saluda a Cormac y le pregunta por su perra. En su cara se refleja su afecto por Kite mientras habla de ella y a mí me resulta más atractivo. Estoy de acuerdo en que Kite es una perra especial.

—¿Te gustaría pasearla conmigo esta tarde? —me pregunta de repente—. Te enseñaré algunos de los lugares de interés de Ballinakelly.

Me sorprende su atrevimiento y me pregunto qué debe pensar Alana. Pero me mira directamente y no quiero revelar mi sorpresa ni mi júbilo.

—Me encantaría —respondo, con el corazón dando brincos como un saltamontes.

—Estupendo. Vendré a buscarte sobre las cuatro.

Estoy encantada.

—Estupendo —repito, imitando su acento irlandés, y le sonrío.

—Al final te convertiremos en toda una irlandesa. —Se echa a reír y nos ve alejarnos.

Celebran un gran almuerzo en el castillo. JP y Alana han invitado a toda la familia. Me siento muy privilegiada por estar incluida. Me gusta estar en el lugar en el que creció mi madre, aunque poco queda de él tal y como era en su época. Me siento junto a mi tío durante el almuerzo y le pregunto por mi abuela, Adeline. Me habla de su interés por lo esotérico y que su padre, Hubert, solía poner los ojos en blanco y decir que eran bobadas. Me cuenta que ella y sus hermanas solían celebrar sesiones de espiritismo en el salón cuando su padre estaba en Dublín e invocaban a los muertos. Cuando le pregunto si los muertos vinieron alguna vez, me mira con recelo y me responde:

—Pero ¿vienen alguna vez, Faye?

—Supongo que no —respondo.

—Si le preguntaras a Kitty, te diría que ve al difunto todo el tiempo.

—¿De verdad? —Miro al otro lado de la mesa a Kitty, que está enfrascada en una conversación con el rector.

—¡Oh, sí! Afirma que Adeline y ella compartían un don que les permite ver lo que llaman las «vibraciones más sutiles del espíritu».

—Tenemos una criada en casa que estaría de acuerdo con Kitty. Dice que también ve esas vibraciones. Mi madre pensaba que todo era absurdo y se enfadaba bastante con Temperance cuando se ponía a dar uno de sus discursos sobre ángeles y espíritus.

—Me atrevo a decir que Tussy encontraba muy molesta la obsesión de mamá con todo lo que no tiene sentido. Pero era parte de su encanto.

Amaba la naturaleza y adoraba poner comida para los pájaros y verlos comer. Si quería ver duendes y duendecillos en el bosque, era asunto suyo. A mí no me molestaba. De hecho, me divertía. Nos burlábamos de ella y siempre se reía. Nunca se tomaba a sí misma en serio. Pero a Tussy le molestaba. Creo que las relaciones entre madre e hija son mucho más complicadas que entre madre e hijo. Al menos así ha sido en mi experiencia.

Miro a Maud, que parece mayor a la luz del día, pero llamativa no obstante. No puedo imaginarla como madre. No hay calor maternal y no la he visto hablar con los niños. Algunas mujeres no están hechas para la maternidad. Puede que me equivoque, pero creo que Maud está más interesada en sí misma que en sus hijos y nietos.

—Me pregunto si mamá llegó a saber que su casa se quemó —reflexiono.

—Eso lo ignoro —responde el tío Bertie, limpiándose las comisuras de los labios con una servilleta—. Verás, después de que Tussy se fuera a Estados Unidos en medio de un gran misterio, mis padres no volvieron a hablar de ella. Mamá la mencionaba solo de pasada, como si se resistiera a borrarla por completo, pero papá fue menos indulgente. Creo que no pronunció su nombre hasta su muerte...

—En el incendio —la interrumpo—. Siento mucho eso. Debe haber sido devastador para todos vosotros. Perder tu casa y a tu padre la misma noche. No puedo imaginar...

—La única parte del castillo que permaneció en pie fue la torre occidental, a la que mamá se retiró posteriormente y se negó a salir.

Dejé el cuchillo y el tenedor.

—¿La torre occidental? ¿Sigue siendo la misma?

—Es la única parte del castillo que es original —dice.

Pienso en mi sueño y mi emoción aumenta.

—¿Puedo verla?

—Por supuesto. Si estás interesada.

—¡Oh! Sí que lo estoy. Me interesa la historia de mi familia. Es la única parte del castillo que existía en la época de mamá.

—Nadie entraba allí, ni siquiera entonces. Siempre ha sido fría y húmeda y muy poco acogedora.

—¿Me la enseñarás de todas formas?

—Te la enseñaré después de comer —dice.

Espero que no se le olvide porque tengo muchas ganas de ir allí. Quiero ver si es la misma torre que la de mi sueño. No he tenido ese sueño desde que dejé Nantucket, pero lo recuerdo con total claridad. Sigue tan fresco en mi memoria como si lo hubiera soñado anoche.

Después de comer, tomamos té y café en el salón. Los grandes perros de JP entran a la carga, liberados de su confinamiento en la cocina, y mueven el rabo de forma tan vigorosa que tiran algún que otro adorno de las mesas auxiliares y emocionan a los niños metiendo el hocico en las conversaciones de la gente en su afán por que les acaricien.

Por fin el tío Bertie me lleva arriba para ver la torre. Aisling, la hija de ocho años de JP, viene con nosotros. Va de la mano de su abuelo y corretea a su lado, hablando de manera incesante de nada. Es tan alegre como un pájaro cantor. Reconozco enseguida el pasillo. Es largo y hay puertas a ambos lados. Nos adentramos cada vez más en el castillo y mi expectación va en aumento.

Veo el agujero en la pared donde está la escalera mucho antes de llegar a ella. Sé que está ahí y sin embargo, para el ojo ignorante, está oculta. Aisling se suelta de la mano del tío Bertie y echa a correr. Desaparece en la pared y oigo sus pasos subiendo con estrépito una escalera.

—Aquí está —dice mi tío y se aparta para dejarme pasar primero.

Miro los escalones, que son tal como los había visto en mi sueño. De madera oscura, desgastada en algunas partes por el trasiego de siglos, con una pequeña depresión en el centro de cada uno. Pongo el pie en la primera depresión y subo.

Recupero el aliento cuando veo la puerta. Es pesada y vieja y está adornada con tachuelas y clavos negros. Incluso su forma es la misma que la de la puerta de mi sueño. Tiene una suave curvatura en la parte superior, como la puerta de una antigua cripta. Aisling ya está dentro. Está junto a la chimenea vacía, donde la mujer pelirroja estaba en mi sueño. Sin embargo, la niña ha apoyado las manos en la repisa de la chimenea y se balancea colgada de ella. La habitación es del mismo tamaño. La misma ventana con vistas al jardín. Solo que allí no hay nadie. No hay nadie esperándome.

Ni Adeline ni un reflejo de mí misma. Solo Aisling, que ríe mientras intenta no soltarse a pesar de que sus dedos resbalan a causa del polvo.

—Bueno, aquí la tienes —dice el tío Bertie y me doy cuenta de que la encuentra húmeda y fría y no tiene ganas de quedarse. Absorbo la energía de la habitación. Es muy diferente de la energía de abajo. No es una energía desagradable en absoluto, de hecho es agradable a pesar de la temperatura. Es una energía antigua, como si uno hubiera retrocedido en el tiempo a otra época. Me siento muy rara—. Hay un par de habitaciones más. Deja que te las enseñe —dice mi tío. Pero esas no me interesan. Solo me interesa esta. Sin embargo, abre otra puerta a la derecha de la chimenea y me lleva a lo que, según me dice, fue un dormitorio—. Mamá se empeñó en vivir aquí después del incendio. Se negó a mudarse, aunque era incómoda y fría. —Pone las manos en las caderas y sacude la cabeza—. Fue un asunto terrible. Vivió sus últimos días aquí y al final falleció. —Aisling permanece en la otra habitación. Ahora la oigo bailar, golpeando ligeramente el suelo con sus pequeños pies. El tío Bertie sugiere que volvamos al salón—. Este no es un lugar en el que uno quiera perder el tiempo. —Volvemos a la pequeña sala de estar—. Vamos, querida —le dice a su nieta, acariciándole la cabeza—. Vamos abajo, ¿quieres?

El tío Bertie sale de la habitación. Empiezo a seguirlo. Entonces Aisling me coge de la mano.

—Tía Faye —dice.

Me vuelvo hacia ella y sonrío.

—¿Qué pasa, Aisling?

—Hay una mujer aquí que se parece a ti —dice.

Sus grandes ojos me miran con inocencia.

Mi corazón se detiene.

—Lo siento, Aisling. ¿Qué has dicho?

—Hay una mujer aquí con el pelo rojo que se parece a ti. —Recorro la habitación con la mirada y no veo a nadie—. Suele estar aquí —continúa, como si hablara de alguien del pueblo y no de un fantasma—. También es simpática, como tú.

Entonces sonríe, me suelta la mano y baja la escalera a toda prisa, dejándome desconcertada y un poco asustada. Me vuelvo hacia la chimenea, pero no veo nada más que el frío y negro hogar y la polvorienta repisa que hay encima, con las huellas de Aisling impresas en ella.

Me sorprende lo que me ha contado Aisling. Quiero creer que se lo ha inventado, pero ¿cómo puede saber lo de la mujer pelirroja que veo en mi sueño? Estoy muy asustada. Vuelvo al salón y agradezco que se hable de cosas terrenales como el tiempo, la caza y los cotilleos locales. No quiero oír nada más sobre fantasmas.

Regreso a la Casa Blanca a pie con Kitty y Robert. No está lejos si se atraviesa la finca y hace buen tiempo. No le cuento a Kitty lo que me ha dicho Aisling en la torre; no porque Robert esté con nosotros, aunque dudo que crea en los espíritus, sino porque tengo miedo de lo que pueda decirme. No quiero creer que los muertos están a nuestro alrededor. Me gusta pensar que están lejos, en el cielo. Me las he arreglado para evitar el tema durante años, aunque Temperance a menudo lo cuela en la conversación o murmura en voz baja. No quiero estar sometida a ello aquí.

A las cuatro llega Cormac en su Jeep. Kite está en el asiento trasero. Esta vez no me mira con recelo, sino que golpea su cola contra el cuero. Supongo que me ha aceptado. Los perros sienten cuando alguien les quiere. Me inclino y le rasco debajo de la barbilla. Ella levanta el hocico con su bonita mancha blanca, cierra los ojos con placer y sonríe. Juro que una sonrisa se dibuja en su boca. Nunca había visto a un perro hacer eso.

—He pensado en enseñarte el corro de brujas —dice.

—¿Qué es el corro de brujas? —pregunto.

—Es un círculo de grandes piedras en la cima del acantilado. La leyenda dice que una vez fueron personas, convertidas en piedra por una bruja malvada. Al atardecer se mueven. Eso es porque la bruja les dio una pequeña ventana para volver a ser ellos mismos, y justo coincide cuando el sol toca el mar. Entonces vuelven a ser de piedra, pobres diablos.

—¿Te lo crees? —pregunto.

Me mira de reojo y se ríe.

—No. —Me siento aliviada—. Lo más seguro es que los paganos los pusieron allí para adorar al sol hace miles de años. A la gente le encanta inventar historias elaboradas, pero la verdad es que nadie sabe realmente por qué están ahí.

Charlamos como viejos amigos. Veo que llegan nubes densas desde el océano, que poco a poco devoran el cielo azul. Cormac aparca en un campo y nos bajamos. Kite corre entre las hierbas altas con entusiasmo. Corre un viento fresco y me alegro de tener mi abrigo y mi bufanda. Me recojo el pelo en una coleta para evitar que se vuele por todas partes y me gustaría haber traído un sombrero. Es primavera, pero cada vez que el sol se oculta tras una nube, la temperatura desciende.

Cormac lleva una gorra de *tweed*. Su pelo gris se riza debajo de ella. Parece un granjero con su abrigo verde apagado y sus recias botas con cordones. No me sorprendería que tuviera vacas y ovejas, además de ser el taxista local y el bardo. Enfilamos un serpenteante sendero que se adentra en el brezo púrpura y el tojo amarillo. Cada vez que sale el sol, las flores brillan con fuerza. Cormac se agacha, agarra una ramita y la aplasta entre el dedo y el pulgar.

—¿Qué crees que es esto? —pregunta.

Lo cojo y me lo acerco a la nariz.

—¿Tomillo? —respondo.

—Tomillo silvestre —dice—. En verano florece y se cubre de flores púrpuras y rosas. También encontrarás orquídeas silvestres aquí, además de romero y otras hierbas. En cuanto le da un rato el sol, el olor es magnífico. —Inspira hondo.

Seguimos caminando y de vez en cuando escoge algo para que lo mire o lo huela. Me señala los pájaros y los conoce por su nombre, igual que Kitty. Hay una lavandera y un escribano, cormoranes, pinzones y zarapitos, y una abubilla flamígera que al parecer es muy rara. Kite detecta los conejos como un rayo, pero no es lo bastante rápida para atraparlos.

—Dime, ¿quién incendió el castillo? —pregunto.

—Esa es una muy buena pregunta. No fuimos nosotros —responde moviendo la cabeza.

—¿Así que nunca atraparon a los culpables?

Él entrecierra los ojos.

—Sospecho que fue Michael Doyle, Faye. Por entonces sentía odio, odio por los Deverill, y siempre estaba borracho.

—¿Quién lo reconstruyó?

—Una prima que vivía en Londres. Celia Deverill. Aportó dinero como si no hubiera un mañana, pero su marido lo perdió todo en la Depresión del 29 y se ahorcó. Allí mismo, en el jardín.

—¡Dios, eso es terrible!

—Verás, los Deverill son muy melodramáticos.

—Alana me habló de Bridie.

—Bridie era la hermana de Michael. Michael culpaba a lord Deverill por meter a su hermana en problemas. Es una historia triste. Pero Bridie volvió de América convertida en una mujer rica, casada con un conde italiano de mala muerte, y compró el castillo ella misma. No mucho después hallaron a su marido enterrado hasta el cuello en la arena y ahogado; asesinado.

—Supongo que allí tampoco encontraron nunca a los culpables —digo. Empiezo a hacerme una idea clara de este lugar. Imagino que este pueblo cuida de los suyos.

—Tienes razón. Era un jugador y un farsante, además de un filántropo. Te aseguro que había muchos que querían librarse de él.

Caminamos y hablamos, y me fascina la historia de este pequeño y aparentemente tranquilo lugar. Cormac sabe mucho y percibo que, como soy una Deverill, siente que tengo derecho a conocer la historia de mi propia familia. No creo que sea un cotilla. No disfruta con las tragedias y los escándalos. Cuando le pregunto por la participación de Kitty durante la Guerra de la Independencia, se limita a decir que fue inestimable. Le pregunto sobre Grace y Kitty, si eran amigas, y me responde que eran aliadas, que luchaban en el mismo bando, pero que ahí acababa todo. Me gustaría preguntarle por Kitty y por Jack, pero no me atrevo. Imagino que no cree que le corresponda a él hablarme de mi prima. No le presiono más. Kitty es una persona reservada, y también modesta, así que lo dejaré así.

Llegamos al corro de brujas. Está en lo alto de los acantilados y podemos ver kilómetros a la redonda. El mar se torna gris bajo las nubes y las olas son grandes y furiosas. Las aves marinas se elevan en el creciente vendaval y Kite corre detrás de los conejos, que se apresuran a desaparecer en sus madrigueras, mostrándole sus colas blancas con aire triunfal. Apoyo la mano en una de las piedras. Es enorme, al menos el triple de grande que yo. Tocar esta piedra antigua tiene algo de especial. Quizá porque lleva aquí cinco mil años y a saber quién ha puesto su mano aquí antes que yo.

—Si estas piedras pudieran hablar… —digo.

Cormac pone las manos en las caderas y asiente.

—Creo que tendrían algunas historias que contar.

Suspiro de placer y me apoyo en la piedra.

—¿Cómo es vivir en un lugar tan hermoso, Cormac? ¿Alguna vez lo das por sentado?

Él sacude la cabeza y nuestros ojos otean juntos el horizonte.

—Me despierto todas las mañanas lleno de gratitud —dice.

—¿Cómo pudo mi madre abandonarlo y no volver nunca?

—Tienes que leer su diario.

—Lo sé. Tengo miedo.

—¿De qué?

—De lo que descubra. Algo terrible sucedió.

—Es probable que sea más terrible en tu imaginación que en su relato —dice de manera sabia.

—Era muy diferente en su juventud a como era como esposa y madre. Quiero conocerla, porque ahora me doy cuenta de que no la conocía en absoluto.

—¿Conocen realmente los hijos a sus padres? —pregunta Cormac.

—No lo sé. ¿Los conocen?

Pienso en Rose, en Edwina y en Walter y sé que no conocerían en absoluto mi faceta Deverill, que está surgiendo ahora. Me pregunto qué pensarían al respecto. No creo que los hijos quieran que sus padres cambien. Quieren que permanezcamos como rocas sólidas en las que apoyarse mientras el resto del mundo cambia a su alrededor.

—Supongo que solo dando un paso atrás y mirándolos con desapego se puede esperar ver quiénes son en realidad. Mientras veas a Arethusa como madre y no como Arethusa, la juzgarás desde el punto de vista de una hija, no de una cronista. Tienes que dejar de lado tus emociones. No se trata de ti.

El cielo se oscurece de repente. Las nubes negras se nos echan encima. El cielo azul casi ha desaparecido y la temperatura desciende de manera considerable. Cuando empieza a llover, Cormac se quita la gorra y me la pone en la cabeza.

—Ven, te enseñaré un lugar donde podemos refugiarnos hasta que pase.

La lluvia oculta mi sonrojo. Su gorra es cálida y hay algo que resulta muy íntimo en el hecho de tenerla puesta en la cabeza justo después de haber estado en la suya. Me siento como la chica universitaria que lleva la chaqueta de béisbol de su novio.

Bajamos la colina a paso ligero, sin apartarnos del camino. A Kite no le importa la lluvia y salta de un lado a otro, metiéndose entre la alta hierba para salir momentos después sacudiendo el rabo. Veo una cabaña abandonada en la ladera. Hay muchas de estas construcciones deshabitadas, abandonadas en la hierba como huesos viejos. Cormac empuja la puerta y se abre sin oponer resistencia. No hay nada en el interior, solo unos cuantos sacos vacíos y una pila de tablones polvorientos. Pero está seco. Cormac coloca un par de sacos sobre los tablones y nos sentamos uno al lado del otro. Kite se tumba en la puerta abierta y observa la lluvia, al igual que nosotros. Estoy completamente mojada. Sin embargo, no me importa. Le devuelvo la gorra y él se la vuelve a poner en la cabeza. Nos quedamos mirando en silencio y me pregunto si él siente como yo lo romántico que resulta este momento.

Sé que es del todo impropio que esté aquí sentada y que me sienta así por un hombre que no es mi marido. Apenas me reconozco. Pero a medida que rebusco en el pasado de mi madre voy descubriendo que no solo soy una Clayton y una Langton, sino también una Deverill. Y empiezo a darme cuenta de que la parte Deverill es más fuerte que cualquier otra.

15

—No has venido aquí solo para saber de tu madre, ¿verdad? —dice Cormac.

Su franqueza me toma por sorpresa. Hace un momento estábamos hablando del tiempo. Pero aquí estamos, en un ambiente íntimo, los dos solos, y debería sentirme halagada de que haya pensado en ello.

—¿Qué te hace llegar a esa conclusión? —pregunto.

—Que estés aquí sin tu marido.

—No quería que viniera —respondo en voz baja—. Está ocupado trabajando y no le interesa Irlanda ni saber nada de mi madre. He tenido que venir sola.

Cormac asiente. Está inclinado hacia delante con los codos sobre las rodillas. Gira la cabeza y me mira. Sonríe, no una sonrisa alegre, sino compasiva, y sé que me entiende. Desvío la mirada y contemplo la lluvia.

—Después de la muerte de mi madre, he necesitado tiempo para llorar —digo—. En su testamento pidió que se esparcieran aquí sus cenizas. Como nunca hablaba de Irlanda, tenía curiosidad. Mi madre era una mujer muy sociable y gregaria. También era difícil. Pensándolo bien, no era fácil acercarse a ella. Me di cuenta de que nunca la conocí de verdad; la mujer sociable y gregaria escondía muchos secretos. Pero venir aquí ha suscitado más preguntas que respuestas. Cada secreto que se desvela la aleja más de la madre que conocí. No estoy más cerca de entenderla.

—Creo que has venido aquí para encontrarte a ti misma —asevera, todavía mirándome con esos ojos de color lapislázuli.

—¿Cómo puedes pensar eso si no me conoces?

—Has cambiado. —Se encoge de hombros y entrelaza los dedos—. Eres una mujer muy diferente a la que recogí en el aeropuerto y ¿cuánto hace de eso, cinco días?

Estoy asombrada y en el fondo halagada.

—¿De verdad?

—De verdad.

—Estoy disfrutando, eso es todo. Tal vez estaba triste cuando llegue.

—Simplemente eres diferente. —Siento que me mira con más intensidad y mantengo la mirada en el mar—. Estás más ligera. Está bien tomarse un tiempo para replantearse la vida. Está bien ser egoísta. Pensar en ti misma. Es probable que hayas pasado los últimos treinta y tantos años cuidando de todos los demás y que ni siquiera estés segura de tus propias necesidades. Yo diría que la muerte de tu madre ha provocado algo en ti. —Bajo la vista a mis manos, porque tiene razón. La muerte de mi madre ha desencadenado algo en mí. Sé lo que es. Lo que ocurre es que tengo miedo de decirlo en voz alta o incluso en mi cabeza, ante mí misma—. La gente no siempre es igual, Faye —continúa—. La vida es un largo camino.

—Wyatt no ha cambiado.

—No es eso lo que quiero decir. Tú has cambiado. —Le miro fijamente, temiendo que vaya a expresar lo que siento en realidad—. Has venido a Irlanda para encontrar a tu madre, pero apuesto a que vas a encontrarte a ti misma. —Se ríe, liberando la tensión que se ha ido creando poco a poco entre nosotros en esta tranquila cabaña—. Seguro que ya estás empezando a encontrar a la verdadera Faye.

Sonrío, aliviada de que ya no hable de Wyatt.

—Es muy terapéutico estar aquí, en este hermoso lugar. Me siento más ligera, mucho más ligera. Me gusta lo que soy aquí.

—Eso es porque al fin puedes ser tú misma. —Le miro con el ceño fruncido—. Es una corazonada. —Él sonríe con ganas de jugar—. A fin de cuentas, no te conozco. —Se burla de mí—. Pero quizá sea un psicólogo aficionado, además de taxista y bardo.

—¿Y qué hay de ti, Cormac O'Farrell? ¿Cómo te las arreglas para ser feliz todo el tiempo?

—Porque hago un esfuerzo consciente cada día para estar agradecido por mi vida.

Me sorprende la sencillez de su respuesta.

—¿Ya está? ¿Es esa la clave de la felicidad?

No se hace el gracioso.

—Es una opción que todos tenemos —responde con seriedad y puedo percibir que, después de todo lo que ha pasado, ha trabajado mucho en esto—. Elijo vivir el momento y no dejarme arrastrar a tiempos infelices. Claro que podría estar triste por muchas cosas. Perdí amigos en la guerra. Sufrí y tuve miedo. Amé a una mujer y la perdí. Me gustaría haber tenido hijos, pero nunca sucedió. Podría seguir. Todos tenemos motivos para lamentarnos y regodearnos en la autocompasión. Pero yo no soy así. Soy quien he elegido ser hoy, aquí y ahora. Así que doy gracias a Dios por la lluvia, la hermosa lluvia. Doy gracias a Dios por el brezo. Por las aliagas y las flores. Doy gracias a Dios por mis amigos y mi hogar. Doy gracias a Dios por Kite, que ha expulsado la tristeza de mi corazón. Doy gracias a Dios por mi vida. Es hermosa.

La tensión ha vuelto a crecer de repente. La cabaña es tan íntima que resulta casi insoportable. Su voz es una melodía que resulta agradable de escuchar. Es profunda, dulce y sabia. Me siento humilde. Solo tengo que mirar el muñón donde estaba su dedo meñique para hacerme una idea de cuánto sufrió en la Guerra de la Independencia y en la Guerra Civil que le siguió. ¿Por qué tengo que estar realmente triste? ¿Por un matrimonio que se ha echado a perder? ¿Un matrimonio que nunca fue realmente feliz?

—Me haces sentir como una tonta —digo en voz baja.

—No eres tonta, Faye.

De repente, quiero contárselo todo. A este hombre al que apenas conozco, pero que de alguna manera confío en que lo entienda. Quiero desahogar mi corazón, porque ya no puedo seguir cargando con el peso que alberga.

—Tienes razón. No he venido aquí solo para encontrar las raíces de mi madre. He venido aquí para descubrir quién soy sin Wyatt. He venido aquí porque ya no quiero estar allí, con él. —Ahora que lo he dicho, no era tan difícil. Respiro hondo para reprimir la emoción que se acumula en el centro de mi pecho como una bola de fuego—. No me gusta lo que soy cuando estoy con él, Cormac. Pero tengo miedo porque no sé cómo ser otra persona.

—Ya eres otra persona —dice en voz queda y me mira con esos ojos claros de color índigo, profundos como un pozo lleno de antiguo dolor y compasión.

La lluvia ha amainado hasta convertirse en una llovizna, el cielo se ha iluminado un poco. Un pájaro gorjea alegremente en un arbusto cercano. Tengo ganas de llorar, pero no delante de Cormac.

—Ven —dice con suavidad, levantándose—. Casi ha dejado de llover.

—Kite se anticipa a su amo y se adentra en la crecida hierba. Salimos a la luz. Me siento mejor por haberme desahogado—. No pienses en el pasado, Faye —añade—. No pienses en Wyatt ni en nada más allá del presente. Solo vive el momento. El ayer es historia, el mañana es un misterio.

—Lo intentaré —respondo. Hace que parezca muy fácil.

—Escucha el canto de los pájaros. Siente el viento en la cara, la lluvia en la piel. Disfruta de la vista. Es magnífica. Estás aquí, así que no estés en otra parte de tu mente.

—Me gusta estar aquí —digo. Me gusta estar con él. Eso no lo digo.

Volvemos al Jeep y Cormac saca una toalla de la parte trasera y la coloca para que Kite se tumbe en ella. Le da unas palmaditas cariñosas y la seca un poco, antes de cerrar la puerta y encaminarse hacia la parte delantera. Ya estoy dentro. Todavía está lloviendo. Cormac se monta, arranca el coche y los limpiaparabrisas despejan las gotas de lluvia.

—Siento que te hayas mojado —se disculpa mientras se incorpora a la carretera.

—Pero no tengo frío —respondo—. Y caminar bajo la lluvia resulta estimulante. Estoy calada hasta los huesos, pero no me importa. De hecho, me gusta bastante.

—Es la Deverill que hay en ti la que habla. Ahora montarás a caballo y saltarás los setos como si fueran simples *cavaletti*.

—No estoy tan segura de eso. No tengo la intrepidez de Kitty.

—No muchos la tienen. Pero tienes diez días más para encontrarla dentro de ti.

—Nueve —respondo.

—Nueve. Nueve días más para encontrarla dentro de ti.

—Para encontrarme a mí misma —respondo.

—Para encontrar a la Deverill.

—O al diablo —añado riendo.

Me sonríe de forma cómplice.

—Es lo mismo —dice.

Cormac me deja en la Casa Blanca y me despido con la mano. No hemos hecho planes para volver a vernos y me pregunto si él realizará un acercamiento. Nos hemos hecho muy amigos allí, en la colina. Ha sido un momento breve, pero íntimo, y he compartido con él cosas que no he compartido con nadie. Le he hablado de Wyatt. De que ya no quiero estar con él. Me sonrojo al pensarlo. Me he mostrado inusualmente abierta. ¿Acaso he revelado demasiado?

La casa está tranquila. Parece que tanto Robert como Kitty han salido. Quizás hayan ido a dar un paseo. Subo las escaleras y abro el grifo de la bañera. De repente tengo frío. Me quito la ropa empapada y me envuelvo en una toalla. Vuelve a llover. El cielo está gris y oscuro, lo mismo que el mar bajo él. No puedo dejar de pensar en Cormac. Recuerdo cuando me ha dado el tomillo y lo que ha disfrutado hablándome de los pájaros. Miro por la ventana y veo belleza por todas partes. Me propongo centrarme en lo que tengo, en lugar de en lo que no tengo, y me propongo estar agradecida por mi vida. Pero no puedo centrarme en el presente. Me pregunto cuándo volveré a ver a Cormac. Es lo único en lo que puedo pensar. Es la Deverill y el diablo que hay en mí.

Después del baño me siento en el tocador y abro el diario de mi madre por donde lo dejé. No había leído desde que estaba en el Vickery's Inn. Respiro profundamente, superando mi temor. Se iba a Londres y no arruinada. Ni mucho menos. Se iba para disfrutar de la temporada. Me gustaría dejarlo aquí, en este momento feliz, pero sé que debo seguir leyendo. No solo por mí y por mi hermano, sino también por los Deverill. El tío Bertie merece saber lo que le pasó a su hermana. Kitty merece saber lo que le pasó a su tía. Me doy cuenta de que mi madre lo quería así. ¿Por qué si no me habría dejado su diario?

Abril

Es un placer estar en Londres. Rupert nos ha entretenido todo el camino desde Ballinakelly. Creo que está más emocionado que yo. Charlotte se mareó durante el trayecto, que ha sido muy duro, y tuvieron que reanimarla con coñac y agua. Rupert dijo que se puso verde como una rana y que una vez que se le pasó el mareo (tuvimos que esperar una hora en el puerto para que lo hiciera) le gastó bromas tontas, preguntándole si se transformaría en una princesa si la besaba. A ella no le hizo ninguna gracia. Rupert tiene encanto para hacer reír a cualquiera, pero es evidente que no a Charlotte. Está decidida a no esbozar una sonrisa y lo está haciendo muy bien.

Tomamos el tren a Londres. Fue muy civilizado. Miré por la ventana todo el camino mientras Charlotte dormía para recuperarse y recobraba el color. Rupert escribió coplas en verso sobre ella porque dormía con la boca abierta, como un cadáver, lo que hizo que me riera a carcajadas. En serio, es malo y quiero reírme con él. No necesita ningún estímulo y debería avergonzarse de sí mismo. De verdad, es muy injusto que mamá me obligue a traerla. ¿Qué voy a hacer con ella en Londres?

Stoke y Augusta tienen una encantadora casa adosada. Está en una arbolada plaza en el corazón de Mayfair, cerca de Hyde Park.

Augusta se apresura a señalar que no solo es bonito, sino que además está de moda. Todo el mundo quiere vivir en Mayfair, dice. También tienen un refugio en el campo en Wiltshire llamado Deverill Rising, que visitaré en agosto. Pero no quiero ir al campo, por muy bonito que sea. Rupert dice que Augusta es famosa por las grandes fiestas que celebra en casa. Invita a gente interesante, como políticos y escritores, y se entretienen montando a caballo, haciendo picnics, practicando tiro (lo cual se le da magníficamente bien, según Bertie) y bailando... Bueno, ¡me recuerda al castillo Deverill!

He pasado toda mi vida en el campo, haciendo todas esas cosas, y ahora estoy harta de ello. Estoy emocionada de estar en la ciudad. ¡La mejor ciudad del mundo! Londres. No tengo el más mínimo deseo de ir a ningún otro sitio.

Por suerte, la casa es lo bastante grande como para que Charlotte y yo no tengamos que compartir habitación. Charlotte está en el piso de arriba (¡la casa tiene seis pisos!). ¡Espero que se quede allí! Rupert está en la habitación de al lado. Mientras escribo, le oigo cantar al otro lado de la pared. Hay un pequeño escritorio frente a la ventana, que da al jardín del fondo, y un tocador con un espejo. Por fin ha llegado mi baúl y una criada está deshaciendo mi equipaje. Cuelga mis vestidos en perchas: he traído vestidos de día, para tomar el té, de noche y vestidos de baile.

Augusta dice que en Londres una dama tiene que cambiarse cuatro veces al día como mínimo. La criada coloca los cepillos de plata y los peines de carey y le pido que me prepare agua para un baño porque estoy cubierta de polvo tras el largo viaje. Me siento como en casa. Por desgracia, he prometido escribir a Ronald. Preferiría no hacerlo, pero teniendo en cuenta su amenaza de venir a reunirse conmigo aquí en la ciudad, es un pequeño precio a pagar por la libertad.

En cuanto a Dermot, solo pienso en él porque extraño sus caricias. Sé que aquí encontraré una diversión que lo eclipsará. Nos hemos divertido los dos. Me recorre un escalofrío de placer al pensar cuánto se escandalizaría mi madre si lo supiera, y las Arbolillo, incluso la tía Poppy, que se pone de mi lado en la mayoría de las cosas. ¡Dios, papá me repudiaría!

Tengo la sensación de que la abuela lo entendería, aunque no aprobaría que se hiciera público. Pero siento que ella misma ha experimentado algo de placer ilícito. ¿No dijo eso aquella noche junto a la lumbre?

Esta noche nos quedamos en casa para recuperarnos del viaje, pero mañana por la noche Augusta organiza una velada para nosotros. Para Rupert y para mí, para que podamos conocer gente. Augusta dice que Londres es una ciudad tan pequeña que todos están aburridos de los demás y buscan sangre nueva. ¿No es emocionante? Mañana me va a llevar de compras. Dice que la moda en Dublín está desfasada y que necesito tener vestidos que me muestren lo mejor posible. Desde luego, no quiero parecer provinciana. Rupert dice que está decidida a encontrarme un marido. Le he dicho a Rupert que, si no tiene cuidado, le buscará una esposa. Se ha limitado a sonreírme y a decir que tiene su beneplácito para intentarlo.

Segundo día

Londres es un rutilante espectáculo durante la temporada. A Augusta le envían flores desde Deverill Rising cada semana, además de melocotones y uvas del invernadero. Estamos viviendo como reyes. Esta mañana hemos ido a Rotten Row. Es el lugar donde se congrega la gente más elegante de Londres, de once a una, para pasear, charlar y ver a las elegantes damas con trajes adornados con trencilla cabalgando de lado en el parque, escoltadas por elegantes caballeros con abrigos y altos sombreros de seda. Augusta me cuenta que todas las tardes la gente hace cola junto a Grosvenor Gate para ver pasar a la princesa de Gales en su carruaje. Me gustaría mucho verla y espero que vayamos. Pero Augusta dice que vamos a estar muy ocupados. Ya están llegando tarjetas a la casa. Durante la temporada hay doce entregas postales al día. ¡Imagínate! ¡Las calles están repletas de tráfico! Carruajes y autobuses, caballos, carros y gente. El jaleo y el bullicio de una ciudad ajetreada, traqueteando sobre los adoquines. Es emocionante. Sin embargo, tengo que comentar el olor. En realidad es un lugar muy sucio. El barro se acumula en las calzadas. Claro que no es barro, sino estiércol de los caballos, y los niños pequeños corren entre los carros para quitarlo con una pala. ¡Supongo que la cantidad de caballos hace imposible mantener las calles limpias! Y la niebla tóxica del hollín también es espesa y pegajosa. No puedo imaginar lo que debe ser en invierno, cuando todo el mundo enciende las chimeneas de carbón para calentarse. Augusta dice que no te puedes vestir de blanco durante el día, porque cuando vuelves a casa es gris. Hay muchas obras; el horizonte es un bosque de andamios. También es muy ruidoso. Augusta me llevó por Oxford Street en el carruaje, solo por diversión. Nunca había visto tantas tiendas y tanta actividad. Pasamos toda la mañana comprando telas y adornos y luego visitamos al sastre de Augusta en Piccadilly (el

mejor de Londres, según Augusta), que ahora me está haciendo algunos
vestidos y va a actualizar algunos de los míos para ponerlos al día. Si es
sangre nueva lo que quieren, será rica, brillante y deslumbrante.

Por la tarde visitamos a una amiga de Augusta, que es tan gorda que
hace que Augusta parezca un mondadientes, y a su sorprendentemente
guapa hija, Mary, que es unos años mayor que yo y está prometida con un
hombre muy adecuado. ¡Dios! No me he cansado de oír hablar de él. Es
hijo de un baronet (como Ronald) y primo (imagino que lejano, porque
hubo muchos aspavientos y vaguedades) del duque de Northumberland.
Mary se siente muy atraída por él y está encantada de haber complacido a
su madre (que se sonroja como una remolacha cada vez que se menciona su
nombre). Mary tiene un hermano mayor llamado Henry, que no está
comprometido. La señora Pilkington, que así se llama la rolliza amiga de
Augusta, me miró como si fuera una vaca premiada en la feria del campo y
Augusta, que nunca ha dominado el arte de la sutileza, enumeró mis
habilidades (que son unas pocas en comparación con las de estas chicas
inglesas que tocan el piano, hablan francés con fluidez, pintan, bailan y
cantan como ninfas del bosque) y las de mi familia; ¡cabría pensar que los
Deverill son la familia gobernante de Irlanda! Si Henry ha heredado
alguno de los rasgos de su madre, no me interesará. ¡Ya tengo un admirador
que es rosado, rechoncho y seboso! Sin embargo, lo más divertido fue
escucharles hablar de la «pobre y querida Jane Rutley» (quienquiera que
sea), que ha entregado su corazón a un hombre de negocios. ¡Oh, qué
horror, un hombre de negocios! Me pregunto qué pensarían de Dermot
McLoughlin. Creo que entregar el corazón es algo muy peligroso. Haré
todo lo posible para evitarlo.

La señora Pilkington está muy entusiasmada con las Phaseolus
coccineus, *como llama a las chicas estadounidenses que están invadiendo*
Londres a la caza de maridos con título. Cuando me explica que la Phaseolus
coccineus *es una variedad americana de judía pinta trepadora, me hace*
mucha gracia. Está muy indignada. Afirma que las mujeres estadounidenses
son criaturas toscas y descaradas que dicen lo que piensan, son demasiado
independientes y derrochan su dinero. Se lamenta de que se lleven la flor
y nata de nuestra aristocracia. Me atrevo a decir que a la empobrecida

aristocracia le vendrá bien su dinero. Me pregunto qué pensarían mamá y papá si Rupert volviera a casa con una estadounidense. El bueno de Rupert; no me extrañaría que hiciese algo de lo más escandaloso. En el fondo espero que lo haga.

En cuanto a mí, parece que hay pocas posibilidades de que me den la oportunidad de hacer algo escandaloso. Hay reglas que debo cumplir. No debo aventurarme por St James's Street a causa de los clubes de caballeros que hay allí. Si por casualidad paso en carruaje por allí, debo bajar la mirada. No debo desviarme al lado norte de Piccadilly, ya que es allí donde los solteros tienen sus alojamientos. Burlington Arcade, una deliciosa calle comercial, está prohibida por las tardes porque la frecuentan paseantes. En los bailes no debo sentarme con ningún joven ni bailar más de tres veces con el mismo. En serio, es muy divertido. Las chicas somos como flores frágiles y hay que protegerlas, vigilarlas y custodiarlas para que seamos puras en nuestra noche de bodas. Pues bien, esta flor tiene una mancha en sus pétalos. Aun así, estoy agradecida a mamá por haberme criado con tanta libertad. Charlotte dice que las niñas inglesas no son tan afortunadas.

Me entretiene mucho el relato de mi madre sobre Londres. Es emocionante leer sobre la temporada londinense y la invasión desde el otro lado del Atlántico. Me río a carcajadas con su irreverencia y sus hilarantes descripciones de la gente. Lo que más me fascina es su falta de esnobismo. La Arethusa Clayton que yo conocí era una mujer de gran ambición social y muy perspicaz. Con una sola mirada fulminante era capaz de despojar a una persona de sus pretensiones y revelar sus defectos antes incluso de que hubiera abierto la boca. Suponía que ese lado tan poco atractivo de ella se debía a su educación en los pantanos de Irlanda; los arribistas siempre son más críticos que los nacidos en el seno de una familia rica, pero ahora me doy cuenta de que no podía ser por eso. No logro imaginar por qué le importaba tanto que yo encontrara un marido rico y que Logan se casara con una chica adecuada. Esos eran los ideales de mi padre, no los de ella. Quizá los adoptara cuando se casó con él, igual que adoptó su religión. A fin de cuentas era un hombre muy fuerte y dominante. Sin embargo, al leer sus palabras, no puedo conciliar las dos personalidades.

Kitty llama a mi puerta. Asoma la cabeza y sonríe.

—¿Has encontrado algo? —pregunta.

Exhalo un suspiro.

—Nada que explique la pelea. Todavía no he llegado tan lejos. Ella está en Londres y todo es maravilloso.

—La calma que precede a la tormenta —dice Kitty.

—Eso creo —respondo—. Me está dando una falsa sensación de seguridad.

—Baja a tomar un té. Mi padre ha traído unos viejos álbumes de fotos para enseñártelos. Creo que te divertirás.

—¡Qué emocionante! Cierro el diario y la sigo hasta el descansillo.

—¿Has disfrutado de un buen paseo con Cormac? —me pregunta mientras bajamos las escaleras.

—Llovía a cántaros y nos empapamos.

—¡Oh, vaya! Así es Irlanda. Se te viene encima sin avisar.

—Tuvimos que refugiarnos en una cabaña abandonada. —Me mira y arquea una ceja, recordándome a Cormac. Me río—. ¡Soy una mujer casada! —exclamo con falso horror.

—¿No es una suerte que tu marido no esté aquí?

Estoy sorprendida. No sé cómo tomarme su comentario, pero antes de que tenga tiempo de responder, hemos llegado al vestíbulo y nos dirigimos al salón. El mayordomo ha encendido el fuego y hay una bandeja con té y tarta en la mesa central. El tío Bertie se levanta para saludarme. Está solo. Supongo que a la tía Maud no le interesan mucho los álbumes de fotografías antiguas, o tal vez los haya visto antes. En cualquier caso, nos sentamos en el sillón, con el tío Bertie entre Kitty y yo, y abrimos el primer álbum sobre nuestras rodillas. Me fascinan las fotos en blanco y negro de mi madre. Son formales y posan. Es una mujer joven y bonita, con una cintura diminuta, pelo largo y oscuro y, a pesar de la rígida disposición de las fotografías, siempre tiene una expresión divertida. De hecho, lo comento porque parece traviesa. Rupert es tal y como me lo imaginaba. Alto y fornido, con el pelo y los ojos oscuros y los labios carnosos y con mohín. El tío Bertie tenía el pelo rubio y más corto que su hermano, pero era igual de guapo. No es de extrañar que Maud se enamorara de él. Al cabo de un rato me percato de que mis ojos buscan a Adeline en todas las páginas, pues se parece mucho a mí. Como es natural, las fotografías no son en color, pero la reconozco de inmediato de la misma manera que me reconocería a mí misma. Me gustan sobre todo esas en las que sale sentada de lado sobre un caballo, con el pelo recogido y un velo sobre los ojos, con su largo vestido negro cayendo por los flancos del caballo. Parece elegante y segura de sí misma. Kitty me dice que ella solía montar de lado cuando era joven y me imagino que también debía de parecerse mucho a su abuela. Le miro y sonrío. Me siento afortunada por haber encontrado a mi familia y porque me hayan aceptado. ¡Qué diferente habría sido mi vida si mi madre no hubiera dado la espalda a su pasado! Más tarde, mientras me acomodo para seguir leyendo su diario, presiento que esta noche descubriré por qué. Me preparo para el avance de la tormenta.

16

Londres
El pasado

Arethusa se vio envuelta en un vertiginoso torbellino de veladas, cenas y bailes bajo la estrecha supervisión de Augusta. Al no tener hijas propias, Augusta disfrutaba teniendo una joven en la casa de la que presumir y a la que mimar. Arethusa no decepcionó a su nuevo mundo. Se la consideraba hermosa, divertida y vivaz, aunque algunas de las matronas de la sociedad la criticaban por ser tan franca y atrevida como las americanas.

—Tiene una mirada descarada que no es propia de una dama —dijo una observadora despectiva.

—Bueno, querida, ya sabes cómo son los anglo-irlandeses —replicó otra.

En efecto, los anglo-irlandeses eran famosos por sus cacerías salvajes y sus imprudentes hábitos de monta, pero esa reputación solo sirvió para aumentar el atractivo de Arethusa entre sus pretendientes. En comparación con las recatadas y sumisas chicas inglesas, Arethusa era refrescante.

En cuanto a Rupert, acompañaba a su hermana a todas partes, lo que hacía que Charlotte, la desdichada institutriz y carabina, se sintiera más desgraciada que nunca, pues se sentía inútil y poco apreciada. La dejaban sola en el salón para que se dedicara a sus bordados o para que visitara los amigos que conocía de sus anteriores ocupaciones como institutriz de otras jóvenes adineradas mientras que su pupila se paseaba por Londres del brazo de su hermano.

Rupert y Arethusa se entregaron de lleno a su nueva vida en Londres. Por las mañanas montaban a caballo por Hyde Park (para ser dos personas a las que no les gustaba mucho montar a caballo, daban un buen espectáculo de equitación anglo-irlandesa para la multitud que los observaba). Arethusa, sentada de lado, causaba sensación con su pequeña cintura, su ajustado corpiño y su discreto velo, mientras que Rupert, con sus pantalones gris perla, su levita y su sombrero de copa, atraía las miradas de madres e hijas por igual. Daban paseos en carruaje a diario, saludando a su creciente círculo de amigos con la mano y con una sonrisa; paseaban bajo los plátanos, y veían a los niños jugar al *rounders* y a los bolos en los jardines de Kensington. Por las tardes se dirigían a Hurlingham, Roehampton o Ranelagh para ver los partidos de polo entre guardias, y se situaban en la galería de visitantes de la Cámara de los Comunes para escuchar los debates. Les invitaban al teatro y al ballet, a conciertos, a tomar el té a las cinco de la tarde en casas privadas y a elaboradas fiestas en el jardín organizadas por embajadores y grandes visitantes de Europa, deseosos de codearse con la aristocracia inglesa. Estaban las carreras de Ascot y de Goodwood, la regata real de Henley y la semana de Cowes. Apenas tuvieron tiempo de recuperar el aliento.

Rupert era asediado por madres desesperadas y ambiciosas, decididas a atraparlo para sus hijas. Y si bien se trataba del segundo hijo y no poseía una gran fortuna, era de buena familia (hermano del futuro lord Deverill de Ballinakelly) y también endiabladamente guapo. Cautivaba a las madres y halagaba a las hijas, pero no propuso matrimonio a nadie. En junio, Arethusa había recibido cuatro proposiciones. Si Ronald lo hubiera sabido, habría ido de inmediato a Londres, habría hincado la rodilla y le habría propuesto matrimonio, pero no tenía ni idea. Arethusa omitió adrede esa información en su correspondencia habitual.

A principios de junio por fin fue presentada en la Corte. Un momento que Augusta había esperado con mucha ansiedad, pues una vez presentada, Arethusa tendría el sello de aprobación de la reina y acceso a las casas más grandes de Londres.

Ataviada con su mejor vestido blanco de manga corta y tres metros de cola, tres plumas blancas de avestruz en el pelo, un diáfano velo y largos guantes blancos, Arethusa partió en la carroza oficial de la familia, blasonada con el escudo de armas de los Deverill y conducida por un cochero con peluca sentado en un elegante pescante, con Augusta a su lado. Detrás, sujetos a correas bordadas en la parte trasera, iban empolvados lacayos con la librea de la familia Deverill. Una multitud de espectadores se reunió a lo largo del paseo y a las puertas del palacio para ver llegar a las debutantes con sus mejores galas y joyas. Mientras hacían cola para entrar en el patio delantero del palacio, Arethusa se fijó en un hombrecillo corpulento que corría de una carroza a otra en un estado de gran excitación.

—Es un peluquero —le informó Augusta, con un cierto aire de desaprobación—. Sospecho que se apresura a hacer ajustes de última hora en los velos y plumas de sus clientas. —Miró a su protegida con orgullo—. En lo que a ti respecta, no se puede mejorar la perfección, querida.

Una vez dentro, Arethusa estaba nerviosa. Sabía lo que tenía que hacer. ¡Por Dios! Había practicado la reverencia suficientes veces y cómo caminar hacia atrás mientras sostenía su cola, haciendo una nueva reverencia a cada paso. Arethusa sabía que, al pertenecer a una familia aristocrática debía recibir el beso de la reina. Las hijas de los plebeyos besaban la mano de la reina y debían quitarse un guante antes de entrar en el salón, lo cual resultaba muy molesto.

—No te pongas nerviosa, querida —dijo Augusta, mientras esperaban en la cola—. Este es un momento de orgullo que recordarás el resto de tu vida. Cuando me presentaron, la muchacha que estaba delante de mí se quedó paralizada mientras hacía la reverencia y tuvo que ser rescatada por un cortesano.

—Espero que eso no me pase a mí —adujo Arethusa, deseando que Augusta no lo hubiera mencionado.

—¡Dios mío, no! Las chicas fuertes y bien educadas como tú no necesitan ayuda para arrodillarse y volver a levantarse. Has nacido para hacer una reverencia, querida Tussy.

La espera pareció prolongarse durante horas. No había refrescos ni comodidades de ningún tipo en el ambiente rígido y formal de palacio. Arethusa esperó, sujetando su ramo de flores y deseando que el tiempo pasara más rápido para que todo ese tedioso asunto terminara. Cuando por fin se anunció su nombre, caminó con confianza por la alfombra carmesí hasta el salón de la reina. Allí estaba sentada la reina, con cara de cansada y muy parecida a una trucha, pensó Arethusa. La sala estaba llena de cortesanos, lacayos, damas de compañía y secretarios privados, y el ambiente era tan sofocante que Arethusa se alegró mucho cuando todo terminó. Había hecho una reverencia, la reina la había besado y había abandonado la presencia real de espaldas y sin tropiezos, tal y como la habían enseñado. Augusta estaba muy orgullosa.

—Sin embargo, me he dado cuenta de que caminas con demasiado brío —dijo, dirigiendo a su protegida una mirada severa—. Si tu institutriz te hubiera enseñado a caminar con un libro en la cabeza, postura que se les enseña a las niñas inglesas, tu paso sería más sobrio.

Pero Arethusa no tenía intención de ser sobria y aquella noche entró con paso brioso y alegre en el baile de la duquesa de Sutcliffe, con Rupert a su lado y Augusta del brazo de Stoke detrás de ella, tratando de no alarmarse por la seguridad de sus andares.

La casa, una de las más grandes de Londres, estaba engalanada con rosas enviadas desde la finca de Sutcliffe. Había guirnaldas que trepaban por las barandillas de la escalera de mármol y cascadas que caían de las lámparas de araña del vestíbulo. La duquesa en persona estaba en lo alto de la escalera con su rubia hija, lady Alexandra, para recibir a sus invitados, y cuando Rupert y Arethusa llegaron hasta ellas, lady Alexandra sonrió a Rupert y se sonrojó. Rupert le besó la mano enguantada y dejó que sus ojos se demoraran en sus brillantes ojos castaños más tiempo del necesario.

—Creo que tienes una admiradora —dijo Arethusa mientras entraban en el salón de baile, que se iba llenando de invitados.

—Es muy bonita, ¿verdad? —dijo Rupert con despreocupación, tomando dos copas de cristal de champán y dándole una a su hermana—. Pero su apuesto hermano Peregrine la eclipsa sin problemas.

—Te refieres a tu nuevo mejor amigo Peregrine.

—Es un tipo interesante.

—Sí que lo es. No cabe duda de que tener un gran título y una gran finca ayuda —respondió Arethusa—. ¿No crees que Augusta se pondría muy contenta si me agenciara un marqués y un futuro duque?

—Y supongo que vas a fingir que eres inmune a tales trivialidades.

—Sabes tan bien como yo que no se fijaría en la humilde señorita Deverill, Rupert. Se decantaría por una mujer con una fortuna, y yo, por desgracia, no la tengo. —Le brindó una sonrisa—. Creo que tampoco tienes una lo bastante grande para lady Alexandra.

—Bueno, es una lástima —respondió Rupert distraído, recorriendo la sala con la mirada. Al ser tan alto, podía ver por encima de todas las cabezas—. ¡Ah! Y ahí está el guapo marqués de Penrith. Ven, vamos a saludarle.

Se abrieron paso entre la multitud, haciendo todo lo posible para no entablar conversación con nadie antes de llegar a él. Cuando Peregrine vio a Rupert, terminó rápidamente la conversación que mantenía con una duquesa viuda y su simpática nieta y le dedicó una amplia sonrisa de agradecimiento.

—¡Ah, Rupert, viejo amigo! ¡Qué alegría verte!

—Peregrine —dijo Rupert. Los dos hombres se estrecharon la mano con fuerza.

Peregrine posó sus ojos gris plomo en Arethusa e hizo una reverencia. Ella le ofreció la mano y él la besó.

—Señorita Deverill, ¡qué alegría verla de nuevo!

—Lo mismo digo, lord Penrith. Creo que este es el baile más espectacular en el que he estado. Las rosas me dejan sin aliento.

—Mamá ha dedicado meses a planificarla. Le encantará que le guste su duro trabajo.

—¡Oh, sí! Mucho. Es el salón de baile más bonito de Londres.

Dirigió sus preciosos ojos hacia Rupert.

—Mamá ha contratado un entretenimiento muy especial para sus invitados esta noche —dijo en voz baja.

—¡Ah, qué típico de la duquesa entretener con su entusiasmo! —dijo Rupert, que sabía poco de la duquesa y de si le gustaba o no ser original.

—¿Has oído hablar de los Juglares Madison de Nueva York? ¿No? Pues permíteme que te cuente un pequeño secreto, que no lo será por mucho tiempo, porque van a empezar poco después de la llegada de los príncipes de Gales. —Los ojos de Peregrine brillaban de emoción. Paseó la mirada entre Arethusa y Rupert, disfrutando de mantenerlos en suspenso—. George y Jonas son hermanos y tocan el banjo.

—¿El banjo? —dijo Arethusa—. ¿Qué es un banjo?

—Es un instrumento que se parece a un pequeño violín, pero es exclusivo de Estados Unidos. Se va a poner de moda. Después de esta noche todo el mundo querrá tocar uno. Están actuando en Londres y luego recorrerán el país. Al parecer, después de Londres irán a Manchester y más tarde a Glasgow y a Edimburgo. Mamá los escuchó cuando dieron un recital privado para la princesa de Gales y consiguió que vinieran esta noche, antes de que empiecen su gira. Es realmente un golpe de efecto. —Miró al uno y a la otra—. ¿Sabes lo que los hace tan especiales?

—No me lo imagino —replicó Rupert.

—Son negros. —Sus ojos centellearon.

—¿Negros? —repitió Arethusa.

—Bueno, es emocionante. Estoy deseando escucharles.

—Están recaudando fondos para una escuela cristiana en Nueva Jersey.

—Es una noble causa —adujo Arethusa con aprobación.

—En efecto, lo es, por eso debemos apoyarlos. Creo que Alexandra va a recibir clases de banjo mientras están en Londres.

—Estoy celosa. Me encantaría aprender a tocar el banjo —repuso Arethusa—. Me divertiría mucho poder contar con el banjo entre mis habilidades.

Peregrine se rio.

—No estoy seguro de si está hablando en serio, señorita Deverill.

—Tussy rara vez habla en serio —dijo Rupert.

—¡Oh! Yo hablo muy en serio —replicó Arethusa.

Peregrine miró a Rupert y le sostuvo la mirada.

—Tal vez se pueda arreglar —dijo, pensativo—. Nos gustaría mucho veros más, a los dos. Podríais venir los dos. Mamá siempre tiene compañía para tomar el té. Podrías ayudarme a entretener a las ancianas, Rupert. ¿Qué dices?

—Se me da muy bien entretener a las ancianas —respondió Rupert.

—Bien, veré cómo se puede organizar. Ahora debes disculparme —susurró Peregrine—. Debo ir con mi familia. Te veré más tarde.

Arethusa notó que tocaba ligeramente el brazo de Rupert antes de desaparecer entre la multitud.

Un momento después, el salón de baile quedó en silencio. Una oleada de anticipación recorrió el caluroso ambiente. Todo el mundo miró hacia las puertas dobles con expectación. Hubo un murmullo de voces y un crujido de seda cuando los duques, su hija, lady Alexandra, y Peregrine acompañaron a la comitiva real al salón, donde permanecieron con todos los ojos puestos en ellos. Se oyeron tres golpes de bastón en el suelo y, a continuación, un lacayo ataviado con la librea verde y dorada de los Sutcliffe anunció a los príncipes de Gales con gran pompa y boato. Las damas realizaron profundas reverencias y los caballeros se inclinaron.

La princesa de Gales entró del brazo de su marido con un vestido azul, tan pálido como un huevo de pato, con un exquisito collar de zafiros resplandeciendo en su garganta. Poseía aplomo y dignidad y un aire un tanto solemne, pero era hermosa de un modo atractivo y Arethusa no podía apartar los ojos de ella. Irradiaba grandeza, serenidad y majestuosidad. El príncipe recorrió la sala con sus grandes y acuosos ojos azules y a una o dos de las damas más guapas les brindó una sonrisa apenas perceptible tras su barba gris.

La duquesa subió de inmediato al escenario, que se había instalado en el extremo de la sala. Una vez más, todo el mundo guardó silencio.

—Damas y caballeros, Sus Altezas Reales, mis Señores —anunció—. Es para mí un gran placer dar la bienvenida esta noche a una pareja de hermanos muy especial, que ha venido de Estados Unidos para traer su música a nuestro país. Estoy segura de que los encontrarán tan divertidos como yo. Por favor, den una cálida bienvenida a los Juglares Madison.

Arethusa habría aplaudido, pero tenía una copa de champán en la mano. Vio que dos hombres vestidos con camisa blanca y frac negro subían al escenario con sus pequeños banjos y hacían una reverencia. Su piel era de un intenso color marrón caoba, como nunca antes había visto Arethusa, y lustrosa como el satén. Tan oscura era que el blanco de los ojos de ambos ofrecía un marcado contraste. Empezaron a tocar. El vibrante sonido del banjo hizo sonreír a todos. Las sonrisas se ensancharon cuando comenzaron a cantar *A boy's best friend is his mother* con claras voces de tenor. Arethusa no podía dejar de mirarlos. La duquesa, situada entre su hijo Peregrine y la princesa de Gales, rio encantada. Los juglares iniciaron un baile suave, moviéndose ligeramente por el escenario. Los allí presentes y Arethusa no tardaron en empezar a seguir el ritmo con los pies. Cantaron *Home, sweet home* y, por último, *Star of the night waltz*. Cuando se detuvieron a hacer una reverencia, recibieron un aplauso atronador.

—Tengo que conocerlos —dijo Arethusa a Rupert cuando acompañaron a los hermanos fuera del escenario.

—Entonces tienes que buscar a lady Alexandra.

—Tienes que venir conmigo —insistió—. Ella piensa que eres maravilloso.

—Muy bien, pues vamos.

Pero no avanzaron más que unos metros antes de que les abordaran Mary Pilkington y sus amigas lady Clarissa Wellbroke y lady Julia Almstead. Rupert, que no tenía ninguna intención de dejarse acorralar por tres jóvenes tan poco inspiradoras, se inclinó y les besó las manos antes de emprender una apresurada retirada, dejando a Arethusa en la incómoda posición de tener que entablar una conversación cortés.

—¡Qué delicia los Juglares Madison!

—¡Han sido maravillosos! —exclamó Mary Pilkington—. ¿Te has fijado en que la princesa de Gales ha seguido el ritmo con el pie?

—Sí, y también se balanceaba al ritmo de la música —añadió lady Clarissa.

—He oído a lady Alexandra decir que su madre ya le ha reservado una clase. ¿Sabías que el Príncipe de Gales también ha pedido una? —dijo lady Julia.

—¿Cómo lo sabes? —preguntó lady Clarissa, indignada.

—Porque mi madre tomó el té aquí ayer y la duquesa se lo dijo.

—¡Dios mío! Todo Londres va a querer recibir clases —dijo lady Julia con tristeza—. Dudo que tengan tiempo para mí.

—Si todo Londres aprende a tocar el banjo, dejará de ser original —dijo Arethusa, cuyo entusiasmo por las clases de banjo se había desinflado de repente—. Solo vale la pena hacerlo si nadie más lo hace.

En ese momento su atención se vio desviada por los animados gestos de una vivaz muchacha a la que aún no conocía. Su vestido era exquisito, y sin duda caro, y poseía un porte excepcional. Había algo muy poco inglés en ella que suscitó el interés de Arethusa. Estaba hablando con una señora mayor y pechugona que Arethusa supuso que era la madre de la muchacha. La pareja transmitía cierto descaro. Un descaro que atrajo a Arethusa del mismo modo que un objeto brillante podría atraer a una urraca.

—¿Quién es? —preguntó, señalando con la cabeza a la muchacha. Las damas se volvieron para mirar, luego se pusieron rígidas y levantaron sus altivas cabezas.

—Es americana —dijo lady Clarissa con voz nasal—. Sospecho que es muy rica y anda detrás de un duque. No sé qué tienen estas chicas americanas, pero los ingleses no se cansan de ellas.

—Son atrevidas —dijo lady Julia con desaprobación—. Mamá dice que las que no consiguen triunfar en Nueva York son las que vienen aquí a buscar duques. ¿Sabes? Algunas de ellas incluso pagan grandes sumas para que los patrocinadores las presenten en sociedad. Luego regresan a Nueva York y son recibidas con los brazos abiertos por las más grandes damas de la ciudad. Por lo visto, los americanos no pueden resistirse a los títulos ingleses.

—¿Crees que su madre ha pagado una gran suma para que la presenten? —preguntó Mary Pilkington, exponiendo su sentido de la superioridad con una sonrisa de suficiencia.

—¡Oh! Yo diría que es lo más probable —dijo lady Clarissa—. Y me atrevo a decir que dará sus frutos. Probablemente estemos ante la próxima condesa de Ronaldshay.

—Las mujeres americanas sí que saben vestirse, ¿verdad? —dijo Arethusa, ignorando sus cotilleos y admirando el vestido de la muchacha. Estaba adornado con pequeñas flores rosas que brillaban a la luz de los candelabros—. Sospecho que es de Worth.

Lady Clarissa frunció el ceño.

—Está muy *mal vu* alardear de dinero como lo hacen los americanos —dijo con crudeza—. Me atrevo a decir que tiene cincuenta vestidos de Worth. Mi madre dice que uno puede hacer la botella tan lujosa como quiera, pero si el vino no es bueno... —Levantó la nariz e inspiró por las fosas nasales, frunciendo sus finos labios con desagrado.

En ese momento apareció el prometido de Mary, tan rosado, rechoncho y seboso como Ronald, y Arethusa aprovechó para alejarse. Decidió ir a presentarse a la americana, aunque, o posiblemente porque, las tres chicas presumidas con las que acababa de hablar pensarían que estaba muy *mal vu*.

—Creo que no nos conocemos —dijo—. Soy Arethusa Deverill.

La muchacha le dirigió una mirada altiva, pero Arethusa pudo ver el destello de gratitud que había detrás.

—Me llamo Margherita Stubbs —contestó la muchacha—, y esta es mi madre, la señora Stubbs.

—¿Cómo está usted? —dijo Arethusa.

—Es atrevida para ser una chica inglesa —comentó la señora Stubbs, entornando sus agudos ojillos y refrescando su rostro resplandeciente con un exquisito abanico de plumas.

—No soy una chica inglesa —dijo Arethusa con alegría.

Margherita enarcó las cejas.

—¿De veras? —dijo la señora Stubbs y enarcó también las suyas.

—Soy anglo-irlandesa y hay diferencia. —Arethusa quiso ser muy clara al respecto.

—Yo diría que sí —repuso la señora Stubbs, mirando a Arethusa de arriba abajo. Las comisuras de sus labios se curvaron en una sonrisa.

—La mayoría de las inglesas nos miran con recelo a las americanas —dijo Margherita, y en su voz había un cierto pesar que Arethusa notó y sintió. Si había algo que no soportaba era la gente prejuiciosa.

—Solo porque se sienten amenazadas por usted. Para empezar, se viste mejor —dijo Arethusa—. Supongo que su modisto es el famoso Worth.

La cara de Margherita se iluminó.

—¿Cómo lo sabe?

Arethusa rio.

—Porque los vestidos más bonitos son todos creaciones suyas. No es que yo haya tenido la suerte de llevar uno.

—Os dejo, chicas —dijo la señora Stubbs, con la mirada perdida en la multitud. Cerró su abanico y golpeó el brazo de Margherita con él—. No te entretengas demasiado, no te he traído desde Estados Unidos para charlar con las chicas, querida.

Cuando la formidable señora Stubbs se alejó, las dos chicas se rieron.

—Es implacable —dijo Margherita con un suspiro—. Si no me caso con un duque, considerará todo el proyecto un terrible fracaso.

—¿Qué tienen de malo los hombres americanos? —preguntó Arethusa.

—Mamá quiere un título. —Volvió a reírse—. Y lo que mamá quiere, mamá suele conseguirlo. El pobre papá está a kilómetros de distancia, en Nueva York, firmando los cheques.

—Tendrá que firmar uno muy grande si consigues un duque. No son baratos, ¿sabes?

Margherita frunció el ceño.

—Es usted muy franca, señorita Deverill.

—Tengo un hermano mayor que me dice cómo funciona el mundo. Él también es franco, pero de alguna manera es aceptable en un hombre. Por favor, llámame Tussy. Todo el mundo lo hace.

—Me caes bien, Tussy. Creo que tú y yo podríamos ser amigas.

—Me gustaría mucho —dijo Arethusa, que después de un par de meses en Londres no había encontrado hasta ese momento una chica que le agradara lo suficiente como para ser su confidente. ¿Sabes cómo puedo conocer a esos Juglares? —preguntó.

—Ven conmigo —dijo Margherita con una sonrisa—. Aquí es donde ser americano tiene sus ventajas. ¡A nadie le sorprende que seamos estridentes! —Y, en efecto, a nadie le sorprendió.

Las dos mujeres esperaron su turno, ya que los hermanos estaban hablando con un grupo de damas entusiasmadas, deseosas de saber cómo podían adquirir un banjo. Pero no tuvieron que esperar mucho. Enseguida, el señor Crawford, que acompañaba a los juglares por la sala, presentándolos a los invitados como si fueran de la realeza, se inclinó ante Arethusa y Margarita.

—La señorita Stubbs y la señorita Deverill —dijo Margherita, alargando la mano.

Arethusa sintió como si su corazón hubiera sido alcanzado por la flecha de Cupido. Miró fijamente a Jonas. Él le devolvió la mirada y en ese fugaz momento pasó entre ellos un imperceptible estremecimiento de energía que nadie cercano notó, aparte de los dos que lo habían creado. Él le asió la mano. Ella vaciló un segundo, hechizada por su mirada oscura y seductora, pero un parpadeo le permitió centrarse y sonreír con amabilidad, como la habían educado. No se acordó de respirar hasta que él le soltó la mano.

—Su música es maravillosamente original —dijo Margherita, y Arethusa lo agradeció porque no se creía capaz de decir una palabra—. De verdad me ha emocionado y entretenido a partes iguales. Volverán a tocar, ¿verdad?

—Esta noche no, señorita Stubbs —respondió George Madison.

—Sospecho que tocar el banjo se pondrá de moda ahora que usted lo ha puesto de moda —continuó Margherita.

—Tenemos los banjos mejor elaborados de América, si quiere comprar uno —continuó George.

Arethusa sabía que debía hablar. Si no hablaba, se pondría en evidencia.

—Me encantaría tocar el banjo —repuso, y luego se aclaró la garganta, pues la voz que había surgido de su boca apenas había sido un hilillo—. ¿Es difícil de aprender?

—Me parece que incluso los estudiantes que no son particularmente talentosos aprenden a tocar a un nivel aceptable —dijo Jonas, sin apartar sus ojos castaños de Arethusa, como si no pudiera hacerlo.

—¿Va a quedarse mucho tiempo en Londres? —preguntó Arethusa. La idea de que ese hermoso hombre se alejara de su mundo de repente resultaba insoportable.

—Nos vamos a Manchester a finales de julio —dijo Jonas.

La mente de Arethusa se aceleró al contemplar el poco tiempo que iban a pasar en Londres. No se le ocurrió nada más que decir. Su mente se había quedado en blanco y se quedó como un animal aturdido, con los ojos muy abiertos y las mejillas encendidas, sintiendo toda la fuerza del enamoramiento por primera vez en su vida.

—Ha sido un placer conocerlas, señorita Stubbs, señorita Deverill. —George Madison hizo una reverencia y Jonas hizo lo mismo.

Arethusa se quedó sin aliento de repente. Mientras se llevaban a los hermanos y los presentaban a otros invitados, se llevó una mano al estómago.

—Creo que necesito un poco de aire —repuso, invadida por una ola de náuseas.

—¿Estás bien? —preguntó Margherita con preocupación.

—Creo que me voy a desmayar.

Margherita miró a su alrededor con pánico. No podía dejar que Arethusa cayera al suelo, no en presencia de la realeza. Captó la atención de un hombre alto y rubio, que no tardó en responder a su alarma.

—¿Puedo ayudarla? —dijo, poniendo la mano bajo el codo de Arethusa para sostenerla.

—Mi amiga, la señorita Deverill, está a punto de desmayarse —respondió Margherita.

Rupert, que estaba cerca, oyó el nombre de Deverill y se volvió para ver a su hermana, tan pálida como un lirio y marchita como uno también, apoyándose en los brazos del marqués de Penrith.

—¡Santo Dios! —exclamó, apresurándose a su lado—. Tussy, ¿qué demonios te ha pasado? Vamos a sacarte de aquí de inmediato —dijo, abrazándola por la cintura.

Peregrine los observó salir de la habitación. Luego se volvió hacia Margherita.

—Soy lord Penrith —dijo, tomando su mano y llevándosela a los labios.

—Soy la señorita Stubbs —contestó ella y le dedicó su sonrisa más deslumbrante.

17

Arethusa se recuperó en el invernadero que salía del salón de baile. Allí, en la fresca y fragante compañía de las palmeras y las flores, venció poco a poco las náuseas y consiguió volver a respirar de forma sosegada. Rupert, sentado en uno de los sillones, supuso que la novedad de los dos hombres negros que la rodeaban la había superado.

—Supongo que pueden ser bastante chocantes para una chica poco mundana como tú —dijo, pero Arethusa no estaba de humor para que le tomaran el pelo y le ignoró. Peregrine te ha rescatado —añadió, con la esperanza de ganarse su favor—. Creo que a todas las chicas del salón de baile les hubiera gustado estar en tu lugar en ese momento. —Se rio y se encogió de hombros—. Todo tiene un lado bueno.

—Los hombres negros no me escandalizan, Rupert —dijo Arethusa con sorna. Los encuentro encantadores y con talento. Ha sido un placer conocerlos.

—Tal vez ha sido Peregrine el que ha hecho que te desmayes —sugirió.

—Peregrine ha venido a rescatarme porque me estaba desmayando. Él no ha sido la causa.

—Entonces, me pregunto qué lo ha causado. —Se rascó la barbilla de forma melodramática y frunció el ceño.

—Mi estúpido corsé —respondió ella con desdén, poniéndose de nuevo una mano en el estómago—. Me aprieta demasiado.

—Y estar tanto tiempo de pie. Deberías sentarte con las otras ancianas. —Se rio y Arethusa sonrió de mala gana—. ¿Volvemos al salón de baile? Hay cuadrillas, polcas y valses para bailar y sé lo mucho que te gusta hacerlo. Me atrevo a decir que tu tarjeta de baile ya está llena.

—¿Y qué hay de ti, Rupert? ¿Vas a seguir fastidiando a todas esas pobres chicas que se desmayan en tu compañía? —Ella sonrió y Rupert pudo ver que se sentía mejor.

Arethusa volvió al baile. Buscó a Jonas Madison entre la multitud, pero los hermanos Madison no aparecían por ningún lado. La duquesa debe considerarlos adecuados para el entretenimiento, pero no para la cena, pensó con tristeza. Se habían ido.

Arethusa no pudo dormir aquella noche. Se quedó mirando al techo, donde los ojos oscuros de Jonas la miraban fijamente. Se imaginó su rostro apuesto, más apuesto que cualquier otro que hubiera visto. De hecho, «guapo» era una palabra vulgar, pensó, teniendo en cuenta la cantidad de hombres guapos que había conocido durante su estancia en Londres. No, Jonas era hermoso, y jamás había conocido a ningún hombre hermoso. Recordó la forma en que sus labios se curvaban cuando sonreía, el brillo de sus dientes blancos en contraste con su satinada piel café, la manera en que su mirada la había atravesado. Parecía que hubiera metido la mano y tomado su corazón. Nadie lo había hecho antes. Nadie se había acercado siquiera. Pero Jonas lo había tomado en el primer momento de su encuentro. Se llevó una mano a la frente, desesperada. ¿Cómo iba a volver a verlo? No le interesaban los caballeros que le habían ofrecido matrimonio, ahora eran insignificantes, sin barbilla y tan rosados como pollos desplumados. Tampoco le interesaba Ronald. Incluso lord Penrith la dejaba indiferente a pesar de su título, de sus propiedades y de todo el prestigio que las acompañaba. No le importaba nada ni nadie más que Jonas.

Sin embargo, Arethusa sabía muy bien que Jonas no solo era inadecuado, sino que estaba prohibido. No había ningún lugar en el mundo donde una mujer como ella y un hombre como él pudieran siquiera conocerse, y mucho menos ser amigos. Ni siquiera valía la pena contemplarlo y, sin embargo, Arethusa no podía contenerse. Estaba enamorada y la sensación era embriagadora. La hizo temeraria; la hizo valiente.

Los dos días siguientes fueron difíciles. Arethusa siguió con su vida como si su cuerpo supiera muy bien qué hacer en ausencia de su mente. Asistía a las funciones sociales habituales y sonreía de manera afable, pero todo parecía menos brillante. Daba la impresión de que Londres hubiera perdido su fulgor. Le dolía el corazón por Jonas. Era como si llevara un plomo en el pecho. Con cada paso se hacía más pesado. Era desconcertante que pudiera perturbarla tanto habiéndolo visto solo una vez. Pero él dominaba todos los momentos y sin él los días eran monótonos y anodinos.

Arethusa se despertó la tercera mañana, fingiendo dolor de cabeza. No creía que pudiera aguantar otra agotadora ronda de fiestas con tanta melancolía en el corazón y anunció en el desayuno que se quedaría en casa con Charlotte para recuperarse. Charlotte, que tomaba tranquilamente el té en el extremo de la mesa, levantó la vista con agradable sorpresa. Sin embargo, sus esperanzas se desvanecieron en el acto cuando un lacayo vestido con la librea de la familia Sutcliffe, con el blasón dorado, le entregó una carta manuscrita. Augusta, que había estado ocupada dando de comer a su pequinés el tocino de su plato, se limpió los dedos grasientos en una servilleta y luego la abrió con mano temblorosa. Era de la duquesa de Sutcliffe, solicitando el placer de la compañía de la señorita Arethusa para que se uniera a lady Alexandra ese mediodía a las tres de la tarde para asistir a una clase de banjo con el mismísimo señor Madison.

El corazón de Arethusa volvió a la vida. Esperaba que el señor Madison fuera el señor Jonas y no el señor George. ¡Qué decepción sería si fuera el señor George! La duquesa había escrito debajo que también le gustaría mucho la compañía del señor Rupert Deverill para tomar el té.

—¿Has trabado amistad con lady Alexandra? —preguntó Augusta, sorprendida.

Arethusa estaba tan sorprendida como ella.

—No —respondió—. O no que yo sepa.

Charlotte dejó su taza de té y escuchó con interés. Rupert esbozó una sonrisa.

—Creo que es a mí a quien tienes que dar las gracias —dijo, untando una tostada con mantequilla.

—¿Cómo es eso? —preguntó Augusta.

—Porque a lady Alexandra le gusta —dijo Arethusa con una sonrisa—. Se sonroja cada vez que le ve.

—¿Y a ti te gusta ella? —preguntó Augusta con creciente excitación.

—Es bastante bonita, si uno se siente atraído por los ratones —respondió.

Charlotte parecía horrorizada. Arethusa se rio.

—¡Oh, Rupert! ¡Qué malo eres! —resopló.

—¡Qué inteligente eres, Rupert! —repuso Augusta con admiración—. Así que lady Alexandra está utilizando a Tussy para llegar a Rupert. ¿Y es posible que lord Penrith esté interesado en ti, Tussy?

—¡Oh! Peregrine no está interesado en mí —dijo Arethusa. Augusta parecía decepcionada—. Supongo que está interesado en Margherita Stubbs, que es mi amiga. En el baile de Sutcliffe de la otra noche bailó con ella tres veces y apenas abandonó su compañía.

—¿No es la chica americana? —inquirió Augusta, con el rostro ensombrecido por el resentimiento.

—Sí, es muy rica —respondió Rupert—. Nada atrae más a un aristócrata como Peregrine que el dinero. El matrimonio no es para divertirse, ¿sabes? —añadió, sonriendo a su hermana—. Ser duque resulta muy caro.

—Y supongo que ser duquesa es muy aburrido —dijo Arethusa de manera provocativa.

—¡Tussy! —jadeó Augusta, como era de esperar—. Serías muy afortunada si fueras duquesa. Bueno, no estoy convencida de que lord Penrith le haya echado el ojo a tu amiga americana. Estoy segura de que los duques lo desaprobarían de forma tajante. Es dinero nuevo y el dinero nuevo es terriblemente vulgar. ¿No hizo el señor Stubbs su fortuna con una ferretería?

—Así es, Augusta. Hizo su fortuna vendiendo martillos y clavos en San Francisco. La suya era la única ferretería cuando llegó la fiebre del oro.

—Muy afortunado —dijo Augusta con fuerza—. Pero eso no lo convierte en un caballero.

—Todo el mundo debe empezar por algún sitio —dijo Arethusa—. Seguro que nuestro antepasado Barton Deverill era tan vulgar como el estiércol antes de que el rey Carlos le concediera un título y tierras para alardear. De todos modos, ¿por qué hay tanta preocupación por el pedigrí de una persona? ¿No puede gustarnos la gente por el simple hecho de ser buenas personas? ¿Acaso un ducado hace que un hombre sea mejor ser humano que, por ejemplo, George o Jonas Madison, que son mucho más hábiles, pero que sin duda descienden de esclavos? —Era una frase de poca trascendencia y, sin embargo, en cuanto pronunció la palabra «esclavo», sintió tantas náuseas que deseó no haberla dicho. Conocía lo suficiente la historia de Estados Unidos como para saber que era probable que así fuera, y pensar en el sufrimiento de su gente la enfermaba hasta la médula.

Augusta parecía perpleja.

—Esas opiniones te las inculca tu madre, sin duda. Si yo fuera tú, me las guardaría para mí. —Le dirigió a Charlotte una mirada severa—. Educar a esta niña es tu deber, ¿no es así, Charlotte? ¡Es inapropiado expresar ese tipo de opiniones en voz alta!

—No creo haberlas escuchado antes —alegó Charlotte en su defensa, un poco ofendida por el tono de reproche de Augusta.

—Pues asegurémonos de no volver a escucharlas.

Arethusa suspiró con fuerza y se llevó una mano a la cabeza, consciente de que, si se encontraba indispuesta, el té de la tarde con la duquesa de Sutcliffe se cancelaría y Augusta se sentiría muy decepcionada. Pero Augusta ignoró su dramatismo.

—Creo que debo responder de inmediato a esta emocionante invitación. Querida, será muy educativo aprender a tocar el banjo y ventajoso para ti hacerlo con lady Alexandra. Tal vez os hagáis amigas. ¡Por Dios! Espera a que le escriba y se lo cuente a tu madre.

Después del desayuno, Arethusa siguió a Charlotte hasta su dormitorio. Era la primera vez desde que llegó a Londres que Arethusa veía la habitación de su institutriz. Con una alta cama de bronce, papel pintado de flores y gruesas cortinas, no era en absoluto la habitación de una sirvienta. El sol entraba a raudales por las pequeñas ventanas abuhardilladas y la calle de abajo ya estaba llena de carruajes y de gente. Charlotte miró a Arethusa con curiosidad. No era habitual que su pupila la buscara, al menos, no desde que era una niña. Por entonces, la joven Arethusa sentía curiosidad por aprender y estaba intrigada por esa nueva persona que había llegado al castillo solo para estar con ella. La seguía a todas partes como un cachorro. Pero desde que Arethusa había crecido, su búsqueda de independencia la había alejado del aula, y librarse de su institutriz se había convertido en una afición tan divertida como la caza y el cróquet. Charlotte no era tan tonta como Arethusa creía; a fin de cuentas, ¿no era también justo dar una oportunidad al jugador?

Arethusa se dejó caer en la cama de Charlotte, que estaba hecha con suma pulcritud y sin una sola arruga. Agarró el libro en la mesilla de noche y lo abrió de forma distraída, pero sus ojos no captaron ni una sola palabra.

—¿Has estado enamorada alguna vez, Charlotte?

Charlotte frunció el ceño.

—Creo que todos a mi edad han estado enamorados al menos una vez en su vida, ¿no?

—Pero, ¿tú lo has estado?

Hubo una breve pausa. Charlotte dudó, sin saber qué responder.

—Sí —dijo por fin, volviendo los ojos hacia la ventana. Luego suspiró y fingió distracción—. Va a hacer un día estupendo para ir al parque. Si te apetece, el sol te sentará bien.

—¿Quién era y por qué no te casaste con él? —insistió Arethusa, olvidando que había fingido estar enferma. Dejó el libro y miró el rostro serio de Charlotte—. ¿Te hizo daño? —preguntó.

—¡Ay, por Dios, Tussy! Haces demasiadas preguntas —respondió Charlotte de manera enérgica.

—¿No es eso lo que se supone que debo hacer? Estás aquí para enseñarme sobre el mundo. Entonces, enséñame sobre el amor. Hasta ahora, las discusiones sobre el matrimonio nunca han tenido nada que ver con el amor.

Charlotte se sentó en el borde de la cama y posó sus pequeñas manos en el regazo.

—Una vez amé a un hombre, Tussy —admitió—. Lo amé mucho.

Sorprendida por esta intrigante información, Arethusa se recostó contra las almohadas y se acomodó para lo que esperaba fuera una larga y esclarecedora conversación.

—¿Qué sucedió? —preguntó.

A Charlotte le hizo gracia. Hacía mucho tiempo que la chica no le preguntaba por ella.

—Se llamaba Tom —comenzó—. Era el hermano mayor de mi pupila, que era una muchacha muy mimada, pero, claro, las americanas están mucho más mimadas que las inglesas.

—Nunca me has hablado de tu pupila en Estados Unidos —dijo.

—Porque nunca me has preguntado —respondió Charlotte.

Esto causó a Arethusa una cierta inquietud. ¿Podía ser tan descortés como para no preguntar nunca a su institutriz sobre ella?

—¿Cuánto tiempo estuviste en Estados Unidos?

—Estuve cinco años en Nueva York.

—¿Con la misma familia?

—Sí.

—Y este Tom, ¿te correspondía?

Charlotte bajó los ojos.

—Así es.

Arethusa sonrió.

—¿Era muy guapo?

Charlotte sonrió con nostalgia.

—Era alto, con el pelo castaño oscuro y ojos color avellana. Era sensible y amable, pero también divertido, una vez que lo conocí. Su hermana era ruidosa y testaruda y tenía a sus padres comiendo de su mano, pero Tom era amable y discreto. Era una persona muy buena.

—¿Fue amor a primera vista? ¿Te sentiste como si hubieran asestado un golpe en el corazón?

Charlotte se rio y su anodino rostro dejó de serlo y se iluminó de forma atractiva.

—No fue a primera vista, no. Fue algo que creció con el tiempo.

—¿Existe el amor a primera vista? —preguntó Arethusa con esperanza.

—Yo creo que sí. No creo que los poetas se lo inventen. Se inspiran en la verdad y en la experiencia. Creo que uno sería muy afortunado si se enamorara así. Es muy romántico.

—¿Cuándo te diste cuenta de que estabas enamorada?

—No lo recuerdo con exactitud. Pero sí recuerdo cómo me hacía sentir cada vez que me miraba.

—¿Cómo te hacía sentir?

—¡Oh! En realidad es una tontería.

—No, no lo es. Quiero saberlo.

Charlotte miró el rostro ansioso de Arethusa.

—Muy bien. Hacía que me sintiera nerviosa y feliz. No tenía ganas de comer ni de dormir. Me llené de energía y entusiasmo. El mundo parece hermoso de repente cuando estás enamorada, Tussy. Todo en él se vuelve más hermoso. —Tussy no había notado que el mundo fuera más bonito. De hecho, Jonas había hecho que se sintiera inquieta y temerosa, no nerviosa y feliz—. Descubrirás que cuando estás enamorada te gusta lo que eres cuando estás con él, Tussy.

—¿Quién eras tú cuando estabas con Tom?

A Charlotte le brillaron los ojos y bajó la mirada con timidez, concentrándose en los dedos de la mano que tenía entrelazado en el regazo.

—Tom hacía que me sintiera hermosa —respondió en voz baja. Arethusa frunció el ceño. Charlotte nunca podría haber sido hermosa—. Eso es lo maravilloso del amor —continuó como si leyera los pensamientos de Arethusa—. A los ojos de Tom, yo era hermosa.

—¿Quería casarse contigo?

—Así es, y me habría casado con él, pero sus padres tenían otras ideas.

—Eso es horrible. ¿Con quién se casó al final?

La sonrisa de Charlotte se desvaneció y de repente pareció triste.

—Con una heredera de Austin, Texas.

—Todo es cuestión de dinero, ¿no es así? —dijo Arethusa de forma airada y Charlotte supuso que estaba indignada por ella.

—El dinero es lo que mueve el mundo —respondió Charlotte y se encogió de hombros como hacen las personas pasivas que no tienen más remedio que aceptar su destino.

—Creo que está mal —añadió Arethusa—. Uno debería casarse por amor. ¿De qué sirve vivir si pasas toda tu vida con un hombre al que no amas, solo para estar cómoda y engendrar hijos que sufrirán el mismo destino aburrido cuando lleguen a la edad adulta? Es un ciclo vacío y repetitivo y es una locura.

De nuevo, Charlotte miró a su pupila con el ceño fruncido. Ahí estaba Arethusa, que nunca antes había tenido en cuenta el corazón ni había cuestionado siquiera la idea de casarse para lograr posición y riqueza, hablando del amor y de la intranscendencia de vivir sin él. Entrecerró los ojos y se preguntó qué había inspirado este repentino despertar.

—Así funciona nuestro mundo —aseveró y trató de evitar que el arrepentimiento asomara a su voz. Arethusa tenía que aceptar su destino y era su deber asegurarse de que lo hiciera.

—Pero debes haber sufrido mucho —repuso Arethusa con sentimiento—. Quiero decir que, si le querías mucho, debió de ser insoportable tener que vivir sin él.

Las mejillas de Charlotte se sonrojaron. Nunca había oído a Arethusa hablar con tanta pasión; de hecho, nunca había hablado con nadie de Tom Burnett y la pasión de Arethusa traía todo el dolor y la nostalgia en una avalancha de recuerdos. Se llevó una mano a la frente y exhaló un suspiro.

—Fue hace mucho tiempo —dijo en voz baja.

—Pero ¿se puede curar alguna vez? ¿Se puede reparar el corazón? —Arethusa pensó en Jonas Madison y sintió una opresión en el pecho. Y si él no estaba allí esa tarde y en su lugar tenía que soportar una clase de banjo con su hermano, ¿qué pasaría entonces? ¿Volvería a verlo?

—¿A qué vienen tantas preguntas, Tussy? —preguntó Charlotte, levantándose—. Deberías ir a dar un paseo por el parque con Rupert. Salir al sol. De verdad, mi historia ocurrió hace mucho tiempo. Ya lo he olvidado todo.

—Pero no te has casado —dijo Arethusa—. ¿Fue por Tom?

—No, el matrimonio no es para mí. —Hubo una pausa incómoda mientras Arethusa observaba cómo Charlotte trataba de esbozar una sonrisa en un vano intento de reflejar en su expresión el sentimiento de sus palabras—. Veo que estás bien, Tussy. ¿Por qué no vas a preguntarle a Rupert si quiere salir?

—Me gustaría salir contigo, Charlotte —respondió Arethusa. Charlotte se sintió sorprendida, pero también un poco recelosa. No se permitió sentirse halagada o complacida por si se trataba de un juego de Arethusa que al final hacía que se sintiera utilizada y humillada—. Vamos a dar un paseo por el parque, las dos solas —continuó Arethusa, levantándose. Estoy muy aburrida de Rupert. Quiero pasar un rato contigo.

18

Las horas parecían pasar muy rápido mientras Arethusa esperaba ansiosamente su clase de banjo con Jonas Madison. Cuando por fin llegó la hora de prepararse, la criada la ayudó a ponerse uno de los nuevos vestidos que el sastre de Augusta en Piccadilly había confeccionado para ella y le recogió el cabello en la parte superior de la cabeza en un elegante moño. El vestido era de un precioso tono azul, que favorecía su piel y confería a su rostro una agradable luminosidad, pero nada podía superar el resplandor que salía de su interior. Augusta estaba tan emocionada porque Arethusa iba a estar en tan ilustre compañía que le prestó su propio conjunto de zafiros, del tamaño de caramelos duros, que Stoke le había regalado en su primer aniversario de bodas. Arethusa se miró en el espejo e incluso ella, que nunca se había sentido muy inspirada por las joyas, tuvo que admitir que eran exquisitas.

—Vas a ser la envidia de todas —dijo Charlotte, sintiéndose más feliz y unida a su pupila desde su paseo por el parque.

—Si impresionan a la duquesa y a lord Penrith, habrán cumplido su función —dijo Augusta con satisfacción.

Charlotte observó el rostro de Arethusa con interés. Tenía las mejillas arreboladas y le brillaban los ojos. Nunca había visto a la muchacha tan encantadora. Se preguntó si Arethusa se había enamorado de lord Penrith.

Con el corazón retumbando de forma agitada en su pecho, Arethusa subió al carruaje y se despidió de Augusta y Charlotte con la mano.

—No tienes que estar nerviosa —dijo Rupert, acomodándose de forma lánguida en el rincón del carruaje y estirando las piernas—. Lady

Alexandra es una cosita tímida y su madre no es muy diferente de Augusta, salvo que sus joyas son más caras y es más egoísta por el título que adquirió al casarse. Por lo demás, ambas están cortadas por el mismo patrón.

—No estoy en absoluto nerviosa por ellos —respondió Arethusa, sentada con la espalda erguida porque era imposible encorvarse con un corsé apretado.

—Creo que estás temblando —añadió, recorriéndola con ojos perezosos—. Eres como un caballo joven en la casilla de salida.

—¿Vas a tirarle los tejos a lady Alexandra? —preguntó Arethusa, esperando desviar la conversación de su persona.

—Solo para mi diversión.

—No le rompas el corazón —dijo, recordando a Charlotte y a Tom—. No está bien jugar con el corazón de una mujer.

—No voy a jugar con ella. Lo harás tú. Vas a aprender a tocar el banjo y yo voy a entretener a la duquesa, a Peregrine y a todas las demás ancianas presentes. —Se cruzó de brazos y vio pasar la ciudad a través de la ventana—. Procura no desmayarte, querida Tussy. Puede que Peregrine no acuda a rescatarte una segunda vez.

—Tampoco espero que lo haga —replicó Arethusa con acritud. El único hombre que le gustaría que la rescatara era el único que no podía hacerlo.

El carruaje atravesó por fin las puertas de hierro negro y entró en el patio de la elegante casa del duque de Sutcliffe en Belgravia. Los caballos se detuvieron frente a las grandes puertas, enmarcadas por robustos pilares y un imponente frontón triangular. Apenas se detuvieron los caballos, una de las puertas se abrió y un par de lacayos vestidos con la librea de la familia se apresuraron a ayudar a los invitados a apearse del carruaje. Arethusa inspiró tan hondo como le permitió su corsé y sonrió de manera cordial mientras bajaba del carruaje. Rezó en silencio al Dios que, según ella, nunca escuchaba, para que Jonas Madison fuera el hermano que la duquesa había invitado a enseñar a su hija a tocar el banjo. «Por favor, por favor —suplicó—, que sea Jonas.»

Nada más entrar en el vestíbulo, oyó el murmullo de voces en el piso de arriba. Con el corazón latiéndole con más fuerza y frenesí que nunca, se levantó las faldas y siguió al mayordomo por la escalera de mármol. Su lento ascenso resultaba exasperante. Rupert no parecía tener prisa por llegar arriba y Arethusa tuvo que concentrarse en su paso para no parecer demasiado entusiasmada. Cuando por fin entraron en el salón, una gran sala cuadrada repleta de elegantes sillas tapizadas en seda, delicadas mesas auxiliares, un piano de cola, fotografías en blanco y negro enmarcadas, palmeras y helechos en macetas, todo ello dominado por un enorme retrato de la duquesa en su juventud, que colgaba de cadenas de bronce sobre la ornamentada chimenea de mármol, los ojos de Arethusa se toparon con los de Jonas.

Recobró el aliento y su corazón dio un repentino vuelco de alivio y alegría. Ahí estaba él, tan hermoso como en el baile, hablando con sus alumnas, lady Alexandra y Margherita Stubbs, mientras la duquesa, su hijo Peregrine y la señora Stubbs estaban sentados en sillas al otro extremo de la sala. Arethusa sintió que un torrente de sangre caliente inundaba su rostro y se apresuró a desviar la mirada y siguió a su hermano por el salón para saludar a su anfitriona. Mientras Peregrine se levantaba de un salto, la duquesa se limitó a tenderle la mano, que Rupert asió como era de esperar e hizo una pequeña reverencia. Ella le brindó una cálida sonrisa y le presentó a la madre de Margherita, que estaba igualmente encantada. Peregrine no necesitaba presentación. El placer de los dos hombres al verse hizo que la duquesa comentara que, si no lo supiera, habría pensado que estaban más contentos de verse ellos que de ver a las damas. Rupert se rio de esa manera tan natural y despreocupada capaz de derretir una capa de hielo y posó la mirada en lady Alexandra, que floreció bajo ella, como un girasol bajo el sol.

—Está muy equivocada, Su Gracia. Por muy encantador que sea Peregrine, es lady Alexandra la que ilumina la habitación. —Y se dispuso a acercarse a saludarla.

Arethusa hizo una reverencia a la duquesa y saludó de manera cortés a la señora Stubbs. Peregrine le asió la mano y le hizo una reverencia, sonriéndole alegremente con esos labios tan carnosos y bonitos como los de una niña.

—Ahora, no te entretengas, querida —dijo la duquesa a Arethusa—. Debes reunirte con Alexandra y Margherita de inmediato. El señor Madison no debe retrasarse.

Arethusa, decidida a no ponerse en evidencia, se encaminó hacia el pequeño grupo, tratando de hacerlo con paso sereno. Después de saludar a las chicas y de saludar de manera formal al señor Madison, ocupó la silla vacía. Jonas le entregó un banjo. Ella lo aceptó y sonrió. Él mantuvo la sonrisa un segundo más de lo habitual y comenzó a dirigir la lección acto seguido.

En el momento en que Jonas comenzó a hablar fue como si vertiera miel caliente en el corazón de Arethusa. Tenía una voz profunda y dulce y su acento era como una melodía. El inglés estadounidense le recordaba un poco al irlandés y, sin embargo, no se parecía a nada que hubiera escuchado antes. Cada vez que la miraba con sus oscuros, misteriosos y penetrantes ojos, ella sentía una caricia. Parecía que pudiera ver dentro de ella, que no hubiera nadie más en la habitación que ellos dos. Suspiró y pensó que los deliciosos tópicos del amor se aplicaban ahora a ella. Esperaba que las otras muchachas no se dieran cuenta.

No tenía por qué preocuparse.

Lady Alexandra no estaba nada interesada en el banjo ni en el señor Madison. Sus ojos se desviaban sin parar hacia el grupo que se encontraba al otro extremo del salón, y cada vez que Rupert miraba, sus mejillas se encendían y volvía a centrar su atención en su profesor. En cambio, Margherita estaba más atenta. Escuchaba las instrucciones, colocaba los dedos en las cuerdas adecuadas y rasgueaba como se le indicaba, y sin embargo también deslizaba la mirada hacia el pequeño grupo que hablaba en voz baja entre ellos. Arethusa, cuando no miraba a Jonas, se daba cuenta de que el objeto del deseo de Margherita era Peregrine, pero este estaba más embelesado con Rupert.

Arethusa se dio cuenta rápidamente de que Margherita y su madre habían sido invitadas a tomar el té para que Margherita y Peregrine se conocieran mejor. Eso era evidente. Los Stubbs eran muy ricos y Peregrine era muy distinguido. Hacían buena pareja. Rupert estaba allí porque lady Alexandra se había fijado en él, aunque Arethusa dudaba que Rupert fuera suficiente para la duquesa. Pero quizá la duquesa estaba consintiendo a su hija. ¿Alentaría la duquesa una amistad si no tuviera intención de permitir que floreciera? Por lo tanto, Arethusa llegó a la rápida conclusión de que había sido invitada solo como relleno. Nadie estaba interesado en ella, a excepción de Jonas. Sabía que a él sí le interesaba. Había visto esa mirada en los ojos de Dermot y también en los de Ronald. Reconocía el enamoramiento cuando lo veía. Solo que ella nunca antes lo había sentido. Ahora se daba cuenta de lo vulnerable que la hacía. ¡Qué insensible había sido con esos pobres hombres!, pensó de repente, mientras rasgueaba su primera melodía, ante el asombro de sus dos compañeras. No hay que jugar con el corazón de la gente, pensó con firmeza. Son sensibles cuando los toca el amor.

—Tiene usted talento natural, señorita Deverill —dijo Jonas, con una amplia sonrisa y lleno de admiración.

—¿Cómo has aprendido tan rápido? —preguntó lady Alexandra, un poco molesta por no haber conseguido más que unos cuantos acordes titubeantes.

—No estoy del todo segura —respondió Arethusa, pero sabía que era la única de las tres que de verdad quería aprender.

—Creo que todas tienen potencial para tocar a un alto nivel si practican —dijo Jonas—. Algunas necesitan más práctica que otras, pero todas lo conseguirán si lo desean.

—¡Oh, yo lo deseo! —dijo Margherita, mirando a Peregrine.

—Yo también —repuso Arethusa, consciente de que si lady Alexandra no quería continuar, podría no volver a ver a Jonas—. Mi hermano tiene mucho interés en que aprenda —dijo, mirando directamente a lady Alexandra—. Le gustaron tanto los hermanos Madison en el baile que fue él quien me sugirió que tocara el banjo. «Creo que dominar ese banjo te convertiría en la dama más dotada de Londres.»

Lady Alexandra sonrió.

—Entonces debemos recibir más clases —con firmeza—. ¿Cómo puedo aprender a tocar una melodía como la señorita Deverill? Y una vez que pueda tocar una melodía, ¿podría acompañarla con una canción? Me han dicho que tengo una voz hermosa para cantar.

Arethusa sonrió con alivio.

—¡Por Dios, qué afortunada es, lady Alexandra! Nada gusta más a mi hermano que una voz bonita. Por desgracia, yo parezco una rana croando.

—Se rio de su propia mala suerte y supo que a lady Alexandra le agradaría más por ello.

—Lo dudo mucho, señorita Deverill —dijo Jonas, y la ternura de su voz hizo que se le encogiera el estómago.

—Entonces también cantaré para él —dijo lady Alexandra con una sonrisa tímida.

Arethusa no estaba segura de que su hermano se lo agradeciera, pero no importaba. Lo que importaba era volver a ver a Jonas. Cuando se levantó para marcharse, supo por lo penetrante de su mirada, que sostuvo la suya un instante más de lo que dictaban las convenciones, que verla de nuevo también era importante para él.

A la tarde siguiente, cuando Arethusa y Rupert llegaron a la mansión de los Sutcliffe en Belgravia, se encontraron con que la duquesa estaba indispuesta. El lacayo les explicó que solo lord Penrith, lady Alexandra, la señorita Margharita Stubbs y su madre, la señora Stubbs, estaban en el salón con el señor Madison. Arethusa y Rupert fueron recibidos por el sonido de las risas que se colaban en el vestíbulo con el ánimo de un arroyo burbujeante y se miraron mutuamente, preguntándose en silencio por el inusual sonido del buen ánimo procedente de la habitación de arriba. Descubrieron, para su deleite, que sin la duquesa presidiendo la ocasión, en el ambiente reinaba un aire de fiesta que antes no había existido.

La señora Stubbs se había aposentado en el centro del sofá donde la duquesa se había sentado la tarde anterior, bebiendo té de una delicada taza de porcelana y mordisqueando pastel del plato de porcelana más exquisito. Temblaba de emoción, disfrutando de tener al marqués de Penrith para ella sola; un marqués, nada menos, que un día sería duque y al que esperaba acoger muy pronto en su familia como prometido de su única hija, Margherita. El entusiasmo era casi excesivo y sus mejillas mostraban un vivo color carmesí, como si hubieran recibido dos saludables bofetadas. Embutida en su corsé y adornada con brillantes y ostentosas joyas, se veía mucho más de la señora Stubbs de lo que la educada sociedad londinense acostumbraba a ver en una dama de su edad. Su rolliza lozanía, apenas contenida, rebosaba los volantes de su escote, como un par de suflés que se bamboleaban cada vez que reía.

Tal vez Peregrine la hacía reír a propósito, para su propia diversión. Sin embargo, en cuanto Arethusa y Rupert entraron en la habitación se puso en pie para recibirlos con expresión aliviada.

Tras las habituales cortesías, Arethusa se sentó entre lady Alexandra y Margherita (ambas muchachas más interesadas en las tres personas del otro extremo de la sala que en su clase de música) y frente al objeto de su más ardiente deseo, Jonas Madison. Su enamoramiento no había hecho más que aumentar de la noche a la mañana y se sentía más enamorada de él que nunca. Sin la incisiva mirada de la duquesa fija en ella se sentía más valiente y dispuesta a correr algún que otro riesgo.

—Practiqué anoche cuando llegué a casa —le dijo a Jonas, sintiendo una extraña sensación en su vientre cuando sus ojos se cruzaron—. Estaba muy inspirada.

—Me complace mucho haberla inspirado —respondió Jonas.

—Yo no he podido practicar —añadió Margherita—. Mamá me saca a rastras todas las noches. Es implacable. —Entonces su mirada se desvió por la habitación—. Quizás ahora se calme un poco y me permita recuperar el aliento.

—Creo que ahora está donde quiere estar —convino Arethusa y sonrió cuando algo que dijo Peregrine hizo que la señora Stubbs prorrumpiera de nuevo en un ataque de risa.

Rupert levantó la vista bajo sus oscuras cejas y llamó la atención de lady Alexandra.

—Yo tampoco he practicado —dijo lady Alexandra, animándose bajo la mirada de Rupert—. Supongo que debo hacerlo si quiero tocar y cantar. Y no quiero defraudarme a mí misma. No estoy acostumbrada a hacer las cosas mal.

Jonas puso a las chicas a trabajar, enseñándoles a rasguear y a puntear, pero solo Arethusa tenía verdaderas ganas de aprender. Escuchaba, copiaba y se concentraba y estaba encantada con sus progresos. Sin embargo, al cabo de una hora se hizo evidente que la atención de lady Alexandra estaba decayendo y Jonas sugirió que se tomaran un descanso. Nada más sugerirlo, lady Alexandra y Margherita dejaron sus instrumentos y se apresuraron a cruzar el salón para unirse a los hombres y a la señora Stubbs, que, al ser americana, no le preocupaba tanto dejar a una joven a solas con un hombre. No se le ocurrió que Arethusa pudiera albergar sentimientos inapropiados por su profesor de banjo debido a su clase y su color. Le preocupaba mucho más que su propia hija atrajera a lord Penrith y que hiciera todo lo posible por fomentar su creciente amistad.

Mientras lady Alexandra revoloteaba alrededor de Rupert como una mosca de la mantequilla deslumbrada por el sol, y Margherita divertía a Peregrine de una manera más sensual y madura, Arethusa se quedó sola con Jonas.

—No quiero descansar —le dijo, clavando la mirada en sus ojos castaños—. Quiero que me enseñes algo más.

—Eres una alumna gratificante —dijo con una sonrisa—. No podría pedir más entusiasmo.

—De niña aprendí a tocar el piano, pero nunca pasé de las melodías más básicas, y aprendí a cantar, pero tampoco lo disfruté. Ahora me doy cuenta de que no carecía de talento musical, sino que mi profesor no me inspiraba. Gracias a usted, señor Madison, me estoy aficionando al banjo como un pez al agua. Usted está haciendo que me entusiasme y hace que desee impresionarle. Si me hubiera enseñado a tocar el piano, no me cabe duda de que ya sería concertista, y si me hubiera enseñado a cantar, rivalizaría con el ruiseñor. Le oí cantar en el baile y perdí mi corazón por su hermosa voz, y deseé con todas mis fuerzas que la música volviera a formar parte de mi vida. De alguna manera, mi más querido deseo se ha cumplido. Aquí estamos, usted y yo. —Desvió la mirada hacia el otro extremo de la habitación, vio que no le prestaban la más mínima atención y continuó con valentía—. Usted abre una puerta que yo creía cerrada para siempre y ahora me asomo a un mundo nuevo y emocionante, señor Madison. Aprenderé a tocar el banjo y mi vida dejará de ser tan monótona y aburrida porque tendré este maravilloso compañero que acompañará mi voz y llenará las horas vacías de placer.

—No sé qué decir —murmuró él, devolviendo su mirada desinhibida con el ceño fruncido—. No he conocido a nadie como usted en toda mi vida.

—Y yo nunca he conocido a nadie como usted.

Jonas esbozó una amplia sonrisa.

—Bueno, eso sí lo creo.

Ella también sonrió y colocó el banjo preparándose para tocar.

—No me refiero a su color, señor Madison. Me refiero a usted.

Jonas se acercó y le tomó los dedos entre los suyos. Ella se quedó sin aliento, electrizada, y le miró sorprendida. Pero no retiró los dedos.

—Tiene usted unas manos preciosas, señorita Deverill —dijo en voz queda. Arethusa bajó la mirada para ver lo blancas que parecían en las manos marrones de él. Lo bien que encajaban. Lo natural que resultaba que su piel tocara la suya—. Verá que si baja la muñeca así —le acopló la muñeca—, le será más fácil colocar los dedos sobre las cuerdas. Y no agarre el mástil con demasiada fuerza; a diferencia del de la guitarra, el del banjo es bastante sensible.

Arethusa le observó con atención. Tenía una expresión seria en el rostro y sus ojos centelleaban un poco.

Él seguía sujetando su muñeca.

El corazón de Arethusa estaba tan henchido de felicidad, tan ligero, que se sintió obligada a decir lo que pensaba. Se dejó llevar por sus ricos iris caoba.

—Cuando uno mira los ojos de una persona, ve más allá del color y de la clase social. Uno ve el alma de la persona, que no está hecha de materia, sino de algo más delicado, algo indestructible. El alma eterna no pertenece a este mundo intolerante y prejuicioso, solo el cuerpo, que es mortal, señor Madison. Cuando le miro a los ojos, es su alma lo que veo. Ojalá todos vieran el alma como yo.

Sabía que sonaba como su madre, pero en lugar de pensar mal de Adeline, le estaba agradecida porque ahora mismo lo creía de verdad, como si se hubiera levantado un velo que solo revelaba la verdad. A Arethusa no le importaba nada más que el alma que él irradiaba como una luz y conectaba con la suya. En ese mismo momento creía que nunca se había sentido más unida a otra persona en toda su vida. Eran almas gemelas, o lo que fuera que su madre quería decir cuando hablaba de aquellos que conectan en un nivel más allá de lo material. Arethusa siempre había despreciado ese tipo de tonterías espirituales, pero ya no se burlaba de ello.

—Es como si la conociera de antes, señorita Deverill —dijo Jonas en voz baja, soltándole la muñeca y dirigiendo una breve mirada a la señora Stubbs, que se abanicaba con una mano y tenía posada la otra en el brazo de Peregrine, como si ya fuera su suegra. Se volvió hacia Arethusa y bajó la voz—. Es como si ya nos conociéramos. Deténgame si estoy siendo atrevido, pero…

—No está siendo atrevido, señor Madison —se apresuró a interrumpirle Arethusa—. Soy yo quien no tiene derecho a hablar así.

—Si los dos lo hacemos, entonces tenemos todo el derecho —añadió con una pequeña sonrisa.

Arethusa le devolvió la sonrisa y supo entonces que él había reconocido su conexión. En el futuro solo tendrían que mirarse para que esa conexión se fortaleciera, para que su admiración mutua se consolidara. Tal vez no tuvieran la oportunidad de volver a hablar de forma sincera, pero no importaba. Podían comunicarse con los ojos. Solo había una cosa que querían decirse de todos modos y que no necesitaba palabras.

La señora Stubbs les estaba diciendo a las chicas que retomaran la clase.

—O la duquesa me reprochará que no he cumplido con mi deber de acompañante —alegó—. ¡Por Dios, muchachos, sois toda una distracción! —añadió, mirando a Peregrine y a Rupert.

Margherita y lady Alexandra volvieron sonrojadas y eufóricas de su descanso. El enamoramiento las hacía resplandecer a ambas y Arethusa se preguntó si ella también resplandecía. Si bien nadie, aparte de Rupert, se daría cuenta. Él, por supuesto, lo comentaría de camino a casa, pero no sabría su origen. Supondría que tenía los ojos puestos en Peregrine y le advertiría que no tenía ninguna posibilidad contra Margherita y su enorme riqueza. Pero eso le venía muy bien. En efecto, le venía muy bien.

19

Ballinakelly, 1961

Cierro el diario de golpe. La sangre me sube a las mejillas y siento de repente que me estoy hundiendo, como si mi cama ya no fuera sólida y estuviera perdiendo el equilibrio. Me levanto y voy con dificultad al baño para coger un vaso de agua. Respiro hondo, engullo el agua y me veo la cara de estupefacción en el espejo. Por lo poco que he leído, es evidente que mi madre se fue a Estados Unidos porque se enamoró de un negro. Jamás podría haberlo imaginado. La revelación me ha dejado sin palabras. Solo puedo suponer que, de alguna manera, alguien se enteró y se produjo una nefasta discusión. No veo nada malo en una relación entre dos personas de diferentes razas, pero en algunos círculos, incluso ahora, en los años sesenta, provocaría un escándalo. No puedo imaginar lo escandaloso que debió ser a finales del siglo pasado.

Quiero seguir leyendo, pero tengo miedo. Por un lado, siento una gran tristeza por mi madre. Si realmente amaba a Jonas Madison debió sufrir. Ambos debieron sufrir. No había forma humana de que pudieran estar juntos en aquellos tiempos y tuvo que ser un calvario para mi madre dejar su hogar y su ámbito familiar para ir a un país muy lejano; tal vez lo siguiera a Estados Unidos. Presiento que el próximo capítulo de su diario va a estar lleno de angustia y sufrimiento. No estoy segura de poder soportarlo. Por otro lado, estoy muy ansiosa. Me siento obligada a compartir su historia con Logan, pero no estoy segura de poder hacerlo. Mi hermano no es como yo. Odiará pensar que nuestra madre tuvo relaciones sexuales con un hombre que no era nuestro padre. No querrá verla como una criatura sexual en absoluto. ¿Debo compartirlo? ¿Es necesario que lo sepa?

Wyatt se cuela en mi mente entonces. No he pensado mucho en mi marido en los últimos cinco días. Cuanto más tiempo estoy aquí, más débil se vuelve. Un mero punto en el horizonte, cada vez más pequeño y más débil. Ahora parece muy grande. Está claro que no puedo contárselo. Es convencional y está chapado a la antigua, incluso más que Logan, y la revelación le horrorizaría. Me avergüenza admitir que se escandalizará. Sin duda, no querrá que se sepa. A Wyatt le importa mucho lo que piensan los demás y supone, muy equivocadamente por supuesto, que todo el mundo es como él. Por suerte, no lo es.

En cuanto a mis hijos, he pensado en ellos, sobre todo en Rose. Sé que ella, en particular, lo entenderá como yo y que, al ser una romántica, le cautivará la historia de amor. ¿Quién iba a imaginar que su abuela tenía ese pasado secreto? Estoy segura de que se sentirá fascinada, y también triste, por su desesperación. Me gustaría que estuviera aquí para compartirlo conmigo. Ansío contárselo.

Me pregunto entonces por el banjo que le regalé a Temperance. Solo puede ser el mismo que mamá aprendió a tocar con Jonas. Ella lo guardó todos estos años y yo nunca supe nada. Me pregunto con qué frecuencia lo sacaba y lo tocaba. O si solo lo sostenía y pensaba en él.

Me pregunto cuántas veces pensó en Jonas durante su largo matrimonio con mi padre.

Vuelvo a la cama e intento dormir, pero no puedo. Mi mente está demasiado agitada para descansar. No puedo dejar de masticar la carne de esta trágica historia. ¡Qué devastador para ella amar a un hombre que no pudo tener! ¡Qué devastador para ambos! ¿Y qué fue de Jonas? Sé cómo terminó su historia, porque soy parte de ese final, pero no sé nada de él. Si descubrieron su aventura, ¿qué fue de él?

Pero ¿importa que ella amara a Jonas Madison? Al final se casó con mi padre y, por lo que sé, fue muy feliz. Quizá Jonas se casara y fuera feliz también. Sin embargo, sospecho que el suyo fue un amor que les acompañó durante toda su vida. No sé por qué lo sé. Simplemente lo sé.

Estoy descubriendo que conocí muy poco a mi madre. La mujer con la que crecí no es la misma que la chica a la que leo en su diario. Por mucho que lo intente, no puedo conciliar las dos cosas. Es como si hubiera llegado a Estados Unidos y hubiera guardado su antiguo yo, para no volver a visitarlo. Lo encuentro insoportablemente triste. Así pues, ¿qué hizo que mi madre cambiara? Tal vez por eso estoy inquieta, porque sé que estoy a punto de descubrirlo. Y tuvo que ser algo grande. Nadie cambia hasta ese punto por un pequeño temblor. Tuvo que ser un terremoto.

Se me ocurre que tal vez debería saltar al final del diario. Poner fin al suspense y sin más averiguar lo que pasó. A menudo he querido hacer eso mientras leía una novela. Hay tanta tensión en la historia que me dan ganas de leer la última página para salir de dudas. Pero no lo hago, porque sé que el autor no ha escrito todas esas palabras para que el lector vaya directamente al último párrafo. Así que no lo haré. Mamá quería que leyera su diario y eso voy a hacer, en el orden correcto, página a página.

Me siento aliviada cuando la sutil luz del amanecer disuelve la oscuridad y es hora de levantarse. Miro el reloj de la repisa de la chimenea y veo que son las cinco y media. Creo que no he dormido nada. Me doy cuenta de que no tiene sentido quedarme en la cama lamentando mi falta de sueño. Así que me levanto y me visto, salgo con sigilo de casa y me dirijo a la playa. El cielo es de un pálido rosa empolvado y el sol ha comenzado a salir de forma pausada. Una bandada de pájaros se recorta en silueta mientras lo atraviesa. Su silencioso vuelo resulta muy hermoso. Desconozco la especie. Cormac lo sabría. Mientras empiezo a subir por la arena, con el viento en el pelo y el sabor salado del océano en mis fosas nasales, mis pensamientos se dirigen a Cormac. Entiendo el enamoramiento de mi madre. Sé lo que es estar enamorada; estar enamorada de alguien que no puedes tener.

Las olas lamen la playa y vuelven a retirarse. Se alzan, rompen, crean espuma y su ritmo resulta reconfortante. Lo han hecho durante miles de años. Se han mantenido inalterables mientras el mundo ha cambiado a su alrededor. Mi madre debe de haber paseado por esta playa. Debe de haber contemplado el mismo mar y escuchado las mismas olas. Puede que no conozca a la mujer del diario, pero me siento conectada a ella de todas formas. Tal vez eso es lo que mamá quería que hiciera. Que entendiera quién era. Que entendiera por qué era como era. Por qué cambió. Podría haber mantenido su historia en secreto. Se la habría llevado con ella a la tumba, pero no lo hizo. Quería que yo lo supiera.

Tal vez quería honrar a Jonas Madison de alguna manera. Tal vez solo quería que él siguiera viviendo.

Quiero ver a Cormac. Tengo muchas ganas de verlo, pero no sé cómo hacerlo. Ni siquiera sé dónde vive. Es una locura. Soy una mujer casada y estoy deseando ver a un hombre al que acabo de conocer. ¿Qué pensaría Logan? ¿Qué diría Wyatt? ¿Cómo reaccionarían mis hijos? ¿Lamentarían, como yo, no conocer a su madre como creían?

Sé lo que haría mi madre. Me animaría hasta el final. Eso es exactamente lo que haría. Me animaría a seguir mi corazón, porque ella no fue capaz de seguir el suyo.

Me apresuro a subir a la playa, con una creciente sensación de excitación que marca mis pasos. Preguntaré a uno de los mozos, o al mayordomo, dónde vive Cormac. En este pueblo todo el mundo lo sabe todo de los demás, así que seguro que alguien sabrá dónde vive. Pero al llegar a la casa encuentro a Kitty en el vestíbulo con su ropa de montar. Se sorprende de verme levantada a estas horas.

—¡Vaya, mira qué madrugadora! —Ríe—. Eres como yo. Creo que las primeras horas de la mañana son las mejores. ¿Quieres venirte?

No tenía previsto ir a montar, pero dado que me lo ofrece, acepto. Hay una naturaleza salvaje en mí que de repente quiero desatar. Hay algo en Kitty que me dice que puedo hacerlo.

En las colinas mi ansiedad se evapora. ¿Qué importa si mi madre amaba a Jonas o no? El hecho sigue siendo el mismo: se fue de Irlanda para no volver jamás. Si Jonas es la razón, es mejor que estar embarazada de Dermot McLoughlin, porque traer un hijo al mundo así sería desgarrador. Habría tenido que renunciar a él y no puedo imaginarme una agonía semejante. Aquí todo parece posible, como si las únicas limitaciones en nuestras vidas fueran las que nos imponemos a nosotros mismos. Mientras galopamos sobre la hierba cubierta de rocío me doy cuenta de que puedo hacer la vida que quiera. Mamá no pudo, pero yo sí. Pienso en Cormac y el viento me anima a preguntarle a Kitty dónde vive.

—¿Cormac? —repite. No queda lejos de aquí. Ven, vamos a llamar a su puerta. También es madrugador.

Partimos a un ritmo suave, permitiendo que los caballos recuperen el aliento tras la galopada. Con el mar a nuestra derecha y las verdes y aterciopeladas colinas a nuestra izquierda, recorremos un sinuoso camino muy transitado, entre altas hierbas y brezos. El sol se eleva y baña el paisaje de una sutil luz dorada, liberando en el aire cálido los aromas del romero y el tomillo silvestres que me recuerdan mi paseo con Cormac. Entonces, lo mismo que una colegiala que inventa excusas para mencionar a su novio a la menor ocasión porque el sonido de su nombre es tan dulce, le pregunto a Kitty por él.

—¿Era Cormac fiel a su esposa?

—Era encantadora y fue muy triste que muriera de cáncer antes de tiempo —responde Kitty—. Era una chica de Clonakilty, que no está lejos de aquí. Muy guapa, como era de esperar. Cormac era un buen partido, ya sabes.

—Bueno, ahora es guapo —digo, tratando de parecer indiferente.

—Era diabólicamente guapo de joven y todo un héroe. —Se ríe—. Era valiente hasta el punto de ser temerario, pero así es Cormac. Todo lo que hace, lo hace con pasión.

—Me mostró el dedo que le faltaba.

—Fue torturado por los *Tans* —me dice—. Se ríe de ello porque es su forma de afrontarlo, pero te puedo decir que no fue cosa de risa en aquel momento. Tenía información que podría haber provocado la muerte de una docena de buenos hombres.

—¿No reveló nada?

—Ni una palabra. Estaba cubierto de moretones cuando lo rescataron.

—¿Cómo lo encontraron?

—Estaba encerrado en una cabaña en las colinas, custodiado por unos pocos hombres. Uno de esos hombres era uno de los nuestros.

Me he dado cuenta de que ha utilizado la palabra «nosotros». Anhelo saber más sobre el papel que jugó en esta guerra.

—Nos refugiamos en una cabaña ayer —comento—. Parece que hay muchas en estas colinas.

—Hogares abandonados durante la hambruna y en los años siguientes. Eran tiempos difíciles. —Kitty suspira, como si los ecos del dolor estuvieran enterrados en la tierra y siempre estuvieran ahí, como un recordatorio constante de que la libertad tuvo un precio—. Le dan al paisaje un aire melancólico, ¿verdad?

—Sí, pero me gustan. No sé por qué, puede que por nostalgia de una época pasada.

—Porque están llenos de romanticismo, como las canciones de Cormac —añade.

—Canta muy bien.

—La gente como Cormac nunca olvidará la lucha por la independencia y el sufrimiento que conlleva.

—¿Y tú? —pregunto.

Me mira y noto sombras bajo sus ojos que estoy segura no estaban allí antes.

—¿Yo? —dice—. Ahora llevo una vida tranquila, pero todavía oigo el rugido de mis recuerdos. Están a mi alrededor.

Veo una bonita casa blanca al frente, enclavada en la media luna de una cala al pie de los acantilados.

—¿Es la casa de Cormac? —pregunto esperanzada.

—No, esa es la casa de los O'Leary —responde.

Su caballo deja de caminar y el mío le imita y se detiene también. La contemplamos. El silencio se cierne sobre nosotras, solo las olas truenan y chocan contra las rocas, y siento la necesidad de romperlo, porque es denso e incómodo.

—Un bonito lugar para vivir —digo.

Vuelve a suspirar y ladea la cabeza. Percibo añoranza en su suspiro y nostalgia en la forma en que inclina la cabeza.

—Es precioso —conviene. Creo que está a punto de dar más detalles. Intuyo que aquí ocurrió algo en su pasado y estoy segura de que me lo va a contar. Pero entonces toma aire con brusquedad y sacude la cabeza de forma enérgica, como si hubiera decidido no hacerlo y ahora quisiera irse. Se aleja con su caballo—. Ven, te mostraré la casa de Cormac.

La sigo en silencio, sumida en mis pensamientos. Una vez más me ha dejado vislumbrar su pasado y luego ha cerrado la puerta.

Por fin bajamos a pie con nuestros caballos por un camino rural y llegamos a una modesta casa blanca con techo de pizarra gris. Está situada en la cuenca de la colina, con una amplia vista del océano. Alrededor de la casa hay prados cercados por esos muros en seco de los que me hablaba Cormac. Sonrío al descubrir que también es agricultor, como sospechaba. Hay ovejas, burros y pajaritos por todas partes, picoteando las semillas que pone para ellos.

Atamos los caballos a un viejo carro que yace olvidado junto a la casa y nos acercamos para tocar el timbre. Pero, por supuesto, no hay timbre, solo nuestros nudillos. Kitty utiliza los suyos con gran efecto. La puerta se abre y Cormac se sorprende al vernos.

Me da vergüenza visitarle sin invitación ni aviso previo, pero parece no importarle. Sonríe con gusto y abre la puerta de par en par. Tengo la sensación de que la gente de aquí está acostumbrada a visitar a los demás de esta manera.

—También eres agricultor —digo mientras entro en una pequeña sala de techo bajo y suelo de baldosas.

—Como ya he dicho, aprendiz de todo, maestro de nada.

Me mira y me siento mareada bajo su mirada. Sus ojos azules parecen atravesarme hasta llegar justo en mi corazón y estoy segura de que sabe lo que escondo allí. Sigo a Kitty hasta la cocina. Hay una mesa de madera con sillas de respaldo de barrote, alfombras de colores en el suelo de madera, una estantería repleta de libros y paredes adornadas con fotografías y cuadros. Es una casa acogedora, aún más por su perra Kite, que presiona su nariz contra mis rodillas, pidiendo que la acaricien. La acaricio y me mira con ojos grandes y brillantes y me pregunto si sabe lo que siento por su amo.

Kitty y Cormac charlan con la tranquilidad de los viejos amigos. Él pone el té «a remojo», como dicen aquí, y nos sirve a todos jarras de Barry's, que es una cerveza irlandesa. Agarro una silla y Kite se sienta a mi lado con la cabeza en mi regazo mientras la acaricio.

—Ya no te dejará en paz —dice Cormac.

—Me alegro —respondo—. Es una monada.

Kitty está junto a la estantería, hojeando los títulos. Se ríe.

—¿Tienes suficientes libros de pájaros? —dice, pasando el dedo por los lomos.

—Siempre hay espacio para más —replica, poniendo las tazas en la mesa junto con una tabla de madera con pan de soda.

—Tienes una casa preciosa —digo—. Es muy hogareña.

—Eso no tiene nada que ver conmigo —responde, y supongo que se refiere a su mujer.

—Tiene un toque femenino —convengo.

—Gracias al Señor por eso. La decoración no es uno de los muchos oficios de los que entiendo. —Sus ojos centellean al mirarme. Me río, disfrutando de la broma que es solo nuestra.

Entablamos una conversación sencilla mientras Kitty permanece junto a la librería, sacando libros de las estanterías y abriéndolos. Me pregunto si nos deja hablar adrede. Después de nuestra charla de ayer en la cabaña, noto una relación estrecha con él. Siento que puedo contarle cualquier cosa y quiero hablarle de Jonas, pero Kitty está aquí, así que me lo guardo para mí, aunque es un gran peso que estoy deseando compartir.

Cormac y yo charlamos de manera amistosa y, sin embargo, parece una farsa. Tal vez un espectáculo para Kitty. En nuestras miradas hay una intimidad que casi me resulta imposible de soportar. Es como si de repente estuviéramos viendo demasiado del otro; como si estuviéramos desnudos. No puedo sostenerle la mirada mucho tiempo y la desvío hacia el perro, hacia el té, hacia el pan, por la habitación, a cualquier cosa que me proporcione un respiro. No es solo que sus ojos entienden a los míos, sino que los míos entienden a los suyos.

Me siento arrastrada hacia ellos como si hubiera una atracción magnética y no pudiera resistirme a ella. Quiero que sus ojos me traguen por completo, pero al mismo tiempo tengo miedo de dejarme llevar. Y mientras charlamos, nuestros ojos mantienen una conversación decisiva por su cuenta.

Es entonces cuando algo cede. Sé que él lo sabe y solo puedo suponer que sabe que yo lo sé. Nuestros sentimientos quedan al descubierto y ambos nos apartamos, avergonzados; nuestros ojos han dicho demasiado.

—Kitty, se te está enfriando el té —dice, volviéndose hacia ella.

—Tu biblioteca dice mucho de ti —comenta como si tal cosa, agarrando la silla junto a la de él y sentándose—. Animales y pájaros sobre todo, historia de Irlanda, no me extraña, y novelas de espías. —Se ríe y enarca una ceja.

—Creo que me conoces sin tener que revisar mis libros, Kitty.

—Esperaba encontrar algo impactante.

—¿Como qué?

—¡Oh! No lo sé. Novelas románticas o algo así.

—Si encuentras algo de eso, no será mío.

—Cualquiera que sepa tocar el acordeón y cantar como tú es un romántico, Cormac.

Kitty me mira y sonríe. Intento parecer despreocupada. El aire es denso y pegajoso. Me pregunto si Cormac también lo nota. Me pregunto si Kitty está siendo provocativa a propósito.

—¿Es un instrumento difícil de tocar? —pregunto, pensando en mi madre y en el banjo.

Sus ojos me miran con intención. Me mira de la misma manera que imagino que Jonas miraba a mi madre.

—¡Qué buena idea! —exclama Kitty, antes de que pueda responder por mí misma.

—¿Quién te enseñó? —pregunto.

—Mi padre —responde—. Era un hombre con talento para la música. También me enseñó a tocar la guitarra. Una vez que sabes tocar uno, no es difícil aprender a tocarlos todos. El instrumento que nunca aprendí fue el piano. No teníamos piano en casa. No era lo bastante grande.

—Ese es el único instrumento que sé tocar —digo—. Mi padre se empeñó en que fuera una joven dotada. —Me río de los ideales anticuados de mi padre—. Creía que las chicas solo valían para casarse. Se parecía un poco a los personajes del diario de mamá. Ya sabes, las chicas tienen que tocar el piano, cantar, pintar, arreglar flores, bailar y hacer reverencias… y luego deben casarse bien.

—¿Has seguido leyendo el diario? —pregunta Kitty, y yo desearía no haber sacado el tema.

—Sí, así es —respondo, porque no puedo mentir.

—¿Y bien? —Kitty se inclina hacia delante con los codos sobre la mesa y entrecierra los ojos. Tengo miedo de decírselo, pero debo hacerlo. Después de todo, está en su derecho. Arethusa era su tía. No puedo ocultarlo.

Inspiro hondo.

—Creo que he descubierto por qué se fue de Irlanda.

—¡Oh! —Kitty enarca las cejas.

—Se enamoró de un hombre negro y él de ella.

Me imagino que no hay muchas cosas que puedan escandalizar a Kitty Deverill, pero ahoga un grito y maldice.

—¡Jesús, María y José!

Cormac también está sorprendido, pero me observa con atención. Me sonrojo. El color me inunda las mejillas porque Cormac me mira con una expresión muy seria, como si de verdad le preocuparan mis sentimientos.

—Al menos no se fue porque estuviera embarazada de Dermot McLoughlin, que es lo que me dijo Eily Barry —aduzco y me río para demostrarle que mis sentimientos están bien—. Me imagino que el romance no llegó muy lejos.

—Eso habría sido todo un escándalo en aquella época —dice Cormac.

—No creo que saliera a la luz —digo rápidamente—. Acabo de llegar a la parte en la que él toca el banjo en un baile, se encuentran y ella se enamora. —No les digo que ha dado clases de banjo con él porque Cormac se ha ofrecido a enseñarme a tocar el acordeón y el paralelismo me avergonzaría—. Imaginé todo tipo de cosas, pero jamás habría podido imaginar esto.

—Mi abuelo habría montado en cólera si su hija se hubiera enamorado de un negro —dice Kitty, sacudiendo la cabeza con incredulidad—. Tenía muchos prejuicios, como la mayoría en aquella época. También odiaba a los católicos.

—¿Crees que Adeline se habría horrorizado también? —pregunto.

Kitty no está segura.

—En su corazón juzgaba a todos los hombres como iguales, sin importar su color o credo, pero era una mujer de su tiempo y habría tenido que apoyar a su marido. Supongo que si hubiera habido una pelea, se habría puesto del lado del abuelo.

—No pude dormir después de leerlo. Sentí mucha pena por ellos. —Fijo la mirada en mi taza vacía.

Kitty está de acuerdo.

—Era una situación imposible. Yo también lo siento por ellos.

La miro fijamente.

—¿Crees que tu padre se horrorizará?

Ella sonríe.

—Hablas de un hombre que ha tenido muchas sorpresas en su vida. Creo que esta será una más.

—Cuando lo termine, te daré el diario, Kitty. Tú y el tío Bertie podréis leerlo a vuestro gusto. Prefiero que leas su relato a que lo escuches de mí. Es más fácil entenderla si lees sus propias palabras.

Cormac apura su taza. Me mira y ahí está de nuevo esa intención en sus ojos, que resulta inconfundible.

—No has venido aquí solo para encontrar las raíces de tu madre, sino también para ver un poco de Irlanda, Faye. ¿Qué te parecería una visita guiada por el mejor guía del condado de Cork?

—¿También eres guía? —bromeo, aligerando el ambiente y feliz de cambiar de tema.

—Es una ideal genial —dice Kitty con entusiasmo—. Cormac se conoce esto como la palma de su mano. No hay mejor guía que él. —Se levanta—. Vamos, Faye, los caballos estarán inquietos y Robert querrá que nos unamos a él para desayunar.

Le doy las gracias a Cormac por el té.

—Te recogeré a las once —dice.

Me dirijo a la puerta, con paso desenfadado y salgo sin llamar su atención, y sin embargo sé que he llegado a una encrucijada. Ya he puesto el pie en el camino que lleva a lo desconocido. No habrá vuelta atrás.

20

Kitty me ha inculcado la imprudencia. No puedo imaginar de dónde ha salido si no. En solo seis días ya no soy la Faye Langton que dejó América, sino otra persona; soy una Deverill.

A medida que el reloj avanza con implacable ímpetu y se acercan las once, me siento catapultada a un destino inevitable, que no podría evitar aunque quisiera. Está escrito, de alguna manera, en los planos de mi subconsciente, y mis deseos más profundos se están manifestando, casi sin que yo sea consciente de ellos. No estoy inquieta. No me paseo de un lado a otro con nerviosismo. Estoy resignada, aceptando mi destino, y Wyatt y los niños están ocultos tras una niebla que he creado para que se adapte a mis fines. La culpa vendrá después, no lo dudo. Pero ahora, mientras estoy pendiente de la llegada de Cormac, no me siento culpable en absoluto. Solo me siento emocionada.

Me quito la ropa de montar y me pongo un vestido de flores y una rebeca corta de color verde. Fuera hace calor. La primavera se confabula conmigo y la brisa que se cuela por la ventana tiene aroma a azúcar. Me recojo el pelo en un moño, dejando algunos mechones sueltos que enmarquen mi cara, y apenas me maquillo. En casa nunca salgo sin maquillarme por completo, pero aquí no quiero pintarme. Quiero ser yo, tal y como soy, con arrugas y todo. Con Cormac no siento la necesidad de esconderme.

Me miro en el largo espejo sujeto al interior del armario. Me gusta lo que veo. Me siento femenina y joven. No soy delgada como Kitty, con su pequeña cintura, pero soy femenina con mis curvas y siempre he tenido un atractivo escote. Miro mi anillo de boda y el anillo de compromiso que era de la abuela de Wyatt y me gustaría poder quitármelos. Son una parte de Wyatt que me observan con ojos penetrantes que apuñalan mi conciencia.

Por fin oigo el crujido de las ruedas sobre la grava. Salgo de mi habitación de forma apresurada y bajo las escaleras con paso ligero y feliz. Tarareo una melodía mientras recorro con los dedos la suave madera de la barandilla. Me sorprende ver a Robert en el vestíbulo, revisando un montón de cartas. Dejo de tararear y en el acto reprimo mi paso alegre. Su rostro se suaviza al verme, pero no sonríe. Robert es un hombre serio y no sonríe con facilidad.

—¿Adónde vas? —pregunta.

—Cormac va a hacerme una visita guiada por el condado —respondo de forma casual, como si Cormac fuera simplemente un guía habitual.

Robert no parece sorprendido, o si lo está, no lo demuestra. La expresión impasible de su rostro hace que me pregunte cuánto está ocultando.

—Cormac se conoce esto mejor que la mayoría —dice, mirando de nuevo las cartas—. Espero que lo pases bien.

—Seguro que lo haré. Gracias —respondo.

Al abrir la puerta, estoy convencida de que siento los ojos de Robert en mi espalda, pero tal vez sea la culpa, que ya avanza con sigilo.

Cormac me aguarda de pie junto al jeep con las manos en los bolsillos. Kite está en el asiento trasero, asomando la nariz por la ventanilla abierta. Cormac me brinda esa sonrisa diabólica tan típica de él y la que yo le devuelvo sella mi destino. No deja nada oculto, no deja nada abierto a las conjeturas. He expuesto mi destino solo con estar aquí, tan feliz y de forma voluntaria, y mi saludo no es el saludo a un conocido, sino a un amigo íntimo. Nuestros ojos se han despojado ya de cualquier formalidad y cortesía, y al mirarnos lo hacemos con evidente deseo.

La tensión en el aire entre nosotros ha crecido a la espera de lo que ambos sabemos que va a suceder.

Me abre la puerta del pasajero y subo. Me giro y acaricio la cara de Kite. Mueve la cola. Ya se ha acostumbrado a mí. Cormac rodea el coche hasta el otro lado. Cuando abre la puerta, Kitty aparece desde el jardín. Lleva un par de tijeras de podar y unos guantes de jardinería. Nos saluda y nos desea que lo pasemos bien, pero, a diferencia de su marido, su cara está llena de ánimo, incluso de complicidad, y sospecho que sabe adónde nos dirigimos y no lo desaprueba en absoluto.

Cormac me mira y sonríe, y yo me llevo los dedos a los labios y sonrío también. Somos como un par de ladrones escapando con un botín que nadie sabe que hemos robado.

—¿Adónde vamos? —pregunto, porque tengo que romper la tensión de alguna manera y liberar los nervios que ahora se acumulan en mi estómago.

—Es una sorpresa —responde. Y al ver que pongo cara de circunstancias, añade—: Si se lo digo, arruinará la diversión, señorita Deverill. He planeado un programa completo.

Me gusta que me llame «señorita Deverill». Entonces sé que no quiere usar mi apellido de casada. Ninguno de los dos quiere usarlo. Ahora mismo, con Cormac en este Jeep, no soy una Clayton ni una Langton, soy simplemente yo.

Hace calor en el coche con el sol atravesando el cristal. Bajo la ventanilla y apoyo el codo en ella, con el rostro al viento. Me siento libre de preocupaciones... y libre de cargas.

—Entonces tendré paciencia —respondo, me giro y le sonrío. Él me mira y sus ojos de color lapislázuli me devuelven la sonrisa.

Mientras conduce, Cormac señala varios puntos de referencia. Conoce la historia de cada edificio antiguo, monumento y colina; la Guerra de la Independencia y la Guerra Civil que vino después se entretejen en todos ellos como una sangrienta cenefa, y para Cormac y los que vivieron aquello, la mancha nunca saldrá de la tierra ni de la piedra. Me cuenta la historia porque sabe que me interesa y porque quiere recordar, me percato. Fueron tiempos brutales, no cabe duda, pero al mismo tiempo debió vivirlos de verdad.

Me empapo de todo, disfrutando al escuchar su sonoro acento irlandés y del hecho de que estemos solos y tengamos todo el día por delante.

Al final, se desvía y enfila despacio un accidentado y desatendido camino que se adentra en las colinas. Me pregunto adónde me lleva. Veo una señal desgastada que dice «propiedad privada», pero eso no desanima a Cormac. Hay hoyos en el suelo donde los charcos del invierno han corroído

la tierra. Ahora están secos y llenos de hierba alta. El océano aparece resplandeciente al doblar una curva y veo a lo lejos la silueta de un montón
de rocas, de las que surge un faro blanco. Parece abandonado, rodeado de
un halo de espuma, y a excepción de las aves marinas, no sé cómo puede
nadie acceder a él.

—¿Es eso lo que querías mostrarme? —pregunto.

—No —responde—. Es esto.

En ese momento vuelvo mi atención hacia el interior y veo chimeneas
y frontones de piedra frente a nosotros, asomando justo por encima de los
árboles.

—¿Un castillo en ruinas? —pregunto con creciente excitación.

—Es más una casa señorial que un castillo —dice—. Rosemore Court
se construyó en la época de Cromwell y ardió durante los disturbios. Fue
el hogar de la familia Carmoody durante más de trescientos años, pero
ahora nadie viene aquí. Se ha dejado en manos de la naturaleza, que lo está
devorando poco a poco —explica, deteniéndose.

Me entusiasma visitar unas ruinas. Me imagino el aspecto que debió
tener el castillo Deverill después de ser arrasado de la misma manera. Este
edificio es un cascarón. Las paredes están cubiertas de musgo, hiedra y
otras plantas trepadoras que se han apoderado de él y sin duda lo consu-
mirán. Pueden pasar décadas, pero llegará el día en que no quede nada.

Cormac se alegra de que esté contenta con su plan.

—Sabía que te gustaría —dice.

—Me encanta —asevero, conmovida por el hecho de que se haya
tomado la molestia de pensar en lo que me gustaría. Me halaga que lo
sepa—. Me encantan las ruinas. No tenemos nada tan antiguo en Estados
Unidos.

—Bueno, esto no es antiguo según los estándares irlandeses. Puedo
llevarte a sitios muy antiguos que datan de hace miles de años. Pero pensé
que disfrutarías de esta aura de romanticismo.

Me pongo a su lado.

—Tienes razón. Es precioso. —Caminamos hacia ella. Me emociona
poder deambular por las gigantescas habitaciones, imaginar cómo debía
ser cuando el fuego ardía en las chimeneas y la familia cenaba en una gran

mesa, atendida por sirvientes con librea roja y dorada. Ahora no quedan más que las paredes. No hay escaleras, ni suelos de mármol, ni distinción entre el piso de arriba y el de abajo, solo hileras de ventanas que miran ciegamente al mar.

—¿Por qué nos atraen tanto las ruinas? —pregunto, poniendo los brazos en jarra y mirando a mi alrededor con asombro.

—Es la nostalgia —responde.

—No, creo que es más que eso. Creo que nos recuerdan nuestra propia mortalidad. Por eso nos hacen sentir tristes. Hubo una época en la que generaciones de personas habitaron este lugar y ahora se han ido, todas ellas, como un día nos iremos nosotros. Pero durante su vida tuvieron vidas tan reales, plenas y vibrantes como las nuestras. No imaginaron que morirían algún día, del mismo modo que nosotros no imaginamos que moriremos algún día. Nos creemos inmortales; ellos también. Pero no lo somos. Estas ruinas nos lo recuerdan. Son como un esqueleto que yace olvidado en una tumba abierta.

—El tiempo —dice Cormac—. Hace que pensemos en eso. El tiempo y la falta del mismo.

—En lo cortas que son nuestras vidas —añado mientras entramos en lo que podría haber sido uno de los muchos salones. La chimenea sigue ahí, pero el hogar hace tiempo que desapareció. Imagino que debía haber grandes retratos en las paredes, alfombras en el suelo, sofás y sillas, tal vez grandes lebreles tumbados frente a la chimenea. Me acerco a la ventana, cuyo marco de piedra sigue intacto, y miro hacia los campos y los árboles. Creo que en su día debió haber hermosos jardines, pero también han sido reclamados por el bosque.

Cormac se acerca y se pone a mi lado y ambos miramos hacia el bosque que avanza.

—No viviremos para siempre —dice sin mirarme—. Nuestras vidas no son más que un parpadeo del tiempo. Por eso tenemos que aprovechar el momento. —Me mira y sonríe—. No solo soy un experto en todo, sino también un maestro de los clichés.

Me río.

—¿Por qué un cliché es un cliché?

—Porque se ha usado demasiado.

—Claro, pero se ha utilizado en exceso porque es absolutamente preciso.

—Entonces te diré otro —añade y ya no sonríe. Me mira con una expresión seria que sosiega el aire, y baja la voz—: Me gustas mucho, Faye.

Le miro a los ojos, esos ojos que parecen ver a través de mí, y dejo que me absorban. No me resisto. Los miro fijamente y dejo que me consuman, como el bosque está consumiendo las ruinas.

—Tú también me gustas, Cormac —respondo.

Su rostro se suaviza, como si una luz cálida y ambarina se hubiera posado en él. Me pone una mano áspera en la cara y me coloca un mechón de pelo detrás de la oreja. Eso también es un cliché, pero, al fin y al cabo, ¿no es el amor un gran cliché? Entonces ladea el cuello y me besa. Sus labios son suaves y cálidos, su barbilla sin afeitar me raspa. Hacía mucho que nadie me besaba. No puedo recordar la última vez que Wyatt me besó, y antes de eso, bueno, hace toda una eternidad; no puedo recordar los besos de mi juventud. Tengo cincuenta y ocho años y me siento como si me besaran por primera vez. Apenas me atrevo a respirar por si estropeo el momento. Es tan dulce y tan tierno que quiero aferrarme a él. Quiero sentirme así para siempre. Cierro los ojos y no tengo edad, ni nombre, ni anillo de boda; solo soy una mujer a la que un hombre está besando y que poco a poco se está enamorando.

Me rodea con sus brazos y me estrecha contra sí, y yo pongo mis manos en sus mejillas y le devuelvo el beso.

¿Cuán poderoso es un beso? Disuelve las barreras como el azúcar en el agua. Con ese beso somos uno. Ya no hay incomodidad entre nosotros, ni tensión, ni conjeturas, ni esperanzas, ni disimulos. Hemos reconocido nuestro deseo y ha quedado demostrado. Con ese beso también he redescubierto una parte de mí que se había perdido hacía mucho tiempo. Es como si esa parte se hubiera despertado y descubro, para mi deleite y sorpresa, que está tan viva como siempre.

Cormac me suelta el pelo y lo aprieta con los dedos mientras me cae por los hombros.

—Eres una mujer preciosa, Faye —dice, con una ternura en los ojos que hace que algo se me agarre al pecho. No sé cómo responder. Hacía mucho tiempo que nadie me decía que era guapa. He sido madre y esposa, hermana, hija y amiga, pero no he sido una mujer hermosa. Soy demasiado mayor para sonrojarme, pero siento que mis mejillas arden de todas formas. Me besa la sonrisa y me acaricia la barbilla con el pulgar—. Tenía ganas de besarte —añade, enarcando una ceja.

—Yo también quería que me besaras —respondo.

—No estaba seguro...

No quiero que el nombre de mi marido empañe el momento, así que me apresuro a añadir:

—Me alegro de que lo hayas hecho.

—Ha sido esta mañana, cuando tú y Kitty habéis venido a verme. Algo había cambiado en ti. Algo cedió. —Me mira intensamente—. Todavía está ahí, en tus ojos.

Frunzo el ceño.

—¿Qué es?

—Valentía.

—¿Valentía? —repito.

—No estaba ahí antes.

Me río, incrédula.

—Me pregunto a qué se deberá.

—Es la Deverill que hay en ti —asevera, con una sonrisa torcida—. Eso es. Y creo que está ahí para quedarse. —Vuelve a ponerse serio—. Esto es lo que eres, Faye.

Pienso en Wyatt, en Logan, en mi padre y en mi madre, y levanto la barbilla en señal de desafío.

—Me siento diferente cuando estoy contigo, Cormac —confieso—. Y me gusta esta yo diferente que sacas a la luz.

En efecto, sienta bien ser audaz. Sienta bien ser hermosa. En todos los años que he sido una sumisa Clayton y una obediente Langton, no me había dado cuenta de que en mi interior tenía el poder de ser también una audaz Deverill. Solo he tardado seis días en encontrarla.

Ahora paseamos por las ruinas de la mano. Kite percibe nuestra felicidad y salta de un lado a otro alegremente, mientras mantiene su distancia con discreción. El sol se confabula con las nubes para realizar el

romanticismo de nuestra mañana y brilla con fuerza, calentando la tierra
e inundando el aire de los aromas de la primavera. Oigo el trinar de los
pájaros como nunca antes lo había oído. Siento la brisa en mi piel, sabo-
reo el mar en la lengua y veo el verde vibrante del renacer de la primavera, como si ese beso hubiera agudizado mis sentidos y me hubiera despertado a un mundo nuevo. O tal vez me estoy situando en el momento
presente con firmeza porque ahora hay una sombra de duda sobre todo
lo que está fuera de él.

Somos como dos adolescentes. Robamos besos detrás de las paredes,
nos tentamos y seducimos el uno al otro. Nos sentamos en la hierba y vemos
pacer a los conejos y a las mariposas desplegar sus alas al sol. Luego nos
tumbamos de espaldas y atribuimos formas a las nubes. Él ve un barco y
yo un zapato, y nos reímos de nuestra inmadurez, al tiempo que reconoce-
mos que la alegría proviene de las cosas sencillas, así que volvemos a be-
sarnos porque no hay nada más sencillo que un beso.

Cuando nos entra hambre, nos dirigimos a un *pub* para comer. Cormac me lleva a un pueblo pequeño y pintoresco, construido en la curva de
una cala al abrazo de las colinas. Las casas son blancas, con tejados de teja
gris, la aguja de una iglesia ensarta el cielo, los veleros se mecen en el agua
y las jardineras están repletas de flores. Las gaviotas revolotean con la brisa y las vacas pastan en los campos lejanos, y por si toda esa belleza no
fuera suficiente, el sol empapa la tierra con su deslumbrante resplandor.
Deja salir a Kite y enseguida encuentra otros perros con los que jugar.
Cormac, confiado en que puede cuidarse sola, se mete las manos en los
bolsillos y se encamina hacia el *pub*. En el exterior hay un jardín con mesas
y algunos pequeños grupos de personas almorzando. Elegimos una mesa a
una distancia discreta.

—¿Qué quieres tomar? —me pregunta.

—Quisiera una lima con gaseosa —digo y agarro la carta para ojearla.

Se aleja hacia la puerta abierta y yo aparto la vista de la carta para
observarlo. Es un hombre corpulento, ligeramente encorvado y con una
forma de andar despreocupada, como si tuviera todo el tiempo del mundo, y pienso en lo diferente que es del hombre con el que me casé. Mientras que Wyatt es delgado y atlético y se preocupa mucho por seguir

siéndolo, a Cormac no le importa. Encuentro su falta de vanidad muy atractiva, muy masculina. Mientras espero a que vuelva, pienso en las últimas horas. No me siento culpable en absoluto; todavía no. Me siento excitada.

Cormac vuelve con una lima con gaseosa para mí y una pinta de Guinness para él.

—Es un lugar precioso —le digo. Mi corazón se llena de gratitud porque mi madre me trajera aquí, a este lugar encantado, y al hacerlo me inspirara para que me encontrara a mí misma. Es irónico que dejara aquí su parte de Deverill para que yo la encontrara.

Cormac esboza una sonrisa.

—Sabía que te gustaría. Tengo muchos planes para ti.

—¿De veras?

—Bueno, si este es el sexto día de tu estancia, te quedan ocho días y me imagino que estarás deseando ocuparlos, ¿no?

Asiento con la cabeza.

—Así es.

—Así que he planeado tu itinerario.

Yo me echo a reír.

—Venga ya, no es posible.

—Bueno, no lo he puesto por escrito. —Se toca la sien—. Pero está todo aquí. Cuando te vayas, habrás visto lo mejor que ofrece Irlanda.

Le miro con cariño.

—Ya lo he hecho —digo.

Comemos, charlamos y nos miramos a través de la mesa, ajenos a la gente que va y viene a nuestro alrededor. Kite se tumba bajo la mesa, para dormir a la sombra. Cormac me pregunta sobre mi vida y, mientras le cuento, me escucha. Me escucha de verdad. No estoy acostumbrada a este tipo de atención y me siento florecer bajo ella. Cuando le cuento historias de mi pasado, me interrumpe para que le dé más detalles, para que cuestione mis motivos, para que yo misma empatice con las decisiones que a veces me vi obligada a tomar a causa de las convenciones, de la tradición, pero sobre todo de mi propia falta de asertividad.

—Me siento fuerte cuando estoy contigo —digo.

—Eso es porque yo saco la fuerza que hay en ti. ¿Te has dado cuenta de que cada persona en tu vida saca algo diferente? Un amigo puede hacer que te sientas inferior, otro puede darte fuerza. No eres unidimensional, Faye. Eres multidimensional. Las malas decisiones te dejan con las personas que te hacen sentir inferior; las buenas decisiones te dejan con las que te hacen sentir bien.

—Tú me haces sentir bien. Me he sentido bien desde el momento en que te conocí.

Me toma la mano por encima de la mesa.

—Tú también me haces sentir bien.

Le pregunto por su mujer. Siento que puedo preguntarle cualquier cosa. No duda y ni mucho menos parece incómodo. Siento que quiere recordarla. Me cuenta cómo se conocieron de jóvenes y sonríe con nostalgia al recordar los tiempos felices. Luego, su rostro se ensombrece cuando me dice que no pudieron tener hijos.

—Nunca supimos quién de los dos era infértil —dice encogiéndose de hombros—. No queríamos hacerlo. Simplemente aceptamos que nunca sucedería. Cuando murió fue mi mayor tristeza; no dejó nada de sí misma.

—Sus ojos revelan su dolor. Un dolor profundo y punzante. No estoy celosa, solo siento una inmensa pena por él. Quiero mejorarlo, así que le aprieto la mano—. Ya ha pasado mucho tiempo.

—¿Y no te has vuelto a casar? —pregunto.

Niega con la cabeza y leo en su silencio que quizá nadie pueda ocupar nunca su lugar.

Después de comer, paseamos por la playa. Se ha levantado el viento y las nubes de vientre púrpura surcan el cielo. La luz tiene una tonalidad amelocotonada a medida que el maduro sol va desapareciendo. Nos cogemos de la mano. Parece algo natural, como si nos conociéramos desde hace mucho tiempo, no solo seis días. Cormac habla por los codos. No es un hombre callado. Es un hombre de pensamientos y sentimientos profundos y creo que por eso canta tan bien. Pone su alma en su música y su alma es un cavernoso pozo de experiencia. Y yo, que suelo ser la oyente en todas mis relaciones, tampoco paro de hablar. Sin duda porque Cormac quiere escuchar. Me hace sentir interesante e inteligente. La única otra persona que me ha hecho sentir eso es Temperance.

Paseamos de un lado a otro por la playa mientras Kite corretea entre las olas. Nos sentamos en la arena mientras el sol acaricia el horizonte y el agua se torna cobriza. Me besa otra vez. Y otra vez más. Después el crepúsculo nos obliga a marcharnos y este día perfecto toca a su fin.

—Quiero pasar todos los días contigo —dice, omitiendo el «antes de que te vayas». Yo tampoco quiero pensar en irme.

—Eres mi guía, así que tienes que hacerlo —respondo con una sonrisa, pero tras ella, la idea de separarme me pone melancólica.

—Claro que lo soy —dice.

—Aquí no tengo que rendir cuentas a nadie —añado.

—No lo sabes, pero Ballinakelly es un pueblo pequeño, así que es mejor que seamos discretos. Nunca se sabe…

—Creo que Kitty hará la vista gorda.

—De eso puedes estar segura —dice con firmeza—. Kitty es una mujer de mundo. No conseguirás que te señale con el dedo.

—Pareces muy seguro.

—Lo estoy —asevera y volvemos al Jeep—. Pero ese marido suyo es harina de otro costal. Es tan recto moralmente como un sacerdote.

Kite se sube de un salto a la parte de atrás y nosotros nos montamos delante. Cormac arranca el motor. Miro por la ventanilla el cielo que se oscurece y pienso en Kitty y en Jack O'Leary y las piezas del rompecabezas empiezan a encajar. Me gustaría preguntarle a Cormac. Creí que podía preguntarle cualquier cosa. No creo que pueda preguntarle eso.

21

Arethusa cerró un ojo y miró por la rendija entre la puerta y el marco, justo debajo de la bisagra. Se le aceleró el corazón. No sabía si estaba nerviosa por actuar delante de los amigos de la duquesa o por Jonas, que estaba allí, para supervisar el recital además de para actuar con su hermano.

Margherita y lady Alexandra estaban de pie frente a la chimenea de mármol, tratando de no moverse sin parar. Margherita llevaba un exquisito vestido amarillo de Worth, que acentuaba su pequeña cintura y atraía las miradas hacia sus pálidos hombros y escote y el collar de diamantes amarillos que brillaba en él. Lady Alexandra, para no ser superada por la que con toda probabilidad sería su cuñada, también llevaba un vestido de Worth, en un precioso color rosa palo. Sus diamantes eran, sin duda, más antiguos que los de Margherita, ya que habían pasado de generación en generación y los habían llevado al menos tres duquesas, pero las piedras eran bastante más pequeñas. La duquesa, al ver el de Margherita, le comentó a su hija en privado que no era adecuado que una chica tan joven llevara piedras tan grandes y que, además, no convenía brillar más que los ojos. Pero Arethusa, a la que le importaban poco las joyas, pensaba que en el fondo la duquesa estaba muy contenta, ya que las joyas de los Stubbs pronto pasarían a formar parte de la colección de la familia Sutcliffe (y la riqueza que conllevaba pagaría, sin duda, el mantenimiento de las fincas de la familia, así como las cacerías de Peregrine). Arethusa no era competitiva con otras mujeres. Se encontraba lo bastante segura en su propia piel como para sentir que no necesitaba la ayuda de los vestidos más elegantes ni de las gemas más caras para realzarla. Solo quería impresionar a Jonas y, tras haber pasado las últimas semanas en su compañía durante las clases de banjo, sabía que a él tampoco le importaban los vestidos lujosos. A él le gustaba ella por sí misma; sus ojos se lo habían dicho. Sin embargo, Augusta se había asegurado de que Arethusa brillara tanto como las otras dos jóvenes. Su sastre le había confeccionado un impresionante vestido de intensos colores púrpura y negro, que le hacía una envidiable figura de reloj de arena, quizá demasiado sensual para una chica tan joven, pero era imposible que Arethusa pareciera recatada. Tenía una expresión cómplice de los ojos y una coqueta forma de mirar de la que en absoluto era consciente. Y el sutil relleno del polisón y el descarado movimiento de la cola no hacían más que llamar la atención sobre su forma juguetona de caminar, a la que Augusta se refería como paso alegre, pero que en realidad era más bien un pavoneo. Se quedó detrás de la puerta y observó a los invitados a través de las puertas dobles abiertas del salón de baile en el otro extremo del rellano. Todos habían llegado y estaban tomando asiento.

—Peregrine y Rupert son como un par de ladrones que planean un robo —dijo Arethusa con una carcajada—. ¡Por Dios! Están de pie junto a la puerta; sin duda no quieren ser obedientes en absoluto.

Margherita se agitó más, todo lo que podía con un corsé tan apretado.

—Tal vez estén merodeando junto a la puerta porque quieren echar un vistazo aquí dentro —dijo esperanzada—. ¿Están mirando hacia aquí?

—No —respondió Arethusa sin rodeos, y luego añadió con más suavidad—: Pero creo que tienes razón, están rondando la puerta para desearnos suerte cuando entremos. —Ella no lo creía, pero Margherita estaba tan encaprichada con lord Penrith que no le parecía bien aguarle la fiesta, no antes de que estuviera a punto de tocar el banjo para él.

Lady Alexandra, que se sonrojaba cada vez que se mencionaba el nombre de Rupert y le salía un sarpullido por todo el cuello y el pecho, tenía ahora la cara roja como un tomate y estaba tan nerviosa como Margherita.

—Tu hermano nunca me ha oído cantar —dijo.

A Arethusa le hubiera gustado decirle que su frágil vocecita no le impresionaría lo más mínimo, pero, una vez más, no quiso ser descortés.

—Creo que estará muy impresionado —mintió—. Me alegro de que seas tú quien cante y no yo. Yo vaciaría la sala después de una sola nota. —Lady Alexandra esbozó una alegre sonrisa, encantada con la idea de que Rupert quedara impresionado y Arethusa cantara mal. Levantó la barbilla y tomó aire por sus delicadas fosas nasales; su sentimiento de superioridad dibujó una pequeña sonrisa en sus finos labios.

No pasó mucho tiempo antes de que Jonas y su hermano George entraran en la habitación. Arethusa salió de detrás de la puerta y le brindó una sonrisa a Jonas, que sonrió con igual ánimo a las tres chicas.

—¿Están listas, señoritas? —preguntó—. Su público aguarda y vamos a darles una gran velada.

—Estoy muy nerviosa —gritó Margherita—. Es la primera vez que actúo con público.

—Mamá insiste en que toque el piano para la gente a todas horas —dijo lady Alexandra con grandilocuencia—. Pero reconozco que me pone nerviosa tocar el banjo.

George levantó las manos.

—Señoritas, no tienen que estar nerviosas. Han practicado y ahora son perfectas. Salgan a conquistar. Demuestren lo que saben hacer y siéntanse orgullosas. ¡Recuerden que solo ustedes y el príncipe de Gales saben tocar el banjo! —George, que era más entusiasta y cómico que su hermano, las tranquilizó haciéndoles reír, mientras que Jonas les daba consejos como cualquier buen profesor.

—Acuérdense de respirar —dijo con seriedad. Miró a Arethusa, pero solo un segundo. Era como si ella le quemara en los ojos—. Ahora agarren los banjos y esperemos a que Su Gracia nos presente. Creo que está a punto de hacerlo.

Las chicas siguieron a los hermanos Madison fuera de la sala y se colocaron juntas al lado de las grandes puertas dobles, con el banjo en una mano y el abanico en la otra; Arethusa se había atado la correa de terciopelo de su bolso de noche de cuentas negras en la muñeca y lo llevaba también. Podía sentir el calor corporal del público y oler el perfume de las damas en el denso y cargado ambiente. Un silencio expectante se apoderó de la sala. Rupert y Peregrine se situaron junto a la puerta y dirigieron a las chicas miradas de aliento. Las jóvenes esperaron ansiosas a que la duquesa subiera al escenario para dar una vez más la bienvenida a los hermanos Madison a su casa y para presentar a tres jóvenes intérpretes poco comunes. Un murmullo recorrió a los invitados mientras todos se preguntaban quiénes podrían ser las jóvenes intérpretes.

Arethusa captó la mirada de Jonas y la sostuvo. A pesar de lo atractiva que era, esta vez él no apartó la mirada como si se escaldara, sino que la miró con anhelo, como si de repente se diera cuenta de que esa noche era la última vez que se verían, que al día siguiente no habría más clases, que después de aquello se acabaría todo. Arethusa no pensaba en nada más que en el momento presente. Estaba ahí, con él, y a punto de demostrarle lo mucho que había practicado y la facilidad con la que había aprendido.

Si George Madison hubiera sido su profesor, habría sido tan inepta como sus dos compañeras.

Ella sonrió a Jonas y entre ellos se produjo una comunicación silenciosa, como tantas veces ya había pasado durante las clases. Era inútil, de hecho ya estaba condenado, y sin embargo ambos se aferraban a la fantasía, como tantos desafortunados amantes antes que ellos, de que en el amor nada era imposible. Se miraron el uno al otro con infinita esperanza.

La duquesa las anunció en ese momento y el sonido de los aplausos señaló su entrada. Arethusa apartó la mirada y siguió a lady Alexandra y a Margherita Stubbs a la sala. Detrás de ella iban los hermanos Madison, con cuidado de no pisar la cola de su vestido.

Margherita tomó asiento y echó una rápida mirada a Peregrine, que ocupó su lugar y le dedicó una sonrisa de apoyo, como haría un prometido con su prometida. No tardaría mucho en anunciarse su compromiso, pensó Arethusa. Rupert, por su parte, que estaba sentado al lado de Peregrine, miró a lady Alexandra mientras se sentaba y colocaba el banjo sobre la rodilla. La joven era demasiado tímida para mirarle, pero estaba ansiosa por mostrarle lo bien que cantaba. Arethusa deseó no haber mentido al respecto. Rupert no estaba más interesado en su voz de cantante que en cualquier otra parte de ella. No estaba segura de cómo iba a terminar aquello, teniendo en cuenta que su hermano no tenía ninguna intención de casarse, fuera o no una dama. Sin embargo, la había entretenido durante las tres semanas de clases de banjo, lo que había beneficiado a Arethusa, ya que le había permitido pasar tiempo a solas con Jonas para hablar y conocerlo. En las breves conversaciones que habían conseguido mantener a solas, Jonas le había hablado un poco de su familia. Había nacido en New Brunswick, Canadá, y más tarde se había trasladado a Nueva York para hacer carrera en la música. Tal y como Arethusa había supuesto, los antepasados de Jonas y George fueron llevados a Estados Unidos desde el Caribe en barcos de esclavos, cuyos horrores apenas podía imaginar. No se había detenido en el pasado lejano, sino en la suerte que le había proporcionado éxito como intérprete y en la suerte que le había llevado allí, hasta ella. Pero ahora que las clases habían terminado no había razón para que ninguno de los dos acudiera a casa de los Sutcliffe. Lady Alexandra y ella no eran amigas íntimas, eran demasiado diferentes, y Rupert podía ver a Peregrine en su club, como hacían los hombres de su clase. En cuanto a Jonas, él y su hermano viajarían por el país como estaba previsto. Era poco probable que sus caminos se volvieran a cruzar.

Las tres muchachas levantaron sus banjos y empezaron a tocar, mientras Jonas y George observaban con orgullo a un lado del escenario. El ambiente, antes cargado de expectación y de cierto temor, ya que era muy posible que las chicas no supieran tocar en absoluto y avergonzaran a la duquesa y a sí mismas, se suavizó con el alivio y el creciente disfrute. Arethusa no necesitaba mirarse las manos mientras cambiaba de acorde, a diferencia de lady Alexandra y Margherita, que no habían practicado con tanta dedicación como ella. Arethusa había puesto el corazón al practicar y eso se notaba. Al eclipsar a las otras dos con el fluido movimiento de sus dedos y su entusiasmo (además de algún golpeteo poco propio de una dama), sintió los ojos de Jonas sobre ella y su determinación de hacerlo mejor se intensificó. Recorrió con la mirada los rostros resplandecientes del público (de verdad hacía mucho calor allí dentro) y sintió una creciente sensación de satisfacción. Tal vez no fuera una dama como Alexandra, ni tan rica como Margherita Stubbs, pero sabía tocar el banjo mejor que ellas dos juntas. Al final de su pieza recibieron un fuerte aplauso. La duquesa parecía satisfecha. Ninguna de ellas había errado una sola nota, al menos, que nadie hubiera notado.

Los juglares Madison tomaron el relevo, bailando y subiendo en el escenario, y sus voces se elevaron en una exquisita armonía. Cantaron la alegre *American jig*, que hizo sonreír a todo el mundo, seguida de *Home, sweet home*, que hizo llorar a un par de ancianas y que provocó un velo de nostalgia en los ojos de unos cuantos ancianos. Luego cantaron sobre la esclavitud. Eso fue algo inesperado e hizo que muchos de los asistentes se sintieran un poco incómodos. No era un tema que la duquesa quisiera que se tratara en su salón, en una noche tan bonita como aquella. «Escucha, bebé, escucha, tu mamá se está muriendo —decían sus voces quejumbrosas—. Por salvar a su hijo de los golpes de su cruel amo. ¡Oh! ¡Cruel, cruel esclavitud! Cientos están muriendo. Por favor, deja que mi bebé muera, deja que se vaya.» La sonrisa de la duquesa se congeló y se pareció menos a una sonrisa y más a una mueca. Dos manchas carmesí se propagaron por sus blancas mejillas como gotas de sangre sobre papel secante. Arethusa estaba tan conmovida por la letra de la canción y por las quejumbrosas voces de los hermanos que no se dio cuenta de la tensión que se estaba creando en la sala. Vio el descarnado dolor en los ojos de Jonas mientras cantaba el sufrimiento de su pueblo y se dio cuenta en ese instante de lo lejos que había llegado. La gran distancia que había entre el destino de sus antepasados y su actuación presente, ante la aristocracia británica. Se llevó una mano al corazón porque sintió que algo ahí se encogía. Pensó en aquellos barcos de esclavos y en la forma inhumana en que había sido tratada su gente y lo amó aún más por su valor. Lo más seguro era que ellos mismos hubieran compuesto la canción. Aquellas conmovedoras imágenes eran, sin duda, sin duda reflejo de la historia de su propia familia. Entonces su mirada se vio atraída por la de su hermano. Era insistente. Cuando apartó su mirada de Jonas, se dio cuenta de que Rupert tenía la cara cenicienta y la mandíbula en tensión a causa del horror. Desvió la vista hacia el sorprendido público, cuyos rostros estaban tan pálidos como el de Rupert, y se sintió aterrorizada. Si Jonas y George disgustaban a la duquesa, podría destruir sus carreras con unas pocas palabras elegidas con cuidado. Arethusa apeló en silencio a su hermano para que hiciera algo, pero no pudo hacer nada para detener la canción. Los Juglares siguieron cantando, decididos a ilustrar a su público sobre su herencia negra americana. Por fin, Rupert susurró algo a Peregrine, que se inclinó hacia su madre y le susurró algo al oído. En cuanto sonó la última nota, y antes de que pudieran lanzarse a cantar otra cosa inadecuada, la duquesa se puso en pie e invitó a su hija a cantar. Lady Alexandra miró a Rupert y esbozó una pequeña sonrisa de agradecimiento, antes de ocupar el taburete del piano de cola y serenarse para ejecutar su canción. Los hermanos Madison volvieron a sus asientos, sin avergonzarse de su paso en falso, y esperaron expectantes a que lady Alexandra comenzara.

Arethusa esperaba que cantara bien. Si tenía una voz bonita, nadie recordaría la canción sobre la esclavitud. La hija de la duquesa tenía la oportunidad de animar la velada y terminarla con lo que ellos consideraban un toque hermoso en lugar de uno desagradable. Arethusa se sintió desesperada por Jonas. Si se corría la voz de que habían ofendido a la duquesa de Sutcliffe, era posible que no los volvieran a invitar a tocar en ningún sitio. Miró a su amiga al piano para que arreglara la velada. Pero no creía que una chica tan delicada e insípida, que solo tocaba unos cuantos acordes pasables con el banjo, pudiera tocar o cantar con cierto aplomo.

Pero se equivocaba. Las manos de la muchacha se convirtieron en gráciles palomas que volaban sobre las teclas. Arethusa se quedó asombrada, pero luego recordó lo dotadas que estaban esas chicas inglesas, preparadas a conciencia para el mercado matrimonial. Lady Alexandra tomó aire y de su garganta brotó un exquisito sonido. Su voz era una flauta, pura como el agua clara, afinada como la de un canario. Cantó tres canciones, cada una más hermosa que la anterior. Rupert hizo que Arethusa desviara la atención cuando se llevó una mano al ojo para enjugarse una lágrima. Luego miró los demás rostros de la sala y sus temores se apaciguaron al ver sus mejillas rosadas y sus ojos brillantes. La Duquesa sonreía de forma orgullosa e indulgente como lo hacía una madre a una hija amada y talentosa. No cabía duda de que lady Alexandra tenía el poder de conmover a toda una estancia con la ternura y la melancolía de su voz. Arethusa nunca lo habría imaginado.

Mientras todos observaban la actuación, Arethusa miró a Jonas. Tenía el rostro sonrojado y sus ojos también brillaban, y él la estaba mirando a ella. Entonces, con una súbita y ardiente punzada en su corazón, se dio cuenta de que nunca volverían a verse. Que por muchas esperanzas que abrigaran, la esperanza no era más que un frágil rayo de sol abriéndose paso entre las densas nubes de los convencionalismos. No eran rivales para los rígidos estándares y prejuicios de la sociedad. Pero Arethusa no iba a rendirse tan fácilmente. Tenía el don de vivir el momento, de optar por no pensar en las consecuencias de sus actos y actuar de manera impulsiva. Tenía un espíritu temerario y una confianza que le permitía conseguir lo que quería, sin importar cuáles fueran los obstáculos. Era evidente que había más obstáculos ahora que antes, pero no pensaba en todos ellos, solo en el más cercano, y ya había ideado una forma de superarlo. Le dedicó a Jonas una sonrisa casi imperceptible, apenas curvando los labios, y luego se dio la vuelta.

Una vez terminado el recital, Arethusa se sintió aliviada al comprobar que nadie hablaba de la canción sobre la esclavitud, sino de la voz angelical de lady Alexandra, que los había conmovido a todos hasta el punto de arrancar algunas lágrimas. Por supuesto, el elogio que más ansiaba lady Alexandra era el de Rupert. Consciente de ello, le besó la mano y le dijo que le había derretido el corazón, lo que encendió las mejillas de la muchacha. Arethusa sintió pena por su amiga, pero se preguntó por qué demonios Rupert no querría casarse con ella. Era una de las chicas más codiciadas del país. Si la duquesa estaba alentando sus encuentros, lo que sin duda hacía, el duque y ella debían aprobar el matrimonio. Arethusa observó a Rupert; con la cabeza inclinada, sus centelleantes ojos castaños estaban clavados en los ojos de cachorrito de la muchacha, y se preguntó si su aparente desinterés por el matrimonio no había sido más que una treta y en realidad tenía la intención de casarse con lady Alexandra.

Mientras tanto, la duquesa se movía lentamente por la sala recibiendo cumplidos como si ella misma hubiera actuado. Arethusa también recibió muchos cumplidos. Estaba junto a Margherita, radiante aún por los elogios de Peregrine.

—Nunca podré agradecértelo —le dijo Margherita a Arethusa en el breve momento que pasaron juntas antes de que otros jóvenes se acercaran a felicitarlas.

—¿El qué? —preguntó Arethusa.

—Si no hubiera sido por ti, nunca me habrían invitado aquí.

Arethusa frunció el ceño.

—Seguro que yo no he tenido nada que ver.

Margherita se rio.

—Pues claro que sí. Alexandra quería a tu hermano, así que te invitó a dar clases de banjo con ella, sabiendo que Rupert te acompañaría. Pero como en realidad tú y ella no os conocíais, me invitó a mí, sabiendo que éramos amigas, y así aumentó las posibilidades de entrar en el salón de su madre. ¿No lo ves? Todo es por Rupert.

—No estoy segura de que Rupert sea de los que se casan —dijo Arethusa, dudando de sus palabras incluso mientras las decía. La forma en que miraba a lady Alexandra sugería que, sin duda, era de los que se casaban.

—Si no te hubieras desmayado en esta misma habitación, quizá nunca hubiera conocido a Peregrine —añadió. Entonces sus ojos se entrecerraron y sonrió—. No lo hiciste a propósito, ¿verdad?

Arethusa se rio.

—Por supuesto que no.

—No querías a Peregrine para ti, ¿verdad, querida Tussy? No me gustaría…

Arethusa la detuvo.

—Peregrine es todo tuyo, Margherita. Mi corazón está en otra parte.

Margherita enarcó las cejas.

—¿De veras? ¿Quién es él? ¿Está aquí?

Arethusa negó con la cabeza y suspiró.

—Don Imposible, ese es él. Pero mientras mi corazón le pertenezca a él nunca podrá pertenecer a ningún otro. —Tocó la mano de su amiga—. Os envidio a Peregrine y a ti. Sois una pareja perfecta y está claro que también os gustáis. Me parece que el amor tiene poco que ver con el matrimonio, pero a veces una persona afortunada como tú consigue fusionar ambas cosas.

Los ojos de Margherita se llenaron de simpatía por su amiga y de gratitud por su propia suerte.

—Soy muy afortunada —reconoció—. Peregrine no solo es guapo, sino también sensible y amable. —Luego se rio con indulgencia, observando mientras Rupert y él hablaban ahora en el otro extremo de la habitación—. Al casarme con él, creo que también me casaré con tu hermano. Los dos están muy unidos. Pero supongo que en eso también puedo considerarme afortunada. ¡Son dos de los hombres más atractivos de Londres y me quedaré con los dos!

En ese momento la madre de Margherita la llamó para presentarla a la duquesa viuda, que quería conocerla (y formarse una opinión sobre la americana que pronto entraría en su familia) y Arethusa se quedó sola. Se giró con la intención de buscar a su hermano, pero vio a Jonas abriéndose paso hacia ella entre la multitud. Su dulce mirada se posó en ella y, con ella, el resto de la sala se desvaneció. Lo único que existía era él y el frágil rayo de esperanza que iluminaba el lugar en el que se encontraban.

—Su actuación de esta noche ha sido impresionante, señorita Deverill —dijo en voz queda—. Tiene usted porte y gracia y, bueno, algo especial que nadie más tiene. Algo único en usted.

—Si eso es así, es usted la única persona que lo ve —respondió ella, hundiéndose más en su mirada—. Es la única persona que quiero que lo vea. La única persona que importa.

Una vez más, su atrevimiento le cogió por sorpresa y se quedó momentáneamente sin palabras. La miró extrañado, como si no pudiera creer lo que estaba escuchando.

Arethusa sabía ahora que se había declarado, pero no apartó la mirada. Le sostuvo la suya con la descarada seguridad de una chica que sabe lo que quiere y no teme intentar conseguirlo.

Bajó la voz, consciente de los otros invitados que se relacionaban y charlaban en su visión periférica.

—Me voy a Manchester —dijo con seriedad.

—Lo sé, por eso tengo un regalo de agradecimiento para usted. Es un libro de poesía que encontré y que pensé que podría gustarle. Quizá le inspire cuando componga canciones.

Arethusa se desenganchó la correa de la muñeca y abrió su bolso de noche. Jonas la vio sacar un libro en miniatura, no más grande que el tamaño de la palma de su mano, encuadernado en verde con letras doradas que decían *Librillo de poemas irlandeses*. Era bastante inofensivo. Algo que podía mostrar a cualquiera sin avergonzarse. Algo que no comprometería a quien lo regalaba.

—Gracias —respondió en voz baja—. Estoy conmovido.

—Y voy a comprar el banjo —dijo, recordando de repente que no le pertenecía.

—No es necesario. Es mi regalo para usted. Quiero que lo tenga.

—Lo guardaré como un tesoro.

—Y yo la imaginaré tocándolo. —Esbozó una sonrisa; no la sonrisa cordial de un profesor a su alumno, sino la tierna e íntima sonrisa de un hombre que mira a la mujer que ama—. Solo pensaré en usted —añadió, y el pecho de Arethusa se hinchió de felicidad porque ahora él también se había declarado.

—La música es un lenguaje propio —dijo—. Se pueden decir muchas cosas sin pronunciar una palabra. De hecho, me atrevería a decir que la música comunica más que las palabras. Que a veces las palabras son inadecuadas, pero la música llega al corazón del asunto. Quiero tocar algo hermoso para usted, señor Madison. Algo verdaderamente hermoso porque lo que siento aquí —se llevó una mano al corazón— es hermoso.

—Señorita Deverill, ha sido un placer. —Su cambio de tono la alertó de que alguien se acercaba.

Al girarse vio a Augusta abriéndose paso entre la multitud hacia ella como un majestuoso galeón en el mar. Arethusa estaba furiosa porque la habían interrumpido.

—Querida —dijo Augusta, ignorando a Jonas—, has estado maravillosa. Todo el mundo lo dice.

Arethusa la cortó enseguida.

—Prima Augusta, te presento a mi tutor, Jonas Madison. Señor Madison, esta es mi prima, la señora Deverill.

Augusta le había ignorado a propósito. No era decoroso que Arethusa estuviera hablando con él a solas. Le dirigió una mirada altiva, pero se las arregló para saludarlo con cortesía. Si no hubiera sido porque Jonas le había dado una clase de banjo al príncipe de Gales, tal vez no lo habría saludado, pensó Arethusa con resentimiento.

—Ha hecho un buen trabajo enseñando a mi joven prima a tocar el banjo. —Augusta se rio con displicencia, como si no considerara el banjo un instrumento de verdad, sino más bien una novedad—. A todos nos ha entretenido mucho. —Luego le dirigió una mirada severa y a Arethusa se le encogió el estómago al prever lo que su franca prima iba a decir—. Pero si yo fuera usted, tal vez eliminaría del repertorio la canción sobre la esclavitud. No sé cómo es en Estados Unidos, pero nosotros somos un pueblo de gustos delicados y ese tipo de cosas nos resultan bastante desagradables.

Arethusa intervino antes de que Jonas pudiera responder.

—Prima Augusta, el señor Madison me ha regalado el banjo—. ¿No te parece generoso y amable de su parte? —dijo ella.

Los ojos de Augusta se abrieron de par en par y palideció. Su expresión dejaba claro que no estaba contenta.

Jonas intervino:

—También voy a regalarles a lady Alexandra y a la señorita Stubbs sus instrumentos —la tranquilizó—. Es un placer saber que pueden seguir tocando.

Augusta rio aliviada al ver que su gesto no era inapropiado a pesar de todo, sino que iba a regalarles a las tres chicas sus banjos. Si era aceptable para la duquesa, lo era para ella.

—Sí, muy generoso y amable —convino—. Una vez haya pasado la novedad, estoy segura de que quedará muy bien en la estantería.

Jonas aceptó su señal para marcharse sin ofenderse.

—Ha sido un placer conocerla, señora Deverill, y un honor enseñarle, *señorita* Deverill.

Arethusa le sonrió y solo él se dio cuenta del pesar que se escondía tras ella.

—Le aseguro que la novedad jamás pasará, señor Madison —dijo, consciente de que, sin duda, Augusta la reprendería por su atrevimiento y escribiría a su madre para informarle.

Jonas hizo una reverencia y Arethusa lo vio desaparecer entre la multitud.

22

A la mañana siguiente, Arethusa estaba sentada en el salón con Charlotte y Rupert cuando recibió una carta que uno de los lacayos le trajo en una bandeja de plata. No reconoció la letra. Su corazón se aceleró mientras la estudiaba por un momento, temiendo abrirla por si traía alguna decepción. Rezó en silencio para que fuera de Jonas. Había escrito su dirección en el poemario que le había regalado la noche anterior, pero siempre cabía la posibilidad de que él no la hubiera visto. Sacó despacio la pequeña tarjeta blanca del sobre y buscó de inmediato el nombre en la parte inferior. Se quedó sin aliento. Estaba firmada con una simple «J». No había ninguna inicial dorada grabada en la parte superior, solo la fecha, que él había escrito con su vistosa letra. ¡Qué propio de Jonas tener una letra bonita!, pensó ella con admiración.

—¿De quién es? —preguntó Rupert, estirado en un rincón del sofá, leyendo *The Times*.

Charlotte le interrumpió, algo atípico en ella.

—Nunca se debe hacer una pregunta así a una dama —le reprochó.

—¿Quién lo dice? —replicó Rupert—. ¿Es Ronald el que anuncia su llegada? Si supiera la cantidad de caballeros que aúllan frente a la ventana de tu habitación como lobos, vendría en el próximo correo.

—¡Oh, pero bueno, Rupert! Eres incorregible. —Arethusa metió la tarjeta en su sobre sin leerla—. Es de una nueva amiga, Jane Willoughby, que me invita a tomar el té. Pero no voy a aceptar. Estoy demasiado ocupada. Quizás en otra ocasión. —Se guardó el sobre en el bolsillo de su falda.

Charlotte, que había estado bordando, volvió a su trabajo.

—¿Te refieres a Willoughby de Broke? —murmuró Rupert.

—No, a otra Willoughby. Se escribe de otra manera, creo —respondió ella vagamente. Ojalá hubiera pensado en un nombre más común, pero la habían pillado desprevenida y había tenido que elegir uno a toda prisa.

—¡Ah! —dijo Rupert. Levantó la vista del papel y le sonrió como si conociera el juego al que ella estaba jugando—. Al fin y al cabo, hay muchos Willoughby.

—Si no le propones matrimonio a lady Alexandra, vas a armar un escándalo —dijo Arethusa, cambiando de tema adrede—. Has estado jugando con ella durante mucho tiempo. Se va a convertir en algo incómodo.

Rupert suspiró.

—No tengo intención de casarme con ella —aseveró de manera tajante, y Arethusa pudo ver, por los músculos que se movían en su mandíbula, que realmente pretendía mantenerse firme en su postura.

—¿Por qué? Es un buen partido, es dulce y bastante bonita…

—Podría ser Helena de Troya y aun así no me casaría con ella. No estoy hecho para el matrimonio.

Arethusa miró a Charlotte, que tenía la cabeza gacha mientras se concentraba en su bordado y fingía no escuchar.

—Margherita y Peregrine anunciarán pronto su compromiso. Apuesto la vida por ello.

—¡Oh! No conviene apostar la vida por nada, Tussy. La vida es preciosa. Pero por suerte para ti, creo que tienes razón. Peregrine me dijo anoche que ya ha hablado con sus padres y que están de acuerdo en que Margherita es un buen partido.

—Se aman —dijo Arethusa con nostalgia.

—Estoy seguro de que ella lo ama —dijo Rupert con cierta ternura en su voz que alertó a su hermana de que había algo más en juego: los celos. No se le había ocurrido que Rupert pudiera sentir algo por su amiga americana.

—¡Oh! Estoy segura de que Peregrine le corresponde —respondió Arethusa.

—No, no le corresponde —dijo Rupert.

—¿Cómo lo sabes?

—Porque los iguales se reconocen.

Los ánimos de Arethusa se apagaron.

—Pobre Margherita. —Suspiró—. Se casa con él porque cree que la ama. Si no es así, quedará destrozada.

—No digo que no le agrade. Lo que pasa es que creo que lo estás dotando de un romanticismo inexistente.

—Bueno, me entristece escuchar eso, si es que es verdad. Margherita está muy feliz.

—La ignorancia es una bendición —adujo Rupert, doblando el periódico—. Me voy a mi club. ¿Qué tal un paseo antes del almuerzo?

—Estupendo —contestó Arethusa—. Voy a escribir a Ronald. Han pasado varios días desde la última vez que le escribí.

—Y a tu madre también —dijo Charlotte, levantando la vista del bordado.

—Sí, y a mamá —dijo Arethusa, levantándose—. Me sentiré bien conmigo misma cuando los haya escrito. Siempre es una obligación.

Pero salió de la habitación con paso alegre porque una carta no iba a ser ninguna obligación en absoluto. Metió la mano en el bolsillo y sintió la carta de Jonas como si fuera una patata caliente en sus dedos.

Ya sola en su habitación, se tumbó en la cama y leyó lo que él había escrito.

Mi querida señorita Deverill

He leído con gran placer el libro de poesía que tuvo la bondad de regalarme. He disfrutado especialmente de Believe me, if all those endearing young charms. *Esos escritores irlandeses sí que saben tocar la fibra sensible. Nunca he estado en Irlanda, pero me hago una idea del país y de sus luchas a través de las palabras de algunos de sus mejores poetas.*

He encontrado paralelismos con las luchas de mi propio pueblo y me ha conmovido aún más por ello. Gracias por este regalo. Me entristece dejar Londres. Me ha causado una profunda impresión.

Atentamente,

J

Arethusa se llevó la nota a su ardiente mejilla y cerró los ojos.

—*Mi querida señorita Deverill* —repitió con voz alegre—. *Mi querida…*

Se lo imaginó sentado ante un escritorio y escribiendo esas palabras. Se preguntó cuánto tiempo había deliberado sobre lo que debía escribir y cuánto había omitido. Sabía que su pesar por dejar Londres se debía a ella. Al fin y al cabo, ¡uno no echaría de menos la lluvia ni la niebla tóxica! Se llevó la tarjeta a los labios. Pensar que estaba besando aquello que él había tocado hizo que su cuerpo le doliera de deseo.

Enseguida se levantó de la cama y fue hasta el escritorio para redactar su respuesta.

Estimado señor Madison,

Muchas gracias por su carta, que he recibido esta mañana. Me alegro mucho de que haya encontrado mi dirección escondida en el poemario. Era la única manera de hacérsela llegar. Dicen que el agua siempre encuentra su camino colina abajo. Con la misma lógica, siempre encontraré la manera de escribirle. Me ha abierto los ojos al poder de la música. Me conmovió mucho la canción que cantó sobre la esclavitud. No me ha abandonado, de veras. Si cierro los ojos, aún puedo oírle cantar. Cuando le dije que la música tiene la capacidad de comunicar más que las palabras, quería decir que en ese mismo momento quería tocar algo para usted. Algo profundo y tierno, algo mágico, porque eso es lo que sentía en mi corazón, lo que siento. Ni las letras en una página ni palabras pronunciadas podrían hacer justicia a eso. Espero que entienda y me perdone por mi falta de contención. Me entristece que se vaya de Londres porque me ha causado una profunda impresión.

Atentamente,

A

Dejó la pluma con un estremecimiento de emoción. Su carta era audaz e impropia. Si Augusta o su madre se enteraban, tendría un problema terrible. La enviarían de vuelta a Ballinakelly después de una severa reprimenda, pero no se iban a enterar. ¿Cómo podrían hacerlo? Nadie lo sabría nunca.

Después de escribir a Ronald y a su madre, bajó las escaleras y le dio las cartas a uno de los lacayos para que las enviara por correo. Como Jonas se iba a Manchester, tendría que enviarle su dirección en su próxima carta. Esperaba que le escribiera pronto.

—Pareces muy satisfecha —dijo Charlotte, saliendo del salón con su bolsa de bordados.

—He escrito mis cartas —respondió Arethusa con una sonrisa—. Ahora me siento muy bien conmigo misma. Vayamos a dar un paseo por el parque. Estoy demasiado inquieta para quedarme sentada esperando a que vuelva Rupert y no me apetece visitar a nadie. Salgamos las dos solas.

Charlotte sonrió a la joven, que estaba sin duda enamorada. Se arregló el sombrero en el espejo del vestíbulo y cogió su sombrilla. Mientras salían de la casa, se preguntaba cuál de los pretendientes de Arethusa había conquistado su corazón.

Pocos días después se conoció la noticia del compromiso de lord Penrith con la señorita Margherita Stubbs. Los periódicos se hicieron eco de la noticia, ya que ella era una rica heredera estadounidense y él pertenecía a una de las principales familias aristocráticas de Inglaterra. Rupert hizo algunos comentarios mordaces y luego se enfadó. Arethusa se sorprendió de que sus antenas sociales, a las que por lo general nada escapaba, no hubieran detectado su afecto por Margherita. Lo más extraordinario era que no les había visto hablar más que unos minutos, y cuando lo habían hecho no había habido una química evidente entre ellos. No había mejillas sonrojadas ni ojos brillantes, solo la cortesía habitual. Si el encaprichamiento de Arethusa con Jonas era la vara con la que medía el amor, entonces el amor de Rupert por Margherita era muy escaso.

Unos días después, Arethusa recibió otra carta de Jonas. El lacayo llevó la bandeja de plata a la sala del desayuno y se dirigió directamente a su señora, que estaba sentada en la cabecera de la mesa con su pequinés sentado sobre las rodillas, que era su lugar habitual. Augusta alargó su mano regordeta y recogió toda la correspondencia. La ojeó una por una y, al ver un pequeño sobre blanco dirigido a Arethusa, se lo ofreció.

—Esta es para ti y no es de tu madre ni de Ronald, querida. Aunque creo que ya es hora de que tu madre escriba y en cuanto a Ronald, bueno, es un alivio tener un respiro. Si no tienes intención de casarte con él, deberías hacérselo saber cuanto antes, Tussy. No es bueno darle largas.

Arethusa tomó la carta y reconoció enseguida la letra. Intentó mantener la compostura sin ningún éxito. Cuanto más intentaba no sonrojarse, más roja se ponía. Rupert y Charlotte la observaban atentamente. Stoke, que ocupaba el otro extremo de la mesa leyendo el periódico, no estaba interesado en lo más mínimo.

—Debe de ser de Jane Willoughby —dijo Rupert como si tal cosa.

Charlotte abrió la boca para decir algo, luego cambió de opinión y la cerró.

Arethusa se guardó la carta en el bolsillo.

—¿No vas a leerla, querida? —preguntó Augusta, abriendo la suya—. ¡Oh, qué amable! Una invitación a cenar de lady Chadwell. Querido —levantó la voz, pero Stoke estaba tan enfrascado en su periódico que no la oyó—, una invitación de lady Chadwell. ¿No es estupendo?

—Creo que Tussy tiene un amante secreto —dijo Rupert, claramente aburrido y con ganas de pelea.

Tuvo el efecto deseado. A Augusta le ardieron las mejillas.

—¡Espero que no! —exclamó de forma acalorada, mirando a Arethusa con una expresión acerada y reprobatoria—. Nada va a ser secreto estando yo al cargo.

—Estás siendo muy tonto, Rupert —dijo Arethusa con desdén—. Como si tuviera la posibilidad de tener un amante secreto, aunque quisiera.

—Pues abre la carta y léela. Entretennos un poco —dijo—. Si no es de un amante secreto, no hay necesidad de esconderla. Tal vez sea otra invitación para tomar el té de Jane Willoughby. ¿Conoces a Jane Willoughby, Augusta?

Augusta frunció el ceño.

—No, ¿quién es Jane Willoughby? ¿Quieres decir Jane Willoughby de Broke?

Rupert sonrió, pero con un sesgo cruel.

—Creo que descubrirás que no es Jane, sino James Willoughby.

Arethusa estaba indignada.

—Solo tratas de provocarme, Rupert. Llevas enfadado desde que Margherita se prometió con Peregrine.

—Una gran pareja —dijo Stoke desde detrás de su papel.

Los cuatro le miraron sorprendidos.

—Es una gran pareja, en efecto —convino Augusta—. ¿Has oído, una invitación de lady Chadwell, querido?

—Solo estás contrariado porque ella no se ha enamorado de ti —prosiguió Arethusa.

Rupert se rio sin alegría.

—Margherita no es mi tipo. Es descarada y ordinaria —repuso con ironía—. No me gustan las americanas.

—Y lady Alexandra es como un ratón —añadió Arethusa con una sonrisa—. Entonces supongo que estás celoso.

—¿De quién? —preguntó con voz altiva.

—De Margherita, por supuesto, porque te ha quitado a tu compañero de juegos. ¿De eso se trata? ¿De Peregrine?

Rupert se levantó bruscamente. Stoke miró por encima del periódico.

—¿Vas a salir, viejo amigo? —preguntó.

—No voy a quedarme aquí a escuchar la cháchara de mi hermana, si a eso te refieres. Salir es la única alternativa.

Arethusa se rio.

—Creo que he metido el dedo en la llaga —les dijo a Augusta y Charlotte.

—Entonces me voy contigo —dijo Stoke, doblando el periódico—. Discúlpennos, señoras. —Los dos hombres salieron de la habitación.

Augusta abrió el último sobre. Era grande, rígido y muy blanco. Dentro había una gran invitación. Una enorme sonrisa se dibujó en su cara.

—¡Qué emocionante! —exclamó—. El baile de verano del castillo Deverill. Siempre espero con impaciencia ese sábado por la noche de agosto, cuando nos quedamos en el castillo durante un mes. Es el punto culminante del verano. El punto culminante del verano para todo el mundo.

La gente está aburrida de la temporada londinense, que para entonces ya ha llegado a su fin, y está encantada de acudir al condado de Cork para cambiar de aires. Tiene que ser uno de los acontecimientos más espléndidos del año. —Se quedó mirando la tarjeta durante un largo rato, sumida en sus pensamientos. Arethusa supuso que ya estaba pensando en lo que iba a ponerse, pero entonces Augusta puso la invitación sobre la mesa y la sorprendió—. Creo *que* deberíamos celebrar un baile —dijo, con la rivalidad brillando en sus ojos—. Nuestro propio y magnífico baile de Deverill Rising.

—¿Cuál será el acontecimiento? —preguntó Arethusa.

—¿Es necesario que haya un acontecimiento? ¿No es mucho más grandioso dar un baile solo porque sí? ¿Qué opinas, Charlotte? ¡Por Dios! Estás tan callada que uno casi se olvida de que estás aquí, querida.

Charlotte se revolvió con incomodidad.

—Creo que un baile sería maravilloso —dijo en voz baja, y luego añadió con voz más segura, como si quisiera convencer a Augusta de que no era tan reservada—: Un baile de Deverill Rising seguro que eclipsaría a todos los demás.

Esto complació a Augusta.

—Tienes razón, Charlotte. Eso me gusta. En efecto, vamos a eclipsar a todos los demás. Pero debemos ser originales. Tenemos que planearlo con mucho cuidado. Debemos causar sensación. Los Ballinakelly Deverill no hacen nada a medias, así que debemos estar a la altura. Tussy, debes ayudarme, y tú también, Charlotte. ¡Oh! Espera a que se lo cuente a Stoke. Por supuesto, tratará de disuadirme, pero ahora que lo he decidido, nada se interpondrá en mi camino. Ni siquiera el que maneja los hilos del dinero. —Alzó a su pequinés y lo acercó a su cara para darle un beso en la nariz—. ¿Qué opinas tú, Pastelito? ¿Crees que un baile de Deverill Rising es una buena idea?

Arethusa huyó a su dormitorio tan pronto como pudo alejarse. Se dejó caer en su cama y leyó la carta de Jonas con regocijo y anhelo. Antes, había ejercido la moderación. Esta vez la descartó. Arethusa devoró sus palabras con avidez, deteniéndose en las frases que revelaban toda la extensión de su afecto por ella. Habló de su talento, de su belleza y de su coraje, pues hacía falta valor para escribirle. De hecho, había que ser valiente, o tal vez tener agallas, para contemplar siquiera la idea de tener una amistad. Estaba claro que él mismo no contemplaba esa idea. Le escribió sobre su imposible situación y le prometía «admirarla, para siempre, desde lejos».

Ojalá viviéramos en un mundo en el que dos personas como nosotros pudieran ser libres para amarse. Daría mi brazo derecho por vivir en un mundo así, pero no es el caso. Todo está en nuestra contra. No hay forma de escapar a los prejuicios. Por eso, guardo su imagen en mi corazón como un tesoro secreto, solo para mí, y saber que está ahí me inspira ideales y aspiraciones más elevadas. Con su dulce rostro sonriéndome a cada paso, sé que puedo ser la mejor versión posible de mí mismo. Dios brilla sobre todos los seres de su creación con una luz indiscriminada. Usted, mi querida Arethusa, está más cerca de Dios que la mayoría, pues solo me ve como hombre. Solo por eso tiene mi amor.

Cuando Arethusa terminó, sus ojos estaban llenos de lágrimas. Por supuesto, simplemente estaba diciendo la verdad. ¿Cómo podrían estar juntos? La única opción que tenían era amarse en la distancia. Pero a Arethusa no le interesaba el futuro, solo el momento presente. No quería pensar en lo imposible, sino centrarse en lo posible. No quería pensar en lo que era imposible, sino en lo que era posible. ¿No era cierto que el amor tenía el poder de sortear todos los obstáculos? ¿Que los únicos obstáculos para el éxito eran las limitaciones que uno se ponía a sí mismo?

Arethusa escondió la carta bajo el colchón y se dirigió abajo. Encontró a Charlotte en el salón, trabajando con ahínco en su bordado. La mujer era una figura solitaria y casi imperceptible en las sombras, con la única compañía del tictac constante del reloj de pared del vestíbulo.

—Acompáñame, Charlotte —dijo en la puerta—. Necesito un poco de aire.

Charlotte levantó la vista y sonrió con indulgencia, como si supiera por qué Arethusa estaba inquieta. Al fin y al cabo, ¿no lo había experimentado ella misma?

Una vez en el parque, Arethusa buscó un banco y sugirió que se sentaran. Tenía algo importante que decirle. Charlotte parecía ansiosa, pero se recogió la falda y se sentó. Hacía fresco a la sombra de los plátanos y el sonido de los niños jugando era tenue como el parloteo de los pájaros.

—Estoy enamorada —declaró Arethusa. Se puso una mano en el corazón—. Sé que es una locura, lo he visto solo ocho veces, pero mi corazón quiere lo que quiere y estoy sufriendo. —Sonrió a Charlotte, disculpándose en silencio por todas las veces que la había ignorado—. Eres la única persona con la que puedo hablar.

Charlotte le cogió la mano, encantada de que la necesitaran.

—¿Quién es? —preguntó.

—No puedo decirlo. Es totalmente inapropiado.

—¡Oh! —Charlotte apretó la mano en señal de simpatía—. Ahora entiendo por qué soy la única persona con la que puedes hablar —dijo dulcemente.

—¿Qué voy a hacer? —se lamentó Arethusa, aunque la pregunta era retórica. Sabía exactamente lo que tenía que hacer. Que era lo único que debía hacer. Sin embargo, no podía aceptarlo.

—¿Tan inapropiado es?

—Mucho.

—¿Está prometido a otra persona?

—No.

—¿Es de un mundo diferente?

—Absolutamente. No hay solución. A menos que me escape con él, lo cual sabes que es imposible. —Arethusa se rio de la idea. En su mente apareció la cara horrorizada de su madre junto con el rostro furibundo y enrojecido de su padre y la idea de fugarse, que nunca había arraigado, se desvaneció con el viento de la razón. Sacudió la cabeza y suspiró sin poder evitarlo—. Supongo que debería casarme con Ronald y terminar con esto.

—¿De verdad no hay forma de que tú y este hombre podáis estar juntos? —El rostro de Charlotte tenía tantas ganas de complacer que los ojos de Arethusa se llenaron de lágrimas.

—¡Oh, Charlotte, qué dulce eres! Tú sabes cómo me siento, ¿verdad? Lo sabes porque querías a Tom. Bueno, sé cómo te sentías...

Charlotte la interrumpió.

—Me siento —la corrigió con énfasis.

Arethusa la miró con compasión.

—¿Quieres decir que no desaparece?

—No, no desaparece nunca. —Charlotte sonrió con tristeza—. Mejora. Al final el tiempo hace que todo mejore. Solo hay que rendirse y dejar que el tiempo lo cure. Pero nunca desaparece del todo. Hay un agujero con la forma de Tom en mi corazón y nadie lo llenará jamás.

Arethusa abrazó a la mujer que creía demasiado mayor para casarse y demasiado joven para renunciar al amor, y se sintió muy triste por ella.

—Lo siento mucho —susurró.

—Yo también lo siento —dijo Charlotte—. Siento que tengas que sufrir también. Es un dolor horrible y no tiene cura.

Arethusa la soltó y se rio con amargura.

—Vaya tres, en realidad. Rupert también está sufriendo, aunque no estoy segura de quién lo está provocando.

Charlotte frunció el ceño con desaprobación y desconcierto a la vez.

—Tiene que proponerle matrimonio a lady Alexandra —dijo con firmeza—. O la herirá e insultará a su familia. Uno no quiere insultar a una familia poderosa como los Sutcliff.

—Estoy de acuerdo. Sin embargo, me sorprende que los duques aprueben a Rupert. Él no va a heredar el título ni el castillo. De hecho, no va a recibir mucho.

—Pero lady Alexandra es indulgente. Si ella lo desea lo suficiente, sus padres sin duda la apoyarán. Después de todo, son muy ricos. ¡Y no olvides que Lord Penrith se va a casar con una mina de oro!

Los dos se rieron.

—Y eso hace muy infeliz a Rupert —dijo Arethusa.

—No entiendo a Rupert en absoluto —confesó Charlotte.

—La abuela, sí —repuso Arethusa—. Dijo que Rupert nunca se casará. Que jugará al *bridge* con las Arbolillo cuando sea anciano. ¡Imagínate! ¡Vaya vida!

—En efecto. Creo que Rupert es uno de esos hombres que prefieren la compañía de otros hombres. Quizá sería más feliz jugando al *bridge* en su club con Peregrine.

—Creo que tienes razón. —Arethusa asió la mano de Charlotte y le sonrió con gratitud—. No me has dado ninguna respuesta y mi situación sigue siendo la misma, pero me has hecho sentir mucho mejor. Gracias.

Charlotte le estrechó la mano entre las suyas, como si se tratara de algo preciado.

—El destino de una mujer es duro —le dijo con dulzura—. Pero si podemos hablar de ello y compartir nuestros problemas, el camino será más fácil, te lo prometo. —Luego hizo una pausa y tomó aire—. Si realmente no existe la posibilidad de ese amor tuyo, entonces aceptaría la propuesta de Ronald. —Le dirigió una mirada severa a Arethusa; de repente volvía a ser la institutriz, en lugar de la amiga—. Si hay alguna posibilidad de que cometas una tontería, yo me casaría con Ronald lo antes posible para salvarte de la deshonra.

Arethusa sintió un escalofrío en el corazón. Sabía que Charlotte tenía razón. Que debía salvarse de sí misma. Pero también sabía, dada la oportunidad y su naturaleza salvaje y temeraria, que era muy probable que cometiera alguna tontería. Al fin y al cabo no era la moderación lo que se apoderaba de ella, sino todo lo contrario. Se sentía débil ante el abrumador deseo de organizar un encuentro con Jonas.

23

Arethusa se sintió aliviada cuando la temporada de Londres llegó a su fin a principios de agosto. Rupert había caído en desgracia por su propia mano. El apellido Deverill era innombrable en la casa Sutcliffe y muchas puertas que se habían abierto para Rupert y su hermana en las mejores avenidas de Londres estaban ahora cerradas. Por su parte, Arethusa también había hecho que fruncieran los labios con desaprobación al haber rechazado a algunos de los hombres más codiciados que se habían armado de valor para ofrecerle matrimonio. En resumen, Londres no lamentaba librarse de ellos. La única persona que vio su incursión como un éxito fue Augusta, que estaba tan ocupada planeando su baile y contándoselo a todo el mundo que no oía las murmuraciones ni notaba los numerosos desaires. Arethusa y Rupert dejaron Londres bajo una nube, pero el sol seguía brillando en el mundo de Augusta.

De vuelta en el castillo Deverill, recibieron una bienvenida de héroes. Greville y Elizabeth organizaron una gran cena en su honor, invitando a doscientos amigos de todo el condado a cenar y a bailar. Entre esos amigos estaban los Rowan-Hampton. Ronald, ansioso por conseguir un compromiso, fue el primero en entrar por la puerta. Arethusa, que no se hacía ilusiones sobre lo que se esperaba de ella, estaba dispuesta a aceptar. A fin de cuentas sabía que nunca podría casarse con Jonas. También sabía que huir con él estaba descartado. Tampoco quería echarse a perder como una fruta que se deja demasiado tiempo en el frutero, como había dicho Augusta. Si no se casaba con Ronald, se casaría con alguien muy parecido a él. Por lo tanto, más le valía aceptar su suerte y esperar que alguna que otra carta de Jonas fuera un pequeño faro de luz en la oscura monotonía de su vida de casada.

La felicidad de Ronald no conocía límites. Llegó con el rostro sonrosado por la expectación, pues en su bolsillo llevaba un anillo de diamantes y zafiros que le había regalado su padre especialmente para este momento. Sacó pecho con confianza y entró en el vestíbulo con arrogancia, como si el hecho de adueñarse de una Deverill le otorgara un estatus especial. Se sentía aliviado de que Arethusa hubiera sobrevivido a la temporada de Londres sin que nadie se la llevara, pero también estaba un poco satisfecho. Después de todo, creía que sus cartas lo habían mantenido en su mente y, aunque aventurera y de espíritu libre, estaba seguro de que ella apreciaba sus cualidades y le tenía cariño por lo que representaba: el hogar, la familia e Irlanda. No había muchos en Londres que los representaran.

Arethusa era un premio y él estaba a punto de ganarlo. Ronald estaba muy satisfecho consigo mismo. Permaneció a su lado durante toda la velada, atendiéndola como un solícito caballero de antaño con su dama, asegurándose de que su copa estuviera llena, de que no tuviera demasiado frío o incluso demasiado calor, y Arethusa pensó que tal vez no sería tan malo que la atendiera de esta manera, siempre y cuando él le diera un respiro de vez en cuando para sus momentos de placer. La mano de Adeline en la ubicación quedó de manifiesto cuando se encontraron sentados juntos en la mesa de la cena. Solo después de comer, cuando salieron al jardín para sentarse a solas bajo las estrellas, que titilaban en un cielo aterciopelado como era de esperar, Ronald se arrodilló y le tomó la mano. Arethusa no se dejó impresionar por la farsa. Pensó en Jonas, en su bello rostro, todavía claro en su memoria, y todo su cuerpo se moría de anhelo por él. La mano de Ronald estaba caliente y húmeda de sudor. La idea de que la tocara de forma íntima le produjo un repentino escalofrío fruto de la repulsión. Clavó la mirada en sus ojos, que rebosaban afecto, pero tampoco lograron ablandar el endurecimiento de su corazón. Arethusa sabía que era un hombre bueno y bondadoso y que, sin duda, la cuidaría como lo hacían los hombres buenos de los que hablaba su abuela. Su corazón se endureció hacia su vida y lo injusta que era, y sin embargo no apartó la mano.

—Mi querida Tussy —comenzó, frunciendo el ceño con una expresión sincera—, te he amado durante años. Lo sabes, por supuesto. Te lo he dicho muchas veces en mis cartas. Hubo un momento en que pensé que te había perdido en Londres, pero siempre supe que tu corazón estaba en el lugar correcto. El hogar, la familia e Irlanda te importan tanto como a mí y ese es el tipo de cimientos sobre los que se puede construir una vida en común que sea satisfactoria y agradable. Te pido que me hagas el hombre más feliz del mundo esta noche, aceptando casarte conmigo. —Las lágrimas brillaban ahora en sus ojos—. Mi querida Tussy, ¿me harás el honor de convertirte en mi esposa?

Metió una mano en el bolsillo interior de su chaqueta y sacó una cajita roja. Arethusa le observó mientras la abría con dedos temblorosos. Ahí, brillando en un cojín carmesí, estaba el anillo de diamantes y zafiros. A Arethusa nunca le habían conmovido las cosas materiales y tampoco lo hicieron ahora. Las gemas brillaban, pero prometían un futuro duro, frío y contenido. Parpadeó y grandes lágrimas rodaron por sus mejillas. Le temblaban los labios y se llevó una mano al corazón, que parecía arrugarse como una ciruela pasa en vista del matrimonio sin amor que le esperaba. Ronald, animado por lo que vio como una sincera muestra de emoción, deslizó el anillo en su dedo, donde se asentó a la perfección, como si hubiera sido hecho especialmente para ella. Luego se levantó y la atrajo contra sí.

—Me has hecho el hombre más feliz del mundo —dijo, apretando sus labios contra los de ella en un beso que, aunque casto, fue un húmedo anticipo de lo que iba a suceder—. Ahora debo pedirle tu mano a tu padre y luego podremos compartir nuestra feliz noticia con todo el mundo. Querida mía —añadió, mirándola a los ojos, que parecían brillar de afecto por él—, juntos tomaremos el mundo por asalto. Seremos una pareja magnífica. Y un día, cuando mi padre fallezca, llevarás el título de lady Rowan-Hampton con mucho estilo. Sir Ronald y lady Rowan-Hampton. Arethusa Rowan-Hampton, ¿cómo suena? Como música para mí, querida mía. ¡Vamos! Volvamos a la fiesta. Necesito llevar a tu padre a la biblioteca antes de que alguien vea el anillo.

Los días siguientes fueron un poco confusos. Se sentía como si estuviera caminando entre gachas mientras la gente acudía al castillo para felicitarla y llegaban ramos de flores envueltos en cintas de colores brillantes. Su corazón sangraba por el hombre que amaba y no podía tener. Trató de curarlo tocando el banjo hasta altas horas de la noche en el asiento de la ventana de su dormitorio, pero eso solo sirvió para que su dolor se hiciera más profundo. El banjo era la única parte de él que había conservado. La única parte que podía tocar, y la música la conectaba con él, dondequiera que estuviera, y la hacía sentir cerca a pesar de la distancia que los separaba.

Todos en el castillo Deverill eran ajenos a su dolor. Hubert se sentía aliviado de que la responsabilidad de cuidar a su testaruda y poco convencional hija ya no iba a ser suya, mientras que Adeline estaba feliz de que hubiera aceptado casarse con un hombre amable y generoso que la cuidaría y haría de ella una mujer honesta. No habría más devaneos en la ciudad ni coqueteos con los hombres del lugar. Greville era de la opinión de que las muchachas como su nieta eran más bien yeguas de cría: solo servían para tener descendencia; Arethusa simplemente estaba cumpliendo su destino al casarse con un hombre de su estirpe, como era su deber. Pero Elizabeth sonrió para sus adentros porque cuando una mujer como Arethusa se casaba con un buen hombre siempre quedaban ventanas entreabiertas para dejar entrar a esos deliciosos y perversos caballeros guapos.

—No tardará en cansarse de Ronald —dijo Rupert a las Arbolillo mientras repartían las cartas para una partida de *bridge*.

—¡Cállate! —le reprendió Laurel—. Eres muy cínico, Rupert. Creo que Ronald es la pareja perfecta para ella.

—Eso es solo porque no conoces muy bien a Tussy —añadió con una sonrisa cómplice que sugería que solo él la conocía.

—No cabe duda de que es un espíritu libre —adujo Poppy, sonriendo con afecto—. Ronald tendrá que trabajar mucho, pero creo que sentará la cabeza y será una buena esposa.

Rupert se echó a reír.

—Es demasiado egoísta para ser una buena esposa —dijo, mirando las cartas que le habían tocado y percibiendo cierta ventaja—. Será una esposa desafiante, una esposa fastidiosa y casi con toda seguridad una esposa exigente, pero Dios nos libre de que sea una esposa aburrida. —Miró a las tres hermanas con el ceño fruncido—. Las esposas aburridas son un problema.

Hazel negó con la cabeza.

—¿Y qué sabes tú de esposas?

—Lo suficiente como para saber que no quiero una —respondió de manera sucinta.

—Después de tu temporada en Londres, no estoy segura de que haya alguna posible esposa que te acepte —dijo Poppy con desaprobación.

Sin embargo, Rupert le dedicó una sonrisa tan llena de encanto y picardía que ella no pudo evitar sonreír.

—Me deshonré a conciencia en Londres —dijo con un suspiro—. Lo mismo que Tussy, por supuesto. Menos mal que Ronald la ha recogido, pero si conozco a Tussy, y la conozco, predigo que se avecinan dramas. Al fin y al cabo, Tussy y los convencionalismos son cosas incompatibles.

Arethusa esperó una carta de Jonas, pero no llegó ninguna. Intuyó que él había aceptado lo inútil de su relación y había renunciado a cartearse con ella. Tal vez no quería animarla cuando la sola idea de hacerlo resultaba inútil. Arethusa sabía que ella también debía aceptarlo, pero no podía. Contemplar un futuro sin Jonas era como contemplar un mundo carente de alegría. La música sonaría poco estimulante a sus oídos, el baile carecería de alegría para sus pies, incluso las cambiantes estaciones resultarían monótonas si no hubiera posibilidad de tener noticias del hombre que amaba. Sin Jonas, sería como un viajero sin brújula, vagando sin sentido de la orientación, sin una razón de ser. Solo quería sentirse conectada a él. No importaba que viviera en otro continente, mientras le enviara una carta de vez en cuando para asegurarle que la tenía presente en sus pensamientos, y quizás en su corazón; entonces ella podría seguir adelante y la música no sonaría tan anodina y el baile no se le haría tan pesado. Podría apreciar las estaciones porque el mismo sol brillaría sobre ambos y sabría que él no la había olvidado.

La boda se fijó para mayo del año siguiente. La ceremonia se celebraría en la iglesia de San Patricio de Ballinakelly y la recepción en el castillo.

Adeline se puso a elaborar la lista de invitados con la ayuda de Augusta, que había llegado con Stoker y dos de sus hijos para su habitual estancia de agosto, mientras que las Arbolillo tenían mucho que decir sobre el vestido y cómo debía ser. Charlotte ayudó a Adeline a planificar el ajuar de Arethusa, aunque sentía un peso en el fondo de su corazón. Sabía que el matrimonio de Arethusa supondría el fin de su empleo y tendría que salir al mundo a buscar otro trabajo. Mucho se temía que nada podría compararse al castillo Deverill y a Arethusa, a los que les tenía un inmenso cariño.

Arethusa fingió interés por su boda. Parecía que era lo único de lo que hablaban las mujeres de su familia, aunque se acercaba el baile de verano de los Deverill y había mucho que organizar. Aparte de Charlotte, solo su abuela percibía su falta de entusiasmo, guiñándole un ojo desde el otro lado de la mesa del comedor y haciendo de vez en cuando comentarios en voz baja mientras se sentaba junto a la chimenea de la biblioteca a tejer.

—Cariño —le dijo una tarde, mientras Arethusa se sentaba a sus pies sosteniendo el ovillo de lana y mirándolo con tristeza—, solo eres prisionera del destino si crees que lo eres.

Arethusa la miró y frunció el ceño. Elizabeth sonrió y siguió tejiendo.

—¿Qué has dicho, abuela?

—Me has oído bien, Tussy —respondió—. Estoy hablando del poder del pensamiento para crear tu realidad. ¿Sabes? Los sueños se hacen realidad si sueñas lo suficiente.

—¿Sabes lo que sueño? —preguntó Arethusa.

—Tus sueños no son diferentes a los de los demás. Todos queremos ser felices, ¿no?

—¿Te parezco desdichada? —Arethusa bajó la voz.

Elizabeth dejó su labor en el regazo y acarició con una mano el cabello de su nieta.

—Solo a mí, porque una vez fui como tú. ¿De dónde crees que has sacado tu naturaleza? De Adeline no, que es demasiado mística, ni de Hubert, que es demasiado convencional. No, tú eres como yo. Ese lado salvaje, impulsivo y temerario lo has heredado de mi familia. Greville no me domesticó, solo pensó que lo había hecho. —Se rio como una de sus gallinas—. Jugué un juego inteligente, como debes hacer tú. Puede que seamos el sexo débil, pero no hay razón para que no podamos ser el más perspicaz.

Arethusa se quedó mirando a su abuela. Era muy elocuente. Comunicaba sus pensamientos con suma claridad. De repente, Elizabeth no parecía que estuviera tan chiflada, de hecho parecía astuta. O estaba totalmente loca o era increíblemente calculadora y astuta. Arethusa entrecerró los ojos.

—Abuela, ¿eres una actriz que interpreta el papel de una anciana chiflada o eres realmente una anciana chiflada?

Elizabeth levantó la barbilla y se puso de nuevo a tejer.

—No sé a qué te refieres, Tussy —respondió con seriedad, pero Arethusa pudo ver una sonrisa cómplice rondando sus labios.

El día siguiente amaneció brillante y optimista. El sol brillaba en un cielo azul intenso, impregnando las colinas y los valles del condado de Cork con su resplandor de finales de verano. Un viento cálido y juguetón soplaba desde el mar. Arethusa había soñado con Jonas. Estaba en sus brazos y él la besaba. Se había despertado sorprendida al encontrarse sola y había cerrado los ojos para intentar evocar el sueño, pero poco a poco se había desvanecido y la sensación de estar envuelta en su amor se había desvanecido con él. Se levantó y llamó a su criada. La joven Eily apareció, deseosa de complacerla.

—Toma esta nota y dásela a Dermot McLoughlin de inmediato. —Eily miró la nota y frunció el ceño—. Y si la abres, lo sabré y no volverás a trabajar en Ballinakelly, ¿entiendes?

Eily hizo una reverencia.

—Sí, señorita.

—Bien. De acuerdo, pues vete de inmediato, y si alguien pregunta adónde vas, le dices que te he enviado a entregar una carta importante a la señora Poppy.

Arethusa vio a la criada guardarse el sobre en el bolsillo de la falda y salir de la habitación. Pensó en Jonas, en la imposibilidad de cualquier tipo de relación, y luego pensó en Dermot, el único consuelo en el que, por lo demás, era un futuro sombrío y desdichado. Buscaría sus momentos de placer mientras podía, de la única manera que podía. Si no lo hacía, sabía que se volvería loca. Mientras fuera astuta, como su abuela, podría sobrevivir al aburrimiento de ser lady Rowan-Hampton. Y mientras tanto soñaría, pues a veces los sueños se hacían realidad si uno soñaba lo suficiente.

Eily se apresuró a cruzar los campos hacia Ballinakelly, con la carta de Arethusa ardiendo como un carbón en su bolsillo. Ansiaba saber qué contenía. Lo que la señorita Arethusa le había escrito a Dermot McLoughlin. Eily había oído rumores de que los dos se habían reunido en secreto, los cotilleos inundaban la ciudad, pero los leales a los Deverill lo negaban de manera vehemente. Había muchos que no eran leales. Hombres que hablaban de la independencia de los británicos, hombres dispuestos a luchar por ella. Pero Eily era joven y no entendía los retazos de conversación que captaba en la mesa mientras los hombres de su familia expresaban su resentimiento contra la clase anglo-irlandesa gobernante que vivía con opulencia mientras ellos apenas tenían lo suficiente para alimentar a sus familias. A ella le interesaban mucho más los chismes y ahí, en su bolsillo, llevaba una carta a Dermot McLoughlin de la mismísima señorita Arethusa, confirmando o refutando una relación inapropiada. Era irresistible. Sin embargo, el sobre estaba sellado. Si lo abría, Arethusa seguramente lo descubriría y estaría acabada. Nunca conseguiría otro trabajo. No podía permitírselo. Dejó de caminar, sacó el sobre del bolsillo y lo miró detenidamente. Lo puso a la luz, pero el papel era demasiado grueso. Intentó abrirlo, pero el pegamento era demasiado fuerte. Se sintió tan frustrada que estuvo a punto de romperlo a pesar de conocer las consecuencias, pero finalmente aceptó que era imposible, se lo guardó de nuevo en el bolsillo y continuó caminando a paso ligero.

Cuando Eily llegó a la herrería, Dermot estaba fuera, fumando un cigarrillo y hablando con un par de hombres de aspecto mugriento, con gorras y chaquetas raídas, a los que conocía como a todos los lugareños. Cuando Dermot la vio, interrumpió la conversación.

—¿Qué hace aquí a estas horas de la mañana, Eily Goggin? ¿No debería estar atendiendo a su señora?

La posición de Eily en el castillo le daba cierta confianza y le miró con el ceño fruncido.

—Necesito hablar con usted en privado. —Miró fijamente a sus amigos.

—Hablamos más tarde —les dijo Dermot, tirando el cigarrillo al suelo y apagándolo con la bota—. Vamos, pues, señorita Goggin. ¿Qué quiere de alguien como yo?

Miró hacia un extremo y otro de la calle para asegurarse de que no los estaban observando.

—Tengo una carta para usted. De la señorita Deverill.

Dermot se rascó la barba.

—¿De la señorita Deverill? ¿Le ha dado una carta, para mí? —No daba crédito.

—Sí, así es. —La sacó y se la entregó.

Él también miró con inquietud a un extremo y al otro y luego se la guardó en el bolsillo.

—Debe de confiar en usted para darle una carta así —dijo, mirando a Eily de arriba abajo, esta vez con más respeto.

—Me lo confía todo —dijo Eily con orgullo—. Sabe que soy una tumba, así que me cuenta todos sus secretos.

—¿De veras? —dijo Dermot.

—No quiere casarse con el señor Rowan-Hampton —le dijo de manera confidencial—. Pero tiene que cumplir con su deber. De hecho, dice que el matrimonio es como un ahorcamiento público. —Eily sonrió, mostrando su dentadura torcida e incompleta—. No creo que la señorita Arethusa vaya a ser una buena esposa.

Dermot sacudió la cabeza.

—Sería una buena esposa para el hombre adecuado.

—¿Es usted, señor McLoughlin? ¿Es usted el hombre correcto?

La miró fijamente, como si estuviera sopesando si podía confiar en ella o no.

—Es usted demasiado joven para hacer ese tipo de preguntas, señorita Goggin. Pero al ver que ella confía en usted, le diré la verdad. Si no fuera una Deverill la convertiría en una McLoughlin, eso seguro. —Eily abrió los ojos como platos—. Ahora vuelva al castillo antes de que alguien la vea aquí.

Eily volvió a cruzar los campos, deliberando si sería capaz de contenerse para no compartir lo que Dermot McLoughlin le había contado. Sería un reto, pero a Eily le gustaba saber algo que los demás no sabían. Le gustaba la sensación de poder. Con siete hermanos mayores a los que enfrentarse, el poder era algo preciado de lo que tenía muy poco.

Arethusa se dirigió al bosque a las afueras de Ballinakelly a última hora de la tarde. Las sombras se alargaban a medida que el sol de mediados de agosto descendía por el cielo, hundiéndose poco a poco en el horizonte occidental. El aire era dulce, preñado de la fragancia del brezo y de la sal; y el viento era frío, como si se hubiera enfriado en algún lugar del mar. Le encantaba esa época del año, cuando los aromas del verano emergían del suelo y la luz era tenue y melosa, del color de un melocotón maduro. Le encantaba el trinar de las pequeñas cornucopias en las aliagas y ver los grandes cuervos grises que volaban en círculos con las alas extendidas, escudriñando la tierra en busca de presas. La belleza de la naturaleza aliviaba su corazón dolorido, pero aun así sentía la melancolía en lo más hondo de su alma. Esperaba encontrar consuelo en Dermot. Esperaba perderse en él, o tal vez hallar su antiguo yo ahí, en sus brazos, donde había sido imprudente, descarada y valiente. Esa persona afligida que suspiraba por un hombre que nunca podría tener no era alguien que quisiera ser y, sin embargo, no podía evitarlo. Era prisionera del amor y parecía haber pocas esperanzas de rescate.

Dermot la esperaba entre los árboles, fumando. Cuando Arethusa lo vio, la emoción se apoderó de ella de repente. Se le nubló la vista y se le encogió el pecho. La tensión le formó un nudo en la garganta y no pudo hablar. Corrió hacia él, tomó su rostro entre las manos y lo besó de forma apasionada. Dermot la atrajo hacia las sombras, inseguro de esta nueva y vulnerable Arethusa. No se burló de él, como solía hacer como preludio de sus relaciones amorosas, sino que lo acarició con ternura, con manos temblorosas y la infelicidad y el anhelo brillando en sus ojos. Él no la cuestionó, sino que la atrajo hacia sus brazos y la estrechó con fuerza, seguro de que podía consolarla. Seguro de que era el único hombre que podía hacerlo.

Se tumbaron en el suelo del bosque, sobre la esponjosa tierra musgosa entre las altas hierbas y los helechos, y Arethusa se olvidó de sí misma en aquellos brazos, a la vez fiables y familiares. Apartó a Jonas de su mente y se concentró en el sabor y en el olor del hombre que tendría que hacer de sustituto. Buscó su placer, pero no con su egoísmo habitual. Ahora Dermot significaba más para ella. Era el único momento de placer posible que tenía a su disposición y estaba agradecida por su afecto y respetaba su amor, porque él la amaba y ella necesitaba sentirse amada. Ahora que sabía lo que era anhelar a alguien que nunca podría tener, trataba su corazón con más cuidado. Cuando se saciaron, se tumbaron enredados en la hierba.

El sol poniente arrojaba sus rayos dorados a través de los agujeros del dosel de hojas, iluminando el polvo aventado de la cosecha y los mosquitos y las pequeñas moscas que lo surcaban. Todo estaba tranquilo, salvo por el sonido de los pájaros y el susurro de los pequeños animales en la maleza. Arethusa se sentía tranquila y llena de energía. Se sintió de nuevo ella misma, como si Dermot le hubiera recordado quién era y al hacerle el amor le hubiera devuelto quizás un poco de sí misma.

—Estás diferente —dijo, presionando su mejilla contra la frente de ella y estrechándola entre sus brazos—. ¿Qué ha hecho Londres con la Tussy que conozco y amo, eh? —Pero no estaba bromeando; su tono era de preocupación y eso tranquilizó a Arethusa.

Al mencionar Londres, sintió que la tristeza y la melancolía resurgían en su corazón.

—Tengo que casarme con Ronald —adujo con pesar—. Tengo que casarme con alguien y Ronald es la mejor opción que tengo. Al menos puedo quedarme en Irlanda. Al menos no estaré lejos de casa… ni de ti.

—Siempre me tendrás, Tussy.

—¿De veras?

—Claro que sí. Siempre estaré aquí. No voy a ir a ninguna parte. —Los ojos de Arethusa se llenaron de lágrimas—. Tu corazón está herido —dijo él, frunciendo el ceño—. Puedo sentirlo.

—Los corazones heridos se curan —respondió ella, pero sabía que no era así. Charlotte se lo había dicho.

—Escápate conmigo, Tussy. Podemos ir a cualquier lugar que desees. A cualquier lugar.

Se apoyó en el codo y le pasó un dedo por la nariz.

—¿Y de qué vamos a vivir?

—Soy herrero. Todo el mundo necesita un herrero.

Arethusa sonrió con indulgencia.

—¡Oh, Dermot! ¡Qué romántico eres! No podemos huir juntos. Ya lo sabes. Además, no quiero dejar mi casa. Me encanta Ballinakelly. Amo el castillo Deverill. Amo Irlanda.

—Y me amas a mí —dijo con firmeza—. Sé que me amas. Puedo verlo en tus ojos. Estás enferma de anhelo.

—Por supuesto —dijo la verdad, pero no era él a quien anhelaba. Inmediatamente se sintió mal y deseó compensarlo—. Si me caso con Ronald, podré verte —contestó ella, aferrándose a este pequeño consuelo como si estuviera perdida en el mar sujetándose a un trozo de madera a la deriva—. Podremos vernos. Encontraremos la manera.

—Tendrás que darle un heredero —dijo—. Y uno de repuesto, por si acaso.

—Cumpliré con mi deber. Interpretaré el papel. Es un buen hombre. Es amable y cuidará de mí.

La expresión de Dermot se endureció.

—Aniquilará la vida que hay en ti. Querrá domarte, Tussy. Querrá cambiarte. Querrá que seas una esposa obediente.

—Soy demasiado independiente como para permitir que lo haga —dijo ella, pero su comentario la inquietó. Sabía que tenía razón. Ronald querría cambiarla como cualquier marido convencional y de mentalidad tradicional. Era como su padre. Se le cayó el alma a los pies al pensar en Ronald. Era cierto, se iba a casar con su padre—. Mi única forma de sobrevivir es poder verte —dijo y se inclinó para besarlo—. Siempre estarás aquí para mí, ¿verdad, Dermot?

—Sí, aquí estaré —respondió él, y Arethusa se sintió un poco avergonzada por no poder entregarle su corazón, solo su cuerpo. Su corazón siempre le pertenecería a Jonas.

24

El baile de verano de los Deverill era un acontecimiento muy esperado en el calendario social. Desde Inglaterra viajaron amigos especialmente para estar allí, mientras que todas las familias importantes del condado fueron invitadas y las damas acudieron con sus mejores vestidos y joyas para mostrar a sus hermanas inglesas que había mucho estilo al otro lado del mar. El castillo, posiblemente el más bello de toda Irlanda, lucía magnífico iluminado con bengalas y adornado con flores. En los viejos tiempos, Elizabeth había presidido los preparativos y había hecho un buen trabajo, pues era una mujer con estilo y buen gusto, pero hoy en día era vieja y estaba distraída y prefería alimentar a sus gallinas y pasear por los jardines, disfrutando al oír a los demás haciendo el trabajo. Por lo tanto, Adeline se había hecho cargo de la dirección de la operación, y no cabía duda de que era toda una operación. Para esta trascendental ocasión se contrató a casi todos los habitantes de Ballinakelly, en calidad de camareros, criadas, jardineros adicionales, lacayos y personal de cocina. Hubo que contratar a una orquesta de Dublín y traer a un chef desde Londres. Se cultivaron flores en grandes cantidades en los invernaderos del castillo, se recogieron verduras del huerto amurallado y se trajeron los mejores vinos de Greville de las bodegas para alimentar a los trescientos invitados. Los preparativos comenzaron con semanas de antelación, con la bajada y limpieza de todas las lámparas de araña y el pulido de la plata. Había grandes expectativas debido a que a lo largo de los años el baile había adquirido la reputación de ser el más opulento del verano.

Este año Adeline sentía que se había superado a sí misma. El baile iba a ser magnífico, como siempre, pero gracias a Augusta iba a tener un elemento sorpresa añadido que ella sabía que iba a emocionar a sus invitados, sobre todo a los anglo-irlandeses. Adeline rara vez pedía consejo a Augusta. Su prima inglesa era competitiva y testaruda y daba consejos a la gente sin que se los pidieran. Pero esta vez Augusta había hecho una sugerencia, compartiendo una información, y era inestimable. Por supuesto, no la habría compartido si hubiera podido aprovecharla para su fastuoso baile, que se celebraría en Deverill Rising en otoño, pero Adeline estaba agradecida. Suponía un quebradero de cabeza tener que encontrar cada año nuevas formas de agasajar a sus invitados. Cuando lo organizaba Elizabeth, tenían bailes de disfraces y de máscaras venecianas, y contrataban bailarinas de París y músicos de Viena. No se reparaba en gastos y, como de costumbre, estaba garantizado que los Deverill serían en exceso indulgentes. Pero Adeline no creía que ahora fuera correcto despilfarrar tanto. A diferencia de su suegra, era consciente de la pobreza que se extendía alrededor del castillo Deverill, sumiéndoles en un espléndido y a la vez incómodo aislamiento, como una isla llena de abundancia en un páramo. Sin embargo, estaba casada con un hombre que, al igual que su padre, prefería no preocuparse por los necesitados. Greville y Elizabeth estaban decididos a que sus vidas continuaran de la forma en que siempre lo habían hecho, a que se mantuvieran las tradiciones (no veían ninguna razón para cambiar su forma de vida), y eso significaba un baile lujoso. Si Adeline declaraba que tal vez eso carecía de tacto, Hubert replicaba que, gracias al baile, todos los hombres de Ballinakelly tendrían empleo y estarían bien alimentados. ¿No era eso algo digno de elogio?

Adeline cumplió con su deber y nadie se quejó, ni siquiera Arethusa, que normalmente sería la primera en protestar contra la desvergonzada y nada discreta exhibición de riqueza. Arethusa estaba distraída. Adeline sabía que estaba nerviosa por el matrimonio, pero ¿acaso no estaban todas las mujeres ansiosas por esa razón? La noche de bodas era una mancha aterradora en el paisaje futuro de una mujer y, sin embargo, Adeline estaba segura de que Ronald sería amable. Puede que no fuera el más elegante de los hombres, pero pertenecía al mismo mundo anglo-irlandés y eso era una ventaja a tener en cuenta. Proporcionaría a Arethusa seguridad, comodidad y un modo de vida que le era familiar. La respetaría, la honraría y, con suerte, la refrenaría. Los hijos y las responsabilidades requeridas de una esposa la atarían al hogar, que era lo que Arethusa necesitaba. Adeline aún se estremecía cuando recordaba el liquen verde en la espalda del vestido de su hija.

En cuanto a su afecto por Ronald, Arethusa no parecía demasiado entusiasmada con su matrimonio. Sin embargo, Augusta le había contado a Adeline que la muchacha había rechazado numerosas propuestas de los hombres más codiciados. Al parecer, incluso el marqués de Penrith había estado a su alcance, pero también lo había rechazado. Por lo tanto, Adeline solo podía concluir que, después de todo, estaba unida a Ronald. La melancolía de la muchacha no era inusual. Estaba a punto de dejar su casa y embarcarse en una nueva vida (aunque no muy lejos); era natural que se sintiera nerviosa.

La mañana del baile, Arethusa se despertó con una nueva actitud. Dermot le había dado esperanzas. Sin duda gozaría de oportunidades de placer dentro de su matrimonio. No tenía que cambiar si no quería. Podía interpretar un papel como su abuela y ser la buena esposa y madre que Ronald quería que fuera. Solo Dermot conocería a la verdadera Arethusa. Con él podría ser ella misma. También había llegado a la triste pero inevitable conclusión de que tenía que olvidar a Jonas. Por muy difícil que fuera aceptarlo, en el fondo de su corazón sabía que no podía seguir viviendo así, suspirando como un perro, o eso la destruiría. Tenía que centrar su atención en su vida presente y no mirar al pasado. Guardaría el banjo, como un tesoro secreto enterrado en la tierra, y no seguiría viviendo presa de la añoranza.

Todos notaron el cambio de humor de Arethusa cuando bajó a desayunar. Tenía color en las mejillas y ya no estaba apagada. Solo Charlotte percibió la resolución que había tomado, ya que ella también se había visto obligada a tomarla, pero no las razones que la motivaban. No tenía conocimiento de la aventura de Arethusa con Dermot McLoughlin ni del consejo de lady Deverill de encontrar oportunidades de placer en la monotonía de una vida matrimonial obediente. Adeline supuso que estaba emocionada por el baile y se alegró de que algo hubiera conseguido distraerla de su miedo al matrimonio. Rupert, que había heredado de su madre su carácter perspicaz, también se dio cuenta de que el humor de su hermana había mejorado, pero a diferencia de Charlotte, él lo sabía todo sobre Dermot McLoughlin y el día anterior, desde el asiento de la ventana de su habitación, desde donde tenía una muy buena vista del jardín, había visto a Arethusa cruzando el césped con paso decidido.

Cuando Arethusa entró, toda la familia ya estaba en el comedor y se hablaba de la sorpresa de Adeline.

—Fuegos artificiales —dijo Bertie, que no estaba muy interesado en la sorpresa pero que le seguía el juego.

—Siempre tenemos fuegos artificiales —dijo Hubert. Miró a su mujer, que sostenía su taza de té de porcelana con una sonrisa reservada y esperó que no fuera algo espiritual. Adeline era partidaria de celebrar sesiones de espiritismo con sus hermanas, en las que supuestamente contactaban con los muertos. Hubert pensaba que eran un montón de tonterías, pero se lo consentía porque era bastante inofensivo. Sin embargo, no era adecuado para el baile de Deverill, desde luego que no.

Arethusa tomó la silla junto a Maud, la esposa de Bertie, y se sentó. El lacayo le sirvió una taza de té. Maud esperó a que ella terminara de comerse el trozo de tostada y luego habló.

—La sorpresa estará en el entretenimiento —dijo, limpiándose las comisuras de la boca con una servilleta—. Seguro que Adeline ha enviado a los mejores actores de Londres para que representen una pequeña obra.

—O un grupo de baile —intervino Arethusa, observando a su madre con atención—. ¿Tal vez bailarinas de ballet ruso?

—O un número circense —apostilló Elizabeth desde el extremo de la mesa mientras se hacía con un gran trozo de tarta de cerveza con el tenedor—. Me gustarían unos trapecistas y un elefante de la India. Eso sí que sería original, ¿verdad? No creo que nadie haya contratado nunca un elefante de la India para su baile.

Rupert sonrió a su abuela.

—Podríamos montarte en el elefante y pasearte por el jardín, abuela. Eso sí que sería majestuoso y original.

Elizabeth soltó una carcajada, pero tenía la boca demasiado llena de pastel para responder.

—O músicos —intervino Archibald, uno de los hijos de Augusta y Stoke, que era un joven de veinticinco años con un rostro regordete y aniñado siempre sonrojado por el esfuerzo de compensar su diminuto tamaño con una personalidad demasiado confiada. Con un metro setenta y cinco de estatura, era solo un poco más alto que su madre (y dos cabezas más alto que su pobre padre). Sin embargo, estaba orgulloso de su espesa melena rubia, que se peinaba hacia atrás y fijaba con una loción, y de sus ojos azul plomo, que distraían la atención de las damas de su estatura—. Apuesto a que se trata de músicos —continuó alegremente—. Algo muy original. ¿No tengo razón, Adeline? —Adeline siguió sonriendo de forma misteriosa y no dijo nada. Augusta guiñó un ojo a su hijo con disimulo para animarle a seguir por el camino correcto. Archibald, con la ayuda de su madre y deseoso de tener razón, continuó—: ¡Has invitado a los mismísimos Juglares Errantes! —Adeline pestañeó y su sonrisa vaciló—. ¡He acertado! ¡Ja, Ja! —cacareó él, agitando un dedo rechoncho hacia ella.

—No has acertado —dijo Adeline con calma.

—Pero casi. Por la expresión de tu cara, sé que estoy cerca.

Arethusa pensó en los Juglares Madison, pero se mantuvo firme en su resolución y apartó a Jonas de su cabeza. William, el hermano más sensato de Archibald, que era alto y musculoso, como más convenía a un hombre, se recostó en su silla mientras el lacayo le llenaba de nuevo la taza de té.

—Si adivinamos la sorpresa, ya no lo será —dijo.

—¡Sí, señor! —convino Greville, riendo con satisfacción—. Bueno, no debemos estorbar a Adeline…

—Quitémonos de en medio antes de que nos obligue a ayudar —interrumpió Rupert con una sonrisa para su madre.

Elizabeth se levantó de la mesa.

—Debo comprobar que las gallinas no se hayan alterado con la llegada del elefante. —Y nadie estaba seguro de si realmente creía que había un elefante o simplemente estaba siguiendo con la broma.

Por supuesto, Arethusa no podía librarse de ayudar, como los hombres de su familia y su abuela, cuyos días de ayudar habían terminado. Arethusa, Maud, Augusta y Charlotte esperaban las instrucciones de Adeline. Las Arbolillo llegaron en medio de un torbellino de entusiasmo, igual que tres pájaros cantores. Pronto el castillo se llenó de gente y Arethusa se ocupó de las tareas que su madre le pidió que realizara. Hoy no había tiempo para ver a Dermot.

Era temprano por la tarde, justo antes de retirarse a su habitación para bañarse y vestirse para el baile, cuando vio a Jonas. Bajaba a toda prisa las escaleras hacia la cocina para darle un mensaje al cocinero, cuando se detuvo en seco de repente. Ahí estaba, de pie en el pasillo con su hermano, hablando con el señor O'Driscoll, que estaba a cargo de la casa, como si fuera la cosa más natural del mundo. Ella se quedó paralizada y le miró atónita. No podía creer lo que veían sus ojos. ¡No podía ser Jonas Madison! ¡No podía ser! Pero lo era.

El color abandonó su rostro. El corsé parecía constreñirle. Su respiración se aceleró. Se agarró a la barandilla y se llevó una mano al pecho, donde su corazón latía con fuerza contra su caja torácica. Lo miró fijamente mientras una oleada de náuseas la hacía perder el equilibrio. Fue entonces cuando Jonas levantó la mirada. Aunque su rostro mostraba sorpresa, no se extrañaba tanto de verla. Por la mirada que le dirigió, era como si lo hubiera esperado.

—Señorita Arethusa —exclamó el señor O'Driscoll presa del pánico. El señor O'Driscoll era un hombre grande y corpulento, de cuello grueso, hombros y pecho anchos. Se apresuró a subir las escaleras para atraparla, cuando perdió el equilibrio y comenzó a caer.

—Estoy bien —protestó con apenas un hilillo de voz, pero él la levantó en brazos y la llevó abajo. Buscó a Jonas con la mirada, pero lo único que vio fueron criadas nerviosas y a la señora Harrington, el ama de llaves, que la cuidaba como si fuera de porcelana—. De verdad, solo me he mareado un poco. Ya estoy bien. Gracias —dijo, tratando de ver más allá de ellas.

Pero la señora Harrington insistió en que entrara en su despacho y se sentara mientras una de las criadas corría a buscarle un vaso de agua y otra a prepararle una taza de té. Arethusa estaba desesperada por ver a Jonas, pero era imposible salir del despacho de la señora Harrington sin ser descortés o sin delatarse. Por supuesto, ahora se daba cuenta de que Jonas y George eran la sorpresa de su madre, propuesta por Augusta. No podía creer en su buena suerte. Era una idea increíblemente buena por parte de su madre. Los hermanos Madison causaban furor. Habían aparecido en toda la prensa británica cuando actuaron en Londres y enseñaron al Príncipe de Gales a tocar el banjo. Todo el mundo estaría muy impresionado por esta exótica pareja de animadores. Pero en la cabeza de Arethusa bullían ahora las formas en que podría ingeniárselas para llegar hasta Jonas por su cuenta. Se conocía los terrenos del castillo mejor que nadie. Si pudiera atraerlo a uno de los invernaderos...

Cuando logró salir, Jonas y George se habían ido. No importaba. Sabía que estaban en algún lugar del castillo y se proponía encontrarlos. Su excitación aumentaba mientras subía las escaleras del servicio y las criadas susurraban que ver a los dos exóticos hombres de Estados Unidos era lo que le había provocado el desmayo.

Estaba cruzando el pasillo cuando se topó con su madre.

—Querida, tienes que empezar a prepararte. Necesito que estés vestida y desfilando a las seis y media.

—Ya sé cuál es la sorpresa —dijo Arethusa con una amplia sonrisa.

Adeline suspiró, pero su sonrisa era indulgente.

—Supongo que has estado abajo, ¿verdad, Tussy?

—Los he visto en el pasillo. Los hermanos Madison. Creo que son una muy buena elección, mamá.

—No me atribuyo ningún mérito. Augusta lo sugirió. Van a cantar cinco canciones y también a bailar.

—Son unos bailarines maravillosos —repuso Arethusa con entusiasmo—. ¿Dónde están? Me gustaría mucho saludarlos. Te prometo que luego iré a vestirme.

—Muy bien, date prisa. Están en el salón de baile, ensayando.

Arethusa se apresuró a ir al salón de baile. El lugar estaba lleno de sirvientes, que se afanaban en dar los últimos toques a la habitación. Arethusa no se fijó en los grandes despliegues de flores, que se amontonaban en urnas de piedra y descendía de altas estructuras para simular cascadas florales, ni en las velas que cubrían todas las superficies, listas para encenderlas durante la noche de verano. Ni siquiera captó las embriagadoras fragancias y aromas de los lirios y las rosas. Lo único en lo que se fijó fue en Jonas, que estaba en el escenario que habían montado al fondo de la sala, y él eclipsaba cuanto le rodeaba.

—Así que usted es la sorpresa de mamá —dijo ella, poniéndose por fin delante de él. Él se volvió y le sonrió, y en su sonrisa vio la misma ternura que había visto la noche en que tocó para los amigos de la duquesa.

—¡Qué placer verla de nuevo, señorita Deverill! —saludó.

Arethusa se dio cuenta de que las palabras sobraban. No importaba lo que dijeran. Podrían haber recitado la receta de la tarta de limón y el resultado habría sido el mismo: palabras, sílabas, sonidos que no significaban nada. La luz de sus ojos comunicaba todo lo que querían decir.

Lo educado habría sido que también George la saludara, pero se mantuvo al margen, jugueteando con su instrumento y hojeando una partitura doblada, como si les dejara a solas para hablar.

—Esperaba verla aquí —dijo Jonas en voz queda, recorriendo durante un momento la habitación con la mirada para asegurarse de que no les oía nadie.

—Nunca pensé que volvería a verle —respondió Arethusa—. Esta mañana había decidido no pensar más en usted. Sin embargo, aquí está...

—Es como si el destino interviniera.

—Sí. Un claro mensaje para no rendirse —repuso con firmeza.

—Pero usted sabe que es imposible, señorita Deverill.

—Tussy. Llámame Tussy —dijo, enfadada de repente porque el destino lo trajera a su casa solo para que él le dijera que su amor era imposible—. Nada es imposible si lo deseas lo suficiente —aseveró, luchando contra el nudo que se le había formado en la garganta.

Jonas sonrió, esta vez con tristeza.

—Admiro tu valor, Tussy. Pero conozco el mundo mejor que tú y no hay lugar para nosotros en él.

—El mundo es un lugar grande. Tiene que haber algún lugar —insistió. El nudo se intensificó con la aparición de las lágrimas—. Tiene que haber...

—Tussy. —Era Charlotte, que apareció en el marco de las grandes puertas dobles al fondo del salón de baile, detrás de ella.

Arethusa apretó los dientes y parpadeó para contener las lágrimas.

—Estoy deseando verle actuar —dijo con firmeza, irguiendo los hombros y adoptando un aire debidamente formal. Luego añadió—: Espero que tengamos la oportunidad de hablar más tarde porque me gustaría contarle cómo he estado practicando con el banjo. La música es un lenguaje que habla a todo el mundo, no importa de dónde se venga. Cuando toco, creo en los milagros.

Charlotte acompañó a Arethusa a su dormitorio y la ayudó a prepararse para el baile. La institutriz se dio cuenta de que tenía la cara bastante arrebolada y de que los ojos le ardían de forma extraña, y le preocupó que pudiera tener fiebre.

—Me encuentro muy bien —le dijo Arethusa cuando Charlotte le expresó su preocupación—. He estado todo el día de pie corriendo de un lado a otro para buscar a mamá. Estoy segura de que un baño me devolverá la salud.

Los sirvientes le llenaron la bañera con agua caliente traída en grandes cubos desde las cocinas y Arethusa se recostó y cerró los ojos. Suspiró con fuerza. Debería estar encantada de que Jonas estuviera en el castillo. Después de pensar que no volvería a verlo, este extraordinario giro del destino lo había traído a su casa. Y, sin embargo, no estaba emocionada. Había sufrido y apenas había comenzado a superar su sufrimiento. Se había propuesto no pensar en él y, después de su aventura con Dermot, por fin había aceptado su suerte. Ahora que él estaba ahí, el dolor que había empezado a mitigarse volvía a aflorar para herirla de nuevo, y el anhelo y la añoranza continuarían con más intensidad que antes. Por supuesto, Jonas tenía razón; no había ningún lugar en la tierra que los aceptara como pareja. La llenaba de amargura pensar que el mundo no era lo bastante grande para ellos, que los prejuicios les seguirían allá donde fueran.

Eily la ayudó a ponerse uno de los vestidos de baile que Augusta había mandado hacer en su sastrería de Londres. Era de seda azul intenso, ribeteado en dorado, y tenía un polisón que, para desaprobación de Augusta, acentuaba su forma de andar. Arethusa no había permitido que Eily la peinara; la joven doncella era torpe y no tenía mano para peinar. En su lugar, pidió prestada a Becky, la eficiente doncella de su madre, que se lo rizó con unas tenacillas y se lo recogió, adornándolo con cintas y flores azules del jardín. Su abuela le había prestado un conjunto de zafiros, que había pasado de generación en generación en su familia.

—Ya no eres una niña —le dijo a Arethusa—. Has sido presentada en la Corte y estás prometida en matrimonio. Ahora deberías brillar como una dama. —Elizabeth arrugó la nariz y añadió en voz baja—: Y brillar como una Deverill.

Arethusa solo podía pensar en Jonas y en cómo iba a ingeniárselas para verlo. Se enteró por O'Flynn de que él y su hermano se alojaban en la posada de Ballinakelly. Esperaba que su madre hubiera dispuesto que se quedaran en los establos o incluso en la buhardilla del castillo; había muchas habitaciones, pero no se le había ocurrido. Debían partir al día siguiente al amanecer. Eso no le dejaba mucho tiempo.

Arethusa estaba en el jardín con su familia, saludando a los invitados a medida que llegaban. Su ansiedad fue en aumento mientras estaba allí atrapada, cumpliendo con su deber. Cada momento lejos de Jonas era un momento perdido. ¿Y si al final no conseguía verle a solas? ¿Y si era imposible organizarlo? Esa noche era quizá la última vez que lo vería. Después de esta noche no tendría otra oportunidad. Él volvería a Estados Unidos o seguiría recorriendo el mundo, y ella tendría que continuar con la vida para la que había nacido. Así eran las cosas. Así funcionaba el mundo.

Arethusa estaba abrumada por su deseo de verle. Desesperada por decirle lo que sentía. Por decírselo claramente y con franqueza. Por desnudar su corazón sin restricciones. Ansiaba abrazarlo, besarlo, sentir la solidez de su cuerpo con las manos y grabarlo en su memoria para llevarlo siempre dentro mientras viviera. Pero ¿y si la oportunidad de decírselo se le escapaba entre los dedos? Sabía que no volvería a presentarse.

Arethusa saludaba con serenidad y gracia a los invitados a medida que llegaban, ofreciendo su mano enguantada, sonriendo con encanto y recordando el nombre de todos, pero por dentro tenía el estómago encogido a causa del pánico. Cuando llegó Ronald, que fue uno de los primeros, su pánico aumentó; se había olvidado por completo de él.

—Mi querida Tussy —dijo él, contemplando la piel blanca como la leche de su escote y la atractiva curva de su cuello como si ya le pertenecieran—. Esta noche estás tan preciosa como una diosa. Eclipsas a todas las demás damas.

Permitió que le tomara la mano, tratando de no parecer sorprendida.

—Gracias, Ronald.

—Y yo soy el hombre más afortunado del mundo por haber asegurado mi futuro contigo. —La palabra «futuro» tenía un sesgo afilado y Arethusa sintió su roce—. Ojalá fuera mayo y ya estuviéramos casados. La espera resulta insoportable. —Sonrió de manera comprensiva, dando por sentado que ella sentía la misma frustración. Le dio una palmadita en la mano—. Pero ambos debemos ser pacientes.

Arethusa se habría reído si no se sintiera tan desesperada e infeliz.

—Puedo ser paciente —respondió de forma lacónica.

—Esa es mi chica —dijo, llevándose su mano a los labios y besándola—. Volveré a tu lado cuando hayas terminado de cumplir con tu deber.

Arethusa solo pudo asentir con la cabeza. ¿Dónde estaba Jonas?

Al final le vio cuando los Juglares Madison actuaron para los invitados en el salón de baile después de la cena. La acompañó Ronald, que apenas se había separado de ella en toda la noche, ya que se había sentado a su lado en la mesa. Bajo el dorado resplandor de cientos de velas, los vio cantar sus canciones y bailar con ligereza por el escenario, como habían hecho en el baile de la duquesa de Sutcliffe, y la invadió una candente sensación de pérdida inminente. Ahí estaba, tan cerca, y sin embargo no podía hablar con él, y mucho menos tocarlo. ¿Así iba a ser su futuro? ¿Pegada a Ronald y sin poder respirar?

Arethusa contempló las caras de los invitados, que sonreían de placer ante la novedad de estos dos negros de Estados Unidos, y supo que su madre estaría encantada. Su velada era un éxito rotundo. Habría baile y fuegos artificiales y todo el mundo se marcharía al amanecer, declarando que el baile de verano de los Deverill era el mejor del condado, pero ¿qué pasaba con ella? Para ella sería más memorable que cualquier otra a causa de su pérdida.

Cuando los hermanos terminaron su actuación, la orquesta tomó sus instrumentos y comenzó a tocar. Dio comienzo el baile. Arethusa no quería bailar, pero no tenía elección. Tenía el carnet de baile lleno y no podía eludir su deber ni ofender a los caballeros que la habían solicitado. Presa de la frustración, agarró el brazo de Ronald.

—Creo que me voy a desmayar —declaró, poniendo los ojos en blanco.

Alarmado, Ronald la acompañó fuera del salón de baile y la condujo al jardín.

—Necesitas un poco de aire —dijo, rodeando su cintura con un brazo.

—Necesito echarme —respondió ella—. Si no te molesta, voy a retirarme a mi habitación un rato, Ronald. No me encuentro nada bien.

Ronald sabía que no podía acompañarla allí.

—¿Quieres que vaya a buscar a tu madre o a Charlotte?

—No, no les estropees la noche. Si me voy ahora y me acuesto no tardaré en estar bien. Gracias por tu consideración. —Le miró con gratitud—. Eres muy dulce, Ronald.

Él le devolvió la sonrisa y se le hinchó el pecho.

—Si estuviéramos en cualquier otro lugar, insistiría en buscar a alguien que te acompañara, pero como esta es tu casa, confío en que encontrarás el camino a tu dormitorio sin necesidad de ayuda.

—Tu preocupación es muy conmovedora —dijo, dirigiéndose ya hacia la puerta—. Por favor, diviértete. El baile de verano de los Deverill solo se celebra una vez al año e insisto en que te diviertas.

La siguió hasta el vestíbulo y esperó al pie de la escalera mientras ella subía, igual que un perro fiel. Solo cuando ella desapareció, regresó al salón de baile para explicar su ausencia a cualquiera que preguntara.

Arethusa recorría el pasillo, pensando en cómo organizar un encuentro con Jonas, cuando vio a Rupert salir de las sombras hacia ella. Tan concentrada estaba en su misión que no se le ocurrió preguntarle qué hacía allí, en medio de la fiesta.

—¡Rupert! Tomó sus manos y las apretó—. Necesito tu ayuda.

Rupert sonrió.

—No estarás huyendo de Ronald, ¿verdad?

—Solo por esta noche —respondió, pero no sonrió.

—Entonces, ¿qué puedo hacer por ti?

—Necesito hablar con Jonas Madison antes de que se vaya.

Rupert parecía sorprendido.

—¿Jonas Madison? ¿De verdad?

—Necesito hablar con él urgentemente.

—Bueno, entonces, si es urgente, vamos a buscarlo de inmediato, Tussy. Supongo que estará escondido detrás de la puerta verde comiendo nuestras sobras.

—No, no puedo ir contigo. Le he dicho a Ronald que me iba a echar.

Él enarcó una ceja.

—¡Ah! Otro desmayo, ¿verdad?

—El primero fue auténtico —replicó ella.

—Bueno, ¿y dónde le digo que se reúna contigo?

Arethusa tenía ganas de llorar del alivio.

—¡Oh, Rupert! ¿Lo harás? —Volvió a apretar sus manos—. Te estoy muy agradecida.

—La gratitud no es lo tuyo, Tussy. La gratitud me pone nervioso. —La miró con preocupación—. No malgastaré mi aliento en advertirte.

—Dile que se reúna conmigo en el huerto.

Rupert ladeó la cabeza.

—¿El huerto?

—Allí no nos encontrará nadie.

—Pero si lo hacen, estarás arruinada.

Arethusa recuperó el aliento.

—Vale la pena correr el riesgo.

—Tussy...

—Entonces aceptaré mi suerte. Lo prometo. Me casaré con Ronald y me iré en silencio. No volverás a oír un chillido de mí. Cumpliré con mi deber y me conformaré.

Rupert suspiró.

—De acuerdo. Pero algo me dice que nunca lo harás. Algunas personas no pueden cambiar por mucho que lo intenten. —Se encogió de hombros—.

Será mejor que salgas por la parte de atrás y mantente en las sombras, ¡por el amor de Dios! Esta noche hay luna llena y estarás iluminada como una efigie en el día de San Patricio.

Cuando Arethusa se apresuró a seguir por el pasillo, se sorprendió al ver a Peregrine saliendo de uno de los dormitorios. Al verla, su rostro mostró primero sorpresa, luego alarma. Pero cuando Arethusa le sonrió, absorta en disimular su propia misión culpable, su rostro se suavizó e hizo lo único que podía hacer para distraerla y que no le preguntase qué hacía allí arriba, a esas horas de la noche: preguntarle qué hacía ella.

—¿Qué te trae por aquí, Tussy? —dijo.

—Me siento un poco débil y necesito echarme. —Luego añadió con ingenuidad—: Acabo de encontrarme con Rupert. Si te das prisa, lo alcanzarás.

25

Arethusa se paseaba de un lado a otro con nerviosismo. El rocío le empapaba la cola del vestido y la humedad oscurecía sus zapatos de seda pálida, pero no le importaba que se le ensuciara el vestido ni que se le estropearan los zapatos. Sacrificaría todo lo que tenía por esta cita con Jonas. Con las manos en las caderas y sus inquietos e impacientes pasos, no perdía de vista la puerta del viejo muro que rodeaba el huerto, esperando que él apareciera de un momento a otro; deseando con todo su corazón que lo hiciera.

La luna iluminaba los dos magníficos invernaderos que se alzaban entre los altos pastos como un par de majestuosos galeones en un mar oscuro. Sus cúpulas de forma acanalada reflejaban la luz de la luna y brillaban como velas desplegadas. El jardín estaba en silencio, no había movimiento en los ordenados surcos de verduras, solo las criaturas nocturnas pululaban en las sombras porque la luz de la luna bañaba el paisaje de una luminosidad que las exponía a los depredadores como si estuvieran a la luz del sol.

Arethusa era imprudente. Era experta en vivir el presente y no tenía en cuenta las consecuencias de sus actos, y esa noche era más imprudente que nunca. No existía nada más que ese jardín en esa noche. Decidida, dejó fuera el pasado y el futuro y se concentró con todo su empeño en ese momento preciso, como si nada más fuera real.

El repentino ulular de una lechuza llamó su atención. Dejó de pasearse. Entonces, la puerta del jardín se abrió lentamente y Jonas se adentró con cautela en la luz de la luna.

Se miraron fijamente durante un segundo, y si en ese breve momento sintieron una punzada de duda, no tardó en ser arrollada por el torrente de pasión que crecía en sus corazones y los impulsaba a seguir. Arethusa corrió hacia él. No había tiempo para la timidez ni para los juegos. Se había declarado hacía semanas, con el rubor que ardía en sus mejillas y las palabras que inflamaban el papel. Jonas se dirigió hacia ella, apretando el paso, hasta que se encontraron cara a cara, por fin solos. Arethusa no dudó. Le rodeó el cuello con los brazos y se apretó contra él como solo puede hacerlo una mujer que ha intimado con un amante. Sintió que él la abrazaba con fiereza, envolviéndola en sus brazos como si tuviera la intención de no soltarla jamás. Aquel no era el hombre que le dijo que no había ningún lugar en la tierra al que pudieran ir, sino un hombre que la amaba con tal intensidad que no le importaba. En este momento aislado, su pasión coincidía absolutamente con la de ella. Sus labios se fundieron en un beso apasionado y tierno a la vez y Arethusa se dio cuenta de que toda su vida hasta ese momento no había sido más que media vida. Ahora era completa.

En breve lo condujo al invernadero más alejado, donde podían estar seguros de que no los encontrarían. Hacía un calor agradable en el interior, el aire era húmedo y terroso e íntimo. Jonas la tomó de la mano y caminaron por los pasillos entre las plantas, deteniéndose cada pocos pasos para besarse, sin querer desperdiciar ni un momento de la única vez en sus vidas que sabían que tendrían la libertad de amarse libremente.

—No he podido pensar en nada más que en ti —dijo Jonas, tomando su cara y acariciándole las mejillas con los pulgares.

Arethusa miró sus intensos ojos castaños y sintió una tranquilizadora sensación de familiaridad, como si ella perteneciera a su reflejo, como si siempre hubiera pertenecido a ese lugar.

—Lo he intentado todo para no pensar en ti —le dijo—. Pero tú estás detrás de todo lo que hago.

—Tienes más valor que yo. Te admiro por eso. Yo nunca me habría atrevido…

—Pero es el valor lo que te ha traído aquí, ¿no es así? —le interrumpió ella, sin querer que él expresara sus temores—. Si he demostrado ser valiente, es solo porque tú me has hecho serlo. Te quiero, Jonas. Me encanta el hombre que eres. —Rio con suavidad y bajó la mirada—. Nunca creí en el amor a primera vista, pero tú me has demostrado que es posible. Ahora sé por qué se escriben poemas. Por qué los poetas escriben sobre las estrellas, las puestas de sol y la luz danzando en las hojas de verano: por el amor. Antes no lo veía, pero ahora veo el amor en todas partes y eso es gracias a ti.

—¡Qué romántica eres, Tussy! —se rio y el afecto resplandeció en su rostro.

—No creía que fuera romántica. Tú me has hecho serlo.

—Me siento honrado de haberte enseñado no solo a tocar el banjo, sino también a conocer el amor.

De repente, un fuerte estruendo resquebrajó el cielo. Ambos volvieron la vista hacia el techo de cristal.

—Fuegos artificiales —dijo Arethusa, aunque no podía verlos.

El rostro de Jonas mostró preocupación.

—Seguro que te echarán de menos —dijo.

—Le he dicho a Ronald que me sentía mal. Luego me he retirado a mi habitación, he cerrado la puerta con llave y he salido por el salón contiguo.

—¿Quién es Ronald? —preguntó Jonas y sus ojos delataron su dolor, aunque no estaba en condiciones de reclamarla.

—Mi prometido —respondió sin emoción.

—Por supuesto —gruñó. Era inevitable que una chica como Arethusa se comprometiera.

—Me voy a casar la próxima primavera. —Debió de parecer desdichada porque él la atrajo hacia sí y la estrechó contra su pecho. Arethusa oyó los fuertes latidos de su corazón bajo la camisa y cerró los ojos—. Sé que no podemos estar juntos, Jonas —dijo con resignación—. Vivo en el mismo mundo que tú y sé que no hay lugar en él para nosotros. Tenía esperanza, es más, soñaba con ello, pero no debo desear cosas que no puedo tener porque solo me harán sentirme desgraciada. Ahora estás aquí y tengo la suerte de poder hablar contigo a solas y decirte lo que hay en mi corazón. Sé que la oportunidad no volverá a presentarse.

—Debo dejar que vuelvas al baile o te verás comprometida. Tú y yo no pertenecemos al mismo mundo, Tussy. Yo no soy bienvenido en el tuyo. —Jonas tomó su rostro entre las manos y la besó de nuevo—. Ven, déjame acompañarte hasta la puerta del jardín y luego debes volver al castillo antes de que te echen de menos.

Arethusa se sintió como si hubieran extraído el aire del invernadero. Apenas podía respirar a causa del pánico.

—¡No! —susurró, agarrando su chaqueta—. No puedes dejarme. Por favor, no me dejes nunca, Jonas. Mi vida no valdrá la pena. Seguro que podemos encontrar una manera... —Se agarró a sus solapas con ambas manos, con los nudillos blancos—. Por favor.

—Cariño mío, tu vida está aquí. Conmigo solo te esperan prejuicios, aislamiento y exilio. Es imposible.

Ella se agarró con más fuerza, dominada de repente por una terrible urgencia.

—Entonces ámame, Jonas. Solo una vez. De ese modo podré seguir con mi vida, cumplir con mi deber y llevar tu recuerdo, como una hermosa joya que nos pertenece solo a ti y a mí. Si tengo eso, creo que podré soportar mi futuro.

Jonas le sostuvo la mirada.

—¿Qué me estás pidiendo, Tussy?

—Te pido que me hagas el amor —susurró.

Jonas negó con la cabeza.

—Tussy, te has vuelto loca. No podemos. No te pondré en peligro, no nos pondré a los dos, por una imprudencia...

Las lágrimas le anegaban los ojos. Le rozó los labios con delicadeza.

—No me obligues a suplicar... —Se apretó de nuevo contra él y por el calor que irradiaba su cuerpo supo que Jonas sería incapaz de negarse.

Arethusa entró en la sala de estar contigua a su dormitorio de manera sigilosa, cerró la puerta tras de sí y se apoyó en ella con un suspiro de alivio. Había conseguido volver sin ser descubierta.

La plateada luz de la luna se colaba por el gran ventanal e iluminaba parcialmente la habitación. La mirada de Arethusa se vio atraída por ella. Se puso rígida. Algo le decía que no estaba sola. Sus ojos deambularon del asiento de la ventana a la repisa de la chimenea y acto seguido se posaron en el sillón, en el que había una mujer sentada tranquilamente en la oscuridad, observándola.

Arethusa ahogó un grito y se llevó una mano al pecho.

—¡Charlotte! ¡Me has dado un susto de muerte! ¿Qué estás haciendo aquí?

—Creo que yo debería hacerte la misma pregunta, Tussy. —La voz de Charlotte era severa. Hacía años que Arethusa no la oía emplear ese tono.

—Necesitaba tomar el aire, así que he ido a dar un paseo —explicó de manera sucinta.

—No me mientas, Tussy.

Arethusa parecía ofendida, como era de esperar.

—Le dije a Ronald que me sentía débil y que necesitaba echarme. Luego me he escabullido por la parte trasera del castillo y he ido a dar un paseo.

Charlotte se levantó y salió a la luz de la luna.

—He tenido que encubrirte. —Se retorció las manos, claramente molesta—. He tenido que mentir por ti. Ronald estaba muy preocupado por ti, pero le he convencido para que no molestara a tu madre y he subido aquí arriba yo misma. La puerta de tu habitación estaba cerrada, así que he entrado por aquí. Me he preocupado al ver que no estabas aquí. Pero te conozco, Tussy. No has estado haciendo nada bueno y lo desapruebo por completo.

Arethusa chasqueó la lengua con impaciencia.

—Te equivocas y, además, ¿con quién se supone que no he hecho nada bueno?

—Con el hombre que amas pero no puedes tener. Tú misma me hablaste de él.

—No está aquí —dijo en voz baja. Charlotte inspiró hondo y Arethusa percibió que estaba dispuesta a dejarse convencer. Arethusa pensó en el hombre que amaba y el trauma de haberse despedido de él hizo que sus ojos se llenaran de lágrimas. Decidió darle un buen uso a esas lágrimas—. No quiero a Ronald, Charlotte —dijo, y la barbilla le temblaba a causa de la emoción—. No quiero casarme con él, pero debo hacerlo. ¿Tan mal está que me sienta agobiada por mi futuro y necesite un rato a solas en el jardín? —Se acercó a la ventana y miró hacia los terrenos plateados de abajo. Se preguntó dónde estaría Jonas ahora—. El jardín está muy hermoso esta noche, con la luna llena y las estrellas. Es el único lugar en el que me siento plenamente yo misma.

Charlotte se colocó a su lado y la miró disculpándose.

—No tengo más remedio que creerte, Tussy. Si de verdad has estado paseando sola por el jardín, no quiero acusarte de falta de decoro.

—No te mentiría, Charlotte. ¿Acaso no te he contado ya mi mayor secreto y tú me has contado el tuyo?

Charlotte volvió a suspirar y ladeó la cabeza. Arethusa supo que había ganado.

—Deberías haberme avisado —dijo la institutriz con suavidad—. Así podría haberte encubierto sin preocuparme.

—Lo siento. Vi a Rupert cuando subía y se lo dije. No creí necesario decírselo a nadie más y, además, no quería que me detuvieran. Necesitaba alejarme. La atención de Ronald es asfixiante. Espero que me dé más espacio cuando estemos casados.

Charlotte sonrió.

—Te dará hijos y luego se adaptará al matrimonio del mismo modo que parecen hacerlo todos los hombres. Poniéndose ellos mismos y sus necesidades en primer lugar.

—Me gustaría no casarme nunca —dijo Arethusa con amargura—. Siento que mi vida se acaba.

—En cierto modo así es, Tussy —repuso Charlotte—. La vida que has vivido hasta ahora se acaba y empieza una nueva. La vida es como un libro. Simplemente estás a punto de empezar otro capítulo. —Charlotte miró con tristeza por la ventana—. Al igual que yo.

—¿Qué será de ti? —preguntó Arethusa.

—Encontraré otro empleo en otro lugar. Otra familia, otra joven a la que dar clases y orientar. —Sonrió con resignación—. Pero te echaré de menos, Tussy. Echaré de menos el castillo Deverill y a todos sus habitantes.

Arethusa se unió de nuevo al baile y solo Ronald sabía cuánto tiempo había estado fuera. Sin embargo, cuando Charlotte le explicó que la pobre

Arethusa se había quedado dormida y que no había querido despertarla, Ronald se dio por satisfecho. Nadie sabría nunca lo que había ocurrido en el huerto. Nadie sabría lo que Arethusa estaba sufriendo y lo mucho que le costaba disimular. No volvería a ver a Jonas. Todo había terminado. Pero le había dejado un recuerdo que atesoraría y la certeza de que la amaba, y eso tendría que ser suficiente.

26

Ballinakelly, 1961

Llevo solo siete días en Ballinakelly y estoy en la cama con un hombre que no es mi marido. Veo la lluvia caer fuera de las ventanas. Suena como si arrojaran gravilla contra los cristales. Se ha abierto el cielo y las olas se alzan inquietas en un mar gris apagado. Hoy no hay barcos en el agua, solo aves marinas que parecen no notar las inclemencias del tiempo. Es tarde y estoy en la cama de Cormac. Hemos hecho el amor. Estoy tendida entre sus brazos, con la cabeza sobre su pecho, y él me acaricia la espalda con la mano. Escuchamos la lluvia, contemplamos el tormentoso mar y charlamos. Todo es acogedor y tranquilo dentro de nuestra burbuja; aquí nadie puede tocarnos.

He leído suficientes novelas sobre la infidelidad para saber que lo que siento ahora es bastante universal; hacer el amor con Cormac parece lo más natural; más de lo que lo parecía con Wyatt. Debería sentirme culpable, pero no es así. Debería estar avergonzada, pero no lo estoy. Debería sentir miedo, pero no lo siento. Tengo la sensación de que la vieja y cansada Faye se ha ido desprendiendo con cada una de sus caricias y ha despertado a la nueva y fresca Faye que había debajo. Soy como una hortensia que florece en primavera. Sé que cuando vea mi reflejo en el espejo yo también pareceré más joven. Nunca he estado más dispuesta y preparada para el cambio.

—Si todo lo que abarca tu visita guiada es este dormitorio, estaré totalmente satisfecha —le digo felizmente.

Se ríe y lo oigo reverberar con fuerza en su pecho.

—¿Quieres decir que no quieres ver el faro, el castillo de Blarney o la catedral de San Pedro y San Pablo?

—Quiero quedarme aquí contigo.

Me empuja con ánimo juguetón y se tumba encima de mí, sujetándome las muñecas por encima de la cabeza.

—¿Me estás diciendo que quieres que te haga el amor otra vez?

—Sí. —Le miro a los ojos—. Quiero que no hagas nada más que hacerme el amor.

Cormac sonríe, satisfecho.

—No soy el joven que solía ser. Tendrás que dejarme recuperar el aliento. —Rompe a reír con auténtico abandono.

—Yo tampoco soy la joven que solía ser, pero estoy contenta con como soy ahora, aquí, contigo —asevero.

—Estás encontrando el espíritu Deverill —dice, compartiendo mi placer.

—¿Qué es eso?

—Hay una vena salvaje y temeraria en esa familia.

—No cabe duda de que mi madre la tenía.

—Kitty la tiene —añade.

—Entonces quiero el espíritu Deverill en mí.

Me besa y siento que vuelve a excitarse.

—Entonces será mejor que te quedes en Irlanda, ¿no? No encontrarás el espíritu de Deverill en ningún otro lugar más que aquí.

Ambos sabemos que no puedo quedarme en Irlanda, pero me río y le quito importancia.

—Contigo lo encontraré, Cormac.

—Claro que sí. —Me besa de nuevo—. Bueno, ¿qué estabas diciendo?

Nos quedamos en la cama hasta la puesta de sol. Ojalá estuviera alojada en el hotel, así no importaría a qué hora vuelvo, pero soy la invitada de Kitty, y por lo tanto debo volver a la Casa Blanca antes de la cena. ¡Cuánto me gustaría quedarme en la cama de Cormac y gozar toda la noche en sus brazos!

—Mañana te voy a enseñar a tocar el acordeón —dice mientras me ve vestirme.

—Seguro que era solo una treta para traerme aquí. Ahora ya estoy aquí, así que no tienes que hacerlo.

Cormac esboza una sonrisa.

—Claro que era una treta, pero no era solo una treta. Me gustaría enseñarte.

—Muy bien. —Me acuerdo de mi madre, aprendiendo a tocar el banjo con Jonas, y sonrío ante el paralelismo—. No estoy segura de que podamos engañar a Kitty. Es demasiado lista.

—No tienes que preocuparte por Kitty Deverill.

—Lo sé, es una mujer con mucho mundo. Me doy cuenta.

—Ella es más que una mujer con mucho mundo; ha vivido muchas vidas. Quizás algún día te hable de ellas.

Me pongo la chaqueta y me calzo.

—¿Qué quieres decir con que ha vivido muchas vidas?

—Pregúntale a ella.

—No, dímelo tú.

—No soy quién para contarlo.

—¿Estás sugiriendo que ha tenido una aventura?

—Pregúntale a ella. —Sonríe y sé que no conseguiré sonsacarle nada.

—Entonces puedo contar con su apoyo —digo en su lugar.

—Sí que puedes.

—Robert es harina de otro costal —añado, y hago una mueca.

—Eso no es ninguna sorpresa.

—Es una extraña elección para ella.

—Desde tu punto de vista, pero no conoces a ninguno de ellos.

—Él es tan serio y ella es tan vivaz y afectuosa…

—No puedo decir que lo conozca bien. Los que son como él no se relacionan con los que son como nosotros.

Frunzo el ceño.

—Pero Kitty sí.

—Kitty es diferente. Kitty no es clasista. Ahora ven aquí. No te llevaré de vuelta hasta que me hayas pagado en especies por mi hospitalidad. Has estado aquí todo el día y me lo debes.

Me río y me subo a la cama. Cormac me abraza con fuerza. ¡Qué bien encajamos!

—¿Así es como te pagan todas las mujeres por sus visitas? —Mi comentario está cargado de intención.

Cormac me mira.

—Solo tú, Faye —dice—. No hay más mujeres.

Sonrío de felicidad. Esa es la respuesta que quería escuchar.

Cormac me deja en la Casa Blanca y encuentro a Kitty en el salón con su hermana Elspeth, sentadas en el sillón, una al lado de la otra. A juzgar por la bandeja, con sus tazas de té vacías y restos de tarta, llevan ahí un buen rato.

—¡Ah! Has vuelto —dice Kitty—. Tengo un mensaje para ti de Wyatt.

La mención a Wyatt acaba con mi buen humor. Me pregunto cómo me habrá encontrado, ya que no le he dejado mis datos a su secretaria. Supongo que no hay muchos hoteles en Ballinakelly y, como soy la novedad local, todo el mundo sabe dónde me hospedo.

—¿Qué quería?

—Saber cómo estás. Le he dicho que estás bien y disfrutando de Irlanda.

—Gracias.

Kitty me mira de forma comprensiva. La mirada de alguien que sabe dónde he estado, qué he estado haciendo y lo molesta que resulta la mención a mi marido.

—He oído que estás viendo los lugares de interés —comenta Elspeth.

Kitty me observa desde el sofá. Su expresión es inescrutable, pero percibo su complicidad.

—Cormac O'Farrell ha tenido la bondad de enseñarme todo esto —digo yo. Es mejor esconderse a la vista que mentir descaradamente. Espero haber conseguido no revelar nada con mi comportamiento.

—¡Oh! Cormac es todo un personaje —aduce Elspeth. Se ríe y mira a su hermana—. ¡Tiene que estar encantado de que le des algo que hacer!

Me siento afligida por Cormac. Por lo que sé, es un hombre que se mantiene ocupado. No puedo salir en su defensa sin exponer mis sentimientos por él, pero Kitty sí.

—Cormac es uno de esos hombres que hacen un poco de todo —replica—. Nunca ha querido ser convencional ni estar atado. Su vida puede ser inusual, pero es feliz. No conozco a nadie tan contento como él.

Le sonrío agradecida.

—No lo conozco —digo encogiéndome de hombros—, pero me parece que está contento. Es una buena compañía. Tengo suerte de haberlo encontrado. Al fin y al cabo, no he venido hasta aquí solo para saber de mi madre, sino también para conocer el país donde nació. Es un guía entusiasta.

Elspeth me mira con aire burlón.

—Ten cuidado, Faye, Cormac es todo un donjuán y tú eres una mujer casada muy lejos de casa. —Se ríe porque no se da cuenta de lo cerca que ha estado de la verdad.

—No te preocupes, Elspeth —digo—. Soy muy capaz de cuidarme sola.

Kitty sonríe con conocimiento de causa.

—No hay nada de malo en un coqueteo sano —aduce, pero su hermana frunce el ceño con desaprobación.

—¡Oh, Kitty! ¡Debería darte vergüenza! —exclama—. Peter no consideraría sano ningún tipo de coqueteo. —Me mira con seriedad—. No le hagas caso a mi hermana, Faye. Dice tonterías. Robert tampoco aprobaría un coqueteo sano y estoy segura de que a Wyatt le pasa lo mismo. Ningún hombre quiere quedar en ridículo.

Observo a Kitty. Su rostro no cambia. No revela nada. Aunque Cormac no dijo específicamente que ella tuviera una aventura, no lo negó. Si la tenía, eso explicaría que estuviera dispuesta a colaborar.

—¿Me va a llamar Wyatt? —pregunto.

—No, dijo que no te preocuparas. Solo quería asegurarse de que estabas bien.

—¿Le has dicho quién eres?

—Así es. Le he dicho que tienes una familia muy grande aquí. Parecía sorprendido.

—Como yo, creía que los parientes de mamá habían muerto todos.

—¿No es extraordinario? —dice Elspeth con incredulidad—. Dar la espalda a tu hogar y a tu familia y pasar el resto de tu vida negando su existencia. ¿Qué lleva a una persona a hacer eso?

Me fijo en la mirada de Kitty.

—El sufrimiento —dice Kitty sin más—. La tía Tussy estaba muy dolida.

—¿Por qué? —pregunta Elspeth, y sé que Kitty no se lo dirá. No querrá que nadie conozca la historia de Arethusa antes de que lo sepa su padre. Si a Elspeth le horroriza la idea de un coqueteo inofensivo, le espantará que Arethusa se enamorara de un hombre negro; casi me entran ganas de decírselo solo para ver su cara.

—Faye está leyendo el diario, ¿no es así, Faye? —dice Kitty.

—Sí, pero es largo y detallado y no he tenido mucho tiempo últimamente.

Las comisuras de la boca de Kitty se crispan y me alegra ver que, después de todo, no es una actriz tan consumada.

—Es un país grande y hay mucho que ver —aduce.

—Leeré un poco más esta noche —respondo. Pero no quiero saber lo que pasa después. Empiezo a tomarle la medida a mi madre y me temo que su encaprichamiento con Jonas Madison no se limitó a un sano coqueteo.

Kitty y Robert han invitado a cenar a Peter y a Elspeth y a otra pareja que vive en el otro extremo de Bandon, llamados Purdy y Petula Padmore. Me río cuando Petula me dice que los nombres de sus hijos, Patrick, Paul y Patricia, empiezan por la misma letra. ¡Qué confuso debe de ser! Purdy tiene la silueta de un sapo, con una abultada barriga, la cara roja y brillante y unos expresivos ojos saltones del color azul topacio. Su mujer es guapa de forma masculina, con el pelo corto y negro y la cara angulosa. Es tan delgada que parece que la hayan enrollado. Ambos tienen un carácter jovial y muy divertido. Incluso Robert se ríe de sus chistes. Forman un equipo, se hacen réplicas ingeniosas entre sí y nos mantienen entretenidos. Me gustan de inmediato.

SANTA MONTEFIORE

Los Padmore sienten mucha curiosidad por mí y hacen todo tipo de preguntas sobre mi madre y mis motivos para estar aquí. A ninguno le parece extraño que esté aquí sin mi marido, aunque a Elspeth le incomoda. Dice que, en todos los años que ella y Peter llevan casados, nunca ha pasado una noche lejos de él.

—¡Dios mío! —exclama Petula—. ¡Qué horror pasar todas las noches de mi vida con Purdy!

Purdy se ríe y su rostro brilla de alegría.

—Querida, a pesar de lo encantadora que eres, y de verdad lo eres, necesito descansar de tu belleza de vez en cuando. Un breve paréntesis lo hace aún más encantador cuando vuelvo.

—Es la primera vez que viajo al extranjero sin Wyatt —explico—. Pero estoy disfrutando de un tiempo sola.

—Claro que sí, querida —dice Petula—. Una mujer solo sabe realmente quién es cuando no se mide con un hombre.

—Muy cierto —conviene Kitty.

—Y Wyatt te apreciará aún más cuando vuelvas —dice Purdy.

Elspeth mira a Peter.

—Yo no tengo ningún deseo de conocerme a mí misma más de lo que ya me conozco.

Peter le sonríe con aprobación.

—Todo el mundo es diferente, querida —replica con diplomacia.

Robert, que nunca habla mucho, añade:

—Creo que la independencia es algo bueno siempre que uno sepa dónde están sus lealtades.

—Ya ves lo bueno que eres para Kitty, Robert. Mi hermana tuvo que casarse con un hombre que le permitiera su libertad —dice Elspeth, y percibo ingenuidad en sus palabras, pero continúa con despreocupación—: Kitty siempre ha sido un espíritu libre. Me pregunto si su espíritu libre la ha metido en problemas en el pasado. —Elspeth sonríe a Robert de un modo que refleja que no sabe nada—. Pero la amansaste, ¿no es así, Robert?

Kitty acerca los labios a su copa de vino y mantiene una expresión serena. Robert parece un poco incómodo o quizá me lo estoy imaginando.

Por lo que he visto de él hasta ahora, nunca parece estar muy a gusto consigo mismo.

—Creo que tenemos mucha suerte de poder elegir a las personas con las que nos casamos —digo, desviando el tema de Kitty y Robert—. He estado leyendo el diario de mi madre y a principios de siglo la gente no parecía tener muchas opciones. O, más bien, el amor no contaba mucho.

—¡Oh! Somos muy afortunados —coincide Petula—. Estoy segura de que no me habrían permitido casarme con Purdy si hubiera vivido en esa época.

—¡Qué tontería! —replica Purdy—. ¡Yo salí directamente del cajón de los pañuelos!

Todos nos reímos de eso.

—¿Qué es el cajón de los pañuelos? —pregunto.

—El cajón de arriba —dice Petula, sonriéndole con afecto.

—Claro que sí, cariño, directamente del cajón de los pañuelos, pero no tenías dinero ni una gran casa.

Sonríe de forma socarrona.

—Entonces se me habría permitido casarme porque tú tenías las dos cosas.

—Me habría escapado contigo de todas formas —dice Petula.

—¿Adónde habrías ido? —pregunta Kitty, disfrutando del juego.

—A Estados Unidos —dice Purdy—. Todos los que se fugaron se fueron a Estados Unidos.

Pienso en mi madre, que también huyó a Estados Unidos, y de pronto me pregunto si voy a descubrir que se fugó. ¿Cómo no se me ha ocurrido?

—Pero ¿habrías vuelto? —pregunto, sintiendo que me invade una punzante aprensión espinosa.

—El polvo siempre se asienta —responde Purdy—. Por supuesto que habría vuelto. El hogar es el hogar, y si tu hogar es Irlanda, bueno, no hay otro lugar como este.

Miro a Kitty y sé que está pensando lo mismo que yo.

¿Por qué no se asentó el polvo de Arethusa?

Esa noche, después de que todos se hayan ido, leo el diario de mi madre. Purdy me ha hecho reflexionar. Está muy bien huir a Estados Unidos, pero lo raro es que nunca regresara. Jamás. Es algo extraordinario, teniendo en cuenta los lazos familiares de mamá y la profundidad de sus raíces. Me despido de Kitty y de Robert y me dirijo a mi habitación. Mientras contemplo el resplandeciente mar, pues ahora las nubes se han alejado y la luna ha sembrado el agua de diamantes, me pregunto qué estará haciendo Cormac. ¿Estará tumbado en la cama, preguntándose qué estoy haciendo yo? Hemos quedado en vernos mañana. Me recogerá a las diez.

Me recuesto en las almohadas y abro el pequeño libro de mamá. Lo abro por la página en la que lo dejé por última vez y lo giro hacia el espejo de mano que tengo en el regazo. No es la forma más fácil de leer un libro, pero a estas alturas ya lo tengo dominado. Estoy tan absorta en la historia que me olvido de la hora.

27

Castillo Deverill
El pasado

Todo el mundo coincidió en que el baile de verano de los Deverill fue el más exitoso de todos. Greville estaba totalmente satisfecho de que se hubiera mantenido la tradición y Elizabeth estaba encantada de que tanta gente la hubiera felicitado por una velada maravillosa, cuando ella no había hecho más que vestirse y presentarse. Hubert se sintió aliviado de que los Juglares Madison hubieran sido el entretenimiento elegido por su esposa, teniendo en cuenta la alternativa. Los invitados habían aplaudido con ganas, aunque no creía que hubieran sido tan entusiastas de no ser por su asociación con el príncipe de Gales. La sociedad es voluble y se deja llevar fácilmente, pensó. En su opinión, el baile y el canto de los hermanos eran más bien de segunda categoría. Stoke había disfrutado enormemente. Debido a sus finos huesos (Elizabeth dijo que era como una cacatúa) tenía los pies ligeros y dejó en evidencia a todos los demás caballeros durante la cuadrilla. Augusta estaba encantada de que el baile fuera un éxito y les dijo a todos que los Juglares Madison habían sido idea suya. Estaba en condiciones de ser amable porque estaba segura de que su baile, en Deverill Rising, en octubre, sería mejor. Había contratado a una pequeña compañía de ballet de élite de Rusia. Al parecer, habían bailado en el escenario del palacio Yusupov de San Petersburgo, en presencia del zar y de la zarina. Ella se aseguraría de que esa inestimable información se escapara de alguna manera a lo largo de la noche. Bertie, que era guapo y afable, había disfrutado enormemente y, a pesar de estar casado con una de las bellezas más célebres de Londres, no había podido abstenerse de coquetear con las bellas jóvenes. Maud se había dado cuenta y le había molestado, pero era el comienzo de su matrimonio y era demasiado joven e insegura para montar un escándalo. Ya había aprendido que si se mostraba distante con él, lo metía en cintura como a un cachorro tímido. En cuanto a Rupert, también había coqueteado con las jóvenes bonitas pero, como de costumbre, no se había sentido inspirado por ninguna de ellas.

A medida que los días se acortaban y la cegadora luz veraniega se iba suavizando hasta tornarse en el dorado resplandor de principios de otoño, Arethusa cumplió con la palabra que le había dado a Rupert. No suspiró por Jonas; lo dejó ir. Tampoco buscó momentos de placer ni fue a Ballinakelly en busca de Dermot McLoughlin. Con gran fuerza de voluntad, se obligó a incorporarse al presente y se entregó por completo a la vida que estaba destinada a vivir. No tenía sentido soñar con lo imposible, porque eso solo producía infelicidad, y Arethusa estaba cansada de ser infeliz. Dedicó su tiempo a ayudar a su madre a planificar su boda y a ser una novia atenta y entusiasta de Ronald. Tras reconciliarse con el hecho de que no volvería a ver a Jonas, se entregó a su futuro marido. Le gustara o no, él sería suyo y ella le pertenecería a él, así que era mejor que le gustara. Y mientras interpretaba ese papel, empezó a gustarle de verdad.

El baile de Augusta en octubre se convirtió en el más comentado del año. Asistieron los príncipes de Gales, lo cual le dio el brillo que Augusta ansiaba, y las bailarinas rusas fueron un éxito, representando una escena de *El lago de los cisnes* con la gracia y ligereza de las hadas. Aunque Rupert había ofendido a más madres de las que podía contar, le perdonaron gracias a su encanto y a que era el amigo más íntimo del marqués de Penrith y nadie podía resistirse a esa vinculación. También perdonaron a Arethusa por burlarse de los caballeros más codiciados de Londres debido a que estaba comprometida con Ronald Rowan-Hampton. Los dos se redimieron en el baile de Augusta mostrándose amables y alegres, y en una sociedad en la que se valoraba mucho los buenos modales, ser amable y alegre contaba mucho.

Ahora Arethusa ya no veía a Ronald como un obstáculo para su felicidad, sino como la única e inevitable fuente de la misma, así que empezó a mirarle con otros ojos. Le horrorizaba haberse reído de él, pues quería respetarlo y admirarlo. Su carácter repercutía en ella y si a él le consideraban un tonto, también a ella. Por lo tanto, se alegró de que se le conociera como a uno de los mejores jinetes de Irlanda, y cuanto más se hablaba de sus logros en la silla de montar, más conseguía admirarlo. Lo observó mientras se movían por el salón en el baile de Augusta. Tenía un don especial para saber con exactitud qué debía decirle a todo el mundo y tanto las mujeres como los hombres disfrutaban de su compañía. Era afable y hacía que la gente se sintiera bien consigo misma, que era la clave en cualquier relación exitosa.

¿Y quién era Arethusa cuando estaba con Ronald? ¿Cómo la hacía sentir? La Arethusa que Ronald sacaba a relucir no era apasionada, temeraria, rebelde ni salvaje. Esas cualidades que Dermot McLoughlin conocía tan bien no tenían cabida en su nueva vida. Tampoco era una joven enamorada, pues esa era la Arethusa que Jonas conocía y que ahora se había ido para siempre. Con Ronald, Arethusa era todo lo que sus padres querían que fuera. Era recatada, complaciente y gentil, obediente, decorosa y equilibrada. De hecho, se sentía inteligente porque Ronald no tenía una mente brillante. Se sentía ingeniosa, porque Ronald no era divertido. Se sentía guapa, porque Ronald nunca dejaba de decírselo, y se sentía querida porque Ronald era atento y amable. Cuanto más lo conocía, más se daba cuenta de que tenían muchas cosas en común. Compartían sus opiniones sobre Dios y sobre religión, su amor por Irlanda y la importancia de la familia. Y aunque Ronald, al igual que el padre y el abuelo de Arethusa, no se interesaba por los pobres, estaba segura de poder educarlo.

Arethusa estaba decidida a hacer que la vida sin Jonas funcionara. Creía que estaba haciendo auténticos progresos y que empezaba a gustarle la persona que era cuando estaba con Ronald. Entonces no le bajó la menstruación por tercer mes consecutivo.

Arethusa apenas se había preocupado las dos primeras veces; en el pasado no le había venido la menstruación en alguna ocasión y a menudo se le retrasaba, pero que no le bajara tres veces era motivo de preocupación. No creía estar embarazada. Las mujeres embarazadas sufrían náuseas matutinas, todo el mundo lo sabía, y ella no había tenido ni una sola vez. Había oído que la tristeza o la tensión podían hacer que a una mujer no le bajara la menstruación, pero desde que había dejado marchar a Jonas no creía haber sido infeliz. Por el contrario, estaba empezando a encontrar la felicidad con Ronald. Lo que le preocupaba más que la posibilidad de estar embarazada era que tal vez se estaba engañando a sí misma al decir que era feliz y que todo su esfuerzo no era más que un apósito sobre una herida que era más profunda de lo que creía.

Decidió confiar en Charlotte.

—¡Dios mío! —jadeó Charlotte, sentándose de golpe en el asiento de la ventana del dormitorio de Arethusa y llevándose una mano al pecho—. Eso solo puede significar una cosa. —Miró a Arethusa con expresión aterrada.

Arethusa exhaló un suspiro de mal humor.

—No es necesario que seas dramática, Charlotte. No estoy embarazada.

—¿Hay alguna posibilidad, Tussy?

Arethusa vaciló un segundo antes de responder.

—¡Por supuesto que no! ¿Qué estás sugiriendo? —Pero ese momento de vacilación infundió temor en el corazón de Charlotte.

Charlotte empezó a contar mentalmente los meses. Luego se levantó y asió las manos de Arethusa.

—Tussy, han pasado tres meses desde el baile. No me enfadaré, pero tienes que ser sincera conmigo. Cuando saliste a pasear por el jardín, ¿te encontraste con un amante? —Arethusa abrió la boca para protestar—. Tussy, si estás embarazada no podrás ocultarlo por mucho tiempo. —Su voz era ahora firme y Arethusa parpadeó con aprensión.

Se sentó en el asiento de la ventana y puso las manos en el regazo. Charlotte se sentó a su lado y esperó a que hablara. Arethusa empezaba a sentir miedo en su propio corazón.

—Tengo un amante —dijo. Cuando la desesperación crispó el rostro de Charlotte, añadió con tono de enfado—: Mi vida es solo deber, deber, deber. Necesitaba algo para mí, Charlotte.

Charlotte estaba pálida. Parecía estar a punto de llorar.

—Podrías haber tenido un montón de cosas, pero eso no.

—No es la primera vez que no me baja la menstruación.

Charlotte negó con la cabeza.

—No seas ingenua, Tussy. Ya sabes cómo funcionan estas cosas. ¡Dios mío! Yo misma te he educado. Debería haberlo hecho mejor. Si realmente estás embarazada, estarás arruinada.

Arethusa empezó a morderse las uñas. Pensó en todas las veces que Dermot McLoughlin le había hecho el amor y su cuerpo nunca la había defraudado.

—No estoy embarazada, Charlotte. No puedo estarlo.

—Si has tenido relaciones con un hombre, puedes estarlo, Tussy.

¡Había tenido relaciones con dos en el espacio de unos pocos días!

Arethusa se levantó y empezó a pasearse.

—Debo ver a un médico.

—Llamaré al doctor Johnson. Debes fingir que estás enferma. Si en realidad se trata de otra cosa, no queremos que sepa que hemos considerado la posibilidad de un embarazo.

Arethusa miró a Charlotte y frunció el ceño.

—¿Qué haré si estoy embarazada?

Charlotte miró a Arethusa y suspiró.

—Rezar —respondió.

28

Son las tres de la madrugada cuando me topo con la impactante verdad. Mi madre sí que estaba embarazada. Pero eso no es todo. No sabría si llevaba el bebé de Dermot McLoughlin o de Jonas Madison.

Cierro el libro, sin atreverme a seguir leyendo, y me recuesto en las almohadas con un mal presentimiento. Esto me ha dejado sin palabras. De verdad, lo ha hecho. Mamá tenía una vena salvaje y temeraria que hoy resultaría escandalosa, pero comportarse así en el siglo pasado era sencillamente una temeridad. Ahora sé por qué se peleó con sus padres. Debieron desesperarse con ella. Estaba a punto de casarse con un hombre adecuado que la cuidaría. Su futuro estaba resuelto. ¡Y de repente esto! Mi corazón se llena de compasión; todo iba tan bien...

Siento la imperiosa necesidad de compartir esto con Cormac, pero debo esperar hasta la mañana. Sé que no voy a poder dormir. No voy a dejar de darle vueltas y me voy a volver loca. Recuerdo el testamento de mi madre. Le ha dejado un tercio de su riqueza a una persona anónima. Bueno, ahora me parece evidente que esta persona anónima debe de ser su hijo ilegítimo. ¿Pero quién es él o ella? Tendré que contarle esto a mi hermano. Logan se pondrá furioso. Tendremos que encontrar a ese desconocido e informarle de que su madre biológica ha muerto y le ha dejado una considerable cantidad de dinero. ¿Sabrá siquiera que es hijo de Arethusa Deverill? Si no es así, eso será un bombazo. Supongo que dio a luz en Estados Unidos, pero ¿qué fue después del niño? Me imagino un orfanato, una infancia miserable, una vida en la penuria mientras Logan y yo nos criamos en un mundo de privilegios y comodidades. Me siento desgraciada. Esto se está complicando y se está poniendo serio.

Sin embargo, lo que ha quedado claro es por qué mi madre quería que su diario lo leyera yo y no Logan. Si lo hubiera dejado en manos de mi hermano, lo más probable es que lo hubiera arrojado al fuego en un arrebato. Pero ella sabía que yo, la hija obediente y sumisa, seguiría sus instrucciones al pie de la letra y persuadiría a Logan para que cumpliera sus deseos. Estoy haciendo exactamente lo que ella planeó. Estoy leyendo su historia, con sus propias palabras, para entenderla mejor, de modo que cuando descubra que tengo un medio hermano sea compasiva. Si se hubiera limitado a establecer en su testamento que un tercio de su patrimonio debía ser para su hijo ilegítimo, tanto Logan como yo nos habríamos enfurecido y horrorizado. De esta manera, no lo estoy; me siento triste. Me da pena que se metiera en problemas, pero también entiendo sus motivos para acostarse con ambos hombres. No la condeno; empatizo con ella, que es justo lo que mi madre quería que hiciera.

A la mañana siguiente, Kitty no está en el desayuno. Ha salido a cabalgar. Yo desayuno en el comedor con Robert. Charlamos un poco, pero sobre todo lee el periódico. Me siento aliviada de no tener que conversar con él. Me resulta difícil hablar con él. Me pregunto si era un hombre más animado cuando era más joven. O quizá necesitaba una presencia sólida para atemperar su naturaleza caprichosa. Me termino el desayuno a toda prisa y me retiro a mi dormitorio para esperar a Cormac. Ansío verlo. Me asomo a la ventana y miro hacia el camino. El corazón me da un vuelco cuando su jeep aparece en la puerta. Agarro el diario de mi madre y me apresuro a bajar las escaleras para ir a su encuentro. Me siento aliviada al ver que esta vez Robert no está en el pasillo para echarme una mirada de desaprobación. Apenas pienso en Wyatt. Mientras estoy aquí, tan lejos de casa, Wyatt no es una preocupación. Tampoco lo son mis hijos. Son lo bastante mayores como para cuidarse solos. Por primera vez en mi vida estoy cuidando de mí.

Subo al jeep. Cormac y yo intercambiamos una mirada cómplice, reconociendo nuestra intimidad y la necesidad de ocultarla hasta que salgamos a la carretera. En cuanto el coche dobla la esquina, se detiene junto al bordillo, me atrae hacia él y me besa.

—Te he echado de menos —me dice.

—Yo también te he echado de menos —respondo.

—¿Podemos recuperar el tiempo perdido? —pregunta con ese irresistible brillo en los ojos.

—Creo que deberíamos hacerlo —respondo con una sonrisa—. Como guía turístico, querrás tener contenta a tu clienta, ¿no?

Se ríe y yo le paso los dedos por las arrugas de la mejilla.

—Si mi clienta quiere una clase de música, también podría incluirla en nuestra apretada agenda.

—Me encantaría.

—Estupendo. Entonces hoy está todo arreglado. —Se incorpora a la carretera—. Bueno, ¿pudiste leer el diario anoche?

—Sí, y necesito hablar de ello contigo.

—¿De veras? Fue malo, ¿verdad?

Exhalo un suspiro. No sé por dónde empezar. Decido ir al grano. Le cuento lo que he leído y luego respiro hondo y añado:

—Mi madre se ha quedado embarazada, pero no sabe si el bebé es de Dermot McLoughlin o de Jonas Madison.

Cormac silba.

—Bueno, es toda una revelación. ¿Se lo has dicho a Kitty?

—No. Quería decírtelo a ti primero. Pensé que la lectura de su diario no me afectaría, pero así es. Verás, mi madre le ha dejado un tercio de su riqueza a una persona anónima.

—¿Y los otros dos tercios?

—A mí y a mi hermano Logan.

Asiente con la cabeza.

—Así que piensas que esa tercera persona es su hijo ilegítimo.

—Tiene sentido, ¿no?

—Así es. El hecho de que sea una parte igual le da a esa persona el mismo estatus que a sus otros dos hijos.

—Puedo entender por qué quería que el diario lo leyera yo y no Logan. Él se enoja con facilidad y es bastante inflexible. De esta manera puede explicarse antes de soltar la bomba.

—Tienes que seguir leyendo —dice.

—Lo sé, por eso he traído el diario conmigo. No quiero leerlo sola.

—¿De qué tienes miedo?

—No lo sé. —Le miro con ansiedad.

Cormac arquea una ceja.

—No asumas la culpa de tu madre, Faye.

—¿Qué quieres decir?

—Si ella dio al niño en adopción o lo dejó en un orfanato, no tiene nada que ver contigo. Recuerda la época en la que vivía. No podría haber mantenido un hijo ilegítimo, desde luego no si dio la espalda a su familia. No habría dispuesto del apoyo financiero para criarlo ella sola.

—¿Y si tengo que localizarlo? ¿Y si ni siquiera sabe que es su hijo? Esto se está convirtiendo de repente en una auténtica pesadilla.

—Luego lo leeremos juntos y averiguaremos qué ha pasado. Cuando tengas todas las piezas del rompecabezas en su sitio, te ayudaré a saber qué hacer.

—Gracias. —Le agarro la mano sobre la palanca de cambios. Él me la aprieta.

—Puedes con esto, Faye.

—Sé que puedo. Pero no estoy segura de mi hermano. No sabría por dónde empezar.

Cormac sonríe y gira hacia el camino que lleva a su casa.

—Te sugiero que empieces por el principio.

Hago una mueca.

—Eso no ayuda, Cormac. No conoces a Logan. Se sentirá consternado, horrorizado…

—Muy bien. Entonces te daré un verdadero consejo: cómo lo aborde él no es tu problema. Tu problema es cómo lo sobrellevas tú.

—Eso está mejor —digo.

—Te daré otro consejo.

—Adelante.

—No creo que debas preocuparte por nadie más que por ti y por mí.

—Me río porque tiene una mirada traviesa. Una mirada traviesa que promete un día entero en la cama—. Vamos a pasar un rato en el presente antes de ahondar en el pasado.

29

Castillo Deverill
El pasado

Arethusa se inclinó sobre el lado de la cama y vomitó en el orinal. El doctor Johnson se quitó las gafas y se volvió hacia Charlotte, que estaba de pie junto a la ventana con cara de preocupación.

—Me temo que voy a tener que decírselo a su madre —dijo.

Charlotte se llevó una mano al pecho y suspiró con fuerza. El doctor Johnson era un inglés alto y circunspecto, con el pelo rizado y entrecano retirado de su rostro inteligente y un espeso bigote que le cubría el labio superior como un techo de paja. Había sido el médico de los Deverill durante más de cuarenta años y había traído al mundo a Arethusa y a sus hermanos. Charlotte no creía que él hubiera previsto aquello. Miró a su paciente con lástima. Lamentaba que la muchacha se hubiera metido en problemas y no le apetecía darle la noticia a su madre.

—¿No se puede hacer nada? —preguntó Charlotte mientras Arethusa se incorporaba en la cama con un gemido; la noticia de que en efecto estaba embarazada la había conmocionado tanto que había vomitado.

—Tener un hijo no es una enfermedad, señorita Hope. Normalmente es una bendición. En este caso es una desgracia. —Miró a Arethusa, que estaba tumbada de espaldas con los ojos cerrados, como si el hecho de aislarse del mundo hiciera que todo desapareciera—. Tussy está embarazada de tres meses. No hay mucho que ver en este momento, pero no pasará mucho tiempo antes de que no pueda ocultarlo y entonces, ¿qué va a hacer?

—Solo quiero protegerla de la deshonra y el escándalo.

—Con el debido respeto, señorita Hope, ese no es su trabajo. Les corresponde a sus padres. Ahora, sugiero que descanse y tome aire fresco. Iré a hablar con la señora Deverill.

El médico salió de la habitación. Charlotte, en un arrebato de preocupación, se precipitó al lado de Arethusa. Se sentó en el borde de la cama y puso una mano caliente en la frente de la joven. No sabía qué decir. No había palabras para tranquilizarla ni nada que pudiera hacer para sacarla de ese lío.

—He sido una tonta —gimió Arethusa, abriendo los ojos. Charlotte no soportaba mirarla fijamente—. Pero si pudiera retroceder en el tiempo, lo volvería a hacer. Le amo, Charlotte. —Las lágrimas rodaban por las sienes y el pelo—. Le quiero tanto que me duele.

Charlotte, que sabía muy bien lo que se sentía, le acarició la mejilla con ternura.

—Sé que le amas, y eso no tiene remedio.

Arethusa se puso una mano en el estómago y esbozó una débil sonrisa.

—Llevo a su bebé —dijo, y sus ojos se iluminaron un poco—. Tengo una parte de él dentro de mí. ¿Y si lo supiera? ¿Y si le enviamos un mensaje?

Charlotte apartó la mano.

—¡Tussy, no puedes quedarte con el niño!

—¿Por qué no? ¿Qué otra cosa voy a hacer con él?

—Hay formas de lidiar con este tipo de cosas. No eres la primera que se queda embarazada fuera del matrimonio y no serás la última. Desapareces un tiempo, tienes el bebé, se lo das a un orfanato, donde le encontrarán una buena familia que lo cuide, y luego vuelves a tu vida.

Arethusa se rio sin contemplaciones.

—Charlotte, ¡qué ingenua eres! Ronald no me aceptará cuando descubra que soy una mercancía dañada, y si crees que voy a regalar a mi bebé, no me conoces en absoluto. —Su rostro se endureció y Charlotte retrocedió—. Este niño es mitad del hombre que amo. No voy a regalarlo. No me importa lo que digan mis padres ni lo que diga nadie. Me lo voy a quedar.

Charlotte volvió a suspirar.

—Creo que te darás cuenta de que tienes que hacer lo que tus padres te digan, porque no cuentas con una fuente independiente con la que mantenerte ni apoyo fuera de la familia. Dependes de ellos, así que tendrás que hacer lo que te digan.

Arethusa se puso de lado.

—Por favor, déjame en paz, Charlotte.

—Tussy, solo estoy siendo realista.

—Estás siendo cruel.

—¡Tussy! Como tu institutriz es mi deber decirte la verdad.

—Tu deber como amiga es protegerme de ella. —Se encogió de hombros ante la mano que intentaba tranquilizarla—. Ahora déjame sola. No quiero hablar más.

Charlotte se levantó de mala gana y salió de la habitación.

Arethusa se hizo un ovillo en la cama y lloró contra la almohada. Su futuro era ahora incierto. Lo había tirado por la borda por una hora con Jonas Madison o con Dermot McLoughlin; el niño podía ser de cualquiera de ellos. Y, sin embargo, a pesar de las lágrimas y del miedo a lo que dirían sus padres, sentía que el destino la había rescatado de alguna manera de un camino seguro, pero mediocre. No amaba a Ronald. Había intentado amarlo y, al menos, había conseguido que le gustara, pero tal vez la monotonía de estar casada con él hubiera acabado por adormecer sus sentidos. La previsibilidad de una vida que no era otra cosa que la continuación de la que había vivido hasta ese momento la habría llevado a perder la cabeza a causa del aburrimiento. No sabía hacia dónde se dirigía ahora, pero las posibilidades resultaban estimulantes. Pasara lo que pasara, sería nuevo y diferente. Mientras rezaba para que el niño fuera de Jonas, porque deseaba con todas sus fuerzas que fuera de él (sus anteriores relaciones con Dermot nunca habían conducido a esto), pensó que si conseguía avisarle tendría que casarse con ella. Tendrían que encontrar un lugar que pudieran considerar suyo, un lugar donde fueran aceptados. Era imposible que fuera la primera mujer blanca y el primer hombre negro que se enamoraban.

A medida que iba resolviendo su futuro, este parecía volverse menos sombrío. Arethusa tenía el don de sacar lo mejor de cada situación, y una situación tan grave como esa fortalecía su empeño en sobrevivir. Tenía una gran fuerza de voluntad y era valiente. Se enfrentaría a cualquier cosa que se le presentara con su habitual optimismo. Sabía que sus padres se pondrían furiosos. Su padre no la compadecería y su madre apoyaría a su marido, como de costumbre, por lo que tampoco se compadecería de ella. Como era de esperar, Charlotte la apoyaría, pero su institutriz carecía de poder y de influencia. Rupert pondría los ojos en blanco y la llamaría «maldita idiota», pero la ayudaría. Estaba segura de que podía contar con él. Pero, dejando a su hermano a un lado, estaba sola.

Arethusa debió quedarse dormida porque se despertó al oír que se abría la puerta y su madre la llamaba. Arethusa abrió los ojos y se dio cuenta del tono extraño de la voz de Adeline, que tenía una dureza inusual. Se incorporó. Adeline estaba de pie en medio de la habitación, con las manos cruzadas delante de su vestido. Su rostro era la viva imagen de la decepción y la desesperación. Arethusa parpadeó, pero no dijo nada.

Adeline se quedó sin palabras. Sacudió la cabeza y apretó los labios con descontento. Observó a su hija con el ceño fruncido y se esforzó por ordenar sus pensamientos de forma coherente.

—Tussy, ¿cómo has podido? Estoy desesperada —dijo por fin—. No puedo entender cómo una joven inteligente y bien educada como tú puede ser tan increíblemente tonta, por no mencionar inmoral. Solo puedo suponer que te han seducido o que te han obligado, porque no creo que mi propia hija tirara por la borda su virtud de manera voluntaria y sin pensar en las consecuencias. —Tomó aire. Arethusa la observó con resignación, sin intentar explicar su posición ni defenderla—. ¿Es que no sabes cómo funciona el mundo? —prosiguió su madre—. ¿Acaso Charlotte no te ha educado? ¿Qué te ha llevado a hacerlo, cuando conoces bien el valor de la reputación de una joven? ¿Y quién es el hombre? —Adeline se llevó una mano a la boca para reprimir un sollozo—. ¡Si tu padre se entera, le sacará una pistola, que Dios nos asista!

Arethusa sacó las piernas de la cama y se sentó rígidamente en el borde del colchón.

—Lo amo —dijo ella con rotundidad—. Sé que no debería haberle permitido…, pero quería algo para mí antes de casarme con Ronald y resignarme a una vida de obligaciones y aburrimiento.

Los ojos de Adeline se abrieron de par en par con incredulidad.

—¿Una vida de obligaciones y aburrimiento? ¿Eso es el matrimonio para ti? Nadie te obligó para que aceptaras a Ronald, Tussy. Podrías haber tenido a cualquiera. Por lo que sé de Augusta, Londres te ofreció a los hombres más atractivos y encantadores y no elegiste a ninguno de ellos. —Sacudió la cabeza con exasperación—. Solo puedo suponer que el hombre al que dices amar no es adecuado para el matrimonio.

Arethusa asintió.

—No lo es —respondió.

—¿Quién es?

—No puedo decirlo.

—Querida, insisto en que lo hagas.

—Jamás lo traicionaré.

—Me temo que esto es mucho más que una traición, Tussy. Te casarás con él aunque sea el hijo de un zapatero o de un católico.

Ante la mención del matrimonio, Arethusa vio un tenue destello de luz.

—No es ninguna de las dos cosas, mamá. —Miró a su madre con valentía—. Es negro.

Adeline ahogó un grito. Fue como si la hubieran golpeado entre los ojos. Miró a su hija con horror.

—¿Negro? —Se atragantó.

—Negro —confirmó Arethusa con firmeza.

Adeline sacudió la cabeza, deseando desesperadamente no escuchar lo que su hija acababa de decir.

—¿No será uno de esos artistas? ¿Cómo se llamaban? Los Juglares de Madison. —Fue tambaleándose hasta el sillón y se dejó caer en él.

—Jonas Madison —declaró Arethusa.

—¿El hombre que te enseñó a tocar el banjo? —dijo Adeline con un hilillo de voz.

—Ese mismo. —Arethusa se levantó y cruzó la habitación para sentarse en el suelo junto a su madre. La miró con expresión suplicante—. Le amo, mamá, y él mc ama a mí. ¿Qué importa que sea negro o que se gane la vida tocando el banjo? Ha enseñado al príncipe de Gales.

Adeline se había puesto muy pálida.

—¡Enseñó al príncipe de Gales! ¿Crees que eso supone la más mínima diferencia? Tussy, eres una ilusa. Nunca podrás casarte con él. Ni en un millón de años podrás casarte con él.

—Siempre me has dicho que Dios no ve ni la clase ni el color —dijo ella, esperando apelar al lado espiritual de su madre que siempre había despreciado—. Tú consideras iguales a todos los hombres.

—Y son iguales a los ojos de Dios, pero no a ojos de la sociedad. Tenemos que vivir según las reglas de la sociedad. No tenemos elección. Estoy segura de que es una buena persona, una persona amable. Estoy segura de que tiene todas las cualidades que cabría desear en un hombre, pero no tiene ninguna de las cualidades necesarias en un marido. Tussy, ¿en qué estabas pensando? —Su madre se sentía muy débil. Se llevó una mano sin apenas fuerzas a la frente e inspiró una profunda y temblorosa bocanada de aire—. ¿Qué parte de ti pensó que era posible?

—Mi corazón —respondió Arethusa, posando una mano en su pecho para darle más énfasis.

—Cariño, no puedes quedarte con el bebé. Tendremos que fingir que estás enferma y posponer la boda. Luego tendrás que desaparecer un tiempo…

Arethusa la interrumpió.

—No voy a renunciar a mi hijo —protestó con rabia—. Ni se te ocurra intentar convencerme.

Adeline frunció el ceño.

—¿Quieres arruinar tu vida, Tussy?

—Prefiero arruinar mi vida antes que la de mi hijo.

—No es momento de romanticismos. El niño será negro, Tussy. No te equivoques. No puedes criar a un niño negro. ¿Te has vuelto loca? No puedes criar a ningún niño tú sola y menos a uno de color.

—Pues escribiré a Jonas y le diré que debe casarse conmigo.

Adeline parecía dudosa.

—¿Ha dicho que lo hará?

Arethusa dudó.

—No, nunca se habló de ello.

—Entonces tiene más sentido común que tú.

—Pero si le digo que estoy embarazada de él, tendrá que casarse conmigo.

—No, no lo hará. Huirá bien lejos. Si realmente te ama, ten por seguro que se alejará de ti.

Arethusa bajó la vista.

—Ya lo ha hecho —dijo en voz baja.

Adeline se sentó.

—Voy a tener que hablar de esto con tu padre. Pero mientras lo hago, quiero que vayas a dar un paseo por el jardín y que pienses en lo que te he dicho. Tu futuro aún puede salvarse. La boda se puede posponer y podemos poner punto final a esto. Podemos fingir que nunca ha ocurrido.

Arethusa levantó la barbilla, desafiante.

—Puedo pasear todo lo que quieras, pero no cambiaré de opinión.

—¡Oh! Yo creo que lo harás —replicó su madre con fiereza—. Cuando consideres las opciones, aunque en realidad solo hay dos: o haces lo que te pido o te quedas sola. —Adeline la miró fijamente—. Te quiero, Tussy. Dios sabe cuánto te quiero. Por eso no dejaré que arruines tu vida.

—Si me amas, entonces puedes entender cuánto quiero yo a mi propio hijo, aunque aún no haya nacido.

Adeline se levantó del sillón y se dispuso a salir.

—Tussy, cariño —dijo al abrir la puerta—, ni siquiera sabes lo que es el amor.

Arethusa hizo lo que su madre le pidió y salió a dar un paseo por el jardín. Deseaba que Rupert estuviera en casa para aconsejarla, pero se encontraba con Peregrine en Cumbria, a pesar de que la invitación era para cazar urogallos y Rupert detestaba matar seres vivos. Paseó por el húmedo césped, con los hombros encorvados para protegerse del viento, y se preguntó cómo podría enviar un mensaje a Jonas. Si él supiera que llevaba a su hijo, vendría con toda seguridad a salvarla. Pero entonces, con el corazón encogido, se acordó de Dermot. Por supuesto, cabía la posibilidad de que el niño fuera suyo. Si lograba convencer a Jonas de que huyera con ella y luego el bebé resultaba ser blanco, ¿qué pasaría entonces? No podía arriesgarse. Tendría que esperar hasta que naciera.

El viento había hecho que las anaranjadas y amarillentas hojas se amontonaran en los márgenes del jardín. Arethusa caminó sobre ellas, apartándolas de su camino con mal humor. Sintió que los muros se cerraban a su alrededor, los muros del castillo, y de repente se sintió sofocada. Deseó poder marcharse y no tener que responder ante sus padres ni ante nadie. Le molestaba su control. ¡Ojalá fuera un hombre! Así podría hacer lo que quisiera, pues como mujer nunca sería dueña de su propio destino, sino la propiedad de otra persona, sujeta siempre a la voluntad de otro. Pisoteó con resentimiento la hierba húmeda, donde manzanas y ciruelas en descomposición de una abundante cosecha de otoño yacían donde habían caído, arrasadas por las avispas. No cambió de opinión.

Cuando volvió a entrar, su padre la esperaba con su madre en su salón privado. Arethusa sabía que estaría enfadado y se preparó para una perorata repleta de insultos. Sin embargo, nunca lo había visto tan furioso. Percibió la tensión en la habitación nada más entrar y cerró la puerta con suavidad a su espalda. Hubert se paseaba de un lado a otro, con los hombros encorvados, como si estuviera derrotado por el peso del problema al que se enfrentaba. Durante un rato no dijo nada, solo se puso más rojo y más alterado. Inspiraba como un toro, con las fosas nasales dilatadas, hinchaba las mejillas y se secaba la frente con un pañuelo. Por fin se detuvo frente a la chimenea encendida, donde la lumbre crepitaba y humeaba.

—Nunca en mi vida me he sentido tan amargamente decepcionado, Arethusa. —Arethusa miró a su madre, que estaba de pie junto a la ventana, jugueteando nerviosamente con sus dedos—. Me horroriza que una chica con tu educación y crianza se comporte como una vulgar ramera. —Levantó la voz, recalcando la palabra «ramera» con desdén, lo que hizo que Arethusa se estremeciera—. ¿Es que no tienes vergüenza? —Arethusa sabía que no esperaba ni deseaba que le respondiera. Permaneció muy quieta y rígida y esperó a que se acabase. Hubert comenzó a pasearse de nuevo—. Pero no desprestigiarás a la familia —dijo, volviéndose a secar la frente con el pañuelo—. No nos someterás a semejante escándalo. Nadie más que nosotros debe saber esto. Debe quedar entre estas cuatro paredes,

¿entiendes? —La miró a los ojos. Ella asintió. No era el momento de mencionar que Charlotte también lo sabía—. Esto es lo que harás. —Repitió lo que su madre le había dicho en el dormitorio. Pero Arethusa no iba a renunciar a su hijo, costara lo que costase.

—No lo haré —dijo ella cuando terminó.

Su padre la miró atónito. Si se hubiera convertido en una rana ante sus ojos, no se habría sorprendido más.

—¿Qué has dicho?

—He dicho que no lo haré.

Hubert miró a su mujer, que le devolvió la mirada con impotencia.

—¡Por Dios, muchacha! Simplemente no tienes alternativa en este asunto.

Arethusa se levantó.

—Sí la tengo —dijo, sorprendida por su propia falta de miedo—. El niño que llevo me pertenece. No lo regalaré. No es un objeto del que se pueda prescindir. Es un ser humano y necesitará a su madre.

—¡¿Qué sabes tú de la maternidad?! —bramó.

—Sé que no es natural que una madre entregue a su hijo. No lo haré.

Hubert había palidecido. Parecía que iba a estallar.

—¡Por Dios que lo harás, aunque tenga que arrancártelo de los brazos y hacerlo yo mismo! —tronó, lanzando un rocío de saliva al aire—. Te casarás con Ronald aunque sea lo último que hagas, aunque no lo merezcas, ni a él ni a nadie. Eres una mercancía sucia. —Tomó aire y se limpió la boca—. Debería repudiarte por la falta de respeto que me has mostrado, pero te estoy ofreciendo una salida. Te sugiero que la aceptes antes de que cambie de opinión.

Arethusa apretó los puños y se plantó desafiante ante su padre, al que nunca había desobedecido.

—No quiero casarme con Ronald. Nunca lo he querido —dijo—. Quiero casarme con Jonas y tener a su hijo.

Hubert parecía a punto de golpearla.

—¡Sal de aquí! —espetó, señalando la puerta—. Sal y no vuelvas hasta que estés dispuesta a hacer lo que se te diga. ¿Has olvidado quién eres? No consentiré que me desafíes, ¿entiendes?

Cuando Arethusa salió de la habitación, sus piernas casi cedieron bajo su peso. Se dio cuenta de que había perdido el control de su vejiga. Se agarró a las barandillas para no perder el equilibrio y subió despacio las escaleras. Nunca le habían hablado así en su vida. Comprendía la cólera de su padre, pues lo que había hecho era imperdonable, pero aun así no podía creer que pudiera llamar «ramera» a su hija. Cuando llegó a su habitación se tumbó en la cama y sepultó el rostro en la almohada. Las lágrimas que derramó no eran de tristeza, sino de furia. ¿Cómo osaban decirle lo que tenía que hacer con su bebé?

Ahí la encontró Eily cuando fue a abrir la cama antes de la cena.

—Me encuentro mal. Y no tengo hambre.

—¿Le traigo algo en una bandeja? No puede acostarse con el estómago vacío, señorita Arethusa.

—Puedo y lo haré. Quiero estar sola.

Eily salió de la habitación preguntándose qué había pasado. Uno de los lacayos había oído un alboroto en el salón y al señor Deverill levantando la voz de forma airada. No creía que la señorita Arethusa se encontrara mal y afinó sus pequeñas y sensibles antenas para considerar todas las posibilidades.

Preocupada porque Arethusa no se había presentado a cenar, Charlotte fue a su habitación. La encontró haciendo una maleta.

—¡Tussy! ¿Qué estás haciendo? —preguntó, alarmada.

—Me voy —dijo Arethusa.

—¿Adónde vas?

—A Londres.

—¿Tú sola?

—¿A ti qué te parece? —espetó.

—Pero ¿dónde te vas a quedar?

Arethusa echó una prenda en la maleta.

—Iré a casa de Augusta. Ella me acogerá, al menos un tiempo.

—Pero ¿qué pasa con el bebé?

—¿Qué pasa con él?

—Muy pronto se te va a empezar a notar. No podrás ocultarlo. ¿Estás segura de que Londres es el lugar adecuado?

—A algún sitio tengo que ir. —Arethusa se sentó en la cama y comenzó a llorar—. Y no tengo ningún otro sitio al que ir. No puedo quedarme aquí. Papá me va a repudiar y mamá se pondrá de su lado, así que no tendré su apoyo. Estoy sola. —Luego añadió de forma melodramática—: Estamos solos mi hijo y yo.

—¿Cómo vas a ganar dinero?

—Apelaré a Rupert o a la tía Poppy.

—¿Vas a contárselo?

—Tengo que hacerlo.

—Creo que te estás precipitando, Tussy. Vamos a hablarlo. ¿Por qué no esperas unos días a que tu padre se calme? ¿A que todos se calmen?

Arethusa miró a Charlotte con los ojos enrojecidos.

—No cambiarán de opinión y yo tampoco lo haré, Charlotte. No dejaré que me quiten a mi bebé. Es la única parte del hombre que amo que puedo tener. —Se limpió los ojos con el dorso de la mano y sorbió por la nariz—. Tal vez sea el destino, después de todo. No estaba destinada a casarme con Ronald. Estaría condenada a una vida aburrida y repetitiva. Estoy destinada a cosas más grandes.

Charlotte exhaló un profundo suspiro, puso los brazos en jarra y entrecerró los ojos despacio.

—Si de verdad has decidido que quieres quedarte con el bebé, tendrás que tenerlo donde nadie te conozca. En secreto. Londres no es el lugar adecuado para eso.

—Entonces, ¿adónde sugieres que vaya?

—A Estados Unidos —dijo Charlotte encogiéndose de hombros.

—¿A Estados Unidos? Eso está muy lejos.

—Tengo contactos en Estados Unidos —adujo Charlotte.

A Arethusa se le iluminó la cara.

—¿De veras?

—Por supuesto que sí. Trabajé allí.

—¿Crees que puedes ayudarme?

—Creo que sí.

Arethusa se levantó de un salto y corrió hacia su institutriz. Tomó sus manos y se las apretó.

—¿Quieres venir conmigo? Podríamos ir juntas, las dos solas. Podríamos empezar una nueva vida en un nuevo país. Será una aventura. De todos modos, después de la boda ibas a buscar un nuevo empleo. Ibas a tener que empezar de nuevo. Así que empieza de nuevo en Estados Unidos
y llévame contigo.

—Iré contigo con una condición —dijo Charlotte.

—¿Qué condición? —Arethusa la miró con desconfianza.

—Que le digas a tus padres adónde vas. No quemes tus puentes. Los
necesitas. Ahora no te das cuenta de que los necesitas, pero así es.

Arethusa frunció los labios.

—No lo sé —repuso, sin estar convencida.

—Al menos dales la oportunidad de ofrecerte la ramita de olivo. Pro-
méteme que les escribirás cuando llegues a Estados Unidos y que les dirás
dónde estás.

—Está bien, lo haré —accedió Arethusa—. Les diré que me voy. Me
despediré.

—Entonces me ocuparé de nuestros pasajes y de nuestra entrada en el
país. —Miró a Arethusa con compasión—. Tus padres quedarán destroza-
dos —dijo.

—No, de eso nada —respondió Arethusa—. Les he horrorizado y decepcionado a partes iguales. No creo que lo superen nunca.

30

Cuando Arethusa dio a sus padres la noticia de que se iba a Estados Unidos lo hizo con una serenidad y madurez que les sorprendió. Pidió audiencia en el salón y esperó a que se sentaran. Hubert, en el sillón junto al fuego; Adeline, con rigidez, en el borde del sofá. Arethusa se dio cuenta del aspecto pálido y frágil de su madre y de que la cara de su padre había adquirido el color de la sangre de toro. Arethusa se situó en el centro de la habitación. Respiró hondo y los miró fijamente y con confianza. Sabía que cualquier signo de debilidad lo aprovecharían y utilizarían en su beneficio. Entonces procedió a comunicarles que no tenía intención de renunciar a su hijo y que, por lo tanto, viajaría a Estados Unidos para tenerlo allí, donde nadie la conocía.

—Os aseguro que no habrá ningún escándalo —les informó con seriedad—. Prometo que no empañaré el buen nombre de los Deverill.

Hubert la miró con una mezcla de incredulidad y desprecio.

—¿Tienes idea de lo que es criar a un hijo sin el apoyo de un marido, Arethusa?

—Pronto lo averiguaré —respondió ella con frialdad.

—Una cosa es criar a un niño sola, pero un niño negro… ¡Dios mío! Eres más tonta de lo que pensaba, muchacha.

—Cariño —interrumpió Adeline con más dulzura, apelando a su hija con tono suplicante más que furioso—, es una locura. Serás una paria. Nadie querrá conocerte. ¿Qué futuro tendrás? Por favor, piensa bien lo que pretendes hacer. Te lo ruego, no tires tu vida por la borda cuando apenas has empezado a vivirla.

—¡Por Dios, un niño negro! —murmuró Hubert con maldad.

—Blanco o negro, es un niño, padre. Igual a los ojos de Dios —dijo Arethusa.

Hubert no podía discutírselo.

—¿Y quién demonios va a pagar este viaje? —preguntó Hubert, indignado por su insolencia—. Porque yo no te voy a dar ni un céntimo. ¡Ni un céntimo!

—Encontraré los medios. —Arethusa no quería decirles que iba a pedir dinero a la tía Poppy y a Rupert.

—Sabes que no puedes entrar en Estados Unidos sin más, Tussy —repuso Adeline, esperando que los aspectos prácticos de la empresa la disuadieran.

—Charlotte tiene contactos y va a venir conmigo. No voy a estar sola. Charlotte cuidará de mí.

Adeline parecía sorprendida.

—Y dime, ¿quién demonios le va a pagar a Charlotte? —exclamó Hubert.

—Charlotte viene como mi amiga.

—Ella también es una maldita tonta. ¡Las dos sois unas idiotas redomadas!

—Tal vez yo sea una tonta —dijo Tussy, levantando la barbilla—, ¡pero Dios me mirará con buenos ojos por no abandonar a mi hijo solo porque tú crees que no tiene el color adecuado!

—¡No metas a Dios en esto, hija! —bramó Hubert—. Nunca antes has creído en Dios; ahora no es el momento de empezar a hacerlo solo porque te conviene.

—Estoy haciendo lo correcto como ser humano. Lo que tú me pides que haga está mal. —Se cruzó de brazos—. Me atengo a mi decisión.

Hubert se levantó.

—Entonces no tenemos nada más que hablar —dijo con voz tranquila y tono concluyente, en el que se percibía una sensación de derrota. Adeline abrió la boca como si estuviera a punto de decir algo, pero luego la cerró, como si de repente lo hubiera pensado mejor—. Vamos, querida —dijo Hubert a su esposa—. Arethusa ha tomado su decisión y no hay nada más que decir. —Se volvió hacia Arethusa—. Por lo que a mí respecta, ya no eres mi hija. Ninguna hija mía trataría a sus padres con semejante desprecio. Eres libre de hacer lo que quieras. Los lazos con tus padres están rotos. En tu conciencia queda.

El rostro de Adeline se tornó ceniciento. Miró a Arethusa y sus ojos estaban cargados de decepción y dolor.

—No tengo palabras —repuso con tristeza—. Pero, como ha dicho tu padre, has tomado tu decisión. Hemos hecho todo lo posible. Solo espero que, con el tiempo, comprendas que nuestras exigencias eran bienintencionadas. —Posó una mano temblorosa en su pecho—. Siempre hemos pensado en lo que era mejor para ti.

Dicho eso, salieron de la habitación.

Arethusa se sentó de forma pesada en el sofá son la mirada perdida, demasiado traumatizada incluso para pensar. No sentía nada, solo un terrible vacío.

Se iba; no había vuelta atrás.

Esa tarde Charlotte acompañó a Arethusa en la carreta a casa de Poppy.

—No debo contárselo a nadie —le dijo a su tía mientras se sentaban una al lado de la otra en el sofá de la pequeña sala de estar de su casa—. Pero no te considero «nadie».

—¿Qué ha pasado, Tussy? Parece que todo tu mundo se haya derrumbado. —Poppy sonrió, porque no creía que hubiera sido así.

Los ojos de Arethusa se llenaron de lágrimas.

—Me he metido en problemas, tía Poppy —confesó, tensando los músculos de la cara para no llorar—. Me marcho a Estados Unidos, con Charlotte, y no voy a volver.

Poppy estaba horrorizada.

—¿Qué clase de problemas? —preguntó, pero sus ojos se posaron en el vientre de Arethusa.

—Estoy embarazada —dijo Arethusa y vio cómo su tía se esforzaba por comprenderlo.

—Mi querida niña… —Poppy tomó la mano de Arethusa—. Mi queridísima niña. ¿Cómo…?

—Eso es todo lo que voy a decir al respecto —repuso Arethusa, con un nudo en la garganta a causa de la emoción, porque había mucho que no podía decir—. Pero, como puedes imaginar, mis padres están furiosos conmigo. Naturalmente, quieren que renuncie al niño.

—Eso sería lo más sensato —dijo Poppy, con los ojos llenos de compasión. No eres la primera joven que se queda embarazada fuera del matrimonio. Hay formas de afrontar el problema. No tiene por qué arruinarte la vida.

—Pero no voy a renunciar a él —aseveró Arethusa—. Así que no tengo más remedio que irme.

Poppy frunció el ceño.

—¡Oh, Tussy! ¿Seguro que es prudente? Quizá te hayas precipitado al tomar esa decisión. ¿Lo has pensado bien? Es decir, todo es muy romántico, pero los aspectos prácticos de criar a un niño sola…

—No he venido aquí para que me convenzas, tía Poppy. Créeme, mis padres lo han intentado. He venido a pedirte ayuda.

Poppy suspiró con resignación.

—Bueno, estaba a punto de preguntarte cómo te las ibas a arreglar.

—Te lo devolveré tan pronto como pueda.

—Cariño, eso no será necesario.

Arethusa empezó a llorar de alivio. Poppy la estrechó entre sus brazos y apretó su mejilla contra su pelo.

—No llores, cariño. Todo va a salir bien. Te las arreglarás. Eres una joven fuerte y valiente. Estoy segura de que te las arreglarás.

Arethusa se aferró a ello. En realidad no se sentía muy fuerte. Lo único que la mantenía en pie era la idea de escribirle a Jonas cuando naciera el bebé y decirle que le había dado un hijo. Era una fantasía que repetía una y otra vez con la esperanza de que se hiciera realidad. Una vez que naciera su hijo, no habría forma de negarlo. Tendrían que casarse.

Poppy se volvió hacia la institutriz, que estaba sentada en una silla de mimbre, bebiéndose tranquilamente su té junto a la ventana y tratando de pasar desapercibida.

—Bueno, Charlotte, cuéntame tu plan. ¿Quién responderá por Tussy cuando llegue a Nueva York y dónde os vais a alojar?

—Lo tengo todo planeado —respondió Charlotte con seguridad—. He escrito a un querido amigo mío, el reverendo Brian Holmes, que espero que responda por ella. Nos vamos a quedar en Nueva Jersey. Tengo un amigo que puede alojarnos.

—Pero necesitaréis dinero —adujo Poppy—. No tengo mucho, pero mi difunto marido no me dejó sin dinero. Tengo lo bastante para darte una pequeña asignación suficiente para sobrevivir.

—¿Cómo podré agradecértelo? —dijo Arethusa con un resoplido—. Eres la única persona que lo entiende.

Poppy enmarcó su cara con las manos y le enjugó las lágrimas.

—Ansiaba tener un hijo, Tussy, pero Henry murió antes de que me quedara encinta. Si estuviera en tu situación, nada en el mundo me haría entregar a mi hijo. Nada. —Sonrió con nostalgia—. Entiendo el enfado de tus padres, Tussy. La ira suele nacer del miedo y ellos temen por ti y por tu futuro. Tu padre es un hombre tradicional con valores tradicionales. También es un hombre orgulloso.

—Me ha repudiado —dijo Arethusa.

Poppy suspiró con fuerza.

—Ya me lo imaginaba, pero no será para siempre. Con el tiempo lo aceptará y te perdonará.

—No creo que yo pueda perdonarle nunca, tía Poppy —adujo Arethusa, enderezando los hombros y levantando la barbilla—. Y jamás perdonaré a mamá por ponerse de su lado.

Rupert regresó de Cumbria la víspera del día que Arethusa partiría rumbo a Estados Unidos. Era un día de noviembre en el que llovía y hacía frío, pero fueron a dar un paseo por la playa y Arethusa le contó toda la historia. A Rupert no le sorprendió en absoluto que estuviera embarazada, pero sí que el padre de su hijo fuera Jonas Madison.

—¿Qué pasa contigo, Tussy? —dijo, alzando la voz para que le oyera a pesar del ruido de las olas y del viento—. Parece que tengas ganas de morir. No solo eliges a un hombre inadecuado, sino al más inadecuado posible. ¿Y luego te quedas embarazada? ¿No es eso una gran irresponsabilidad incluso para ti?

—Esto no es una broma, Rupert —espetó Arethusa.

—Estoy de acuerdo en que los placeres de la carne son muy seducto-
res, pero deberías haberte contenido, en serio.

—Ahora lo sé —respondió con un suspiro—. Pero tal vez sea bueno
que no vaya a casarme con Ronald. Hay que dar las gracias por las pequeñas misericordias.

—Podrías haberte casado con cualquiera, Tussy —dijo Rupert con
sensatez—. Si Ronald no era de tu agrado, ¿por qué no lo dijiste?

—Porque es lo que querían mamá y papá y yo estaba cumpliendo con
mi deber.

—Hubieran sido igual de felices con otra persona.

—Me enamoré de Jonas. No quería a ningún otro. Pero no podía casarme con Jonas, así que acepté a Ronald. Era tan tolerable como el resto
de posibles maridos. Y sabes que me gusta. Me gusta mucho. Por lo que
veo, el matrimonio no tiene nada que ver con el amor. Ronald es un buen
hombre. —Bajó la mirada a la arena que tenía ante sí—. Me habría con-
tentado con él.

—Pero te marchas a Estados Unidos, donde vas a dar a luz a este niño
y a criarlo tú sola.

—Así es.

—Aclárame por qué.

—Porque no voy a renunciar a mi hijo, Rupert. Seguro que puedes
entenderlo. Tú me conoces mejor que nadie.

—Y nunca te casarás.

—Me voy a casar con Jonas —replicó Arethusa, desafiante.

—No, no lo harás —dijo Rupert. Dejó de caminar y miró a su hermana con sorprendente ternura—. Porque ya tiene una esposa.

Arethusa clavó la mirada en él.

—¿Jonas tiene esposa? —La playa y el océano, incluso Rupert y sus
brazos, que trataban de abrazarla, se alejaron de repente. Cerró los ojos y
se tambaleó mientras una niebla negra como boca de lobo aparecía detrás
de ellos—. ¿Jonas tiene esposa? —repitió con un hilillo de voz.

Rupert abrazó su lánguido cuerpo contra él.

—¿No lo sabías? —preguntó con dulzura. Ella negó con la cabeza, demasiado devastada para hablar—. ¡Oh, Tussy! —gruñó—. ¡Qué desastre!

—¿Te dijo que estaba casado?

—Estaba siendo educado. No estaba ni remotamente interesado. Si hubiera sabido cómo te sentías, me habría interesado más.

—¿Estaba casado y me hizo el amor de todas formas?

La fantasía de Arethusa de que Jonas se apresurara a acudir a su lecho después de que ella diera a luz a su hijo se hizo pedazos con rapidez, junto con su creencia en el amor. Ahora lo había perdido todo: su casa, su familia y su futuro. No tenía nada más que un niño que crecía dentro de ella para recordarle su ingenuidad.

—No te vayas —dijo—. Haz lo que papá te ordena. Pídele perdón. Tienes la oportunidad de arreglar todo esto.

Ella se apartó y lo miró con tristeza.

—Ya nada se puede arreglar, Rupert. Papá me ha dicho cosas de las que nunca podrá retractarse y he visto sus prejuicios, que nunca podré dejar de ver. Ya no pertenezco a este lugar.

—El hecho de que Jonas tenga una esposa no significa que no te ame —dijo Rupert de forma amable—. Tal vez si hubiera amado a su esposa no te habrías metido en problemas. —Arethusa se encogió de hombros, derrotada por tantas probabilidades en su contra—. Nunca tuvisteis ninguna posibilidad. Debes saberlo, Tussy.

—Lo sabía y me entregué a él de todas formas porque creía que me amaba. Porque yo le amaba —respondió ella con rotundidad.

—La esposa es irrelevante, como tantas esposas —adujo Rupert, tratando de disipar su tristeza con una sonrisa.

—¿Qué importa ya? Nunca amaré a nadie más. Jonas siempre tendrá la llave de mi corazón y solo hay una llave. —Se puso una mano en el vientre y luego miró a Rupert con la mirada decidida de una mujer que siempre encuentra el lado bueno, por muy gris que sea la nube—. Pero él dejó una parte de sí mismo dentro de mí y nadie podrá quitármela. Nadie.

Aparte de Hubert y Adeline, Rupert y Poppy, nadie sabía por qué Arethusa se había marchado de repente a Estados Unidos. Sabían que había habido una pelea; los criados no hablaban de otra cosa que de las voces elevadas y el aspecto furioso del señor Deverill, pero las razones de su marcha no estaban claras. Adeline le explicó a Ronald, de la forma más amable que pudo, que Arethusa había cambiado de opinión en cuanto a casarse con él y se había ido a vivir con unos amigos a Estados Unidos. Ronald estaba devastado y furioso a la vez, pues se había sentido gravemente humillado. Le dolía que no hubiera tenido el valor de decírselo ella misma y aseveró que le llevaría toda la vida recuperarse de la angustia. Hubert declaró que no volvería a pronunciar el nombre de Arethusa mientras viviera y los Deverill se agruparon en torno a él, echando la culpa a Arethusa y asumiendo que era ella quien había dado la espalda a su familia, porque quería una vida más emocionante en Estados Unidos. Solo Poppy y Rupert sabían la verdad y nunca la divulgarían.

Arethusa y Charlotte cruzaron el Atlántico a bordo del *Teutonic* la segunda semana de noviembre. La mar estaba picada, soplaban fuertes vientos y, sin embargo, Arethusa paseaba sin cesar por la cubierta, arrastrando a la pobre Charlotte con ella. La institutriz se arrebujaba en su abrigo y procuraba no quejarse por sentirse mareada. La travesía iba a durar diez días, y si bien era ardua para los pasajeros de tercera clase, era lujosa para los pasajeros de primera clase, como Arethusa y Charlotte, a las que Rupert había comprado billetes que costaban veinticinco libras cada uno.

Cuando Arethusa no estaba paseando por la cubierta del paseo marítimo, estaba en el salón de su suite tocando el banjo y cantando para el niño que crecía en su interior y que nunca conocería a su padre. Al cabo de unos días, las náuseas de Charlotte eran tales que tuvo que retirarse al dormitorio y tumbarse a gemir en su cama. Arethusa, que no sufría ni náuseas matutinas ni mareos, se impacientó al escuchar los gemidos de Charlotte y fue a buscar compañía a la sala de primera clase. El salón, ocupado en su mayoría por mujeres, era una sala de estar revestida de paneles de madera, con sillones y sofás tapizados en terciopelo, una gran chimenea de madera en la que una estufa eléctrica proporcionaba calor y un ambiente acogedor, y unas mesitas y sillas dispuestas en pequeños grupos en las que los pasajeros tomaban el té, jugaban a las cartas y pasaban las horas conversando de forma indolente. Allí fue donde la invitaron a formar un cuarteto en la mesa de *bridge* con una dama que había conocido la noche anterior, cuando Charlotte se había retirado temprano para acostarse. La mujer era una gran dama americana, de unos sesenta años, con un lustroso pelo castaño recogido con un brillante broche de diamantes y unos ojos grandes y empáticos del color de la melaza. Se llamaba Gertrude Davenport y la acompañaban su hijo Cyrus, y un hombre de unos treinta años que viajaba solo llamado Edward Clayton.

Gertrude y Cyrus eran buena compañía, pero a Arethusa le gustaba especialmente Edward, porque era un desafío. Era seguro de sí mismo, asertivo y guapo, con un rostro orgulloso y patricio, ojos claros y cabello rubio, retirado de la cara y rizado justo por encima del cuello. Era directo, lo que atrajo a Arethusa porque ella tampoco tenía miedo de decir lo que pensaba. Gertrude Davenport le dijo a Arethusa que regresaba a Estados Unidos después de haber estado en Irlanda para buscar sus raíces, ya que su familia era originaria de Galway. Cyrus había aceptado acompañarla de forma obediente.

—Es un buen hijo —dijo ella con una sonrisa indulgente—. No habría podido venir si él no hubiera aceptado acompañarme. Verá, mi marido falleció hace muchos años y Cyrus es todo lo que tengo. —Miró entonces a Edward Clayton, que hablaba con su hijo y no podía oírles—. El señor Clayton también ha estado en Irlanda por la misma razón —informó a Arethusa—. A los americanos nos gusta saber de dónde venimos. Perdió a su mujer hace unos años y desde entonces se ha volcado en su trabajo. Ha sido mano de santo para él tomar el aire del mar y caminar por las colinas irlandesas.

Arethusa buscó ahora la sombra del dolor en los ojos de Edward, pero no la encontró. Se preguntó, mientras jugaba de pareja con él al *bridge*, si tenía hijos. Parecía muchos años mayor que Bertie. Se preguntó si tenía en mente casarse de nuevo. Arethusa, sin tener en cuenta el niño que crecía en su interior, que aún era lo bastante pequeño como para pasar desapercibido, decidió utilizar todo su arsenal de encanto y seducción, porque si no podía tener a Jonas, tendría que encontrar a otra persona y, por lo que podía ver, Edward Clayton era un hombre que merecía la pena.

Durante la partida de *bridge*, Arethusa les explicó que Charlotte, su acompañante, estaba indispuesta y confinada en su *suite*.

—Nos dirigimos a Nueva York para visitar a unos amigos —les dijo sin darle importancia—. Nunca he estado en Nueva York y tengo muchas ganas de verlo. Dicen que los edificios son tan altos como gigantes.

—Más altos —repuso la señora Davenport con una carcajada—. Pero nosotros no somos de Nueva York, sino de Chicago. Tiene que venir a ver Chicago. Es una ciudad magnífica. Estaremos encantados de recibirla. —Dirigió su dulce mirada castaña hacia Edward Clayton—. Usted es de Boston, ¿verdad, señor Clayton?

—Sí, señora Davenport —respondió.

—No he estado en Boston, pero mi marido solía viajar allí por negocios y sé que es una ciudad con mucha historia y también bonita.

—En efecto, lo es. El parque Boston Common y el Public Garden son especialmente hermosos en verano. Más bonitos incluso que Central Park —adujo Edward—. Pero lo más hermoso es el Emerald Necklace, diseñado por el arquitecto paisajista Frederick Law Olmsted, que es una serie de parques y canales interconectados. Además de su belleza, Boston es, con toda franqueza, el corazón de la enseñanza superior de Estados Unidos. Tenemos Harvard, por supuesto, pero más recientemente Radcliffe y Wellesley, que son universidades solo para mujeres. Una idea novedosa. Podría seguir, pero no quiero aburrirla.

Arethusa miró a Edward y sonrió.

—Está claro que está muy orgulloso de su ciudad. Me gustaría ver todas esas cosas —declaró—. Boston es un lugar que me gustaría mucho visitar.

En el transcurso del viaje, Edward y Arethusa pasaron mucho tiempo juntos. A Arethusa le vino bien que Charlotte estuviera indispuesta y que la señora Davenport no sintiera la necesidad de ocupar su lugar; al fin y al cabo, Arethusa no era su responsabilidad y quizá las jóvenes gozaban de más libertad en Estados Unidos, pensó Arethusa. Sea como fuere, Edward y Arethusa pudieron pasear por el paseo marítimo sin la tediosa compañía de una carabina. Cuanto más tiempo pasaba con Edward Clayton, más le gustaba. El amor no iba a florecer de nuevo; ya lo había hecho. Arethusa se sentía como una de esas orquídeas que solo florecen una vez en la vida. Pero el matrimonio tenía poco que ver con el amor. Ella lo sabía. Se trataba de compañerismo, respeto y seguridad. El encanto y el atractivo de Arethusa no tardaron demasiado en lograr el resultado deseado. Edward estaba enamorado de ella, de eso estaba segura. Había visto esa chispa en los ojos de Dermot McLoughlin, Ronald Rowan-Hampton y Jonas Madison. Era tan inconfundible como el fuego.

Tan pronto como Charlotte se sintió mejor, Arethusa se la presentó a los Davenport y a Edward Clayton. La institutriz tardó solo unos minutos en darse cuenta de lo que ocurría entre Arethusa y Edward. En el momento en que se quedaron solos en su *suite*, se abalanzó sobre su protegida con exasperación.

—¿A qué estás jugando, Tussy? Ese joven está enamorado de ti.

—¡Lo sé! —dijo Arethusa—. ¿No es emocionante?

—No puedes hacerle esto. No es justo.

—¿Hacerle qué, Charlotte? No estoy haciendo nada.

—Estás jugando con su corazón. Sin duda, tú más que nadie deberías saber lo cruel que es eso.

—No estoy jugando con su corazón. A mí también me gusta.

Charlotte miró a Arethusa como si se hubiera transformado en alguien muy diferente a la chica de corazón roto que le había rogado que la acompañara a Estados Unidos.

—¡Pues sí que tienes el corazón voluble! —exclamó con desaprobación.

—No lo amo, Charlotte. Me gusta.

—Pero ¿qué pasa con el bebé?

La sonrisa de Arethusa desapareció y se mordió el labio.

—Lo sé, es un problema. —Comenzó a pasearse, con los brazos en jarra.

—Es más que un problema, Tussy. Es un obstáculo que simplemente no puedes superar.

Arethusa dejó de pasearse.

—Se lo voy a contar —declaró.

Charlotte estaba horrorizada.

—No puedes contárselo.

—Es un riesgo, estoy de acuerdo.

—Piénsalo bien, Tussy. Si se lo dices, no volverás a verlo. Ningún hombre, por muy enamorado que esté, aceptará el hijo de otro hombre. Tal vez si fueras viuda, pero incluso en ese caso... —Sacudió la cabeza y tomó aire con los dientes apretados—. No puedes arriesgarte.

—Le escribiré una carta cuando lleguemos al puerto y se lo explicaré.

—Yo no malgastaría tinta.

—Tengo la sensación de que Edward Clayton no es como los demás hombres.

—Es exactamente como otros hombres, Tussy. ¡Tú no eres como otras mujeres!

Arethusa se dirigió al tocador y se sentó ante él. Se quedó mirando su reflejo en el espejo.

—La única manera de salir de este lío es casándome, Charlotte. Rupert dijo que nunca lo haría. Tú tampoco crees que vaya a hacerlo. Mis padres me consideran un trozo de madera arrastrado por el mar hasta la playa, «mercancía usada», pero os voy a demostrar que estáis equivocados. No todos son anticuados y convencionales como papá. Predigo que Edward me va a pedir que me case con él y que cuando le hable de mi hijo se casará conmigo a pesar de todo. Tiene una mirada en los ojos. La he visto antes.

—¿Dónde lo has visto antes? —preguntó Charlotte con cansancio.

Arethusa se acercó al espejo.

—Aquí —respondió—. En los míos.

La última noche del viaje, Arethusa y Edward pasearon por la cubierta. La luna brillaba en lo alto, las estrellas titilaban y el mar estaba en calma, como un vestido de seda que se extendía ante ellos, tachonado de diamantes. Semejante belleza hizo que Arethusa pensara en Jonas y su corazón sangró un poco a través del desgarro que nunca sanaría.

—Me gustaría casarme con usted, señorita Deverill —se declaró Edward, sacándola rápidamente de sus pensamientos. Arethusa no esperaba que le propusiera matrimonio tan pronto. Se detuvo y lo miró con el ceño fruncido, sin saber qué decir. Al notar su sorpresa, añadió con una torpeza ajena a su naturaleza—: No soy un hombre sentimental, señorita Deverill, así que le ruego que me perdone. La encuentro hermosa y fascinante, pero creo que ya lo sabe. —Le brindó una sonrisa y Arethusa vio en él una ternura que la sobresaltó. Se puso una mano en el estómago—. Es una mujer segura de sí misma, señorita Deverill, y eso me gusta —continuó—. Admiro a una mujer que sabe lo que piensa y no tiene miedo de decirlo. Usted me recuerda a mí. —Arethusa apoyó las manos en la barandilla y miró hacia el océano. Hasta ese momento, no se había dado cuenta de lo mucho que le gustaba—. Espero que considere mi propuesta y me perdone por ser tan atrevido. Soy consciente de que apenas me conoce, pero puedo ofrecerle una vida cómoda e interesante en el corazón de la política y la sociedad. Creo que llegará a amarme. Llegaremos a amarnos el uno al otro. —Le apartó la mano de la barandilla para sujetarla entre las suyas—. Lo que más admiro de ti, Arethusa, si se me permite el atrevimiento, es que eres una mujer igual a mí en espíritu. Hay pocas mujeres en mi mundo a las que pueda hacer ese cumplido.

Arethusa puso su otra mano sobre la de él y lo miró con tristeza. Su expresión se tornó enseguida en decepción, previendo el rechazo.

—Edward, me siento halagada por tu propuesta —dijo ella, comprendiendo que la única manera de avanzar era con honestidad—. Es tan inesperada como bienvenida. Sin embargo, no sabes nada de mí, y, como eres un hombre que valora la franqueza, y yo soy una mujer directa y sincera, tengo que contarte mis circunstancias para que consideres si quieres casarte conmigo.

Ahora le tocó a Edward poner cara de sorpresa. Arethusa le soltó la mano y volvió a apoyarla en la barandilla.

—Me dirijo a Nueva York porque mi padre me ha repudiado por quedarme embarazada sin estar casada. El hombre que amaba no es adecuado. —Exhaló un profundo suspiro, sabiendo ahora, mientras contaba la historia, que Charlotte tenía razón. Edward nunca se casaría con ella—. Ya tiene una esposa —añadió de forma inexpresiva. No reveló que era negro; no tenía por qué hacerlo. Al ver cómo cambiaba todo entre ellos, se dio cuenta de que lo había perdido.

Hubo un largo silencio. Arethusa miraba al mar, Edward permanecía en tensión a su lado, con expresión inescrutable. Ninguno de los dos habló durante lo que pareció una eternidad. El barco surcaba las oscuras, frías y atemporales olas y ninguno de los dos se fijó en las estrellas que la resplandeciente luna reinante esparcía sobre ellos. Arethusa pensó en el niño que llevaba dentro y su corazón se enterneció al pensar en la parte de Jonas que podía conservar. ¿Qué importaba si no se casaba nunca? Tendría a su bebé. Nunca estaría sola. Se las arreglarían. Y una vez más, Arethusa apartó el futuro, para lo cual tenía un don, y se centró en el momento presente.

Edward se apartó de la barandilla. La miró con expresión triste y preocupada e inclinó la cabeza.

—Buenas noches, señorita Deverill —dijo con la decepción impresa en su voz.

—Buenas noches, señor Clayton —respondió ella. Le dedicó una sonrisa aquiescente y lo vio entrar por la puerta al salón.

Se quedó un rato con el aire frío en la cara. Al inhalar, la respiración se le quedó atascada en el pecho y la invadió una repentina oleada de autocompasión. La tomó por sorpresa, como una criatura que surge de la oscuridad y aterriza en su pecho, mostrando las garras, y la sumió en la confusión. A pesar de su valentía, lo cierto era que necesitaba un hombre y Edward habría sido su salvación. Sola en la cubierta, donde nadie podía ser testigo de su falta de contención, lloró contra el viento. Charlotte no se sorprendió cuando Arethusa se lo contó.

—Tenías razón, Charlotte —dijo en voz baja cuando regresó a su *suite*—. Nadie querrá casarse conmigo con el hijo de otro hombre en mi vientre. Tendré que esperar a que el bebé haya nacido y fingir que soy viuda.

—Detesto tener razón —respondió Charlotte—. Solo quiero tu felicidad, Tussy.

Arethusa la miró con ojos brillantes.

—¿Por qué te quedas a mi lado, Charlotte? ¿Por qué me aguantas? He sido una tonta. Una completa idiota. He sido autoindulgente y egoísta.

No hago caso de los consejos. Siempre pienso que sé más y no es así. Está claro que no es así. Como diría papá, soy mercancía usada. Sin embargo, aquí estás. Podrías estar en cualquier parte, pero estás aquí... —Sus hombros comenzaron a temblar—. Si no te tuviera a ti, Charlotte, no sé qué sería de mí.

El corazón de la institutriz se llenó de ternura.

—Mi querida Tussy, estoy contigo porque te tengo mucho aprecio —dijo, atrayendo hacia sus brazos a la joven que siempre sería una niña para ella—. Sí, te aprecio mucho.

Arethusa no durmió. Por primera vez en su vida sintió auténtica desesperanza. Cada vez que cerraba los ojos tenía la sensación de estar cayendo en un gran agujero negro del que nunca encontraría la salida. Lo más angustioso era el reconocimiento del papel que ella había jugado en su destino. El dolor que padecía ahora era completamente autoinfligido; no podía culpar a nadie más que a sí misma.

A la mañana siguiente, mientras se preparaban para desembarcar, llamaron a la puerta de su *suite*. Charlotte fue a abrir. Arethusa oyó una voz grave, que reconoció enseguida como la de Edward Clayton.

—Pase, por favor —dijo Charlotte, haciéndose a un lado.

Edward entró con expresión adusta. Tampoco parecía haber dormido mucho. Arethusa se sobresaltó. No esperaba verle de nuevo.

—Hola, señor Clayton —dijo, cruzando las manos al frente.

Charlotte desapareció en el dormitorio y cerró la puerta tras de sí.

—No he hecho otra cosa en toda la noche que pensar en ti —dijo, con el rostro tan sombrío como una tumba.

—¡Oh! —murmuró Arethusa—. Lo siento.

—No, soy yo quien debe disculparse por haberte dejado en la cubierta ayer por la noche. Fue una grosería por mi parte.

—Me pareció del todo comprensible —dijo ella, leyendo el arrepentimiento en su expresión y sintiendo que un pequeño destello de esperanza prendía en su corazón.

—Lo cierto es que me he enamorado de ti, Arethusa. —La chispa se convirtió de inmediato en una llama—. Me he enamorado de ti y no puedo abandonar este barco sabiendo que no volveré a verte. —La miró con incertidumbre—. También he de ser sincero y directo contigo como tú lo has sido conmigo —prosiguió—. Estuve casado con Geraldine durante nueve años antes de que muriera y, a pesar de nuestro deseo de tener hijos, no fuimos bendecidos. Tal vez nunca sea bendecido con hijos propios. Tengo la sensación de que eres tan audaz como yo. —Dudó y la miró fijamente, y en sus ojos había un brillo acerado que a Arethusa le recordó su sangre fría en la mesa de *bridge*—. Lo que quiero decir es que me gustaría casarme contigo a toda prisa y hacer pasar al niño por mío. ¿Te parece bien?

Arethusa estaba anonadada.

—¡De verdad eres audaz! —exclamó.

—Supongo que los dos somos audaces —respondió él mientras en su rostro se dibujaba una sonrisa semejante a la de ella—. Así pues, señorita Deverill, ¿cuál podría ser ahora su respuesta?

—Sí —dijo ella con alegría—. Sería un honor ser tu esposa.

31

Ballinakelly, 1961

—¡Pero el bebé va a ser negro! —jadeo y miro a Cormac con horror—. ¿Qué va a hacer papá cuando se dé cuenta de que no le ha contado toda la verdad? ¡No puedo soportarlo!

Cormac se levanta de la cama y se estira. Hemos leído el diario juntos y ambos necesitamos un descanso. Agarro el diario y el espejo de mano y le sigo hasta la cocina para ver cómo pone la tetera en el fuego.

—Está claro que tu madre era una chica valiente —dice.

—Una jugadora —añado, pensando en los riesgos que corrió una y otra vez.

—Pero el bebé podría ser de Dermot McLoughlin. No lo olvides —me recuerda.

—Es poco probable, teniendo en cuenta que no se había quedado embarazada de él antes.

—Tal vez disparara balas de fogueo —dice Cormac con una sonrisa.

—¿Qué ha sido de él, de Dermot McLoughlin?

—Tiene más de ochenta años. Todavía vive en Ballinakelly. Se casó, tuvo hijos, nietos, lo normal. No siempre disparaba balas de fogueo.

—No sabía que mi padre fuera tan excepcional —digo, asiendo una silla en la mesa y sentándome—. Lo conocí como un hombre muy tradicional, dogmático y autocrático. Adoraba a mi madre. Eran un equipo. Estaban de acuerdo en todo. Ambos eran ambiciosos, mi padre fue gobernador de Massachusetts, e incansablemente sociables. Conocían a todo el mundo. Ahora sé por qué eran uña y carne: porque su matrimonio se basaba en un secreto.

Cormac vierte el agua en la tetera y se acerca a la mesa.

—Parece que están cortados por el mismo patrón —afirma.

—Sospecho que mi madre fingió que era católica. Otra mentira. Y si papá sabía que su padre la había repudiado, debieron inventar juntos su historia. Crecimos creyendo que provenía de una familia irlandesa pobre y que dejó Irlanda en busca de una vida mejor en Estados Unidos. Nunca lo cuestionamos. Pensándolo bien, un hombre como mi padre nunca se habría casado con alguien así. Era tan consciente del estatus social como el que más. Y mi madre no habría viajado en primera clase si hubiera sido pobre. —Sacudo la cabeza y me río de nuestra ingenuidad—. Nunca se nos ocurrió preguntar. Mamá no hablaba del pasado, y punto.

Abro el diario y lo pongo frente al espejo. Antes de empezar a leer, me asalta un pensamiento extraordinario. Dejo el libro y miro fijamente a Cormac.

—¡Ay, Dios mío! —jadeo, llevándome una mano a la boca.

—¿Qué? —dice Cormac.

—¡Ay, Dios mío! —repito—. Creo que lo he resuelto.

—Bueno, pues adelante. No te lo guardes para ti.

—¡Temperance!

Cormac frunce el ceño.

—¿Quién es Temperance?

—Nuestra criada. Vino a trabajar para nosotros con catorce años. Es solo un par de años mayor que Logan. —Nos miramos a los ojos—. ¡Dios mío! —exclamo por tercera vez y me pongo de pie. No puedo permanecer sentada con la sangre bombeando tan rápido por mi cuerpo—. Tiene mucho sentido. Por eso mamá ha dejado un tercio de su patrimonio a una persona anónima. Tenía que leer toda la historia antes de que esa persona saliera a la luz para entenderlo. Mi madre jamás renunciaría a su hija, así que la única opción era acogerla como criada en cuanto pudiera. ¡Sabe Dios qué pasó con la niña durante los primeros catorce años de su vida! Pero eso lo explicaría. —Me falta el aire, excitada por el drama—. ¡Por eso Tempie sabe tocar el banjo! Su padre es Jonas Madison. —Mi cabeza es un hervidero de recuerdos. De Temperance y de mi madre, tan cercanas, íntimas y afectuosas—. ¡Tempie es hija de mi madre!

Me siento y sostengo el diario contra el espejo, con el corazón latiéndome contra los huesos y la sangre palpitándome en las sienes. A duras penas soy capaz de contener mis pensamientos. Cormac se sienta también y sirve el té con calma.

—Bueno, pues sigue leyendo. ¿Qué dice ella? ¿Tiene razón, inspectora Langton?

Ignoro su broma y escudriño febrilmente las frases en busca de la entrada donde nace el bebé. No puedo contenerme más. No tengo paciencia para leer los detalles de su precipitada boda, ni cómo se quedaron en Nueva York para tener el bebé y evitar que la familia de mi padre se acercara demasiado. Ojeo las páginas hasta que por fin llego al punto crucial. Aunque sé lo que pasó, casi no puedo leerlo. No quiero tener razón. No es que tema que Temperance sea mi hermanastra; temo la reacción de mi padre ante su nacimiento. Porque deseo tanto que Arethusa y Edward se amen... Al fin y al cabo son mis padres. Quiero que Jonas desaparezca y eso significa que quiero que su bebé también desaparezca.

Leo en voz alta:

El parto parece ser eterno. Hora tras hora de un dolor indescriptible mientras mi bebé lucha por salir a la luz. Y entonces lo tengo en mis brazos. Un niño rosado y blanco, berreando con furia por la conmoción que supone abandonar la comodidad de mi vientre por el caos de este mundo. Y mi corazón llora de nuevo porque no tendré ninguna parte de Jonas que me acompañe en mi vida. Nada para recordarlo. Es como si nunca hubiera existido. Lloro de pena, pero también de alivio, porque Edward y yo podemos hacer pasar a este niño como nuestro y nadie lo sabrá nunca. Dios me ha perdonado por mis pecados. Me ha dado otra oportunidad. ¿Y cómo lo llamaremos?, le pregunto a mi marido. Él mira su carita y sonríe. «Logan, como el padre de mi madre —dice—. Porque nos conocimos en el Mar de Irlanda y quiero honrar a las dos mujeres más importantes de mi vida. Tú, mi querida esposa, y mi madre.»

«Logan —repito y siento que amanece un nuevo día—. Me gusta mucho.» Parpadeo para alejar las lágrimas y, al hacerlo, dejo de lado el pasado. Ahora solo miro a mi futuro. Soy Arethusa Clayton y Dios sabe que voy a sacar lo mejor de mí.

Levanto la vista de la página. Ese es el final. Eso es todo lo que escribió.

Miro a Cormac y siento que la sangre abandona mi rostro.

—Logan es el hijo de Dermot McLoughlin —digo, apenas capaz de asimilarlo.

Por una vez, Cormac se queda sin palabras. Sacude la cabeza y me coge la mano. Sabe que esto es una gran sorpresa para mí. Nos sentamos en silencio, mirándonos fijamente. Parece que el mundo se hubiera derrumbado a nuestro alrededor y fuéramos las dos únicas personas que quedan vivas.

Ahora entiendo por qué mi madre quería que yo leyera el diario. Soy yo quien tendrá que decirle a Logan la verdad sobre sus orígenes. Soy yo la que tendrá que soltar esta bomba en su mundo y destrozarlo. Entiendo también por qué no incluyó ninguna fecha, porque yo habría hecho las cuentas y lo habría resuelto antes de que ella hubiera tenido tiempo de contarme su historia. Quería que yo conociera su corazón antes de saber que mi hermano es realmente mi hermanastro.

Aprieto la mano de Cormac con fuerza. Pasa un rato antes de que pueda hablar. El *shock* me ha dejado sin palabras.

—No sé cómo voy a decírselo a Logan —digo con voz estrangulada.

Cormac no tiene ningún consejo.

—Yo tampoco lo sé, Faye —replica, mirándome con compasión—. ¿Qué le vas a decir a Kitty?

—Voy a darle el diario para que lo lea ella misma.

—¿Lo entiendes ahora? —dice, enarcando una ceja—. Por eso tu madre te dio el diario, porque era imposible que te contara toda la historia en vida. No sabría por dónde empezar. Tenías que leerlo de forma pausada para entenderla por completo. Kitty y lord Deverill deben hacer lo mismo.

—Sospecho que, aunque no sea hija de mamá, la persona anónima es Temperance —digo—. Es demasiada coincidencia que su padre tocara el banjo, ¿no crees? Quiero decir, ¿quién más podría ser? Y, sin embargo, al intentar encajar las piezas de la vida de mi madre, veo los fallos de mi argumento. A Temperance ya la ha tenido en cuenta en el testamento. Mamá le ha dejado una casa en usufructo y doscientos mil dólares. ¿Le dejaría también un tercio de su patrimonio?

—Creo que tienes razón —asiente Cormac—. Tu madre fue capaz de mantener una parte de Jonas, después de todo.

—Mamá realmente quería a Tempie. —Suspiro con fuerza, preguntándome si tengo razón o no—. Cuando vuelva a Boston le pediré a Tempie que me cuente su historia. Me gustaría saber cómo encontró a mamá y por qué. Me gustaría saber qué pasó con Jonas. Si alguna vez se volvieron a encontrar.

El miedo me encoge el corazón al mencionar la posibilidad de volver a Estados Unidos. No quiero dejar Irlanda; no quiero dejar a Cormac. Le miro al otro lado de la mesa, ese rostro amable que he llegado a amar. Aparto la mirada, pues no quiero que sepa lo que estoy pensando. No quiero que perciba mi necesidad y eso le desanime. Vuelvo a pensar en mi madre. Una parte de la historia sigue sin tener sentido.

—Ni siquiera cuando mamá se casó volvió a casa —digo, incapaz aún de entender cómo no pudo encontrar en su corazón la forma de perdonar—. Quemó los puentes y le dio la espalda a su familia. Pero ¿le dio su familia la espalda a ella?

—¿Qué quieres decir?

—Puedo entender la ira de su padre, pero me cuesta entender la de Adeline. Sé que tenía que apoyar a su marido y que lo que Arethusa había hecho era bastante imperdonable a sus ojos. Sin embargo, era su madre. En sus mismas circunstancias, no puedo imaginarme no volver a ver a mi hija. Me destruiría.

—Sin embargo, Arethusa quiere que se esparzan aquí sus cenizas —dice Cormac.

—Esperó a estar muerta para venir a casa. —Sacudo la cabeza, desconcertada—. Es muy triste. —Entonces me viene a la cabeza Eily Barry y siento que algo se encoge en alguna parte, justo debajo de las costillas. Es la misma sensación que me trajo a Irlanda en primer lugar. Me detengo en la anciana por un momento y recuerdo que su madre farfulló algo sobre un secreto: «Si no me vuelvo majareta, me lo llevaré a la tumba». Ahora me pregunto cuál era ese secreto. Intuyo que es importante—. Quiero volver a ver a la abuela de Nora Maloney —le digo a Cormac—. No sé por qué. Solo hago caso a mi intuición. Algo me dice que tengo que hablar con ella.

—Adeline Deverill aprobaría eso —replica Cormac, asintiendo.

—Sí que lo haría —convengo con una sonrisa—. Mi madre pensaría que es un montón de tonterías. ¿Crees que está bien si me presento en su casa?

Cormac esboza una sonrisa torcida.

—Esto es Irlanda, Faye. Puedes ir adonde quieras. —Se levanta—. Llevémosle una botella de coñac —añade—. Si quieres algo de ella, es mejor que le des algo a cambio.

Cormac me lleva a Ballinakelly, con Kite ocupando su lugar de costumbre en el asiento trasero. Me siento segura y contenta en su compañía, como si fuéramos viejos amigos. Como si lleváramos mucho juntos.

—Gracias, Cormac —digo, mirándolo y sintiendo que mi corazón se llena de gratitud y afecto—. No podría haber leído esa parte del diario yo sola.

—Me alegro de que no hayas tenido que hacerlo —responde y sus ojos de color lapislázuli me devuelven la sonrisa.

—Eres muy especial —añado. Me da vergüenza decirle lo que siento, pero quiero que lo sepa.

—Tú también eres especial, Faye —responde—. Eres especial para mí. —Y entonces nos sumimos en un silencio íntimo y cómodo, contentos de ser especiales el uno para el otro.

Eily Barry se sorprende al verme. Le doy el coñac y enseguida recuerda quién soy. Esta vez no me confunde con Adeline Deverill, sino que me mira con claridad y curiosidad.

—Usted es la hija de la señorita Arethusa —dice, y yo le confirmo que lo soy—. ¿Qué quiere saber?

El padre de Nora está trabajando, solo la madre de Nora está en casa y prepara el té mientras Cormac y yo hablamos con la anciana.

—Señora Barry —empiezo—, usted es la única persona que puede arrojar luz sobre la marcha de mi madre a Estados Unidos y la violenta reacción de su familia. —No estoy segura de lo que he venido a buscar, pero espero que mi intuición sea correcta y que ella me proporcione lo que necesito—. Lo que me interesa es la reacción de Adeline Deverill. Como madre, me resulta muy difícil entender que dejara marchar a su hija sin más.

La anciana me mira fijamente como un pajarito, con sus pequeños ojos azules brillantes y sin parpadear.

—No me queda mucho tiempo en este mundo y estoy lista para partir —dice con voz tan queda que tengo que inclinarme para oírla—. La señora Deverill, que en paz descanse, me hizo jurar sobre la Biblia protestante que me llevaría su secreto a la tumba y a Dios pongo por testigo de que no se lo he contado a ningún cristiano, a ningún cristiano vivo. Jesús y su Santísima Madre son testigos de ello.

—¿Qué juró que se llevaría a la tumba, señora Barry?

Le sostengo la mirada. Temo que si la aparto, la pierda o ella se pierda a sí misma y olvide lo que iba a decirme.

—Poco tiempo después de que la señorita Arethusa partiera hacia Estados Unidos, estaba yo en el rellano de fuera de la sala de estar de la señora Deverill. Ella estaba allí con la señora Shaw, su hermana Poppy, y estaban hablando, que el Señor se apiade de ellas. Nosotros, los de abajo, estábamos desconcertados y carcomidos por la marcha de la señorita Arethusa y el señor Deverill, consumido por la ira, que Dios se apiade de él y de todas las almas santas. Desde pequeña me encantaban las noticias, así que agucé el oído junto a la puerta, que Dios me perdone. Puede que oyera que la señora Deverill le decía a la señora Shaw que mantendría a la señorita Arethusa y al bebé, pero que la señora Shaw tenía que fingir que el dinero era suyo, pues de lo contrario la señora Deverill temía que la señorita Arethusa no lo aceptara y acabara en la cuneta o algo peor. —Alzó la vista al cielo—. ¡Que Dios me perdone por romper mi juramento! —exclamó—. Jesús todopoderoso, la señora Deverill abrió la puerta de repente y caí dentro de la habitación. Me acorraló y me hizo jurar que nunca le diría a nadie lo que había oído. Ya ve… —La anciana se inclinó hacia mí y entrecerró los ojos, con una expresión socarrona—. Sé bien que tengo razón sobre el hijo. Y el mismo Jesús sabe que tengo razón. El bebé de Dermot McLoughlin. Pero nunca se lo dije a nadie. Ni a un alma. Hasta ahora.

—Haces bien en contármelo —le digo y veo que se relaja—. El amor de una madre es incondicional —añado, pensando en Adeline apoyando a su hija en secreto.

—Así es, muchacha —conviene—. La sangre es más espesa que el agua. Pero ¿qué pasó con el pobre niño? Ninguna noche me acuesto sin rezar por ese pequeño y por la pobre señorita Arethusa.

—Es mi hermano —susurro, porque sé que Eily Barry sabe guardar un secreto y le estoy inmensamente agradecida por haberlo compartido conmigo.

—Que Dios lo bendiga y lo proteja de todo mal —dice y su mano, como la de una gallina, se agarra a mi antebrazo—. Su padre es un hombre bueno y decente —añade—. Y un hombre temeroso de Dios. Es mejor que viva sus días en paz y en la ignorancia, y que todos puedan reunirse en el Reino de los Cielos. La vida ya es bastante dura y no es necesario que salgamos a buscar problemas. Que el secreto se quede en la tierra con los muertos y que nunca vea la luz del día.

Ojalá Logan pudiera vivir sus días en paz y en la ignorancia, pero sé que no puede.

Paso el día con Cormac. Llevamos a Kite a dar un paseo por las colinas, cogidos de la mano. Resulta algo natural, como si hubiéramos paseado de la mano así durante años. Y, sin embargo, nuestro amor es nuevo, reciente y emocionante. El amor de los jóvenes que sienten sus corazones rebosar de dicha por primera vez. Los pájaros juguetean entre el brezo y las aulagas, la luz del sol arranca vívidos destellos al agua y sopla una suave brisa, cálida y fragante. Soy feliz.

Hablamos de la vida de mi madre. Sienta bien hablar de ella. Cuanto más asimilamos las decisiones que tomó y sus consecuencias, mejor me siento al respecto. Sé que me llevará tiempo aceptar que Logan no es hijo de mi padre. Aunque mi madre no incluía fechas en su diario, podría haber calculado por mí misma el año en que nació su hijo ilegítimo y llegar a la conclusión de que era Logan, pero me alegro de no haberlo hecho. Nunca lo sospeché, ni por un momento. Nunca sentí la necesidad de hacer cálculos.

Hacemos un pícnic en la playa, con una simple cesta, con pan de molde y queso. Estamos solos. Únicamente las aves marinas nos ven tendidos en la arena mientras el ruido de las olas ahoga las dulces palabras que nos susurramos. Nos reímos, nunca nadie me ha hecho reír como lo hace Cormac, y dormitamos. El día transcurre despacio cuando uno no tiene otra cosa que hacer que pasar las horas en el eterno presente.

Cuando Cormac me deja en la Casa Blanca a última hora de la tarde, voy en busca de Kitty. Está en el jardín, de rodillas junto a la frontera, arrancando saúcos y ortigas.

—He terminado el diario de mi madre —digo.

Levanta la vista y se protege los ojos del sol con el brazo. Tiene la mano llena de hierbas.

—¿Y bien?

—Tienes que leerlo tú misma —declaro—. Es demasiado complicado para que yo te lo cuente.

—Estoy intrigada —asevera.

—Tienes que leerlo como yo. Es lo que ella quería.

—Entonces lo haré. ¿Puedo dárselo a papá después de leerlo?

—Por supuesto. Lo dejaré en la mesa del salón.

Ella mira su reloj.

—Wyatt ha vuelto a telefonear este mediodía. —Se percata de mi falta de entusiasmo—. No parecía muy contento de no dar contigo. Le dije que estabas fuera todo el día, haciendo turismo. De todos modos, va a llamar de nuevo esta tarde a las siete.

—Muy bien, gracias —digo.

Kitty se levanta. Es ágil para una mujer de su edad.

—¿Has pasado un buen día con Cormac?

Su mirada es penetrante. Sé que sabe lo que está pasando entre nosotros. No es tonta. También sé que no es una persona moralista. Algo en su expresión me dice que lo entiende y recuerdo que Cormac insinuó que

Kitty tenía su propia amistad secreta. Ansío saberlo. Anhelo compartir mi amor por Cormac.

—He pasado un día estupendo —respondo—. Hemos hecho un pícnic en la playa. Hemos llevado a Kite a pasear por las colinas. Cada día que paso aquí me enamoro más de Irlanda —digo con entusiasmo y sé que la felicidad que irradia mi rostro me delata, pero no me importa.

—Será mejor que no se lo digas a Wyatt —aconseja con una sonrisa, enlazando su brazo con el mío mientras nos encaminamos hacia la casa.

—No quiero irme —le digo a Kitty de repente—. Quiero quedarme aquí para siempre.

—Sé que es así —dice ella.

—¿De veras? —pregunto, mirándola.

—Sí, porque hubo un momento en mi vida en el que tuve la oportunidad de irme de Irlanda, con el hombre que amaba, y no lo hice.

—¿Porque no podías separarte?

—Amo a Irlanda, Faye. Lo llevo en los huesos. Corre en la sangre de mis venas. Nada, ni siquiera el amor más grande, podría arrancarme de aquí.

—¿Por eso luchaste por la independencia?

—Luché por la independencia porque creía en ella. Porque el hombre que amaba creía en ella y porque ansiaba la aventura. Tu madre era una Deverill como yo, Faye. No se nos da bien acatar las reglas. Tanto Elspeth como mi otra hermana, Victoria, son un dechado de virtudes. De alguna manera el espíritu Deverill nunca caló en sus corazones, pero sí en el mío y en el de la tía Tussy. —Me mira de forma inquisitiva—. Y creo que también está calando en tu corazón. —Al ver que no respondo, porque me da vergüenza admitir mi adulterio, sonríe—. ¿Me equivoco?

Evito responder directamente.

—Me siento diferente, Kitty.

—Eso es porque eres feliz —señala.

Mientras entro en la casa, a la espera de la llamada telefónica de mi marido, me pregunto si Wyatt se dará cuenta.

Wyatt llama por teléfono justo antes de la cena. Solo llevo ocho días fuera y, sin embargo, por extraño que parezca, su voz ya no me suena familiar. Se oye un crujido y él grita:

—¿Faye? ¿Eres tú? —pregunta. El efecto es inmediato. La persona que he sido durante la última semana retrocede con celeridad, como la cabeza de una tortuga dentro de su caparazón. El tono exigente de su voz me arrastra de nuevo a mi matrimonio y me convierto en la persona que solía ser. La persona que ya no quiero ser.

—Sí, soy yo, cariño. ¿Cómo estás? Hay mucho retardo.

—Todo muy bien por aquí —responde—. He estado tratando de dar contigo, pero siempre estás fuera.

—He estado viendo los lugares de interés del condado de Cork. Es precioso —digo.

Se produce otro largo retardo. Es incómodo y antinatural hablar así. Hablar con él me resulta poco gratificante. Me deprime y me irrita. Quiero que la llamada termine. Quiero olvidar que estoy casada.

—Aquí todos te echamos de menos —responde tras otra larga pausa.

Debe de echarme mucho de menos para expresarlo en voz alta. La forma en que nos despedimos fue bastante hostil. No creí que me echara de menos. Oírle decir eso parece hasta fuera de lugar, pero es que nunca me había ausentado tanto. Tal vez, en mi ausencia, esté empezando a valorarme.

Le pregunto por los niños. No quiero que me pregunte sobre Irlanda, no quiero compartirlo, así que me lo guardo para mí. Es mi tesoro y lo guardo con celo. La llamada es costosa, al ser de larga distancia. No hablamos durante mucho tiempo.

—¿Has encontrado las raíces de tu madre? —pregunta.

—Sí, he encontrado a su familia. Resulta que tiene muchos parientes. Te lo contaré cuando te vea.

—Bien. Tengo curiosidad por saberlo.

—Será mejor que me vaya —digo, lo que no es habitual en mí. Cuando Wyatt me llama por teléfono es él quien siempre decide cuándo colgar.

—¡Oh, claro! Por supuesto, vete. Te llamaré de nuevo dentro de unos días.

Quiero decirle que no se moleste, pero no puedo.

—Claro —respondo—. Hablamos pronto y da recuerdos a los niños.

Colgamos y es un alivio.

La llamada de Wyatt me ha hecho sentir fuera de lugar. Como si me hubieran sacudido y mis entrañas hubieran aterrizado en el lugar equivocado. Subo a darme un baño antes de la cena. Me sumerjo en el agua caliente y pienso en Cormac. Recuerdo nuestro paseo por las colinas, el tacto de su mano en la mía, el de sus labios al besarme, el de su barba al rasparme la piel, la solidez de su cuerpo mientras yacemos juntos en la arena, la intimidad de quedarnos dormidos al sol, su pecho subiendo y bajando con suavidad contra mi oído al respirar, el sonido de la felicidad, a mi alrededor, en todas partes, y la sensación de paz retorna. Wyatt se aleja. Estados Unidos se aleja. Estoy en Irlanda y Cormac está bajo el mismo cielo, junto al mismo mar, y mañana volveremos a estar juntos.

32

Estoy sentada en un taburete en la cocina de Cormac, con la luz del amanecer entrando por las ventanas y Kite a mis pies, observando a su amo, que está sentado en una silla detrás de mí, con las manos sobre las mías mientras guía mis dedos sobre las teclas. El acordeón está sujeto a mis hombros, bien apretado contra mi pecho y apoyado en mis rodillas. Es un instrumento pesado y de aspecto extraño. Parte fuelle, parte teclado. Me río porque sé que nunca voy a conseguir que esta cosa suene como se supone que debe hacerlo.

—No entiendo cómo consigues que suene —digo, recostándome contra él y acurrucando mi cara bajo su barbilla—. Es un instrumento imposible.

Me cubre las manos con las suyas y me devuelve el abrazo.

—¡Vas a sacarle una nota a esto aunque nos lleve todo el día, Faye Deverill!

—No aguantarás todo el día, Cormac O'Farrell, y yo tampoco.

—Soy un hombre paciente.

—Y agotaré tu paciencia además de la mía. No sabía que sería tan difícil.

—No puedes rendirte ahora. Solo acabas de empezar y yo estoy decidido a sacarte unas cuantas notas. Solo unas pocas. Fíjate en la esperanza en los ojos de Kite. No quieres decepcionarla, ¿verdad? Está esperando una canción.

—Espera una de tus canciones. Si canto, aullará de dolor y se marchará de la habitación.

—Estoy seguro de que ha escuchado cosas peores.

—No en esta cocina.

—Vamos. Escucha y concéntrate. —Me da unas palmaditas en las manos y estas responden, encontrando la posición en la que estaban y esperando que las guíen una vez más.

Pienso en mi madre y en lo fácil que tuvo que ser enamorarse de Jonas mientras le enseñaba dónde colocar los dedos y a tocar los acordes. Es una relación íntima y serena entre maestro y alumno, pero tengo poca paciencia para aprender. En realidad no quiero aprender a tocar esta cosa. Prefiero escuchar a Cormac cantar esas viejas baladas irlandesas sobre la guerra, porque cuando lo hace, sus ojos se empañan, su voz se quiebra y esas viejas heridas resurgen, lacerándolo de nuevo como huesos desenterrados del lecho de un río. Me conmueve y siento su nostalgia como si yo también estuviera en esas colinas, luchando por la libertad, por un país que tanto amaba.

—Quiero que toques para mí —digo. Sus manos dejan de guiar mis dedos y me acarician las muñecas, y me doy cuenta de que no le importa si aprendo o no a tocar una nota, que solo quiere estar cerca de mí.

—Con una condición —dice—. Que cantes conmigo.

—¿Y si Kite empieza a aullar?

—Se unirá a nosotros, eso es todo. —Me baja los tirantes de los hombros—. Será un cumplido.

Y así, Cormac canta para mí y solo para mí, y yo no aparto los ojos de su cara, sino que observo embelesada mientras mi corazón rebosa de amor hasta llenar no solo la cavidad de mi pecho, sino todo mi ser y, por último, la habitación entera. Siento que tengo suficiente amor para iluminar el mundo.

Me enjuago una lágrima y siento una inmensa gratitud por este maravilloso hombre que ha entrado en mi vida a estas alturas. Pensaba que era demasiado vieja, o demasiado indigna, para que me ocurriera este tipo de magia. Pero él me mira a los ojos y canta solo para mí, y una voz en mi cabeza me dice que lo merezco, que es lo correcto, que simplemente era el destino.

Cantamos juntos *Danny boy* porque es mi favorita. Kite no aúlla, pero ladea la cabeza y mueve la cola como si le hiciera gracia nuestro dúo. Mi voz no es nada especial, pero tampoco es mala. Con la profunda voz de Cormac para guiarme, pierdo mis inhibiciones y me dejo llevar como si fuera la mismísima Ella Fitzgerald. Y mientras llenamos la cocina de música no pienso en casa, ni en Wyatt ni en mis hijos. En ese bendito momento solo existo aquí, en la casa de Cormac, y nada existe fuera de ella.

Y, sin embargo, el tiempo se acaba. Pronto tendré que regresar a Estados Unidos. Me vuelvo hacia el otro lado y espero que al ignorarlo nunca ocurra. Kitty tarda dos días en leer el diario. Mientras está distraída, yo paso el tiempo con Cormac. Paseamos por las colinas, hacemos picnics en la playa, hacemos el amor y hablamos, y las horas pasan despacio, como si el universo se confabulara para dar tiempo a que nuestro amor eche raíces.

Mis hijos surgen en mi cabeza de vez en cuando y los expulso porque ellos, y solo ellos, tienen el poder de hacerme sentir culpable y no lo soporto. Sé que tengo derecho a ser feliz; no me siento mal por amar a otro hombre, aunque debería, por supuesto que debería, pero no es así. Sin embargo, va en contra de mis principios sentir felicidad a costa de mis hijos. Mi amor por ellos es incondicional y mi sentido del deber como madre es inquebrantable, aunque ya son mayores y me necesitan menos. Sé que tengo que volver por ellos, y tengo que seguir casada con mi marido por ellos. Mientras estoy aquí puedo ignorarlos, pero a medida que se acerca la fecha de mi partida, la realidad de mi situación comienza a cobrar nitidez y la nube rosa del dichoso romance comienza a disiparse. Soy madre antes que esposa. Soy amante en último lugar y eso es inevitable.

Entonces Kitty me dice que ha terminado el diario y paseamos por el jardín para comentarlo. Es de noche, las alargadas sombras se arrastran por el césped recién cortado. Puedo oler el viburno y la madreselva, que impregnan el aire con su dulce fragancia, y oigo el suave gorjeo de los pájaros al posarse en las ramas de los castaños de Indias. Es una tarde tranquila. La dorada luz está llena de promesas, pues tenemos ante nosotros largos días de verano y el otoño queda muy lejos.

Kitty está conmovida. Cuando habla, su voz es dulce y sus ojos están rebosantes de ternura. Mientras paseamos aprieta el diario contra su pecho, como si perteneciera a ese lugar, a su corazón.

—Cuando yo era pequeña, mi abuela rara vez mencionaba a la tía Tussy —dice—. En realidad nunca pensé en ello; los niños están enfrascados en sí mismos, ¿verdad? Pero ahora entiendo por qué. También entiendo por qué estaba tan unida a mí. Yo era la hija que había perdido y conmigo podía ser ella misma, en lugar de la otra mitad de un matrimonio en el que tenía que estar de acuerdo con su marido y supeditada a él. Compartí mis secretos con ella y nunca me juzgó, jamás. Éramos como dos conspiradoras. Solo nosotras dos, en una pequeña isla, dejando a todos los demás en el mar. Sospecho que Tussy la cambió. La Adeline que yo conocía era muy diferente a la madre de Tussy. Como abuela, no se escandalizaba por nada. Podía contárselo todo y lo hacía. Nos apegamos la una a la otra porque yo tenía mala relación mi propia madre y ella había perdido a su hija. Ahora lo veo todo con suma claridad. Y me conmueve, Faye. Me conmueve de verdad. Me hubiera gustado hablar con ella sobre Tussy. Creo que le habría gustado hablar de ella, pero mi abuelo se lo prohibió, así que su nombre nunca se mencionaba. Me duele imaginar cuánto debió de dolerle a la abuela y hasta qué punto debió de ocultar ese dolor.

—Rupert lo sabía —añado—. Se le daba bien guardar secretos.

—Adoraba al tío Rupert. Era encantador, divertido, irreverente y problemático. Era homosexual. Tras leer el diario me doy cuenta de que su gran amor era Peregrine, lord Penrith. Pero eso nunca le iba a traer una felicidad duradera. Murió en la Primera Guerra Mundial. Le rompió el corazón a la abuela. Nos rompió el corazón a todos.

—Es muy triste. Me hubiera gustado conocer a Rupert —digo, sintiéndolo mucho. Después de leer el diario de mi madre es como si conociera a todos los personajes—. ¿Qué pasó con Poppy?

—Ella murió antes de que yo naciera. De neumonía.

Estoy conmocionada por la noticia.

—¿Se enteraría mi madre? ¿Quién se lo habría dicho?

Kitty se encoge de hombros.

—No lo sé. ¿No encontraste ninguna carta cuando estabas limpiando sus cosas?

—Nada. ¿Crees que sabía que Rupert murió en la guerra?

Me desconcierta que mi madre pudiera cortar los lazos con toda la gente que amaba y no saber nada de lo que pasó con ellos.

—Posiblemente no. Solo depende de si la abuela tenía sus señas.

—Por lo poco que sé, diría que no las tenía.

Bajamos por el transitado camino de la playa. Las hierbas altas se mecen con la brisa y el sonido del mar se hace más fuerte a medida que nos acercamos. La primavera es hermosa en todas partes, pero aquí, en este tranquilo rincón de la costa occidental de Irlanda, lo es especialmente. Siento que me llega al corazón y cada vez me siento atraída por la tierra, como si tuviera raíces y estas se nutrieran de la tierra y alimentaran mi alma. Poco a poco empiezo sentir que este es mi lugar.

—¿Vas a decírselo a tu hermano? —pregunta Kitty.

—Ojalá no tuviera que hacerlo, pero he de hacerlo. —La miro—. Mi madre fue demasiado cobarde para decírselo ella misma.

—No la culpo. Dudo que vaya a ser bien recibida.

—No, Logan se quedará destrozado. Está muy orgulloso de ser un Clayton.

—Tu padre debe de haber sido un hombre muy bueno —dice ella—. Hay que tener mucho carácter para hacer lo que hizo.

—Y también astuto —añado con ironía.

A Kitty no le molesta eso.

—A veces es mejor ser astuto. Papá tuvo un hijo con una de las criadas. Es una larga historia, pero yo lo crié.

—JP —digo—. Alana me lo dijo.

—Sí, JP. Cuando al fin mi padre le reconoció como hijo suyo de un modo muy público, mi madre no se lo tomó bien y le abandonó. Aún me desconcierta que ahora estén juntos. Pero la cuestión es que decir la verdad no es siempre la mejor opción. ¿Tienes que decirle a Logan quién es su padre?

—Creo que mi madre quiere que lo haga. Por eso me dio el diario.

—No necesariamente. Te dio el diario para que supieras de dónde venía y por qué lo ocultó. También te lo dio para que entendieras por qué quiere volver y que la entierren aquí. También se me ocurre otra idea… —Me mira y puedo ver su mente trabajando detrás de sus ojos entrecerrados.

—¿El qué?

—Creo que está preparada para perdonar.

Frunzo el ceño.

—Está muerta, así que ¿cómo puede hacerlo?

Kitty habla del mismo modo que lo hace Temperance cuando se refiere a la otra vida.

—No, no lo está, Faye. Está muy viva en espíritu y está dispuesta a perdonar. ¿Por qué si no querría que trajeran sus restos a casa? Si todavía guardara rencor a su familia, querría que se quedaran en Estados Unidos. No, yo creo que está preparada para perdonar y por eso quiere volver a casa. Y también quería que tú volvieras a casa. Por eso te dio el diario. Quiere que tú y Logan volváis a casa, pero sospecho que cuando tu hermano sepa que es un McLoughlin, no querrá hacerlo.

—Tal vez —respondo despacio—. Desde luego, al mantener su pasado en secreto, nos negó esto. —Extiendo los brazos y abarco la tierra, el mar y el cielo.

—Pero al venir aquí has descubierto quién eres y de dónde vienes. Nunca es demasiado tarde, Faye. Aún eres joven.

—Nunca es demasiado tarde ¿para qué? —pregunto.

—Para ser un Deverill. —Sé que de forma indirecta me está animando a seguir a mi corazón con respecto a Cormac—. Adeline también es tu abuela. Para ella no había nada más importante que la familia y el hogar. Veo su mano en esto, Faye. En tu llegada aquí. No subestimes las cosas que pueden hacer en el otro lado. No espero que lo entiendas, pero eres su nieta, al igual que Martha, que era la otra hija de Bridie y la gemela de JP, que fue adoptada en Estados Unidos y creció sin saber de dónde venía. Con un poco de ayuda de Adeline, Martha también encontró el camino a casa.

Me echo a reír. Vuelve a hablar como Temperance. Estoy a punto de hacer un chascarrillo para demostrar lo escéptica que soy con respecto a esas cosas, pero entonces recuerdo mi sueño. Era Adeline en la repisa de la chimenea. Y luego me acuerdo de la pequeña Aisling, la hija de JP, en la torre, que decía haber visto a una mujer que se parecía a mí… ¿Adeline, quizás? ¿Son solo coincidencias o hay algo en ello?

Kitty está muy segura de sí misma. Habla de lo paranormal como si fuera algo tan corriente como preparar té.

—Mi madre detestaba todo lo que tuviera que ver con la espiritualidad y la metafísica —digo para desviar mi propio cinismo—. Pensaba que todo eran tonterías. Ahora sé por qué, porque su propia madre estaba muy interesada en ello. Estoy segura de que la desanimó.

—Tú tienes el mismo don, Faye, lo que pasa es que te da miedo usarlo.

—En realidad no lo tengo —respondo, riéndome con incomodidad.

Kitty vuelve a sonreír con complicidad.

—Sí que lo tienes.

Pero tiene el suficiente tacto como para cambiar de tema.

Kitty le da el diario al tío Bertie. Él está agradecido y dice que lo leerá de inmediato. A juzgar por los escándalos de su propia vida, no creo que le escandalice tanto como a mí. Paso mucho tiempo pensando en Logan y preguntándome cómo se lo voy a decir. Me gustaría que él también leyera su diario, pero no creo que le interese lo suficiente la vida de mi madre como para molestarse en buscar un espejo y abrirse paso entre todas esas páginas escritas a mano. No tendría paciencia. No me lo imagino leyendo otra cosa que no sea el periódico. Por lo tanto, no podré evitar tener que decírselo yo misma. Es una maldición que ha dejado mi madre.

Paso todo el tiempo que puedo con Cormac y nos unimos aún más. Ya me he acostumbrado a él. No puedo imaginarme marchándome. No quiero pensar en ello, pero el día de mi partida está cerca y no puedo ignorarlo. He fingido ser una Deverill durante casi dos semanas, pero también soy una Langton; no debo olvidar eso. Estoy casada, infelizmente, pero casada al fin y al cabo. Debo regresar con mi familia. Persuadiré a Logan para traer las cenizas conmigo y ponerlas a la vista del castillo Deverill como pidió mi madre. Volveré a ver a Cormac. Y sin embargo… no es suficiente.

El jueves anterior a mi partida es la procesión del Corpus Christi. Se han encalado las paredes de la ciudad y se han limpiado las ventanas. Han retirado todo lo que no resulta estético del recorrido de la procesión. En los escaparates de las tiendas católicas se han colocado estatuas y grandes imágenes sagradas contra fondos de papel crepé o encaje y las velas arden día y noche, iluminando de forma inquietante los sombríos rostros de los iconos. Los banderines surcan las calles y en la ventana superior de cada casa hay una bandera. Cormac me cuenta que todas las banderas son de fabricación casera, excepto las compradas por las personas con posibles, que son copias de la bandera papal amarilla que representa las Llaves del Reino. Hay flores de plástico en pequeños altares al aire libre con imágenes de Jesús. Al parecer, se coleccionaban durante el año y se regalan con cajas de Persil y Rinso, que son productos para lavar la ropa. Todo esto me parece fascinante y le pregunto a Kitty si me lleva. Desde luego, no puedo ir con Cormac.

El día de la procesión Kitty y yo nos dirigimos a la ciudad en su coche. Robert, como siempre, se niega a venir. Es una tradición católica y él no es católico. La excusa de Kitty es que yo lo soy. Sin embargo, percibo que está emocionada por ir, sea cual sea la razón. Le gusta todo lo que le permita relacionarse con la gente del lugar. Lleva un bonito vestido verde y una rebeca. Se ha recogido el pelo y sus ojos grises brillan de emoción. Exuda un aire juvenil que contradice su edad. Su forma de andar me recuerda a la de mi madre, que tanto irritaba a Augusta. Su entusiasmo resulta contagioso y yo también adopto ese mismo paso alegre.

El cielo está salpicado de nubes de algodón. El sol luce de vez en cuando y baña las exuberantes colinas verdes y los tejados de pizarra gris de Ballinakelly con su resplandor. Las mujeres sonríen y saludan a Kitty con la cabeza y los hombres se quitan la gorra. Se profesa respeto a esta familia que los preside desde hace trescientos años. Pero Kitty no es una mujer que requiera que la gente la admire. No se considera diferente. Y, sin embargo, es diferente. Tiene una magnificencia que la distingue, con independencia de su apellido.

Enseguida encontramos a Jack y Emer O'Leary. Están con Alana y sus hijos. Emer me saluda con su gentil calidez y siento que tenemos un silencioso entendimiento, siendo ambas americanas de ascendencia irlandesa (el instinto tribal en los seres humanos es muy fuerte), y ella también fue una vez forastera. Es muy amable conmigo y se toma la molestia de explicarme el orden del día. Por supuesto, hay procesiones de este tipo en mi país, pero nunca he estado en una. Miro a mi alrededor, a los cientos de personas que se preparan para ir en procesión: las niñas con vestido blanco, las mujeres con mantilla negra, las que eran Hijas de María con capa azul y las monjas del convento en blanco y negro, y busco a Cormac entre los rostros. Sé que está aquí y mi corazón se acelera al pensar en verlo.

Jack O'Leary y Kitty hablan de la misma manera que aquella noche en Ma Murphy's, cuando Cormac cantó. Puedo notar la tensión entre ellos mientras escucho a Emer. Le hago más preguntas y señalo cosas para desviar su mirada de su marido. Lo hago de forma automática, como si estuviera conspirando con Kitty por defecto. No sé nada de su historia con Jack, ni siquiera si tiene una historia, pero siento que esta tangible tensión entre ellos es algo que Emer no debe ver.

La gente se organiza en grupos. Todos parecen saber dónde tienen que colocarse y en qué orden deben ir los grupos. El sacerdote se coloca bajo un palio, sosteniendo la hostia en una custodia de oro. Está rodeado de otros hombres del clero y de mayordomos que portan estandartes y sienten que están a punto de empezar. Nos dirigimos a la parte de atrás, donde se congrega el público, y es allí donde veo a Cormac. Capta mi atención y me guiña un ojo.

Nos acercamos y caminamos uno al lado del otro mientras la procesión comienza a avanzar despacio por el pueblo. Saluda a todo el mundo, inclinando la cabeza o con una sonrisa, y me doy cuenta de que la simpatía de Cormac es contagiosa. Es uno de esos raros seres humanos que se iluminan por dentro y la gente se siente atraída por él. Les hace sentir bien. A mí también me hace sentir bien.

—Quiero que te quedes —dice de repente. Me mira con rostro serio. Esos ojos de color lapislázuli ya no parpadean. Me miran con ternura, y son vulnerables.

No sé qué decir. Estamos en medio de una multitud. Hay ruido y movimiento a nuestro alrededor. Sin embargo, estamos extrañamente quietos.

—Quiero quedarme —respondo, pero la palabra «quiero» confirma que no puedo.

También quiero tomarle de la mano. Quiero rodearle con mis brazos, estrecharle y decirle que le amo. Pero estoy casada. Tengo marido, hijos, un hogar, muy lejos de aquí, y tendré que volver. Dentro de cuatro días tendré que marcharme. La certeza me asalta de repente y me siento como si hubiera chocado contra un muro. Tiene un terrible carácter definitivo que me roba el aliento. Una certeza que me chupa la sangre de la cara y me debilita. No puedo seguir adelante.

Nos detenemos y dejamos que la ciudad pase de largo como un río que sortea dos rocas.

Entonces nos quedamos los dos solos mientras la procesión continúa por la calle y los cánticos se alejan con ella.

—Quiero que te quedes, Faye, y nunca le he dicho eso a nadie aparte de a mi mujer. —Mueve la cabeza con tristeza y levanta los ojos al cielo, como si estuviera revelando demasiado de sí mismo y no quisiera que lo viera—. No creo que pueda dejarte ir. —Se le quiebra la voz.

Siento el escozor de las lágrimas que se avecinan y mantengo los ojos abiertos para contenerlas.

—No quiero que me dejes ir —respondo.

—Entonces, quédate. —Ahora me mira a los ojos—. Quédate.

Al girar veo a Kitty acercándose a nosotros con cara de preocupación.

—¿Por qué has decidido preguntarme ahora? —digo, frustrada porque ahora tendremos que separarnos y la situación no se ha resuelto—. Este no es el lugar.

—No he podido evitarlo —responde—. Te he mirado. Te he imaginado yéndote. Tenía que decir lo que pensaba.

Kitty llega hasta nosotros. Pasea la mirada entre Cormac y yo.

—¿Estás bien, Faye? —pregunta.

—Me he mareado un poco —respondo, pero ella lo sabe. Por supuesto que lo sabe. Puede interpretar la situación con claridad, como si estuviera escrita.

—Ven, vámonos a casa.

—No, no quiero ir a casa. Caminemos despacio. Estoy segura de que me sentiré mejor en un momento.

Cormac se mete las manos en los bolsillos.

—Os dejo a las dos —dice. Percibo que le lanza una larga mirada a Kitty y me pregunto qué le estará diciendo.

Le observo subir la calle con paso firme. Luego encorvo los hombros y también le lanzo a Kitty una larga mirada.

—Te has enamorado, ¿verdad? —dice y no es una pregunta. Es la constatación de un hecho.

—Así es —respondo y dejo que las lágrimas broten.

—¡Oh, Faye! —suspira—. Vi lo que pasaba. Sabía que ocurriría esto.

—Quiere que me quede —digo.

—Por supuesto que sí. También está enamorado de ti. Y tampoco es un hombre que se tome el amor a la ligera.

—Pero estoy casada.

—Sí —responde con tono vacilante. Sabe que mi matrimonio no es feliz.

—Volveré con las cenizas de mamá —asevero, un poco más animada—. Volveré para esparcir sus cenizas y ver a Cormac de nuevo.

—Lo harás, pero no estarás sola. Traerás a tu hermano contigo, ¿verdad?

—Si accede a venir —digo.

Ella hace una mueca.

—Será difícil que veas a Cormac si vienes con tu hermano.

Ella tiene razón.

—No sé qué hacer —digo con desesperación—. Tengo que pensar en mis hijos. Estoy casada y soy madre. Créeme, esto me tiene en un sinvivir, pero no tengo otra opción. No soy el tipo de mujer que puede basar su felicidad en la desdicha de los demás. No soy una isla. Tengo cuatro personas en las que pensar. ¿Cómo puede ser mi felicidad más importante que la de ellos? —Cierro los ojos, anticipando las consecuencias—. ¿Qué pensarían mis hijos si les dijera que no voy a volver a casa?

Kitty se detiene y posa sus ojos grises en los míos. Están llenos de ternura y compasión, pero también son los ojos de una mujer que tiene el valor que a mí me falta.

—Mira, Faye. Una vez estuve en tu misma situación —dice, y siento que la puerta a su pasado se abre por fin—. Tuve la oportunidad de huir con el hombre que amaba y empezar una nueva vida en Estados Unidos. Estaba casada. Amaba a mi marido, pero amaba más a este hombre.

—Jack —digo despacio, sin apartar mis ojos de los suyos—. Jack O'Leary.

Ella sonríe con tristeza y asiente.

—Yo quería más a Jack, Faye. Lo amaba con toda mi alma. Siempre lo he hecho. Desde que éramos niños. Pero no me fui con él. Elegí quedarme aquí, con Robert. Le rompí el corazón a Jack y, al hacerlo, rompí el mío. Ha sido sin duda el mayor error de mi vida. Él se marchó, conoció a Emer y se casó con ella. Siempre lo amaré, pero nunca lo tendré. Tú, Faye, tienes la oportunidad de hacer lo que yo no pude hacer. Se podría decir que es egoísta, pero ¿cuánto tiempo has de anteponer los deseos de los demás a los tuyos? La vida es corta. ¿No te mereces un poco de felicidad?

—Nunca he pensado en dejar a Wyatt —digo con sinceridad—. Cuando Cormac y yo... —Vacilo. No quiero que suene sórdido—. No he pensado más allá del momento. Nunca pretendimos que fuera algo que durara más allá de estas dos semanas.

—Pero ahora no puedes vivir sin él.

—No creo que pueda.

—Es tu elección, Faye. ¿Cómo quieres vivir el resto de tu vida?

Me deja con ese pensamiento y apretamos el paso para alcanzar la procesión. Busco a Cormac. Es fácil distinguirlo porque les saca una cabeza a todos los demás. Esbozo una sonrisa tras la que oculto el terrible dilema que solo yo puedo resolver. Él sonríe en tono de disculpa.

—¿Todo bien? —pregunta.

—Bien —respondo.

El sacerdote está dando un sermón. Me coloco al lado de Cormac. Despacio y de forma sutil, para no llamar la atención, pongo mi mano junto a la suya y rozo su dedo meñique con el mío. Es un gesto pequeño, pero de gran significado. Le dice que le quiero y que el amor siempre encontrará la forma de abrirse paso.

Mientras el sacerdote habla sin parar, pienso en Wyatt. Me doy cuenta de que, a medida que mi tiempo en Irlanda se agota, tengo que pensar en mi hogar. Tengo que pensar en dónde quiero que esté mi hogar. Si me quedo aquí, no creo que le rompa el corazón a Wyatt. Quizá me esté agarrando a un clavo ardiendo. No quiero hacerle daño. Si él no me quiere, no puedo hacerle daño, ¿verdad? ¿Pero quién soy yo para medir su amor? ¿Quién soy yo para decir si le voy a romper el corazón o no? Sin embargo, sé que voy a herir su orgullo. Eso es una certeza. A Wyatt le importa mucho lo que piense la gente. También tengo que pensar en mis hijos. Ya son mayores, pero les importará mucho si dejo a su padre. Pienso en mi propio padre y en lo horrorizado que estaría, pero entonces recuerdo a Logan y el secreto que él y mis padres guardaron. El secreto que cimentó su matrimonio y les acompañó hasta la tumba. Tal vez mi padre no habría estado tan horrorizado después de todo. En cuanto a mi madre, ahora sé que me diría que siguiera a mi corazón.

Al terminar el día, las mujeres regresan a sus casas para preparar el té a sus familias y los hombres se dirigen a los *pubs* a tomar un botellín de cerveza negra. Kitty sabe que no voy a volver a la Casa Blanca con ella, sino que me voy a ir con Cormac. Me pone una mano en el brazo.

—Piénsalo bien, Faye —dice en voz baja. Entonces su mirada se desvía hacia Jack, que camina por la acera con su familia, de espaldas a nosotros, con el brazo alrededor de la cintura de su mujer mientras la guía entre la multitud, y Kitty encorva los hombros—. No vivas con arrepentimiento como yo, Faye —me aconseja, y su rostro transmite tanto dolor que mi corazón sufre por ella. La vida da pocas oportunidades, debes asegurarte de aprovecharlas cuando llegan. No suelen volver a presentarse.

Cormac y yo nos dirigimos a su casa, donde Kite espera de manera paciente a que la saquen a pasear. La luz se desvanece, el viento se levanta y el océano se muestra en calma bajo un ígneo cielo rosado. Nos dirigimos a la playa. El sol poniente toma la arena anaranjada y en las olas brillan y centellean un millar de saltarinas estrellas. Inspirada por la belleza y el amor, siento que la melancolía me oprime el pecho. Cormac me toma la mano. La suya es grande, áspera y cálida. Mi mano se siente cómoda allí, como si en su palma hubiera encontrado un hogar.

Paseamos sin hablar. Kite entra y sale del agua. Me parece natural pasear junto a su perro y pienso en mi familia, en casa, y luego en la vida paralela que estoy viviendo aquí, como si fuera otra persona. Ya no siento que soy Faye Langton. Tampoco siento que soy Faye Clayton. Tal vez ni siquiera me siento una Deverill. Solo siento que soy Faye. La Faye de Cormac. Sé que esa es la persona que quiero ser. La persona que Cormac ve cada vez que me mira.

Mis ojos se llenan de lágrimas. Él percibe mi dolor y se detiene para abrazarme. Nos quedamos ahí, abrazados el uno al otro mientras las gaviotas revolotean en lo alto y el viento sopla entre las altas matas y el brezo, como siempre lo hará, con independencia de nosotros dos y de las decisiones que tomemos, y yo aprieto la cabeza contra su pecho y anhelo algo permanente.

Me besa la sien y luego me sostiene la cara entre las manos mientras me mira con ternura.

—Dentro de cuatro días volverás a Estados Unidos. De vuelta con tu marido y tus hijos. Con tu hermano y las cenizas de tu madre. Tendrás tiempo para pensar en lo que quieres hacer. Luego volverás para esparcir las cenizas de tu madre y tomarás tu decisión. Quiero que te quedes porque te quiero. Quiero que te quedes porque tú me quieres. Lo que tenemos es especial, Faye, y poco frecuente. No muchos lo encuentran. La mayoría se conforma con menos y la vida no es tan mala. Pero nosotros hemos encontrado algo más y la vida puede ser maravillosa, realmente maravillosa. —Me besa los labios, con sus manos aún calientes en mis mejillas—. No quiero que pienses en ello ahora. Quiero disfrutar de estos últimos días contigo, porque si en efecto son los últimos, quiero memorizarlos para tener algo que rumiar en mi vejez, como un perro con los restos de un sabroso hueso. —Me río y se me saltan las lágrimas. Él me las enjuga con los pulgares—. Eres un hueso sabroso, Faye. —Sonríe y sus ojos también brillan—. El más sabroso que creo que he tenido jamás.

33

No me despido de Cormac. El día de mi partida hacemos el amor, sacamos a Kite a pasear y comemos en un *pub*. Hacemos todo lo que solemos hacer, fingiendo que no me voy, que tenemos días y días por delante. Luego me deja en la Casa Blanca y entro sin mirar atrás. No quiero que mi último recuerdo de él sea entre lágrimas, sentado al volante del Jeep.

Por la noche, Kitty me lleva al aeropuerto y la abrazo con fuerza. En Kitty he encontrado una hermana y tampoco quiero dejarla.

—Siempre estaremos aquí —dice—. Cuando vuelvas con las cenizas de tu madre, habrá un espacio con forma de Faye esperándote para que vuelvas a ocuparlo.

Subo al avión, apoyo la cabeza en el reposacabezas y cierro los ojos. ¡Qué diferente soy de la mujer que llegó hace dos semanas! ¡Cuántas cosas han pasado en tan poco tiempo para cambiarme a un nivel tan profundo! Lo único que me mantiene entera es saber que pronto regresaré con las cenizas de mi madre. Entonces veré a Cormac. No tengo que tomar una decisión ahora. Suspiro con cansancio, como si llevara un peso demasiado grande para mi pequeña constitución.

«Volveré a ver a Cormac —me repito una y otra vez—. Volveré a ver a Cormac.»

Sin embargo, hay algunos obstáculos que salvar antes de eso. Debo contarle a Logan las circunstancias de su nacimiento. Debo hablarle del pasado de mi madre. Debo hablar con Temperance y debo decidir qué voy a hacer con mi futuro. ¿Seré capaz de armarme de valor para hacer algo por mí misma?

El avión aterriza en el aeropuerto de Boston y yo desembarco. No espero ver a Wyatt en la sala de llegadas, pero está ahí y parece inusualmente contento de verme. Me siento como si acabara de salir de mi mundo paralelo y fuera de nuevo Faye Langton, volviendo a mi antigua vida.

Wyatt sonríe. Se nota que me ha echado de menos. Ha olvidado su desaprobación por haberme ido a Irlanda yo sola. Olvidado queda su resentimiento por mi inusual empeño en salirme con la mía.

—Tienes buen aspecto —dice, y me mira como si fuera nueva. Es un hombre guapo, elegante, refinado, y me duele el corazón al pensar en el masculino rostro y en el encanto irlandés de Cormac—. Irlanda te ha sentado bien —añade, como si ahora estuviera recuperando una versión mejor de su mujer, que no exigirá volver a marcharse. Una versión que simplemente no exigirá—. Quiero que me lo cuentes todo.

Me besa la mejilla y lo siento extraño en mi piel, tan acostumbrada al áspero roce de la barba de Cormac. Coge mi bolsa y atravesamos el aeropuerto hasta el aparcamiento. No deja de mirarme y de sonreír como un niño.

—¿Qué pasa? —pregunto. No estoy acostumbrada a su carácter juguetón. Hace treinta años que no se muestra juguetón.

—Estás diferente —dice—. Irlanda te ha quitado años. Estás guapa, Faye. Muy guapa.

—Gracias. —Me siento halagada. Wyatt no se ha fijado en mí en mucho tiempo. Me siento culpable por aceptar su cumplido, culpable por disfrutarlo, como si estuviera traicionando a Cormac al obtener placer de Wyatt.

Subimos al coche y nos dirigimos a casa. Después de preguntar por los niños, le hablo de los Deverill y me escucha con atención. Wyatt suele escucharme a medias, pues pone toda su atención en el golf o en su trabajo, pero ahora escucha de verdad y lo asimila todo.

—¡Y pensar que eres una aristócrata inglesa! —exclama impresionado—. ¡Quién iba a pensar que tu madre era nieta de lord Deverill de Ballinakelly! —Sé que va a presumir ante sus amigos del club de golf y me estremezco porque su superficialidad le empequeñece. Empiezo a hablarle de mi madre. Tenía la intención de contárselo primero a Logan, pero me encuentro cumpliendo con mi deber de esposa. ¿No es correcto que confíe primero en Wyatt? ¿Que le pida su opinión? Al fin y al cabo es lo que siempre he hecho. ¡Qué rápido me meto en mi vieja piel! Como el elefante de Esopo, me resulta desagradable, como si estuviera llena de pequeñas piedras.

Como sospechaba, Wyatt se horroriza al saber que mi madre tuvo una relación con un hombre negro. Ahoga un grito de horror y frunce el ceño con aversión.

—¡Vaya, que me aspen! —exclama, golpeando el volante—. Hablando de esqueletos en los armarios, es un esqueleto muy grande. No creo que debas compartir esa información con nadie más que con Logan —dice, y sé que no está sugiriendo que no se lo cuente a nadie más que a Logan, sino que me dice que no lo cuente, porque Wyatt es controlador y está acostumbrado a controlarme. No quiere que nada empañe la reputación de la familia. Me incomodan sus prejuicios. Estoy a punto de decirle que sospecho que Temperance es hija de Jonas Madison, pero me freno. Quiero proteger a Tempie de su desprecio.

—Mi madre le amaba de verdad, Wyatt —digo en defensa de mi madre—. No se fijó en su color.

—Supongo que deberías agradecer que no se fuera con él. —Al ver que no respondo inmediatamente, me mira con pánico—. No lo hizo, ¿verdad?

Estoy furiosa con Wyatt por su falta de compasión. Su falta de corazón. Así que me cierro en banda. Me limito a poner fin a la transmisión y me reservo el resto de la historia. Me da una sorprendente sensación de poder. No voy a compartir nada más. No sabrá nada del embarazo, de Dermot McLoughlin ni del riesgo que corrió mi madre al aceptar casarse con Ted Clayton, sin saber si su bebé sería blanco o negro. No sabrá que Logan es en realidad hijo de Dermot McLoughlin. Nunca lo sabrá. Solo se lo diré a Logan.

—Bueno, ¿qué pasó? ¿Se escapó con él? —exige, ansioso pero temeroso de saber más detalles escandalosos.

—No, no lo hizo —digo sin inflexión en la voz—. Se peleó con sus padres y vino a Estados Unidos para empezar una nueva vida.

—¿Qué pasó con el negro?

—No lo sé. No creo que volviera a verlo.

Wyatt se debate entre el alivio y la decepción. Así que le hablo del castillo Deverill y de su historia, del tío Bertie, de JP y de Kitty. Wyatt está muy interesado en los Deverill. Le gusta la idea de un castillo familiar y una larga historia que se remonta al rey Carlos II. Cuanto más le cuento, más contento está conmigo. Me siento como la niña impopular del colegio que de repente se ha hecho amiga de la alumna más guay de la clase y mi padre está muy contento conmigo.

Me siento aliviada de estar en casa. Wyatt lleva mi maleta arriba y me doy una ducha. Dejo que el agua caliente elimine el avión y el cansancio y cierro los ojos y pienso en Cormac. Su dulce rostro flota en mi mente y lo retengo allí, acariciando cada amado rasgo con mi atención. La puerta de la ducha se abre de repente y me devuelve a la realidad. Es Wyatt. Lo miro alarmada. Está sonriendo. Hacía años que no veía esa mirada en su rostro y se me eriza el vello de espanto. Quiere hacer el amor.

—Cariño, de verdad que estoy muy cansada —protesto.

Pero a Wyatt no le importa el cansancio, los dolores de cabeza ni que no esté de humor. Siempre ha gozado cuando ha querido. Hace años que no quiere. ¿Por qué le apetece ahora?

—¡Vamos, Faye! Hace dos semanas que no te veo. No hemos dormido juntos en mucho tiempo. Vamos a plantar una bandera rápida—. Pienso en los pioneros que cruzaron Estados Unidos y reclamaron sus tierras. Wyatt quiere hacer precisamente eso. Quiere reafirmar su derecho sobre mí. ¿Es posible que en el fondo sienta que ahora le pertenezco a otro?

Recorre mi cuerpo desnudo con los ojos y me siento avergonzada. Ya no soy una mujer joven y hace mucho que Wyatt no me ha visto desnuda. Cormac me hizo sentir hermosa. Amaba todos mis defectos, así que dejaron de parecer defectos; Cormac me quería tal y como era. Wyatt es un hombre que exige la perfección y sé que, a sus ojos, no estoy demasiado bien. Paso por su lado y me envuelvo en una toalla. Se acerca a mí, pero me lo quito de encima.

—Wyatt, he dicho que estoy cansada.

Me mira con una expresión herida.

—¿No me das al menos un abrazo?

Sé dónde suelen acabar los abrazos, pero no quiero ser mala. Sé que tengo que ocultar a Cormac tras un velo de normalidad. Dejo que me abrace y le acaricio la espalda con cautela, esperando que se acabe rápido, que no derive en sexo. No me siento bien en sus brazos. Mi corazón ansía a Cormac. Siento que le estoy siendo infiel y eso me repugna.

Wyatt me abraza con fuerza.

—Ya está, así está mejor —dice—. A fin de cuentas, soy tu marido.

—Lo sé —respondo, sintiéndome culpable—. Ha sido un vuelo muy largo.

—Ya estás en casa —aduce—. No volverás a irte.

Otra vez el tono controlador. Me invade una claustrofóbica sensación de muros cerrándose a mi alrededor. Limitaciones, prohibiciones y los obstáculos que durante toda mi vida me han mantenido en mi lugar. Me siento impulsada a aceptarlo, a dar un paso atrás, a ser obediente, pero algo se apodera de mí, algo muy dentro de mí que se niega a que lo reprima.

—Voy a regresar a Irlanda para esparcir las cenizas de mamá —digo con firmeza.

—Puede ocuparse Logan —responde, descartando mi plan como si no fuera importante, como si esparcir las cenizas de mi madre fuera algo que cualquiera puede hacer.

—Logan y yo lo haremos juntos —digo y noto que aprieto los dientes con determinación—. Si crees que voy a dejar que mi hermano esparza solo las cenizas de mi madre, ¡reflexiona!

Mientras pronuncio esas palabras sé que no parezco yo. Sueno como una Deverill.

Wyatt retrocede y me mira confundido.

—No me gusta ese tono —replica.

—No sé a qué te refieres —respondo con más brusquedad de la que pretendía.

—Has cambiado, Faye. No sé qué has estado haciendo en Irlanda, pero te sugiero que te des cuenta. Ahora estás en casa y no me van a hablar así.

Frunzo los labios y me dirijo al dormitorio para vestirme. Siento sus ojos sobre mí y deseo que me deje en paz. ¿Por qué, cuando se ha pasado los últimos treinta años corriendo a la oficina o al campo de golf, se queda ahora en mi dormitorio?

—Después de llamar a los niños, voy a ir a ver a Logan —le informo, poniéndome los zapatos—. Necesito hablar con él.

Wyatt no sabe cómo lidiar con esta nueva y fuerte Faye que ha regresado agitando la melena como una yegua testaruda. Se pasa una mano por el pelo y suspira.

—Claro —farfulla.

—También debo concertar una reunión con el señor Wilks. Hay ciertas cosas en el testamento de las que tengo que ocuparme ahora que he estado en Irlanda. —Clavo la mirada en él—. Las cenizas de mamá se esparcirán en Irlanda y seré yo quien lo haga. Estoy segura de que Logan querrá venir también, pero si no es así, iré yo. Solo quiero dejar eso claro.

Wyatt se mete las manos en los bolsillos del pantalón.

—Supongo que tu madre solo va a morir una vez —dice.

Tengo la horrible sensación de que para Logan va a morir de nuevo.

Me tumbo en la cama, me pongo el teléfono en el regazo y llamo a los niños. Hablo primero con Edwina, que me pregunta por Irlanda, pero no está muy interesada en escuchar los detalles. Es temprano para ella y noto su impaciencia por llegar al trabajo. Me dice que me llamará más tarde, que tiene muchas noticias. Está trabajando en un nuevo y emocionante proyecto y quiere contármelo. ¡Qué típico de Edwina pensar solo en sí misma! Pero sonrío, porque la conozco y la quiero a pesar de sus defectos, y me alegro de que nada haya cambiado a este lado del Atlántico. Me alegro de estar aquí, en Boston, con la conciencia tranquila porque estoy en casa y ella no sabe nada. Entonces llamo a Walter. Nunca ha sido muy comunicativo por teléfono. Es muy amable y me pregunta cómo ha ido todo. Le digo que he conocido a muchos parientes de su abuela y que su tío abuelo es un lord, pero a él no le interesan los títulos como a su padre y tampoco le interesan demasiado los parientes de su abuela. Es un Deverill, pero no sabe qué significa eso. Es feliz siendo un Langton.

Entonces llamo a Rose y es como aplicar un bálsamo en mi corazón. El mero hecho de escuchar su voz frena el dolor y me llena de gratitud por el hecho de estar aquí y no haber dejado a su padre, ni haberla decepcionado o hecho infeliz. Haría cualquier cosa por Rose. Cualquier cosa. Le hablo de Kitty y del castillo. Le hablo del diario de mamá y de que se fue de Irlanda porque se enamoró del hombre equivocado y vino a Estados Unidos para empezar de nuevo. No le hablo de Jonas, de Cormac, ni del bebé. La protejo de la verdad. Está fascinada y quiere conocer a sus primos Deverill. Le encantan los castillos y le encantaría visitarlo. No me habla de ella, no me interrumpe con la excusa de que tiene algo mejor que hacer. Dice que va a venir a pasar el fin de semana con nosotros en cuanto pueda porque quiere verme.

—Te he echado de menos, mamá —confiesa—. Sé que no te veo mucho, pero siempre estás al lado del teléfono y supongo que me he acostumbrado. He sentido tu ausencia. Me alegro de que estés en casa.

Y por Rose, yo también me alegro de estar en casa.

Me encuentro con Logan en el parque. Me resulta extraño estar en Boston. Casi parece que no me haya ido y, sin embargo, me siento diferente. Hay un poder en mí que no estaba allí antes. Ya no me siento pequeña.

Es primavera. El parque está verde. Los pájaros cantan en las ramas y el sol se cuela entre las hojas, cubriendo el césped de una luz tenue y moteada. Nos sentamos en un banco. Le entrego el diario de mamá.

—Puedes leerlo tú…, está en escritura especular y es un poco complicado de leer, pero no imposible…, o puedo contarte lo que contiene.

A Logan, igual que Wyatt, mi tono le pilla desprevenido. Me mira con expresión de sorpresa. Me pregunto si parezco muy diferente. Toma el diario y lo abre por la mitad.

—¿De verdad escribió todo esto en escritura especular? —pregunta, mirando las pulcras pero ilegibles líneas de la escritura. Sé que no quiere leerlo.

—Leonardo da Vinci también utilizaba la escritura especular —digo.

—Entonces mamá debía de ser un genio —bromea.

—Es una lectura fascinante.

Exhala un suspiro.

—Seguro que sí, pero estoy ocupado. Solo dame la versión abreviada.

—Bien, la razón por la que mamá quiere que sus cenizas sean esparcidas con miras al castillo Deverill es porque ese fue su hogar. Su abuelo era lord Deverill de Ballinakelly, un título otorgado a su antepasado Barton a mediados del siglo XVII por el rey Carlos II de Inglaterra... —Le hablo de los Deverill, lo que le asombra tanto como a mí, y luego le hablo de Arethusa—. Era alocada y me temo que bastante libertina. Tuvo un romance con un joven lugareño llamado Dermot McLoughlin, que era el hijo del herrero, pero luego se fue a Londres...

Le hablo de la temporada londinense, de su hermano Rupert y de las fiestas. Luego le hablo de Jonas. Se inclina hacia delante con los codos sobre las rodillas y mueve la cabeza con incredulidad mientras le cuento la historia de amor de mamá.

—¡Jesús! No me extraña que se guardara su historia —reflexiona, incapaz de conciliar a su madre, de comportamiento impecable, con la muchacha rebelde y lujuriosa que fue en su día. No le gusta oír que tuvo amantes. No quiere pensar que nuestra madre mantuviera relaciones sexuales—. Es pasado —alega queriendo que se quede ahí—. Su vida privada no tiene nada que ver con nosotros. Ni siquiera deberíamos saberlo. —Frunce el ceño. ¿Por qué tenemos que saberlo? ¿Por qué quería que leyeras su diario? No lo entiendo.

Continúo contándole su historia. Cuando llego al punto en que ella parte en el barco rumbo a Estados Unidos, sin saber si el niño que lleva es de Jonas o de Dermot, me detengo.

—Entonces, ¿de quién era? Por favor, no me digas que hay un niño negro por ahí que es nuestro medio hermano.

Inspiro hondo. No quiero decírselo. No quiero destrozar su mundo. Pero tengo que hacerlo. Mamá no me dejó otra opción.

—Logan, el bebé eras tú. —Mis palabras tardan un momento en calar. Se quedan dando vueltas en su cabeza durante un buen rato antes de desacelerar, formar una frase coherente y cobrar sentido. Me mira fijamente. Su rostro se contrae en una expresión de horror e incredulidad. Parpadea. Sé lo que está pensando. Que ha oído mal. Que estoy bromeando. Sin duda piensa que debe haber un error—. Eres hijo de Dermot McLoughlin —explico, llena de compasión. Parece tan dolido, tan conmocionado. Sin embargo, no hay nada que pueda decir para mejorarlo—. Papá y mamá decidieron criarte como un Clayton —continúo—. Guardaron el secreto toda su vida. Nunca se lo dijeron a nadie, pero está en el diario. Mamá quiere que lo sepas. Quería que yo te lo dijera. —¡Cómo me gustaría que hubiera tenido el valor de decírselo ella misma!

Logan se levanta. No se lo puede creer. Se pone las manos detrás de la cabeza y se pasea de un lado a otro. Yo permanezco en el banco, con el corazón rebosante de compasión por este hombre alto y fuerte que ahora parece tan vulnerable como un niño.

—¿Quién más sabe de esto? —pregunta después de un buen rato.

—Nadie. Solo tú y yo —respondo. No quiero decirle que Kitty y el tío Bertie también lo saben porque han leído el diario. A veces es mejor no decir toda la verdad. Solo parte de ella.

Logan se sienta y clava en mis ojos su pétrea mirada.

—Nadie debe saber esto, nunca. ¿Entiendes? Ni Wyatt ni nadie. —Tiene la cara roja como una baya y su boca es una mueca crispada. Ya no se parece a Logan, sino a una versión fea de él. Sacude la cabeza—. Jamás perdonaré a mamá por esto —dice con una voz profunda y pausada—. Jamás.

—¿Preferirías que te lo hubiera dicho ella misma? —pregunto.

—Preferiría que no me lo hubieran contado. —Baja la vista al suelo—. Voy a olvidar que me lo has contado, Faye. ¿Entiendes? Voy a ignorarlo.

—De acuerdo. Si eso lo hace más fácil…

Me interrumpe.

—Nada lo hará más fácil, Faye. —Se levanta—. Necesito un tiempo a solas.

Yo también me levanto.

—Claro. Concertaré una reunión con el señor Wilks. Está lo de la tercera parte de su fortuna que ha dejado a un anónimo. He estado en Irlanda. Ahora ya puede decirnos quién es.

—Debería haber hablado de todo esto con nosotros antes de morir —dice con voz tranquila y enfadada—. No dejar que las minas exploten bajo nuestros pies una vez que se haya ido.

—Lo siento mucho, Logan.

—No lo sientas, Faye. Solo guarda esto para ti. Eso significa no decírselo a Wyatt.

—No se lo diré.

—Le cuentas todo.

—Ya no —respondo. Él asiente. Por lo que respecta a los dos, Logan sigue siendo un Clayton.

Llamo por teléfono a la oficina del abogado y pido una cita para que Logan y yo nos reunamos con él la semana que viene. Cumplo mi promesa a mi hermano y no le cuento nada a Wyatt. Wyatt no tiene intención de divulgar la aventura de mamá con Jonas Madison, pero le cuenta a todo el mundo lo de su aristocrática familia. Me tropiezo con la mujer de uno de sus compañeros de golf en la panadería y ella se acerca directamente a mí, con una radiante sonrisa en su bien maquillado rostro, y declara que siempre supo que Arethusa tenía sangre azul por sus delicadas facciones y su porte arrogante.

—Wyatt dice que el castillo es uno de los más bellos de toda Irlanda y que si tu madre hubiera sido un niño lo habría heredado, así como el título. —Abre los ojos como platos y añade—: ¡Entonces Logan sería lord! —Eso es simplemente absurdo. Maldigo en silencio a Wyatt por presumir. Me alegro de haberme guardado los detalles de mi visita. Me apresuro a pagar el pan y salir de la tienda. Y me dice—: Tenemos que cenar. Hace mucho tiempo que no te vemos.

No tengo ninguna intención de cenar con ella y su aburrido marido. Pero esa noche Wyatt anuncia que estamos invitados a su casa para una pequeña reunión de amigos —y por «pequeña» sé que quiere decir al menos diez parejas—, y él ha aceptado. Siempre acepta en mi nombre sin consultarme. Antes no me importaba. Ahora me importa. Pero no quiero pelearme en mi primer día en casa. Sonrío y le digo que qué bien. Luego le digo que quiero ir a Nantucket el fin de semana. No le digo que es porque necesito hablar con Temperance.

A Wyatt le encanta Nantucket. Le encanta jugar al golf con Logan y le encanta la sociedad de allí. Piensa que es muy superior, ya que la conforman grandes y antiguas familias de Boston que afirman haber llegado en el *Mayflower*. Cuando mamá vivía, la casa de la playa era su hogar, pero ahora pertenece a Logan y a su esposa Lucy. No estoy segura de que Logan vaya a querer verme, pero de todas formas le telefoneo y, para mi sorpresa, actúa como si no hubiera pasado nada raro. Ha borrado nuestro encuentro en el parque y la conversación que mantuvimos.

—Por supuesto que tienes que venir —dice con un tono de voz jovial—. Estamos llenando la casa de amigos este fin de semana, así que qué importan dos más.

Me doy cuenta de que está intentando ahogar la revelación de su pasado con el ruido del entretenimiento. Supongo que cree que si se rodea de gente y se mantiene ocupado, el horror de lo que le conté se desvanecerá hasta convertirse en poco más que un resquemor en el fondo de su mente. No me apetece estar con mucha gente, pero sé que Wyatt estará encantado y necesito ver a Temperance. Es un pequeño sacrificio a pagar. Procuraré no echar un vistazo a la casa que una vez fue mi hogar para evitar lamentar los cambios que han realizado.

Echo de menos a Cormac. Echo de menos las cosas que lo hacen único. Su forma de caminar, el ligero encorvamiento de sus hombros, la expresión amable de sus ojos, su sonrisa torcida, el sonido grave de su risa, sus manos grandes y ásperas, sus bronceados antebrazos y sus uñas irregulares. Quiero ser la mujer que él ve cuando me mira, solo cuando él me mira. Quiero volver a florecer bajo su mirada, cuando estamos desnudos y solos, y hacer el amor no es solo una expresión de nuestro amor, sino un intento por estar cerca, y nunca estamos lo bastante cerca porque por mucho que nos apretemos el uno contra el otro, nuestros huesos siempre se interponen. Le anhelo con toda mi alma. No tengo ganas de comer y mi sueño es agitado y atormentado. Y en todo momento me acompañan una agitación nerviosa en mi estómago y una desazón en mi corazón, que sé que es pena. Una pena que no puedo compartir con nadie.

Nos vamos a pasar el fin de semana a Nantucket. En efecto, Lucy ha realizado cambios en la casa. Ya no huele a hogar. Elogio sus cambios, pero le ha robado su esencia. Es solo una casa y los fantasmas de los recuerdos merodean en las sombras, sintiéndose fuera de lugar y no deseados, y por mucho que intente invocarlos, no vienen.

Logan es el alma de la fiesta. Se ríe demasiado, bebe demasiado y habla demasiado alto. Lucy no le da importancia. Se limita a suponer que se lo está pasando de maravilla, entreteniendo a todos sus invitados. Y son gente agradable, no puedo negarlo. Cambio a mi configuración por defecto y me relaciono con las demás mujeres. Me fuerzo a habitar mi vieja piel para que nadie sea consciente del cambio obrado en mí. El cambio que Cormac ha obrado en mí. Solo son conscientes de mi buen aspecto. Wyatt está atento y no sé si su aprecio por mí se debe al brillo de amor que irradio o al hecho de que desciendo de aristócratas ingleses (¡se lo dice a todo el mundo!). Pero yo también le engaño. Tengo el corazón roto y estoy desesperada por volver con Cormac, y me estremezco cada vez que Wyatt me toca. Hubo un tiempo, no hace tanto, en que ansiaba su atención. Ahora que me repele, él me dedica más atención.

Por fin estoy a solas con Temperance. La visito en la casa que mi madre le ha legado para toda su vida. Es una casa de madera blanca a poca distancia de la principal, donde mi padre solía alojar a los criados. Es espaciosa, con grandes ventanas que dan al jardín. A su alrededor hay grandes arbustos de hortensias, de modo que parece una gaviota blanca en un nido azul. Me siento en el pequeño porche, como solíamos hacer cuando era niña y buscaba su compañía. Como lo hacíamos en la casa grande cuando mamá se estaba muriendo y compartíamos ese precioso tiempo por las mañanas mientras ella dormía. Ahora acudo a ella para hablar de los secretos de mi madre.

—Tempie —digo, mirándola y notando cómo ha envejecido. Su pelo negro está salpicado de canas y las arrugas han comenzado a aparecer en su piel, siempre tan tersa y juvenil—, mamá me dejó su diario en su testamento y me pidió que fuera a Irlanda. —Temperance sonríe con complicidad y yo paro. Entrecierro los ojos—. Conoces su pasado en Irlanda, ¿verdad?

Ella asiente con la cabeza.

—Lo sé todo —confiesa. Sus ojos son pozos de información. Profundos, compasivos, reservados.

Se me empieza a acelerar el corazón.

—Sabes lo de Jonas Madison.

Ella asiente de nuevo.

—Era mi padre.

Así que yo estaba en lo cierto.

—Te enseñó a tocar el banjo.

—Lo hizo, y también enseñó a su madre.

—Por favor, cuéntame cómo acabaste trabajando para ella.

Temperance levanta la barbilla y sonríe. Ha estado esperando para contármelo. Me doy cuenta de que ha estado esperando su momento, sabiendo que acabaría acudiendo a ella y que le haría esta misma pregunta.

—La primera vez que oí hablar de Arethusa Deverill yo tenía ocho años y mi padre se estaba muriendo.

—¿Estaba enfermo? —pregunto.

—No, no estaba enfermo. Lo apuñaló un hombre blanco que sentía que mi padre se creía más importante de lo que era.

—¡Eso es terrible!

—Había estado viajando por Europa y se había labrado una reputación por méritos propios. Tenía éxito. A muchos no les gustaba que un negro tuviera éxito en un mundo de blancos. —Me mira con tristeza—. A muchos les sigue sin gustar.

—¿Dónde tuvo lugar el apuñalamiento? ¿En Nueva York?

—Mi padre se hizo un nombre como animador en Nueva York, pero era del Sur. De Carolina del Sur. A mi padre le apuñalaron una noche cuando volvía a casa de un ensayo. Era una calle muy transitada, pero nadie vio nada. Todos tenían los ojos cerrados esa noche. Mientras agonizaba en el hospital, me susurró asiéndome la mano: «Temperance, necesito que busques un pequeño libro de poesía. Me lo regaló una inglesa llamada Arethusa Deverill. También hay algunas cartas con el libro. Guárdalas bien. Son muy especiales para mí. No molestes a tu madre con ello. Es entre tú y yo. Solo tú y yo, ¿entiendes?». Así que busqué el libro y las cartas y los guardé, tal como me dijo. No las leí porque en ese momento no sabía lo importantes que eran ni lo importantes que llegarían a ser para mí. Mi madre murió seis años después. Supongo que renunció a la vida. Su corazón dejó de funcionar y me quedé sola en el mundo. Tenía catorce años.

—¿Qué hiciste?

—Me dirigí a mi tío George. Era lo único que me quedaba. Desde que murió mi padre, el tío George atravesaba tiempos difíciles y solo tenía ojos para la botella. Perdió la cabeza en un charco de alcohol ilegal y se podría decir que al final se ahogó en él. Le pregunté por Arethusa Deverill y me dijo que mi padre había recibido cartas de ella hasta su muerte. Bueno, tenía que averiguarlo por mí misma. Desaté las cartas que estaban atadas en un fajo y las leí. Todas. Me dolía el corazón al pensar que mi madre se afligía por un hombre que amaba a otra mujer. La última carta que le escribió estaba fechada en 1898. Estaba casada con el señor Clayton y se iba a vivir a Nueva York.

—Entonces, ¿la localizaste?

Se encoge de hombros.

—No tenía adónde ir. Nadie a quien recurrir. Encontré a la señorita Arethusa, le dije quién era y le di el libro de poesía y las cartas. Tendría que haber visto su cara. Parecía que fuera el Segundo Advenimiento. Luego le dije que mi padre había muerto. No se lo tomó muy bien. Se hundió en una silla y se quedó blanca como la nieve, y entonces supe que había querido a mi padre más que a nadie. —Temperance sacude la cabeza y me mira con ojos de cordero—. Quise odiarla, señorita Faye. Quise odiar a esa mujer que le había robado a mi madre el corazón de mi padre, pero no pude. Ella tomó mis manos entre las suyas y dijo que yo era una bendición. Que el destino me había llevado hasta ella. Que yo era la parte de Jonas a la que ella podía aferrarse y sus ojos se llenaron de lágrimas y me pidió que me quedara. Usted era una niña de dos años y Logan, bueno, él tenía nueve, un par de años menos que yo. Acepté el trabajo y me aferré a la única parte de mi padre a la que podía, que era su madre. No la odié después de eso. La quería y todavía la quiero.

—Eras la única, además de mi padre, que conocía la historia de mamá —digo, maravillada por su capacidad de guardar secretos.

—Juré que nunca lo contaría, así que nunca lo he hecho. Ella me lo contó todo.

—Me dejó su diario y pidió que esparciéramos sus cenizas en Irlanda.

—Ella quería que Logan y usted supieran la verdad, señorita Faye. Quería que Logan supiera de dónde venía. No quería que él fuera por la vida negando a su gente como ella había negado a la suya. Toda su vida extrañó su hogar. Echaba de menos Irlanda y a su familia, pero era demasiado orgullosa para volver. La única forma de regresar era ya muerta. Ahora depende de usted que descanse en el castillo Deverill. Debe reunirse con su pasado.

—Logan no quiere ver la realidad —digo con seriedad—. Ha sido un *shock* terrible.

—Solo necesita tiempo —aduce sabiamente.

—No creo que lo acepte nunca.

—Tiene derecho a hacer lo que quiera —replica—. Es un hombre orgulloso, como su madre.

En ese caso, no soy optimista.

—Hay algo más que quiero saber. ¿Qué fue de Charlotte?

Temperance sonríe.

—La buena de la señorita Charlotte. Era la amiga más devota de su madre, señorita Faye. ¿No se acuerda de la señorita Charlotte?

Frunzo el ceño.

—No recuerdo a Charlotte en absoluto.

—Bueno, usted la conocía como la tía Lottie.

—¡¿La tía Lottie era Charlotte?! —exclamo, asombrada. Por supuesto que recuerdo a la gentil solterona de rostro alargado y serio y voz dulce. Cuando era niña siempre estaba por la casa, siguiendo a mi madre de habitación en habitación como una sombra—. Mamá solía visitarla en esa residencia de ancianos. Creo que mi madre no faltó ni un solo día.

—Eso no era una residencia de ancianos, señorita Faye. Era un hospital. Su mente enfermó. Al final ya no reconocía a su mamá, pero la señorita Arethusa siguió visitándola porque ella sí la reconocía. Su madre era una mujer leal. Tan leal como un perro. Verá, la señorita Lottie era la única parte del hogar a la que tu mamá podía aferrarse. —Se rio con nostalgia y sacudió la cabeza—. Todos nos aferrábamos a los demás por entonces, señorita Faye; nos aferrábamos a los restos de aquellos a quienes habíamos perdido. —Temperance se levanta de la silla—. Venga —dice—. Creo que es hora de que le dé el pequeño libro de poesía y las cartas que su madre le escribió a mi padre.

—Pero son tuyos, Tempie —alego, siguiéndola en la fresca oscuridad de la casa.

—Yo tengo el banjo —responde, con sus relucientes dientes blancos—. Es cuanto necesito para acordarme de él. Mi padre está aquí. —Pone sus largos dedos sobre su corazón—. Con su madre y la mía. Un trío extraño, pero no creo que les importe allá donde están.

34

Logan y yo seguimos al señor Wilks hasta la sala de conferencias de su suntuoso despacho. Fuera está lloviendo. Por las grandes ventanas de guillotina entra una luz tenue y carente de entusiasmo, como si, al igual que nosotros, no tuviera ganas de asistir a la reunión. Hay una chimenea con un hogar oscuro y vacío, y a ambos lados hay estanterías repletas de enciclopedias y grandes y caros libros de derecho. La mesa de caoba tiene forma ovalada y está bien pulida y sobre ella hay una jarra de agua con tres vasos de cristal, una pila de blocs de notas y un vaso de lapiceros afilados. Desprende un aire de formalidad y huele a cera para muebles y a madera envejecida. El señor Wilks se sitúa a la cabeza y pone una carpeta azul sobre la mesa. Me ofrece la silla de terciopelo verde de su izquierda y tomo asiento. Logan se sienta frente a mí, a la derecha del señor Wilks. Tiene el rostro delgado y ojeroso, como si la conmoción de que le digan que no es hijo de su padre le hubiera consumido. No cabe duda de que ha consumido su espíritu. Se ha desinflado como un globo aerostático pinchado. Hay poca charla. No es el momento de intercambiar comentarios amables. Es mejor ir al grano.

El señor Wilks abre la carpeta y saca la copia del testamento. Lo sostiene en sus pequeñas manos y pasea la vista entre Logan y yo y de nuevo a Logan.

—Como saben, su madre solicitó que viajaran a Irlanda antes de que les revelara la identidad del tercer beneficiario.

—Sí, acabo de volver —empiezo.

El señor Wilks se vuelve hacia mí y arquea una ceja con interés. Estoy a punto de explicarme, pero Logan me interrumpe de forma enérgica.

—¿Quién es? —exige. No quiere perder el tiempo.

Quiere marcharse tan rápido como pueda.

El señor Wilks exhala un suspiro. Se nota que la impaciencia de Logan le exaspera. Al señor Wilks no le gusta que le metan prisa.

—Muy bien —dice—. Voy a leer lo que escribió su madre. —Se coloca las gafas en la punta de la nariz y levanta la barbilla. Se lame el dedo índice y pasa lentamente la página. No piensa apresurarse—. ¡Ah! Aquí está. —Inhala por la nariz y comienza—: La tercera parte del patrimonio restante de Arethusa Clayton se utilizará para crear un hogar para madres solteras en Ballinakelly, condado de Cork, en la República de Irlanda. Ella ha escrito como complemento: «Ahora que Logan conoce las verdaderas circunstancias de su nacimiento, con su permiso, me gustaría que el hogar llevara su nombre. El Hogar Logan para Madres Solteras. Que sea un santuario para las mujeres que no son tan afortunadas como yo». —El señor Wilks mira a Logan, cuyo rostro enrojece de vergüenza y furia. Solo yo puedo ver el dolor en sus ojos, una herida abierta tras la furia, porque le conozco muy bien. El señor Wilks prosigue—: Ha pedido que usted, Faye, supervise el proyecto y se encargue de que se cumpla su deseo. —Miro a mi hermano. No quiere que nadie sepa la verdad sobre su nacimiento. Desde luego, no querrá que el centro lleve su nombre. Sé que está deseando que todo desaparezca. El señor Wilks saca un sobre blanco de la carpeta—. Por último, escribió una carta para ustedes dos, para que la abran en esta ocasión. Señor Clayton...

Logan se reclina en su silla y cruza los brazos.

—Yo no deseo tener nada más que ver con este ridículo asunto —dice y sus labios se aprietan en una fina y desafiante línea.

—Entonces tal vez le gustaría leerlo a usted, señora Langton.

Acepto el sobre y saco la carta. Se me encoge el corazón al ver la letra de mi madre. Sus diarios estaban escritos con una letra desconocida. Esta carta desprende su energía y puedo sentirla como si estuviera a mi lado. Casi puedo oler su perfume de nardos. Me aclaro la garganta. No puedo mirar a mi hermano. Es insoportable verlo así, empequeñecido y sufriendo.

Mis queridos Logan y Faye:

Espero que hayáis esparcido mis cenizas en el castillo Deverill y me hayáis devuelto a mi querido hogar. Espero que mis restos descansen ya en los altos pastos que dan al castillo, esparcidos por el viento que sopla del océano y hundiéndose en el suelo con la suave lluvia que hace que la isla sea tan verde. Nunca debería haberme ido, pero si no lo hubiera hecho no habría conocido a Ted ni habría disfrutado de tantos años felices a su lado. No te habría tenido a ti, Faye, ni os habría criado a ti y a Logan juntos. He sido bendecida de muchas maneras. Todo lo negativo en mi vida se debe a mis insensatas decisiones y a mi terquedad. Ahora lo sé. Mi corazón se endureció por mi vengativo orgullo. Nunca fui capaz de perdonar a mi padre por exigirme que entregara a mi hijo ni a mi madre por permanecer a su lado. Pero la ira es una emoción destructiva que carcome el alma. Pasé años negando esa ira, fingiendo que no me dolía, quejándome sin parar para convencerme de que no estaba llena de remordimientos. Pero la vejez me ha hecho mirar mi vida en retrospectiva y las decisiones que tomé y he aprendido una cosa demasiado tarde: el amor es lo único que importa.

Mi muy querido Logan, no tuve el valor de hablarte de tu nacimiento en vida. Solo puedo pedirte disculpas por haber tenido que enterarte ahora, de esta manera, y también me disculpo con Faye por haber tenido que decírtelo. Soy una cobarde. Me creía fuerte, valiente e inconformista, pero en lo más profundo de mi ser tengo miedo. Te quiero y no puedo soportar enfrentarme a tu ira y a tu dolor y, en última instancia, quizás a tu repulsa. Quizá sea eso lo que más temo: tu rechazo. Que sepas que he luchado mucho para conservarte, Logan, y que al conservarte he perdido todo lo que amaba. Tú lo merecías. Si algo he hecho bien en mi vida es luchar por ti. Una cosa te pido, que no desperdicies tus energías sintiéndote furioso y traicionado como lo hice yo. Eres hijo de Ted en todo, excepto de sangre. Fue el padre que te amó, te crio y te educó. Siempre has sido un Clayton. Sin embargo, si deseas buscar a Dermot McLoughlin, estoy segura de que estará dispuesto a conocerte. Nunca le hablé de ti, pero él me quería. Era amable, divertido y paciente, y a mi manera, creo que le correspondía. Él representaba Irlanda, el hogar y la libertad. Nadie más ha representado eso. Cuando lo necesitaba, él estaba allí.

Mi querida Faye, sé que no he sido la madre más fácil. Siempre he sido egoísta y temperamental; si has conocido a alguno de mis parientes en Irlanda, ¡seguro que te lo han dicho! Sin embargo, me doy cuenta de que gran parte de mi dramatismo era sintomático del dolor de mi corazón, que, como una piedra, siempre estaba ahí para recordarme esa gran parte de mí misma que había perdido. ¡Cuánto aprende uno sobre sí mismo cuando envejece! Supongo que el ego se desvanece cuando el final está cerca y tienes tiempo de revisar el pasado, de verlo como lo que fue, y a uno mismo con cierto desapego y, con suerte, con algo de sabiduría adquirida con tanto esfuerzo. He aprendido demasiado tarde para enmendar mi error, pero tal vez, al volver a casa después de muerta, si es que hay vida después como mi madre tan firmemente creía, mi familia sabrá que, a mi manera, estoy pidiendo que me perdonen y perdonándolos a su vez.

Os agradezco a ambos vuestro cariño y vuestra comprensión. Espero que ahora sepáis lo que es ser un Deverill. El castillo de un Deverill es su reino. Os agradezco que me hayáis devuelto al mío.

Vuestra madre

A duras penas soy capaz de leer las últimas líneas debido a las lágrimas que me nublan los ojos. Me las enjugo, doblo la carta y la vuelvo a meter en el sobre. Logan sigue sentado con los brazos cruzados y una expresión dura e implacable. Permanecemos sentados en silencio durante un rato que se hace eterno. El señor Wilks es un hombre paciente, un hombre al que le gusta hacer las cosas despacio; no le preocupa en absoluto el silencio ni su duración. Logan habla por fin. Su voz es débil, como si el lastre hubiera desaparecido y solo quedara el sonido de alguien que se siente muy solo.

—Puedes llevarla a Irlanda, pero yo no voy a ir contigo —dice—. No quiero tener nada que ver con el hogar para madres solteras y por encima de mi cadáver se le pondrá mi nombre. No quiero tener nada que ver con él, ¿entiendes?

Asiento con la cabeza.

El señor Wilks se dirige a mí.

—Puedo hacer una sugerencia. Podría llamarlo Hogar Arethusa Deverill para Madres Solteras.

—Sí, eso sería apropiado —digo—. No creo que le importe.

—No le importará, porque está muerta —suelta Logan y yo ignoro el tono desagradable de su voz porque está dolido.

—Logan, entiendo perfectamente que no quieras que lleve tu nombre —digo—. Me parece bien.

Quiero que sepa lo mucho que lo siento por él, pero supongo que me considera parte de la conspiración, aunque hace poco que me enteré de sus orígenes y también me disgusté. Pero yo soy una verdadera Clayton y él no. No hay nada que pueda hacer al respecto. Miro fijamente sus rasgos e intento encontrar en ellos a Dermot McLoughlin, aunque no sé qué aspecto tiene ese hombre.

Logan se levanta. Pone las manos en las caderas.

—No hay nada más, ¿verdad? —pregunta.

El señor Wilks sacude la cabeza.

—No, hemos abordado todo, señor Clayton.

—Bien.

Logan no tiene que pedirle al señor Wilks que sea discreto. El señor Wilks se toma su trabajo muy en serio y seguro que nunca ha permitido que se le escape un secreto en todos los años que lleva trabajando aquí. Los dos hombres se dan la mano. Intuyo que Logan no va a impugnar el testamento. Es como un barco solitario a la deriva en el mar, sin viento que hinche sus velas. No hay nada que pueda decir o hacer para consolarlo.

—Quédate con esto —le digo, dándole la carta.

—No lo quiero —responde.

—No lo quieres ahora, pero puede que quieras leerlo más tarde. Tienes mucho que asimilar.

—No voy a pensar en ello nunca más. Tampoco voy a pensar en mamá.

—La decisión es tuya. Pero por favor, toma la carta. Guárdala. Tal vez nunca la leas. Pero tal vez un día, cuando seas viejo y sabio y mires tu vida en retrospectiva, la saques y veas las cosas de otra manera.

Agarra la carta de mala gana y se la guarda en el bolsillo interior de su chaqueta. Nos vamos juntos, pero ninguno de los dos dice una palabra más.

Cuando llego a casa dispongo de tiempo a solas para reflexionar antes de que llegue Wyatt. Ha pasado todo el día en el campo de golf. Me parece que hace la mayor parte de sus negocios en el campo de golf. Pienso en Cormac. Me pregunto si estará pensando en mí y si también me echará de menos. Estoy deseando volver. Anhelo abrazar a Cormac con cada fibra de mi ser. Y tengo la excusa perfecta. Es mi deber llevar las cenizas a Ballinakelly y comenzar a explorar la posibilidad de llevar a cabo los deseos de mi madre con respecto a la construcción de un hogar para madres solteras allí. Wyatt tendrá que entenderlo. Y si no lo hace, ¿acaso importa? ¿Me importa a mí? Tiemblo de emoción. Puedo ir enseguida y puedo ir sola. Logan no quiere venir conmigo. Nada le hará cambiar de opinión. Conozco a mi hermano. Wyatt no tendrá más remedio que aceptarlo. De nuevo pienso en Cormac y la imagen de su rostro me da fuerzas. Voy a hacer planes para volver a Ballinakelly, y voy a hacerlo ahora.

Wyatt vuelve a casa de buen humor. Lleva un ramo de flores. Hace mucho tiempo que no me regala flores. No las merezco. ¿Cómo puedo merecer flores si mi corazón y mi mente pertenecen a otro hombre? Me besa en la mejilla y me las da con una sonrisa.

—No hay ninguna razón en particular. Solo que eres hermosa —dice y siento una punzada de culpabilidad. Son mis favoritas. Rosas blancas, lirios y peonías. Quiero contarle mi plan de volver a Irlanda para esparcir las cenizas de mi madre, pero sé que arruinará el momento. Pongo las flores en un jarrón y espero hasta la cena.

A Wyatt se le desencaja el rostro.

—¡Acabas de volver! —exclama.

—Lo sé, pero es mi deber dar descanso a mi madre.

—No hay prisa —dice, indignado—. Me refiero a que no va a ir a ninguna parte, ¿verdad?

Ignoro su insensible comentario.

—También ha donado dinero para que se construya en su nombre un hogar para madres solteras en Ballinakelly.

—¿Por qué haría eso?

Me encojo de hombros.

—¿Porque es filantrópica?

—Si tan filántropa era, cabría pensar que lo habría hecho en vida. —Se limpia la boca con una servilleta—. No entiendo a esta gente que deja la generosidad para después de muerta. Es mucho mejor dar con las manos calientes.

—Es complicado, Wyatt —digo, pero no tengo intención de explicarlo.

—¿Y por qué dar dinero a un lugar que odiaba?

—¿Quién dice que lo odiara?

—Si tanto lo amaba, habría vuelto.

—Va a volver. Voy a llevarla yo.

—¿Por qué esperar hasta que estés muerto? —Esa horrible palabra de nuevo. «Muerto». Wyatt la dice con tanta irreverencia… Parece que olvidara que está hablando de mi madre.

—Logan no quiere venir conmigo —le digo.

—No es ninguna sorpresa. No quiere que la entierren en Irlanda y punto. Al menos uno de los dos tiene algo de sentido común.

—Wyatt, significa mucho para mí hacer lo que ella pidió y llevar sus restos a casa. —Su insensibilidad es irritante. No puedo creer que fuera tan insensible antes de que yo fuera a Irlanda. ¿Cómo lo soportaba? ¿Tan condicionada estaba que no me di cuenta?

Coge su copa de vino y da un trago. Luego me mira por encima del borde y me sostiene la mirada.

—Está bien. Si significa tanto para ti, ve a Irlanda.

—Gracias. —El alivio es abrumador. Me siento llena de gratitud.

Entonces Wyatt me lo arrebata.

—Si Logan no va a ir contigo, iré yo —dice.

Intento no mostrar mi sorpresa. Cormac se estrella en mi cabeza con una ola de pánico. ¿Cómo voy a verlo si mi marido está conmigo? No quiero que Wyatt esté en Irlanda. No quiero que tenga nada que ver con los Deverill. Si viene conmigo no podré ser yo misma.

—Esa es una gran idea —murmuro, y él esboza una ancha sonrisa, satisfecho porque cree que me ha hecho feliz. De forma arrogante confunde mi cara sonrojada con placer.

No se da cuenta de que me está robando la alegría. Me siento mal. Ballinakelly es el único lugar que me pertenece exclusivamente a mí. Si Wyatt viene ya no será mío.

No hay nada que pueda hacer. Wyatt toma las riendas como siempre. Él elige las fechas. Llama a Robert Trench y le pregunta si podemos quedarnos con ellos. Compra los billetes de avión y lo organiza para que un coche nos lleve al aeropuerto. Debería estar emocionada, pero no es así. Me da miedo todo el viaje. Temo la agonía de ver a Cormac y no poder abrazarlo. No sé si tendré fuerzas para ocultar lo que siento.

Llamo por teléfono a Kitty mientras Wyatt está en la oficina. Al ser una llamada de larga distancia y muy cara, no me entretengo mucho. Le hablo del hogar para madres solteras y me dice que lo discutirá con su padre y con JP. Está encantada con la idea y quiere participar.

—No puedes organizarlo tú sola —dice.

—¿Cómo está Cormac? —pregunto.

No hay tiempo para ser sutil, para andarse por las ramas. Quiero hablar de él. Quiero saber que nuestra conexión está intacta. Se me hace un nudo en la garganta. Oír la voz de Kitty lo acerca a mí y me asalta un apremiante y desesperado anhelo. Hay un largo silencio y luego Kitty responde. Tampoco se anda con rodeos. Su voz es seria. Ya ha pasado antes por esto. No quiere que cometa el mismo error que ella.

—Tienes elección, Faye —dice y la línea cruje. De repente suena muy lejana—. Cuando vuelvas, tienes que decidir si te vas a ir o si te vas a quedar. Solo tienes una oportunidad. No la desaproveches.

Se me nubla la vista. Mi corazón se encoge, tornándose algo pequeño y asustadizo. Cormac es un pequeño rayo de luz que brilla en la oscuridad, llamándome para que vaya. Cuelgo el auricular y permanezco en la silla, paralizada por la indecisión. Miro por la ventana de nuestro apartamento de Boston, esperando encontrar allí una respuesta. Mis ojos se posan en los edificios de piedra rojiza del otro lado de la calle; están tan cerca que puedo ver a dos personas discutiendo en el salón. El ruido del tráfico es molesto. Es constante e implacable. El ruido de una sirena perfora el aire y pienso en las silenciosas colinas de Ballinakelly y en la suave lluvia que las hace tan verdes, y el dolor de mi alma me arrebata el aliento y hace que me sienta desolada, sola y muy, muy insatisfecha.

Wyatt está entusiasmado con viajar a Irlanda. Cree que me está haciendo un gran favor al acompañarme. Cree que está siendo solidario y generoso con su tiempo. Quiere elogios y gratitud y yo tengo que hacer acopio de todas mis fuerzas para dárselos sin exponer mi resentimiento. Telefoneo a Logan con los detalles de nuestro viaje por si cambia de opinión, pero sé que no lo hará. Puede que le lleve el resto de su vida aceptar la verdad sobre sus orígenes o puede que nunca la acepte. Esa es una decisión que solo él puede tomar. Ambos tenemos elecciones y ninguna es fácil.

El fin de semana antes de irnos, Rose viene a quedarse con su marido y sus hijos. Frank, su marido, es el yerno con el que había soñado. Dirige el equipo de marketing de un gran minorista mundial y es encantador, atento con Rose y con los niños y amable. Encajan como un guante. Los tres niños tienen menos de diez años y todos se comportan bien y son educados. Típico de Rose educar a su joven familia con paciencia y amor, permitiéndoles ser ellos mismos, sin forzarlos a convertirse en versiones en miniatura de sus padres, como hacen tantos progenitores. El domingo por la mañana Frank se lleva a los niños a tomar un helado y Rose y yo tenemos tiempo para pasear por el parque y charlar.

—Has estado muy distraída todo el fin de semana —dice mientras paseamos por el sendero a la luz del sol—. ¿Qué pasa, mamá?

—Bueno, estoy un poco distraída —confieso—. Logan no quiere venir a esparcir las cenizas de la abuela, lo cual es triste.

—¿Por qué no va?

De repente siento la necesidad de confiar en mi hija. No le he contado a nadie lo de Dermot McLoughlin, pero he querido compartir Irlanda con Rose desde el momento en que llegué.

—Vamos a sentarnos —sugiero. Ella me mira. Sabe que voy a contarle una confidencia y está dispuesta a escuchar. Ocupamos un banco a la sombra y nos sentamos una al lado de la otra—. Lo que te voy a contar ahora debe quedar entre nosotras —digo con seriedad. Ella asiente con la cabeza. Sé que Rose puede guardar un secreto (a diferencia de su hermana, a la que le gusta ser la primera en saberlo todo y la primera en compartirlo)—. Tu abuela se fue de Irlanda porque estaba embarazada. —Rose me mira con asombro—. Conoció a tu abuelo en la travesía a Estados Unidos, y cuando él le pidió que se casara con él, le dijo que estaba embarazada de otro hombre. Tu abuelo fue un hombre valiente y atrevido, pues no se desanimó, sino que se casó con ella de todos modos y crio al niño como si fuera suyo. Ese niño es el tío Logan.

Se hace un largo silencio mientras Rose me mira con los ojos desorbitados y boquiabierta. No puede creer lo que acabo de contarle. Me doy cuenta de que esa es la razón por la que mi madre quería que leyera su diario. Quería que leyera su historia despacio, con tiempo para asimilarla. Acabo de soltárselo a Rose sin ningún tipo de introducción y ella está horrorizada, como cabía esperar.

Poso una mano sobre la suya.

—Deja que te cuente desde el principio. —Rose escucha sin decir nada mientras le cuento la historia de Arethusa. Incluyo a Jonas porque no quiero que piense que le he mentido. Le cuento toda la historia, sin abreviar, y sus ojos se abren como platos y sus mejillas se ruborizan un poco, y sin embargo no veo el más mínimo rastro de repulsión en ella. Solo veo compasión y comprensión. Exhalo un profundo suspiro al acabar—. Esa es la verdad, así que ahora lo sabes.

—¡Oh, mamá, menuda historia! Pobre abuela, haber perdido su casa y al hombre al que amaba. Y tú, descubrir que tu hermano es solo tu medio hermano y que tu madre fue repudiada por su familia. —Sacude la cabeza y frunce el ceño. Y el tío Logan. No me extraña que no quiera ir a Irlanda. Debe de estar furioso con la abuela. Y dolido. Debe de estar muy dolido. —Se lleva una mano al pecho—. ¿Cómo va a superarlo?

—Solo el tiempo le ayudará a hacerlo —digo—. Tal vez no lo supere nunca.

Rose me mira fijamente.

—¿Sabes? Supe que algo andaba mal desde el momento en que escuché tu voz por teléfono. Sonabas muy diferente. Le dije a Frank: «Algo ha pasado allí y no sé qué es, pero espero que me lo cuente». Y lo has hecho.

—Sé que puedo confiar en ti, y para ser honesta, tenía que contárselo a alguien. Estaba a punto de reventar aguantándomelo todo.

—¿No se lo has contado a papá?

—No, no creo que papá lo entienda.

Rose asiente con la cabeza. Conoce a su padre.

—Entonces es mejor que quede entre nosotras.

—Eso mismo pienso yo.

Ella sonríe.

—Gracias por confiar en mí, mamá.

Me rodea con sus brazos y la estrecho con fuerza. La abrazo con fuerza porque la quiero mucho y tengo mucho miedo de hacerle daño. Cormac está en mi mente y en mi corazón y hace tictac como una bomba a punto de estallar y herir no solo a Rose, sino a todos los que quiero.

Wyatt y yo volamos a Irlanda. Me siento inquieta porque sé que Irlanda no será lo mismo con Wyatt allí. Él la contaminará; mi tesoro secreto se convertirá en el suyo y no quiero que lo tenga.

Espero que Kitty haya avisado a Cormac de que mi marido viene conmigo. Me muerdo las uñas mientras por la ventanilla redonda del avión veo que Boston va haciéndose cada vez más pequeña y desearía que Wyatt empequeñeciera con ella, pero está a mi lado, leyendo el periódico, ajeno a la agitación que ha generado en mi interior. Ajeno a la balanza con la que decido mi futuro, que de momento se decanta muy a favor de Cormac. Cuanto más resentida estoy con mi marido, más me desea él. Si me hubiera deseado así durante los últimos veinte años, nunca me habría enamorado de Cormac. Nunca habría habido un vacío que él pudiera llenar. Pero ahora que lo ha llenado, ya no hay un vacío. Cormac ha hecho que esté completa. Wyatt es un estorbo.

No duermo en el avión. Leo mi libro, pero no paso de página. Son tantas las cosas que han ocurrido que tengo mucho en qué pensar. Me gustaría poder sosegar mi mente, pero me es imposible, por mucho que lo intente. Me pregunto si mi madre me está viendo. Espero que así sea. Cierro los ojos y dejo que las lágrimas resbalen por mi cara. Vuelvo a ser una niña pequeña que echa de menos a mi madre. Wyatt duerme a mi lado, sin darse cuenta.

Por fin aparecen los campos verdes y aterciopelados de Irlanda. Aprieto la nariz contra el cristal y miro con júbilo. A pesar de que Wyatt está sentado a mi lado, compartiendo mis vistas y comentando lo pequeña que parece la ciudad, estoy cautivada por la relajante imagen de esta tierra que se ha colado en mi corazón de forma tan inesperada. Me siento como en casa. Me rindo a la reconfortante sensación de pertenencia y parte de mi ansiedad desaparece.

Para mi sorpresa, la propia Kitty está en la sala de llegadas. Corro hacia ella encantada y nos abrazamos. No hace falta que le diga cómo me siento porque ella lo entiende. Me da un apretón y yo me empapo de su comprensión. Quiero llorar de alivio, porque ella comparte mi carga en silencio y la hace más ligera.

Había olvidado lo parecidas que somos Kitty y yo, así que me pilla por sorpresa que Wyatt la mire con asombro y lo comente.

—¡Vaya! —exclama—. Podríais ser hermanas. —Pasea la mirada entre las dos.

—Faye es como una hermana para mí —dice Kitty, y le estrecha la mano y sonríe de manera afectuosa. Pone sus ojos grises en él y sé que lo está evaluando, que lo está calando y que sabe exactamente qué clase de hombre es antes de que él haya mostrado algo de sí mismo. Me pregunto si es lo que ella esperaba que fuera.

Tras una breve charla, nos dirigimos al aparcamiento. Es un día de verano muy soleado. Las rollizas y blancas nubes se pasean por el cielo como ovejas, pastoreadas por un viento racheado e impaciente. Wyatt se sienta en el asiento delantero y yo en el centro del asiento trasero, para que los tres podamos hablar. Veo el país de nuevo a través de los ojos de Wyatt. Hace los mismos comentarios que le hice a Cormac cuando llegué. ¡Oh, Cormac! Estamos bajo el mismo cielo, nuestros pies pisan el mismo suelo, respiramos el mismo aire. Me invade la emoción, aunque no sé cómo me las voy a arreglar para verlo con Wyatt a mi lado. No creo que Robert juegue al golf.

No esperaba que Robert y Wyatt congeniaran tan bien. Robert es callado, reflexivo y culto. Escribe libros, lee libros y no parece que haga mucho más. Su pierna rígida le impide hacer cualquier actividad física. En cambio Wyatt es arrogante, ruidoso y atlético. Le encantan todos los juegos con una pelota de por medio. Los ve y los juega y creo que nunca ha leído un libro. Sin embargo, para mi sorpresa, los dos hombres hablan de política. Wyatt está muy interesado en la política. Solía hablar con mi padre hasta altas horas de la noche mientras se bebían un bourbon con hielo. Acostumbraba a sentarse en el porche con Logan y yo oía sus voces desde la ventana de mi habitación en el piso de arriba. Resulta que Robert sigue la política estadounidense y está muy bien informado. Me pregunto por qué nunca ha hablado de ello conmigo. ¿Dio por sentado que por el hecho de ser mujer no valía la pena escuchar mi opinión?

Kitty es mi aliada y mi cómplice. Dejamos a los hombres en la mesa durante el almuerzo y vamos a dar un paseo. Wyatt también quiere venir. Le gusta la idea de montar a caballo, pero Kitty lo desanima. Robert la observa con cautela, como si supiera que está creando una distracción adrede. Wyatt no sospecha nada. Salimos de la casa y nos dirigimos a los establos, donde el mozo ya ha ensillado nuestros caballos. Luego partimos hacia las colinas. Wyatt se queda en la casa con Robert y al dejarlo atrás me invade una estimulante sensación de libertad. Mi pelo ondea al viento, que sopla contra mi cara, y la velocidad del caballo al galope entre los pastos me llena de entusiasmo. Sé adónde vamos y sé que Cormac me espera.

Le estoy muy agradecida a Kitty. Al ver la casa blanca de Cormac me doy cuenta de que me está ayudando porque no se ayudó a sí misma cuando tuvo la oportunidad. Vive a través de mí. Mi placer es su placer. Mi dolor es también el suyo. Sabe hacia dónde debe caer la balanza. Si yo fuera ella, correría a los brazos de Cormac y jamás lo soltaría.

Subimos al trote hasta la puerta principal. Cormac está de pie bajo el sol, esperándome. Luce una sonrisa tímida, tiene los brazos y su pelo se enrosca bajo la gorra. La barba oscurece su rostro. Coge las riendas y yo desmonto. No hablamos. Le rodeo el cuello con los brazos y aprieto los labios contra los suyos. Me olvido de que Wyatt está en la Casa Blanca. En brazos de Cormac olvido que estoy casada. Kitty se ocupa de mi caballo.

—Volveré en una hora —dice.

Cormac me mira y sus ojos rebosan de anhelo.

—Quédate —dice. Apoyo la frente en la suya y cierro los ojos. Llevo mis manos a su cara y le acaricio las mejillas con los pulgares. Él cubre mis manos con las suyas—. Quédate.

35

Esa tarde, Kitty y Robert nos acompañan al castillo. Wyatt está impresionado por su tamaño y su grandeza. Recorre con la mirada los magníficos muros de piedra y las torres y torreones de cuento de hadas que se elevan hacia el cielo, y no puede creer que mi madre fuera capaz de alejarse de él para siempre. Que fuera capaz de dar la espalda a un pasado tan ilustre. Yo no se lo aclaro. Solo sabe que se enamoró de Jonas Madison. No tiene por qué saber que hubo un bebé y que ese bebé era Logan.

Nos reciben JP y Alana y los seis tomamos el té en la terraza al sol. Dispensan a Wyatt un cálido recibimiento, pero lo observo con creciente inquietud. No encaja aquí, en el castillo Deverill. Es algo que nadie más notaría. Es una sensación solo mía. Wyatt parece más pequeño aquí, como un león sin su melena o un tigre sin sus colmillos. Irlanda lo empequeñece y, sin embargo, a mí me fortalece. Yo pertenezco a este lugar y esa sensación de pertenencia me dota de un vigor renovado. Es como si la Deverill que hay en mí se hubiera despertado después de dormir durante décadas y viera a Wyatt con ojos nuevos y más mundanos.

Después del té, paseamos por los jardines. JP se adelanta con Wyatt y le cuenta la historia de la familia, cómo se construyó el castillo, que se incendió y que fue reconstruido por Celia, la prima de Kitty. Wyatt está embelesado. Le encanta el hecho de que también sea mi historia. He crecido a sus ojos porque provengo de este magnífico castillo, tengo una historia de trescientos años y un linaje aristocrático. Sin embargo, él ha empequeñecido a los míos, porque eso le importa. Paseamos por los huertos donde los magníficos invernaderos flotan como galeones de cristal en un mar de verde, donde Arethusa se encontró con Jonas por última

vez y se entregó a él con la esperanza de no olvidarlo nunca. JP nos enseña el jardín que plantó en memoria de su difunta madre. Hay un bonito
banco de madera bajo un arco de rosas de color rosa pálido. Es un lugar
en el que se respira paz y nostalgia, entre abejas y mariposas, pero todo lo
que Wyatt quiere saber es cómo pasó de ser la hija del cocinero del castillo a la rica condesa di Marcantonio, y me pregunto si siempre ha sido tan
poco sentimental o si me estoy dando cuenta ahora porque me han abierto los ojos y me han llegado al corazón. Es un hombre materialista que
solo se interesa por el valor de las cosas; me pregunto cuál ha sido mi
valor.

Esa noche cenamos en el castillo. El tío Bertie y la tía Maud están allí
junto con la hermana de Kitty, Elspeth, y su marido, Peter. Es una pequeña reunión familiar. Hablo en voz baja con el tío Bertie mientras la tía
Maud se sienta en el sofá con Wyatt y le pregunta por él, lo cual le encanta,
ya que la tía Maud sigue siendo una mujer hermosa y él se anima ante el
hipnótico resplandor de su atención. El tío Bertie me lleva a un rincón
alejado. Nos sentamos en sillas colocadas una al lado de la otra.

—Quiero agradecerte que me hayas dejado leer el diario de Tussy
—dice—. Me ha entristecido mucho.

—A mí también me entristeció —aduzco—. Porque al dejar su casa y
su familia, mi madre perdió mucho.

—Fue su decisión, Faye —dice—. Podría haber vuelto en cualquier
momento. La habríamos recibido con los brazos abiertos. No, querida, lo
que me ha entristecido ha sido el efecto que su marcha y el consiguiente
exilio debieron tener en mis padres. Ellos nunca hablaban de ella, pero a
mí nunca se me ocurrió preguntar. Me entristecen los secretos. No me
sorprende que Rupert lo supiera todo. Tussy y él estaban muy unidos. Yo
era un poco más mayor. Pero la familia consiste en compartir los buenos y
los malos momentos. Consiste en unirse cuando las cosas van mal y permanecer juntos y verlas pasar. Eso lo sé ahora. Mi propia vida me ha enseñado la importancia de la familia. Familia no hay más que una. ¡Qué poco
conocía a Tussy! Eso también me entristece, porque a través de su diario
he llegado a conocerla mejor. Gracias por permitirme compartirlo, Faye.
No puedes imaginar lo que significa saber la verdad. Ya no me haré más

preguntas porque ahora sé la respuesta. —Me mira y sus ojos transmiten preocupación—. Dime, ¿cómo se lo ha tomado tu hermano?

Sacudo la cabeza.

—No quiere saberlo.

—No le culpo. Es muy duro aceptar que algo que durante toda tu vida has creído cierto es en realidad una mentira. Estoy seguro de que está enfadado y dolido.

—Es un *shock* terrible.

—He sufrido algunos *shocks* en mi vida, pero al final se acaban superando.

—No creo que Logan lo haga. Creo que fingirá que nunca se lo conté y enterrará la cabeza en la arena. Nadie lo sabe más que nosotros. No se lo he contado a Wyatt. No quería decepcionar a Logan. Es su secreto y le corresponde a él contarlo si alguna vez lo desea. —Hago una mueca de dolor ante la mentira, porque por supuesto se lo he contado a Rose, pero el tío Bertie no tiene por qué saberlo.

—Me conmueve que tu madre quiera construir un hogar para madres solteras. Esa es la Tussy que conozco. La chica que desafiaba a su institutriz y se escabullía a la ciudad para compartir con los pobres. Ella y su tía Poppy eran grandes filántropas.

—También se dedicó a muchas causas en Estados Unidos —digo con orgullo—. Siempre fue compasiva con los necesitados.

—Deduzco que se llamará Hogar Arethusa Deverill para Madres Solteras.

—Sí, pero ella hubiera preferido que se llamara Hogar Logan.

—Arethusa Deverill también es apropiado. —Me acaricia la mano con suavidad—. Y qué detalle por tu parte traer sus cenizas a casa.

—Es donde quiere estar —digo y veo que el brillo de sus ojos se intensifica por la emoción.

—Esta noche decidiremos cuándo y dónde hacerlo. Creo que una pequeña ceremonia en la colina a los pies del castillo sería lo apropiado. ¿Qué te parece?

Me siento conmovida. Mis propios ojos empiezan a llenarse de lágrimas.

—Eso es lo que ella quería —respondo.

—Incluyamos al resto de la familia en la conversación, ¿de acuerdo? Me atrevo a decir que todos querrán participar.

Y así es. Se ha decidido que esparciremos sus cenizas pasado mañana y que informaremos a la gente de Ballinakelly para que todos los que la conocieron cuando era niña puedan venir a presentar sus respetos.

Un par de días más tarde nos reunimos en la colina a los pies del castillo Deverill con el sacerdote, un anciano delgado y encorvado que parece un junco. A la derecha podemos ver el océano; a nuestra izquierda, campos verdes y brillantes, y al frente, bajo un resplandeciente sol, brilla el castillo. Se yergue de forma diligente como un antiguo guardacostas que vigila la flotilla de nubes que navega velozmente hacia el interior con viento de levante. En mis manos tengo la urna que contiene las cenizas de mamá. Wyatt está a mi lado, con los brazos en jarra, contemplando el castillo. Desde aquí arriba parece aún más impresionante. Recuerdo haberlo visto por primera vez desde esta colina, con Cormac. Recuerdo que surgió de la niebla y me dejó sin aliento. Ahora es a Wyatt al que deja sin aliento.

El tío Bertie y la tía Maud se toman de la mano. Su afecto mutuo resulta conmovedor. La forma en que él la mira en busca de seguridad, la forma en que ella se lo da con una sonrisa indulgente que suaviza los marcados rasgos de su rostro. JP y Alana están juntos y él la rodea con su brazo, protegiéndola del viento. ¡Qué guapo es, con sus hombros rectos y su espeso pelo castaño! Puedo ver a Kitty en su semblante y en la fuerza de su mandíbula. Luego están Elspeth, que es dulce y sencilla, y su estirado marido Peter, y Robert, que se mete las manos en los bolsillos y no dice nada; los tres son como estrellas menores ante el brillo de Kitty. Kitty va a ponerse al lado de su padre, sabe lo mucho que significa este momento para él, y le dedica una sonrisa dulce y compasiva.

Algunos de los sirvientes más antiguos están aquí. Los que conocieron a Arethusa cuando era joven. Eily Barry es demasiado vieja para venir y está enferma, pero hay un pequeño grupo de sus contemporáneos que están un poco retirados. Les miro y apartan la mirada con nerviosismo, pero una vez que desvío la mirada, noto que se vuelven de nuevo. Sienten curiosidad por esta Deverill extranjera que ha traído a su madre a casa.

Estamos a punto de empezar, cuando vemos a un grupo de hombres y mujeres vestidos de negro que se encaminan despacio hacia nosotros. Son unos ocho, caminando apiñados por el sendero que serpentea entre las altas hierbas. El tío Bertie entorna los ojos, pero no los reconoce hasta que están casi encima de nosotros. Suelta la mano de Maud y se acerca a mí. Luego baja la voz y dice:

—Son Dermot McLoughlin y su familia.

Estoy asombrada. Los veo acercarse con curiosidad. Un anciano con un bastón, una mujer mayor con una mantilla negra que se apoya en un hombre más joven y otros cinco, tanto de mediana edad como jóvenes. Reconozco a Dermot de inmediato. Siempre pensé que Logan se parecía a mamá, pero ahora los rasgos de Dermot afloran en su rostro y puedo ver que también es como su padre. Tiene su misma estatura, la forma de su cabeza y su color de pelo. Dermot es un hombre guapo, incluso a sus ochenta años, y ahora me doy cuenta de que el buen aspecto de mi hermano es suyo.

—Sois bienvenidos —dice el tío Bertie de una manera que demuestra que se ha pasado toda la vida siendo educado y cortés, como un rey con sus súbditos.

Dermot y yo nos encontramos y nuestras miradas se cruzan. Sus ojos son los de Logan. No aparto la vista. Me mira muy despacio, pero no encuentra a Arethusa en mi cara. Entonces me doy cuenta de que no está buscando a Arethusa, sino a sí mismo. Es entonces cuando sé que lo sabe. Sabe lo del embarazo y cree que su hijo podría ser yo.

El sacerdote nos pide a todos que nos reunamos. Bajo la vista al suelo, donde las flores amarillas y rosas florecen entre la hierba. Formamos un semicírculo. El cura anuncia que va a decir solo unas palabras y luego dice muchas. Cuando termina, el tío Bertie abre un libro que ha traído y lee un poema. Mientras lee, siento los ojos de Dermot fijos en mí. Son ardientes e inquisitivos.

Que el destino prodigue su peor cara,
pues siempre habrá resquicios de alegría,
hermosos sueños del pasado, que no puede destruir,

que acuden en las noches de sufrimiento y preocupación,
y traen consigo aquello que la alegría solía tener.
Que de recuerdos mi corazón por mucho tiempo rebose,
como el recipiente en el que las rosas se destilaban otrora.
Si lo deseas, el recipiente puedes romper, puedes estropear,
pero el aroma de las rosas presente seguirá.

Me pregunto qué pensaba Dermot de la huida de Arethusa a Estados Unidos. ¿La lloró? ¿Se sintió traicionado y apartado?

¿Qué impacto tuvo su partida en su vida? Más tarde se casó y tuvo hijos, medio hermanastros y hermanastras de mi propio hermano que están con él ahora y me gustaría que Logan estuviera aquí para conocerlos. Ojalá pudiera aceptar el pasado de nuestra madre y el suyo propio. Sin embargo, no estoy segura de que yo pudiera hacerlo. Entonces me pregunto cómo lo sabe Dermot. Tal vez siempre lo ha sabido, como lo sabía Eily. O tal vez Eily no es tan buena guardando secretos, después de todo.

El tío Bertie me pide la urna y yo se la entrego. La abre y se coloca de espaldas al viento. A continuación la agita y libera las cenizas. Se las lleva el vendaval y sus palabras se van con ellas:

No llores ante mi tumba.
No estoy allí. No estoy dormida.
Soy un millar de vientos que soplan.
Soy el destello en la nieve.
Soy el sol sobre el grano maduro.
Soy la suave lluvia de otoño.

Cuando en el silencio de la mañana despiertas,
soy el veloz vuelo que levantan
las bellas aves que en círculo vuelan.
Soy las dulces estrellas que en la noche brillan.
No llores ante mi tumba.
No estoy allí. No he muerto.

Solo al sentir que la mano de Wyatt toma la mía me doy cuenta de que estoy llorando en silencio. Por fin mi madre es libre, en el lugar donde creció. En el lugar donde dejó la mayor parte de su corazón. Si Kitty tiene razón y sigue viva en espíritu, espero que esté contenta de que haya cumplido sus deseos. Después de todo, ella quería el perdón y también estaba dispuesta a perdonar.

Noto la mano de Wyatt incómoda, forzada y un poco embarazosa. Hace años que no me coge la mano, no siento que ese sea su lugar. Me gustaría que no fuera tan agradable. Me haría sentir menos culpable si estuviera siendo desconsiderado o poco amable. Me haría más fácil justificar mis sentimientos hacia Cormac.

Permanecemos de pie mientras las últimas cenizas caen con suavidad en la tierra. Miro a Kitty. Sus labios están curvados en una sonrisa cómplice. Es pequeña, apenas perceptible, pero es una sonrisa que transmite su inquebrantable e incondicional fe en la naturaleza eterna del alma. Ella, lo mismo que nuestra abuela Adeline, no cree en la muerte. Ojalá compartiera su convicción. Quiero creer que mi madre está aquí, velando por mí, y que un día, cuando me toque partir, me reuniré con ella al otro lado del velo.

El sacerdote termina el servicio con la bendición celta.

Que el camino nos reúna de nuevo. Que el viento sople siempre a tu favor. Que los cálidos rayos del sol iluminen tu semblante. Que la suave lluvia riegue tus campos y que, hasta que nos volvamos a encontrar, Dios te tenga en sus amorosos brazos.

Suelto la mano de Wyatt para poder dar las gracias al cura y al tío Bertie por un servicio tan bonito. El tío Bertie tiene los ojos húmedos.

—Está en casa —dice, y vuelvo a sentir que las calientes lágrimas anegan mis ojos.

Es entonces cuando veo a Dermot McLoughlin encaminándose despacio hacia nosotros. Está borroso y parpadeo para aclarar mi visión. Estrecha la mano del tío Bertie, pero ninguno de los dos dice una palabra. Se gira y posa sus ojos oscuros y llenos de lágrimas en los míos. Me doy cuen-

ta de que está luchando por encontrar las palabras adecuadas. Sacude la
cabeza y la emoción embarga su rostro. Toma mis manos entre las suyas y
trato de encontrar las palabras.

—Tu madre era muy especial para mí —dice por fin.

—Lo sé —respondo—. Escribió con mucho cariño sobre ti en su diario.

Levanta las cejas y asiente, gratamente sorprendido. Me mira de forma
penetrante y siento que busca rastros de sí mismo en mis rasgos. Quiero
decirle que no soy yo, sino Logan, el que nació nueve meses después de su
último encuentro. Pero no puedo. No puedo traicionar a mi hermano.

Me doy cuenta de que sigue sosteniendo mi mano entre las suyas, que
son ásperas. No sé si se aferra a mí porque soy una parte de la mujer que
amó o porque cree que soy una parte de ambos. El tío Bertie no se ha
movido de mi lado. Agradezco su apoyo. Al final, Kitty se une a nosotros
y desvía la atención de Dermot preguntándole de manera hábil por sus
hijos y sus nietos. La tensión se disipa. Me suelta la mano y desvía la mirada hacia su familia, que le espera para poder marcharse. Dudo que sientan
afecto alguno por Arethusa Deverill.

Veo a Dermot bajar despacio por el sendero en el seno de su familia,
un frágil anciano que una vez fue el vigoroso joven amante de mi madre.
Se hace cada vez más pequeño hasta que se pierde de vista. Me hubiera
gustado hablar con él de su pasado. Me hubiera gustado hablarle de Logan. Percibo en él una sed que solo la verdad puede saciar, pero no soy la
persona indicada para divulgarla. Me entristece verle marchar porque
siento que he dejado sin decir muchas cosas que deberían decirse.

Me doy la vuelta y me reúno con mi familia. JP tiene una expresión de
entusiasmo. Es la cara de alguien que apenas puede contener una buena
noticia.

—¿Qué pasa? —pregunto con suspicacia.

El tío Bertie toma mis manos.

—Faye, JP y yo estamos tramando un plan.

Frunzo el ceño. Parecen un par de entusiasmados colegiales.

—¿Qué tipo de plan?

—¿Qué te parecería que el Hogar Arethusa Deverill para Madres Solteras se construyera en tierras de los Deverill?

—¿De verdad? ¿Tienes un terreno de sobra?

JP asiente con la cabeza.

—Justo en las afueras de Ballinakelly. Teníamos intención de urbanizarlo. Nos gustaría cumplir el deseo de tu madre y construir su hogar allí.

—También es una forma de devolver algo a la comunidad como familia —añade el tío Bertie—. Tussy siempre se preocupó por los necesitados. No creo que hayamos hecho todo lo que podíamos. Esto nos permitiría compensar nuestra ineptitud.

Estoy encantada de que me apoyen. No tenía ni idea de cómo iba a empezar a montar su casa, pero con mi tío y JP a mi lado sé que puedo conseguirlo.

—Estoy abrumada —exclamo—. De verdad, no puedo estaros más agradecida. Mamá estaría muy contenta.

Miro a Wyatt y sonríe con aprobación. Es el tipo de persona que piensa que solo los hombres son capaces de hacer las cosas. Sé que también sonríe aliviado porque no voy a embarcarme sola en este proyecto. Tal vez esté pensando que si la familia participa no tendré que volver.

Pero volveré para poner la primera piedra. No me lo perdería por nada del mundo. Sonrío a Wyatt, pero bajo mi sonrisa hay pena porque una vez lo amé y ahora no. La magia que teníamos ha desaparecido. Vuelvo la vista hacia el océano. Estados Unidos queda muy lejos. Hay una fuerte reticencia en mí a marcharme. Mis pies están firmemente plantados en suelo irlandés y no quiero moverlos. Quiero quedarme. Wyatt vuelve a cogerme la mano.

—Vamos —dice—. Has cumplido con tu deber. Le has dado descanso. La vida puede volver a la normalidad.

Pero ¿puede hacerlo? Para Logan nunca lo hará. ¿Y en mi caso? No quiero que lo haga.

36

Kitty convence a Robert para que nos lleve a cenar a Ma Murphy's. Robert es reacio a ir; parece tan fuera de lugar en Ballinakelly como Wyatt, pero después de una larga discusión y la suave persuasión de Kitty, cede. Si no fuera por Wyatt, sé que no vendría, pero como tiene un aliado, rompe su costumbre de quedarse en casa y se une a nosotros.

No he hablado con Cormac desde que lo dejé hace dos días. Estoy agradecida a Kitty por habernos dado ese precioso tiempo juntos, pero me quedé con ganas de más, resentida con mi marido por haber venido a Irlanda conmigo y dándole vueltas a qué hacer al respecto. Llevo treinta y siete años con Wyatt. La mayor parte de mi vida. Estoy condicionada a nuestra dinámica, habituada a nuestras rutinas y acostumbrada a la persona que soy cuando estoy con él, aunque no me guste mucho esa persona. Es mi vida; la única vida que conozco. Compartimos nuestro hogar, nuestro pasado y nuestros hijos y nietos. Quiero a Cormac. Quiero estar con él. Pero tengo miedo. A mi lado complaciente le preocupa qué pensaría todo el mundo si dejara a mi marido. Es muy difícil cambiar los hábitos de toda una vida. Es muy difícil cambiar la persona que soy; es realmente difícil.

Cormac está en Ma Murphy's cuando llegamos. Es la primera persona que veo, como si se hubiera sentado allí a propósito, justo en mi campo de visión. Está en un taburete de la barra, compartiendo una broma con la camarera. Se gira, con el vaso de cerveza en la mano, y me mira con expresión seria cuando entro con Wyatt, Kitty y Robert. No es el único. Toda la sala se queda en silencio. Debe de ser la primera vez que Robert está aquí. No creo que todos me miren a mí y sin duda conocen a Kitty. Es Robert. O quizás es Wyatt. ¿O somos nosotros? ¿Es mi aventura con Cormac un secreto a voces? Pienso en Dermot McLoughlin y me pregunto si a los habitantes de Ballinakelly no se les da bien guardar secretos.

Nos sentamos en una mesa del rincón, Kitty y yo de espaldas a la pared. Seguro que Wyatt y Robert se alegran de no poder ver a los lugareños, que les miran como si fueran marcianos. La camarera se aparta de Cormac y viene a tomarnos nota. El menú de la cena está escrito en una pizarra en la pared. Finjo leerlo, pero en su lugar leo la cara de Cormac. Dice solo una cosa: «Quédate».

Pedimos comida y Robert elige una botella de vino blanco. Wyatt se pide un *whisky* y Robert le recomienda Jameson's, que es una buena marca irlandesa. Intento no mirar a Cormac. Intento escuchar la conversación en la mesa. Solo Kitty sabe lo difícil que es. Ella ha pasado por lo mismo que yo ahora y empiezo a darme cuenta de que disfruta con un poco de drama. Está deseando que triunfe donde ella fracasó.

Estoy consiguiendo mantener mis emociones bajo control, cuando Cormac saca su acordeón. Sin ninguna presentación, empieza a tocar. Ma Murphy's se calla y todos dejan de hacer lo que están haciendo para escuchar. Están acostumbrados a la voz sencilla de Cormac y a las lágrimas que provoca. Siento que mi cara enrojece y me escuecen los ojos cuando empieza a cantar.

Cuando mi amor y yo nos separamos, soplaba un frío viento.
Cuando mi amor y yo nos separamos, nuestro amor era
inconmensurable.
Mi corazón no dejaba de gritar «Amor, ven conmigo»,
pero volví el rostro hacia el mar para no verla.
Cuando mi amor y yo nos separamos, no derramamos lágrimas,
aunque sabíamos que teníamos ante nosotros largos años,
pues un pájaro cantaba en un árbol
y un rayo de sol iluminaba el mar.

La despedida es amarga y el llanto vano,
y todos los verdaderos amantes se volverán a encontrar.
Y el destino no podrá separarnos a mi amor y mí,
porque su corazón es el río y el mío, el mar.

Tengo la sensación de que todos en Ma Murphy's, aparte de Wyatt y quizá Robert, saben que esta canción es para mí.

Entonces Kitty me susurra al oído:

—La letra original dice: «porque el corazón de él es el río y el mío, el mar». —Frunzo el ceño. No entiendo lo que quiere decir. Sonríe—. La ha cambiado para poder cantarla para ti.

Ahora estoy segura de que todos lo saben y mi rubor se intensifica. «Quédate.» Es lo único que oigo, repetido en mi cabeza una y otra vez por encima del sonido de la música. «Quédate.»

Los días siguientes transcurren con creciente angustia. Vamos a misa, visitamos los lugares de interés y Wyatt me acompaña en todo momento, pero Cormac está en mi cabeza y en mi corazón y yo me debato entre el deber, los votos que hice ante Dios y el amor.

Envío un telegrama a Logan para comunicarle que ya hemos esparcido las cenizas de mamá. Supongo que no le importa demasiado, pero quiero que esté al tanto. A fin de cuentas, es su hijo, aunque no cabe duda de que ahora mismo desearía no serlo.

No hablo de Cormac con Kitty. Conozco su opinión, pero solo yo puedo decidir la mía.

La última mañana de nuestra estancia me pide que vaya con ella a cabalgar. Salimos hacia las colinas y me pregunta si quiero ver a Cormac una última vez. Puede darnos otra hora, dice. Le digo que no. Ya me duele lo suficiente. No puedo soportar la agonía de la despedida. No puedo soportar la agonía de una hora de despedida. No soporto oírle decir esa palabra: «Quédate».

Wyatt se da cuenta de lo triste que estoy y trata de hacerme sentir mejor. Me propone que invitemos a los Learmont a cenar en cuanto volvamos. Jenny Learmont es una buena amiga mía y Roddy Learmont es compañero de golf de Wyatt, pero se me cae el alma a los pies solo con pensar en volver a la misma rutina de siempre, a la misma gente de siempre, a mi yo de siempre. Mi vida en Boston parece ahora superficial y falta de alegría. Siento que he despertado y me he dado cuenta de que la vida que he estado viviendo es solo un sueño, y ahora que soy plenamente consciente, ese sueño ya no puede satisfacerme. «Y si el destino no puede separarnos a mi amor y a mí, porque su corazón es el río y el mío el mar.» ¿Cómo seguiré adelante sin él?

Mientras hago la maleta me digo a mí misma que volveré. Que tengo que volver por el hogar que vamos a construir en nombre de mi madre. Pero ¿puede durar una relación amorosa cuando hay largos intervalos entre los encuentros y una distancia tan grande que tengo que pasar una noche entera en un avión para llegar hasta aquí? ¿Es posible mantenerla en tales circunstancias? Y todo el tiempo esa voz en mi cabeza que me hace llorar y me encoge el pecho: «Quédate».

Robert lleva abajo mi equipaje; Wyatt lleva el suyo. Nos quedamos en el vestíbulo, listos para despedirnos. Me siento desesperada, como un animal acorralado que no tiene adónde ir. Me sorprendo cuando el Jeep de Cormac aparece fuera de la casa y aparca en la grava. Miro por la ventana alarmada y luego a Kitty, presa de la confusión.

—Me temo que no puedo llevarte —explica, fingiendo decepción—. Tengo un acto benéfico esta tarde, pero Cormac O'Farrell es un buen conductor y se asegurará de que llegues bien al aeropuerto.

Frunzo el ceño. Wyatt, ajeno al juego que está jugando, le da las gracias y estrecha la mano a Robert.

—Ha sido muy divertido —dice—. Gracias por vuestra hospitalidad. Si alguna vez venís a Estados Unidos debéis permitir que os entretengamos. Quizás una semana en Nantucket.

Kitty me abraza. Me siento febril, como si me estuviera contagiando de algo. Quiero preguntarle qué cree que está haciendo, pero no hace falta. Sé lo que está haciendo. Sé el juego que se trae. Excepto que no es un juego. Es mi vida y ella parece entenderme mejor que yo misma.

—Adiós, Faye —dice—. Y recuerda que aquí siempre eres bienvenida. Al fin y al cabo, eres de la familia.

Cormac me saluda como si apenas me conociera. Wyatt lo trata como trataría a cualquier taxista, con desprecio. Wyatt no cree que tenga que ser educado con quienes considera de clase trabajadora. Ya sean camareros o personal de hotel, dice que están ahí para prestar un servicio, no para hacer amigos. Deja que Cormac coloque las maletas en la parte trasera del Jeep y luego me abre la puerta trasera. Subo y me acomodo junto a la ventanilla, justo detrás del asiento del conductor. Miro a Kitty con desesperación. Me mira con cara seria. No está jugando, está intentando ponérmelo fácil, pero solo lo está haciendo más difícil.

Wyatt se monta a mi lado y Cormac arranca el jeep. Puedo oler a Kite. También puedo oler a Cormac. Pienso en todas las veces que me he sentado en el asiento delantero de este vehículo. La cantidad de veces que hemos buscado la mano del otro por encima de la palanca de cambios. Las miradas perezosas, las risas, las burlas y la diversión. Ahora vibra de tristeza y quiero meter la mano en el hueco entre el asiento de Cormac y la puerta y tocarlo. Está tan cerca... Puedo ver su pelo canoso rizándose bajo la gorra y la curvatura de sus hombros. Esa palabra resonando a su alrededor, como si sus pensamientos se manifestaran en sonidos y letras: «Quédate».

Es un largo y agonizante trayecto hasta el aeropuerto. Cormac habla muy poco. Wyatt intercambia algunos comentarios de cortesía y luego nos quedamos en silencio. Pienso en la historia de Cormac. Su participación en la Guerra de la Independencia, su captura, su tortura y su huida, y me siento triste por Wyatt porque se pierde muchas cosas por culpa de sus prejuicios. Ve a Cormac como a un taxista, no como a un hombre. Si pudiera preguntarle sobre sí mismo, descubriría que no es un simple hombre, sino un héroe. Se me llenan los ojos de lágrimas y me vuelvo hacia las verdes colinas que pasan velozmente por mi ventanilla. Es mi héroe.

Wyatt me coge la mano. Descansa flojamente en la suya mientras intenta darle vida. Sabe que estoy triste por dejar Irlanda, pero ignora que estoy triste por dejar a Cormac. Esboza una sonrisa compasiva, pero a Wyatt nunca se le ha dado bien ser compasivo. Le resulta incómodo mostrar emociones y tiene poca empatía. Hace lo que puede. Me pregunto por qué hace lo que puede.

Veo los ojos de Cormac en el espejo retrovisor. Su mirada me toma por sorpresa. Desvío la vista y suelto la mano de Wyatt con aire de culpabilidad. No puedo soportar ver el dolor en los ojos de Cormac. Esos ojos de color lapislázuli que suelen centellear de alegría. No soporto verlos tristes. Ojalá encendiera la radio. El silencio resulta insoportable.

Siento que Cormac está enfadado conmigo. Quiere que me quede, pero no puedo. Quiere que sea fuerte, pero no lo soy. Me muerdo el pelle jo alrededor de la uña del pulgar y deseo parecerme más a Kitty. Pero incluso Kitty se acobardó ante el último obstáculo. ¿Voy a lamentar mi cobardía el resto de mi vida? ¿Voy a ser como Kitty, amando desde lejos, lamentando la decisión que tomé y deseando haber hecho las cosas de otra manera? Esa no es forma de vivir. Eso no es vida; eso es derrota.

Llegamos al aeropuerto y Cormac detiene el jeep junto al bordillo. Duda antes de bajarse. Quizás esperando que Wyatt se apee primero para disponer de un momento a solas conmigo. Pero abro la puerta y salgo antes que ellos. Cuando Cormac se acerca al maletero, estoy de pie con Wyatt. Evita mi mirada y saca las maletas.

—Gracias —dice Wyatt, sin recordar el nombre de Cormac—. Vamos, Faye. Llegamos a tiempo. —Emprende la marcha hacia las puertas del aeropuerto.

Miro a Cormac. Pero no hay nada que decir. Él me mira a mí.

«Quédate.»

Me doy la vuelta y sigo a mi marido al interior del aeropuerto.

Facturamos y nos dirigimos al control de pasaportes. Si Wyatt nota mis lágrimas, las ignora. Hacemos cola en silencio. Juntos, pero a kilómetros de distancia. ¿Qué somos ahora el uno para el otro? Marido y mujer son dos palabras y en nuestro caso tienen poco significado. Etiquetas, eso es todo lo que son, insustanciales y desapasionadas palabras que se pueden despegar como si fueran pegatinas. ¿Quiero pasar el resto de mi vida siendo la esposa sumisa de un marido que en realidad no me ve? Él ve la etiqueta, eso es todo.

Los rostros de mis hijos surgen entonces en mi mente y revolotean allí, haciéndome vacilar. ¿Qué pensarán si dejo a su padre? ¿Cómo me juzgarán? ¿Los perderé? ¿Me perdonarán alguna vez? ¿Se verán obligados a tomar partido? ¿Les haré un daño irreparable y me arrepentiré el resto de mi vida? Pero oigo la voz de Rose, tan clara como si estuviera a mi lado, susurrándome al oído: «Gracias por confiar en mí, mamá». Y sé que tengo que confiar en ellos. Tengo que confiar en que me quieren lo suficiente como para entenderlo; solo tengo que confiar en que me quieren.

—Wyatt —digo. Él me mira. Decide no ver mi angustia. Sus ojos están cansados, con un brillo de impaciencia. Ya vamos de camino a casa. No creo que vayamos a tomarnos más de la mano. ¿Podría ser que sintiera que me estaba alejando?—. No voy a ir contigo. —Esas palabras me dan una extraña sensación de poder y levanto la barbilla.

Wyatt me mira como si me hubiera vuelto loca.

—¿De qué estás hablando?

—No voy a ir.

—¿Qué quieres decir con que no vas a venir? —Desvía la mirada hacia las demás personas de la fila. Me pone una mano en la parte superior del brazo y me aparta de forma enérgica hacia un lado—. ¿Qué pasa, Faye? —pregunta, bajando la voz.

—No quiero seguir casada contigo. Lo siento.

—¡Santo Dios, Faye!

—Estoy enamorada de otro hombre.

—¿De quién? ¿De quién estás enamorada? —Está tan aturdido que apenas le salen las palabras.

—De Cormac O'Farrell.

—¿Qué Cormac?

—El hombre que nos ha traído al aeropuerto.

—El taxista —escupe las palabras con indignación.

—También es músico —añado.

—¿Y crees que estás enamorada de él? —Su rostro tiene ahora un tono carmesí.

—Sé que lo estoy.

—¿Cuándo ha ocurrido eso?

—Cuando vine aquí la primera vez.

—Has perdido la cabeza, Faye. No seas estúpida. Tienes que recordar quién eres.

—Sé quién soy —respondo—. Soy una Clayton y una Deverill. Ya no quiero ser una Langton. —Le pongo la mano en el brazo—. Lo siento, Wyatt. Esta es la primera y única vez en mi vida que voy a ser totalmente egoísta.

Wyatt está atónito.

—¡Entrarás en razón y te darás cuenta de que has cometido el mayor error de tu vida! —espeta con los dientes apretados. Incluso enfadado es consciente de que los extraños le escuchan—. Lo sabes, ¿verdad? Despertarás de este ridículo enamoramiento que tienes con Irlanda y vendrás corriendo a casa, rogando que te perdone. Es taxista, Faye. Taxista. ¡Por Dios!

Me alejo. No miro atrás, pero puedo sentir su desconcierto y su furia como si tuvieran pies y me siguieran fuera del aeropuerto.

Salgo del edificio presa de la euforia. No puedo correr lo bastante rápido. No espero ver el jeep, pero sigue ahí. Cormac está dentro, mirando por la ventana con desolación.

Abro la puerta del pasajero y me monto. Me mira con asombro.

—¿Faye?

Sonrío entre lágrimas.

—Pídemelo otra vez —digo.

Me mira con recelo. Luego lo entiende.

—Quédate.

Asiento con la cabeza.

—Sí. —Me limpio la cara con el dorso de la mano—. Sí, Cormac, me quedo.

37

Ha pasado más de un año. El otoño ha llegado de nuevo, marcando el comienzo de los días más cortos y de fuertes vendavales. El aire es cálido y húmedo, la niebla se adhiere a los valles y los bosques son un derroche de tonalidades amarillentas, anaranjadas y rojizas. Estoy con el tío Bertie, JP y Kitty en el terreno que han cedido para el Hogar Arethusa Deverill para Madres Solteras. El resto de la familia también está aquí: la tía Maud, Elspeth y Peter, Alana, Robert y sus hijos. Florence, la hija de Kitty y de Robert, ha venido desde Inglaterra con Celia, la prima de Kitty, y su marido Boysie. Todos los habitantes del pueblo han acudido a celebrar este momento de la colocación de la primera piedra. Veo a Dermot McLoughlin entre ellos. Sabe por qué mamá ha cedido esta casa al pueblo, pero no sabe quién es su hijo. Sin duda ya debe de saber que no soy yo. No tengo edad para ser su hija.

Fue el deseo de mi madre que el hogar llevara el nombre de Logan. Me entristece no poder cumplir su deseo tal y como ella quería. Estoy segura de que su intención era que Logan conociera a su padre y así reconciliar a ambos con su pasado. Siento que todo forma parte de su regreso a casa. Esparcir sus cenizas, la colocación de la primera piedra y el encuentro entre Dermot y Logan; todo gira en torno al perdón y al amor, y sin embargo, Logan no está aquí y no desea que su participación se haga pública.

En cuanto a mí, estoy casi divorciada y vivo «en pecado» con Cormac. No deseo volver a casarme y Cormac tampoco. Nos gustan las cosas tal y como están. Somos felices. Lo veo con Kite, de pie junto a Celia y Boysie, y me brinda esa sonrisa un poco torcida y tímida que tanto me adoro.

El tío Bertie saca un trozo de papel. Ha escrito un discurso y la tía Maud me ha dicho que le ha hecho llorar; si le ha hecho llorar a sus viejos y gélidos ojos, creo que provocará un mar de lágrimas en el resto de nosotros. Se aclara la garganta y recorre con la mirada a la multitud expectante. Se hace el silencio.

Un murmullo de voces interrumpe el gran momento del tío Bertie y el repentino movimiento a nuestra derecha desvía nuestra atención. Veo a un grupo de personas que atraviesan el campo con un propósito claro. Entrecierro los ojos para ver mejor a la luz del sol. Reconozco esos andares. Miro con más atención. Veo con asombro que se trata de Logan. Ha venido con su mujer Lucy, sus hijos y los míos. Luego veo a Temperance, caminando junto a Rose. Sí, mis ojos no me engañan. ¡Es mi querida Tempie, que ha venido desde Estados Unidos!

Ninguno de ellos me dijo que iba a venir. Me pregunto si están aquí para entorpecer el proceso o para ayudar.

—Esa es mi familia —Le susurro al tío Bertie, y la preocupación se apodera de mi corazón.

Ninguno de nosotros sabe qué esperar. Mis hijos no estaban contentos con mi decisión de divorciarme de su padre y quedarme aquí, con Cormac, pero lo aceptaron, y sobre todo Rose, como es habitual en ella, se ha mostrado muy servicial, llamándome de vez en cuando y compartiendo sus noticias. Pero ninguno de ellos ha mostrado intención alguna de venir aquí y conocerle. Sin embargo, aquí están. Un grupo formidable, desfilando sobre la hierba con paso decidido.

La multitud se separa y Logan la atraviesa. Lleva un abrigo largo y oscuro y un sombrero fedora, y me doy cuenta de que por fin ha envejecido. Peter Pan ya no parece eternamente joven. El trauma del último año le ha robado su magia. Puedo ver que ha luchado con su alma y que ahora está cansado de la lucha. A fin de cuentas, es mortal, como el resto de nosotros.

Se detiene frente a mí. Sus ojos oscuros son como los de Dermot. No me saluda. Me mira fijamente con una expresión sincera y dice en voz alta para que todo el mundo lo oiga:

—Quiero que el hogar se llame Hogar Logan, como pretendía mamá.

—No sé qué decir. Estoy demasiado conmovida para hablar. Me llevo la mano al pecho y siento una repentina oleada de emoción en mi interior—. Es lo que mamá quería y mamá siempre consigue lo que quiere —añade con una sonrisa irónica.

Sonrío.

—¡Oh, Logan! —consigo decir, y las lágrimas me nublan la vista.

Logan mira al tío Bertie.

—No deje que le detenga. Continúe, por favor.

El tío Bertie vuelve a aclararse la garganta.

—Estamos aquí hoy, en tierra de los Deverill, para honrar a mi hermana Arethusa Deverill, que dejó Irlanda en el otoño de 1894 y regresó ya fallecida en el verano de 1961, donde ahora descansa, vigilando el hogar que amaba. Tussy, como la llamábamos cariñosamente, partió siendo una mujer soltera de dieciocho años y embarazada. Se fue porque se negó a renunciar a su bebé. Muchas jóvenes y mujeres no tienen los medios para quedarse a sus hijos. Mi hermana tuvo presente su sufrimiento al hacer su testamento poco antes de morir. Pidió específicamente que se construyera un hogar en Ballinakelly para las jóvenes que se quedan embarazadas como ella y carecen de apoyo para poder dar a luz a sus bebés de forma segura y quedarse con ellos. La sociedad es rígida, crítica e implacable. Al igual que, muy a menudo, puede serlo la familia.

»Al colocar esta piedra hoy, quiero llegar a mi hermana, dondequiera que esté en espíritu, y pedirle que nos perdone, a su familia, por haberla dejado marchar. Nunca intentamos buscarla, nunca intentamos ayudarla y nunca le dijimos que la queríamos. ¿Por qué? Porque trajo al mundo un hijo ilegítimo. Si eso es un crimen, yo también soy culpable. —Hay un murmullo de diversión y JP se mira los pies y sonríe—. El amor por los hijos, legítimos o no, es el viento que llena nuestras velas y nos impulsa. Sin ese viento sé que yo, por ejemplo, estaría a la deriva en un mar frío y hostil. Al colocar esta piedra, pido que todos perdonemos lo que se debe perdonar y que amemos con todo nuestro corazón, porque la vida es corta, demasiado corta, y debemos aprovechar al máximo cada momento que pasamos juntos. Al recordar a Tussy, estrecho lazos con mi familia y os pido a todos que hagáis lo mismo.

Miro a mis hijos a los ojos, uno por uno, y a Temperance, cuya mirada sostengo un poco más, y me devuelven la mirada con afecto y júbilo porque su aparición hoy ha sido la sorpresa que pretendían que fuera. Rose sonríe triunfante y sé que ha sido ella la que ha urdido su llegada, y quizá también la de Logan. Le devuelvo la sonrisa, consciente de que tengo la cara mojada por las lágrimas y de que se me corta la respiración por la repentina aparición de los sollozos. ¡Qué típico de Rose deslizarse entonces entre la multitud para tomar mi mano! La agarra con fuerza y no la suelta.

El tío Bertie dobla el papel con su discurso.

—Espero que este hogar sea un refugio para muchas mujeres necesitadas. Me enorgullece anunciar la colocación de la primera piedra del Hogar Logan para Madres Solteras. —Se vuelve hacia mi hermano y le tiende la mano. Logan la toma. Entonces mi hermano tira de mi tío para abrazarlo. El tío Bertie se ríe, avergonzado. Como es muy británico, no está acostumbrado a los abrazos. Me río y abrazo también a mi hermano. Siento que, en cierto modo, todos hemos vuelto a casa.

Vacilante al principio, y luego con determinación, Dermot McLoughlin se abre paso entre la multitud. Logan le ve. ¿Se reconoce en el rostro del anciano? ¿Descubre quién es por la expresión resuelta y curiosa en los ojos de Dermot? ¿Percibe tristeza, arrepentimiento o anhelo en sus andares? No lo sé. Lo único que sé es que los dos hombres se encuentran. Se toman de la mano y hablan. Supongo que eso es todo lo que mamá quería que hicieran.

¿Y yo? Estoy envuelta en el seno de mi familia. Mi antigua y mi nueva familia, mientras Cormac y Kite se acercan para que los presente. Por fin se conocen. Supongo que eso es todo lo que yo quería.

Anoche soñé que estaba de nuevo en el castillo Deverill. Entraba en el gran salón, donde había una chimenea señorial. Las llamas crepitan y parpadean y proyectan danzarinas sombras en las paredes. Todo es majestuoso, como si estuviera en un palacio real. Hay cuadros con marcos dorados, alfombras persas en el suelo de piedra, una gran escalera que me lleva a pasillos oscuros, que me atraen cada vez más a las profundidades del castillo, y ahora echo a correr, porque sé que estoy cerca.

La luz de las velas ilumina la oscuridad. Llego a un hueco en la pared y subo por la estrecha escalera que hay. Este es el corazón del castillo, el ala más antigua, la única sección que sobrevivió al incendio. Subo los irregulares escalones de madera, en cada uno de los cuales se ha formado una depresión a causa del desgaste de siglos de pisadas. Coloco los pies en esos huecos y asciendo despacio. Se me acelera el corazón, pero no tengo miedo. Sé lo que me espera. Sé quién me esperará. Estoy impaciente por ver a mi abuela. Arriba hay una vieja y recia puerta. Está ennegrecida por el tiempo y el humo y las bisagras y pernos de hierro son de otra época, cuando los hombres llevaban sombreros y botas con plumas y espadas a la cadera. Pongo los dedos en el pestillo y lo levanto con suavidad. La puerta se abre sin protestar. Está acostumbrada a mi llegada.

Para mi sorpresa, hay dos personas de espaldas a mí, contemplando el fuego. Una de ellas es delgada, con una espesa melena pelirroja que le cae en ondas hasta la cintura; la otra tiene una larga melena oscura, una cintura pequeña y caderas curvadas, y hay algo coqueto en su pose, como si no pudiera contener su excitación y estuviera deseando darse la vuelta. Dudan un momento, para aumentar el dramatismo, y luego se giran, como un par de niños encantados en una fiesta sorpresa. Me quedo boquiabierta, estupefacta. Adeline y Arethusa están juntas, con sendas sonrisas llenas de gratitud y alegría. Siento su felicidad. Siento su perdón y siento su amor. Se desprende de ellas una luz blanca y brillante que me envuelve.

Me doy cuenta entonces de que al traer los restos mortales de mi madre a casa le he permitido volver a su hogar en espíritu. Volver a casa con su familia, a la que siempre perteneció.

Desvío la mirada hacia la repisa de la chimenea que tiene a su espalda. Allí, en el polvo, están las huellas dactilares de Aisling, la hija de JP, justo donde las dejó.

Me despierto y veo a Cormac durmiendo profundamente a mi lado. La luz del amanecer se filtra ya por las cortinas y ahuyenta las sombras de la noche. El sonido familiar del mar provoca una oleada de alegría. Estoy aquí. Estoy en casa. Estoy donde estoy destinada a estar. Donde mamá y quizás Adeline siempre quisieron que estuviera.

Me pongo de lado y le miro. Mi corazón se inunda de gratitud.

Me pidió que me quedara; me alegro de haberlo hecho.

Agradecimientos

Pretendía que las *Crónicas de Deverill* fueran una trilogía y así lo planeé. Sin embargo, tenía la intención de incluir la historia de Arethusa Deverill en el segundo libro, pero no tenía espacio para hacerle justicia. Por lo tanto, la trilogía quedó inconclusa. ¡Ahora he escrito su historia y la trilogía se ha convertido en un cuarteto! No voy a decir que es el final de los Deverill... Tengo otra idea, pero ahora estoy escribiendo una novela muy diferente. Quién sabe, puede que más adelante vuelva a visitar el castillo Deverill.

Hay muchas personas a las que quiero dar las gracias: Tim Kelly, mi querido amigo irlandés, que me ayudó a documentarme para la trilogía, ha sido una vez más inestimable. Nos hemos divertido mucho con este libro y le agradezco mucho su tiempo y su entusiasmo. Robert y Nancy Phifer, de Boston, también se han portado de maravilla. Nos conocemos desde hace mucho tiempo, ya que nos conocimos durante una gira de promoción por los Estados Unidos hace siglos. Siempre les agradezco su disposición a ayudar y la rapidez de sus respuestas por correo electrónico, y valoro su amistad.

Mi más sincero agradecimiento a mi dinámica amiga y agente, Sheila Crowley, y a su brillante equipo en Curtis Brown: Abbie Greaves, Alice Lutyens, Luke Speed, Enrichetta Frezzato, Katie McGowan, Claire Nozieres y Callum Mollison.

Gracias a mi editorial, Simon & Schuster, que me han publicado durante tanto tiempo que son ya como de la familia: Ian Chapman, Suzanne Baboneau y su excelente equipo: Gill Richardson, Dawn Burnett, Rich Vliestra, Laura Hough, Dominic Brendon, Sian Wilson, Rebecca Farrell y Sara-Jade Virtue.

También quiero dar las gracias a mis padres, Charlie y Patty Palmer-Tomkinson, a mi suegra, April Sebag-Montefiore, a mi marido, Sebag y a nuestros hijos, Lily y Sasha.

¿TE GUSTÓ
ESTE LIBRO?

**escríbenos y
cuéntanos tu opinión en**

f /Sellotitania   **🐦** /@Titania_ed

📷 /titania.ed

#SíSoyRomántica

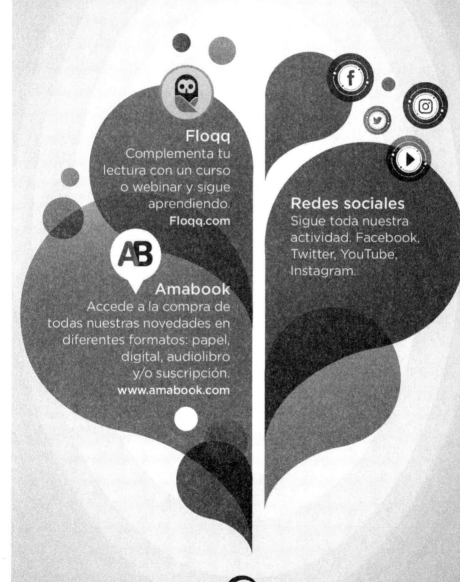